IO SO CHI SEI

PAOLA BARBATO

IO SO CHI SEI

PIEMME

Questo romanzo è un'opera di fantasia. Personaggi e situazioni sono invenzioni dell'autore e hanno lo scopo di conferire veridicità alla narrazione. Qualsiasi analogia con fatti, eventi, luoghi e persone, vive o scomparse, è puramente casuale.

Pubblicato per

PIEMME

da Mondadori Libri S.p.A.

ISBN 978-88-566-6496-6

I Edizione giugno 2018

Anno 2018-2019-2020 - Edizione 1 2 3 4 5 6 7 8 9 10

Stampato presso ELCOGRAF S.p.A. - Stabilimento di Cles (TN)

A Matteo

1

Aperta la cassetta delle lettere il cellulare era lì.

Non sembrava nemmeno ce l'avessero fatto cadere, come se fosse stato appoggiato sul fondo e allineato contro la parete. Lena sfilò la bolletta della luce e allungò la mano per prenderlo. Lo scherzo di qualche ragazzino scemo, di sicuro, lo freghi a un amico e lo butti in una cassetta delle lettere, oh che spasso. O magari il proprietario andava di fretta, il telefono si era scaricato, non aveva voluto rientrare in casa e l'aveva buttato lì, sbagliando cassetta. Lesse i cognomi delle due ai lati della sua: TASSELLI e VARANO. I Varano avevano duemila anni a testa, escludeva che possedessero cellulari. La Tasselli sì, invece, era una signora simpatica e piena di vita, sempre in giro per mostre e incontri letterari. Non era da lei, però, non si sarebbe liberata così di uno smartphone solo per non tenerselo nella borsa. Era anche senza protezione, niente gomma sui bordi, cadendo poteva essersi danneggiato. Lo soppesò avvertendo un blando senso di familiarità. Era un vecchio modello, un Samsung argentato e pieno di segni. Il rumore alla sua destra la distrasse. Zampa dietro la porta, snasata a terra: Argo aveva sentito che stava per rientrare. Infilò la mano libera nella borsa per cercare le chiavi e con l'altra provò a sbloccare il telefono, certa di trovare la richiesta del PIN che avrebbe concluso la sua indagine. Invece lo schermo si accese subito, nessun codice. Sfondo standard e pochissime icone, telefono, rubrica, posta, messaggistica, immagini, impostazioni. Infilò la chiave nella toppa e per un istante fu nel dubbio: se lo portava in casa era come rubarlo? Il telefono non era suo. In hotel se una delle cameriere trovava un cellulare in camera nemmeno lo toccava, per paura di essere accusata di furto, e al desk avevano un protocollo strettissimo per gli oggetti abbandonati, c'erano state grane in passato e il proprietario, Castellacci, era diventato paranoico.

Cerco di capire di chi è e se non ci riesco lo porto alla polizia.

Significava buttare metà pomeriggio. Sospirò e spinse la porta, spostando insieme quaranta chili di cane. Argo gliela faceva pagare ogni volta che lo lasciava da solo a casa. Pipì negli angoli, coriandoli di riviste, una volta aveva perfino scavato un buco nel divano. Lena non gli diceva niente, raccattava le macerie con mani pesanti e poi gli preparava la pappa. Argo era vecchio, quattordici anni diceva il libretto, cieco da un occhio ed enorme. Quando poteva lo lasciava da amici, Astrid, Sergio, Alex le volte che la trovava a casa, ma non sempre glielo tenevano. Era capitato che chiamasse qualche dog-sitter, ma ad Argo non andavano a genio gli estranei. Cinque giorni prima, poi, lo avevano operato, levandogli un'unghia della zampa posteriore che gli aveva fatto infezione, e camminava ancora male.

«Ciao, delinquente. Vediamo che disastri hai fatto oggi» disse con finta allegria alla massa scura che si ostinava a darle le spalle, sdraiata contro la porta. La fasciatura sulla zampa era ancora al suo posto, già questo aveva del miracoloso. Mentre perlustrava la casa iniziò a controllare il telefono.

Registro chiamate: niente.

Rubrica: niente.

Posta: niente.

È rubato. Lo hanno resettato e poi se ne sono disfatti, magari stavano per beccarli.

Era quasi un sollievo, se non era di nessuno non sarebbe stato necessario spiegare niente, non le sarebbe toccato parlare con estranei, forse si poteva risparmiare pure il giro alla polizia.

Ma non era vero, sapeva che ci sarebbe andata.

Gli alberi troppo dritti finiscono dentro alle aiuole.

Il ricordo le provocò una piccola fitta, non ripensava a quel dialogo da tanto tempo. Scosse appena la testa e tornò a concentrarsi sul cellulare. Controllò anche le immagini, per sicurezza. C'era un filmato, incomprensibile, due secondi di movimento, schermo scuro, rumore di fondo. Girato per errore, era evidente. Niente altro. La porta del bagno era aperta, Argo era riuscito ad arrivare alla tazza e c'era acqua ovunque. Poteva andare peggio. Lasciò il telefono sul mobile dell'anticamera e andò a prendere il mocio nel ripostiglio, che teneva chiuso a chiave per paura che il cane arrivasse ai detersivi. Forse sarebbe stato più prudente portarlo fuori, prima, teneva la pipì già da sette ore, ma le sarebbe piaciuto farsi un bagno e...

Il suono la interruppe.

Acuto, intermittente, estraneo.

Veniva dal Samsung nell'ingresso.

Lena appoggiò il secchio. Forse era il segnale che la batteria si stava scaricando. Sullo schermo era comparso un bollino rosso accanto all'icona dei messaggi.

Sarà il gestore del traffico telefonico.

Di nuovo un senso di familiarità, stavolta accompagnato da una vaga inquietudine. Allungò la mano.

Non è mio, se apro il messaggio commetto una violazione della privacy.

Che stronzata, il telefono era finito nella sua cassetta delle lettere, quale ne fosse la ragione, lo aveva già scandagliato da cima a fondo, che importava se quel messaggio fosse nuovo o vecchio? Lei voleva solo restituirlo al proprietario, era per questo che...

Secondo trillo, secondo messaggio.

Un movimento poco lontano, il cane si era messo seduto, le orecchie dritte.

«Cosa c'è, Argo?»

Qualcosa non andava. Prese il telefono.

Non dovrei farlo.

Toccò l'icona, aprì i messaggi.

Non erano del gestore telefonico, venivano da un numero privato che il Samsung registrava come utente sconosciuto.

SAI CHI SONO?

e poi

IO SO CHI SEI.

«Bacarelli in Bartolomei.»

Lo compitava sottovoce, compiacendosi di tutte le cacofonie.

Non era mai stata femminista, ma neppure tradizionalista, a dirla tutta, e lo aveva dimostrato. Però sì, l'idea del matrimonio, del festone, dell'abito da principessa e della chiesa addobbata l'aveva sempre ammaliata. Aveva in mente di sposarsi tre volte, una in comune, una in chiesa e una, prima delle altre due, nella cappella di santa Chiara, la Porziuncola, a Santa Maria degli Angeli, Assisi. Loro due sarebbero entrati al sorgere del sole e si sarebbero guardati negli occhi per un'ora, sbrigandosela privatamente con Dio. Quando ne fossero usciti sarebbero stati sposati, prescindendo dai preti e dalle carte. Quello lì, quello sarebbe stato il suo vero matrimonio. Si era costruita questa cattedrale di sogno nei minimi dettagli, solo girasoli come fiori, dato che il matrimonio sarebbe stato a giugno, rinfresco organizzato da una società equa e solidale, nessuna acconciatura sofisticata ma solo i capelli lavati di fresco e asciugati al sole. Allora, prima che la cattedrale venisse demolita dalle fondamenta, non aveva ancora i dreadlock. Se avesse dovuto spiegare oggi come fosse farsi la messa in piega non avrebbe più saputo dirlo, era una percezione persa, rimossa. I dread glieli aveva fatti una tizia mai vista prima (e nemmeno dopo) nel retro del negozio di souvenir etnici, un pomeriggio di agosto, usando un grosso uncinetto. Lena non era stata convinta fino all'ultimo, pensava a tutti i guai che le sarebbero piovuti addosso per quella faccenda, a casa e sul lavoro. I suoi non avrebbero capito. Non si aspettava che la contestassero, non era quello, ma all'ennesima stranezza, all'ennesimo cambiamento della loro unica figlia, si sarebbero allarmati. Sua madre lo era già, il babbo molto meno, lui risolveva metà dei problemi dell'umanità con una scrollata di spalle. Avevano finto di non notare l'abbigliamento diverso quando era passata dai completini con il tacco dieci a maglie informi e pantaloni alla turca. Quando aveva comunicato che sarebbe uscita di casa, e a ventotto anni era anche tempo, già da parecchio era autonoma e con un'intensa vita sociale, suo padre l'aveva preso un po' come un affronto, però non si era opposto. Poi era diventata vegetariana, e quella era stata quanto meno una sorpresa. Poi c'era stata la deriva buddhista. Poi l'attivismo animalista. La vedevano sempre meno, notavano il dimagrimento, il viso tirato, ma al lavoro andava tutto bene, i guadagni erano costanti e sua madre lo sapeva, perché aveva la firma sul conto e in banca non le facevano mai storie quando chiedeva di dare un'occhiata. Quindi si erano ripromessi di non mettere bocca. Ma i capelli no, i capelli non se li sarebbero fatti andare bene, perché dei suoi capelli castano ramati Marilena Bacarelli era sempre stata orgogliosa al limite del maniacale. Una volta alla settimana dalla parrucchiera, l'armadietto del bagno stipato di maschere, balsami e oli essenziali, unico elemento bio presente nella sua vita di prima, quando tutto doveva ancora cominciare. Rovinarsi i capelli così non era da lei. Ingarbugliarli per sempre in una maniera risolvibile solo con le forbici era una cosa che non solo non le assomigliava ma andava contro la sua natura. Era un male, era un danno. E quel danno aveva un nome.

«Saverio Bartolomei.»

sospirava Lena seduta sul divano mentre aspettava che il telefono squillasse, che arrivasse il segnale di un messaggio, di una risposta su Facebook, qualcosa. Mentre aspettava che Saverio si degnasse di accorgersi che esisteva. Quando si erano conosciuti lei si era laureata già da tre anni, lavorava alla reception dell'hotel Grand'Arno e aveva preso una supplenza alle scuole medie. Era una giovane donna in carriera, single a tratti, elegante, sicura. Saverio invece era fresco di niente, a ventitré anni aveva evitato la galera due volte per possesso di droga, aiutava un amico a gestire un negozio dalle oscure finalità, forse souvenir, forse abbigliamento etnico, forse articoli da regalo, nel cui retro si era stabilito con il suo cane. A Saverio sarebbe piaciuto farsi i dreadlock, ma aveva i capelli sottili e già radi, la barba che cresceva a chiazze, poteva farsi le treccine incatramate, se voleva, ma niente più. Era stato un bel ragazzo, molti anni prima, poi si era devastato di alcol e canne, con puntatine di coca ed eroina, fino a farsi sbattere fuori casa dai suoi e da allora aveva vissuto ospite dove capitava. Per il lavoro in negozio il suo amico Mattia, rampollo della Firenze bene, non lo pagava, ma lo lasciava vivere lì, nel magazzino inutilizzato, insieme ad Argo, un molosso cieco da un occhio riscattato dopo un combattimento. Saverio collaborava con diversi gruppi animalisti e più di tutto gli piaceva partecipare ai raid notturni in cui venivano liberati centinaia di visoni o bestie destinate alla vivisezione. Qualche volta gli animali liberati, dopo essere stati reintrodotti in natura, morivano male, ma la cosa non lo toccava, a lui fregava solo del principio. Era colto, leggeva molto e la sua tessera della biblioteca, la stessa che aveva sin da bambino, era logora. Aveva scelto di non proseguire con gli studi ma ne sarebbe stato perfettamente in grado. Si era rovinato per la stessa ragione che lo spingeva ad aprire le gabbie ai roditori, voleva essere libero di una libertà assoluta, corrosiva e nichilista. Lui e Lena si erano incontrati sul Ponte Santa Trinita con un gruppo di amici comuni, Saverio fumava seduto sul parapetto e lei si compiaceva di avere messo lo smalto dello stesso colore del vestito. Quella sera l'aveva derisa, benevolmente ma in maniera netta

«Allora ti chiami Maria?»

«No, Marilena.»

«Invece hai proprio la faccia da Maria. Hai un sacco di cose da Maria, ma non quella che piace a me, l'altra».

E lei si era sentita infastidita, però in maniera strana, quasi che le prese in giro di quel ragazzo più giovane solleticassero qualcosa di cui non era consapevole. Lo aveva cercato alcuni giorni dopo, con la scusa di vedere il negozio, ma lui non se l'era bevuta e nemmeno mezz'ora dopo l'aveva portata sul retro senza prendersi neppure il fastidio di chiudere la porta. Di nuovo si era divertito a sfotterla, parlava di "giretto nei bassifondi", se n'era uscito con un

«Il prossimo sarà negro?»

ma si sbagliava, Lena non era così. Non aveva bisogno di cercare brividi proibiti, conosceva se stessa e la sua vita le piaceva quanto bastava da non volerla cambiare. Però aveva sempre ammesso la possibilità di farlo, se ne valeva la pena. Non avrebbe saputo dire cosa avesse visto in Saverio, ma qualcosa c'era, e per quel qualcosa tornò anche nei giorni seguenti, poi iniziò a frequentare gli amici di lui, a cambiare abbigliamento, dieta, filosofia di vita, a partecipare alle scorribande notturne negli allevamenti e infine a fare ai propri capelli quello che lui non poteva fare con i suoi. Voleva essere la donna che desiderava, e voleva esserlo perché aveva intuito il bisogno di Saverio di avere accanto qualcuno che smussasse gli assolutismi in cui si era immerso e che presto o tardi lo avrebbero distrutto. Quando era ubriaco o strafatto andava a camminare sui tetti o sui parapetti del fiume, una sigaretta che pendeva dall'angolo della bocca e lo sguardo assente di chi aspetta una spinta dal destino.

«Saverio vieni giù, non fare il coglione!» gli urlavano gli amici.

«Saverio, devi mettere le gocce nelle orecchie ad Argo!» urlava invece lei, e allora il ragazzo si svegliava, scendeva e tornava dal cane. Perché il cane lo amava per davvero, se ne sentiva responsabile, ammirava la sua purezza, l'istinto intatto, la capacità di vivere per quello che era. Lena invece no, Lena, che lui avrebbe chiamato sempre Maria, perché lo faceva sentire grandioso storpiare i nomi delle persone, non la amava abbastanza da rinunciare agli equilibrismi, e lei lo sapeva. L'avevano quasi licenziata, per quella faccenda dei capelli, e lui era rimasto indifferente a vederla combattere come una leonessa, tirare in ballo gli avvocati, usare le ferie arretrate per restare a casa durante l'ostracismo così da non perdere il posto e poi venire richiamata perché tre lingue come le parlava lei non le parlava nessuno. La vedeva mettersi la retina per sistemarseli indietro e rideva di lei, poi le pescava cinquanta euro dal portafogli per prendersi le sigarette. Lena faceva finta di non accorgersene, Saverio faceva finta che fosse a posto così. Sperava di riuscire a cambiarlo, sperava, aveva sperato, mentre gli anni da ventisette diventavano trenta e la cattedrale di un matrimonio con i girasoli si sfaldava in silenzio.

Poi una notte c'era stato un temporale terribile, a Firenze, erano caduti dei fulmini e il negozio era rimasto senza luce. Alle due di notte Mattia l'aveva chiamata.

«Saverio è da te?»

«No, perché?»

«Il cane è al negozio, abbaia, la luce è saltata, il suo telefono è spento.»

Lo avevano cercato nei locali che frequentava di solito, un barista disse che era uscito prima di mezzanotte, quando si era scatenato il diluvio, che era euforico e parecchio bevuto. Lena era arrivata sul Ponte alla Carraia e aveva visto sul parapetto una bottiglia di birra e il portafogli di Saverio. Il giorno dopo, grazie all'aiuto di Alina, un'amica che lavorava nei servizi sociali, erano riusciti a visionare il filmato di una telecamera di sorveglianza privata che, prima che l'elettricità se ne andasse, lo mostrava camminare trionfalmente sotto la pioggia diretto al ponte. Quel grappolo di macchie grigie di spalle era tutto quello che le rimaneva di lui. Avevano fatto dragare un tratto dell'Arno, molto in ritardo su qualunque tempo, e il capo dei pompieri aveva detto che con quel diluvio o si era impigliato in qualcosa o chissà dove era stato trascinato. Lena aveva portato Argo a casa sua, Mattia non lo poteva tenere, la famiglia di Saverio figurarsi, e gli amici animalisti avevano già troppi grattacapi. Il regolamento condominiale consentiva animali di piccola taglia, ma l'amministratore aveva chiuso un occhio, in fondo lei abitava a piano terra con un pezzetto di giardino. Lì lei e Argo si erano spenti insieme nei successivi due anni. La vita media del cane gli prospettava ancora una breve attesa, prima di ricongiungersi al padrone. Il tempo con Lena sarebbe stato meno galantuomo, salvo una patologia fulminante che non sapeva desiderare, così come non riusciva a suicidarsi. Era integerrima, lo era sempre stata, con un forte senso del dovere e la consapevolezza di essere responsabile per la vita degli altri e non solo per la sua.

«Gli alberi troppo dritti finiscono dentro alle aiuole» l'aveva canzonata una volta Saverio, e lei si era arrabbiata, cosa che non succedeva mai.

«Tu dici che non giudichi mai nessuno, che sei uno spirito libero, però mi hai fatto cambiare il modo di vestirmi, di pettinarmi, di mangiare e pure di scopare. Perché così come ero io non ti andavo bene. Perché sei tu che vedi il dritto e lo storto, non io.»

«E allora perché lo hai fatto?» l'aveva rintuzzata.

«Perché potevo permettermelo. Perché non erano cose che mi definivano. Forse perché dei due quella davvero libera sono io.»

E Saverio se n'era rimasto zitto.

IO SO CHI SEI.

Lena era rimasta in piedi a fissare lo schermo, l'altra mano ancora stretta al manico del mocio.

Si staranno sbagliando. Pensano che il telefono ce l'abbia ancora il ladro.

Ma non ci credeva. Un telefono vuoto e due messaggi che arrivano solo dopo che l'aveva portato in casa, erano evidentemente per lei.

Allora sono io il bersaglio dello scherzo cretino, oh che ridere e tutto il resto.

Argo continuava a fissarla con intenzione e le venne il dubbio che avesse le sue buone ragioni. Lasciò il cellulare sul mobile, il mocio contro il muro e andò a prendere il guinzaglio. Avrebbe dovuto mettergli anche la museruola, Marta, la veterinaria si era tanto raccomandata, un cane grosso come lui poteva portare guai, ma Saverio era sempre stato contrario anche a quella con il laccetto.

«Ti piacerebbe andare in giro con un bavaglio sulla bocca? Be', a me non piacerebbe, cazzo!»

e lei non se l'era sentita di andare contro questa sua

volontà

convinzione, lui quel cane lo adorava, mangiava pane e cipolla ma a quella bestia comprava carne rossa che cucinava su un fornelletto da campeggio.

«Poi gliela mescolo col cibo secco, altrimenti non va bene. Zero sale, però, e va scottata con una padella antiaderente, niente grassi. Guarda e impara, se un giorno dovessi fargli da mangiare tu.»

Nessuno dei due pensava che sarebbe davvero successo. Oggi Lena conosceva almeno sei macellai, di cui due di un supermercato, che una volta alla settimana le davano a prezzo irrisorio gli scarti. Lei puliva tutto, pesava tutto e poi congelava le dosi. Argo non sarebbe morto per malnutrizione, questo era certo. Uscirono sotto il sole tiepido di marzo, ancora qualche settimana e sarebbe arrivato il caldo. Il pensiero del cellulare le ronzava pigro nella testa, si chiedeva chi potesse avere organizzato lo scherzo. Nessuno dei suoi amici, vecchi o nuovi, non erano quel genere di persone. Qualcuno del palazzo? Magari uno che ci voleva provare, il tizio del secondo piano, quello sposato, che le faceva sempre delle gran battutone? Non le era parso così interessato. Ragazzotti nei dintorni? Qualcuno delle case popolari dietro alla sua, quello con la Polo rossa, oppure l'altro, il ragazzino che giocava a basket? Tutto poteva essere.

Come la risolvo?

Polizia, e basta. Non era un grande scherzo e lei non aveva energie da sprecarci sopra. Avrebbe buttato il resto della giornata, pazienza. Argo aveva iniziato a mettersi seduto spesso, la zampa gli faceva male, meglio farlo rientrare e dargli la pappa, se avesse avuto bisogno subito dopo il giardinetto sarebbe bastato. Non glielo lasciava aperto quando non era a casa perché abbaiava di continuo e i vicini si lamentavano anche dell'odore dei suoi bisogni. Accarezzò di nuovo l'idea di trasferirsi da un'altra parte, magari più fuori, verso la campagna, vicino al rifugio di Astrid. Ma non se la sentiva di affrontare un altro trasloco.

E poi lui non vivrà ancora a lungo.

Non voleva pensarlo. Non voleva ammettere di non riuscire ad amare quel cane quanto

Saverio

avrebbe voluto. Non voleva essere il tipo di persona che aspetta pazientemente la morte di un animale per liberarsene. Si chinò a cingergli il collo, appoggiando la testa alla sua, e restò così. Argo stava fermo, un po' subendola e un po' godendo del gesto. Non la leccava mai, non l'aveva mai leccata, aveva un codice tutto suo per esprimere l'affetto, ma non mancava di farle capire che non la considerava la sua vera padrona.

Rientrarono con lentezza.

Sganciata la pettorina e appeso il guinzaglio, Lena fece un passo verso il congelatore

e in quel momento il Samsung trillò.

Un suono uguale a prima, un sms.

Argo si mise sull'attenti, orecchie dritte, zampe tese tranne quella fasciata, che teneva sollevata.

Ma davvero pensano che sia divertente? Davvero credono che porterà a qualcosa?

Lo stesso si avvicinò. Lo stesso aprì il messaggio. Non c'erano parole, ma una fotografia. Lei e Argo, a cinquanta metri da casa, Lena piegata in avanti ad avvolgergli il collo col braccio, la guancia tra le sue orecchie, il cane seduto ad aspettare. Cinque minuti prima, forse meno.

No, non è divertente per un cazzo.

Pensò di uscire, poi no, se non era sicura di chi fosse era meglio aspettare. Dall'angolazione sembrava che la foto fosse stata scattata proprio davanti a casa sua, magari da un'auto parcheggiata.

E se chiamassi la polizia?

La polizia si chiamava solo per le cose serie.

E se fosse uno stalker? Qualcuno dell'albergo, o un ospite, magari uno di quelli con cui ho chiacchierato di più. Con chi ho parlato di recente?

Sentiva l'agitazione crescere, ed era un evento, per la maggior parte della giornata si sentiva intorpidita, quasi addormentata. Non era depressione, era abulia, per quella le avevano dato del ricostituente e qualche flaconcino di ginseng.

Pillole per l'elaborazione del lutto.

Tornò con gli occhi sul cane e si sentì più tranquilla. Nessuno l'avrebbe aggredita, finché fosse stata in compagnia di Argo. Nessuno sano di mente, insomma, era un cane grosso, nero e aveva una bella bocca grande. D'accordo, zoppicava, ma se voleva era in grado di correre, la fasciatura era ancora bella tesa e...

Fu allora che mise a fuoco.

La fasciatura di Argo era perfetta.

Gliel'aveva fatta quella mattina presto, appena sveglia, per paura di dimenticarsi. Saranno state le sette, la benda notturna era tutta sbavata e morsicata, molti giri allentati anche se non era riuscito a levarsela. E di notte aveva dormito, ne era certa, lo aveva sentito russare. Possibile che invece di giorno, in più di sette ore di solitudine senza grandi svaghi, anche con il pasticcio del water, fosse rimasta al suo posto?

Si avvicinò con cautela e iniziò a osservarla. I giri erano

tutti intatti, coprivano perfettamente i cuscinetti sotto e raddoppiavano intorno all'unghia mancante. Lei non ricordava quel raddoppio. Non ricordava nemmeno di avere fatto tanti giri obliqui.

Sto correndo troppo con la fantasia, devo calmarmi.

Ma aveva ragione. Lei non era brava con le bende, come non lo era con le iniezioni, e quando aveva dovuto fargliele sottocutanee Argo si era sempre lamentato voltandosi di scatto e minacciando il morso. Lei non sapeva bendarlo così.

Non è vero.

Sì, invece.

Non me ne sarò accorta, lo avrò fatto soprappensiero.

No.

Provò ad aprire i nodi, ma erano troppo stretti. Andò in bagno e prese la forbicina per le unghie, scivolando sull'acqua e rischiando di cadere. Passò di nuovo accanto al telefono, lo guardò e quel guizzo, quella memoria sepolta si fece ancora sentire.

Saverio ce l'aveva uguale.

«No.»

Lo aveva detto a voce alta e il suono improvviso la sorprese. Si accucciò accanto al cane e iniziò a tagliare la benda. Al secondo giro capì che non era la garzina che usava lei, era più spessa, e più scura, fatta di un altro materiale.

Chi gliel'ha messa? Quando gliel'ha messa? Come ha fatto a entrare in casa?

Ammise e scartò ipotesi a raffica, un'amnesia, la veterinaria chiamata dai vicini, un'incursione di sua madre, ma nessuna era plausibile. Stava facendo mente locale su chi potesse avere avuto accesso alle sue chiavi quando la vide.

La parte terminale della benda era leggermente sporca di siero, l'unghia non sanguinava più ed era stata coperta con una garza leggera. In compenso all'interno c'erano due parole scritte in maiuscolo col pennarello nero.

CIAO MARIA

Perché Argo non l'ha sbranato?

Questa era la domanda. Questa, non le altre venti, non quelle che l'avevano spinta a digitare il 113 per denunciare un'effrazione e poi cancellarlo. Questa. Il telefono era come quello di Saverio, non poteva più negarlo. Non ci aveva badato subito perché lo cambiava spesso, non sapeva attraverso che giri ma capitava che passasse da uno smartphone di buona marca a un muletto di origine indefinibile nell'arco di due settimane. La cosa gli rimaneva indifferente, aveva delle pagine social ma le usava in maniera discontinua, quasi sempre preferiva gli sms, spesso le telefonate, il più delle volte il nulla. Le sparizioni di Saverio dai radar erano all'ordine del giorno, se volevi parlargli dovevi andare a pescarlo al negozio o in uno dei suoi bar o in giro. In passato, quando Argo era stato più giovane, si erano fatti insieme una bella fetta di Europa. Treni, passaggi in auto, autobus, pure il cassone di un camion, bastava che lasciassero salire il cane. Ma con gli anni il molosso aveva iniziato ad accusare qualche acciacco, soffriva spesso di otite e non ci vedeva granché dall'occhio buono, così Saverio si era fermato, anche se non del tutto. Aveva un'anima inquieta e pellegrina e non riusciva a restare a lungo nello stesso posto, si trattasse anche solo dello spostamento da una sedia al letto. Voleva andare, doveva andare. E mentre andava niente rotture di cazzo, affari che bippavano, vibrazioni di notizie inutili, spegneva tutto e via, il cane al fianco da Villamagna all'Arco di San Pierino, da piazza Santo Spirito al Giardino della Montagnola. Quando il negozio chiudeva per ferie Lena poteva non rintracciarlo anche per due, tre giorni. Era nei patti, non se l'erano mai detto ma era nei patti, eppure non poteva impedirsi di immaginarlo tra le gambe di qualcuna o con qualcuna tra le gambe e starci male e sentire che tutto quanto era ingiusto e sbagliato. Ma poi Saverio tornava, forse per i soldi delle sigarette, forse per lei, e allora si raccontava tutta un'altra storia e fingeva di non sapere che il solo aggettivo che definisse il loro rapporto agli occhi degli altri era "malato", come diceva sempre la sua amica Betta. Gli ultimi mesi prima di sparire Saverio aveva avuto un Samsung. Grigio, uguale a quello intorno a cui girava da mezz'ora. Ne osservava i segni, i graffietti sullo schermo, la forma, lo spessore, e più lo guardava più le sembrava di riconoscerlo.

E non lo riconosco solo io.

La reazione di Argo ai suoni dei messaggi era stata immediata, ma non si trattava di fastidio o di sorpresa.

Li ha ricordati.

O semplicemente li aveva ricondotti al padrone

quello vero

che non vedeva più da tempo.

Lena sentì irrompere nella testa un'ipotesi che non doveva nemmeno formulare, che andava respinta perché infondata, folle, sbagliata, ma quella si impose con forza.

Magari lo ha visto stamattina.

Che figure patetiche quelle che non si rassegnano alla morte di qualcuno. Che anche davanti all'evidenza dei fatti si aggrappano al corpo non ritrovato, rinnegano il dna e preferiscono affidarsi a maghi e fattucchiere per sentirsi raccontare che va tutto bene, ma quale morte, si tratta di fuga, Caraibi, ascetismo. E ci credono contro ogni logica e buon senso. Lena non voleva essere una persona simile, conosceva Saverio, sapeva benissimo che si sfilava il portafogli di tasca ogni volta che andava a fare gli equilibrismi, perché non voleva che, nel caso malaugurato il suo corpo non fosse stato trovato subito, nessuno si occupasse di Argo. Sfidava la morte senza remore per se stesso ma in maniera responsabile per il cane. Il portafogli sul ponte, quello, raccontava una storia ben precisa.

Potrebbe aver nuotato.

Ubriaco nella tempesta?

Potrebbe essere finito comunque a riva.

Non in quel punto del fiume.

Qualcuno potrebbe essersi buttato per salvarlo, non è impossibile.

Impossibile no, ma a meno che non fosse annegato insieme a Saverio perché non dirlo? Perché non chiamare un'ambulanza, perché non soccorrerlo, perché non cercare banalmente aiuto? E infine

Potrebbe non essere mai caduto.

il pensiero definitivo.

Lo respingeva a forza ogni giorno da due anni, perché c'era la testimonianza del barista, e quel video, e il portafogli appoggiato, ma lo stesso la speranza non mollava, morsicava la logica a sangue chiedendo spazio e ascolto, raccontando una fiaba che non stava in piedi e vedeva Saverio da qualche parte ad Amsterdam o a Den Haag o a Tampere, dove aveva sempre detto di volersi trasferire, con la barba lunga e occhiali senza lenti, intento a dipingere quadri o a suonare le percussioni per strada.

Ma senza Argo.

Era qui che si infrangevano tutti i suoi sogni folli. Scappando via nella notte Saverio non avrebbe mollato lei, o il negozio, o Mattia, o Firenze, o la famiglia e gli amici. Saverio avrebbe abbandonato Argo. E mai, mai, mai nella vita e nella morte Saverio avrebbe voltato le spalle al suo cane.

Eppure questa mattina qualcuno si è introdotto in casa mia, gli ha cambiato la fasciatura alla zampa e mi ha lasciato quel messaggio. Poi il cellulare. Poi il resto.

Prese in mano il telefono, rilesse i due messaggi. Cliccò sull'icona per rispondere automaticamente e digitò

CHI SEI?

poi premette invio. Arrivò subito la notifica, accompagnata da un punto esclamativo, nessun destinatario, digitare il numero. Ci riprovò, ma niente. Provò a salvare il contatto ma lo spazio del numero rimaneva bianco. Da quello SCONOSCIUTO poteva soltanto ricevere ma non era possibile rispondergli. Com'era familiare, tutto questo. Si chinò verso il testone bruno.

«Perché non l'hai attaccato, Argo? Perché non l'hai morso, perché non hai abbaiato così forte che quegli stronzi dei Varano mi cercassero per l'ennesima volta sul cellulare minacciando di chiamare l'amministratore?»

Argo sollevò il muso e le piantò il naso vicino alle labbra, inspirando a piccole raffiche. Lena credette che stesse per leccarla. Ma non lo fece nemmeno quella volta.

Gli aveva rifatto la fasciatura. Teneva nelle mani la vecchia benda da un tempo così lungo che ogni luce all'esterno si era spenta. A malapena poteva percepire le lettere.

CIAO MARIA

È solo uno scherzo.

Il telefono squillò, il suo, quello regolare.

Era Betta.

Della sua vita precedente, quella prima di conoscere Saverio, Betta era stata l'amica più ostica, l'unica a cui si sentiva legata solo da affetto e questioni scolastiche, non per affinità. Si sentivano con regolarità, un po' come la telefonata d'obbligo ai parenti durante le feste comandate, ma avevano pochi argomenti. Betta lavorava come avvocato in un ambiente maschilista e competitivo, nel quale si era guadagnata il proprio posto azzannando a destra e a manca. Non leggeva, non amava il cinema e le serie tv, non andava ai concerti o alle mostre, non aveva la patente e si spostava solo in taxi, era allergica a tutti quei piaceri lievi e gratuiti che per Lena erano puro nutrimento. Era cinica, materiale, non aveva la minima vena romantica e sembrava del tutto priva di spiritualità. Compensava con una buona dose di simpatia e humour, anche se tutte le sue battute avevano un fondo di cattiveria. Quando aveva saputo della relazione con Saverio, Betta aveva preso per il culo Lena in tutti i modi possibili, prima dandole della vecchia col toy boy, poi dicendo che era così imbottito di droga che poteva sballarsi semplicemente leccandogli la schiena, come ai rospi, e infine sperando avesse almeno un'attrezzatura come si deve, così se la sarebbe spassata. Questo i primi tempi, poi si era fatta aggressiva.

«Seriamente, ma sei cretina? Gli hai fatto fare almeno le analisi? Guarda che dalla sieropositività all'aids è un attimo.

Cioè, basta guardarlo, è scheletrico! E poi è pieno di tic, si inciampa nel parlare, mica avrai cominciato a farti anche tu, vero? Giuro che se capisco che prendi qualcosa ti faccio disintossicare a suon di sberle! Se volevi uno stallone te ne procuravo uno io, anche di totale disimpegno, porca merda! Ma poi cosa vi dite? Cosa avete da dirvi voi due? È una specie di rifiuto umano, un emarginato borderline, quello non arriva ai trent'anni, te lo dico, e se non lo scarichi alla svelta finisce che con lui ci seppelliscono anche te!»

Lena l'aveva ascoltata con pazienza, sapeva che era il suo modo di volerle bene, e sapeva anche che non aveva torto su tutto. Saverio invece aveva ricambiato con veemenza l'odio di Betta, la definiva l'incarnazione di ciò contro cui lottava, il consumismo, il capitalismo, il vitello d'oro delle regole sociali. Una volta le aveva persino detto:

«O la molli tu o ti mollo io»

e Lena si era spaventata perché sembrava facesse sul serio, ma poi aveva avuto la prontezza di rispondere:

«È esattamente quello che mi ha detto lei»

e anche se non era vero ebbe il suo effetto, perché Saverio non avrebbe mai voluto essere accomunato a Betta. E così se li era tenuti entrambi, un muro di carta velina tra due odi feroci che fortunatamente non si incontravano quasi mai. Poi c'era stato il temporale e il fiume, e mentre intorno a lei si creava il vuoto Betta era rimasta, unica delle sue vecchie amiche. Da fuori non sembrava così, su Facebook tutte manifestavano la loro presenza, tra like e cuoricini e commenti, e c'erano i messaggini e le chat. Ma anche se tra di loro sembrava non parlassero d'altro, e quando al supermercato incrociavano i suoi genitori erano baci e abbracci e come sono preoccupata per lei, Lena non le vedeva mai. Aveva avuto delle aspettative su Sara, la storica amica del cuore, scuole insieme, università insieme, apparentemente inseparabili finché all'orizzonte non era sorto il sole di Saverio. Allora Sara si era ritratta, vampiro tardivo, fidanzata con lo stesso ragazzo dalla quarta liceo, entrata nella ditta del padre il giorno dopo la laurea. Non aveva sentito il bisogno di partecipare più alla sua vita, ora che si faceva trasgressiva, meglio mettersi in ombra, al sicuro. Pur lavorando vicino aveva evitato di passare davanti all'hotel soprattutto negli orari in cui Lena sarebbe entrata e uscita. Da due anni lei e le altre evitavano di coinvolgerla in cene e serate per non essere insensibili, poverina, con quello che stava passando. Non la chiamavano per non schiaffeggiarla con le loro felicità da Instagram, frutto di scelte tanto migliori della sua. Lei voleva credere che non fossero cattive, non tutte, che solo non sapessero davvero cosa dire o cosa fare. Finché si trattava della torrida relazione con un tossico di matrice violenta erano state tutte lì, assetate di quell'avventura da cui erano ben tutelate, osservandola da un mondo a parte, sotto la campana di vetro che impediva l'ingresso della sporcizia. Alcune erano state sinceramente dispiaciute per lei, altre le avevano dato della cretina, dello zerbino, le più romantiche avevano sperato che Saverio mettesse la testa a posto, si spostasse da davanti a dietro il bancone di un bar e che sarebbero vissuti felici e contenti. I pianti di Lena, gli accessi d'ira di Saverio, le umiliazioni, i rischi legali dei raid notturni animalisti e perfino le sporadiche botte non avevano spinto nessuna di loro a fare un passo indietro. Ma la morte era un'altra cosa. La morte è una faccenda sociale, la più ingestibile, quella per cui non esistono consigli prefabbricati, al massimo ce la si fa dopo lunga malattia, che poverino ha smesso di soffrire. Ma una morte come quella, una morte da ubriaco giù da un ponte, e nemmeno in macchina, dove almeno si poteva dare la colpa all'asfalto, proprio da coglione testa di cazzo quanto era stato in vita, una morte così nessuna aveva saputo maneggiarla. E quindi sì, erano andate tutte al funerale voluto dalla famiglia di lui, bara vuota e la feccia a seguirla, la gentaglia che l'aveva portato nei gorghi di quel fiume, tenendosi ben lontane, sfiorando Lena in abbracci retrattili e lei che non mollava quella bestia orrenda e sfigurata che teneva con un guinzaglio borchiato. La sua disperazione era talmente scomoda e ingombrante che nessuna se l'era sentita di affrontarla, per paura che invadesse i loro spazi e magari levasse un po' di ossigeno allo smalto per le unghie. Si erano ritirate come la marea, a poco a poco, lasciandola in balia di tutte quelle persone che invece c'erano ma in maniera altra, gli amici di Saverio, semisconosciuti in molti casi conosciuti al funerale che lei non l'avevano capita mai, sì, carina, si sforzava di aggregarsi, di partecipare, ma diciamocelo, se una non c'è nata non c'è nata, però gli aveva voluto bene, questo lo sappiamo, nessuno lo mette in dubbio, mica vorremo mollarla anche noi, no? E Lena era rimasta così, con una famiglia che non la comprendeva e non sapeva esserci, le amiche andate in fumo e un pugno di estranei che le regalavano sorrisi forzati e zuppe di farro. La vita precedente andata, la vita attuale sfumata, un cane enorme che non la voleva e davanti nulla di visibile. Betta invece era rimasta, perché Betta era una mente semplice, pragmatica, sapeva che era suo dovere e l'aveva fatto. Nel suo turbinio di donna in carriera che ogni giorno doveva schiacciare l'antagonista maschio le aveva dato ininterrottamente della deficiente, prima, durante e dopo Saverio. Ma l'aveva fatto preparandole tazze di tè, avvolgendola in plaid, portando a spasso il bestione puzzolente e ubriacandosi con lei quelle due volte che gliel'aveva concesso. Il dolore non aveva mai spento la mente di Lena, e lei quella fedeltà se l'era appuntata come sacra e intoccabile, per Betta si sarebbe buttata nel fuoco, anche se le cose che le accomunavano si contavano sulle dita di una mano monca.

Prima di rispondere, per un attimo, la tentazione fu fortissima.

Glielo dico.

E poi? Poi Betta le avrebbe chiesto se era andata alla polizia e lei avrebbe dovuto rispondere di no. Allora le avrebbe domandato perché, e se la risposta non le fosse piaciuta – e non le sarebbe piaciuta – avrebbe iniziato a sbraitare e le cose sarebbero andate come sempre, la voce aspra che superava i confini dell'auricolare, Lena che sillabava scuse a mezza voce, l'amica che la minacciava di dire tutto ai suoi genitori, di prenotarle un TSO e compagnia bella.

Non ho bisogno di questo. Non ora.

Ignorare la chiamata non sarebbe servito, Betta non mollava al primo tentativo, meglio disinnescare.

«Ciao Betta.»

«Ciao, scema. Esci?»

«Non stasera. Argo è agitato, gli fa male la zampa.»

«Abbatterlo no?»

«Per adesso passo. Ma grazie per il suggerimento.»

«Hai la voce strana, che c'hai?»

«Mal di testa. Oggi è stata una giornata pesante.»

«Va bene, se cambi idea chiama e ti aggreghi, okay?»

Tutto qui. Finito. Si sentiva come Pinocchio dopo che il martello aveva ucciso il Grillo Parlante. Era di nuovo sola con il Samsung, muto e immobile. Non sapeva cosa fare.

Betta mi sarebbe piombata in casa, lo so com'è fatta. Meglio così.

Eppure un'inquietudine diversa le era rimasta appiccicata addosso.

Non sto facendo niente.

Sono entrati in casa mia.

Mi hanno toccato il cane.

Mi hanno fotografata di nascosto.

E io non sto facendo niente.

Solo perché non accetto che Saverio sia morto.

Così prese la decisione tutta insieme, da un momento all'altro. Non era una scema, come la chiamava sempre Betta. Non era una debole. Aveva subìto da Saverio, sì, ma solo perché era troppo importante e se per caso avesse avuto ragione, se fosse stato quello giusto, l'amore della sua vita che aveva solo deviato un pochino dalla strada ma poi si sarebbe ritrovato, se loro fossero state anime gemelle per sempre nei secoli dei secoli allora andavano bene pure due schiaffoni, anche se quelle volte che si era arrabbiato erano stati pugni nella pancia e poi sigarette consumate seduto in un angolo, senza chiedere scusa perché non ne era capace. Si era piegata a Saverio. Si era fatta calpestare da Saverio. Ma Saverio era il solo a poterlo fare.

E questo cellulare non è il suo, è solo uno scherzo, pure del cazzo, io esco e non me ne frega niente, non ci credo che sono lì ad aspettarmi, prendo la macchina e vado alla polizia.

Mentre lo pensava stava già chiudendo a doppia mandata la porta

Poi devo chiamare un fabbro.

tirandosi dietro Argo con la consapevolezza che se l'avesse lasciato in auto troppo a lungo avrebbe di nuovo fatto a pezzi i poggiatesta. Salirono sulla Clio amaranto e via subito, un occhio al retrovisore ma davvero non c'era nessuno dietro, il traffico era pigro, una buona ora per andarsene in giro. Il commissariato San Giovanni di via Pietra Piana era il più vicino, sarebbe andata lì, con un po' di fortuna avrebbe trovato parcheggio in zona. Più viaggiava meglio si sentiva, era stata solo questione di muoversi, uscire da quella paralisi che la prendeva sempre quando la vita si voltava indietro. Arrivò in meno di dieci minuti e sì, il posto c'era. Tirò giù due dita di finestrino, faceva fresco fuori e con un po' di fortuna Argo si sarebbe appisolato subito, ma non si sapeva mai, fosse passato un animalista talebano

come Saverio

poteva farsi venire in mente di spaccare il vetro per farlo uscire. Gli fece una carezza e il Samsung trillò. Argo si tese, lei fece altrettanto.

Non leggo. Tanto non è lui.

Aprì la portiera e non seppe come il telefono le finisse in mano e il pollice premesse sull'icona. Era un messaggio audio.

Ora mi minacciano. Ora ridono.

Invece partì una musica. Leggera, ritmata. La prese una vertigine folle e si aggrappò al tettuccio per non svenire.

Poi risalì in macchina.
Tornò a casa.

Non c'erano stati solo tempi di botte, con Saverio. Quel che pensava Betta era tutto vero (anche se le analisi alla fine le aveva fatte e gliele aveva mostrate con aria di sufficienza) e la preoccupazione della famiglia di Lena era giustificata. Però quella strana coppia aveva avuto momenti buoni. Cosa avesse portato Saverio a provare quella rabbia ribollente Lena non lo aveva mai scoperto, anche se era chiaro che c'entrava suo padre e ancor di più c'entrava sua madre. Per contro, però, a quella rabbia si era accompagnato un infantilismo ancora integro, fatto di bisogni semplici e facilmente accontentabili. Saverio rideva con niente, di primo acchito gli piacevano tutti e si entusiasmava per cose minuscole. Era un amante bizzarro, passava da un atteggiamento dominante e aggressivo a quello sottomesso di un bambino in cerca di coccole. Prima del sonno le sue difese si abbassavano e allora chiedeva a Lena

«Raccontami una storia»

e lei iniziava a parlare sommessamente, accarezzandogli i capelli, finché non si addormentava. "La mia Karen Blixen" l'aveva chiamata lui, e quelle storie avevano finito con l'essere il punto più alto della loro intimità, quando lui le metteva la testa in grembo e seguiva il movimento delle sue labbra con occhi acquosi. Una sera si erano accucciati nel retro del negozio, Argo russava e Lena aveva portato una bottiglia di vodka al melone che le aveva regalato un cliente dell'albergo a cui aveva pazientemente tradotto una piccola guida per gli Uffizi. Saverio aveva fumato e bevuto, ma con meno furia del solito, perso in una strana malinconia. Dopo l'amore l'aveva chiamata

«Vieni, ti faccio sentire una cosa»

e aveva trafficato con lo smartphone che aveva a quel tempo, un'enorme tavoletta bianca. Lena gli si era messa addosso, pelle contro pelle, che era quasi estate, e lui aveva fatto partire un video. Era *Ohi Maria* degli Articolo 31, e a Lena venne da sorridere perché nelle riunioni di gruppo, animaliste o tossiche, di J-Ax si diceva peste e corna e Saverio era sempre in prima linea. Invece quella sera le confessò

«La prima volta che l'ho sentita ero piccolo, avrò avuto cinque anni. Credevo fosse una canzone sulla Madonna, e allora la ballavo così».

Mise giù il cellulare e giunse le mani ondeggiando. Lena rideva e lui anche, poi tornò a sedersi.

«Dopo hanno scritto solo merda, e adesso non c'è neanche da parlarne. Però questa mi è sempre piaciuta. E per me resta una canzone sulla Madonna. Magari sulla mia, ecco.»

Poi l'aveva guardata con una strana reticenza ragazzina.

«Sei tu la mia Madonna.»

E aveva aggiunto.

«Non dirlo a nessuno.»

Ohi Maria riecheggiava nella cucina per la settima volta di fila. Argo si trascinava di qua e di là, inquieto. Il busto appoggiato al tavolo della cucina, il braccio disteso, la testa sul gomito, il cellulare davanti agli occhi gonfi, Lena ascoltava. La certezza che Saverio fosse ancora vivo la invadeva come acqua calda. In tanti sapevano che la chiamava Maria, pochi avevano dimestichezza con Argo, solo alcuni avrebbero saputo riconoscere il cellulare, ma quella canzone, di quella canzone, di quella sera sapevano solo loro due.

Saverio è vivo.

Non è mai caduto, non è stato trascinato per metri, non è finito in fondo all'Arno, chissà dove.

Se n'è andato via come aveva detto mille volte che avrebbe fatto.

Le altre domande, dozzine, milioni di domande, non superavano la barricata di questa nuova certezza. Piangeva, è vero, ma di un pianto nuovo, liberatorio, il pianto del sollievo. Non importava quale fosse la nuova realtà che si profilava, ovvero che Saverio l'avesse abbandonata, che avesse anche mollato il cane, che se n'era fregato di tutto e di tutti, della pena e del dolore che si sarebbe lasciato dietro come una scia, dell'estenuante ricerca del suo corpo, di un lutto falso e senza forma che avrebbe contribuito a creare. Non era morto, questo era tutto. E aveva voluto farglielo sapere, dopo due anni di agonia. Non l'aveva fatto di persona, non aveva chiamato, ma aveva scelto di sollevarla da quel baratro. Le ultime note terminarono, calò il silenzio e Lena riavviò il messaggio per l'ottava volta. Era l'unica a poterlo capire fino in fondo, quella canzone apparteneva solo a loro due, Saverio teneva con tutti la facciata del purista musicale e storceva il naso anche di fronte a De André, non avrebbe mai ammesso nemmeno di conoscerla.

Quella canzone era per lei.

L'agonia era finita.

Argo si sdraiò per terra ansimando e Lena gli sorrise.

«Ti ha lasciato perché sapeva che saresti rimasto con me. Fattene una ragione.»

E il cane sbuffò.

2

La notte era stata un impasto di sogni e ricordi, di risvegli improvvisi dove all'incubo del lutto si sostituiva la realtà della speranza ritrovata. Di "Saverio" bisbigliati al cuscino, di carezze a un cellulare estraneo che controllava continuamente, di nuove basi per costruire un'altra cattedrale che non si sarebbe più chiamata "matrimonio" ma solo "vita". All'alba si era alzata e aveva provato a inviare i messaggi e il file musicale dal Samsung al proprio telefono. Ce l'aveva fatta, ma il numero non compariva, solo di nuovo un desolante SCONOSCIUTO, anche quando si era telefonata. Non aveva dimestichezza con quel cellulare, si era orientata nelle impostazioni ma non era riuscita a trovare la voce da spuntare che consentisse di mostrare il numero. Si era sentita improvvisamente stupida, aveva preso il proprio cellulare e aveva selezionato la chiamata rapida, il due, il numero di Saverio mai cancellato. Il Samsung era rimasto muto mentre una voce metallica aveva sentenziato «il numero da lei chiamato è inesistente o momentaneamente irraggiungibile». Dunque Saverio aveva cambiato scheda. Aprì il Samsung con cautela, aiutandosi con un tutorial trovato su internet, spaventata all'idea di poterlo danneggiare, e controllò la SIM. Il numero telefonico era stato cancellato, grattato via con una lametta, un ago o comunque un oggetto appuntito. Era una cosa da Saverio? Evidentemente sì, se aveva voluto far perdere le sue tracce non avrebbe reso semplice il loro recupero. Lo aveva richiuso e le domande avevano iniziato a presentarsi in ordine, come soldatini, mentre si preparava ad andare al lavoro. Un passo dopo l'altro.

Passo.

Perché non ha cercato di incontrarmi, se era qui fuori casa?

Passo.

Perché non mi ha semplicemente chiamata?

Passo.

E se non voleva, perché non ha scritto sul mio, di cellulare?

Passo.

Che senso aveva il messaggio nella fasciatura di Argo?

E mentre le risposte più fantasiose svolazzavano via (era rimasto deturpato, aveva problemi alle corde vocali, voleva sincerarsi in sua assenza che avesse trattato bene il cane e altre ipotesi da fotoromanzo), Lena si vestiva, metteva la retina, preparava la borsa e sbatteva contro i due soli punti concreti verso cui le domande convergevano.

Le chiavi.

Il cane.

Saverio doveva essere entrato in casa con il suo mazzo di chiavi, quello che gli aveva regalato lei insieme a un portachiavi di Jack Skeletron che gli aveva fatto arricciare il naso. Le chiavi, come il cellulare, non erano state ritrovate sul parapetto, quindi ragionevolmente le aveva con sé.

Tingle tingle.

L'eco di un ricordo le risuonò dal fondo della mente ma non riuscì ad afferrarla. Si guardò intorno in cerca di un'alternativa. Non poteva essere entrato dalla portafinestra sul giardinetto, non aveva maniglie esterne e c'era una serratura anche lì, con una grossa chiave di ferro girata all'interno. Restava come unica possibilità l'ingresso dalla porta blindata, quindi. E così come l'aveva fatto il giorno prima, poteva rifarlo.

Non dovrei essere preoccupata. È Saverio.

Eppure quel suo nascondersi, quel rimanere tangente la inquietava.

Sono passati due anni, ha bisogno di tempo.

Prese una manciata di crocchette e le infilò sotto il muso del cane, che le mangiò svogliato. Non aveva senso avere paura per lui, Argo era considerato una minaccia da tutti, eccezion fatta per gli amici di Saverio, per lei e per il suo padrone redivivo,

Non devo chiamarlo così, non è mai morto.

nessuno gli avrebbe fatto del male. Lo stesso si assicurò che la porta sul giardinetto fosse ben chiusa e controllò due volte anche quella d'ingresso. Iniziava il turno alle nove e lo finiva alle sedici, sette ore. Mise le chiavi nella borsa e già che c'era controllò il Samsung. Era lì dentro, sul fondo, muto e oscuro.

Passo.

Perché non posso rispondergli?

La domanda definitiva.

«Gehen Sie rechts ab und immer geradeaus, bis Sie ein Postamt finden.»

«Vielen Dank, Sie sind sehr nett.»

Nonostante gli scrosci di pioggia e il calo drastico della temperatura i tedeschi avevano resistito stoicamente. Metà degli ospiti invernali dell'hotel Grand'Arno veniva dalla Germania e la loro receptionist preferita era ovviamente Lena, con cui non era necessario alcuno sforzo per farsi capire. Anche l'altra ragazza, Katia, parlava un buon tedesco, ma era più scolastico, privo di sfumature. Coprivano entrambe la fascia dalle nove alle sedici, Lena arrivava prima e si assentava mezz'ora per il pranzo, Katia attaccava mezz'ora dopo e se ne andava solo dopo aver completato il passaggio al turno pomeridiano di Gianluca ed Elvio. Non erano amiche, non erano nemiche, lavoravano insieme e basta. Ma Katia si accorse subito, quella mattina, che Lena era diversa.

«Che sorriso! Hai vinto alla lotteria?»

Lena non rispose, impegnata com'era a fornire indicazioni a una teutonica coppia di anziani, ma sì, si sentiva baciata dalla fortuna. Quella mattina tutto le era parso diverso, Firenze, il cielo appena offuscato, la pietra delle strade sotto i piedi, perfino l'Arno, che fino a quel giorno non era riuscita più a guardare.

Scusa, non eri stato tu.

aveva pensato, perdendosi per un attimo nell'acqua. E mentre camminava vicino al parapetto di pietra, con gli occhi già alle enormi vetrate dell'hotel che riflettevano la luce, un pensiero le era rotolato nella mente, avanti e indietro, come l'occhio pigro dei bambini.

Devo dirlo a qualcuno.

Non alla famiglia di Saverio, a loro forse stava bene così. Era stato fonte di imbarazzo a partire dai quattordici anni, una delusione tremenda, molto meglio una tomba al suo posto, così potevano smetterla di aspettarsi una telefonata dalla polizia da un momento all'altro. Meglio il dolore rispetto a quel senso di sporco, il dolore è sempre nobile. Ma la nuova famiglia, invece, quella che Saverio si era scelto, loro meritavano di saperlo. Gli animalisti, i teppisti, i tossici, a partire da Mattia. Eppure il pensiero era andato e venuto insieme allo sguardo che si posava sul Samsung, in attesa di un nuovo segnale che era certa sarebbe arrivato, ora arriva, vedrai che arriva. Ma non aveva trovato un appiglio saldo a cui agganciare una decisione. Voleva tenere quella certezza solo per sé ancora un po', era quello.

Oppure il fatto è che non ci credi fino in fondo.

Aveva spostato questo pensiero con una scrollata ed era entrata nell'hotel, il desk di mogano rosso che l'aspettava come un abbraccio. Niente rogne quella mattina, il proprietario, Castellacci, non si era fatto vedere, i clienti erano stati gentili, c'erano cose da fare, documenti da registrare, poteva cullarsi in quella sensazione ovattata di stordimento. Saverio era vivo, la prova era chiusa nella sua borsa, tutto il resto, le domande e i passi, potevano aspettare. Con Katia parlò del più e del meno, e quando quella le buttò lì un

«Hai trovato un nuovo moroso?»

Lena si concesse una risatina che venne presa per conferma. Ogni tanto alle sue spalle il cellulare di Katia bippava e Lena sobbalzava appena, tesa all'idea che fosse un nuovo messaggio sul Samsung, ma i suoni erano diversi e quando lo controllava le icone erano tutte mute.

Pazienza. Dagli tempo.

A mezzogiorno e dieci era quasi ora di assentarsi nello stanzino per una focaccia e un succo di frutta quando Katia, a bruciapelo, le disse

«Guarda che ti muore».

Reagì male alla parola, lo faceva sempre.

«Come, scusa?»

«Ti muore. La batteria. Attaccalo oppure mettilo silenzioso, che se Castellacci lo sente dopo ti fa storie.»

«Ma di cosa parli?»

«Il cellulare nella tua borsa. Non è quello che bippa? Si sta scaricando.»

Non ci aveva pensato.

I suoni che aveva sentito non erano notifiche e quando aprì la borsa vide che sì, la batteria era rossa, solo una linea sottilissima sopravviveva. La cosa più ovvia, e non le era venuta mai in mente. Girò il cellulare, guardò lo slot già sapendo che era diverso dal suo, il cavo non sarebbe servito a niente. La batteria era al 5%. Un momento di buio totale, quello era l'unico punto di contatto con Saverio.

E se scrive? E se chiama? Prima delle quattro non esco da qui!

«Tu ce l'hai un cavo?»

«No.»

Avvertì una nota di compiacimento nella voce di Katia. In fondo i meccanismi dei rapporti tra persone sono sempre gli stessi, e se lei era più brava, se era più richiesta, se l'hotel si faceva vanto delle sue capacità nonostante quei capelli, be', da qualche parte una forma di rivalsa si sarebbe fatta viva. Le venne in mente che avevano sempre dei caricabatterie di scorta da dare ai clienti, insieme agli adattatori per le spine estere, e corse alla scatola sotto al bancone. Due cavi per iPhone e un vecchissimo accrocchio per i Nokia, gli altri non c'erano. Non aveva tempo di scoprire a che stanza li avessero assegnati, forse non era stato preso nemmeno un appunto, era quasi la mezza e se voleva andare a comprarsi un cavo le restava pochissimo tempo. Pensò velocemente ai negozi di telefonia che conosceva, tutti troppo lontani.

Ragiona con calma, i caricabatterie si trovano dappertutto ormai, anche negli ipermercati o nelle stazioni.

Mezzogiorno e dodici. Le venne in mente un negozio cinese tre vie più in là, forse loro avevano anche accessori per la telefonia.

«Katia, devi coprirmi.»

«Cosa? Perché?»

«Devo uscire.»

«Come devi uscire? Vai già a pranzo qui di fianco?»

«No, vado via, ma torno subito, ci metto cinque minuti.»

«Ma, e Castellacci? Se arriva cosa gli dico?»

Per un istante Lena si incagliò nella propria onestà. Non aveva mai sgarrato in vita sua.

Gli alberi troppo dritti finiscono dentro alle aiuole.

«Di' che ho accompagnato un ospite fino in fondo alla via. Di' che era in ansia e voleva essere guidato. Poi se mai mi invento io qualcosa.»

Katia aggrottò la fronte, ma non era poi una cattiva persona e si limitò a rispondere

«Va be'».

Le porte a vetri scorsero di lato e Lena uscì camminando veloce, perché aveva i tacchi e non poteva correre, obblighi della divisa. Ricordava la posizione del negozio abbastanza bene, in teoria ci sarebbe arrivata davvero in cinque minuti, sette se proprio il ciottolato le si metteva di traverso. Il Samsung emise due *bip* ravvicinati, in segno di agonia, e

Lena decise che in fondo avrebbe potuto corricchiare sulle punte. Arrivò nella via con il fiato tagliato, il dubbio che forse i cinesi chiudessero prima, niente orario continuato, e se fossero andati via per il pranzo? Mattia chiudeva il suo negozio un po' quando gli pareva.

E anche Saverio.

Mangiata dalla tensione rischiò di passarci davanti senza riconoscerlo, sterzò all'ultimo e si buttò dentro. L'ansia di trovarlo lasciò il posto a quella di tornare all'hotel prima che qualcuno avesse da ridire sulla sua assenza.

In tanti anni non ho mai creato un problema. Dread a parte.

Non le fu di nessun conforto, era una donna dritta, rigorosa, integerrima, Saverio aveva ragione, non era capace di comportarsi male. E, anche se per un'ottima ragione, in quel momento lo stava facendo.

Non mi pagano per andare per negozi.

Alla cassa non c'era nessuno e si aggirò confusa tra gli scaffali, trovando imbuti fosforescenti, mollette per capelli, shampoo scontati ma niente che avesse a che fare con i cellulari. Trovò un ragazzo che stava sistemando i primi costumi da bagno e gli chiese

«Avete cavi per cellulari? Caricabatterie? Con l'ingresso come questo?»

sventolandogli sotto gli occhi il Samsung. Quello la guardò con aria assolutamente stolida, non aveva capito una parola. Provò in inglese

«Please, I need a charger for this...»

ma quello la interruppe tuonando a gran voce

«Hnjah!»

o qualcosa del genere, che doveva essere un nome in cinese, perché una ragazza dagli occhi sottili come aghi spuntò da dietro l'angolo e le chiese con forte accento toscano

«Cosa cerca?».

Lena le mostrò il telefono e quella andò verso le casse perché era tutto lì, in bella mostra, cover, pellicole salvaschermo, cavi. Li trovarono subito, prese il primo della fila, pagò nove e novantanove e si buttò di nuovo in strada mentre un campanile lontano suonava la mezza. Si impose di non correre di nuovo, non con i tacchi, una storta sarebbe stata un guaio e pure smagliarsi i collant, visto che non il Samsung squillò.

Non era un *bip*, era uno squillo. Una telefonata. Lena lo sollevò davanti al viso, in mezzo troneggiava la scritta SCONOSCIUTO. Saverio la stava chiamando. E in quell'istante preciso il Samsung morì.

Rimase ferma.

Ferma come se non esistesse un altro posto al mondo dove andare. Non gli aveva risposto. Lui l'aveva finalmente chiamata dopo due anni di morte e lei non aveva risposto perché non era stata capace di pensare che un telefono andava caricato. Quello che fece dopo non fu correre, era una cosa più primitiva, i tacchi non c'erano più e nemmeno la divisa, c'erano solo le vetrate del Grand'Arno da raggiungere e superare fino al mazzo di prese dietro al bancone. Non pensava al ritardo, alla disonestà di uscire fuori orario, pensava solo che la voce di Saverio, dopo due anni, era caduta insieme alla linea.

Non mi perdonerò mai.

Attraversò le porte a vetri quasi senza aspettare che si aprissero. Davanti al desk non c'era nessuno e Katia corse subito fuori dallo stanzino.

«Quanto ci hai messo?! Hai lasciato qui il telefono! Continua a squillare, io ho levato la suoneria ma avranno chiamato almeno sei volte!»

Il telefono, il suo, dopo che il Samsung era morto. La superò in corsa dietro al bancone, cercando un'altra chance per riparare, per chiedere scusa, per rispondergli, Saverio, sei tu Saverio? Era segnalato un messaggio in segreteria e si precipitò ad ascoltare quello senza guardare altro, fece il numero, sbagliò, lo rifece con Katia che la guardava con due occhi così, perché Lena non si scomponeva mai e ora sembrava impazzita. Alla fine ce la fece. Il messaggio diceva:

«Signora Bacarelli, sono Livia Varano. Senta, se lei non viene a sistemare il suo cane guardi che chiamo l'amministratore e anche i carabinieri. Perché non è possibile, sono due ore che è fuori in giardino ad abbaiare come un pazzo e quando ci siamo avvicinati alla siepe ha anche cercato di morderci. Guardi che così non si può andare avanti, quindi faccia qualcosa o facciamo qualcosa noi!».

La gallina era appesa sopra la rete di separazione. Il giardino sul retro confinava con quello di un gruppo di case popolari, molto grande e con accesso libero. Due anni prima Lena si era fatta aiutare da Mattia e Astrid per rinforzare la rete bassa coperta di edera che avevano messo i vecchi proprietari. Argo non saltava e non era incline alla fuga, inoltre era vecchio, ma non si poteva definire un animale cordiale ed era bene mettere un filtro tra lui e il mondo. Agli occhi dei vicini appariva come una pericolosissima belva nera pronta a dilaniarli, meglio limitare al massimo i pretesti per una faida. Visto che abbaiava ai gatti quando li vedeva passeggiare oltre la rete, sbeffeggiandolo con le code alte, lei non gli lasciava mai la porta aperta sul giardino, quando doveva assentarsi.

Ora era spalancata.

Entrambe le ante, mentre Argo saltava cercando di arrampicarsi per prendere la gallina. Lena sapeva che avrebbe dovuto afferrarlo per il collare, anche se non gli piaceva e correva il rischio di farlo voltare e prendersi un morso. A Saverio era successo e le aveva mostrato orgoglioso la cicatrice con i segni dei denti.

«Se vuole ti sbrana» aveva detto.

Ma pur tenendolo presente ora Lena non aveva scelta, il collare a strozzo era chiuso nel ripostiglio da quella volta che Argo aveva tirato così tanto da non riuscire più a riprendere fiato e Astrid si era incazzata con lei, arrivando a minacciarla di portarle via il cane. Saverio non lo aveva mai usato, lo trovava uno strumento crudele e gli aveva messo un bel collare anallergico con attaccata una medaglietta che si collegava a un'app per rintracciarlo, ovviamente fornita da Astrid. Ma a lui il cane ubbidiva. Con Lena c'erano stati brutti incidenti, quaranta chili di muscoli contro i suoi cinquantuno le avevano strappato via il guinzaglio e si erano lanciati a valanga verso altri cani. Una volta era con gli amici tossici di Saverio e lo avevano frenato loro, una volta era nel rifugio di Astrid e la zuffa si era risolta con un po' di disinfettante e una lunga predica sulla necessità di fare un corso con un educatore, ma la terza volta era stata al parco. L'altro cane era letteralmente sparito nella bocca di Argo e quando lo avevano estratto, miracolosamente illeso, Lena aveva seriamente rischiato una denuncia. Doveva aver fatto pena all'altro proprietario, perché alla fine aveva risolto la cosa con una serie di insulti e un "si vergogni" che le era rimasto a lungo nelle orecchie.

«È andata bene» aveva sentenziato Alex, l'altra amica animalista di Saverio, quando le aveva riferito la cosa, e l'aveva guardata come sempre dall'alto verso il basso, a dimostrare che la considerava un'inetta. Qualche giorno dopo le aveva portato il collare a strozzo e una siringa con dentro un pistone di roba. Poi le aveva detto:

«Se succede qualcosa di veramente brutto, per esempio se attacca una persona, tu infilagliela da qualche parte e pompa tutto dentro. Portatela dietro SEMPRE». E accarezzando a lungo Argo aveva aggiunto: «Non è un cane per chiunque».

Pensò allo strozzo, alla siringa, all'impossibilità di riuscire a mettergli la pettorina, agitato com'era, e oltre la siepe le voci dei Varano si sentivano nettamente.

«Qui non è consentito tenere animali così grossi.»

«L'amministratore ci sente, lei non può fare i suoi comodi.»

Doveva riportarlo dentro il prima possibile. Afferrò il collare con due mani e cominciò a tirare. Argo protestò ma si fece trascinare puntando tre zampe su quattro, quella fasciata che restava su perché in quelle ore doveva averla sforzata tantissimo. Era stanco e riuscì a chiuderlo in camera, poi tornò fuori.

«Ha capito? Questa non è casa sua, qui ci vivono altre persone.»

«Sì, ho capito, il cane era chiuso, non so come ha fatto ad aprirsi.»

«E allora faccia controllare la finestra, perché se succede un'altra volta...»

Lena non ascoltava più, gli occhi solo per la gallina. Era stata bloccata in cima alla rete, fatta passare tra le maglie lasciando le zampe fuori. Non era una gallina vera, era uno di quei giocattoli per animali che hanno il fischietto in fondo, un finto pollo spennato di gomma con una gigantesca cresta rossa in cima. La conosceva benissimo, ci era inciampata mille volte in una gallina come quella, nel retro del negozio di Mattia. Argo ne faceva fuori una alla settimana, in pratica, era il suo gioco preferito e ogni volta Saverio toglieva pazientemente il fischietto perché

«Altrimenti mi tira scemo».

Mentre le palline e gli ossi di gomma lo lasciavano del tutto indifferente il cane diventava pazzo per quel giocattolo. Saverio lo portava in campagna e gliela lanciava per ore, lottando poi per riavere la gallina, perché Argo non la mollava neanche morto. Bastava che la tirasse fuori dallo zaino e gliela facesse vedere per farlo esagitare, tanto che impediva a chiunque di giocarci con lui.

«Capace che ti stacca una mano.»

Quando era diventato suo Lena non gliene aveva mai comprate, cercando di indirizzarlo su altri giochi, come la Pallattiva, un contenitore di gomma che si poteva aprire e riempire al centro di biscotti e bocconcini, rilasciati gradualmente se il cane ci giocava. Ma la Pallattiva giaceva inerte in soggiorno da più di un anno, totalmente ignorata. Lena aveva preferito il senso di colpa nel vederlo apatico che il rischio di non saperlo gestire. Non solo, c'era anche il fatto che vedere quelle galline sarebbe stato troppo doloroso. E ora eccone lì una, appesa alla rete. La staccò affrettandosi a rientrare e chiudere tutto. Era stato difficile farsi sostituire così al volo, si era inventata

Balle.

che sua madre si era sentita male, perché non avrebbe ottenuto nessun aiuto se avesse tirato in ballo il cane. Gianluca aveva scambiato il turno con lei, alle quattro sarebbe dovuta tornare all'hotel e poi si sarebbero messi a posto con le ore. Le unghie del cane grattavano contro la porta della camera, se non lo avesse liberato avrebbe trovato sfogo nel letto, soprattutto sui cuscini. Fece un veloce scambio mentale di priorità e cercò una presa a cui attaccare il Samsung. Osservò il simbolo della batteria su sfondo nero con le tre tacche che si illuminavano a intermittenza, una, due, tre, una, due, tre.

Che bisogno c'era?

La trovata della gallina era stata una carognata bella e buona, Saverio conosceva benissimo i Varano, le volte che trascorreva la notte da lei si divertiva a prenderli in giro, si fermava nell'androne a raccontar storie solo per vedere le loro espressioni indignate.

«La dimostrazione che i dinosauri non sono estinti» diceva, e a nulla valeva che Lena gli chiedesse per favore, piantala, io qui ci devo vivere, ma che soddisfazione ti dà?, lui non smetteva.

Forse è arrabbiato. L'altro giorno ha girato la casa e ha visto che non ho preso giochi ad Argo.

Forse. Ma allora perché non lasciargli la gallina dentro casa e limitarsi a farle trovare l'arredamento semidistrutto, perché aprirgli il giardino, perché fissargliela in alto là dove non l'avrebbe raggiunta?

Il Samsung si accese.

Lena si sporse in avanti, aggrappata al bracciolo del divano, in attesa di una notifica, un suono, un segnale.

Ti rendi conto di cosa stai facendo? Sembra che la tua vita dipenda da questo telefono.

Era così. Senza mezze frasi o ipocrisie, la sua vita era finita in quella sera di aprile di due anni prima e ora, solo ora, tentava di ricominciare. Il telefono trillò due volte, la prima era per notificare la chiamata persa dal numero sconosciuto, unica in entrata nel registro chiamate, la seconda per segnalarle un messaggio. Lo aprì terrorizzata, poteva contenere rabbia, recriminazioni, perfino un nuovo addio. Invece erano solo due parole:

APRI, MARIA.

Doveva risolvere la questione di Argo prima di tornare al lavoro. Saverio poteva entrare e uscire a piacimento dalla casa

A meno che non faccia cambiare la serratura.

Ma perché dovrei?

e se era in vena di atti dimostrativi allora lasciare la bestia di nuovo sola non era prudente. Quest'ultimo incidente l'aveva quasi tranquillizzata, era così nello stile di Saverio, menefreghista sulle conseguenze pur di tenere il punto, pur di dimostrare che aveva ragione lui e che tu avevi torto marcio, che si era sentita riportare naturalmente indietro.

A quando mi trattava come una merda.

Pensiero da Betta, meglio toglierlo di mezzo subito. Avrebbe pensato a una maniera per lasciargli un messaggio

Sì, ma perché non chiama?

Ha chiamato oggi e io non ho risposto.

ma non ora. Ora doveva trovare un modo di piazzare il cane. La prima scelta era sempre Alex, lei le aveva tenuto Argo dozzine di volte, facendogliela pesare ma non troppo, tanto era abituata e con lei il cane stava tranquillo. Alex faceva parte della schiera di animalisti talebani. Lei e Saverio, insieme a un'altra trentina di persone, cinque anni prima avevano dato l'assalto all'allevamento Mombello, liberando diversi animali destinati alla vivisezione. La spedizione aveva fatto molto rumore, c'erano stati dei fermi ma lei e Saverio l'avevano scampata. Questo aveva creato un senso di fratellanza tra loro e da quando l'aveva conosciuta al funerale, anche se era certa che la vedesse come un'estranea insipida, Lena poteva sempre contare su di lei. A meno che non fosse via per lavoro, cosa che capitava spesso. Provò a chiamarla ma non ottenne risposta, pensò che anche Sergio a quell'ora era in fabbrica e allora passò al piano C, l'altra branca degli animalisti talebani, capeggiata da Astrid. I gruppi animalisti tra loro non si parlavano, criticavano gli uni i metodi degli altri, stigmatizzandosi come falsi, di facciata, servi del potere. Astrid gestiva un rifugio, era lesbica ma single perché poco tollerante con gli esseri umani. I cani di cui si occupava Astrid, lanciando strazianti appelli sulle pagine Facebook propria e del rifugio, raramente trovavano un padrone, perché lei bocciava quasi tutti i candidati. Difficile superare i suoi esami nazi, senza giardino non affidava nemmeno un Chihuahua, agli anziani non li dava perché non garantivano di potersi occupare a vita del cane, i bambini sì, ma solo sopra i sette anni perché prima non sapevano distinguere tra una vita e un giocattolo e così via. Tuonava contro l'insensibilità umana e anche Lena non la convinceva a fondo, ma non aveva titolo per portarle via Argo, e forse nemmeno il cuore, così si limitava a farle il terzo grado, oltre che visite a sorpresa (a cui sottoponeva anche i propri adottanti) per verificare che stesse seguendo alla lettera le sue indicazioni. Data la mole e il carattere del molosso accettava di prenderlo in custodia solo in casi estremi, e quello non le sembrava tale.

«Ma scusa, perché non lo chiudi in casa?»

«La portafinestra del giardino è difettosa, oggi si è aperta e lui è rimasto fuori ad abbaiare, i vicini hanno protestato.»

Mento, mento, continuo a mentire.

«E allora? Cazzi loro. I cani abbaiano, sono cani, cosa si aspettano? Mandali affanculo.»

«Non posso, Astrid, io qui ci vivo, dai.»

«Va bene, ma io non posso tenertelo. Mi hanno portato uno Schnauzer cardiopatico e se gli metto di fianco Argo che lo guarda storto quello mi resta secco. Portalo da Mattia, no?»

Era una cattiveria, perché Mattia non gliel'avrebbe tenuto, non lo aveva fatto mai, neppure per amore di Saverio. Il magazzino sul retro del negozio era tornato a essere tale e il nuovo commesso era un giovane hipster di rara antipatia che detestava gli animali.

Chiusa la comunicazione con Astrid, Alex l'aveva richiamata. Si trovava a Treviso per un corso di formazione.

«Se mi avvisavi prima te l'avrei tenuto, oppure ci pensava Lucio, ma oggi è di turno in ospedale. Che cosa è successo?»

«Niente, le solite discussioni con i vicini.»

«Quello non è il posto dove tenere un cane come lui, te l'ho detto mille volte. Hai i soldi, perché non cambi casa?»

"Hai i soldi" era uno degli argomenti preferiti di Alex, insieme a "hai un bel faccino" e "voi laureati", visto che a lei mancavano tutte e tre le cose.

«Ascolta, io devo risolvere la situazione adesso, non lo posso lasciare a casa, poi ti spiegherò tutto, ma ora come ora non posso. Come faccio?»

«I tuoi?»

«No, lo sai.»

«La tua amica stronza?»

Betta faceva sempre furore.

«Preferirei di no, poi penso che a quest'ora sia al lavoro.»

«TUTTI sono al lavoro a quest'ora, cara. È così che funziona, non è che abbiamo i tuoi orari flessibili.»

Lena non raccolse, era stanca. L'altra lo capì, e anche se la prima volta che si erano incontrate presentandosi le aveva detto

«Alex, come quella di *Attrazione fatale*.»

non l'avrebbe mai lasciata in difficoltà.

«Chiama Fermo, ti mando io un sms col numero. Te lo tiene lui, digli che ti mando io.»

«Ma chi è? È affidabile?»

«Se ti ci mando io!»

«Okay, grazie. Mi costerà molto?»

«Non ti costerà niente, anche se non capisco che problema ci sarebbe, ce li hai. Ora vado, che rientriamo in aula.»

«Grazie mille, Alex, ti devo un favore. Più di uno, lo so.»

Dall'altro capo ci fu un'esitazione e Lena se la immaginò a tormentarsi il labbro con le dita, i capelli tinti di rosso che spiovevano intorno al naso adunco.

«Ma è una roba brutta quella con i vicini? Non è che gli han buttato delle polpette?»

«No, niente di simile. Grazie ancora» e chiuse prima di altre domande.

Questo era il mondo che le aveva lasciato in eredità Saverio, un gruppo di fanatici semisconosciuti incontrati quasi tutti intorno alla sua bara, gente a cui non piaceva niente di lei, la sua estrazione, la sua cultura, le sue abitudini alimentari, le sue frequentazioni. Non la capivano. Ma nessuno avrebbe fatto un passo indietro, pur trovandola aliena a ciò che sentivano di rappresentare, perché era la donna di Saverio, e Saverio era stato uno di loro.

Fermo aveva un'età indefinita tra i trenta e i cinquant'anni, i capelli ricci radi intorno a una stempiatura unta e occhi scuri, penetranti. Si era dimostrato oltremodo sgradevole, trattandola – e le accadeva spesso – con distacco assoluto, quasi fosse indegna di possedere un animale. Argo lo aveva seguito a orecchie basse, senza nemmeno voltarsi per vedere se Lena se ne andava, aumentando il suo senso di colpa.

Tra quattro ore torno a prenderlo.

Pensarlo servì a poco, anni di autoflagellazione per non essere la persona che gli altri si aspettavano o per non essere più la persona che ricordavano l'avevano piegata a dare per scontato che fosse sempre responsabilità sua. Ci si era abituata, aveva perso ogni memoria di quella frizzantezza leggera che dà il bastarsi. Entrò al Grand'Arno cinque minuti prima delle quattro, pronta a ricamare nuove bugie sulla mamma che si era sentita meglio, solo un grande spavento, per fortuna è andato tutto bene. Dietro il desk Gianluca la aspettava con un sorriso teso e i capelli impeccabili, un caschetto immobile che lo teneva in bilico tra fascino e ridicolo. C'era stata una piccola parentesi, tra Lena e Gianluca, in un momento di fragilità. Lui era sempre così aperto

APRI, MARIA.

e rassicurante, la battuta pronta, il gesto galante, e lei era stanca morta, con i suoi che facevano storie per il cane e perché non andava da loro a pranzo, il telefono sempre muto senza la forza di chiamare per prima, i vestiti larghi e le ossa del bacino che cominciavano a sporgere nonostante le sembrasse di mangiare abbastanza, i Varano che si erano alleati con i vicini dall'altro lato della palazzina per dire che il suo giardino puzzava e che doveva annaffiare ogni volta che Argo faceva la pipì, e la lavatrice che tre giorni prima si era rotta. Quando si era ritrovata nella lavanderia automatica, davanti ai panni che giravano, le nocche bianche da quanto stringeva il guinzaglio per paura che Argo scappasse, ecco, allora aveva sentito di aver toccato il fondo. Il giorno dopo era scoppiata a piangere nello stanzino dietro al desk. E Gianluca era stato lì. Poi ne avevano parlato, lei in debito d'ossigeno per l'imbarazzo, lui che faceva il noncurante ma si vedeva che ci aveva sperato. Da quel momento Lena aveva cercato un'alleata in Katia per non farsi dare più turni insieme a Gianluca, e se proprio doveva meglio quelli caotici, il weekend da metà mattinata, così che gli ospiti le facessero da schermo e scudo.

Quel pomeriggio, naturalmente, non era così.

Restarono uno accanto all'altra, lei a registrare dati e scansionare documenti, lui a raccogliere prenotazioni ed emettere fatture. Ogni tanto un cliente passava, lasciava le chiavi e usciva nell'aria mite di quel marzo che prometteva per non mantenere.

«Mi ha detto Katia che ti sei trovata un nuovo fidanzato.»

Lena sospirò interiormente, sempre la solita storia dell'avere aspettative sulle persone sbagliate.

«Non ho nessun nuovo fidanzato, mi ha fatto una battuta, non so perché l'ha presa seriamente.»

«Io sarei contento se tu avessi un nuovo fidanzato. Sei sempre sola, con quel cane.»

«Se ho il cane non sono sola, ti pare?»

«A me sembri sola.»

«Non vedo su che basi, fuori da qui non mi vedi mai.»

«Sì che ti vedo.»

Lena staccò gli occhi dallo schermo e li spostò su di lui. Gianluca stava verificando il ritiro in aeroporto di due bagagli eccezionali di ospiti americani, quelli arrivavano sempre portandosi dietro mezza casa. Sembrava tranquillo.

«E dove mi vedi?»

«In giro. Il mondo è piccolo.»

"In giro". Lena "in giro" non ci andava mai.

«Ma sai dove abito?»

Domanda cretina, i loro documenti erano tutti lì, per la trasparenza voluta da Castellacci, e poi avevano i numeri di riferimento per le emergenze, dai, dopo tutti quegli anni voleva che Gianluca, o Elvio o Mariolina che faceva le camere al terzo piano non sapessero dove abitava?

«Non di preciso.»

È una bugia.

Tornò a guardare lo schermo con il disagio che le si allargava dentro a macchia d'olio. Perché non lo voleva ammettere, ma una parte del suo cervello lavorava ancora su altre ipotesi riguardo al cellulare.

Qualcuno che fa finta di essere Saverio.

Della canzone sapevamo solo noi due.

Sicura?

Non lo avrebbe sopportato, distruggere cattedrali sui matrimoni era accettabile, perdere il solo appiglio di speranza dopo due anni di morte interiore no. Quindi spinse via anche l'ipotesi che forse Gianluca potesse avere a che fare con il Samsung e le foto scattate fuori casa.

Sei sempre sola, con quel cane.

Trascorse un'altra ora, non si scambiarono più di venti parole, passarono i cuochi diretti alle cucine per preparare la linea per la cena, i tedeschi rientrarono sventolando le guide in lingua, Castellacci chiamò per sapere se il pullman per il giorno dopo era stato prenotato. Pochi minuti prima delle sei il Samsung trillò. Era chiuso in borsa nello stanzino ma Lena non ebbe il minimo dubbio.

Ecco qua, non mi pare che Gianluca abbia inviato nessun messaggio, mentre spostava i turisti di Würzburg dalla doppia alla tripla.

Lasciò il desk con compostezza, controllando le gambe perché non voleva che lui

Cosa?

la vedesse strana o allarmata. La mamma stava meglio, no? Ma era naturale che lei controllasse subito che non fossero cattive notizie. Era un messaggio. Anzi, no, era una foto.

Di Argo.

Argo in una gabbia.

No, non una gabbia, un box, il classico box da canile. Non aveva visto box da Fermo, ma in effetti non era nemmeno andata molto dentro la sua proprietà, che non era in centro, aveva un muro di pietra intorno e un cancello completamente chiuso, color piombo. Era entrata nel cortile di ghiaia pieno di piante in vaso e lui le aveva preso il cane. Fine. Se n'era andata, Argo non si era voltato, l'indirizzo gliel'aveva dato Alex, come poteva immaginare che l'avrebbero rinchiuso?

È solo per quattro ore.

Saverio non avrebbe tollerato nemmeno quattro minuti.

«Tutto a posto?»

Gianluca, dalla porta.

Fece in tempo a rispondere

«Certo»

quando arrivò il secondo messaggio, stavolta solo testo. Una parola.

COMPLIMENTI.

«Scusa, e dove cazzo li dovrebbe tenere i cani ospiti? Fermo non è una pensione, il suo è una specie di rifugio privato. Avevi bisogno, t'ha tenuto il cane e non ti ha fatto pagare nemmeno un centesimo, cos'hai da rompere?»

Alex sbraitava al telefono in una conversazione disturbatissima, intorno il vociare furioso dei partecipanti al congresso o al corso, o a quel diavolo che era.

«Se tu mi avessi detto che lo metteva in gabbia ti avrei risposto di no.»

Lo aveva ritirato di corsa, lasciando l'auto davanti al cancello con il bagagliaio aperto. Di solito lo faceva viaggiare sul sedile posteriore ma adesso avrebbe fatto le cose per bene, non sarebbe incorsa in rischi o multe o altre gabbie.

Se Astrid lo venisse a sapere mi ucciderebbe.

Ma il problema non era Astrid. A Fermo non aveva detto nulla, se era amico di Alex sapeva a che corrente animalista apparteneva, quella del "meglio sicuri, nutriti e curati che liberi di farsi del male". Astrid invece era della linea "solo in famiglia" che eliminava alla radice ogni opzione che non fosse l'adozione, gabbie comprese, in favore di spazi collettivi e permanenza a vita nel rifugio. Talebani contro talebani.

«Ma qual è il problema?» la rintuzzò Alex. «Argo t'è tornato traumatizzato?»

«No, mi sembra tranquillo.»

«Te l'ha detto lui che l'ha messo in gabbia?»

Lena si fermò sull'orlo della menzogna.

«Non è questo il punto.»

Chiediglielo.

«Senti, Alex, Fermo lo conosceva, Saverio?»

«In che senso? No, non lo conosceva, per quel che so io. O magari sì, io mica conoscevo tutti quelli che conosceva lui. Ma cosa c'entra Saverio? Ma ancora stai a pensare a cosa avrebbe detto lui se avesse saputo che hai messo Argo in gabbia?»

«IO NON HO MESSO ARGO IN GABBIA! IO NON LO SAPEVO.»

Aveva gridato. Lei non gridava mai. Alex rimase in silenzio, e mentre Lena stava mettendo insieme un balbettio di scuse replicò secca

«Quando torno vengo a trovarti. E parliamo».

La conversazione venne interrotta e le venne da piangere, mangiata dalla colpa per aver messo in gabbia Argo, dall'ingratitudine dimostrata ad Alex, dal disagio che ancora aveva addosso per il dialogo con Gianluca e soprattutto dalla condanna di Saverio.

Com'è entrato da Fermo? Fermo lo conosce? Sa che è vivo? Sa che esiste una tomba con il suo nome?

Mentre guidava verso casa cominciò a piovere e mentre si chiedeva cosa avrebbe trovato oltre la porta blindata il suo telefono squillò di nuovo. Era Astrid. Voleva sapere se aveva poi trovato il posto dove lasciare Argo.

A casa non c'era niente fuori posto. Era tutto in ordine come lo aveva lasciato. Aveva preparato una dose generosa di cibo per il cane e si era messa subito in pigiama, scartando di nuovo l'idea di farsi un bagno. La sera prima era stata l'emozione a bloccarla, adesso l'ansia sottile che mentre fosse stata immersa nella vasca qualcosa potesse succedere. Una telefonata, un messaggio. O altro.

Ha le chiavi.

Le aveva, le aveva sempre avute, da quando si erano messi insieme. Ed evidentemente le aveva tenute in quei due anni di assenza.

Tingle tingle.

Di nuovo quel ricordo sfumato, che arrivò per andarsene.

Chi mi dice che non sia entrato altre volte, in precedenza?

Anche fosse? È Saverio.

Sentiva l'urgenza di parlarne con qualcuno, ma non avrebbe saputo con chi. Se Saverio non era uscito allo scoperto non stava a lei prendere questa decisione.

E chi ti dice che non l'abbia fatto? Magari oggi ha incontrato Fermo.

Fermo. Era certa che fosse la prima volta che si vedevano, non lo aveva mai incrociato in alcun gruppo di animalisti, né in quello di Astrid né in quello di Alex. E non c'era al suo funerale, ricordava ogni viso, ogni abbraccio.

Potrebbe avermi ignorata, essersene andato prima, magari era solo un conoscente.

Del resto la maggior parte di loro l'aveva conosciuta proprio allora, quando la scomparsa di un membro del branco li aveva fatti avvicinare, seppur sospettosi. Riprese in mano il Samsung, guardò le due fotografie, quella di lei con Argo e quella di Argo nella gabbia, e rilesse i quattro messaggi.

SAI CHI SONO?

IO SO CHI SEI.

APRI, MARIA.

COMPLIMENTI.

Tutti in maiuscolo, altra abitudine che Saverio aveva mantenuto nonostante gli avesse detto più volte che veniva interpretata come urlare.

«E allora? Posso scrivere come cazzo mi pare o devi chiamare l'Accademia della Crusca?»

La canzone preferì non riascoltarla, la sua emotività aveva preso abbastanza schiaffi per quel giorno. Cercò di staccare la spina, guardò un po' di televisione, mangiò alcuni biscotti al burro, fuori continuava a piovere. Alle dieci e mezzo si infilò nel letto, il Samsung che faceva coppia con il suo cellulare sul comodino, e si addormentò senza accorgersene.

Il primo rumore arrivò verso le due.

Sembravano le unghie di Argo che grattavano contro la porta che dava sul giardino e Lena nel dormiveglia pensò che l'aveva portato fuori l'ultima volta verso le nove e che doveva aspettarselo. Poi il rumore cessò e lei riprese sonno. Alle due e mezzo il suono riprese e Lena si trascinò fuori dal letto al buio, stordita per il risveglio improvviso. Accese la luce del corridoio e andò in soggiorno per aprirgli. Argo non c'era. Pensò che potesse essersi messo in bagno, sul tappetino soffice che tanto gli piaceva. Il bagno era vuoto e il tappetino in ordine a terra. L'ansia l'aggredì, tornò in camera da letto, pensando che per una volta il cane avesse sconfinato, visto che mai in quegli anni aveva scelto di dormire con lei, pur se gli lasciava la porta spalancata e a terra c'era un cuscino che lo aspettava. Niente. Non si trattava di un gatto, un barboncino, un bambino che si nasconde dietro le tende, era Argo, un molosso enorme, nero, che puzzava di cane! Iniziò a iperventilare, cercando di ricordare dove l'avesse visto l'ultima volta, ma era sempre nell'angolo in soggiorno, al solito posto, sulla brandina grande con la base rossa.

Il rumore tornò.

Era lui che grattava, lui che grattava, indiscutibilmente, e allora cercò di inseguire il suono, andò alla porta e fece girare la chiave che aveva lasciato infilata sbieca, facendo finta di non accorgersene, raccontandosi che non era perché da fuori nessuno potesse inserire quella del proprio mazzo e che non c'entrava niente la paura

APRI, MARIA.

perché non aveva mai avuto paura di Saverio, no, lo avrebbe negato fino alla morte. Fece scattare la serratura, strattonò indietro la porta.

Il cane non c'era, il rumore sì.

Era alle sue spalle. Si voltò, capendo che veniva dalla portafinestra sul giardino, precipitandosi ad afferrare la maniglia, tirò ma niente, allora annaspò poco sotto, cercando la chiave da girare. Non c'era. E il rumore veniva da lì, sì, Argo era chiuso fuori in giardino sotto una pioggia scrosciante, oltre le persiane, ma la chiave che fine aveva fatto? Era sempre nella toppa, non la sfilava mai, quando l'aveva aperta l'ultima volta? La sera prima? No, no, il senso di colpa era stato troppo forte, si era messa il giubbino sul pigiama e aveva portato il cane nel giardinetto davanti a casa, a pochi passi, senza mai perdere di vista l'ingresso. Non sapeva se la chiave fosse al suo posto, quando era rientrata dal lavoro. Quando i Varano l'avevano chiamata c'era, aveva chiuso tutto, ma dopo?

Dopo.

Dopo, quando gli aveva messo il cane in gabbia, Saverio era tornato e si era portato via la chiave.

Ma perché?

Perché era la chiave di ferro di una portafinestra e Saverio non l'aveva mai avuta nel suo mazzo. E ora Argo era là fuori.

Quando è entrato? Perché lo ha fatto uscire?

Non era importante, adesso doveva recuperare il cane. La recinzione intorno al giardino era ben fatta, ci erano stati attenti in cinque, lei, Mattia, Astrid e anche Alex e Lucio, quando erano venuti a trovarla. Argo non sarebbe stato in grado di uscire, ma certo qualcuno sarebbe potuto entrare. Esisteva una chiave di scorta? Le chiavi di scorta le teneva in un vecchio barattolo per i biscotti ma non le sembrava di averla mai vista lì. Andò nel ripostiglio, accese la luce, prese la scatola dal ripiano degli attrezzi e la rovesciò per terra. C'era quella del portone, quella della cantina, quella dell'auto, quella della casa dei suoi genitori ma niente portafinestra. Forse l'aveva data a suo padre, era un suo pallino quello di avere tutte le copie.

In quel mentre Argo abbaiò.

Qualcosa le scattò dentro. C'era in lei un ordine piramidale di priorità, in cima al quale stava ovviamente tutto ciò che riguardava Saverio. In quell'istante la punta si sdoppiò, da un lato il vecchio Saverio caduto da un ponte, dall'altro il nuovo Saverio che chiudeva Argo in giardino mentre diluviava in una notte di marzo. Il vecchio contro il nuovo. Non si stava preoccupando dei Varano, che forse lo avrebbero sentito e seppur nel cuore della notte sarebbero potuti uscire a protestare, non pensò a chi avrebbe potuto vederla fare qualcosa di inconcepibile fino a qualche giorno prima. La mente le andò a fuoco solo sulla devozione assoluta che il vecchio Saverio portava al suo molosso mezzo cieco.

Argo era la priorità.

Prese una tenaglia, infilò le scarpe e uscì.

Aveva aggirato il condominio ed era entrata nel grande giardino delle case popolari che si affacciava sul retro di casa sua. Lo aveva attraversato sotto l'acqua fino a trovarsi davanti il muso di Argo, zuppo, oltre la rete. Era andata a sinistra, scavalcando la cancellata di separazione per entrare dall'altro lato, nel giardino della signora Tasselli. Donna garbata, ma dubitava che, ritrovandosi una persona nel retro di casa nel cuore della notte, avrebbe reagito bene. A separare le due proprietà la rete con una siepe. Lena sapeva che c'era un punto in cui un alberello si era seccato, diradando le foglie. Lo trovò e ci si infilò dentro. Con la tenaglia aprì tutte le maglie della rete, il fiato che si condensava. E mentre lo faceva pensava che sarebbe bastato chiamare un fabbro, sarebbe bastato suonare alla signora Tasselli, chiederle il permesso, sarebbe bastato telefonare ad Astrid o ad Alex o a Mattia o a Betta, e in qualche modo la portafinestra si sarebbe aperta, ma nessuna di queste ipotesi le avrebbe consentito di nascondere il ritorno di Saverio.

Non posso rischiare.

Cosa? Di perderlo ancora? Di farlo fuggire? Di farlo arrabbiare?

Il muso di Argo si infilò nello spazio tra le frasche che lei gli teneva aperto. Lo portò dall'altro lato del giardinetto, separato solo da una siepe identica all'altra da quello condominiale a uso esclusivo dei giardinieri e del personale di pulizie. Non c'era scelta, doveva farsi spazio a forza, cercando di fare il minor rumore possibile. Avrebbero pensato ai ladri, ci sarebbe stata molta indignazione su per le scale, ma era sempre meglio che peggiorare la sua posizione agli occhi dei vicini. Piegò diversi rami fino a riuscire a passare col cane, poi si trovò davanti il cancelletto di legno che chiudeva lo spazio comune, su cui si dibatteva da anni perché alcuni dicevano che fosse antiestetico, altri no. Era chiuso esternamente con un piccolo lucchetto, sarebbe bastato un martello per farlo saltare, ma lei era dalla parte sbagliata. Lasciò Argo, scavalcò di nuovo la cancellata, uscì dalle case popolari, rientrò, andò a prendere un martello, un panno e un piccolo cuscino a forma di cuore ricordo di non si sa quale battesimo. Dalla zona dei garage uscì davanti al cancelletto, avvolse il martello con il panno, mise il cuscino sotto il lucchetto e lo aprì con tre colpi. Nessuno si affacciò, lei e Argo risalirono le scale dai garage, dove non scendevano mai perché non ne possedeva uno, e rientrarono nell'appartamento. Il cane era intirizzito, Lena lo sfregò a lungo con due asciugamani e una copertina di pile, poi lo spinse a entrare in camera. Lì si chiuse dentro, sperando che almeno di quella serratura possedesse l'unica chiave.

Aveva commesso una considerevole serie di reati minori, quella sera, e il giorno dopo ci sarebbero state conseguenze da affrontare. Ci avrebbe pensato poi, ora la piramide a due punte imponeva il suo veto. Sul Samsung troneggiava l'avviso di un messaggio. Tre parole.

NON DISUBBIDIRMI PIÙ.

3

Mattia la guardava stranito.

«Devo fare che?»

«Mi devi tenere Argo.»

«Ma se fino a oggi non l'ho mai fatto!»

«Solo perché non te l'ho chiesto.»

«E hai fatto bene, che ti dicevo di no.»

Lena non passava dal negozio da diversi mesi, ormai. Con Mattia di solito si vedevano in un bar poco distante dall'albergo, per due chiacchiere di circostanza che lui ciclicamente si sentiva in dovere di elargirle. Il nuovo commesso non le piaceva, antipatia reciproca, ed era troppo doloroso guardare la porta chiusa dietro la quale si era svolta gran parte della sua storia d'amore. Gli scaffali erano sempre gli stessi, gli oggetti cambiavano a seconda delle stagioni e dei traffici del proprietario, meno Oriente e più Russia, mentre l'Africa restava stabile. Quella mattina c'erano un paio di habitué in più, Germano, vecchissimo amico, anche anagraficamente, di Mattia, e Riccardo, detto Mometto, un uomo nerboruto con la barba da indiano. Lui e Saverio erano stati molto legati, per un periodo, e Lena sapeva la storia del soprannome che gli aveva affibbiato, quando durante una trasferta romana era finito a letto con un ragazzo conosciuto quella sera e a metà dell'opera gli era venuto il dubbio

«Ma ce l'hai il preservativo?»

e l'altro, completamente fumato, gli aveva risposto «Sì, sì, mo' m'o metto».

Da quel giorno, grazie alle prese per il culo goliardiche di Saverio, era diventato Mometto. Lui e Argo si conoscevano bene e mentre gli altri parlavano lo grattava sotto il muso, facendogli chiudere l'occhio buono.

«Questa volta è diverso, Mattia, stamattina ho proprio bisogno.»

«Sì, ma perché io? E tutti i tuoi amici animalisti? E cosa, lì, Astrid, non te lo tiene? E la bruttona?»

«È un'emergenza, sono venuti i ladri, stanotte.»

«E dove, a casa tua?»

«Nel mio condominio. E siccome sono passati dai giardini la polizia mi ha chiesto di poter usare il mio appartamento per controllare il percorso che hanno fatto. Quindi adesso sono lì, con tutto aperto, anche il giardino, e ovviamente non posso lasciarci Argo.»

Non stava in piedi, e lo sapeva. Era una bugia a tutto tondo perché quella mattina non aveva sentito voci nell'androne e la Tasselli non pareva essersi ancora accorta di nulla, ma sarebbe successo, questione di ore. Dei pubblici ufficiali, poi, non sarebbero rimasti nell'appartamento senza di lei, le avrebbero chiesto di prendersi un permesso sul lavoro o qualcosa di simile, ma Lena confidava nel fatto che tutti si sarebbero concentrati su una parola sola.

"Polizia."

L'odio per le forze dell'ordine nella branca tossica degli amici di Saverio era fortissimo quasi quanto nella frangia teppista. I figli di papà che avevano scelto di fare gli alternativi non le volevano sentir nominare, partivano subito gli insulti e serpeggiava una strana tensione, quel senso di disagio che si porta sempre addosso chi ha fatto qualcosa e teme di essere beccato.

«'Sti sbirri di merda, vanno a casa della gente anche quando non c'è, adesso» intervenne subito Mometto tirando su il collo da un lato.

Era uno dei tanti tic che aveva, come quello di far scattare solo metà della bocca in un pezzo di sorriso o di inspirare rumorosamente come se stesse tirando coca. Una volta lui e Saverio erano finiti insieme in ospedale e Mometto era entrato in coma.

«Era tagliata male» ripeteva Saverio agli infermieri che cercavano di bloccargli l'emorragia dal naso e che qualche minuto dopo avrebbero dovuto acchiapparlo per i capelli per arresto cardiaco. Quale che fosse la roba tagliata male, aveva lasciato tracce su entrambi, a volte Saverio si incespicava nel parlare, soprattutto quando era sotto stress, e Lena aveva imparato a non farglielo notare. Un giorno si era bloccato proprio, balbettava senza riuscire a procedere ed era diventato così rosso che per un attimo lei aveva temuto stesse per soffocare. Un'amica di Betta le aveva passato a malincuore il nome di una logopedista, una tizia gentile e corpulenta che aveva incontrato una volta sola il ragazzo e gli aveva insegnato un trucco per sbloccarsi quando non fosse riuscito a proseguire con le parole.

«Devi trovare un suono, può essere *tac*, può essere *ciac*, non deve essere qualcosa che abbia senso, ma ti deve venire facile da dire. Se ti inceppi fai quel suono e vedrai che ti sbloccherai.»

Aveva funzionato, forse non era nemmeno un metodo vero e proprio ma solo una trovata per sviare la mente quando andava in loop, però da allora, quando mente e labbra andavano in cortocircuito, Saverio diceva *pam!* e ripartiva. Nei giorni seguenti Lena lo aveva trovato spesso in un angolo del negozio, con colori e pennelli, a dipingere una minuscola tela, meno di una spanna, che poi aveva spedito alla dottoressa. Aveva tratteggiato dei fiori viola, probabilmente iris. Era stato il solo gesto di vera gratitudine che gli avesse mai visto compiere. Mometto invece aveva fatto una scelta più radicale e si era pulito, pulito del tutto. Saverio lo ammirava moltissimo per questo, perché non aveva chiesto aiuto e aveva fatto da solo, soffrendo come una bestia.

«La cosa più difficile è che non può più bere nemmeno una birra o prendersi una pastiglia per dormire» diceva, sapendo di non avere altrettanto spirito di sacrificio. Di tutte le dipendenze Mometto se ne era lasciata una perché mitigasse almeno in parte la devastazione lasciata dal resto: una sigaretta al giorno. Se la metteva come segnalibro, perché leggeva tanto (anche in questo lui e Saverio erano simili), e la fumava la sera prima di andare a letto. Sapere che era lì, pronta ad aspettarlo, era perno del suo equilibrio. Ora tratteneva abbastanza bene i tremori alla mano mentre accarezzava Argo, i guizzi dei muscoli che si vedevano sotto la pelle.

«Sì, ma per quanto tempo? Quando lo puoi riportare a casa?» insisteva Mattia.

«Quando ho finito il turno, alle quattro.»

«No, ma scherzi? Non se ne parla.»

«Oh, io non lo tengo, eh? Piuttosto chiudiamo baracca e ciao» ci tenne a sottolineare il commesso, barricato dietro il bancone e pronto a fuggire se Argo si fosse avvicinato.

«Ma dai, lo si piglia noi e si porta a fare un giro.»

Mometto non attese autorizzazioni e levò il guinzaglio dalle mani di Lena.

«Però non deve camminare troppo, lo hanno operato alla zampa dietro.»

«E tu non devi rompere i coglioni, abbiam detto che lo teniamo e stai zitta, no?»

Sorrideva, il barbone che sfiorava le orecchie del cane, e anche a Lena venne da sorridere.

«Grazie, vi devo un favorone.»

«Poi fai sterilizzare la casa, dai retta. Sbirri di merda.»

Lena si allontanò sventolando la mano, incredula su come fosse stato facile, visto che si aspettava una vera guerra. Doveva saperlo al sicuro, quella mattina

Visto, Saverio? Non lo lascio solo, lo lascio con Mometto. Lo porterà in quella focacceria dove andavate sempre e gli darà delle schifezze, così stanotte mi vomiterà sul cuscino.

perché non sarebbe andata all'hotel prima di due ore e aveva una cosa da fare.

Non era mai stata una bugiarda, non le piaceva mentire, ma era capace di farlo. Lo aveva dimostrato negli ultimi due giorni ma le era successo anche in passato, di mentire per una giusta causa. Con sua nonna in ospedale, per esempio, quando le chiedeva con gli occhi spaventati e rapaci se il suo male fosse davvero brutto e lei scuoteva la testa dicendo che no, non era bruttissimo, ora vedevano come sistemarlo, e una settimana dopo non c'era più. Quando Elisa era stata lasciata da Mirko e con le altre amiche facevano a turno a stare con lei per paura che si ammazzasse, a tenere su il teatro che lui fosse un bastardo maledetto, meglio perderlo che trovarlo, mentre la colpa era di lei, soffocante, invadente, che pretendeva di fargli cambiare lavoro, testa e vita. All'hotel, il giorno che una turista cingalese si era riempita la borsa di brioche e arance della prima colazione per andare a fare una gita e i camerieri l'avevano bloccata, lei era intervenuta per dire che il direttore era d'accordo. E poi aveva mentito dozzine di volte a Saverio quando, a bufera passata, le chiedeva se le avesse fatto male. Certo che le aveva fatto male, e quello fisico era il meno importante, ma era disposta a pagare quel prezzo, pur di stare con lui. Perché? Perché aveva deciso così, la pelle e l'anima erano le sue, poteva farci quel che voleva. Adesso cercava una bugia buona per giustificare il suo ritorno al rifugio di Fermo. Il cane ha perso la medaglietta, si è sentito male ieri sera e forse ha mangiato qualcosa qui, vorrei prenotare un soggiorno per quando vado in vacanza, preferisco pagare tardivamente per il disturbo, non funzionava niente. Ovviamente non poteva dirgli "il mio ragazzo creduto morto è venuto qui ieri a fotografare Argo in un box dove non sapevo che l'avresti messo e vorrei sapere se tu lo hai visto e se lo conoscevi". Quindi esitava davanti al portone di metallo sprangato.

Magari nemmeno c'è.

Pensò ad Alex e alla brutta figura che stava per farle fare, era andata lì raccomandata da lei e ora si ripresentava per

Cosa?

disturbare. Non poteva concedersi altro tempo in esitazioni, le restava un'ora libera e suonò il campanello. Sentì i passi sul ghiaietto e Fermo le aprì con la stessa espressione neutra del giorno precedente. Era un uomo qualunque, maglione e jeans sporchi, non c'era nulla di inquietante in lui a parte quell'aria distaccata e indifferente, così lontana dall'aspetto focoso di tutti gli animalisti che aveva conosciuto, Saverio compreso. Non la salutò, non fece nemmeno cenno di riconoscerla.

«Ciao, posso entrare?»

Si spostò, due passi e Lena era dentro, tre passi e il cancello era chiuso.

«Ieri sono venuta e andata di fretta e non abbiamo avuto nemmeno il tempo di parlare un attimo.»

Fermo fece cenno di sì, non sembrava essere in attesa di una spiegazione. C'era un silenzio irreale, non si sentivano le macchine fuori ma soprattutto non si sentivano i cani dentro. Lena decise di tagliare la testa al toro, andare per la via più breve, gli allungò la mano e disse.

«Sono Marilena Bacarelli, la ragazza di Saverio Bartolomei.»

Niente, non un cenno di riconoscimento, Fermo prese la mano e le diede una vaga stretta, poi la abbassò di nuovo lungo il fianco.

«Tu lo conoscevi, Saverio?»

Ecco fatto. Tutto lì, non era stato difficile. Fermo la guardava e non rispondeva, non gli era cambiato nulla nello sguardo. Restava neutro. Sempre che "neutro" fosse la parola giusta. Forse quel suo essere sospeso non era manifestazione di disinteresse ma di sospetto. E tutto taceva. E i cani non abbaiavano.

«Ti ha mandata Alex?» si decise finalmente a dire.

«Sì, come ti ho detto ieri siamo amiche, anche lei l'ho conosciuta tramite Saverio.»

Pausa. Non cambiava niente, restavano lì nel cortile, circondati di ghiaia e piante in vaso, a guardarsi. Lena si sentiva tesa, ma non avrebbe mollato.

«Tu lo conoscevi, Saverio? Eri nel gruppo animalista?»

«No.»

Nessuna esitazione. O diceva la verità o aveva la risposta già pronta. Di nuovo Lena scelse la via più diretta.

«Posso vedere la gabbia dove hai messo ieri Argo?»

«Perché?»

«Perché vorrei vederla.»

Fermo si avviò nella stessa direzione in cui era sparito il giorno prima insieme al cane, oltre delle specie di palme in enormi vasche di cemento. Non aveva negato di averlo messo in gabbia, quindi non la considerava una colpa, qualcosa di sbagliato come invece l'avrebbe considerato Astrid. A ogni passo Lena si rendeva sempre più conto di essere da sola in un posto che non conosceva, con un uomo che non conosceva e nessuno che sapesse che si trovava lì.

Brava, ben fatto.

Eppure non era spaventata, avrebbe dovuto ma non lo era. Svoltarono un angolo e improvvisamente esplose un boato di latrati, la parte posteriore del cortile era suddivisa in rudimentali recinti, box e anche qualche gabbia vera e propria, tutti stipati di animali. Astrid avrebbe dato in escandescenze, a lei invece frullava nella mente un solo pensiero: nessuno sarebbe potuto entrare in quello spazio senza farsi notare. C'erano dozzine di allarmi viventi pronti a mettere in allerta il proprietario.

Ammesso che stia sempre qui.

«Senti, tu per caso ieri sei andato via? Nel senso, resti a sorvegliare i cani oppure c'è qualcuno che ti aiuta, che ti sostituisce?»

«È questo.»

Invece che risponderle Fermo si era fermato davanti a un

box in cui adesso stavano chiusi due cagnetti di taglia media. Aveva un'apertura in metallo fatta a griglia ondulata e dentro c'era un bello spazio, tre metri per quattro, a occhio. Quello in cui era stato chiuso Argo era più stretto, scuro, e aveva le sbarre.

«No, non era questo.»

L'uomo si voltò a fissarla, e questa volta lo sguardo era diverso, spazientito. Il coro dei cani non si attenuava ma Lena a malapena lo sentiva.

Mi sta mentendo. Non ha risposto a nessuna delle mie domande, risponde solo a quello che vuole in ordine casuale.

Forse vuole coprire Saverio.

Forse vuole proteggerlo.

«Ascoltami, Fermo, non voglio creare problemi, so che ieri Saverio è stato qui. Magari è vero che non lo conosci, ma se lo conosci guarda che va tutto bene, è in contatto anche con me. Vorrei solo che mi dicessi

Cosa?

come sta, se ti ha raccontato qualcosa, come...»

«Non conosco nessun Saverio, qui ieri non è venuto nessuno e io non sono andato via. E il box era questo, ci ho spostato gli altri due cani dopo che te ne sei andata.»

Con un sospiro Lena infilò la mano nella borsa ed estrasse il Samsung. Selezionò la foto ricevuta il giorno prima e gliela mostrò. Fermo la osservò aggrottando la fronte. Poi infilò la mano nella tasca posteriore dei jeans e tirò fuori il suo cellulare.

Ora chiama Alex.

Si mise a digitare e poi borbottò

«Ah, ecco»

alzando il dito in un gesto vago, e attraversò il cortile. Lena lo seguì fino a un box dalla parte opposta, occupato da un setter con gli occhi cisposi.

«Ho fatto casino tra il tuo cane e questo. Stava qui, ieri.»

Lena controllò la foto e sì, era il box giusto. Guardò Fermo e lui le mostrò il cellulare. C'era una foto, identica alla sua, di Argo dentro al box. Lena sentì il sangue che le defluiva dal viso.

«Ma quando te l'ha mandata?»

«Nessuno me l'ha mandata, l'ho fatta io. Faccio sempre le foto ai cani nei box quando arrivano, nel caso poi vomitino o sporchino, che poi i padroni cagano il cazzo a me dicendo che il box non era pulito. Vedi?»

Fece scorrere col dito le altre immagini ed erano tutte di cani dentro ai box o nelle gabbie piccole. Non poteva averne la certezza ma la logica diceva che non le stava mentendo. Le girava la testa, si attaccò alle sbarre per non cadere.

«E tu non l'hai mandata a nessuno?»

«No. A chi la dovevo mandare?»

«Nemmeno ad Alex?»

«Non la sento da mesi, me l'hai nominata tu ieri.»

«E allora come spieghi che ce l'abbia io? Se tu non me l'hai mandata...»

E improvvisamente il dubbio: chi era quell'uomo? Davvero non conosceva Saverio? Conosceva Alex ma diceva di non vederla da mesi, eppure lei l'aveva mandata lì, il giorno prima, quando aveva avuto bisogno di sistemare Argo dopo quella faccenda della gallina... Le fischiavano le orecchie, voleva solo andare via. Si mosse verso le vasche di cemento, aspettandosi che Fermo la seguisse, cercasse di fermarla, le facesse delle domande. Invece arrivò fino al cancello di metallo sprangato.

Non uscirò mai da qui.

C'era un bottone con lo scrocco. Lo premette e quello si aprì.

La sala dell'hotel era immobile, incupita dalla scarsa luce esterna, i mobili pesanti di legno scuro e lucido che affondavano nei tappeti. Odore di polvere, unico suono quello dei fogli di carta spostati, a volte un colpo di tosse, mancava giusto una pendola a stabilire che le ore non sarebbero passate mai. Katia avrebbe finito il turno prima di lei e l'ultima ora l'avrebbe condivisa con Gianluca, di nuovo. Lena sentiva la testa pesante, schiacciata da pensieri come macigni. Come era arrivata la fotografia di Fermo dal suo cellulare al Samsung? L'aveva mandata lui a Saverio, che diceva di non conoscere? L'aveva mandata ad Alex e Alex a Saverio e Saverio a lei, quindi Alex sapeva tutto? Erano tutti d'accordo, Saverio, Alex e Fermo, per punirla? In quei due anni l'amica aveva saputo che era vivo, era rimasta in contatto con lui, gli aveva passato informazioni su quanto lei si stesse comportando in maniera inadeguata? E se lo sapeva Alex allora lo sapeva anche Astrid? E Mattia? Lei era stata l'ultima? Era un'enorme, terrificante presa in giro in cui tutto il mondo fingeva che Saverio fosse morto e lei era l'unica che ci credesse davvero?

Paranoia.

Sì. E no. Saverio poteva anche essere andato al rifugio, aver visto Fermo che scattava la foto e poi lasciava il cellulare da qualche parte, essersi spedito l'immagine e poi averla girata a lei. Impossibile che non si fosse fatto scoprire, a meno che Fermo non le avesse mentito e fosse andato via lasciando il cellulare incustodito. Un po' troppo cervellotica come soluzione ma poteva essere. Solo: perché? Perché non scattarne una lui, già che era lì? E di nuovo ecco che rispuntava l'ipotesi di Alex. Alex aveva sempre avuto una vera e propria venerazione per Saverio, lo considerava l'esempio perfetto del Giusto Animalista, colui che agisce per il bene, con senso pratico, senza perdersi dietro a questioni filosofiche e morali che poi alla fine di bestie non ne salvavano una in più. Quando raccontava del loro raid al Mombello le brillavano gli occhi e diventava quasi carina. Lena non le diceva che Saverio parlava di quella notte come di una spedizione punitiva in cui avevano pisciato in testa al sistema e che i dettagli non se li ricordava perché era troppo ubriaco e troppo fatto. Le sarebbe piaciuto credere in quel Saverio d'animo nobile che voleva salvare il mondo, ma purtroppo non era così, non era stato così. Di tutte le persone che dal giorno del funerale in poi erano entrate nella sua vita Alex era quella che maggiormente l'aveva fatto per Saverio. Lei e Lucio, il suo ragazzo, l'avevano presa sotto l'ala nella stessa maniera pratica in cui, secondo loro, l'avrebbe fatto lui. Lucio le aveva portato a casa innumerevoli zuppe di legumi e verdure dell'orto, Alex, che aveva doti più organizzative, si era occupata del passaggio di proprietà del cane, dell'assicurazione, del separatore per l'auto così che potesse viaggiare a norma di legge. Quando Lena aveva dimostrato di riuscire a stare di nuovo sulle sue gambe avevano allentato le briglie, senza però mollarle mai del tutto. Alex la credeva un'incapace fortunata, su questo non c'era dubbio, ma era buona d'animo e ogni volta le dava una possibilità in più di smentirla. Le sembrava impossibile che avesse cospirato con Saverio contro di lei, ma quella era una situazione estrema, e nelle situazioni estreme le persone fanno cose imprevedibili. Come Saverio che se l'era presa col cane. Non in senso stretto, non aveva fatto del male ad Argo, figurarsi, però per dimostrare che lei era una cattiva padrona e che aveva agito male lo aveva fatto impazzire dietro alla gallina di gomma e poi lo aveva chiuso fuori, sotto l'acqua, di notte. Magari lei la faceva tragica, magari quando si era svegliata Argo era chiuso fuori da pochi minuti

Quindi lui era appena uscito di casa.

ma era comunque marzo, pioveva, faceva freddo, non era da lui, non era da vecchio vertice della piramide. Cosa voleva? Per cosa la puniva?

APRI, MARIA.

Voleva che lasciasse la porta aperta, che gli dimostrasse di fidarsi completamente. E lei non ci riusciva, perché la modalità che aveva scelto era troppo strana, non aveva senso entrare di nascosto in casa sua quando non c'era e poi non volerla incontrare di persona. Mandarle messaggi e non chiamarla. Seguirla ovunque, seguire Argo e restare comunque nascosto.

Non con il cane, il cane lo ha incontrato, gli ha cambiato la benda, e Argo se l'è lasciata cambiare. È me che non incontra.

Forse in quei due anni era successo qualcosa. Forse aveva addirittura FATTO qualcosa, e il suo stare nascosto assumeva nuovi significati. Del resto se quella notte aveva deliberatamente lasciato il portafogli sul ponte per far credere di essere morto forse stava già coltivando strane idee. Le domande e le ipotesi si affastellavano le une sopra le altre, soffocandosi a vicenda. Non c'erano risposte, non ci sarebbero state fino a quella sera, forse, quando sarebbe tornata a casa. Per dimostrare buona volontà non aveva chiuso la porta a chiave e aveva lasciato un biglietto sul tavolo. Non una cosa troppo lunga perché l'aveva scritto all'alba, con Argo felice di aver riconquistato il suo angolo di soggiorno, la porta sul giardinetto ancora sprangata, le persiane chiuse. Il biglietto diceva così:

Saverio, mi stai spaventando molto. Ho capito che c'è qualcosa che vuoi dirmi ma non riesco a capire cosa. Aiutami, prenditi il tempo che vuoi, solo non farmi preoccupare per Argo. Non sono una padrona perfetta, ma faccio quel che posso. Resto qui, ti aspetto. Bentornato, amore mio.

L'ultima frase aveva fatto fatica a scriverla, non avrebbe saputo dire perché. Era certa che se non l'avesse aggiunta Saverio si sarebbe risentito, quello era il primo contatto da parte sua, la prima volta che LEI diceva qualcosa a LUI e non viceversa, la mancanza di un moto d'affetto l'avrebbe presa male. Sperava di trovare una risposta, al suo ritorno. Katia se ne andò alle tre in punto, felice di sfuggire a quel silenzio, e Gianluca prese il suo posto, impettito nella giacca fresca di tintoria.

«Sta per venire un altro temporale.»

«Davvero?»

Non trovarono altri argomenti. L'ora seguente trascorse, se possibile, ancora più lentamente. Lena mandò un messaggio a Mattia chiedendogli di portarle Argo davanti all'hotel, così sarebbe andata direttamente a casa.

Devo essere preparata a non trovare nessuna risposta sul tavolo.

Lui aveva scelto il telefono, per comunicare, il telefono, non carta e penna. Ma non si sapeva mai, sarebbe bastato poco, una parola sola a margine del suo biglietto. Cinque minuti prima delle quattro andò a recuperare il soprabito, che già pioveva. Elvio arrivò lamentandosi dell'acqua e un attimo dopo lei era già alle porte scorrevoli, la borsa con i due cellulari stretta contro il fianco, l'ombrello portatile in mano pronto a scattare. Uscì e vide Mattia lì davanti, il cappuccio tirato su, Argo di fianco tutto bagnato. E davanti a loro Betta, sotto un ombrello di Louis Vuitton, che si voltava verso di lei e tuonava

«Come sarebbe che sono venuti i ladri?».

Erano finite in un bar gremito di gente che sfuggiva alla pioggia, la proprietaria doveva essere una cliente di Betta perché subito aveva trovato loro un tavolino libero, non aveva detto niente in merito al cane e aveva pure portato un canovaccio per asciugarlo un po'.

«L'ho messa giù un po' spessa con Mattia perché volevo che mi tenesse Argo, ma non è stata tutta questa tragedia.»

A Betta non aveva raccontato la balla della polizia che restava in casa sua senza di lei, era un avvocato, sapeva quale fosse la procedura. Ma le aveva detto che erano entrati e avevano girato un po' in casa, e ora lei voleva accompagnarla, pretendendo di entrare per vedere se avessero lasciato le cose in ordine oppure se avevano abusato della loro posizione. Era successo una volta a casa di un suo collega, era venuta la guardia di finanza a cercare non si sa cosa e aveva fatto più danni di un caterpillar.

«Ma quel caso era diverso, Betta, c'era un'indagine, lo sai che non ci vanno per il sottile.»

Lena le aveva detto che non c'era ragione di accompagnarla, quella aveva insistito, allora le aveva spiegato che il furto non la riguardava e Betta si era inalberata insinuando che era strana, che c'era qualcosa che non andava se non voleva stare con lei alla fine del lavoro, pure con il cane che non l'aspettava a casa, proprio quando si era presa un'ora libera apposta. Piuttosto che innescare Betta aveva accettato di bere qualcosa insieme, aspettando che spiovesse, e ora eccola lì a pensare al tavolo di casa, al biglietto, all'eventuale risposta.

«Allora, scema, cosa c'è che non va?»

«Ma niente, Betta, le solite cose.»

«Anche quel coglione di Mattia dice che ti ha vista strana, agitata.»

«Gli sono sembrata strana perché gli ho chiesto il primo favore in due anni, e perché ho insistito.»

«Scusa, ma perché non hai chiesto a me, per Argo? Lo sai che se serve vengo, mi basta attaccarmi al wi-fi e lavoro anche da casa tua.»

Lo sapeva, per quello non l'aveva chiamata.

«Diciamo che l'ho fatto per una questione di principio, non è possibile che lui non mi dia mai una mano.»

«E te lo deve. Il cane era praticamente mezzo suo.»

Il terreno si faceva pericoloso. Betta non conosceva granché i vari amici di Saverio, quello che aveva visto maggiormente, incrociandolo a casa di Lena mentre arrivava e lei se ne andava o viceversa, era proprio lui, e si erano sputati addosso tutto il veleno possibile. Però della sua cricca si era fatta un'inevitabile opinione che andava da "parassiti" a "delinquenti" e ne aveva per tutti. Quella che tollerava di meno, da brava conservatrice, era la frangia teppista, di cui Mattia, almeno di facciata, faceva blandamente parte. Se sapeva di doverli incontrare indossava i suoi abiti più costosi, con marche in bella vista, e andava loro incontro canticchiando: «Allons enfants de la patrie». A volte Lena trovava la cosa divertente, altre solo irritante, in ogni caso si sforzava di gettare acqua sul fuoco, come adesso.

«Argo viveva nel suo negozio, ma con lui non aveva tutta questa confidenza, non sarebbe stato un bravo padrone.»

«E quindi era giustificato che te lo mollasse sul groppone? Senza darti mai una mano?»

«Mi ha aiutato con la recinzione.»

«Uh, gli si saranno rovinate le mani, poverino.»

La cameriera portò i bicchieri e Lena calcolò che in un quarto d'ora sarebbe riuscita a liberarsi. Argo, sdraiato tra i loro piedi, sospirò annoiato.

«E tu come stai, Betta?»

«Un uccellino mi ha detto che hai un nuovo moroso.»

Lena si concentrò sull'orlo del bicchiere. Katia, o molto più probabilmente Gianluca, entrambi conoscevano superficialmente Betta, avevano amicizie in comune. Forse nessuno dei due aveva parlato direttamente con lei, eppure nemmeno ventiquattr'ore e un pettegolezzo fatto di nulla era arrivato là dove non doveva.

«Katia è una cretina.»

«Eppure, eppure io dico che qualcosa c'è. Perché se anche il coglione di prima dice di averti vista agitata...»

«Non c'è nessuno, Betta. Te l'ho detto, sono giornate strane.»

«Tipo che tua madre sta male e invece sta benissimo?»

Betta aveva sganciato con calma la bomba mentre girava la cannuccia nel liquido arancione. Ecco, adesso i pezzi andavano a posto, Katia aveva detto a qualcuno che sua madre era stata male, questo qualcuno aveva riferito a Betta, Betta si era informata e ora eccola lì.

«Me lo dici da sola o devo torturarti, scema?»

Lena sentì la cappa di calore che l'opprimeva sgretolarsi poco a poco e lasciare il posto a un freddo pungente che le mise addosso una voglia incredibile di piangere. Betta allungò una mano e le sfiorò l'orlo della giacca.

«È una cosa imbarazzante? Hai scopato con un tipo sbagliato?»

Lena fece cenno di no.

«Hai beccato un altro stronzo?»

«Non ho beccato nessuno. E Saverio non era uno stronzo.»

«Hai ragione, Saverio era un figlio di puttana manesco.»
Freddo, freddissimo.

«Betta, smettila.»

«La smetto ma tu mi dici cosa succede. Perché non è da te raccontar balle in giro, Lena.»

Le parole le salirono in gola. Quanto avrebbe voluto dirglielo, dirle del telefono in borsa e del biglietto sul tavolo, della fasciatura di Argo e della chiave scomparsa, dirle che non sapeva come gestire la situazione, che era colma di speranza da star male ma che aveva anche

paura

il dubbio di dove potesse portarla tutto quello. Schiuse le labbra e forse avrebbe detto qualcosa, ma

il suono

il suono improvviso del Samsung. Un suono acuto, prolungato, uno squillo che non era messaggio e non era foto e non era batteria scarica ma era telefonata, di nuovo telefonata. E le mani che le si infilavano nella borsa a forza, buttando fuori tutto, la scritta SCONOSCIUTO a riempire lo schermo, la sedia che si rovesciava nell'impeto di alzarsi in piedi, il cane che sollevava la testa reagendo al suo

«Pronto!»

prima ancora di Betta, che restava lì, sconcertata, e improvvisamente tutto il caos del locale che le impediva di sentire, la corsa verso l'ingresso, il freddo inatteso a saltarle addosso, senza giubbino, sotto la pioggia

«PRONTO!»

urlato con tutto il fiato che era riuscita a raccogliere, e dall'altra parte silenzio in ascolto, poi uno stridio come unghie sulla lavagna, pioggia anche lì, e in sottofondo eco di abbai.

«Saverio! Saverio, dimmi qualcosa! Parlami, sono io, parlami!»

Un passante le urtò la spalla e istintivamente lei si piegò a proteggere il telefono mentre alle sue spalle la porta si apriva di nuovo

«Ma cosa cazzo dici?!»

e Betta le piombava addosso, più spaventata che arrabbiata, l'impermeabile griffato messo in qualche modo, la borsa appesa al gomito e Argo strattonato dietro.

«Chi è al telefono? Con chi parli?»

E lei, disarmata, gli occhi pieni di lacrime e pioggia, incapace di mentire.

«Saverio.»

L'altra si era buttata come una furia con la mano libera verso il cellulare, e Lena a tirare indietro, tenendolo stretto all'orecchio con due mani, il pianto che aveva avuto il via libera, inarrestabile.

«No, Betta! Lascialo! Saverio parlami! Ti prego, parlami, parlami!»

«Dammi qui, chi cazzo sei, chi cazzo sei, stronzo?!»

Betta restava aggrappata alle sue mani, a urlare nel telefono cercando di portarglielo via, e il guinzaglio cadeva a terra, e uno Yorkshire col cappotto che seguiva correndo il padrone passava dall'altro lato della strada e Argo scattava

e i freni

e i clacson.

Non era successo niente.

Mentre Argo raggiungeva lo Yorkshire il padrone se n'era accorto e aveva cercato di prendere in braccio la bestiola. Complice la vista scarsa il molosso aveva speronato entrambi, serrando la mandibola a due dita dal muso del cagnetto, azzannando il polsino dell'uomo. Aveva continuato a tirare ringhiando, l'uomo si era spaventato, aveva perso l'equilibrio gridando qualcosa e la ragazza che era con lui aveva mollato l'ombrello per afferrare Argo per il collare. Lui, strattonato indietro, si era voltato e le aveva morso l'impermeabile, strappandolo. Betta si era subito buttata in mezzo alla strada per cercare di riprenderlo e il cofano di una Yaris le si era fermato a pochi centimetri dal bacino. L'autista le aveva urlato qualunque cosa scendendo dall'auto mentre lei recuperava il guinzaglio e tirava il cane lontano dall'uomo e dalla ragazza. Poi erano volati stracci e parole, la signorina era l'interprete dell'uomo, un tedesco, e aveva minacciato denunce per sé e per il suo cliente, che l'impermeabile strappato era un Burberry. Qualcuno aveva chiamato i vigili perché Argo non aveva la museruola e Betta fece del suo meglio, acconsentì a pagare una multa, scambiò biglietti da visita con le parti lese, garantì risarcimenti promettendo che una cosa del genere non sarebbe più successa. Pochi spettatori restavano a guardare la donna accartocciata a terra dall'altro lato della strada, il corpo avvolto intorno a un cellulare muto.

«Ma che cos'ha, si sente male?» aveva chiesto l'interprete.

«Sì, per questo mi ha lasciato il guinzaglio, non è mica cretina. Poi a me è scappato.»

L'altra aveva squadrato Lena.

«Se sta messa così forse non dovrebbe averlo un cane, che dice? E magari le farebbe bene un po' di comunità.» Poi a mezza voce aveva aggiunto: «Fatti curare» ed era tornata dal suo cliente.

Betta l'aveva guardata andare, il fastidio per i capelli bagnati dalla pioggia, i tacchi nelle pozzanghere, magra, griffata. Assomigliava incredibilmente alla Lena che fu, quella prima di Saverio, del telefono, della follia.

Lena aveva confessato. Non tutto, aveva raccontato a Betta solo di aver trovato il cellulare e di aver ricevuto dei messaggi. Glieli aveva mostrati facendole giurare prima di non toccare il telefono e aveva omesso le due fotografie e la canzone. Nessun accenno agli ingressi in casa e alla chiave rubata. Betta l'aveva ascoltata in silenzio, guardandola con gli occhi lucidi, come se avesse la febbre. Stava trattenendo tutto, reazioni e parole, perché si era resa conto che l'amica era sconvolta. «Ti prego, Betta, non fare niente. Non parlarne con nessuno, non prendere iniziative, ho trentadue anni.»

Lei aveva annuito.

«Con chi altro ne hai parlato? È successo l'altro ieri, che l'hai trovato?»

«Sì.»

Non le pareva vero, sembrava molto di più.

«Allora senti, io te lo dico: non mi piace. Già la chiamata in sé, uno che sta zitto, i cani che abbaiano, quel rumore strano... Ma molto di più questa cosa che ti lasciano un cellulare e ti mandano i messaggi...»

«Lo so, lo so, hai ragione, è uno scherzo cretino, di sicuro.»

«Per forza.» Pausa. «Perché Saverio è morto.» Pausa. «Tu lo sai che è morto, vero?»

«Sì.»

Doveva mentire a Betta, doveva, perché Betta era una bomba a orologeria e se scoppiava

Non deve scoppiare.

era un guaio grosso. Non avrebbe comunque capito, e non solo perché non era romantica, non avrebbe capito perché per lei i rapporti di coppia si dividevano in due sole categorie: sani e malati. E di rapporti sani, a detta di Betta, praticamente non ne esistevano. Per questo era single, per questo praticava solo il sesso e rifuggiva ogni tipo di relazione, perché secondo lei non era possibile averne una che non ti intossicasse in qualche modo. Lena invece credeva che l'amore fosse una malattia da prendere, vivere e superare. L'amore nasceva dagli anticorpi a se stesso, nasceva dal suo tentativo di ucciderti e dalla tua sopravvivenza, se gli resistevi abbastanza, se riuscivi a essere più forte di lui allora sareste diventati una cosa sola.

«Una goccia di veleno al giorno» aveva detto a Saverio una volta, spiegandogli la sua teoria, e lui l'aveva guardata senza dire niente, come se provasse un fondo di vergogna per non essere assolutamente disposto a un sacrificio simile, almeno non per lei. Ma Lena era forte per tutti e due e disposta a soffrire per tutti e due. Quella situazione era malata, certo, ma come ogni malattia poteva essere affrontata e pure guarita. Se era sopravvissuta alla morte di Saverio allora poteva sopravvivere anche a questo suo distorto ritorno.

«Lascia che l'affronti io, qualunque cosa sia. Lascia fare a me.»

Betta tratteneva e tratteneva, schivava tutta una serie di frasi che le sfrecciavano nella testa e guardava l'amica di sempre, zuppa come un pulcino, seduta al posto di guida in un'auto che puzzava orribilmente di cane bagnato e si chiedeva come aiutarla.

«D'accordo.» Le passò i biglietti da visita del tedesco e dell'interprete da risarcire per i danni ai vestiti e tenne per sé la multa. «Io ti lascio fare, Lena, ma tu mi devi promettere una cosa.»

«Sì.»

«Se succede qualcosa di anomalo tu me lo dici. Se su quel cellulare ti arriva qualcosa di strano, se incontri qualcuno di strano, qualunque cosa tu me la dici. D'accordo?»

«Certo.»

Mentiva a metà, perché era già successo tutto.

Arrivò a casa che era buio pesto. Provò la maniglia, la porta era ancora aperta. Tutto il resto era al suo posto.

Tranne il biglietto, che non c'era più.

4

Si era fatta il bagno. Aveva portato fuori il cane. Spenta la luce si era infilata sotto le coperte ed era rimasta lì, in attesa, le chiavi sul comodino, la porta aperta. Nessun rumore, tranne il russare di Argo, per tutta la notte. Aveva dormito a tratti, dieci minuti, un quarto d'ora, poi sobbalzava e si metteva a sedere con l'orecchio teso. La luce aveva iniziato a rischiarare la stanza verso le sei e mezzo e si era alzata. Era stremata, l'idea che fosse il suo giorno libero peggiorava le cose perché avrebbe significato che non ci sarebbe stato nessuno stacco, nessun allentamento della tensione. Alle nove suonò il campanello.

«Signorina, si è accorta che qualcuno ha tagliato la rete del suo giardino?»

La Tasselli era uscita per verificare se i temporali dei giorni prima avessero ammaccato troppo i cespugli di rose e si era finalmente accorta del danno alle siepi.

«Sì, ho visto ieri sera, ho chiuso tutto a chiave e oggi chiamo l'amministratore.»

«Hanno spaccato il lucchetto della parte comune, sa? E mi han rovinato tutta la siepe.»

«Mi dispiace.»

«Ma cosa cercavano? Da lei sono entrati?»

Le venne da ridere, da lei entravano tutti i santi giorni.

«No.»

Telefonò a suo padre, chiedendogli se tra tutte le copie di chiavi che aveva ci fosse anche quella della portafinestra. Gli disse che ne aveva bisogno perché aveva cercato stupidamente di usarla per

Cosa?

sbloccare un pezzo di fil di ferro che si era incastrato

Dove?

tra la cancellata e la rete e l'aveva piegata. Lo sentì borbottare qualcosa sulla stupidità delle donne e le disse che gliel'avrebbe portata, se non era in casa gliela lasciava nella cassetta delle lettere. Suo padre non veniva volentieri a trovarla, quando andava da loro era sorridente e cordiale, ma casa sua per lui rappresentava un terreno nemico, il simbolo dell'abbandono del tetto paterno

«E per cosa? Mica ti sei sposata!»

quindi un insulto personale. I suoi erano sempre stati molto protettivi, anche se in maniera superficiale, e tutte le volte che Lena aveva puntato i piedi si erano ritratti offesi, increduli per tanta ingratitudine. A lei andava bene, aveva molta pazienza. Telefonò a Marta, la sua veterinaria, per chiederle se potesse controllare la zampa di Argo, tra i salti per la gallina, la camminata del giorno prima e l'acqua presa temeva che la ferita non stesse guarendo bene. Uscì portando con sé il mazzo di chiavi

Tingle tingle.

Cosa?

Niente.

senza usarlo. Si sentiva come un pugile, gonfia per un sacco di botte ricevute. Due telefonate e nemmeno una parola. Un messaggio lasciato sul tavolo e nemmeno una parola. La porta aperta e niente, come nulla fosse. Solo tre giorni da quando era tornato e Saverio stava di nuovo stritolando la sua vita.

No, non è giusto dire così, sono solo stanca.

Infilò Argo in macchina e rimase a guardarlo.

Gli voglio bene?

Pensava di sì. Sedette anche lei sul bordo del bagagliaio e

lo accarezzò a lungo, facendogli tirare le orecchie indietro. Argo apprezzava, anche se non ricambiava in alcun modo. Chiuse il portellone e fece appena in tempo a girare intorno all'auto che una Opel Astra rossa la affiancò. Il finestrino del passeggero si abbassò mostrando un volto da ragazzino, le labbra rosse, i tratti delicati come una miniatura dell'Ottocento, un ciuffo ribelle come nel cartone Rocky Joe.

Come sembra giovane. E invece ha ventisette anni.

Oltre lui si sporse una donna corpulenta dai capelli rosso fiammante e la bocca larga, a urlarle

«Ah, ci sei! Abbiam provato a citofonarti, stavamo andando via!».

«Sto andando dalla veterinaria per farle vedere la zampa di Argo.»

«Da Marta? Allora ci vediamo lì, che ho da chiederle due cose!»

e ripartì sgommando mentre il ragazzino, che ragazzino non era, le faceva ciao con la mano. Le rimase addosso una sensazione vischiosa, un misto di sospetto e senso di colpa. Aveva guardato Alex con occhi nuovi e quel che aveva visto non le era piaciuto.

Marta, la veterinaria, non partecipava ai raid talebani, ma aveva sempre accettato di visitare animali di dubbia provenienza senza fare domande. I capelli biondi, gli occhi azzurri, l'aria angelicata delle creature buone d'animo, a Lena dava sempre la sensazione di essere posticcia, nessuno era così limpido e onesto, lo sapeva per esperienza. Lei e Alex erano molto amiche, la rossa conosceva tutti nell'ambiente, e, anche se ogni volta che si faceva vedere erano guai, godeva di grande rispetto (più di Astrid, che accusava regolarmente i veterinari di essere in combutta con gli allevamenti e finiva sempre male). Lena sospettava che in passato tra Marta e Saverio ci fosse stato qualcosa, era venuta al funerale e si era sciolta in lacrime, promettendole che di Argo si sarebbe sempre occupata lei, gratuitamente. Lena invece aveva sempre insistito per pagare, visto che poteva farlo, scegliendo di cedere la sua visita gratuita a chi ne avesse avuto più bisogno.

«Si capisce proprio perché Saverio ti voleva bene»

aveva concluso Marta, e Lena aveva pensato che no, non si capiva da quello. Il mondo animalista per lei era nuovo e parzialmente alieno, ma se era un'idea consolatoria che se la tenesse. Ad Argo Marta piaceva, e a Marta piaceva Argo, le visite erano sempre rapide e senza intoppi, a posto così.

«La zampa sta guarendo bene, non sembra che l'abbia sforzata. Anzi, sai che ti direi di non bendargliela più? Magari quando esce mettigli un vecchio calzino con intorno un tubolare, giusto per evitare che si sporchi, poi in casa lo lasci libero.»

Lena annuiva. Avrebbe voluto dire qualcosa sui giri obliqui delle fasciature, se fosse una tecnica particolare che magari aveva insegnato a Saverio, ma nell'ambulatorio con lei erano entrati anche Alex e Lucio e allora era meglio di no. Alex si fermò a dare il tormento alla veterinaria perché le procurasse delle tavolette masticabili a metà prezzo e Lucio ne approfittò per coccolare il cane. Ad Argo il ragazzo

Uomo. È un uomo.

piaceva moltissimo, forse perché aveva un odore particolare, da bambino era stato rosso di capelli, rosso fuoco, e ora che si era scurito gli erano rimaste alcune leggerissime lentiggini su naso e guance.

La pelle delle persone rosse ha un odore diverso, dicono.

A Lena invece Lucio non piaceva. Era indubbiamente di bell'aspetto, ma totalmente privo di nerbo, se gli facevi una domanda lui subito si voltava verso Alex in cerca della risposta. Tanto lui era bello tanto lei era brutta, tanto lui era amorfo tanto lei era energica. In realtà Alex non aveva dei tratti sgradevoli, ma insieme non armonizzavano. La bocca troppo larga che metteva in risalto i denti di ceramica, il naso adunco, alta e con le spalle ampie, i capelli tinti di un rosso fosforescente.

«Sembra un trans» era stato il commento più gentile di

Betta, mentre Astrid di lei si rifiutava di parlare, da brava talebana, ignorandola dall'alto dell'avvenenza di occhi azzurri sotto riccioli neri. Battutine a non finire sul rapporto con Lucio, ovviamente. Il ragazzo, oltre che di bell'aspetto, era di quattordici anni più giovane.

«O è molto ricca o è molto troia» rideva Mattia.

Anche Lena trovava grottesca la coppia, ma solo a causa della totale indolenza di Lucio. Pensava sinceramente che Alex, in gamba com'era, si sarebbe meritata un uomo più energico. Lo vide guadagnarsi una leccata di Argo e le venne un moto d'odio.

Non devo essere gelosa.

Lo era. Lei non era riuscita a conquistare qualcosa di importante che invece quel ragazzino scialbo

Non è un ragazzino.

si era preso con grande facilità. Alex aveva finito e i tre uscirono insieme. Due passi fuori dallo studio la donna arrivò subito al punto.

«Senti, non mi è piaciuta mica quella piazzata che mi hai fatto l'altro giorno, sai?»

«Lo so. Ero molto nervosa.»

«Sì, ma esagerata, dai. Non era capitato niente, e poi era un'emergenza. O no? Cos'è che era successo? I vicini avevano fatto cosa?»

«Ci sono stati un po' di casini nel condominio, gente che entra nelle case, cose così.»

«Come, "gente che entra nelle case"? Ma ladri?»

«Non ho detto ladri.» Lena si fermò di colpo a guardarla in faccia. «Ho detto "gente che entra nelle case".»

Qualcosa era scattato. Spinto dall'esasperazione, dalla privazione di sonno, dall'angoscia, dalle domande. Una piccola pressione. *Clic.*

Si fissarono.

«Dovrei capire qualcosa?» fece Alex.

«No, certo. Ora scusa ma vado a casa, è il mio solo giorno libero e devo...»

«Non ti scuso e non vai a casa. Cosa succede?»

Le si mise davanti ergendosi in tutta la sua altezza, la passava via quasi dell'intera testa.

«Niente.»

«Non è vero, c'è qualcosa. Lucio, anche secondo te c'è qualcosa?»

Lui la guardò stolido, impreparato, e Alex riprese.

«Io lo so quando hai qualcosa, fai sempre la stessa faccia, quando hai qualcosa.»

«Sei sicura che Fermo non conoscesse Saverio?»

Alex si spalancò in un sorriso, quasi sollevata.

«No, stella, non ne sono sicura. È questo allora? Ha detto qualche cazzata?»

«Non mi ha praticamente parlato. Non ha risposto a nessuna domanda, salvo dire che non ti sente mai, che non siete amici.»

«Non è molto carino ma è abbastanza vero. È uno degli appoggi del gruppo per le emergenze, sempre stato disponibile, anche con Marta. Le volte che abbiam dovuto far sparire dei cani che erano in mano a cerebrolesi li abbiamo portati lì finché le acque si calmavano e poi li abbiamo sistemati. So che è affidabile, che non parla con gli sbirri, cosa importantissima, e che tratta bene gli animali.»

«Sai che li fotografa?»

«Chi?»

«Gli animali nelle sue gabbie.»

«Senti, ma me lo dici cosa ha fatto? Vuoi che andiamo da lui a parlarne? Andiamoci subito.»

«No.»

«Ma sì, invece, andiamoci, dai. Resta Lucio con Argo, andiamo e chiariamo la faccenda.»

«Non lascio Lucio in casa mia.»

Successero due cose insieme. Il sospetto di Lena aveva virato bruscamente, prendendo la strada del complotto, credendo che sì, Alex e Saverio fossero d'accordo, che la foto della gabbia se la fosse fatta mandare lei da Fermo e che il mondo intero sapesse che il suo ragazzo era vivo, tenendola all'oscuro. E Alex era stata toccata nella sola cosa a cui tenesse al di sopra di tutto, forse l'unica cosa bella della sua vita, Lucio, e improvvisamente abbandonava il collaudato ruolo di protettrice dei deboli e degli oppressi per assumere un tono diverso.

«Cos'è che hai detto?»

«Lo sai.»

Era una risposta, era un'accusa.

«Cioè, non vuoi Lucio in casa tua? Non vuoi LUCIO in casa tua? Dopo che LUCIO e la sottoscritta hanno fatto qualunque cosa per te eccetto pulirti il culo per settimane?»

«Tanto non avete bisogno del mio permesso per entrare in casa mia. Giusto?»

La stanchezza, lo stress, la paranoia, tutti insieme strappavano lembo a lembo la razionalità di Lena. Era più facile credere al complotto, più facile trovare un colpevole e tre complici che continuare ad annegare nei dubbi e nelle ipotesi. Quindi decise che due di loro erano lì con lei sul marciapiede.

«Ma di cosa parli?» Alex si sforzava di moderarsi, come si fa con le persone scentrate.

«Ditegli che così non va bene» la voce di Lena aveva iniziato a tremare.

«Ditegli a chi?» chiese Lucio.

«A Fermo, si è fissata con Fermo. Ora lo chiamo.»

Fermo. È ridicola.

Ma non appena Alex si era sfilata il cellulare di tasca, dalla borsa di Lena era uscito un trillo, e la ragazza aveva riso, una specie di singulto mentre infilava dentro una mano.

«Cos'è? Lo hai avvisato?»

Alex, presa in contropiede, rimase con il telefono a mezz'aria, poi glielo allungò sbigottita.

«Amore, non l'ho ancora nemmeno sbloccato.»

«Digli che non va bene» concluse di nuovo Lena con le labbra che tremavano. «Diglielo, che non va bene.»

Portò Argo nel bagagliaio, si chiuse dentro e aprì il nuovo messaggio. Era un video. Un video di quattro secondi, identico a quello che aveva trovato nel cellulare il primo giorno, solo più lungo. Ombra che si muove, stop. Buttò il Samsung sul sedile, afferrò il volante e urlò forte. Il cane abbaiò, spaventato. Mise in moto. Passò accanto a Lucio e Alex che la guardarono andare, attoniti.

Suo padre era passato, nella cassetta delle lettere c'era una busta cincischiata chiusa con lo scotch, dentro la sagoma rigida della chiave. Le sarebbe piaciuto credere di poterlo trovare dentro, sarebbe bastato che avesse provato la maniglia e fosse entrato ad aspettarla, magari con il rimprovero in canna. Ma naturalmente no, la casa era vuota e silenziosa, il tavolo più del resto.

Sto perdendo il contatto con la realtà.

Il complotto, il grande complotto di Saverio, la grande punizione di Saverio, Saverio scontento di come avesse gestito la sua morte, il lutto

Sa di Gianluca?

Lo sa Alex, quindi sì.

e il cane, Saverio che si riservava di parlarle e decideva di tormentarla, perché era così che faceva, le sparizioni, il telefono spento, sempre lo stesso metodo e ogni volta lei ci cascava, anche adesso. Forse era tornato da qualche mese, forse da prima, forse aveva chiesto agli amici di nasconderlo e quindi di fornirgli informazioni su di lei. Perciò non era solo Alex ma anche Astrid, Mattia, Mometto. E poi c'erano i teppisti, loro erano stati sicuramente i primi a cui chiedere aiuto: Alessio, Sergio, Serena. Erano quelli che, dopo averla conosciuta al finto funerale, se la incrociavano per strada le facevano appena un cenno col capo, lei, la borghese figlia di papà piena di soldi che non aveva avuto il fegato di mollare tutto, di dedicarsi a una causa, che non era né carne né pesce e non meritava il rispetto di chi sa essere radicale, uno strappo e via, così come aveva fatto Saverio, che lui sì, lui era uno con cui valeva la pena lottare. I tre che lei conosceva erano gente che andava in giro pronta a menare, imbrattare, spaccare tutto in nome della libertà. Sergio era il leader non dichiarato, alto, serio, non lo aveva mai visto sorridere.

«Strano, con me ride sempre» la rintuzzava Saverio, che manteneva nei confronti degli amici un atteggiamento di difesa aprioristica che sfiorava l'omertà.

Sergio aveva intorno a sé l'alone del Giusto, come se fosse fatto interamente delle proprie convinzioni, che viveva come innegabili verità. A queste si abbeveravano sia Serena che Alessio, un po' più vecchio degli altri due ma con addosso un nervosismo da adolescente. Fumava, imprecava, non sapeva stare fermo, era costantemente contro, contro tutto e tutti. Magro, meno alto di Sergio, gli piaceva indossare cappellini ed era sempre abbronzato, lavorava saltuariamente come muratore, in nero, prediligendo i tetti, passione che condivideva con Saverio. Si erano ammazzati di canne, lassù, tra tegole e coppi, a raccontarsi quanto il mondo facesse schifo. Serena era la più dura dei tre, seguendo il principio che come donna doveva farsi valere soprattutto in atteggiamenti maschili. Quindi ruttava, scorreggiava, beveva e fumava, si era riempita di piercing ma non poteva far nulla contro il faccino tondo, la bocca imbronciata e i capelli lunghi, castani e ricci che non riuscivano a darle un'aria selvaggia ma la facevano sembrare un'orfanella che cantava nel coro della chiesa. Lena li ammirava, vedeva in loro una convinzione, un ideale, un disgusto sincero per le regole e la società e avrebbe voluto avere la loro risoluzione, il loro sacro fuoco. Invece la sua unica fiamma, quella per cui sarebbe stata disposta a tutto, si era spenta sotto un ponte, in Arno. Fino a tre giorni prima. Anche Sergio le aveva tenuto Argo, nei primi mesi dopo la

fuga

scomparsa di Saverio. Era un ragazzo taciturno che quando glielo chiedeva rispondeva solo «va bene», si incontravano, prendeva il cane, glielo restituiva all'ora stabilita, le mani in tasca, gli occhi a sfiorarle una spalla perché in faccia non la guardava quasi mai, poi un saluto e via. Compressa nel suo lutto Lena avvertiva appena la dolenza di quel disprezzo, lei che invece ammirava ogni forma di fede, lei che ne era priva. Con il tempo invece il disagio era salito a livelli tali che si era sentita costretta a eclissarsi, pur sapendo come sarebbe stata interpretata. Rifletteva sul fatto che Sergio faceva l'operaio e aveva affittato un minuscolo appartamento nella zona più scomoda possibile, attaccato alla ferrovia, ma tutti quanti, loro tre e un'altra dozzina di persone, si ritrovavano in un ex colorificio in periferia, una specie di casermone attrezzato pure per accamparsi, se necessario. Forse Saverio era lì. Forse era sempre rimasto lì. Lena pensava queste cose tutte insieme, muovendosi in maniera stanca e meccanica dal freezer al fornello, preparando per il cane, scordandosi di farlo per sé, sentendo le guance bagnate e un pulsare sordo alla fronte.

Devo dormire, ho bisogno di dormire, penserò poi.

Versò tutto quanto nella ciotola, tolse la chiave dalla porta e la mise sul tavolo, si infilò sotto il piumone con i vestiti addosso, pensò che il dolore scaccia tutto, perfino la paura, e si addormentò.

La svegliarono i rumori, piccoli e discreti.

Piatti che vengono spostati, posate che tintinnano, il ticchettio delle unghie sulle piastrelle.

È entrato.

Aprì gli occhi e rimase lì ad ascoltare. Le sembrava di seguire tutti i movimenti nell'angolo cottura, sorvegliati con attenzione da Argo che sperava in un bocconcino extra. Sentì di nuovo dentro quel senso di sollievo caldo, un po' come quando da bambina faceva la pipì nel letto e la prima sensazione era di meraviglioso calore, a cui si sostituiva poi il freddo e il fastidio del bagnato.

È entrato, è finita.

Non importava più niente, la congiura, le punizioni, tutto passato. Adesso poteva succedere qualunque cosa, che le spiegasse, che l'abbandonasse di nuovo, che l'ammazzasse

Cosa?

bastava non vivere più nell'attesa. Mise i piedi a terra pensando marginalmente a quanto dovesse essere orribile, pallida e con gli occhi gonfi, ma anche quello non importava, adesso.

Entrò scalza in soggiorno e vide suo padre.

Il freddo le si arrampicò di nuovo addosso dalla pianta dei piedi, la delusione, l'amarezza, la rabbia.

«Babbo?»

Lui si voltò, stava svuotando la lavastoviglie del giorno prima, lei si era dimenticata persino di averla fatta.

«Guarda che avevi lasciato la porta aperta! Va bene che c'è il cane, ma devi stare attenta, non hai mica dieci anni.»

Tingle tingle.

Di nuovo la sensazione di qualcosa che aveva scordato. Il padre la squadrò, non c'era molto da interpretare, si vedeva che qualcosa non andava in lei, ma non disse niente.

«Ti ho aperto la finestra. Come hai fatto a rompere la chiave di fuori, se era chiusa?»

Il rimprovero era l'unica modalità che riusciva a usare in casa sua, e Lena non aveva la forza di combattere.

«L'ho solo persa e non volevo che ti arrabbiassi.»

«E sarà qui dentro, allora, guarda te che casino, ma come fai a vivere così?»

«La cercherò. Grazie per essere passato.»

«Non sei una zingara, anche se stai da sola ti devi tenere per bene. Te e anche l'appartamento.»

Lei fece di sì, voleva solo che uscisse.

Perché non mi abbracci e non mi chiedi cosa succede? Perché te la prendi con me per il fatto che sto male? Perché non mi aiuti? Sto passando l'inferno, perché non mi aiuti?

Perché non era mai successo, nemmeno prima di tradire le sue aspettative. Argo assisteva alla scena indifferente, lui e suo padre avevano una sorta di tacito accordo, Lena era certa che quando non li vedeva tra loro ci fosse qualche gesto di affetto ma in sua presenza si ignoravano.

Per entrambi non sono la persona che dovrei essere. Sono uguali.

E il pensiero passò velocissimo.

Babbo ha le chiavi di casa, ha tutte le chiavi di tutti e con Argo va d'accordo.

Era una cosa indegna da immaginare, ma non riuscì a impedirle di prendere forma e poi svaporare.

Tra un po' penserò che mio padre ha ucciso Saverio per rubargli il cellulare e fingere che fosse vivo per punirmi di essere andata via di casa.

Tra un po' penserò che sono stata io e che ho uno sdoppiamento di personalità.

L'uomo chiuse lo sportello della lavastoviglie e si infilò l'impermeabile. Per un attimo sembrò sul punto di chiederle qualcosa, ma poi si affrettò a dire

«Chiama la mamma, altrimenti si preoccupa»

e uscì. A Lena rimaneva la cucina un po' più in ordine, la porta con la chiave infilata dentro e il Samsung in ricarica che si beffava di lei. Il cervello congestionato in un cortocircuito di ipotesi, Saverio vivo, Saverio morto, tutti che sapevano, nessuno che sapeva, Fermo, Alex, Astrid, Mattia, Sergio, Mometto, Betta, Marta, Gianluca, Katia, suo padre, porte sbarrate, porte spalancate, tutto vero, nessuna verità. E lei lì, incastrata in mezzo a quel magma, senza la forza di voltarsi in una sola direzione dove guardare. Argo grattò alla portafinestra chiedendo di uscire e lei andò ad accontentarlo, di malavoglia perché c'era la rete tagliata nel giardinetto da sistemare. Avrebbe potuto dirlo direttamente a suo padre, l'uomo bricolage, ma era stato così sgradevole, di nuovo, era talmente insofferente a quella casa che...

Di colpo se ne rese conto.

Suo padre detestava venire in casa sua, eppure quel giorno lo aveva fatto due volte, una volta per lasciare la chiave di scorta, la seconda perché? Le dita erano ancora strette sull'anello di ferro della portafinestra aperta mentre si voltò verso il tavolo. La busta che aveva trovato nella cassetta delle lettere, chiusa con lo scotch, era ancora lì, intonsa. Non l'aveva lasciata suo padre. Mollò tutto e corse ad aprirla. Dentro c'era la chiave, la chiave originale della portafinestra, e un pezzo di carta marrone, quella dei sacchetti del pane o del salumiere. Sopra, scritta con qualcosa, non una penna, non una matita, forse un gessetto o un pastello a cera, la frase

FARÒ IL BRAVO.

Era la calligrafia di Saverio. Mentre la scrittura sulla benda di Argo non era riconoscibile, qui non c'erano incertezze. La "f" allungata, la "a" più bassa delle altre lettere, l'accento che svirgolava all'indietro come un ricciolo.

Poteva avere dubbi sul telefono.

Poteva avere dubbi sulla canzone.

Ma non poteva avere dubbi su quel biglietto.

Lo aveva scritto lui.

Saverio era vivo.

5

Eco di abbai.

Questa era la cosa su cui si soffermava più spesso, per non dare spazio ad altro. Quando Saverio l'aveva chiamata in sottofondo, oltre a quella specie di stridio, c'era un'eco di abbai. Non un cane, non due, almeno dieci, aveva imparato a riconoscere il richiamo del canile. Saverio si era rifugiato in un posto dove c'erano molti cani e questo aveva una sua logica. Se era lì, nei dintorni di Firenze (e ovviamente lo era, visto che la seguiva a distanza) non c'erano moltissime opzioni tra cui scegliere. Esclusi i canili pubblici, troppo frequentati, restavano quelli privati, i rifugi e le pensioni e poi, naturalmente i cani di proprietà. Non esisteva un censimento ufficiale di chi possedeva più di tre-quattro cani, non era stata resa pubblica una norma restrittiva vera e propria. Ma era certo che chi superava quel numero entrasse nel mirino degli animalisti. E il mirino degli animalisti lo stabiliva Astrid.

Astrid aveva fatto personalmente visita a chiunque possedesse cani di taglia gigante e si era premurata di segnalare ai vigili tutte le "aggregazioni eccessive" di animali in ambienti non adeguati. Una volta aveva denunciato una signora anziana che possedeva cinque chihuahua, regolarmente detenuti in appartamento, perché non li portava fuori abbastanza spesso. Era subentrato l'ufficio d'igiene e quella rogna era stata risolta con l'esproprio di due dei cinque cani, che erano finiti, guarda caso, nel suo rifugio. Il figlio della signora l'aveva pesantemente minacciata e qualche giorno dopo qualcuno gli aveva dato una buona dose di botte mentre apriva il suo bar alle prime luci dell'alba. Astrid non aveva commentato e aveva messo in adozione i due cagnetti, segnalando che avevano subìto un trauma da maltrattamento. Da dove attingesse tante informazioni, di fatto private, non si sapeva bene, alcuni dicevano che aveva agganci in Comune, altri che c'entravano i vigili. Ma se tu superavi la soglia dei tre cani o accoglievi in casa un alano o un San Bernardo, Astrid lo sapeva un minuto dopo. Per questo nelle ultime ore di luce del suo giorno libero Lena era andata da lei. Non che volesse cercare Saverio, non nel modo in cui un'altra persona lo avrebbe cercato, ma provava il bisogno impellente di agire, e questa era una reazione fisiologica alla passività. Aveva dovuto subire il telefono, i messaggi, le foto, la canzone, le chiamate, e non aveva potuto in alcun modo intervenire su nulla. Ora poteva cercare di fare qualcosa, magari di inutile, magari di stupido, ma qualcosa. Non si illudeva che l'avrebbe davvero trovato, le bastava cercare di capire come avesse ragionato, perché si fosse nascosto, chi lo aveva aiutato. Tutto pur di non restare di nuovo con le mani in mano in attesa che lui decidesse per entrambi.

Il rifugio di Astrid era nella frazione di Vacciano, nascosto praticamente da qualunque strada, ci si arrivava per una viuzza sterrata e priva di illuminazione. Visto che le era stato impedito di mettere una sbarra che bloccasse l'accesso Astrid appoggiava una lunga asta obliqua attraverso il sentiero, se non sapevi che c'era ci rimettevi il paraurti. Lena scese, impigliandosi nei cespugli, per levarla, e proseguì, Argo irrequieto nel bagagliaio per il secondo spostamento della giornata. Ogni tanto si guardava alle spalle e pensava che era impossibile che Saverio l'avesse seguita fin lì, non c'era modo di nascondere un'auto.

Magari si è rifugiato proprio qui.

Ma non lo credeva. Il rapporto tra Saverio e Astrid era

sempre stato sbilanciato. Lei non approvava i suoi metodi estremi, credeva più nel *gutta cavat lapidem* che negli atti di forza. Lena aveva assistito a una loro discussione, con il ragazzo che cercava di sostenere le proprie idee davanti a un muro di superiore silenzio. Astrid condannava, e quando condannava ogni argomento era chiuso, le rimbalzava tutto addosso.

«È stronza perché è lesbica» commentava Mattia, aggiungendo spesso anche un «Che spreco», visto che Astrid era proprio bella, occhioni da gatta, riccioli neri, bocca carnosa.

Saverio si incazzava perché certi commenti non venivano mai fatti davanti a Mometto, la cui omosessualità era invece sempre stata ben accetta.

«Se non c'avete da pucciare non vi lamentate, eh, ipocriti?»

Lui avrebbe voluto essere rispettato da Astrid, un po' come Lena desiderava esserlo da parte dei teppisti, ma riceveva in cambio l'equivalente di un "è intelligente ma non si applica". Dopo la sua scomparsa la ragazza aveva supervisionato da lontano il passaggio di Argo a Lena, di cui si era occupata burocraticamente Alex, senza lesinare battutine sul fatto che fosse l'unica bestia di cui Saverio avesse saputo occuparsi. E quando quel giorno Lena l'aveva chiamata per dirle che andava a trovarla aveva commentato:

«Bene, così controllo come stai andando».

Lo avrebbe nascosto? Per una buona ragione sì. Ma doveva essere davvero buona. E doveva essere molto legale, Astrid non corre rischi.

Le luci del rifugio erano a una decina di metri e aveva iniziato di nuovo a piovigginare. Se non le avesse aperto il cancello per far entrare la macchina nel cortile si sarebbe dovuta fare tutto il sentiero in retromarcia. Astrid uscì avvolta in una cerata verde con il cappuccio alzato. Aveva dei pantaloni grigi amplissimi e un paio di zoccoli da infermiera bianchi, eppure sembrava elegante, quasi la sua tenuta fosse stata studiata da uno stilista.

«Non posso aprirti, ho due cani con la gastrite che escono a vomitare qui davanti ogni cinque minuti. Argo è con te?»

«Sì.»

«Ce la fai a portarmelo dentro? Ha la pettorina?»

«Sì.»

«Non gli hai messo lo strozzo, vero?»

Domanda falsa, sapeva bene che da quando l'aveva beccata con Argo che lo indossava e le aveva fatto quella ramanzina durata giorni e giorni Lena non lo aveva più tirato fuori dal ripostiglio.

«No.»

Astrid fece scattare il cancelletto, costringendo con ampi gesti tutti i cani a rientrare nel rifugio. Aveva fatto accomodare Argo e Lena in cucina, chiudendo la grata di separazione dalla stanza grande in cui c'erano, appollaiati su divani, poltrone, brandine e cuscini vari, diciassette cani. Un paio erano lì a pensione, alcuni in stallo per altre volontarie, la maggior parte adottabili senza speranza. Astrid viveva lì con loro, anche se ufficialmente risiedeva in un appartamento in centro città dove non andava mai. Di famiglia era benestante, per il rifugio riceveva diversi tipi di donazioni che arrotondava tenendo a pensione solo cani compatibili con il branco. Offrì a Lena una tazza di tè scaldato al microonde e le si sedette davanti controllando con gesti sicuri i denti di Argo.

«Dovrai fare una detartasi, anche se la situazione non migliorerà molto. I denti andavano curati prima, quando era più giovane. Purtroppo è stato in mano alle persone sbagliate.»

«Va bene.»

Astrid riconsegnò le mandibole di Argo, gli arrotolò le orecchie sulle dita, le fece andare su e giù, poi prese la tazza e puntò gli occhi in quelli di Lena.

«Dimmi.»

Lena non aveva molte carte nel suo mazzo. Dire tutto, ed era escluso. Inventare una storia, e se non fosse stata una storia inattaccabile non avrebbe funzionato. Oppure.

«Ho bisogno di una lista di tutti i posti a Firenze e dintorni dove ci siano tanti cani.»
«Tanti quanti?»
«Da sei-sette in su.»
«Perché?»
«Non te lo posso dire.»
Astrid si tirò indietro, come ad accomodarsi meglio, e continuò a tenerla inchiodata con i suoi occhi azzurri. Se avesse voluto avrebbe potuto fare la modella, o l'attrice. Lena sosteneva il suo sguardo. Non ce l'avrebbe fatta, se fosse stata costretta a mentire, ma ora che si era esposta, mettendosi in una posizione scomoda, si sentiva abbastanza tranquilla. La verità, alle volte, è disarmante.
«Se te lo dico tu poi a chi lo dici?»
«A nessuno, serve a me.»
Astrid faceva girare lentamente il cucchiaino nella tazza e Lena accarezzò di nuovo l'ipotesi che Saverio fosse proprio lì, nella stanza accanto, magari a origliare, pronto a mandarle un messaggio o una foto di loro due mentre parlavano. Ma l'ipotesi le suonò falsa, più ci pensava e più si convinceva che Astrid avesse di sé un'idea troppo alta e troppo morale per prestarsi al gioco del finto morto.
«Marilena, guarda...» era una delle poche che la chiamasse così. «Non ti posso dire niente di più di quello che ti direbbe Google. Ti sei scomodata per niente. Mi ha fatto piacere vedere te e Argo, però...»
«Conosci uno che si chiama Fermo? Ha un rifugio tipo il tuo, ma con dei box.»
La faccia di Astrid cambiò completamente, come un foglio che si accartoccia a contatto col fuoco.
«Ma chi, Fermo Berselli?»
Lena annuì.
«Madonna, ma non me lo nominare! È un delinquente, non sai le volte che ho provato a denunciare lo schifo di quello che fa! Ma com'è che lo conosci?»
«Me l'hanno consigliato per tenermi Argo.»

«Ma tu non l'hai fatto, vero? Non dirmi che l'altro giorno, quando non te l'ho preso io, era lui l'amico di qualcuno che te l'ha tenuto!»

«Sì.»

Fu sufficiente. Astrid si alzò con veemenza, cogliendo di sorpresa anche Argo, e iniziò a vomitare insulti, un po' diretti a Fermo e un po' a lei.

«Tu non ti rendi conto! Sei più cretina di quel che credevo! Lo sai i traffici che ha quel figlio di puttana? Si fa arrivare le cucciolate dall'Est e le smercia senza nessun controllo, lo schifoso! Salvatore, si definisce, salvatore un cazzo! Ti porta il parbovirus in intere colonie, una volta ha fatto una strage! E tu gli lasci Argo? Lo ha messo in gabbia, vero? Almeno lo ha messo in gabbia da solo o è stato così deficiente da metterlo con altri cani?»

«No, da solo.»

Lena era stranamente calma, vedere l'altra dare in escandescenze la rinsaldava sulle sue posizioni: Astrid non sapeva nulla di Saverio e non lo aveva aiutato.

«Poi lo sai che si rivende i farmaci? Quelli per animali e anche altri. Una volta ha venduto a una tipa un kit per l'eutanasia e guarda, non farmi dire niente, che non voglio ripensarci. Ho cercato di farlo beccare ma quello è furbo. C'è un via vai a casa sua che te lo raccomando.»

«Quando ci sono andata io però era da solo, non c'era nessuno.»

«Scusa, ma tu da dove sei entrata?»

«Dal cancello.»

«Eh no, dal cancello son capaci tutti, ha anche l'altro ingresso, la proprietà gira tutto intorno per tre lati. È da lì che passa la merda. Non ha visto nessuno, lei! Ora gli spacciatori si mettono a sventolare le bandiere per farsi riconoscere!»

«Come, spacciatori?»

«Marilena, io mi preoccupo, sembri deficiente! Ma se ti ho detto che smercia farmaci, vuoi che non smerci altra roba? E sì che tu dovresti saperlo!»

E dunque, anche se con un giro lungo, si era arrivati a Saverio. Astrid si voltò bruscamente verso il computer sempre acceso che ronzava in un angolo.

«Ti mando gli articoli, ho scritto al giornale, ne hanno parlato due anni fa, sembrava stesse per scoppiare un casino e invece niente. La mail è sempre la stessa?»

«Sì. Astrid, ora me lo dai quell'elenco?»

L'altra si voltò a guardarla mentre premeva invio.

«Tu me lo dici a che cosa ti serve?»

«No.»

I tasti ticchettavano mentre ci pensava un po' su.

«Facciamo così. Facciamo che mi fido. Facciamo che ti do l'elenco. Tu mi dai la tua parola che se trovi qualcosa su Berselli me lo passi? Qualunque cosa, poi mi arrangio io.»

«Va bene.» E poi: «Puoi tenermi Argo, domani? In orario di lavoro? Te lo porto e lo vengo a riprendere?».

Lo scanner degli occhi azzurri la passò e ripassò da cima a fondo. Poi Astrid prese carta e penna.

Si era aspettata di trovare una ritorsione a casa, invece non c'era nulla. Chiamò sua madre, disse due sciocchezze sulla portafinestra, inventò di avere ritrovato la chiave dietro al divano, proprio come aveva detto il babbo, anzi, ringrazialo, promise di andare a cena da loro domenica dopo il turno, lo so, non si dovrebbe lavorare nel fine settimana ma è un albergo, sono i giorni più pieni, pensa se avessi fatto la commessa, aggiunse qualche osservazione inutile sulla pioggia e i vestiti del cambio di stagione e la salutò. Passò il resto della serata a studiarsi la lista di Astrid, molto più corta di quanto credesse. Una dozzina le voci di reale interesse, altri posti erano o troppo esposti o lontani dalla filosofia animalista di Saverio. Li avrebbe visitati tutti

A che serve?

A fargli vedere che non sono un'idiota.

con calma nei giorni seguenti. La notte si stava portando via gli ultimi lembi di quel venerdì e con loro se ne andavano le emozioni dentro di lei. Le sembrava di non provare più niente. Paura, rabbia, dolore, speranza, felicità. Era spenta. Restava un battito sordo, un pulsare sotterraneo che le testimoniava di essere ancora viva, e la pompa cardiaca non c'entrava. Quattro giorni da quando aveva trovato il telefono, una vita fa. Di nuovo Saverio era entrato in scena come un tornado, facendo a pezzi quel poco che restava della sua esistenza ibrida, mettendo in discussione tutto e tutti. Guardandosi intorno Lena vedeva solo macerie.

Devo chiedere scusa ad Alex.

Pura logica, se Fermo era il bastardo che diceva Astrid aveva perfettamente senso che Saverio si fosse indignato nel vedere il suo cane in gabbia. E quindi decadeva l'ipotesi che avesse architettato tutto insieme ad Alex.

E la foto come se l'è procurata?

Se era vero il viavai nella proprietà di Fermo allora anche mettere le mani sul suo cellulare poteva essere stato relativamente semplice. Magari Saverio era andato lì con qualcuno

Tipo Sergio?

a comprarsi della roba ed era riuscito a spedirsi la fotografia. O forse l'aveva chiesto direttamente a Fermo, allungandogli qualche soldo in più. Se lo immaginava

«Voglio fare uno scherzo alla mia ragazza, acqua in bocca, mi raccomando»

improvvisare qualcosa, era sempre stato bravo con le parole.

Se. Magari. Forse.

La teoria del complotto globale si sgonfiava, i pezzi tornavano al loro posto, era una faccenda tra lei e Saverio, di certo qualcuno lo aveva tenuto nascosto in quei due anni, o comunque da quando si era rifatto

vivo

vedere in città. In un posto pieno di cani, uno di dodici. Aveva in mano le prove che le servivano, aveva il telefono, le foto, i messaggi, il biglietto. E non riusciva a provare niente. Il lutto urticante aveva lasciato spazio a un senso di vuoto, di desolazione. Prima o poi lo avrebbe rivisto. E non riusciva più a esserne felice.

Un sabato di sole a Firenze porta la gente a rovesciarsi per le vie del centro come formiche al ritorno della primavera. Astrid si era presa Argo senza ulteriori domande, Katia le aveva chiesto come stesse la mamma, Castellacci si era fatto vedere al pomeriggio per precisare che eventuali variazioni di orario e cambi di turno dovevano essere concordati PRIMA. Gianluca, arrivato da due minuti fresco di barbiere, aveva sorriso, Lena si era limitata a guardare l'orologio e annuire. Quel pomeriggio, a metà turno, il Samsung aveva bippato e lei era stata bravissima a nascondere ogni emozione, aspettando fino a trenta secondi prima di andare a vedere. Nessuna fotografia o frase emblematica, nemmeno un video. Era l'offerta del gestore per approfittare di due gigabyte in più durante il weekend. Non arrivava nulla già da ventiquattr'ore. Aveva costeggiato l'Arno fino al parcheggio, dieci giorni e sarebbe caduto l'anniversario della

fuga

scomparsa di Saverio, il 4 aprile. I suoi avrebbero fatto celebrare una messa, si compiacevano molto di queste cose, pur sapendo che a lui avrebbero dato fastidio. Come l'anno prima, invece, gli amici si sarebbero incontrati sul Ponte alla Carraia, niente fiori o pupazzetti, solo loro tutti insieme a guardare il punto in cui era stato trovato il portafogli. La volta precedente era stato un momento molto intenso, c'erano state parecchie persone, nessuno aveva detto niente. Mattia aveva passato il braccio dietro le spalle di Lena, Mometto aveva tenuto Argo, Sergio, Serena e Alessio erano vicini, le mani in tasca, Alex stringeva la mano di Lucio, Astrid se n'era rimasta in disparte. Poche lacrime, Saverio sarebbe stato contento. Quest'anno la cosa si sarebbe ripetuta, Mattia aveva sentenziato che ogni 4 aprile lui ci sarebbe andato, fino alla fine dei suoi giorni e gli altri non avrebbero voluto essere da meno. Lena non sapeva se sarebbe riuscita a tenere la parte davanti a tutti. Sperava che Saverio prendesse la decisione di mostrarsi almeno ad alcuni di loro. Guidò fino a due pensioni private per cani, una fotografia di Saverio appoggiata sul sedile del passeggero. Era stato difficile sceglierla, non apriva il file contenente le foto di loro due insieme da tantissimo tempo e non se ne parlava di prelevarne una dalla scatola che teneva chiusa nell'armadio, quelle erano foto che lui aveva toccato, una l'aveva anche bucata con la sigaretta per "renderla unica". Quella che aveva scelto se l'era fatta stampare al volo durante la pausa pranzo da un ottico con servizio di stampa fotografie che aveva il negozio vicino a piazza Carlo Goldoni. Saverio aveva in mano una bottiglia di birra e sorrideva rivolto all'obiettivo. Non era una foto che amava particolarmente, non avrebbe saputo dire perché avesse scelto proprio quella.

Perché non la sento mia.

Forse. L'aveva mostrata ai due proprietari delle pensioni, tendendo bene l'orecchio all'abbaiare interno, ma negarono di conoscerlo o di averlo visto in quei giorni.

Non importa. Se è stato qui riceverà comunque il messaggio che sono passata.

Non sono un'idiota, Saverio.

Non sono un'inetta incapace di prendere iniziative.

Il pulsare sordo era sempre lì, sottotraccia. Decise di rimandare le altre visite e si diresse verso il rifugio di Fermo. Non intendeva entrare, solo farsi un giro lì intorno, vedere il fantomatico ingresso sul retro, controllare quanta gente andava e veniva. Non sarebbe rimasta molto, dieci minuti, un quarto d'ora, non più di mezz'ora. Parcheggiò la Clio e si fece il primo giro a piedi. L'ingresso c'era, un cancelletto ad arco schermato da una lastra in vetroresina ondulata. Di nuovo non si sentiva nessun rumore da dentro, eppure il cortile dei box doveva essere lì dietro. Lena tirò dritta, fece il giro, arrivò davanti. Nessuno. Non c'erano telecamere montate in cima al cancello, eppure aveva la sensazione di essere spiata. Tornò all'auto, si sedette dentro per un po', tenendo d'occhio la strada da cui si accedeva all'ingresso posteriore. Rilesse sul cellulare gli articoli che le aveva inviato Astrid, definirli così era un'esagerazione, si trattava di invettive pubblicate su un paio di giornaletti locali in cui campeggiava la scritta CHIUDIAMO IL RIFUGIO LAGER!, tutto in maiuscolo come l'avrebbe scritto Saverio. Se solo la metà di quelle accuse fosse stata vera le forze dell'ordine sarebbero già intervenute, almeno in un mondo ideale. Non passava anima viva, stava per fare buio. Scese di nuovo e tornò al cancelletto.

Cosa sto cercando?

Si avvicinò a uno spiraglio tra il ferro della grata e la lastra. Era una feritoia di nemmeno un centimetro, e guardando dentro non distingueva nulla, se non forse la sagoma di una delle gabbie piccole a terra. Poi una cosa di un attimo, a esserci e non esserci, la fece tirare indietro.

Una lucciola?

No, le lucciole non c'erano a luglio, figurarsi a marzo. Guardò ancora. Era la brace di una sigaretta, laggiù, oltre le gabbie. Qualcuno che fumava in silenzio, nel buio del cortile. Brace. Buio. Brace. Buio.

Potrebbe essere chiunque. Potrebbe essere Fermo.

Ma gli era stata vicina, aveva respirato l'odore acre del suo fiato e non aveva sentito traccia di tabacco. Lei lo sapeva che odore avesse un fumatore, lo era Saverio, lo era stato anche suo padre, pure Betta fumava, e avrebbe giurato che no, Fermo non lo fosse. La persona che fumava era esattamente di fronte al cancelletto, avrebbe potuto vederla, se non ci fosse stata la grata. Brace. Buio. Brace. Buio. Buio. Buio.

Luce.

Lo schermo di un cellulare nella mano. Attorno la sagoma di un uomo.

Magro. Sembra giovane. Non troppo alto.

Potrebbe essere

no

potrebbe essere.

Iniziò a mancarle l'ossigeno, i pensieri caddero come pezzi del domino, l'ipotesi remota che Saverio potesse essere lì a una decina di metri la annientava. Di colpo la vibrazione che le risaliva sulla schiena, partendo dalla tasca posteriore dove teneva il Samsung.

È stato lui. Stava scrivendo.

Lo sfilò con le dita gelide, premette il tasto centrale e vide la spunta sull'icona dei messaggi.

Una sola parola.

CORRI.

Il rombo le arrivò fortissimo dietro la schiena, Lena si voltò di scatto e urlò, urtando le sbarre nel buttarsi di lato. Ma l'auto le passò di fianco indifferente mentre un tuono di abbai esplodeva tutto insieme oltre la vetroresina e con esso partiva lo scricchiolio della ghiaia calpestata da passi sempre più rapidi diretti verso il cancello. D'istinto partì di corsa, attraversando senza guardare, sentendo un cigolio alle sue spalle. Raggiunse la Clio e vi si buttò dentro. Rimase immobile a trascinarsi il respiro fuori dalla gola.

Cosa credevo stesse per succedere?

Qualcosa. Qualcosa che aveva a che fare con Saverio e Fermo e quel posto. Il cancelletto era aperto, di poco, una spanna, affacciato sul buio. Qualcuno la guardava.

È lui?

Poi lo vide chiudersi lentamente, l'eco di abbai che piano piano andava spegnendosi in silenzio.

Mi ha avvisata, mi ha fatta allontanare.

Lo sguardo intorno, a percorrere la via, la biforcazione, le auto parcheggiate.

Niente.

Nessuno.

Era qui.

Domenica la cena dai suoi era stata desolante. Suo padre aveva detto sì e no venti parole, sua madre le aveva servito porzioni gigantesche, a testimonianza che era preoccupata.

«Le mangi due seppie ripiene? Il pesce va bene, no? Son stata attenta a non mettere carne.»

«Non sono più vegetariana, mamma. Ho smesso da un anno, lo sai, te lo dico tutte le volte.»

«Ma io non voglio che mangi qualcosa che non ti va solo per farmi contenta.»

«Se non le piacciono mangerà qualcos'altro, questo non è un ristorante.»

Suo padre aveva chiuso la questione accatastando un'incomprensione sopra l'altra, ancora arrabbiato per come aveva trovato la casa, o lei, o entrambe. Lena si servì delle seppie che non le andavano, mangiò in fretta, voleva andare via. Argo era chiuso fuori, nel giardinetto privato, sdraiato sotto il portico in attesa anche lui di andarsene. Risentiva dello stress della padrona, della tensione nel guinzaglio quando lo portava a spasso, dell'obbligo di dormire insieme a lei. Era vecchio e abitudinario, tutti questi cambiamenti lo rendevano nervoso. Lena non dormiva più. Lasciava la porta aperta per un contorto senso del dovere, ma poi le appoggiava contro una sedia e sopra ci metteva una valigia in bilico, certa che il rumore l'avrebbe svegliata. Ma nessun risveglio era davvero necessario, perché il sonno era lieve come carta velina.

Saverio mi ha avvertita, c'è qualcosa che mi minaccia. Qualcosa legato a Fermo.

Si trattava di un impasto di sensazioni sostenuto da un sms arrivato con straordinario tempismo, non aveva nulla in mano al di fuori di questo, ma bastava per avvelenarle ulteriormente la vita. Aveva perso peso, e sua madre se n'era accorta. Andava avanti e indietro dalla tavola, trascinando le pantofole vezzose col pelo, le mani pronte a tormentarsi se avessero avuto un attimo di tregua dalle pignatte. Nutrire, coprire, tenere in ordine erano i soli tre modi in cui riusciva a prendersi cura di chi amava. Ogni tanto suggeriva timidamente a Lena che i capelli corti le sarebbero stati benissimo, che forse era tempo di liberarsi di quelle specie di cannoli stopposi, se si fosse sentita a disagio avrebbe potuto comprarsi dei cappelli, i cappelli stanno tornando di moda, sai? Non faceva domande, non indagava sulle origini di quel nuovo malessere della figlia, non tirava in ballo chi non doveva essere nominato tra quelle quattro mura, anche se non sapeva rallegrarsi del fatto che fosse morto.

«Se era ancora vivo a quest'ora eravamo noi due a far visita a una tomba!» sentenziava suo marito, ma lei non ci credeva. Lena era forte, lo aveva sempre saputo, era più forte di loro due messi insieme, e a suo tempo si sarebbe sentita sollevata nell'affidarsi a lei per gli ultimi anni della sua vita. Lena era onesta, solida, leale, non avrebbe fatto un torto a nessuno dei due. Ma queste cose non sapeva esprimerle a parole, riusciva solo a tradurle in intingoli, rosolature, ripieni. L'assenza di un segno di reale comprensione rosicchiava nella figlia i lembi di un cratere già bello ampio. Aveva iniziato a considerare i genitori come surrogati di figli da tollerare molto prima di Saverio, lui le aveva dato solo la spinta finale per il distacco definitivo, quanto meno emotivo. Il ragazzo portava rancore ai suoi, per non averlo capito, per averlo giudicato e poi condannato, Lena invece era solo rassegnata. La rabbia era un sentimento che non le apparteneva, lei aveva la tendenza ad accogliere e a smorzare, se necessario a sacrificarsi. A tranquillizzare due genitori incapaci sul male che la stava divorando dentro.

Non riesco a essere felice.

Questa era la base del tormento. Erano trascorsi cinque giorni da quando aveva trovato il cellulare nella cassetta delle lettere e aveva capito che Saverio era tornato. Nell'ascoltare la canzone aveva provato una fiammata di felicità assoluta, di sollievo, di speranza, con il biglietto era subentrata una quiete profonda che aveva spento le artigliate del lutto, eppure nemmeno allora aveva avuto alcuna aspettativa. Il ritorno di Saverio si era portato via il dolore, aveva cancellato il passato, chiuso una parentesi che poteva definire inferno senza credere di esagerare. Ma non aveva aperto nessuna porta. Lena da lui non si aspettava niente, e per quanto non volesse ammetterlo, non stava colmando in alcun modo il vuoto che aveva lasciato. La piramide a due punte raccontava quanto fosse cambiato, simile a se stesso ma diverso. Cervellotico, cosa che non era in passato, anzi, agiva troppo d'impulso, parlava prima di pensare e spesso le mani prendevano il posto delle parole.

Non accadeva spesso.

Ma non sarebbe dovuto accadere mai.

Si era dimostrato rancoroso, un aspetto che era sempre stato marcato, ma ora si manifestava in modo ossessivo. E agiva senza senso della misura, delle proporzioni. Lo voleva vivo, certo, preferiva mille volte che lo fosse, però...

Perché è così cambiato? Cosa gli è successo?

Due anni sono tanti, le esperienze vissute da Saverio potevano essere state di ogni genere. Fingersi morto, perdere la vita che si aveva prima, gli affetti, le abitudini, tutto questo poteva essere liberatorio come destabilizzante. Si era perso, e mentre vagava smarrito per il mondo...

Qualcosa.

Le labbra toccarono il caffè bollente di sua madre nelle tazzine del servizio buono, quello che avrebbe dovuto essere suo, se si fosse sposata. Non le piaceva molto il caffè, lo beveva per dovere, per non dover discutere ogni volta. Prima non lo avrebbe fatto, avrebbe spiegato che la caffeina era dannosa, i depositi sulle pareti dello stomaco, il reflusso gastroesofageo, lo avrebbe lasciato lì subendo gli sguardi di riprovazione, forte delle sue scelte.

Anche io sono cambiata.

Ed ecco che il vaso di Pandora si apriva. Due anni di lutto avevano cambiato anche lei, l'avevano prosciugata trasformandola nella dolenza stessa. La sua vita se n'era andata insieme a quella di Saverio, tutte le certezze, ogni consapevolezza. Era finita a guardarsi allo specchio chiedendosi chi fosse quella tizia. Aveva smesso di piacersi perché tutto quello che era rimasto di lei piaceva solo a Saverio, e Saverio non c'era più. Non era stato solo il vertice della piramide a sdoppiarsi, anche la base non era più allineata con il resto. La Lena di due anni prima si sarebbe colmata di vita solo all'idea di rivedere il ragazzo che amava, questa Lena ci era andata vicina e si era sentita mancare, priva di quel poco ossigeno a sua disposizione. C'era troppo spazio da riempire.

Non gli piacerò più.

E lui non piacerà a me.

Cosa restava, dopo tutto questo? Sollevò gli occhi verso i suoi e le sembrarono incredibilmente lontani. Ma era un punto di vista sbagliato.

Non sono loro. Sono io.

Trascorsero il lunedì e il martedì. Il Samsung taceva. Lena aveva fatto visita alle restanti voci della lista di Astrid senza esito.

Dovevo provarci.

Si atteneva a

gli ordini

le disposizioni di Saverio, lasciava le porte aperte e affidava il cane solo ad Astrid, che le aveva chiesto senza mezzi termini di pagarle la pensione come tutti gli altri. Non si era ancora scusata con Alex, non l'aveva più sentita e questo le dispiaceva. Mattia si era fatto vivo all'uscita dell'hotel per sapere come andava, offrendosi a metà di tenerle Argo un'altra volta (ma non di più), se avesse avuto bisogno. L'avvicinarsi del 4 aprile lo rendeva sentimentale, quasi affettuoso le disse che alcuni amici, capitanati da Serena del gruppo dei teppisti, avevano in mente di fare un murales in memoria di Saverio. C'era un posto interessante lungo i binari, poco distante dalla casa di Sergio, probabilmente l'avrebbero fatto lì nella notte tra il 3 e il 4. Dal canto suo gli era venuta l'idea di lanciare nel fiume una ghirlanda o una corona di fiori in memoria dell'amico, stava cercando la formula migliore, quella che più gli sarebbe piaciuta. Lena non aveva commentato, sentiva di non poter disporre delle proprie parole come voleva. Le lesinava anche con Betta, che ogni giorno al telefono sondava con cautela il terreno.

«È arrivato ancora qualcosa, scema? Sicura che non ci sia niente di nuovo?»

E Lena la sentiva scalpitare sotto la pressione di una gita alla polizia che però avrebbe concluso poco, se lei non l'appoggiava.

Lei non sa quello che so io. Lei non ha visto il biglietto.

Trovava ogni scusa per non doverla incontrare, temeva che sotto il fuoco di un nuovo interrogatorio avrebbe ceduto e le avrebbe mostrato tutto il resto. Non poteva farlo per svariate ragioni, la prima perché Betta non si sarebbe convinta comunque, la seconda perché se qualcosa stava minacciando lei forse avrebbe minacciato anche l'amica, la terza perché Saverio

forse

non aveva detto a nessuno di essere ancora vivo e lei voleva rispettare la sua scelta.

Poi c'è la quarta ragione.

Dura da ammettere, difficile. Saverio era cambiato. Pur amando il suo cane e

forse

anche lei, aveva messo entrambi in situazioni difficili solo per principio, per tenere il punto, per dimostrare qualcosa. E Saverio odiava Betta. Se avesse saputo che conosceva il suo segreto avrebbe potuto rivalersi su di lei. Non farle del male

forse

ma spaventarla di certo sì. E Lena le doveva una bella fetta di protezione. A complicare le cose, quella sera, percorso il sentiero per il rifugio, la doccia fredda di Astrid.

«Da domani Argo non posso più tenertelo. Mi arrivano altri cani.»

«Ma nemmeno a pagamento? Ti do qualcosa in più.»

L'altra aveva messo su un'aria da lesa maestà.

«Ma ti pare che ne faccia una questione di soldi? Non

posso perché avrò da gestire un casino che non ne hai idea, e poi tu non ne hai davvero bisogno, ti sei solo spaventata per quella faccenda dei ladri, ma a nessuno verrebbe in mente di rubare Argo. Hai messo tutto a posto? Hanno riparato la rete?»

Lo aveva fatto lei, preferiva non avere altra gente per casa. Aveva usato delle fascette da elettricista.

Così se devo tagliarle di nuovo ci metto un attimo.

«Ma se ci fosse un'altra emergenza?»

«Marilena, hai trentadue anni, sono trentadue, giusto? Una soluzione la trovi. Basta che non sia una soluzione di merda.»

«Non ti preoccupare, da Fermo non lo porto più.»

«Non c'è dubbio» aveva risposto l'altra con un sorrisetto.

Si era allontanata in retromarcia, un'eco di abbai forte quanto quello di Fermo che la inseguiva fino a svanire dietro alla curva. Non avrebbe potuto lasciare il cane a casa, non senza chiudere la porta, era troppo pericoloso, a Saverio sarebbe bastato girare la maniglia e le sarebbero piovuti addosso guai infiniti. A chi l'avrebbe potuto affidare il giorno dopo? Stava accarezzando l'ipotesi di Mattia (poi però avrebbe dovuto toglierlo per sempre dal mazzo) quando la risposta la chiamò, appena rientrata nel traffico cittadino. Alex, dopo quattro giorni di silenzio.

«Sei a casa?»

«No, sono per strada.»

«Ah. Sono qui davanti. Cosa faccio, ti aspetto? Tra quanto arrivi?»

Non aveva voglia di vederla, ma i sensi di colpa l'ebbero vinta. La trovò lì, in piedi davanti al portoncino nonostante il freddo. Le sembrò stanca, aveva il viso tirato.

«E Lucio?»

«Ancora al lavoro, volevo parlarti da sola.»

Erano entrate senza una parola, Alex che accarezzava distrattamente il cane mentre Lena fingeva di aprire la porta

Tingle tingle.

e il ricordo le risuonava sempre più vicino, quale che fosse, magari senza importanza. La donna si era seduta sul divano senza essere invitata a farlo, un inizio di ricrescita sotto i capelli accesi che contrastavano con l'incarnato spento.

«Allora, adesso l'ho capito perché ti sei tanto incazzata per quella cosa di Fermo. E ti dico: hai ragione. Però io non lo sapevo, te lo giuro.»

Lena si preparò mentalmente un giro tortuoso per dirle che non c'era niente da spiegare, anzi, che toccava a lei scusarsi.

«Guarda, l'ho presa davvero troppo male, in modo esagerato. Avrei dovuto immaginarmelo che ci fossero dei box...»

«No, io parlavo del sequestro.»

Un attimo di silenzio perplesso, poi Alex continuò.

«Gli hanno sequestrato i cani, a Fermo. È venuto fuori che dietro al rifugio c'era tutta una storia di droga, i dettagli non sono noti, hanno fatto un blitz tra ieri e oggi. Non lo sapevi?»

Lena scosse la testa. Ripensava agli articoli che le aveva inviato Astrid, al messaggio di Saverio

CORRI!

e all'uomo che fumava nel cortile.

«Ma lo hanno arrestato?»

«Non si fa trovare.»

«E dove andranno i suoi cani?»

L'espressione di Alex si indurì.

«Da quella grandissima figlia di puttana psicopatica, ecco da chi.»

Astrid.

«Si è messa in combutta con il Comune, nemmeno è stata fatta una valutazione delle disponibilità, per il canile ci voglion troppe carte, se li è presi subito lei e basta, la stronza. Alcuni erano di Fermo, proprio suoi suoi.»

Alex era amareggiata, a disagio, si tormentava la bocca come faceva sempre quando era nervosa. Da bambina aveva avuto il labbro leporino e una grave malformazione al palato, così anche se ora era tutto a posto e le restava solo una cicatrice sopra i denti finti, quando qualcosa non andava lei istintivamente ritornava lì, a quell'insicurezza atavica mai davvero compensata. Respirava male, effetto residuale di un'asma nervosa che si faceva viva in primavera e in situazioni di grave stress. Le fece pena, e non era la prima volta, di solito la compativa quando sentiva i commenti alle sue spalle, certa che sapesse cosa diceva la gente. Si sedette accanto a lei e le strinse la mano.

«Mi dispiace, me la sono presa con te e non era giusto.»

«Non lo sapevo che era un delinquente, Lena. Poco simpatico e un po' strano in certe cose, ma chi non lo è?»

Era la prima volta, in due anni, che Alex abbassava la testa davanti a lei e non riusciva a goderne. In fondo i punti di forza di quella donna brutta erano pochi, perderne anche uno solo davanti a una ragazza bella, laureata e ricca, doveva avere un sapore amaro. Glielo addolcì.

«Ti chiedo scusa anche per Lucio.» E poi, tutto d'un fiato: «Lui non mi piace. Non mi ha fatto niente, solo che tra noi non c'è sintonia. Non volevo essere offensiva».

«Non fa niente.» Alex sorrideva, più sollevata che altro. «Piace a me.»

E Lena vide il vastissimo territorio di paure di una donna come Alex legata a un uomo come Lucio, lui avvenente e giovane, lei no. Ogni donna doveva sembrarle una minaccia, una guerra implicitamente persa. Non doveva essere semplice vivere così.

«Non mi aspetto che la gente lo veda come lo vedo io. Quando l'ho conosciuto è stato come raccogliere un gatto per strada, con quel padre di merda che si ritrovava. Non lo ha mai toccato, fisicamente, ma dentro lo faceva a pezzi ogni giorno. Solo dopo che se ne è andato Lucio ha iniziato a respirare. Il mio ci ha mollate, me e mia mamma, poi è arrivato il cancro e tutto il resto e mi son dovuta crescere da sola, ma forse è stato meglio non averlo che subirne uno come il suo.» L'aveva guardata, accennando un mezzo sorriso. «Anche se io, al posto suo, non avrei subito.»

Pace era fatta, Alex promise di tenerle Argo nei giorni a venire, compatibilmente con il lavoro, ma non sarebbe dovuta ripartire per quasi una settimana, il prossimo incontro di formazione l'avrebbe tenuto il lunedì seguente, a Modena.

«Ti piace insegnare?»

«Non agli imbecilli.»

Alex era tornata Alex.

Il messaggio era arrivato di notte, alle 3.57, e non l'aveva svegliata. Lena l'aveva trovato il mattino del mercoledì, quando si era messa a sedere un po' intontita sul letto.

Ho dormito tutto il sonno arretrato insieme.

Un altro video, identico ai primi due, solo più lungo, arrivava a sei secondi. Buio, movimento e si fermava su una trama di legno, un'asse forse.

Perché mi manda questi video? Cosa significano?

Si era preparata sentendo gambe e testa pesanti, forse le stava venendo l'influenza. Si vestì come tutti i giorni, sistemò i capelli, si occupò del cane che non aveva nessuna voglia di essere scorrazzato di nuovo qui e là e uscì lasciando la casa in balia di Saverio. Lucio prese in consegna Argo, Alex era sotto la doccia. Le offrì un caffè e Lena lo accettò in segno di pace, piegandosi di nuovo alle stupide regole dell'educazione di sua madre. Glielo servì in una tazzina con su scritto LEI mentre se ne versava un altro nella tazza LUI, una delle mille futilità di coppia che costellavano l'appartamento. La casa di Lucio e Alex portava l'impronta predominante della personalità di lei e solo qualche traccia di quella di lui, per esempio la PlayStation. Argo lì era a suo agio, non c'erano altri animali, cosa che preferiva, perché i lavori di Lucio e Alex impedivano loro di tenerne. Avevano avuto un gatto, ma un giorno era uscito e mai più tornato, e Alex ne aveva fatto una malattia. Quando era uscita dalla doccia, avvoltolata in un accappatoio verde con le antenne, era rimasta spiazzata nel vederla lì, restia a mostrarsi senza trucco. Lucio l'aveva capito, si era avvicinato e l'aveva baciata. Ogni volta che si baciavano Lucio sembrava un bebé che poppava dalla tetta della mamma e Lena distoglieva lo sguardo perché ne rimaneva un po' disgustata. Si erano dati appuntamento per quella sera, le avrebbero riportato il cane a casa

«Così Lucio dà un'occhiata alla rete di fuori, che tra i vicini stronzi e i topi d'appartamento magari la rinforziamo»

per darle modo di rientrare senza ansia. Tutto come sempre, tutto come prima, non una parola su Fermo o Astrid. In hotel aveva sfogliato «La Nazione» e trovato un trafiletto sul sequestro del rifugio, poche righe che non riportavano nomi o dettagli. Il tempismo di quell'operazione di polizia era inquietante, legato a doppio filo alla foto di Argo dietro le sbarre.

Cos'hai fatto, Saverio? Cos'hai fatto in questi due anni? Chi sei diventato?

Aveva mal di testa ed era inquieta, le pesava quella parvenza di normalità, si sentiva addosso l'enorme menzogna del 4 aprile che incombeva, e mancavano solo sei giorni. Katia era particolarmente premurosa con lei, quella mattina, le aveva portato un caffè al ginseng

«In tazza grande, come piace a te»

per tirarla su quando aveva detto di sentirsi fiacca e l'aveva intrattenuta a lungo raccontandole facezie varie, piccoli pettegolezzi sul personale, evitando in maniera fin troppo palese di accennare a Gianluca. All'ora di pranzo le aveva detto

«Dai, vai a prendere qualcosa al bar qui di fianco, oggi mi han detto che fanno le torte salate con le verdure. Quando hai finito magari portane una fetta anche a me, quella che vuoi»

e Lena era stata contenta, prendere una boccata d'aria le avrebbe fatto bene, pochi minuti e sarebbe tornata. Non aveva messo nemmeno il soprabito ed era uscita nell'aria tiepida, ma dopo cinque passi si era fermata. Qualcosa non andava. Una percezione istintiva, alimentata dalla perenne allerta di quei giorni.

Katia è troppo gentile. Non è mai così gentile.

Fece per tornare indietro, ma di nuovo la sensazione la bloccò.

Aspetta. Aspetterà anche lei.

Per cosa?

Non lo sapeva, stava agendo all'interno della nube di malessere in cui era sprofondata da quella mattina, il senso di stordimento aveva spento alcune parti del cervello, quelle inutili e accessorie, lasciando accese quelle barricate in difesa. Contò fino a cento, poi si voltò e rientrò veloce in hotel, pronta a trovare una scusa, che voleva cambiare una banconota da cinquanta che teneva nella borsa così avrebbe avuto gli spicci per il parcheggio, qualcosa del genere. Al bancone Katia non c'era. Lena fece piano, si spostò veloce verso la stanzetta subito dietro e la pescò con le mani nella borsa, la sua borsa. Katia si rialzò immediatamente

«Madonna, che paura mi hai fatto!»

«Ho pensato che vorrei cambiare dei soldi che ho lì dentro, così poi li uso per il parcheggio.»

Si guardavano. Katia rispose con prontezza, giusto con un secondo di esitazione di troppo.

«Ce l'hai una delle tue pastiglie per il mal di gola? Mi fa male a deglutire, pensavo fosse colpa dell'aria secca, ma magari ho preso freddo.»

Lena si avvicinò alla borsa, estrasse da uno scomparto la scatola bianca e gialla e gliela porse.

«Oh, grazie. Scusa se frugavo, ma già che non c'era nessuno...»

«Sì, va bene, non ti preoccupare.»

Entrambe stavano mentendo. Entrambe lo sapevano. Lena mise la borsa sulla spalla.

«Zucchine o spinaci, nel caso li avessero entrambi?»

«Zucchine.»

Tornò verso le porte scorrevoli, il pugno stretto sulle maniglie della borsa, in mente l'immagine di Katia nella stanzetta, un attimo prima che si accorgesse di lei. Era chinata sulla borsa, dentro fino ai polsi.

Aveva in mano il Samsung. Ed era acceso.

Il controllo. Non aveva mai fatto grande affidamento sul proprio controllo in trentadue anni. Al funerale di Saverio aveva pianto senza ritegno, la notte della sua scomparsa aveva urlato aggrappata al parapetto, la pioggia che la prendeva a schiaffi, i giorni immediatamente seguenti era rimasta immobile a letto, gli occhi pesti, una processione di amici e parenti a dirle che doveva farsi forza. Se n'era fregata di quello che avrebbe detto la gente, era stato lo stesso quando per amore di Saverio aveva estirpato tutte le proprie abitudini sotto l'occhio giudicante della società. Eppure già allora, inconsapevolmente, aveva esercitato una forma di controllo su di sé per mantenere un equilibrio che il resto del mondo cercava di destabilizzare. Oggi quel controllo era diventato pienamente consapevole. Aveva mangiato la torta salata, l'aveva portata a Katia, avevano scherzato su quell'ospite ricorrente dell'albergo, già negli "anta" da un pezzo, chiedendosi per chi di loro due tornasse così assiduamente. Era uscita sventolando la mano in direzione di Elvio, Gianluca che tardava ad arrivare, e aveva raggiunto la macchina con passo fermo, cadenzato.

Nel caso mi stessero guardando.

Chi?

Saverio. E Katia. Astrid, Fermo. Gianluca e Betta, Mattia, Marta. Mometto, Alex. Sergio, Serena, Alessio. Lucio. Suo padre.

Il mondo.

6

«Se vuoi essere lucida, bevi.»

Era una delle massime di Saverio, gliel'aveva propinata subito, al secondo appuntamento, quando Lena gli aveva detto delle difficoltà che stava trovando a insegnare a scuola, i ragazzini già aggressivi che non le ubbidivano, le madri ai colloqui sempre con qualcosa da ridire sulla sua scarsa esperienza, il preside che ogni tanto le buttava lì delle normative sconosciute, facendola sentire in difetto.

«Se vai lì con la mente piena di menate ti metteranno sotto tutti. Devi liberarla un po', silenziare le cazzate. Beviti due shottini di vodka prima di uscire e vedrai che la paura passa.»

Una volta l'aveva fatto, con il terrore che l'odore le si sentisse nel fiato, e in effetti aveva avuto effetto, ma non aveva trovato il coraggio di rifarlo e a fine anno non aveva rinnovato la disponibilità per la supplenza. Quel giovedì mattina aveva consegnato Argo direttamente ad Alex che le aveva chiesto

«Tutto bene, sì?»

ottenendo in risposta un plausibilissimo

«Tra cinque giorni saranno due anni che Saverio non c'è più. Sto facendo un po' fatica, ma tengo botta»

costruito con grande accuratezza, frase giovanilistica compresa. E Alex ci aveva creduto, aveva sorriso e preso il guinzaglio, raccomandandole di trovarsi qualcun altro da lunedì, che lei sarebbe andata a Modena per il corso di aggiornamento.

Magari non è vero.

Ma il dubbio ebbe scarsa presa, la vodka stava facendo il suo lavoro. Si era concentrata su due poli di sospetti: da un lato Saverio, che in combutta con Astrid l'aveva sorvegliata e giudicata e manipolata per ottenere lo sgombero di Fermo, dall'altro Fermo, amico di Alex (e forse anche di Katia), che la considerava complice della denuncia e si sarebbe voluto vendicare. Tra i due gruppi c'era una rappresaglia, e lei era lì in mezzo.

Katia non mi è mai sembrata un'animalista.

Non doveva esserlo, non tutti si muovevano seguendo principi intoccabili, un sacco di gente lo faceva per altre ragioni.

Magari era il suo spacciatore, magari Katia ha una dipendenza e io non lo so.

Nella percezione paranoica e alterata della realtà che le rimaneva, era comunque nel centro di un mirino. Là fuori loro la osservavano, la seguivano, la controllavano, usavano il Samsung per condizionarla.

Magari il telefono da cui è stata mandata la foto di Argo non era di Saverio.

Magari Fermo aveva il mio numero.

Magari ha sempre saputo chi sono.

Volute di fumo che andavano e venivano mentre lei metteva su la sua faccia migliore, riceveva gli ospiti, consegnava chiavi, faceva firmare consensi, prendeva prenotazioni, ricambiava la gentilezza di Katia andandole a prendere un caffè americano due bar più in là, dove lo facevano davvero buono, sentiva sua madre per farla stare tranquilla, chiamava Alex per concordare il ritiro di Argo e dentro di sé affondava in una colata di catrame.

Non riuscirò a reggere per molto.

Ne era consapevole, eppure non aveva più margine di

azione, l'elenco di Astrid era stato l'unica carta che si era potuta giocare. Parlare con Katia sarebbe stato inutile, con Astrid men che meno, Alex le era sembrata sincera e Fermo ormai era uccel di bosco.

O no?

Poteva solo aspettare. Aspettare che Saverio facesse qualcosa, che uno dei suoi amici facesse qualcosa, che uno dei suoi nemici facesse qualcosa. Poteva sorridere. Poteva eseguire gli ordini senza sbagliare. Poteva pregare che tutto finisse presto.

Una nuovo venerdì mattina, la sedia appoggiata alla porta, la valigia appoggiata sulla sedia, il cane nel giardinetto, la testa pesante che le sembrava stesse per scoppiare. Il campanello ebbe l'effetto di un trapano nelle orecchie e non si stupì nel veder entrare Betta, carica come Babbo Natale.

«Ciao, Maometto, sono la montagna.»

Aveva portato un vassoio di dolci per la prima colazione e tre menu di ristoranti take-away da chiamare per il pranzo, l'opinione di Lena in merito non era richiesta.

«Ce ne stiamo rintanate qui tutto il giorno come due adolescenti complessate, okay, scema?»

Lei aveva scosso la testa con la rassegnazione di chi riconosce la battaglia persa insieme alla guerra. Betta aveva iniziato a sfarfallare in giro per casa, sistemando cose, portando plaid, scartando pacchetti, blandendo Argo, e mentre lo faceva parlava, parlava non dicendo niente e Lena sapeva che tutto quanto era una rincorsa per sferrarle un attacco quando avesse avuto le difese maggiormente abbassate, stordita dalle chiacchiere.

Non devo dirle del biglietto. Su tutto il resto posso cedere ma non sul biglietto.

E andò esattamente così. Prima domande ovvie

«Su quel telefono? Arrivato più niente?»

poi una richiesta innocente

«Me lo fai rivedere? Così, per capire bene di che anno è»

e infine un diretto, atteso ma lo stesso destabilizzante

«Posso vedere i messaggi? Non lo tocco, scema, te lo giuro, voglio solo vederli».

Il braccio di ferro durò poco, Betta era caricata a plutonio e Lena era stanca, con dentro di sé un desiderio fortissimo di cedere, mollare, confessare tutto

tranne il biglietto

e chiedere aiuto. Betta lesse i messaggi, esaminò le foto, ascoltò la canzone senza fare commenti. La cosa che le rimaneva più indigesta erano i video.

«Questi hanno proprio lo scopo di spaventarti. Non sono niente e quindi potrebbero essere qualunque cosa, non mi piacciono.»

La prese alla lontana, basandosi solo sulla logica.

«Facciamo un'ipotesi per assurdo, questa roba vuole farti credere che dietro ci sia Saverio e diciamo di sì, che non è morto, che è solo scappato. Sta via due anni, non si sa dove, non ci interessa. Poi torna, e non si sa perché, e di nuovo non ci interessa. Si nasconde, e qui già la cosa inizia a stonare, perché cosa torni se poi ti devi nascondere? Stai via, no? Allora immaginiamo che sia tornato perché ha qualcosa di importante da fare ma debba comunque stare nascosto. Ha guai con la legge? Facciamo di sì. Quindi? Quindi ti lascia un telefono che evidentemente non è suo, entra in casa tua senza permesso, ti fa impazzire il cane, fa incastrare dalla polizia un tizio che smercia droga... capisci che sono cose che non stanno insieme? Allora diciamo che non ha guai con la legge, è solo uno che si è finto morto, e questo è comunque un guaio con la legge ma fa lo stesso. Facciamo allora che aveva perso la memoria o cazzate simili, okay? Perché non si fa vedere? Tu dici che secondo te ha ripreso i rapporti con la tizia del rifugio o con quell'altra che sembra un trans, ma perché non con te? Per punirti? Perché sei stata una cattiva padrona per il cane? Cioè, Lena, io non ho mai avuto una buona opinione di Saverio, ma non arriverei a pensare che sia fuori fino a questo punto.»

Lena si osservava le mani e non sapeva cosa rispondere.

È cambiato.

Ma non bastava.

«C'è qualcosa che ti provi, che ti abbia mai provato che sia davvero lui?»

Il biglietto.

«Non mi dire la canzone, capisco che è un ricordo intimo vostro, ma sul serio non puoi essere certa che non lo abbia mai raccontato ad altri. Oppure che nessuno sappia che da ragazzino questa canzone gli piaceva, insomma, non è come raccontare che è stato stuprato dal prete, è una confidenza, un ricordo personale, ma è solo una canzone, scema. Solo una canzone.»

Lena sentiva le palpebre tremare e il pianto arrampicarsi lungo la gola. Non aveva parole per controbattere alla logica di Betta, solo una fede incrollabile in quel biglietto che non le mostrava.

Perché?

Perché era suo. Era la sola cosa davvero sua in quel momento e non se la sarebbe fatta portare via.

«È uno scherzo, Lena. Uno scherzo di merda architettato bene da qualcuno che ti vuole male.» Le sollevò il mento con due dita. «Ma male male davvero, sai? Questa persona ti odia. Ce l'ha con te, vuole che tu soffra, vuole umiliarti. Guarda cosa ti ha fatto fare finora. Vivi da reclusa con la porta aperta. Non hai il coraggio di lasciare il cane da solo o di far stare qualcuno qui con lui quando non ci sei. Racconti balle, Lena, e tu di balle non ne hai raccontate mai, sei sempre stata trasparente come un bicchiere di vetro e sa dio se certe volte non ti capivo, ma questa cosa l'ho sempre ammirata, sempre. Io non sono così, sarò anche più libera, sotto certi aspetti, scopo alla grande, non rendo conto di niente a nessuno, però ne ho, di ombre, e tante. Tu le ombre non le avevi, prima, e adesso ci sono.»

Lena abbassò il mento, era la cosa più vicina a un cenno di assenso che potesse permettersi.

«Saverio è morto. È morto come un cretino in quella

notte di due anni fa, e il caso ha voluto che nessuno fosse lì ad assistere. È morto e tu hai tutto il diritto di piangerlo e di non riprenderti, ma questa cosa è diversa. Il telefono, i messaggi, le minacce. È una cosa malata, proprio malata.

Tutti gli amori sono malati.

E tu lo sai cosa devi fare.»

«Non posso.»

«Sì che puoi. Se non vuoi farlo da sola vengo io con te, ma devi denunciare.»

«Mi prenderebbero per pazza. Cosa denuncio? Tre filmati vuoti, una canzone, una foto mia con Argo, una di Argo e sei messaggi?»

«E la gente che ti entra in casa?»

«Entra in casa con un mazzo di chiavi, Betta. Non forzano la porta, e adesso la lascio sempre aperta, mi dici che razza di intrusione è?»

«Quelle chiavi non gliele hai date tu!»

«E chi te lo dice?»

Erano arrivate al punto, alla frattura.

«Saverio è morto.»

«Non lo sai.»

«Allora facciamo che non è morto e che è uno zombie impazzito. A me non frega niente se sia o non sia davvero lui, chiunque abbia messo in piedi questo teatro ti sta torturando. È stalking come minimo, Lena. Non può avere nessun buono scopo, non può finire bene, non c'è modo!»

La grande verità era stata detta. Dopo l'ubriacatura iniziale, dopo l'euforia, si era resa conto lei stessa che non c'era uno sbocco positivo a quella situazione. Cosa voleva Saverio? Non si capiva. Ma il modo in cui cercava di ottenerlo la stava facendo a pezzi.

«Non voglio denunciare niente, Betta. Non adesso, non ancora. E non puoi costringermi, lo sai. Lo so perfino io, quindi...»

Calò un silenzio fermo, Lena si aspettava che Betta esplodesse, l'amica invece la fissava con estrema calma. Aveva dalla sua la forza della ragione. Lena si sentì incrinare in ogni parte, il muro della disperazione che scricchiolava ed era sul punto di cedere. Cercò di passarsi una mano nei capelli e rimase impigliata nei dread. Li odiò. E odiò se stessa. E gli argini si ruppero, e cominciò a piangere, i singhiozzi che diventavano singulti, poi spasmi, Betta che l'accoglieva contro la spalla con un'espressione di vittoria che Lena non poteva vedere mentre annaspava alla ricerca delle parole giuste.

«La sola cosa... la cosa che non sopporto... è questo senso di impotenza... Questo non poter fare niente e dover aspettare... essere in balia degli eventi... Con questo coso che suona quando vuole e riceve soltanto e di cui non posso sapere nulla, da dove viene, nemmeno il numero...»

Betta la allontanò a distanza di braccio.

«Il numero telefonico? Non è sulla scheda?»

«È stato cancellato.»

«Fammi rivedere i messaggi.»

Lena le allungò il telefono e Betta li scorse lentamente.

«Questo cos'è?»

«Niente, un'offerta del gestore.»

Betta la guardò con quello scintillio negli occhi che significava guai.

«Ti fidi di me, scema?»

«Ti prego, Betta...»

«Ti fidi di me?»

Solo venti giorni prima sarebbero scoppiate a ridere e Betta avrebbe attaccato con la musica del *Titanic*, ma in quel momento nessuna delle due ci pensò. Lena la guardò con gli occhi umidi, Betta, l'unica persona che stesse cercando di difenderla, l'unica di cui si potesse fidare ciecamente. Annuì.

Betta compose un numero di tre cifre e restò in attesa. Partì una musichetta e mise il vivavoce. Poi una voce metallica.

«Ai fini di verificare il servizio fornito questa chiamata potrebbe essere registrata. Risponde l'operatore 073» e una voce giovane, fresca, da ragazzina, un vago accento del Sud.

«Buongiorno, sono Arianna, come posso esserle utile?»

«Buongiorno Arianna, vorrei sapere se sia possibile risparmiare qualcosa sulla tariffa di questo telefono. Lo usiamo per l'azienda e dovrebbe servirci solo a ricevere, ma mio marito evidentemente lo usa anche per chiamare.»

«Controllo subito.»

Lena guardava Betta, Betta guardava Lena.

«Dunque, qui vedo che non ha un contratto business.»

«No, certo che no, è praticamente un muletto, serve quando dobbiamo mandare fuori qualche operaio e abbiamo necessità di contattarlo.»

«Allora, in questo momento avete l'offerta solo chiamate, sms, mms in Italia e all'esterno e internet ricaricabile. Sono 12,70 euro al mese, per lei è troppo?»

«Sì. Vorrei la tariffa più bassa possibile, basta che funzioni, che chiami e che riceva.»

«Allora, signora Sartori...»

Si guardarono.

«...le propongo la tariffa flat, 8 euro mensili, 1000 minuti di chiamate e 100 sms e mms inclusi, 2 giga di navigazione, che sono pochi, ma se non lo usate...»

Betta fece cenno a Lena di darle qualcosa per scrivere.

Sartori.

Un cognome del tutto sconosciuto.

«La tariffa mi va benissimo.» Poi tentò il colpo: «Mio marito di queste cose non capisce niente, mio suocero è anche peggio. Anzi, penso che la scheda sia pure a nome suo. Aldo Sartori?».

Smisero di respirare per un istante.

«No, Marco Sartori.»

«E allora niente, è mio marito, ho sposato un deficiente.»

La ragazza rise, Betta e Lena si guardavano in faccia. Marco Sartori era un nome che non diceva niente a nessuna delle due, ma era un nome. Restava una sola cosa da scoprire, ed era difficile farlo senza che suonasse strano. Ma Betta era brava.

«Mi ripete tutti i dettagli dell'offerta, che mi scrivo ogni cosa, così mio marito non rompe?»

«Certo.»

Seguì la cantilenante lista di chiamate, sms, mms, gigabyte, costo, scadenza e il numero telefonico a cui tutto questo veniva elargito.

«Per l'accettazione dell'offerta però è necessario che mi chiami suo marito.»

«Ah, non posso farlo io? Nemmeno se uso il telefono?»

«Purtroppo no.»

«E allora la farò richiamare, se lo convinco. Grazie, è stata gentilissima.»

Interruppero la chiamata. Ora Lena aveva un nome e un numero.

«E se si accorge che abbiamo contattato il servizio clienti?»

«Chi, Marco Sartori?»

«Chi mi ha mandato il telefono.» Almeno questa concessione gliela doveva. «Forse controlla il traffico su internet.»

«Tu hai visto troppi film, scema.»

Il Samsung trillò. Betta aprì rapida il messaggio, ma era la richiesta di valutazione dell'operato del servizio clienti. Prese il proprio cellulare dalla borsa e compose il numero che Lena aveva trascritto. Il Samsung squillò.

«Ecco, hai il tuo numero e hai anche un nome. Guarda caso non è quello di Saverio.»

«Non è reato usare la scheda di qualcun altro.»

«E se non fosse un altro?»

Lena pensò che non ci aveva guadagnato nulla, sapere il numero di un cellulare che aveva sempre con sé non cambiava le cose. A meno che non fosse affatto fantascienza e che potesse essere controllato a distanza.

Magari è davvero possibile che controlli l'andamento del telefono su internet, magari gli arriverà una notifica via mail per aver chiamato il servizio clienti.

Quale mail?

La famiglia di Saverio aveva chiesto e ottenuto di chiudere l'indirizzo del ragazzo "per evitare episodi spiacevoli". Se n'era occupato Mattia, che aveva chiesto a un amico di scaricare tutto quello che c'era nella casella, non tanta roba in realtà, ma comunque roba sua. Lena conservava una dozzina di mail inviate a lei, cinque delle quali contenevano richieste di soldi.

Ma è possibile che ne abbia aperta un'altra.

In quel caso avrebbe visto la telefonata.

Se era Saverio si sarebbe arrabbiato.

Se?

Se.

Betta l'aveva lavorata ai fianchi per il resto della giornata, convincendola a chiudere la porta e a lasciare il cane in casa.

«Fidati, non mi ci metterei neppure io contro Argo. E quando sei in casa, se non vuoi far cambiare la serratura, almeno lascia la chiave dentro mezza girata, così non è possibile inserirla dall'esterno.»

Tingle tingle.

Un senso di nausea improvviso, ci era andata vicina a ricordare. Aveva cercato di ricollocare quel suono, Saverio che entra, il tintinnio delle sue chiavi, il rumore che facevano quando le buttava sul tavolo prima di stravaccarsi sul divano, scarpe e tutto?

No, non era quello.

Betta se n'era andata lasciando dietro di sé un cimitero di cartoccetti di cucina cinese e Lena aveva sprangato la porta. Era rimasta a lungo nel letto a fissare al buio il punto in cui sapeva trovarsi il Samsung in ricarica, aspettando un trillo da un momento all'altro. Non era successo niente e il mattino dopo si era svegliata sentendosi alleggerita. Aveva faticato di meno a scendere dal letto, prepararsi, forse era l'adrenalina per il mancato affidamento di Argo ad Alex, che aveva chiamato per accertarsi che fosse tutto a posto, o ad Astrid, che si era fatta viva solo per confermare di non fare nessun conto su di lei, che tutti quei cani tenuti malissimo che si era ritrovata sul groppone le stavano prosciugando la vita.

Era sabato, Firenze era bella come sempre, l'Arno quieto, la hall dell'hotel piena di turisti che sarebbero ripartiti l'indomani, coppie che festeggiavano gli anniversari, giapponesi fuori stagione. Lena non aveva bevuto nulla, la ritrovata lucidità era dovuta all'aver parlato con Betta, all'aver disinnescato il loop paranoico dei giorni prima.

Questa sera a casa troverò un disastro.

E in effetti sì, ma non quello che si aspettava. Ritrovandosi rinchiuso Argo aveva pensato di prendersela con lo stuoino della cucina, che fino a quel giorno aveva ignorato. C'erano brandelli ovunque e Lena ci aveva messo mezz'ora buona a sistemare tutto, ma ne era stata quasi contenta. Le persiane sbarrate, la portafinestra e la porta chiuse con tutte le mandate disponibili e le chiavi inserite di traverso, il cane insoddisfatto per la mancata passeggiata che le voltava le spalle, aveva iniziato a sentirsi di nuovo al sicuro.

Non ho paura di lui, è la situazione a essere sbagliata.

Il giorno dopo si sentiva persino meglio, aveva scambiato il turno con Gianluca per andare a pranzo dai suoi con Argo, aveva bevuto il caffè senza protestare e preso due porzioni di orata al forno. Sua madre le era sembrata contenta, suo padre comunque sulle sue ma meno ostile di altre volte. Terminato il turno alla reception, sulla strada di casa, aveva chiamato Betta, che non le aveva risposto. L'aveva richiamata un'ora dopo e l'aveva sentita rispondere un po' in affanno, una risata trattenuta in fondo alla voce.

«Scema, ti richiamo io, ho qualcosa tra le mani, adesso.»

Lena aveva sorriso.

«Qualcosa di nuovo o di vecchio?»

«Diciamo di interessante. Ci sentiamo quando ho finito.»

«Facciamo domani, ora dormo.»

«Domani ho una riunione a porte chiuse. Spero lo siano anche le tue.»

«Lo saranno.»

Di nuovo leggerezza, la sensazione di aver mollato chissà quale zavorra, e il sonno benevolo che l'aveva presa con sé mentre alle 5.57 il Samsung si illuminava per un attimo e poi si spegneva.

Freddo.

Caldo.

Freddo.

La sensazione di svenire.

Troppo poco ossigeno, doveva aprire la finestra, prima la chiave, poi le persiane, Argo che per dispetto l'aveva fatta dentro, contro lo sportello della lavastoviglie. Lena era impietrita davanti alla fotografia che Saverio le aveva mandato quella notte. Non c'era lei e non c'era nemmeno lui, eppure c'erano entrambi in un modo che le sarebbe stato impossibile quantificare. Era una foto fatta all'interno di Santa Maria degli Angeli, ad Assisi. Non una foto scaricata da internet, una foto vera fatta alle prime luci dell'alba come aveva sempre sognato di vederla lei. Era lì, piccola e splendida, la cappella dove sognava di sposarsi. Sotto la foto una frase.

CELEBRIAMO, STANOTTE.

Quella notte, alle 2.15, secondo la ricostruzione dei pompieri, ricorreva il secondo anniversario della sua morte. E lui le dava appuntamento nel posto dove avrebbe voluto sposarlo. Una frase ambigua, poteva essere una presa in giro, poteva essere una promessa, neanche da immaginare però che dicesse sul serio, insomma, per sposarsi mancavano i documenti e tutto quanto.

Ma io ho sempre detto che il mio matrimonio sarebbe stato una questione privata da sbrigare tra me, lo sposo e Dio, dentro a quella cappella.

Che sarebbe bastato rimanere lì dentro all'alba, a guardarci.

Era un sogno infantile, in quel momento le sembrava di una puerilità imbarazzante, come aveva potuto coccolarsi per anni in una simile melensaggine?

Oggi potrebbe diventare vera.

Si alzò in piedi, cercando di scacciare l'idea malsana di andare ad Assisi, Assisi in aprile, il giorno dell'anniversario.

Non c'è nessun anniversario, perché non è morto nessuno.

Di nuovo le girò la testa e sentì il sangue che defluiva via. Si sedette, ripensando alla faccia di Mattia che il giorno prima era passato al Grand'Arno per sincerarsi che si fosse segnata l'orario.

«All'una chiudo il negozio, all'una e mezzo ci troviamo lì, sul ponte.»

Aveva quell'espressione contrita che tanto detestava, perché la metteva su un giorno solo all'anno, e anche se sapeva che era sincero le dava ugualmente sui nervi. Lui e gli altri ragazzi avevano deciso di far intrecciare a Serena, che era l'artista del gruppo, una ghirlanda di giunchi in cui ciascuno di loro avrebbe infilato qualcosa che gli ricordasse Saverio. Poi Lena e Mattia l'avrebbero buttata nell'Arno, non era una bella idea? Il giorno dopo sul ponte. Undici ore prima ad Assisi. Una follia.

Perché non sono felice? È un appuntamento, perché non sono felice? Non mi sta minacciando, sta facendo il bravo come aveva detto nel biglietto. Anche se Betta ha chiamato il servizio clienti e io chiudo la porta, invece di farmela pagare lui mi chiede di incontrarlo, forse di sposarlo, perché non sono felice?

Pensò di chiamare Betta, ma no, avrebbe fatto qualcosa per impedirle di andare. E non voleva che nessuno prendesse decisioni per lei.

Davvero?

Tornò a mettersi in piedi, spalancò la finestra ed entrò un vento malevolo, che sembrava spingerla dentro, resta a casa, dove vuoi andare, stai al tuo posto, con le porte chiuse e le chiavi inserite. Doveva essere al lavoro entro un'ora, avrebbe staccato alle quattro, era un lunedì, non avrebbe fatto in tempo a farsi sostituire.

E perché? Ha detto "stanotte", c'è tutto il tempo per andare ad Assisi.

Erano circa due ore di macchina, con il treno sarebbe stato più complicato spostarsi.

Non so nemmeno dove sia la chiesa.

Guardò Argo mentre trotterellava dentro dopo aver depositato quel che doveva.

Argo dove lo metto? Di giorno lo lascio in casa, ma di notte?

Non voleva ammettere che l'idea di andare a quell'appuntamento la terrorizzava.

Non posso non andarci. È Saverio!

Betta dice che è Marco Sartori.

Betta non sa del biglietto.

Ci avrebbe pensato lungo la strada. Chiuse di nuovo tutto, si vestì senza lavarsi, un accenno di trucco, la retina. Per tutta la mattinata aveva ammesso e scartato ipotesi sul cane, tralasciando di ragionare sul fatto che forse si sarebbe davvero messa in macchina per andare ad Assisi. Seguiva comunque il consiglio di Saverio, doveva silenziare una parte del caos che le tuonava nel cervello. Betta no, Alex no, Astrid no, restavano Sergio, Mattia o una pensione. Ma forse Sergio e Saverio. Ma forse Mattia e Saverio. Avrebbe dovuto giustificare comunque, in qualche modo, l'orario bizzarro, inventarsi qualcosa, una storia credibile che non riguardasse sua madre. Chiunque avesse saputo che lasciava Firenze per un'intera notte si sarebbe come minimo insospettito, soprattutto il giorno dell'anniversario, quello per cui si era presa ferie.

Non faccio niente di male.

E allora perché mi sento così?

Alle quattro non aveva ancora risolto niente, aveva risposto al saluto di Gianluca con un cenno del mento e quando lui aveva tentato di avviare una conversazione gli aveva detto «Adesso devo scappare».

Scappare. Scappare. A poterlo fare.

A metà strada aveva messo la freccia e cambiato direzione, ripercorrendo il giro del giorno precedente, parcheggiando sotto il cancello dei suoi. Non era attesa e aveva visto in sua madre un'ombra di disagio, come quando si presenta a casa un ospite importante e tu non hai messo in ordine.

Sono sua figlia ed è come se fossi un'estranea.

«Devo parlare col babbo»

aveva detto, e suo padre si era palesato dal soggiorno, le pantofole di panno e gli occhiali sul naso, di nuovo l'aria del padrone del podere.

«Babbo, ti devo chiedere un favore.»

Lui la guardò senza accennare nessuna reazione.

«Mi dovete tenere Argo questa notte perché devo andare via da Firenze.»

«E dove vai?» si intromise sua madre.

«A Modena, con un'amica. Torno domani.»

Il corso di Alex era uno spunto solido su cui costruire.

«Ma con cosa andate? Mica in macchina di notte?!»

Lena sentiva le parole di sua madre, ma non poteva distogliere gli occhi da quelli del padre, era una cosa fisica, animale, l'aveva imparata nelle varie lezioni che le avevano propinato sui cani, abbassare lo sguardo e tutto.

«Lo so che lo fai malvolentieri, babbo, e lo so che chiedervelo all'ultimo minuto non è una cosa da fare, ma è capitata così. Io vorrei andare, c'è un corso che mi interessa, potrebbe essere importante per il lavoro, ma se non me lo tenete voi non posso, è troppo tardi per organizzare in un altro modo. Vi porto anche la cuccia.»

Poi raccolse dal fondo della sua esperienza di figlia tutti i frammenti di umiliazione collezionati in trentadue anni di vita, li mise insieme e diede a suo padre quello che voleva.

«Ho bisogno che mi aiuti tu, da sola non son buona.»

Suo padre non disse di sì né di no, si spinse indietro gli occhiali e lanciò un'occhiata alla moglie, che si affrettò a dire

«Guarda che però sta in garage, mica vogliamo problemi con i vicini».

Argo era dai suoi, la casa era vuota. Lena guardava il suo armadio spalancato, cercava un vestito carino ma le sembrava di non possederne più. Prima di Saverio andava spesso per negozi a prendersi delle "robine", poi lui le aveva detto che la trovava ridicola e così aveva smesso. C'erano delle cose che le aveva fatto prendere lui a un mercatino, una specie di tunica, un maglione che lasciava scoperta una spalla, pantaloni larghi, da operaio, che lui trovava sexy indossati con le bretelle. C'erano anche dei jeans concepiti per lo stile grunge che secondo Saverio facevano Vanilla Ice, ma che indosso a lei le piacevano. Prese quelli e il maglione monospalla. Si fece la doccia tenendo il Samsung sullo sgabello lì davanti, il volume al massimo. Di nuovo percepiva quella pulsazione sottotraccia che non era rabbia, anche se le assomigliava. Alle nove di sera era pronta. Sarebbe stato sensato cercare di dormire qualche ora, fino a mezzanotte almeno, se lui intendeva incontrarla davanti al santuario all'ora precisa della sua scomparsa. Ma se invece si fossero visti alla Porziuncola quella non apriva prima delle 6.15, all'alba, proprio come nel suo piccolo sogno di nozze. Si sdraiò sul letto vestita e guardò il soffitto ininterrottamente fino alle undici. Provava tutto e non provava niente, si sentiva sull'orlo di qualcosa che poteva essere splendido quanto terribile, certa che non sarebbe stato nessuna delle due cose. Uscì senza un filo di trucco, come piaceva a lui.

Assisi era gelida, la chiesa incombente e silenziosa, ovviamente chiusa, ovviamente deserta. Il piazzale antistante era vuoto e Lena aveva parcheggiato l'auto in divieto di sosta, sulla via laterale, così da poter vedere se qualcuno si avvicinava. Era arrivata poco prima delle due, alle due e dieci era uscita a passeggiare davanti ai gradini della basilica. Aveva deciso di rientrare in auto, intirizzita, alle due e quaranta, il Samsung sempre stretto in mano. Lo attaccò a un caricabatteria portatile e rimase immobile a osservare i pochi alberi tra lei e il piazzale. Non sentiva niente, solo una tensione di fondo, un brontolio lontano. Sapeva di essere stanchissima ma non aveva sonno. Venire lì era stata

una resa

una prova di fiducia, la dimostrazione che era ancora disposta a qualsiasi cosa, per lui. Le parole di Betta continuavano a tornare e ritornare nella sua mente, nutrendo i dubbi, rendendo difficile restare aggrappati alla sola certezza: il biglietto.

Quando arriva cosa faccio?

Cercava di provare quel senso di calore allo stomaco così familiare, ma non ci riusciva.

E se non viene?

"Vai a denunciarlo" suggeriva la voce di Betta e lei chiudeva gli occhi, cercando di scacciarla. Alle cinque e mezzo arrivarono un paio di persone che si misero in attesa sui gradini, pellegrini stranieri a occhio e croce. Dieci minuti dopo ne arrivarono altri e Lena decise che era venuto il momento di mettere la macchina in un parcheggio vero e unirsi a loro. Contò undici persone, di cui quattro orientali, nessun volto familiare. Il cielo si stava rischiarando quando il portone venne aperto e un pullman pieno di devoti si fermava poco distante per farli scendere tutti insieme. Dentro un silenzio irreale, odore d'incenso, il rimbombo di pochi passi coperto da un mormorio rispettoso davanti alla bellezza della cappella. Lena vi entrò per prima, un sogno che si avverava in maniera miserabile. Nemmeno lì dentro riusciva a sentire altro che freddo. Il prete stava preparando l'altare per la messa quando il Samsung trillò. Tutti si voltarono a guardarla malissimo e si affrettò a mettere la suoneria in modalità muta. Poi si mise in disparte e aprì il messaggio. Era un video. C'era una donna nuda a schiena inarcata che alzava e abbassava le natiche al ritmo dei colpi dell'uomo che la riprendeva. I capelli sbattevano avanti e indietro coprendole il viso. Fine. Il cellulare vibrò ancora, ma Lena non ci fece caso. Camminò a ritroso verso l'esterno facendo ripartire il firmato. Colpo, colpo, colpo, capelli che volano. Uscì all'aperto fendendo una piccola folla che entrava segnandosi. Rimise il sonoro, riavviò il messaggio. Sentiva il rumore dei colpi, adesso, le cosce che applaudivano contro le natiche.

La donna gemeva piano, quanto bastava. Aveva già riconosciuto la schiena e i capelli senza bisogno di sentirne la voce. Pausa, play. Pausa, play. Ancora. E ancora. Guardò altre cinque volte il filmato di Saverio che si scopava Betta. Poi le venne in mente che era arrivato un nuovo messaggio e lo aprì.

BUON ANNIVERSARIO, SCEMA.

Betta non aveva risposto a nessuna chiamata, il cellulare risultava spento o non raggiungibile. Lena non riusciva più a ricordare che faccia avesse, nella mente Betta era solo una schiena, un culo e dei capelli svolazzanti. Betta e Saverio. Saverio e Betta.

Non posso essere sicura che fosse lui.

Cazzo, smettila!

Si era dovuta fermare due volte, una in autogrill, l'altra nella sosta di emergenza, perché rischiava di schiantarsi, volontariamente e non. Lo scenario cambiava enormemente, nel momento in cui entrava in gioco l'opzione Betta. Betta sapeva sempre ogni cosa, Betta conosceva i suoi spostamenti, gli amici di Saverio, la casa, Argo, Betta viveva da sola e aveva orari flessibili, contatti con la polizia e nessuno scrupolo. Dalla sua parte aveva che lei e Saverio si erano sempre detestati pubblicamente, senza mandarsele a dire.

Chi disprezza compra.

Una cantilena da bambini che in quel momento le sembrava terribilmente vera. Aveva temuto per Betta, quando le aveva raccontato tutto, e invece non c'era niente da raccontare, Betta sapeva.

Perché?

Non più cosa, o chi, o quando, ma perché. Perché inscenare questa cosa con Saverio? Perché farlo sparire, nasconderlo?

"Ha guai con la legge? Facciamo di sì" le aveva detto. Mettiamo di sì. Esistono guai per cui è preferibile fingersi morto? Esistono. Cose che sono così impossibili da aggiu-

stare da spingerti a una scelta radicale, definitiva. Saverio non ci sarebbe arrivato, non aveva una mente così fredda, da solo non avrebbe saputo architettare qualcosa di così inattaccabile. Ma Betta sì, se fosse stata il suo avvocato. Ne aveva fatte, di porcherie, lungo la carriera, per salvare il culo ai suoi clienti, ed era grazie a questo che si era fatta la fama di squalo nell'ambiente. La fama e i soldi.

Saverio di soldi non ne aveva.

Chi disprezza compra.

Era stato mentre loro due stavano insieme, prima del ponte, prima di tutto, per forza. Quando? Evitavano perfino di incontrarsi, se possibile.

Appunto.

E invece. Lena aveva la nausea, guidava piano, i camion le facevano i fari e Firenze non arrivava mai. Faceva più male l'idea del tradimento

mi tradiva anche prima

oppure che a tradirla fosse stata Betta?

"È uno scherzo, Lena. Uno scherzo di merda architettato bene da qualcuno che ti vuole male. Ma male male davvero, sai? Questa persona ti odia. Ce l'ha con te, vuole che tu soffra, vuole umiliarti."

E ci era riuscita.

Betta, perché? Cazzo, perché, Betta?

"Sei sempre stata trasparente come un bicchiere di vetro e sa dio se certe volte non ti capivo, ma questa cosa l'ho sempre ammirata, sempre. Io non sono così."

Poteva essere tutto qui? Gelosia? Magari Saverio le aveva detto di volerla ricontattare e Betta era impazzita? Era capace di quel tipo di odio, di livore, era così vendicativa? Il cartello di Firenze la accolse. Girò a vuoto sbagliando un paio di volte la strada. Erano le nove, era il 4 aprile, fra quattro ore sul Ponte alla Carraia si sarebbe raccolto un gruppetto di persone addolorato a ricordare un amico. E lei?

Io devo cercare di non impazzire.

Arrivò sotto casa di Betta, un palazzo moderno dai vetri lucidi. Suonò il campanello, provò a richiamare. Forse era a un'altra "riunione a porte chiuse", come le aveva detto quando l'aveva interrotta chiamandola durante una scopata

"Qualcosa di nuovo o di vecchio?"

"Diciamo di interessante. Ci sentiamo quando ho finito."

Non si sarebbe fatta trovare. L'avrebbero fatta cuocere nel suo brodo, ridendo di lei da una distanza incolmabile, due anni di bugie. Pianse ancora un po', voleva esaurire il grosso delle lacrime per poter andare dai suoi a prendere Argo

Il suo cane, il suo cazzo di cane!

e tornare a casa. Poi si sarebbe chiusa dentro. Avrebbe spento il Samsung. Avrebbe

Cosa?

preso una decisione.

Si guardò nel retrovisore, gli occhi erano così gonfi da sembrare tumefatti, gli occhiali da sole non sarebbero bastati. Pazienza. Entrò dal cancelletto e non vide Argo da nessuna parte.

È ancora in garage.

Sua madre uscì dalla porta, in cima alla scaletta in pietra, tesa e a disagio per l'evidente malumore che serpeggiava in casa.

«Pensavamo passassi prima, oggi non vai al lavoro?»

«No, oggi è il 4 aprile.»

Sua madre la guardò senza capire e Lena ci rinunciò. Il cane era sorprendentemente in casa.

«Fuori abbaia come un accidente» brontolò suo padre andando a prendere il guinzaglio. Quel moto di benevolenza nei confronti di Argo le smosse qualcosa, aveva avuto il coraggio di sospettare perfino di suo padre, nei giorni scorsi, invece alla fine vedi? Non erano perfetti ma erano i suoi genitori, di loro si poteva fidare.

«Babbo, ho un altro favore da chiederti» lo vide irrigidirsi subito e fece alla svelta. «Devo cambiare la serratura della porta blindata. Subito, adesso, ora. Non posso farlo io perché devo andare in un posto. Ci pensi tu?»

Gli vide stendere gli angoli della bocca, sembrava indispettito invece che compiaciuto.

«Sono altri quattrocento euro, stavolta ce li metti tu, eh?»

Tingle tingle.

Come una brezza fredda sulla fronte.

«Perché, quando...?»

Odore di vomito. Le gambe che cedono, suo papà che le grida «Che fai?» e il tintinnio.

«L'ho fatta cambiare quella volta che sei stata male e hai piegato la chiave dentro.»

Tingle tingle.

Il ricordo arrivò galoppando. Saverio appena morto, il funerale, i suoi che la portano a casa, fin davanti alla porta, il corpo che crolla, vomita e sviene assieme mentre stava girando la chiave. Era caduta aggrappandosi al mazzo, il moschettone rosa grande con attaccato l'omino di pan di zenzero d'argento si era teso ma non aveva ceduto, la chiave non si era potuta sfilare e si era piegata restando nella serratura.

Tingle tingle.

La mano era rimasta stretta, suo padre gliel'aveva aperta a forza, l'omino di pan di zenzero aveva continuato a oscillare e sbattere sulla serratura, sbattere e oscillare, oscillare e sbattere.

Tingle tingle.

L'avevano portata dentro, messa a letto, sua madre preoccupata per il vomito sul pianerottolo comune e lo zerbino da cambiare, suo padre che bestemmiava dietro alla chiave. Poi aveva chiamato il servizio 24 ore leggendo il numero sull'adesivo incollato lateralmente all'interno della porta, li aveva fatti venire. «Sostituiamo solo il blocchetto» avevano detto, ma poi era stato complicato e la cifra era salita. La chiave nuova uguale alla vecchia, appesa al moschettone con l'omino di pan di zenzero. L'ondata del lutto era passata sopra a questo granellino trascurabile e l'aveva lasciato sepolto per due anni.

«Forse ho ancora il biglietto da visita dell'operaio, di là» le disse suo padre, voltandole le spalle. Lena teneva il guinzaglio di Argo mentre la marea che si era ritirata per mostrare il ricordo della chiave la invadeva di nuovo, il lutto di ritorno.

Se la chiave era stata sostituita il mazzo usato per entrare in casa sua non era di Saverio.

Se il mazzo non era di Saverio allora nemmeno il cellulare lo era.

Perché Saverio era morto.

Era in fondo al fiume.

Non era mai tornato.

7

In via Pietra Piana non aveva trovato parcheggio. Due volanti erano partite dal commissariato San Giovanni proprio nel momento in cui stava arrivando e aveva dovuto aspettare che si allontanassero. Avrebbe dovuto lasciare Argo in auto, salutare i poggiatesta, chi se ne frega. Era quasi mezzogiorno, mancava un'ora alla riunione sul ponte e lei stava andando a denunciare Betta.

Faccio come mi dicevi tu, sei contenta?

Montagne russe, pezzi del domino e pozzi profondi si alternavano a risucchiarle via la mente. Era stato semplice stalking, pesante, feroce, ma solo quello. Portato avanti dalla persona di cui si fidava più di chiunque altro. Le aveva lasciato le chiavi di casa mille volte, si era potuta fare dozzine di copie e indossarle come orecchini.

"Non può avere nessun buono scopo, non può finire bene, non c'è modo!"

Com'era vero. Ma il dolore per il tradimento di Betta, la preoccupazione per la follia di Betta, per le minacce

I video. Quanto mi ha presa per il culo con i video.

e per la reazione che avrebbe avuto davanti alla denuncia, che era certissima Lena non avrebbe mai sporto, se ne era assicurata con quella pantomima dell'indagine sulla scheda,

Marco Sartori deve essere uno dei suoi clienti sballati.

non erano niente di fronte alla consapevolezza che la piramide aveva perso una delle sue punte. Saverio amante folle di Betta era un'ipotesi tollerabile

Ma sul serio ci ho creduto? Come ho fatto?

ma la certezza che l'Arno non gliel'avrebbe più restituito faceva male come il primo giorno. Parcheggiò la Clio in una zona a pagamento, non aveva abbastanza monete e decise che potevano farle tutte le multe che volevano. Entrò nel commissariato e vide che c'era la fila. Si mise seduta in un angolo, gli occhi fissi alle mani, cercando le parole giuste per metterla.

Betta è un avvocato, devo stare attenta.

Un poliziotto stava discutendo con un vecchio che si lamentava dell'attesa, gli disse che erano in pochi, poteva provare in un'altra sede, alla questura, se aveva fretta. Quello disse che pagava le tasse, il poliziotto rispose che le pagava anche lui e andarono avanti per un po'. Lena stringeva il Samsung in mano, forse la cosa più semplice sarebbe stata consegnarlo e basta.

Può sembrare che abbia fatto tutto da sola?

Se denuncio faranno degli accertamenti, i numeri non saranno più criptati, lo vedranno che non c'entro.

Venne chiamata dentro una donna a cui avevano forzato l'auto e rubato la borsa. Il vecchio si mise di nuovo a brontolare a voce alta sulle tasse e che si deve avere rispetto. Il termosifone accanto alle sedie del corridoio in cui aspettavano era bollente, ma Lena aveva le mani gelate. Fissava il Samsung, aveva deciso che non avrebbe toccato più niente, ci avrebbero pensato loro.

E in quel mentre il cellulare vibrò, illuminandosi.

Un messaggio.

Ciao, Betta.

Non lo avrebbe letto. Non serviva a niente leggerlo.

Trascorse un altro quarto d'ora, era quasi l'una. I telefoni all'interno del commissariato continuavano a suonare e il poliziotto uscì con in mano dei fogli per sparire dietro a una porta. La donna se ne andò e venne chiamato dentro il vecchio delle tasse.

Il Samsung vibrò di nuovo.

Secondo messaggio.

Sa che sono qui.

Lo appoggiò sulla sedia accanto alla sua, le mani ghiacciate che torcevano le dita. Ogni tanto guardava l'ingresso, aspettandosi di vederla entrare

«Avvocato Valacchi, ho un esposto da fare contro questa persona».

Betta, ma perché?

E poi subito

Saverio è morto.

a spegnere tutto.

Il vecchio uscì con espressione cupa e Lena si alzò. Il poliziotto non era rientrato e andò da sola verso la porta. Dentro c'era un altro poliziotto, un energumeno dall'aria stolida seduto dietro a una macchina da scrivere.

Ancora con le macchine da scrivere stanno.

«Venga»

le disse, e in quel momento il Samsung si mise a vibrare, non più un messaggio ma una chiamata. La vibrazione le attraversava la mano, saliva lungo il polso e le morsicava la spalla. Lena non sapeva se fosse quella a farla tremare o tutto il resto, se fosse sul punto di svenire, o vomitare, o tutt'e due di nuovo come era successo quando aveva piegato la chiave nella porta.

Non me lo ricordavo, perché non me lo ricordavo? Come si fa a dimenticare una cosa come quella?

«Si sieda»

disse il poliziotto. L'altro poliziotto rientrò.

«Caparzo, questa la devi prendere tu, io devo chiamare la Scientifica.»

«Va bene.»

Il bestione iniziò a digitare sulla tastiera, non si sapeva come facesse a centrare i tasti giusti, con le dita che si ritrovava. Il Samsung aveva smesso di vibrare e Lena si accorse di essersi seduta senza ricordare di averlo fatto.

«Allora, di cosa si tratta?» chiese il poliziotto con voce incolore, la mente già alla pausa pranzo che si stava allontanando, probabilmente.

«Devo denunciare un caso di stalking.»

L'uomo iniziò a digitare.

«A danno suo?»

«Sì.»

Tlic tlac tlic tlac.

«Sa chi è?»

«Sì.»

«Sicura?»

«Sì.»

Tlic tlac tlic tlac.

«Ha qualcosa che lo dimostra? Perché altrimenti è dichiarazione falsa a pubblico ufficiale.»

«Sì.»

A Lena bruciavano le guance. Il Samsung riprese a vibrare. Quando smise le battevano i denti. Sentì le lacrime che le rotolavano fuori mentre si morsicava l'interno delle guance e arrivava il sapore del sangue. Il poliziotto la guardava senza dire niente, forse aspettando che smettesse.

«Mi scusi.»

«Prego.»

Lena cercò di controllarsi, era difficilissimo perché era stanca e aveva paura e Betta era pazza e Saverio era morto.

«Cominciamo dal nome.»

«Dello stalker?»

«No, il suo.»

«Marilena Bacarelli.»

«Favorisca un documento.»

Lena si appoggiò il Samsung su una coscia e cercò il portafogli nella tasca del cappotto. Il telefono vibrò ancora una volta, di nuovo un messaggio. L'icona aveva ora scritto sopra in rosso il numero 3. E senza una vera ragione, mentre sfilava il portafogli, la premette. Due erano messaggi, uno, quello appena arrivato, era un video.

Chi ti scopi questa volta, Betta?

Non aprirlo.

Ma fu una sorta di ipnosi, il pensiero più lento del polpastrello. Il video era uguale al primo ricevuto. Iniziava con lo sfondo nero, poi il movimento, poi la trama del legno, poi più legno, assi, una specie di pavimento. E si fermava sulla metà di un viso, gli occhi chiusi, tumefatti come i suoi dopo ore di pianto, una narice incrostata di sangue, un pezzo di spalla nuda che si intravedeva, la barba lunga a chiazze, i capelli un po' più radi di prima.

Magro. Sofferente.

Saverio.

Vivo.

«Signorina?»

Era rimasta con il portafogli a mezz'aria, il poliziotto che la guardava con espressione bovina.

«Signori', non mi faccia perdere tempo.»

«Un attimo» non si sentì nemmeno rispondere. In calce al video c'era una frase.

STAI BUONA O LO AMMAZZO.

«Ho cambiato idea» aveva detto.

Era uscita dalla stanza inseguita dal rumore del rullo da cui veniva strappato il foglio.

Aveva raggiunto l'auto mentre leggeva e rileggeva i messaggi precedenti al video.

FORSE ARGO HA UN PO' FREDDO.

e

IL MONOSSIDO DI CARBONIO UCCIDE.

Entrambe minacce di fare del male al cane se non usciva dal commissariato. Poi non era più stato tempo di giocare.

Betta ha Saverio.

Com'era cambiato il significato di questa frase, rispetto a due ore prima. Com'era assurdo e folle e terrificante. Il mondo che si rivoltava e si contorceva perdendo ogni senso conosciuto. Arrivò all'auto e trovò Argo che dormiva, i poggiatesta al loro posto, nessun segno sulle portiere. Sedette alla guida e pensò a cosa dovesse fare per prima cosa.

Fermare il fabbro.

Doveva impedire che la serratura venisse cambiata, bloccare suo padre. Prese il proprio cellulare e vide che c'erano due chiamate perse, una di Mattia e una di Astrid. Controllò l'ora, erano le due meno un quarto.

Sono tutti sopra il ponte.

Ma quel ponte non aveva più nessun significato. Chiamò suo padre al cellulare e ovviamente era spento, scarico, dimenticato in qualche tasca, non si era mai adattato a quegli affari che servivano solo a rompere l'anima. Partì lo stesso, percepì con la coda dell'occhio lo sventolio di una multa sotto il tergicristallo, bianco e giallo a inseguirsi nel vento.

Forse non lo ha ancora chiamato, forse arrivo a casa prima che venga.

Ma c'era un furgone color bronzo davanti al cancello, e la scritta sul fianco, corredata da immagini di porte e finestre era inequivocabile. Il lavoro era a metà, suo padre stava trionfante sul limitare della porta mentre un operaio dall'aria infastidita estraeva una specie di cilindro dalle parti della maniglia.

«Lo rimetta a posto, per favore» disse Lena con un fiato che non sapeva di avere, arrivata di corsa col cane al seguito. Alla vista di Argo l'operaio scattò in piedi e per reazione la bestia cominciò ad abbaiare, producendo un rimbombo nelle scale. «Se si sposta lo chiudo in giardino, intanto lei rimetta a posto la vecchia serratura.»

«Ma ti sei impazzita?» fece suo padre, spostandosi per farla passare.

«No, babbo, era una cretinata questa della chiave, ho sbagliato io.»

«E ormai siamo a metà dell'opera, si paga pure l'uscita d'urgenza, sai?»

«Lo so.» Chiuse Argo in giardino, si voltò appoggiandosi alla portafinestra, come per essere certa che non potesse rientrare. «Ma lo stesso voglio tenere la vecchia serratura, pago tutto, l'uscita, il lavoro, ma lei mi rimetta quella vecchia.»

L'operaio guardò suo padre, suo padre guardò lei con un'indignazione che non gli sarebbe passata per un pezzo, il telefono squillò ancora, stavolta era Alex, rientrata anche lei da Modena per la cerimonia del ponte. Lena non rispose, non abbassò lo sguardo.

«Non mi chiedere più niente.» disse suo padre, prese il giaccone e uscì.

«È sicura, signorina? Le rimetto quella vecchia?» fece l'operaio, e Lena annuì. Erano le due passate, sul suo cellulare le chiamate e gli sms degli amici preoccupati per la sua assenza.

Betta ci sarà andata? No, perché era fuori dal commissariato.

Di nuovo una telefonata, questa volta sua madre. Il padre doveva averlo avuto con sé, il cellulare, alla fine, e probabilmente le aveva fatto una scenata sul tempo perso e come l'hai tirata su, tua figlia? Ci avrebbe pensato poi. Si voltò a guardare attraverso il vetro il cane nel giardinetto.

Non ti ha fatto niente di male. Saverio non avrebbe mai potuto. Sono una cretina.

Ancora il telefono, ancora sua madre. Lena strinse le labbra. Lei non aveva colpa, era solo una donna debole che si era scelta un marito autoritario. Rispose. La voce della donna le esplose nelle orecchie, spezzata, acuta come non era mai stata.

«Marilena! Marilena, oddio! Oddio, Marilena!»

Immaginò suo padre che per l'agitazione aveva avuto un incidente.

«Cosa c'è, mamma, cosa c'è, cos'ha fatto il babbo?»

Un attimo di silenzio, la confusione di sovrapporre due cose che non c'entrano.

«Niente ha fatto, Marilena! È Betta!»

Il cuore le si fermò.

«L'hanno trovata morta! Hanno trovato morta Betta!»

8

La questura di via Zara era molto più grande del commissariato di San Giovanni. Venne fatta accomodare in una sala d'attesa insieme a un uomo che non riconobbe subito, lo aveva visto solo un paio di volte di sfuggita. Era bianco come un lenzuolo, in abiti di sartoria che sembravano cascargli addosso. Le fece un cenno di saluto e poi guardò timoroso il poliziotto che restava lì nella stanza, aspettandosi di essere sgridato.

I testimoni non devono parlare tra loro.

Ma quello lo ignorò e allora Lena riconobbe il titolare dello studio di avvocati per cui lavorava Betta, un uomo imponente, quasi due metri di altezza, capelli brizzolati tenuti appena un po' lunghi, ricci in fondo e radi in alto, ma lui se ne fregava, sopperiva con la personalità a ogni débâcle fisica. Betta ci era andata a letto, all'epoca in cui era diventata socio, e lo aveva fatto a cuor leggero.

«Se lo fai perché il sistema è una merda è sbagliato, ma se lo fai per fregare il sistema allora perché no?»

Era stato chiamato perché persona informata dei fatti o solo perché aveva visto Betta viva il giorno prima?

Io non l'ho vista il giorno prima, eppure eccomi qui.

Le era stato chiesto gentilmente di seguire i poliziotti che si erano presentati, e lei aveva domandato se poteva dare da mangiare al cane, prima, e poi chiuderlo in casa.

«Starò via molto tempo? È meglio che faccia venire qualcuno?»

«È solo una formalità, signorina Bacarelli.»

Ma non era una formalità. Non lo è mai.

L'ho perso.

Si è uccisa.

Non lo troverò mai.

Questi erano stati gli unici pensieri che era riuscita a concepire dopo la chiamata di sua madre. Non aveva risposto a nessun altro, ad Astrid, Alex, Mattia, perfino a Sergio, da cui non si sarebbe mai aspettata una chiamata, loro e la cerimonia di commemorazione erano in un altro universo. Aspettava che l'operaio uscisse per poter impazzire, per riguardare il video con il viso di Saverio, per decidere cosa fare. L'istinto era di correre a casa di Betta, gridare "Fermi! Non toccate niente!", cercare il telefono, il resto del video perché ci DOVEVA essere un'altra parte che mostrasse dove si trovava Saverio e come stava.

Lo ha tenuto nascosto due anni. È magro, ha perso i capelli, ha del sangue nel naso, cosa gli ha fatto? Cosa gli hai fatto, Betta?

Le risposte se ne erano andate con lei, così come quei mostri che facevano sparire la gente e poi si suicidavano per impedire a chiunque di ritrovarla. Betta aveva agito nello stesso modo. Quando lo aveva deciso? Quando si era resa conto che Lena ormai dalla polizia c'era andata, che forse avrebbero aperto un'indagine, che il telefono sarebbe finito nelle mani giuste e avrebbero rintracciato il numero e il luogo da cui partivano le chiamate, che avrebbero ricondotto Marco Sartori a lei, riascoltando la pantomima registrata della finta moglie? Era morta in casa, così aveva detto sua madre. Non si sapeva altro.

Devo dirlo alla polizia, devono cercarlo, devono tracciare il telefono.

E se il telefono da cui lo chiamava era un altro? E se invece se n'era disfatta? Era possibile scoprire quella faccenda delle celle anche solo dal numero?

I colpi alla porta la distolsero. Pensò fosse l'operaio, andato via da quanto? Cinque minuti? Invece era Astrid.

La maniglia si era abbassata e dall'ufficio era uscita una donna, piegata in due, il fazzoletto sulla bocca. Non era la madre di Betta (i suoi genitori abitavano fuori Firenze, forse non erano nemmeno arrivati) ma Franca, la donna delle pulizie. Andava da Betta da anni, aveva le sue chiavi, le consegnava i vestiti al lavasecco e le altre cose se le portava a casa per lavarle e stirarle con calma. Aveva una famiglia numerosa, i figli grandi che se n'erano tutti andati ma ancora non ingranavano, e quell'entrata fissa le faceva comodo. Betta all'inizio aveva provato a giocare a padrona-e-schiava e una volta si era fatta trovare in casa a scopare con uno, buttando lì un «Oh, Franca, unisciti a noi, se vuoi». Ma poi aveva dovuto inseguirla per le scale perché quella se n'era andata offesa per non tornare più, e non si sapeva bene cosa avesse detto quella donna modesta alla giovane avvocatessa rampante, ma da allora Betta l'aveva trattata con il massimo rispetto. Sembrò non vederla nemmeno, passò oltre rapida, invasa dal dolore. Franca voleva bene a Betta, le voleva bene davvero, come a una figlia scapestrata.

«Signor Guidi, prego» disse una voce dall'ufficio.

L'avvocato si alzò, fece un mezzo passo falso, quasi inciampicò, poi si rimise dritto, lisciò la giacca ed entrò nella stanza. Lena rimase da sola nella saletta, era arrivata da mezz'ora, non sapeva quanto tempo Franca fosse rimasta lì dentro. Non le avevano detto di consegnare nulla e teneva stretta la borsa in cui il suo cellulare continuava a vibrare. La chiamava chiunque, ex compagne di scuola, le amiche di un tempo, gli amici di Saverio, i colleghi dell'hotel. Ma non avrebbe potuto rispondere a nessuno, non ora, non con quello che aveva appena scoperto.

Erano arrivati tutti nell'arco di un'ora. Per prima Astrid, che si era defilata dalla cerimonia commemorativa in anticipo, il pensiero dei cani di Fermo a cui badare. Ma la fedeltà nei confronti di Saverio era stata troppo forte per non controllare come mai quella sciroccata dell'ex fidanzata non si fosse presentata con Argo sul ponte.

«Ma dico, non ho abbastanza grane perché mi faccia preoccupare anche tu?» Lena l'aveva accolta con gli occhi asciuttissimi, e questo l'aveva insospettita. «Perché non sei venuta al ponte?»

«La mia amica Elisabetta è morta.»

Astrid aveva cambiato faccia, più colpita dalla notizia di quanto non avrebbe creduto.

«Oddio, ma quando? Ma se due giorni fa stava benone!»

Lena aveva scosso la testa. Non lo sapeva. Non sapeva niente, nessun dettaglio, sua madre aveva avuto la notizia da una conoscente che a sua volta aveva un'amica che viveva nello stesso palazzo di Betta. L'avevano trovata in casa, questo sì. Mattia era arrivato dieci minuti dopo, a ruota Lucio e Alex, il tailleur gessato addosso, che tempo un'ora c'era il treno per Modena.

«Ma stava bene, era sana, cosa può esserle successo?»

Era sana, ma no, non stava bene.

«Proprio il giorno di Saverio, non ti fa impressione?» se n'era uscito Lucio, e per una volta Alex gli aveva assestato una gomitata.

Il giorno di Saverio. Forse l'ha fatto apposta. Forse era premeditato.

«Non è che si è suicidata, vero?» suggerì Astrid con un po' troppo entusiasmo, e Lena sentì l'angoscia trapanarle il cervello. Non era un'ipotesi, e lei lo sapeva.

Si è portata il segreto nella tomba. Non lo troverò mai più.

Sembrava che la riunione dal ponte si fosse spostata in casa sua. Nessuno se ne andava, forse avrebbero voluto dire qualcosa che a lei non interessava sentire, c'era imbarazzo ma anche la stessa volontà di non abbandonarla già vista quando Saverio era stato

rapito

dato per morto. Mattia spezzò il silenzio.

«Dicono che è omicidio.»

Tutti si voltarono, aveva in mano il suo cellulare.

«Non ci sono dettagli ma qui sulle notizie locali dicono "Giovane avvocato uccisa in casa". Omicidio.»

Cosa dice? Betta si è suicidata per non farmi ritrovare Saverio!

Lena si avvicinò per guardare, Alex tirò fuori il suo telefono, preferiva verificare da sé. Astrid ne approfittò per sganciarsi, stranamente a disagio.

«Scusate, non è per essere insensibile ma io devo tornare dai cani.» Abbracciò Lena. «Se hai bisogno di qualcosa, a parte tenere Argo, che proprio non posso, chiamami.» Poi esitò e non le uscì niente di meglio di un «Condoglianze».

Lena rimase lì, come una bambola, la mente svuotata.

Omicidio. Si sono sbagliati.

Non c'erano altre notizie e Mattia provò a chiamare Mometto, che aveva un amico nell'Antidroga e forse poteva dargli qualche dettaglio. Lena si afflosciò sul divano, nella mente una sola immagine che non se ne andava: Saverio riverso a terra, magro, una narice piena di sangue. Niente più Betta. Alex e Lucio restavano da una parte, incerti, la donna che consultava l'orologio, si mordicchiava il labbro, guardava il compagno e infine si sedeva accanto a lei.

«Senti, io e Lucio dobbiamo dirti una cosa.»

Aveva l'espressione grave. A Lena non importava cos'avesse da dirle, voleva solo che se ne andassero.

«Betta è venuta da noi, qualche giorno fa.»

Si guadagnò la sua improvvisa attenzione.

«Ma quando?»

«È stato giovedì, credo. Confermi, Lucio? È venuta a chiederci se sapevamo di cose strane che ti stavano succedendo. Io ho pensato si riferisse alla rete, ai ladri qua fuori, le ho detto che l'avevamo sistemata, ma lei aveva in mente altro. Diceva che sei strana, che sei esaurita, che... come ha detto, Lucio?»

«Ha perso i contatti con la realtà.»

Avevo pensato lo stesso anche io.

«Sì, ecco. Che dicevi cose strane, che forse frequentavi gente pericolosa. Allora naturalmente ho creduto si riferisse a Fermo, le ho spiegato la situazione, lei ha fatto un po' la stronza, come al solito. Alla fine se n'è andata e io le ho detto che se era tua amica doveva parlare con te, non con noi. Ma lo stesso le avevo promesso di non riferirti e non ti ho riferito, solo che ora...»

Lena si sentiva stordita, Saverio aveva gli occhi pesti e Betta dopo averlo rapito era stata uccisa per aver parlato di lei con Alex.

Niente ha più senso.

«È venuta anche da me.» Il tono di Mattia era incolore, si vedeva lontano un chilometro che avrebbe voluto essere altrove a discutere un altro argomento. «Ha parlato con me, con Mometto, con Germano e anche con Sebastiano, il commesso. Più o meno ha detto le stesse cose che ha detto a loro, che sei stressata, esaurita, che con l'anniversario che si avvicinava straparlavi, mi ha anche suggerito di chiamarti per ricordarti l'appuntamento sul ponte, è stata sua l'idea della cerimonia della corona, e io l'ho fatta.»

Lena era sempre più stordita, non riusciva a capire. Perché Betta aveva chiesto informazioni a loro, se la sorvegliava e già sapeva tutto quello che faceva? Con chi credeva avesse parlato? Pur sapendo che a lei non aveva confessato tutto? Che non avrebbe mai messo in pericolo Saverio?

Omicidio. Chi l'ha uccisa?

Un complice.

E subito.

Fermo.

«È andata da qualcun altro?» bisbigliò.

I tre si scambiarono un'occhiata veloce. Fu Alex a rispondere.

«Quando non sei venuta al ponte ne abbiamo parlato ed era andata un po' da tutti. Anche dalla psicopatica, da Astrid.»

"Due giorni fa stava benone."

L'aveva detto.

«E da Sergio» aggiunse Lucio.

Lena capì. Se aveva parlato con loro allora era andata anche dai suoi. Forse per quello suo padre aveva accettato di tenere Argo. Si era preparata il terreno per farla allontanare da Firenze, mandarla ad Assisi. Ma, a questo punto, per cosa?

Aveva spento il telefono e aspettato che i minuti passassero uno dopo l'altro. Se solo avesse potuto bere qualcosa prima di uscire adesso si sarebbe sentita più lucida, o più ottenebrata, il risultato era lo stesso. L'avvocato ancora non usciva, dall'ufficio non arrivava nessun rumore. Era tutto fermo, la luce, l'aria, il poliziotto lì con lei. Non ebbe modo di vedere se ci sarebbero stati cambiamenti, perché il suo nome

«Bacarelli!»

arrivò da tutt'altra parte, dal corridoio d'accesso alla sala d'attesa. Il poliziotto le fece un cenno

«Prego»

e Lena capì che era lì per lei, non per Guidi o per Franca, per lei.

Sono sospettata.

Probabile, per come si erano messe le cose. Sapeva di non aver fatto niente ma seguì il poliziotto con un tremito nelle gambe. Attraversò un paio di uffici pieni di personale indaffarato e venne accompagnata dentro una stanzina stretta, una scrivania di formica messa di traverso, classificatori ovunque, un paio di stampe alle pareti, il crocefisso, il presidente. Dietro la scrivania c'era un uomo vestito in borghese, segaligno, nervoso, intento a leggere quello che sembrava a tutti gli effetti un fax.

A cosa servono i fax nel 2017?

Ma non lo disse. Si sedette senza essere invitata a farlo e aspettò che l'uomo le rivolgesse la parola.

«Signorina Bacarelli, lo sa che l'avvocato Valacchi negli ultimi giorni della sua vita si è occupata molto di lei?»

«Sì, lo so. Eravamo amiche.»

Non si era presentato, nome e grado erano scritti su una targhetta appoggiata sul tavolo: ispettore Patrizio Ridenti. Mai nome era stato meno azzeccato. L'uomo scosse la testa.

«Non parlo in termini privati ma professionali. L'avvocato stava preparando la documentazione per intentare una causa contro ignoti. A nome suo.»

Lena sentì le palpebre pesanti, aveva la sensazione di stare per addormentarsi, una volta da qualche parte aveva letto che era una delle conseguenze di stress estremo.

«Non lo sapevo.»

«Infatti non è stata rinvenuta nessuna autorizzazione da parte sua a procedere, nessuna lettera d'incarico, niente.»

Come se quello fosse stato tutto un preambolo, un cappello introduttivo, improvvisamente l'uomo si alzò e le tese la mano.

«Ispettore Ridenti.»

Aveva dei solchi sulle guance simili a quelli di Pier Paolo Pasolini e il palmo della mano asciutto, quasi secco, quando la ritirò Lena la sentì *frusciar via*, una sensazione orrenda.

«Dunque, sul cellulare della vittima sono stati rinvenuti avvisi di chiamata dal suo cellulare a partire dalle sei di stamattina.» Si sporse verso di lei. «Cos'aveva di così urgente da dirle?»

Era riuscita a farli andare via tutti dopo aver subìto svariate raccomandazioni, Mattia sollevato di andarsene, Alex reticente all'idea di prendere il treno e lasciarla lì, Lucio che si era offerto in maniera poco convincente di tornare.

Era rimasta sola con dei pezzi di puzzle che non combaciavano più. Betta rapiva Saverio. Betta la minacciava. Betta andava a parlare con tutti i suoi amici e sì, sua madre aveva confermato, anche con la famiglia, benché avesse usato altri toni.

«Marilena mi sembra così stanca, signora Bacarelli, non è che lavora troppo? Forse è un po' esaurita, dovrebbe prendersi una vacanza, magari la porto via con me.»

E naturalmente loro avevano creduto che quella sera, certo, andasse via con lei per il fantomatico corso. Poi, quando si rivolgeva alla polizia, improvvisamente Betta si faceva prendere dal panico, mandava tutto all'aria inviando il video di Saverio e quindi veniva uccisa.

Forse lei e il complice

Fermo

hanno litigato.

Sarebbe dovuta tornare al commissariato di polizia, avvisarli di

Cosa?

quel filmato che mostrava Saverio, e anche quello di Betta che scopava con

Fermo

qualcuno che non veniva inquadrato, inviati lo stesso giorno sullo stesso cellulare.

Che non è mio e che io non ho mai denunciato.

Non pensava a proteggere se stessa, il punto non era se le avrebbero creduto o meno, se l'avessero sospettata di nascondere qualcosa o di essere pazza, lei pensava solo a Saverio e alla sua narice piena di sangue. Il Samsung taceva da quando Betta era morta, e il suo cellulare invece non aveva tregua, tutta gente che probabilmente voleva sapere da lei cose che non erano ancora state rese pubbliche.

E che vorrei sapere anche io. Ma come?

La risposta arrivò da Mattia, che le telefonò.

«Ha chiamato Mometto, dice che l'ha trovata la donna delle pulizie stamattina quando è andata a sistemarle la casa.

Credeva non ci fosse, Betta aveva un appuntamento presto, gliel'aveva detto. Dice che era nel letto, morta da qualche ora, è stata tipo strangolata. Una cosa passionale. Di più non gli han potuto riferire.»

Per l'ennesima volta il freddo si arrampicò su Lena a partire dalle dita dei piedi, lungo le caviglie, le ginocchia, i polpacci.

«Stamattina? Che vuol dire stamattina? A che ora?»

«Di preciso non lo so, all'ora in cui le donne delle pulizie vanno a fare le pulizie.»

Franca va sempre alle nove.

«Ma sei sicuro, Mattia? Stamattina?»

Guardò il Samsung. Il video di Saverio e i messaggi di minaccia erano arrivati tutti dopo l'una del pomeriggio. Quindi quando Betta era già morta.

Non li ha mandati lei.

E il video dell'uomo che la scopava era arrivato alle sei e mezzo. La sua schiena inarcata. I capelli che volavano. Mentre quel video le veniva inviato, Betta moriva.

La consapevolezza arrivò come uno squarcio.

Non è mai stata lei.

«Okay» disse al telefono.

Non è mai stata lei, non è mai stata lei, non è mai stata lei!

Il pollice raggiunse l'icona rossa dell'interruzione di chiamata.

Poi il corpo di Lena raggiunse terra.

«Sono indagata?»

«No, questo è solo un colloquio. Ma se preferisce avvalersi di un legale...»

«Il mio legale era Betta. Cioè, avrebbe dovuto essere Betta, se mai ne avessi avuto bisogno. Ma chiedevo soltanto, non ho problemi a rispondere.»

«Stiamo cercando di farci un'idea di come siano andate le cose.»

«Io non so nemmeno cosa sia successo, mi hanno riferito dei dettagli ma non so se siano veri.»

«Le hanno riferito chi?»

«I miei amici. Sono venuti a casa mia perché non mi sono presentata a una cerimonia. Ho detto loro di Betta e hanno cercato su internet.»

«Capisco.»

L'ispettore Ridenti si accomodò meglio, poi finse di cercare qualcosa sulla scrivania, ma Lena sapeva come funzionano certe cose, Betta glielo raccontava, degli interrogatori in polizia e tutti i trucchetti per sviare l'attenzione e prendere tempo.

«Quando ti interrogano la verità che puoi dire devi dirla tutta e tutt'insieme. Così non sbagli» le aveva spiegato ridendo, un inverno di qualche anno prima, sul divano a casa sua, bevevano una tisana allo zenzero, o forse alla cannella. Non ci sarebbero stati altri inverni, altri divani, altre tisane.

«Il mio fidanzato è morto, due anni fa.»

Ridenti ebbe una frazione di secondo di esitazione, non si aspettava nessuna dichiarazione spontanea, evidentemente.

«Mi dispiace molto.»

«Era Saverio Bartolomei, il ragazzo che è precipitato dal Ponte alla Carraia.»

Ridenti annuì e Lena ebbe conferma che lo sapeva, come sapeva probabilmente molte altre cose di lei, prima di convocarla doveva aver ordinato di fornirgli tutte le informazioni necessarie.

Sa che Betta era preoccupata per me, forse che indagava su di me. Sa che non l'avevo autorizzata. Pensa che l'abbia uccisa io.

«Oggi è l'anniversario della morte e avrei dovuto andare sul ponte con un gruppo di amici, buttare una ghirlanda in Arno, sa.»

«E non ci è andata.»

«No. Sono andata ad Assisi, per vedere la cappella della Porziuncola all'alba. A Santa Maria degli Angeli, la conosce?»

«Vagamente.»

No che non la conosce.

«Perché ci è andata?»

«Perché se ci fossimo sposati, io e Saverio, l'avremmo fatto lì.»

«E perché proprio oggi, invece di andare al ponte?»

Avrebbe dovuto bere due shottini di vodka, due soli, sarebbe stato immensamente più facile. E invece poteva solo contare sulle proprie forze e sulla capacità di mischiare menzogna e verità.

«Perché non sto vivendo bene. Saverio mi manca, in famiglia c'è tensione, ho un cane difficile da gestire e mi sento sola. È un brutto periodo. Betta lo sapeva e mi sgridava, diceva che dovevo reagire, ma non ce la facevo.»

Ridenti la fissava, in cerca di qualcosa. Ma Lena non aveva mentito, aveva girato attorno a una grande verità raccontando tante piccole verità.

«A che ora è partita per Assisi?»

«Verso le undici di ieri sera.»

«Come mai così presto?»

«Volevo essere davanti alla basilica alle due e un quarto, l'ora in cui è morto Saverio.» Abbassò gli occhi, su questo non poteva mentire. «O almeno così dite voi, la polizia, è un calcolo approssimativo. C'era un filmato che lo vedeva andare al ponte, poi sappiamo quando è stato dato l'allarme e hanno stabilito che l'orario era quello.»

«Ma lei non ci crede.»

«No.»

Rialzò gli occhi.

«Nessuno era lì, nessuno lo ha visto cadere, come si fa a dire cosa è successo?»

E questa volta non mentiva.

Il suono era più lontano di un'eco e un vento caldo le soffiava in un occhio. Lena aveva cercato di aprirlo e aveva visto tutto nero. Aveva aperto l'altro e si era trovata davanti una medaglietta tonda con disegnato sopra un fulmine, a testimoniare che conteneva un tracciatore. Tutto il bordo dell'anello in cui era infilata era stato rivestito con una fettuccia di tela cerata, così che non tintinnasse.

«Altrimenti lo tira scemo» le aveva spiegato Saverio.

E quando il rivestimento si era sfilacciato lei aveva comprato una tovaglia di plastica con i limoni, ne aveva ritagliato un rettangolino e lo aveva ricucito. Perché così avrebbe fatto il ragazzo che amava. Spostò il muso di Argo dal suo viso e si mise supina. Era svenuta accanto al divano e il cane era venuto a controllarla.

In fondo mi vuole bene.

Il suono era cessato, ma dopo un minuto riprese a chiamarla da lontano. Sapeva di riconoscerlo, ma era ancora stordita.

Hanno ucciso Betta, io mi sono immaginata che avesse rapito Saverio e che ci scopasse pure e invece l'hanno uccisa.

Argo tornò a spintonarla col muso, inquieto. Il suono lo disturbava, e allora Lena capì.

È il Samsung. Sta squillando nella mia borsa chiusa in camera.

Si alzò imponendosi di farlo lentamente

Se svengo ancora non potrò rispondere.

e si mosse carponi verso la stanza. La borsa era sul letto. Il suono cessò prima che riuscisse a prenderla, ma riprese quasi subito. Come sempre il numero era sconosciuto.

«Pronto?»

Dall'altra parte silenzio, niente cani, nessun fruscio. La chiamata venne interrotta, Lena controllò lo schermo e vide che era la quarta consecutiva. C'era anche un nuovo messaggio, semplice, perentorio.

NASCONDI SUBITO IL TELEFONO!

Il tempo di leggerlo e suonò il campanello, una volta, a lungo. Si rimise in piedi e quello suonò di nuovo. Andò alla porta, il Samsung stretto in mano, premette il citofono.

«Sì, chi è?»

«Polizia, signora, cortesemente può aprirci?»

La lucidità tornò a gomitate, buttando da una parte il dolore per Betta e dall'altra il terrore per Saverio. Premette il pulsante guardandosi febbrilmente intorno.

NASCONDI SUBITO IL TELEFONO!

Dove?

Venivano per arrestarla? Era accusata dell'omicidio di Betta? Sapevano di Saverio? In ognuno di questi casi c'era la possibilità che setacciassero la casa da cima a fondo. E se trovavano il Samsung allora

Saverio è morto.

Calcolò mentalmente che dovevano essere entrati dal cancelletto, diretti al portone. Andò verso il giardino, decisa a buttare il telefono in quello della Tasselli, poi agganciò qualcosa con il piede. Era la Pallattiva di Argo. La prese, sganciò il fermo e la aprì. Lo spazio centrale in cui inserire i biscotti era a malapena sufficiente per spingerci dentro il telefono, ma sì, ci stava. Sentì il portone che scattava, voci di uomini che entravano nell'androne, non avrebbero riconosciuto subito la porta, tra le tre. Aprì la portafinestra, richiuse a forza il gioco del cane e li sentì bussare.

«Signorina Bacarelli?» una voce attutita.

«Arrivo!» urlò dal giardino.

Tirò indietro il braccio destro e sperò di farcela. Lanciò con tutte le sue forze la Pallattiva verso il giardino della Tasselli, pregando che lo superasse e che atterrasse nella zona condominiale, chiusa con un nuovo lucchetto di cui le avevano appena dato la combinazione. Il gioco sfiorò la siepe di separazione e ci si infilò dentro. Lena afferrò Argo per il collare e lo tirò beccandosi un ringhio e una rapida visione delle zanne.

«Non ho scelta» gli sibilò.

Gli chiuse la portafinestra sul muso e corse ad aprire.

«Scusate, al mio cane non piacciono gli estranei, ho dovuto chiuderlo fuori.»

I poliziotti erano due, entrambi giovani, e guardarono il

vetro oltre le sue spalle. Con straordinario tempismo Argo cominciò ad abbaiare.

«Un bell'antifurto» dissero loro.

«Già» disse lei.

«Quindi lei non pensa che il suo fidanzato sia caduto dal ponte?»

«Non penso che sia caduto alle due e un quarto. O che lo abbia fatto apposta come dicono tutti.»

«E allora cosa pensa?»

«Penso che stesse male, che avesse bevuto troppo anche per lui. Che si sia sporto per vomitare e poi...»

Scrollò le spalle e Ridenti sembrò contento che quella deriva sul fidanzato morto finisse.

«Comunque era ad Assisi alle due e quindici. E fino a che ora ci è rimasta?»

«Le sei e mezzo.»

«E poi ha chiamato l'avvocato Valacchi.»

«Sì.»

«E cosa voleva dirle?»

«Niente. Che stavo male. Che ero lì ma Saverio non c'era e quindi mi sembrava tutto orribile. Che volevo tornare a casa.»

Ridenti prendeva appunti.

«C'era qualcuno con lei?»

«Degli stranieri. Gente venuta a visitare la basilica all'alba per la prima messa.»

«Nessuno che conosca?»

«No.»

Non c'era bisogno di dirlo, che tutta la zona della basilica era tempestata di telecamere e che sarebbe stato uno scherzo verificare le sue parole. Probabilmente fu per questo che l'ispettore passò oltre.

«Quante volte l'avrà chiamata in tutto?»

«Tante. Dieci, dodici. Ero molto scossa. Posso darvi il telefono, se volete.» E infilò le mani nella borsa.

«Ce ne occuperemo dopo, con i colleghi. Tornata a Firenze le ha telefonato ancora?»

«No, sono andata a casa sua. Ho suonato ma non c'era e ho pensato fosse già andata al lavoro.»

«Che ore saranno state?»

«Direi le nove.»

«E non le ha risposto nessuno, nemmeno la donna delle pulizie?»

«No.»

Ridenti controllò gli appunti.

«L'avvocato non poteva risponderle perché purtroppo a quell'ora il delitto era già stato consumato. E la signora Poggi, che era entrata in casa per fare le pulizie, ha dato l'allarme alle 9.12. Vi siete mancate per un paio di minuti.»

«Può non chiamarla così?»

Ridenti esitò di nuovo. A Lena ormai era uscito e proseguì.

«"L'avvocato." Per me non era un avvocato, era Betta. Può dire "la signorina Valacchi", per favore? »

Il poliziotto le piantò gli occhi in faccia, esaminandola a lungo, cercando di capire se la sua fosse una provocazione, ma di nuovo l'espressione di Lena doveva averlo convinto e procedette.

«Mi risulta che dopo sia andata al commissariato di San Giovanni.»

Ecco la parte difficile.

«Sì, mentre tornavo pensavo a mille cose tutte insieme e a un certo punto sono entrata in paranoia perché qualche giorno fa c'è stato un tentativo di effrazione nel mio condominio, hanno danneggiato la rete del mio giardino e delle proprietà comuni.»

«L'amministratore ha sporto denuncia?»

«Non lo so, forse sì. Ma nessuno ha rubato niente. E di colpo ho pensato che chiunque fosse stato ce l'avesse con me e potesse tornare, mi ha presa malissimo, non so spiegare...»

Dio, fammi mentire bene, fammi mentire bene, ti prego.

«Ho chiesto a mio padre di far cambiare la serratura, può contattare la ditta, se vuole. E sono andata a denunciare l'effrazione. Poi mentre ero là mi sono calmata e mi sono resa conto che stavo

Come dicevi tu, Betta?

perdendo i contatti con la realtà. Allora sono venuta via.»

Ridenti consultava il computer.

«Non mi risulta nessuna denuncia.»

«Gliel'ho detto, ci ho ripensato mentre ero là. Può chiedere ai suoi colleghi. Ho anche preso una multa perché mi è scaduto il parcheggio.»

L'ispettore scrisse l'appunto e premette un tasto, un poliziotto entrò, lui gli passò il foglietto e quello uscì senza dire una parola.

«Non mi sembra un'idea tanto campata in aria, quella della denuncia, se anche la sua amica ne stava stendendo una contro ignoti a nome suo.»

«Lei era preoccupata per me, si preoccupava sempre per me. Quando ha scoperto che non le avevo raccontato di questo fatto della tentata effrazione si è arrabbiata tantissimo. Diceva che ero esaurita e che in queste condizioni diventavo un bersaglio facile. Ha parlato con molti miei amici, non so loro cosa le abbiano detto. Forse aveva ragione.»

L'ispettore aprì un cassetto e ne sfilò un pacchetto di fazzoletti di carta, che le porse. Lena non si era accorta di aver cominciato a piangere. L'effetto di aver detto la verità, forse.

«E di se stessa le aveva raccontato qualcosa, recentemente? Clienti particolari, eventi imprevisti, nuove frequentazioni?»

Era troppo impegnata a cercare di aiutarmi.

«Betta non mi parlava molto del suo lavoro, avevamo un modo diverso di vedere le cose.»

Usare il passato le costava moltissimo.

«E del suo privato le parlava?»

«Avevamo qualche amica in comune, ma in generale ci

vedevamo da sole, da me o da lei, o in qualche locale. E non aveva una relazione stabile, che io sappia, non aveva relazioni in generale, solo incontri... fisici... intimi, insomma. Storie di sesso, tutte molto brevi.»

Ridenti annuì, anche questo, evidentemente lo sapeva.

«Di questi rapporti, per quanto possa sapere, amava conservare dei ricordi? Intendo dire immagini, video, oggetti...»

Lena inghiottì il nulla, le passava davanti in loop la scena in cui l'assassino di Betta la scopava. E lei era evidentemente consenziente.

«Si filmava, qualche volta. E so che si faceva anche delle foto. Non aveva paura del revenge porn perché i filmati li teneva lei e le foto le mandava a uomini che ci avrebbero rimesso troppo a mostrarle. In realtà davvero non gliene fregava niente, una volta mi ha detto che se fosse finita su un sito pornografico ne sarebbe stata più orgogliosa che dispiaciuta.»

«Poi gli faccio causa e vivo da nababba» aveva aggiunto ridendo. Quanto rideva, Betta.

«Lei ha mai visto questo materiale privato?»

Ne ho un campione in un telefono chiuso dentro un gioco per cani che ho buttato in una siepe.

«No.»

«Conosce un certo Gianluca Savelli?»

Il significato della frase faticò ad arrivarle al cervello, come se Ridenti avesse parlato in un'altra lingua.

«Come, scusi?»

«Gianluca Savelli.»

«È un mio collega, lavora all'hotel Grand'Arno con me. Ma perché?»

«Lei sapeva che Savelli e l'avvocato...» si corresse «la signorina Valacchi avevano una relazione?»

Le avevano chiesto l'accesso al Telepass. Avevano chiesto una verifica da parte dei colleghi di Assisi. Il poliziotto di San Giovanni aveva confermato e anche il vigile che le aveva fatto la multa. La sua auto era stata registrata in una zona ZTL vicino alla casa di Betta all'orario che aveva riferito e l'operaio che si era occupato della porta blindata aveva sancito che ogni parola detta da Lena era la sacrosanta verità. Le avevano chiesto di rimanere a disposizione, ma l'avevano lasciata andare. Appena fuori aveva riacceso il proprio telefono, e in un tripudio di notifiche e vibrazioni e messaggi aveva cercato su internet notizie del delitto.

«Giovane avvocato uccisa a Firenze.»

Poi la foto, nome e cognome, immagini del palazzo.

E la didascalia: «Morta durante un gioco erotico».

Non c'erano i dettagli, ma Betta era stata trovata nel suo letto, nuda.

Prima ha girato il video e poi l'ha uccisa.

E io non posso dire niente.

Perché lui ha Saverio.

"Lui" ancora era un concetto nuovo e nebuloso, un concetto che man mano andava prendendo forma. Non era ancora arrivata all'auto che la chiamarono dal Grand'Arno.

Le chiedevano se il giorno dopo poteva coprire tutti i turni di Gianluca.

La combinazione del lucchetto era 9693, non se la sarebbe dimenticata. La Pallattiva era rimasta incastrata in cima alla siepe, all'interno il Samsung era intatto. Nessun messaggio nuovo, nessuna chiamata. Lena era rientrata in casa e aveva liberato Argo, recuperando da terra i brandelli di una sportina di plastica. Nell'aria non sentiva odori estranei, forse non c'era stata nessuna perquisizione e lei non era iscritta nel registro degli indagati.

Eppure io so perché è stata uccisa Betta.

Aveva avuto modo di rifletterci nelle due ore di attesa trascorse in questura mentre venivano verificati tutti i suoi spostamenti. Betta non era stata uccisa da un amante impazzito, come si cominciava a vociferare in giro, e nemmeno per una sessione di bondage finita male (perché, e questo ora era cosa nota, l'avevano strangolata). Betta era stata uccisa perché aveva chiamato il servizio clienti, aveva recuperato il numero della scheda del Samsung e il nome a cui era intestata. Era stato quel cellulare a ucciderla.

Diceva che non era come nei film, ma è esattamente così. Lui sa tutto quello che succede a questo telefono. E quando ha lei chiamato il servizio clienti lui lo ha saputo subito.

"Lui" era Gianluca. Sapeva che lo trattenevano in questura, in quel momento. L'amico di Mometto passava ancora qualche informazione a Mattia, che le girava a lei usando un ridicolo tono da protettore, del tutto assente quando aveva saputo della morte di Betta. Finché ammazzavano una sua amica andava tutto bene, ma se a essere sospettato era un suo collega maschio allora c'era da indignarsi.

Mattia deve proteggere il territorio di Saverio.

Faceva schifo ma era così. Dunque Gianluca e non Fermo, qualcuno di così vicino a lei che avrebbe potuto colpirla in qualunque momento. Il male del bancone accanto. Le dava disagio ripensare ai loro trascorsi, all'odore dolciastro del suo dopobarba, all'aria di sussiego con cui aveva cercato di dimostrarle che era superiore a una delusione amorosa.

Poi si scopa Betta e la strangola.

Era un'immagine così improbabile che non riusciva a darle forma. Betta e Gianluca, quanto di più lontano da una coppia potesse concepire.

Betta e Saverio invece sì?

Eppure la polizia aveva abbastanza elementi in mano da trattenerlo, a sentire Mometto. E a lei non restava che aspettare, ancora. Da un fermo immagine del Samsung aveva scattato una foto di Saverio, gli occhi chiusi e gonfi, i capelli radi, il sangue nel naso. Emaciato, sofferente ma vivo.

Prigioniero. Da due anni.

Immaginò l'incontro con Gianluca al ponte, forse una colluttazione, il collega che trascinava via il suo ragazzo mentre Firenze si inzuppava di pioggia. E poi? Dove lo aveva tenuto per due anni? Come l'aveva trattato, cosa gli aveva fatto?

Mentre nel frattempo cercava di avvicinarsi a lei approfittando del suo dolore, subendo un rifiuto, uccidendo Betta. Era tutto così assurdo. Accese la tv per seguire il tg 24 ore, la foto dell'amica, quella della sua pagina Facebook, che saltava fuori ogni due per tre. Si era assopita sul divano insieme ad Argo quando il Samsung aveva ripreso vita, bippando.

Un messaggio.

Il messaggio.

COSA SEI DISPOSTA A FARE?

9

Nella prima settimana non era successo molto, ed era successo tutto. L'omicidio di Betta era stato cannibalizzato in ogni modo possibile, sui giornali, in tv e soprattutto in rete. Una donna libera che non ha paura di vivere al di fuori degli schemi, di successo, sessualmente disinibita e poi uccisa da uno dei suoi tanti amanti occasionali era un boccone troppo ghiotto per tutti i media. Era stata stigmatizzata, santificata, aveva avuto quello che si meritava, era la dimostrazione che viviamo ancora nel Medioevo, simbolo del femminicidio e della perdizione, vittima, puttana. Morta legata e strangolata con un'attrezzatura che aveva in casa, usata dozzine di volte, filmata e stivata in diversi hard disk che contenevano così tante facce da poter vivere di ricatti. Invece a Betta piaceva solo rivedersi e ricordare. I video più recenti erano sul suo cellulare, l'ultimo girato il giorno prima di morire, in camera da letto, da Gianluca Savelli, al loro terzo incontro consecutivo. I media raccontavano che conosceva marginalmente l'uomo da anni, era un collega della sua amica Marilena Bacarelli, lo aveva incrociato nell'hotel in cui lavorava, ma non si erano mai scambiati più di un saluto, due parole, convenevoli. Fino a quando, giovedì 23 marzo, si era resa conto che c'era qualcosa che non andava nella vita dell'ex compagna di scuola, era strana, nervosa, forse vicina a un esaurimento. Allora era andata a parlare con i colleghi in hotel, lei e Gianluca avevano proseguito la chiacchierata al bar e poi direttamente nell'appartamento di Betta. Gli aveva chiesto di tener d'occhio Marilena nei giorni seguenti, riferirle di eventuali stranezze e lui l'aveva accontentata fin troppo volentieri. Si erano rivisti il 27 marzo, ne era nato il primo filmato, una cosa semplice, lui filma lei durante. Il secondo filmato, del 30 marzo, era una cosa già più fantasiosa, c'erano diversi oggetti e il telefono, rigorosamente di lei, passava di mano in mano. Il terzo, girato il giorno prima della sua morte, era il più estremo e sì, entravano in campo anche le corde. Poi il ritrovamento del corpo. Savelli diceva che la sera del delitto era rientrato a casa in auto, non aveva incontrato nessuno e non era più uscito. Il suo cellulare confermava il percorso da casa di Betta, alle 23.07, fino a casa propria, alle 23.21, e poi non si era più mosso, ma non era abbastanza. Non c'erano telecamere di sorveglianza nel suo condominio, e la prima che avrebbe potuto inquadrarlo, se fosse nuovamente uscito in macchina, era di un negozio a cinquecento metri. Nella direzione opposta nessuna del tutto fino al semaforo, con più di una traversa nella zona cieca in cui infilarsi. Ammesso poi che si fosse spostato in auto, perché a piedi o in bicicletta la casa di Betta distava comunque quindici o venti minuti. C'erano stati delitti, in passato, in cui l'assassino aveva usato la bicicletta, no? E c'erano alcune persone che in effetti passavano il semaforo in bicicletta, quella notte, in orari compatibili. Il palazzo di Betta aveva telecamere sul portone principale, niente sui garage, e l'assassino era per forza passato da lì, a meno di non essere entrato diverse ore prima ed essere rimasto nascosto fino al rientro della vittima. In casa le impronte di molte persone, di Betta, di Gianluca, di Franca, di un collega avvocato di Betta – sposato, che la mattina del 4 aprile era uscito a fare jogging all'alba dopo aver dormito con la moglie –, di un secondo collega single che era stato in chat con una signorina fino a tarda ora, di una collega donna che aveva vissuto ore di terrore nell'ipotesi che la si potesse accusare di inclinazioni saffiche, di tre sconosciuti. Quasi tutte erano state rilevate tra la camera da letto e il bagno. Le più nitide erano quelle di Savelli, presenti anche sulle corde che legavano Betta. Lui aveva ammesso tutto, i rapporti, i giochi, le corde, i messaggi, aveva ricostruito meticolosamente ogni passaggio, giurando che non le aveva torto un capello, che quando l'aveva legata aveva dovuto dargli istruzioni lei, perché lui non era buono, faceva quelle cose per la prima volta in vita sua, ma c'erano buchi enormi nei suoi racconti, perché alla domanda fatidica rispondeva sempre "ero a casa, da solo" e questo non era dimostrabile. Pesavano su di lui, invece, come macigni, le cose emerse in merito alla sua collega, Marilena Bacarelli. Sul suo cellulare e nel suo computer avevano trovato molte foto della donna, recenti e quindi giustificabili con la richiesta di Elisabetta Valacchi, e meno recenti, quindi non giustificabili. Selfie tra colleghi, con altri addetti alla reception, un paio di foto buffe con i clienti, una foto scattata chiaramente in accordo con la donna e poi dozzine di immagini rubate, quasi tutte nell'hotel, soprattutto una sequenza di alcuni anni prima, la Bacarelli aveva i capelli diversi, lunghi e setosi, aveva il viso più pieno e ben truccato e dormiva su una sedia nello stanzino che si trovava dietro alla reception, probabilmente durante un turno di notte. Molte foto della bocca socchiusa, della scollatura, dell'incrocio tra le gambe. Altre foto fatte da lontano alla donna mentre era in un bar all'aperto con alcune persone, un giovanotto biondo che le cingeva il collo e lei che rideva. Il giovanotto era tale Saverio Bartolomei, morto tragicamente qualche tempo dopo la foto, precipitando da un ponte. Savelli si era giustificato, Marilena gli piaceva, gli era sempre piaciuta, si erano anche scambiati un bacio, era capitato che le facesse delle foto quando la incontrava fuori dal lavoro, per caso, mica era un crimine, erano solo foto, non ne aveva fatto nessun uso, si era limitato a guardarle un po'. Le indagini si erano mosse in quella direzione, la Bacarelli in effetti negli ultimi tempi, secondo varie testimonianze, era molto stressata, e la sua amica aveva messo insieme le carte per una denuncia contro ignoti, che forse ignoti non erano. La Bacarelli si sentiva perseguitata, la Valacchi stava cercando di proteggerla, Savelli era ossessionato dalla Bacarelli e andava a letto con la Valacchi. Dopo lunghissimi interrogatori era stato mandato a casa per mancanza di prove incriminanti e lì era rimasto. Gli era stato proibito di comunicare con tutti coloro che avevano a che fare con le indagini, Marilena compresa, e lui aveva ubbidito. La sua famiglia lo descriveva come "un ragazzo serissimo e con la testa sulle spalle" e lo diceva "molto provato ma saldo nella certezza di essere innocente". Tuttavia c'era una storia nella storia, e la cronaca l'aveva raccontata tante volte. Un uomo si invaghisce di una donna ignara e per sentirsi libero di conquistarla fa strage della propria famiglia. O dei genitori. O di entrambi. Agli occhi del pubblico però quella donna incolpevole era una specie di complice, rea di non aver capito. Come riusciva a convivere con una simile colpa, per quanto colpa "bianca"? Oggi Lena poteva rispondere a questa domanda. Gianluca aveva ucciso Betta a causa sua, per ottenere qualcosa da lei. Chiusa nel riserbo più totale, nei "no comment", inseguita dai giornalisti, costretta da suo padre ad assumere un avvocato per tutelare se stessa e "il decoro della famiglia", mandava giù ogni giorno, goccia dopo goccia, il veleno del silenzio. Non aveva saputo vedere, non aveva saputo capire, era probabile che Betta avesse dei sospetti, che si fosse portata Gianluca a letto per spingerlo a parlare, forte del fatto che gli uomini si aprono più facilmente insieme alle gambe di una donna. Ne era capace, lei e il sesso erano talmente in confidenza che non c'era nulla di male a sfruttarlo un po'. E forse Gianluca aveva parlato. E forse anche Betta aveva parlato. E la chiamata col gestore. E le corde. Tutto questo restava dentro Lena, sigillato nella sua bocca, urticante come quella colpa "bianca" che si viveva sempre più sporca. Ma adesso lei aveva Saverio a cui pensare, i suoi due anni di prigionia, la minaccia di ucciderlo di Gianluca, l'ultimo messaggio:

COSA SEI DISPOSTA A FARE?

Cosa sono disposta a fare per riaverlo? Per salvarlo?

Avrebbe dato tutti i suoi soldi, la casa, l'auto, avrebbe rinunciato a ogni cosa, si sarebbe consegnata al posto suo, sarebbe

sì

morta per lui.

Ma non so Gianluca cosa vuole. A parte me. Forse vuole solo me.

Non c'era modo di saperlo, non in quel momento, tutti i contatti con il collega erano sotto stretta sorveglianza e lui viveva rinchiuso nella casa dei genitori.

Chi si occupa di Saverio, mentre lui non c'è? Chi gli dà da mangiare?

Si sforzava di non fissarsi su queste cose, non era importante chi fosse, Saverio era prezioso per Gianluca, se voleva ottenere qualcosa da lei

Ma cosa? Cosa?

doveva tenerlo in vita.

E quell'uomo che avevano rapito e ucciso e messo in congelatore per avere comunque il riscatto?

Anche pensieri simili non servivano a niente. Saverio era vivo, lo diceva il filmato, lo diceva il biglietto che lo aveva costretto a scrivere, e finché era vivo allora doveva stare al gioco. Una parte di lei continuava a inseguire dettagli scomodi da gestire, che si agitavano da soli come una coda di lucertola dopo essersi staccata.

Come ha fatto a cambiare la fasciatura di Argo? Argo Gianluca praticamente non lo conosce, non si sarebbe mai fatto toccare. Com'è riuscito poi a chiuderlo in giardino?

E poi.

La prima foto scattata ad Argo e me il 21 marzo davanti a casa non c'era nel suo computer, me le hanno mostrate tutte. E non era nemmeno sul suo cellulare. Quella sera lui era di turno e non se n'è andato, come ha potuto essere all'hotel e anche qui?

Le domande portavano tutte a una sola risposta: Gianluca aveva un complice. Il primo pensiero era andato a Katia, ma Katia aveva confessato subito, il giorno dopo l'omicidio, a lei e agli inquirenti, che Betta le aveva chiesto di poter verificare se sul telefono di Lena ci fossero cose strane, aveva mostrato tutte le sue chiamate, i messaggi, anche due vocali, per quello aveva frugato nella sua borsa, perché Betta le aveva detto che Lena era strana, e Lena lo era davvero, strana stranissima, all'inizio pensava c'entrasse un ragazzo, poi invece era così nervosa e allora aveva creduto, non sapeva bene, poteva essere che uno degli amici sbandati del fidanzato, lo sapete che il fidanzato aveva amici sbandati? E l'indagine si era allargata agli amici di Saverio, ma era una pista fredda, gelata, a nessuno di loro fregava di Betta, a nessuno di loro fregava di Gianluca e di fatto a nessuno di loro fregava moltissimo nemmeno di Lena. Il delitto consumato il giorno dell'anniversario della morte di Saverio, però, era una coincidenza interessante, e su quello gli inquirenti non mollarono. Nessuno collegò la morte di Betta al sequestro del rifugio di Fermo, tranne Lena, che però faceva fatica a trovare una motivazione. Se Gianluca aveva lei come obiettivo principale aveva senso che Betta fosse diventata un bersaglio da colpire, ma cosa c'entravano Fermo e gli animalisti, in che modo era collegato con loro?

Fermo aveva a che fare con Saverio e Saverio aveva a che fare con me.

Era un legame esile, non le sembrava bastasse. Ripensava a Gianluca, al suo dopobarba, alla lingua tiepida, quasi fredda.

Com'è possibile avere la lingua fredda?

I serpenti ce l'hanno.

Non aveva altri nomi da candidare a complice di Gianluca, ma i giornali, soprattutto quelli piccoli, di cronaca nera o locali, crogiolandosi nei dettagli inutili, ne sfornavano parecchi. Gli amici di Gianluca, i parenti di Gianluca, le ragazze di Gianluca, tutto un mondo di cui lei ignorava l'esistenza, quell'universo cristallizzato che è la vita di ciascuno finché non collide con quella di un altro.

Tutto questo esisteva anche prima, un mese fa io non ne sapevo nulla eppure c'era.

Un mese fa Saverio era già prigioniero.

Un mese fa era sempre vivo.

Eppure della sua vita prima del Samsung restava un ricordo pallido, non avrebbe saputo dire cosa facesse, dove andasse, con chi e perché.

C'era Betta.

Il Samsung non aveva emesso più alcun suono, Lena aveva provato a chiamarlo dall'hotel e squillava regolarmente. Poi, a casa dei suoi, aveva inviato un messaggio sul telefono di suo padre, mentre lui era in un'altra stanza. Solo una sequenza di numeri, lo aveva ricevuto e poi cancellato.

COSA SEI DISPOSTA A FARE?

Toccava a lei, era il suo turno, non le sarebbe arrivato più nulla finché non avesse trovato il modo di rispondere.

Dipende tutto da quanta pazienza ha.

Aveva tentato con un biglietto, come la prima volta. Aveva strappato il foglio da un bloc-notes e ci aveva scritto sopra:

TUTTO, MA DEVO SAPERE CHE STA BENE.

Lo aveva lasciato sul tavolo tutti i giorni prima di uscire per andare al lavoro e lo aveva ritrovato ogni sera al suo ritorno.

C'è la polizia intorno alla casa? Non si arrischia a entrare?

Lei controllava nella strada di fronte e nel giardino condominiale sul retro, ma non vedeva mai nessuno.

Questo non significa che non ci siano.

Nel frattempo doveva trovare un modo per nascondere il Samsung, almeno finché l'attenzione su di lei non fosse calata.

Se lo trovano è finita.

Ma non riusciva a immaginare un posto sicuro in cui nasconderlo, aveva pensato a un'imbracatura per Argo, alla cantinetta, a un vecchio copertone appoggiato al muro dei garage, ma non doveva cambiare abitudini o scegliere posti insoliti in cui sarebbe stato strano vederla attardarsi. Doveva trovare un buon posto, un posto sicuro. Nel frattempo si barricava dietro a una porta aperta e di notte tendeva l'orecchio aspettando un rumore di passi che non le portava più speranza né paura ma solo la preghiera di spezzare il silenzio.

«Dovresti prenderti una vacanza, tanto non è che hai bisogno di guadagnare tutti i mesi.»

Alex aveva voluto accompagnarla a ogni costo al funerale di Betta, nella prima giornata di aprile così calda che alcuni dei partecipanti si erano levati il cappotto. Lucio era rimasto in auto ad aspettarle, seguendo le istruzioni della fidanzata alla lettera.

«Non appena sarà finito noi veniamo qui al volo e scappiamo via, prima che quegli avvoltoi le saltino addosso.»

Gli avvoltoi naturalmente erano i media, una scia che seguiva Lena come una macchia di petrolio. Fino all'ultimo si era temuto che Gianluca si presentasse al funerale, circolavano voci sul fatto che avesse chiesto il permesso e gli fosse stato accordato, ma alla fine non si fece vedere. Si erano presentate invece tutte le vecchie amiche di Lena e Betta, sinceramente addolorate per la morte dell'amica, ma con l'espressione da "io lo sapevo che sarebbe successo". Guardavano Lena diversamente, come si guarda una persona affetta da una malattia mortale che forse potrebbe contagiarti. La abbracciarono con cautela, dissero cose vere in maniera sbagliata e si affrettarono ad allontanarsi, che a nessuno potesse venire in mente che avessero qualcosa a che fare con lei, col rischio di essere uccise. Tra loro c'era Sara. Sara era stata una delle amiche più care della sua giovinezza, banchi di scuola, serate nei locali fighetti, pigiama party in odor di americanità. E poi sì, l'aveva mollata come le altre, era stata una delle prime a ritrarsi davanti a Saverio, al conflitto di classe, all'impresentabilità di un amore così. Però ci era nata, in quella maniera, era stata cresciuta con un palo nel culo, non si può fare alla gente una colpa dei propri limiti, perché allora dovremmo sempre ammazzare chi è troppo alto, come Alex, o troppo libero

come Betta.

L'aveva abbracciata, tailleur contro felpa e bragoni, parrucchiere contro dreadlock, passato contro presente. Con qualche remora, nel lasciarla, aveva ammesso a mezza voce

«Betta ti voleva bene, oh, non sai quanto ti voleva bene. Mi ha chiamata, poco prima di... insomma, sai. Mi chiedeva se ti eri fatta viva, magari in nome dei vecchi tempi. Diceva che non stavi bene».

Lena aveva solo annuito e l'altra, sentendosi incoraggiata, le chiese se avesse ottenuto un ordine restrittivo verso Gianluca fino a quando non lo avessero sbattuto dentro. Alle spalle di Lena, Alex si era fatta una risatina e Sara si era sentita offesa, andandosene indignata.

«Quella vive nel mondo delle favole. O quanto meno non legge i giornali» aveva sentenziato la rossa.

Lei e Lucio l'avevano riportata a casa, aiutandola a superare tre fotografi che l'aspettavano davanti al cancello. Lena aveva finto di aprire la porta con la chiave e appena entrata aveva subito appoggiato la borsa sopra il biglietto

inutile

sul tavolo. Ma Alex non aveva intenzione di andarsene così facilmente e aveva arbitrariamente deciso che si sarebbero bevuti una bella tazza di tè. Messa su l'acqua aveva iniziato una lunga paternale.

«Sei indagata? No, e vorrei anche vedere. Quello che dovevi dire lo hai detto, sarebbe più che comprensibile che staccassi la spina per un po'. Fai un viaggio, vai a trovare qualche amico, ce l'avrai un amico che vive in un bel posto, in riviera, anche all'estero, magari.»

«Se me ne andassi all'estero secondo te la cosa non suonerebbe sospetta?»

«Ma sospetta cosa? Qui ne parlano tutti, di quello là che ti faceva le foto di nascosto!»

«No, non me ne vado.»

«Se è per il cane te lo teniamo noi. Io adesso rientro tutti i giorni, il prossimo viaggio è a fine mese, la casa la conosce...»

«Alex, no.»

La donna si mise a preparare le tazze per versare il tè, la bocca tesa, le mani troppo grandi che correvano veloci, quasi aggraziate.

«Quella mi stava sul cazzo, mi è sempre stata sul cazzo. Una di quelle donne tronfie che si credono tutto loro, solo perché hanno i soldi e un bel faccino. "La donna con le palle", mamma mia, che odio. Ma mi è dispiaciuto seppellirla oggi. E non voglio seppellire anche te.»

Lucio osservava la scena seduto in un angolo, faceva sì con la testa e Lena gli avrebbe dato volentieri due ceffoni.

«Non mi seppellirete, magari non è nemmeno stato Gianluca.»

Alex rimase con le bustine sospese a mezz'aria.

«Non è stato Gianluca? Lucio, ma l'hai sentita anche tu?» Le si fece vicino, gocciolando macchie scure da entrambe le mani. «Ti ha praticamente stalkerata per anni. Ti spiava, ti seguiva, si scopava la tua migliore amica e poi l'ha ammazzata! E l'ha ammazzata perché lei stava cercando di proteggerti da lui!»

Lena si mordicchiava le labbra.

«Sono supposizioni, non c'è niente di certo. Stanno ancora indagando.»

Dio, quanto mi costa.

«Lena» Alex parlava lentamente, come si fa con i matti «io con Betta ci ho parlato. Ha detto che secondo lei c'era qualcuno che ti stava addosso, qualcuno che voleva manipolarti. Ha detto che era preoccupata perché tu sembravi non accorgertene o negavi l'evidenza.»

«Non è vero.»

«Hai appena detto che Gianluca potrebbe non averla ammazzata, ci scopava e non lo sapeva nessuno, ci sono le impronte in casa sua, non ha un alibi, era ossessionato da te, ma di cosa stiamo parlando?»

«Di niente.» La guardò fisso. «Finché le indagini non sono finite parliamo di niente. Potrebbe benissimo essere stato qualcun altro, uno dei suoi ragazzi...»

«Non lo pensi davvero. Non puoi essere così fuori.»

Si chinò ancora di più, cercandole gli occhi.

«Ma come ci è riuscito? Ti ha fatto il lavaggio del cervello?»

COSA SEI DISPOSTA A FARE?

«Fatti i cazzi tuoi.»

Alex si rialzò

«Lucio, andiamo»

buttò le bustine nel lavandino e prese il cappotto corto e rosso che andava di moda e le stava malissimo. Lena non si oppose, lasciò che si vestissero e andassero alla porta, ben sapendo che volevano solo essere richiamati indietro per sentirle dire qualcosa di ragionevole. L'ultima frase Alex gliela buttò dietro prima di chiudere

«Betta aveva ragione, cazzo»

e seppe che per un po' non l'avrebbe più vista.

Il tribunale popolare della rete aveva decretato che Gianluca Savelli aveva ucciso Elisabetta Valacchi molto prima che un vero tribunale si occupasse della faccenda. L'uomo era tornato a stare dai genitori in via Lambruschini e degli ignoti avevano spaccato i finestrini della macchina di suo padre con l'intento di darle fuoco. L'intera famiglia era stata messa sotto sorveglianza e il direttore del supermercato da cui si rifornivano da vent'anni aveva stabilito che tutti i giorni sarebbe stata consegnata loro la spesa a domicilio. Del figlio c'era chi parlava bene e chi parlava male, ma dei genitori tutti avevano un'altissima opinione, gente che aveva lavorato sodo per tirar su quel ragazzone come un gioiello, ottime scuole, università, estati all'estero e anche un paio di esperienze come bagnino alla piscina comunale. Non c'era nulla che macchiasse il curriculum del figlio perfetto, aveva un buon lavoro, amicizie giuste, un bell'aspetto. Loro si sarebbero entrambi gettati nel fuoco per lui. Non si poteva dire il contrario, in molti avevano raccontato del malcelato disprezzo con cui Gianluca si riferiva ai genitori, e c'erano troppi aspetti della sua vita da cui li aveva esclusi, per esempio la laurea, erano stati in aula magna ma niente ristorante e festa, dopo. La cronaca locale cominciò a ricamarci, Savelli venne descritto come gelido e senza cuore, arrivò una ex fidanzata a raccontare che a letto era freddo e meccanico, e spesso non veniva. Scelsero le foto peggiori, dove lui era rigido e altero, il caschetto composto al limite del ridicolo. Dovette chiudere la pagina Facebook, ma nel frattempo era stata fatta razzia delle foto e dei post, tutti "impersonali" e "generici", come se quello spazio privato potesse essere solo di facciata. Il 17 aprile l'hotel Grand'Arno gli comunicò tramite raccomandata che, a causa del danno che aveva arrecato all'immagine della struttura, i suoi servizi non erano più richiesti. Nessun commento uscì dall'appartamento di via Lambruschini. Al posto di Gianluca venne assunta una receptionist con scarsa esperienza ma di bell'aspetto e rassicurante, Katia scambiò immediatamente i propri turni con lei, perché stare vicino a Lena era ogni giorno più difficile. Il settimanale «La Nera» aveva pubblicato un servizio di due pagine su di lei, fotografata al parco insieme ad Argo. *Il fiore appassito* era il titolo becero inventato da giornalisti, che si rifacevano a una dichiarazione di Gianluca riportata da uno stralcio, vero o falso che fosse, di deposizione:

«Lena è il fiore che non ho colto. La guardavo perché era bellissima».

Ed eccola in tuta e giaccone, pallida, magra, i capelli ammonticchiati sulla sommità del capo, lo sguardo smarrito di chi teme di essere seguito, osservato, giudicato. La sostanza dell'articolo era che lei si sentiva in colpa e non reggeva il peso di quella situazione. Era stato un brutto momento, suo padre aveva deciso di voler fare causa al giornale, l'avvocato aveva impiegato tutti i propri mezzi per rabbonirlo, la madre di Lena aveva pianto e lei era rimasta impassibile a vedersi dipinta su un giornale come una novella Elena di Troia. Ma una cosa quelle foto la raccontavano davvero: aveva la perenne sensazione di essere spiata. I giornalisti erano sempre lì, intorno a casa sua, a quella dei suoi genitori e all'hotel. Dopo il funerale aveva avuto la tentazione di chiedere qualche giorno di ferie, come le aveva suggerito Alex, ma poi aveva pensato che, se possibile, avrebbe peggiorato la situazione.

Se le acque non si calmano lui non si avvicinerà, e se non prende il biglietto non saprò mai come sta Saverio e cosa devo fare.

La soluzione di ripiego era rimanere chiusa in casa il più possibile, ma non aveva fatto i conti con Astrid, che le era piombata lì, puntuale.

«Argo è un cane anziano, deve uscire, muoversi, non può avere un calo di tono muscolare.»

«Astrid, quelli sono là fuori di giorno e di notte.»

«E allora? Esci in auto, vai lontano, cerca un parco dall'altra parte della città e fallo sgroppare un po'. Ti scrivo l'indirizzo di due ottime aree cani, ma bada che non ci sia nessuno, un incidente in questo momento non sarebbe raccomandabile.»

E lei lo aveva fatto, era andata all'area cani più lontana da casa e lì era stata fotografata e sbattuta sul giornale. Mattia, spinto da Mometto, si era offerto di occuparsi lui delle passeggiate di Argo

«Solo la sera, però, che di giorno ho il negozio»

ma sa dio dove l'avevano portato, il molosso era tornato con una spiga nell'orecchio che aveva fatto subito infezione ed era stata costretta a portarlo di corsa dalla veterinaria.

"Poverina" dicevano gli occhi di Marta, sgranati nella loro cerulea benevolenza, e quella pietà era quasi peggiore del biasimo. La voce doveva essere corsa alla svelta, perché Alex la fece chiamare da Lucio per sapere se Argo stesse bene, e lei avrebbe voluto solo che la smettessero, basta, era tanto difficile già così, quel maledetto cellulare che non squillava mai, l'altro che non stava zitto, il biglietto sul tavolo, i fotografi, l'avvocato di suo padre, la polizia che sembrava non ci fosse ma era lì, il cane malato, Betta morta, Saverio appeso a un filo. Cominciò a ragionare su un altro modo per comunicare con Gianluca. Lui non poteva contattarla, su questo l'avevano rassicurata in tanti, non che fosse ai domiciliari, ma era indagato per omicidio, non era stato formalizzato nulla ma gli conveniva stare buonino, l'avvocato di suo padre si era compiaciuto di questo termine, "buonino". Non sarebbe venuto in casa sua per un po', troppo pericoloso. Ma lei sapeva di dovergli parlare, se non avesse risposto alla sua domanda

COSA SEI DISPOSTA A FARE?

ci sarebbero state delle conseguenze.

Betta.

Doveva fargli sapere che di lei si poteva fidare, purché le desse prova,

Non può uscire di casa o telefonare, come fa?

o gliela facesse avere, che Saverio era ancora vivo. Controllò le pagine Facebook dei vari amici di Gianluca, quelli che prima lo difendevano a spada tratta e che ora cominciavano a tirarsi indietro, a glissare, a manifestare dubbi. Un compagno di università con cui lo aveva visto una volta a cena,

Eravamo per caso nello stesso locale, ma tu guarda la coincidenza.

Paolo Pucci, aveva pubblicato una foto che si era scattato con lui a casa dei suoi, giusto una settimana prima, e in risposta a tutti gli insulti che gli erano piovuti addosso, tutto in maiuscolo

come Saverio

aveva scritto

INNOCENTE FINO A PROVA CONTRARIA.

Potrei provare con lui, chiedergli di riferire un messaggio, qualcosa di neutro, in codice, qualcosa che se arrivasse alla polizia potrebbe essere interpretato come

cosa?

una sorta di messaggio di perdono.

Ma da qualunque parte la prendesse era troppo rischioso, non poteva far tornare l'attenzione su di sé. Tutto ciò che riguardava Gianluca, in quel momento, era sotto stretto controllo della polizia. Mail, cellulare, visite, era certa che ci fossero anche delle cimici in casa dei genitori, tutto veniva registrato.

Come in un film.

E allora le venne in mente.

Betta aveva avuto torto e aveva pagato con la vita la sua convinzione che quello non fosse un film, perché Gianluca aveva saputo subito della sua telefonata al gestore e le aveva impedito di creare ulteriori problemi. Qualunque chiamata, messaggio, attività del Samsung gli veniva subito notificata, in qualche modo.

Lo sa. Sa tutto quello che fa questo telefono.

E come? Con un semplice backup automatico, come quello che faceva il suo iPhone. Il telefono registrava e poi inviava tutto a un cloud.

Non me ne sono mai accorta.

Se era un'operazione impostata di notte, che si avviava in automatico e solo in determinati giorni allora sì, era possibile.

Riceve tutte le attività del telefono, il registro chiamate, i messaggi, le fotografie. Sa che ho fatto una foto al video di Saverio. Sa che ho mandato il messaggio numerico al numero di mio padre. Sa che ho provato a chiamarlo dall'hotel.

E dunque.

Se invio un messaggio al cellulare stesso, lui lo riceverà.

Non avrebbe potuto usare il proprio telefono per farlo, non era certa che non fosse sotto controllo. Ma c'era un'altra possibilità.

Prese in mano il Samsung, che si stava ricaricando.

Ora che so il numero posso inviare un messaggio dal Samsung direttamente al Samsung stesso, come si fa quando ci si mandano i promemoria. E lui lo riceverà.

Le venne in mente il serpente uroboro, che mangia la propria coda.

Era esattamente così.

Aveva pensato tanto a cosa scrivere. Non voleva supplicare e non voleva sfidarlo. Era importante che non perdesse l'obiettivo principale, cioè ottenere la prova che Saverio fosse ancora vivo. Aveva scritto e cancellato sette versioni dello stesso messaggio, pensando a quanto le sarebbe stata d'aiuto Betta in quel momento.

"Sintesi, scema, sintesi ma non ermetismo. Fatti capire senza usare una parola di più."

Alla fine aveva trovato una frase che in dieci parole contenesse tutto e prima di ripensarci la spedì. Un secondo dopo il messaggio compariva tra quelli ricevuti, e infantilmente lo aprì per verificare che fosse davvero il suo.

FACCIO QUELLO CHE VUOI, SE MI DIMOSTRI CHE È VIVO.

E adesso, come sempre, non le restava che aspettare.

Era di nuovo il 21. Il 21 marzo aveva trovato il cellulare, ora, il 21 aprile, consumava il suo giorno libero fissando il Samsung in attesa di una risposta che non veniva. Diciassette giorni di silenzio, diciassette giorni dalla morte di Betta, diciassette giorni in cui non sapeva se il suo ragazzo fosse salvo. Aveva perso altro peso, i pantaloni oversize le calavano da tutte le parti, rimanendo appesi solo alle ossa del bacino. L'orecchio di Argo faticava a guarire e la bestia era nervosa, insofferente a qualunque variazione di routine. Restavano spesso sul divano uno accanto all'altra, a volte per tutta la notte, lui in attesa di morire, lei in attesa di vivere. La sua quotidianità era colma di assenze, mancava l'amore, mancava l'amicizia, mancava una direzione, uno scopo. Le si era chiuso dentro una specie di guscio, un involucro che aveva circondato l'idea di Saverio relegato da qualche parte in balia di non si sa chi. Quando ci pensava era come un concetto astratto, Saverio prigioniero, ma non era morto? Non provava nulla, era un nervo reciso, la stavano martoriando ma il cervello non raccoglieva l'informazione. Meglio così, lo sapeva da sola. Restava disperatamente arroccata al concetto di voler salvare l'uomo che amava, ma tolto quello, se non ci fosse riuscita, tutto il suo mondo era spento.

Quando è successo? Perché non mi è rimasto più niente?

Aveva studiato, letto, conosciuto la realtà abbastanza da sapere che non era proprio così, che si trattava di un problema di percezione.

È colpa mia, sono debole.

Però era costretta ad assolversi, perché nemmeno tutta la forza e la volontà del mondo erano in grado di far squillare un telefono, se nessuno ti voleva chiamare. Per una volta non aveva dubbi su qualcosa, sapeva che il messaggio era stato letto. Non aveva alcuna ragione al mondo per esserne certa ma lo era, quindi si trattava soltanto di capire perché non le rispondesse, anche solo per rimetterla al suo posto o per minacciarla.

Perché se mi risponde conferma che il sistema funziona, che non è più una comunicazione a senso unico.

Gianluca aveva paura di quello che avrebbe avuto da dirgli? Forse. Se tutta quella storia, assurda ed estrema, aveva a che fare con il potere, allora lei sì, un po' di potere su di lui l'aveva. Se non aveva fatto tutto da solo il messaggio era stato ricevuto da un complice, e forse questi avrebbe dovuto consultarlo prima di risponderle.

Non è facile, in pochi possono andare a trovarlo a casa.

Se invece aveva fatto tutto da solo

Saverio è morto. Di fame. Di inedia.

la risposta sarebbe arrivata molto tardi, quando avesse potuto usare liberamente il telefono, che non poteva essere nascosto in casa con lui, la polizia si era garantita il controllo totale. La chiamata arrivò invece sul suo cellulare, e per tre squilli non rispose, in dubbio se farlo, era già difficile così. Ma poi

Gli alberi troppo dritti finiscono dentro alle aiuole.

«Pronto?»

«Ti porto fuori con Argo, scendi in garage e aprimi il cancello, vengo giù con la mia auto.»

«È già uscito oggi, Alex. E preferisco stare in casa, è il mio giorno libero e...»

«Non te lo sto chiedendo.»

La comunicazione venne interrotta.

Col cazzo che scendo, Alex.

Ma già era in piedi, a mettere l'imbracatura all'indolente molosso, una giacca buttata addosso, lo sforzo di cambiare le ciabatte con le scarpe da tennis.

Se vado avanti così andrò al lavoro in pigiama.

Alex entrò nei garage in retromarcia, nel dubbio di non potersi girare poi. Dalla quantità di botte che aveva preso quell'auto negli ultimi dieci anni era un numero che non doveva esserle riuscito sempre bene.

«Sali dietro e stai giù, fuori è pieno di stronzi.»

Uscì come era entrata, forse qualcuno dei giornalisti si accorse di Lena, forse no.

«Non era necessario, Argo sta bene.»

«Infatti non uscirà dalla macchina.»

Alex guidava e solo allora Lena si accorse che non c'era Lucio.

«A lui questa storia non piace e non voglio litigarci. Gli ho detto che può anche non venire, faccio da sola.»

Era la prima volta che parlava in questi termini del fidanzato.

«Quale storia?»

Anche se non la vedeva in viso sapeva che si stava mordicchiando il labbro, in cerca delle parole. Poi disse solo:

«Scagionano Gianluca».

Lena sentì come uno spostamento d'aria che la buttava di lato, ma non si era mossa.

«Come?»

«Mi hanno spiegato che è venuta fuori una minchiata, hanno trovato altre impronte, non è più il solo sospettato e allora niente incriminazione. Neanche la custodia cautelare.»

Alex guidava lentamente, percorreva vie conosciute in cui poteva permettersi il lusso di non pensare al percorso.

«Ma quando?» la voce di Lena si sentiva appena.

«A giorni, forse già domani. Torna libero, Lena. E tu devi andartene via, capito?»

Lei si appoggiò al sedile, non temeva di svenire ma si sentiva irreale, come se Alex stesse parlando a qualcun altro e lei assistesse alla scena da altrove.

«Tu come lo sai?»

«Ho conosciuto un giornalista, un tipo in gamba. Gli ho detto che sono amica tua, così mi passa qualche informazione pensando che potrei farlo arrivare a te. Naturalmente col cazzo che vi metto in contatto, pure se mi sembra molto rispettoso.» Esitò. «Anche questa cosa a Lucio non piace.» E poi, pianissimo «Vaffanculo».

Di nuovo Alex aveva fatto di testa sua, scavalcandola, considerandola incapace di prendere decisioni, e Lena avrebbe voluto essere arrabbiata per questo, invece aveva solo voglia di abbracciarla.

«Io non posso andare via.»

La macchina ebbe uno scossone, perché Alex aveva sterzato di colpo per parcheggiarsi a lato strada. Argo protestò, aveva rischiato di ribaltarsi e Lena lo aveva acchiappato per la pettorina. La donna si era voltata, il viso bianco bianco che spiccava sotto la lucetta di servizio.

«Cosa ti ha fatto? Cos'è, ti minaccia? A me puoi dirlo, in questa macchina non ci sono microfoni, o se vuoi usciamo, mi metto nuda in mezzo alla strada ma tu me lo devi dire come fa quel figlio di puttana a tenerti in pugno.»

Lena era sguarnita, non aveva risposte pronte, faceva resistenza passiva ma glielo leggeva in faccia che Alex non era preoccupata, era TERRORIZZATA per lei, e non poteva confessare e non riusciva a mentire, solo il silenzio, l'eterno veleno del silenzio. Ma Alex non mollava.

«Lena, il punto non è cosa può o non può aver fatto a Betta. Anche se non l'avesse uccisa è chiaro anche ai sassi che è a TE che quello punta. E mica da adesso, ce ne siamo accorti tutti fin dall'inizio che ti stava dietro. Ricordi quella volta che io e Lucio siamo venuti a prenderti all'albergo? Quando ti ho detto che secondo me era un viscido? Sono quelli i più pericolosi, quelli che non li vedi, non li calcoli, ti sembrano innocui. Ma a me non è mai sembrato innocuo. Solo che pensavo che tu te la sapessi cavare.»

«Io me la so cavare.»

Non convinceva neppure se stessa.

«Se domani quello torna a piede libero e ti fa qualcosa...» Alex cercava le parole adatte, poi inaspettatamente si mise a piangere. «Saverio non me lo perdonerebbe mai di non averti aiutata.» E c'era qualcosa di ridicolo in quell'improvvisa fragilità, così vera e brutta da vedere. Lena ne ebbe pena, ancora, ma non poteva consolarla. Non dicendole la verità.

«Tu devi stargli lontana.»

«Va bene.»

«Me lo devi giurare.»

«Te lo giuro.»

«Sono balle, sono tutte balle, cazzo.» La donna scuoteva la testa. «Betta aveva ragione» disse ancora.

Poi il respiro di Alex si spezzò. Lena la vide mentre cercava di inspirare aria, tuffando una mano nella borsa ed estraendo una specie di piccola pistola che si cacciò in bocca. L'asma, quella che arrivava nei momenti di stress.

«È la primavera» si schermì la donna, ma Lena sapeva che non era vero. Come per i sui genitori, era lei.

Si era fatta riportare a casa e le aveva di nuovo giurato che sarebbe stata attenta. Alex insisté per accompagnarla al lavoro, il giorno dopo, e disse di sì solo per stanchezza. Aveva appena avuto prova che la sua vita non era priva di amore e di amicizia ma lo stesso era incapace di percepirli. La notizia non uscì il giorno dopo ma quello dopo ancora. Sulla maniglia esterna della porta di casa di Betta era stata trovata un'impronta parziale di uno sconosciuto, che era stata valutata più recente di quelle di Gianluca. In casa non erano stati rinvenuti esemplari della stessa impronta. Inoltre le chiavi di casa non si trovavano, il corpo era stato chiuso all'interno e trovato dalla donna delle pulizie, che aveva il suo mazzo. L'elemento su cui però si stavano focalizzando le indagini era il telefono di Betta, che era completamente smagnetizzato. Non scarico, era stato messo accanto a qualcosa con una forte polarità e la batteria era stata resa inutilizzabile. I legali di Gianluca avevano detto che se fosse stato lui a intervenire sul telefono probabilmente avrebbe cancellato i propri video, invece non l'aveva fatto e questo, a loro dire, ne dimostrava l'innocenza e la buona fede. Il 23 aprile Gianluca Savelli tornava a essere un uomo libero. Lena lo venne a sapere in hotel, da Mattia che passò apposta mentre era di turno con la nuova ragazza.

«Sei più tranquilla, adesso?» le chiese con quella strana premura che lei interpretava come la speranza di essere sollevato da ogni futura uscita del cane.

Suo padre diede in escandescenze, riprese a dire che voleva denunciarlo lui, Gianluca, per detenzione di materiale a uso pornografico su sua figlia, minacciò di andare quella sera stessa a dirgli in faccia cosa pensava, mentre la moglie cercava di farlo rinsavire, che era un uomo grande e grosso, e più giovane e comunque sospettato di omicidio, non mi far prendere spaventi, per carità. I giornalisti la attesero davanti all'albergo e Lucio sbucò da chissà che parte per farla uscire con lui dall'ingresso di servizio, che Alex li aspettava per strada con il motore acceso.

«Non capisco perché non vuoi andare via da Firenze. Così ci metti tutti in pericolo» le bofonchiò.

«Ma che pericolo? E poi io non vi ho chiesto niente.»

Lui l'aveva guardata di traverso, con quella faccina imberbe da bambino troppo cresciuto, e le aveva buttato lì un «Tu Alex non te la meriti».

Era arrivato il 24 e poi il 25, si avvicinava la partenza di Alex per l'ennesimo corso che sarebbe durato tutto il weekend, la donna titubava.

«Vuoi che rimando? Vuoi che mi faccia sostituire? Chiamami in qualsiasi momento, se non mi trovi sul cellulare lascia un messaggio in hotel»

e Lena aveva recepito lo stralcio di una discussione tra lei e Lucio a colpi di "non puoi salvare tutti" e "se fosse per quelli come te il mondo andrebbe a rotoli", ma alla fine era partita. Di Gianluca non si sapeva nulla, i genitori avevano rilasciato delle dichiarazioni sul portone di casa, dicendo che nessuno avrebbe restituito a loro figlio la serenità che gli era stata rubata in quei giorni, e che volevano solo tornare a una vita normale. Lui non si era visto, non era stato possibile nemmeno raggiungerlo al telefono, sembrava avesse deciso di rimanere barricato in casa.

«Forse lui non esce, ma altri entrano» era stata una delle ultime cose che Alex aveva detto a Lena giovedì, un'ora prima di salire su un treno per Arezzo.

E sul Samsung nessun messaggio, nessun video, nessuna fotografia. Adesso non c'era più ragione per non contattarla, eppure il silenzio durava da più di venti giorni, tutti uguali, sveglia, cane, lavoro, cane, sonno quando veniva. Venerdì mattina Lena era uscita con Argo e davanti a casa aveva visto parcheggiata l'Opel Astra rossa, Lucio rigido dietro al volante che la scortava fino al parchetto e ritorno, poi andava al lavoro per farsi ritrovare di nuovo lì quando staccava. Era andata a bussargli al finestrino.

«È una cosa ridicola, non farla.»

«Gliel'ho promesso, lei mi chiama ogni mattina e ogni sera, mi chiede dettagli e io non sono capace di raccontarle bugie.»

Lena aveva chiamato prima il cellulare, poi l'hotel di Arezzo in cui Alex alloggiava.

«Così non aiuti me e non fai un favore a Lucio, fallo smettere, è una pagliacciata.»

«Tu sei come quei tossici che riescono a smettere solo se li leghi» aveva risposto Alex, ed erano volati stracci. Sabato mattina Lucio non c'era, ma Lena pensò che si fosse solo nascosto meglio.

Sempre che sia in grado di farlo senza Alex che gli dà istruzioni.

Aveva riferito la cosa ad Astrid e quella aveva riso fino a soffocarsi.

«Cioè, ti fa difendere da LUCIO?» e giù a sbellicarsi.

Anche Astrid sembrava aver archiviato l'omicidio di Betta insieme alla mancata incriminazione di Gianluca.

«Era amica tua e non discuto, però tirava su di tutto in quei locali che frequentava.» Ed era venuto fuori che ne sapeva di cotte e di crude sulle attività sessuali di Betta. Evidentemente non aveva amicizie solo tra i vigili. La mattina di domenica 30 aprile Lena ripeté i gesti meccanici di sempre, diede mezza dose di pappa ad Argo, scelse l'impermeabile leggero perché finalmente faceva caldo e si tirò dietro la porta di casa, le inutili chiavi in mano. I giornalisti erano spariti da un po', a volte passavano dall'hotel ma sembrava che avessero perso interesse per lei. Le indagini stagnavano, l'impronta dell'uomo misterioso era ancora senza nome, Betta veniva citata solo nei trafiletti dei giornali locali o nella conta dei femminicidi del mese. Al Grand'Arno c'era un bel viavai, iniziavano ad arrivare i pullman di giapponesi e Castellacci era felice perché alla fine quella faccenda di Savelli gli aveva fatto un sacco di pubblicità.

Il Samsung aveva trillato alle 10.47, mentre Lena ritirava i documenti di due ospiti. La hall era piena di gente, l'orario di colazione si era concluso da poco e molti stavano per intraprendere il primo giro della città. Aprì le dita e i passaporti caddero sul bancone.

«Fai tu» disse alla collega nuova, Ilaria, senza aspettarsi risposta.

Entrò nello sgabuzzino con la borsa in mano e chiuse la porta.

La raggiunse la voce della ragazza, ma per quel che la riguardava parlava arabo, o un idioma alieno, non aveva importanza. L'icona dei messaggi segnava il numero 2. La toccò. Erano un video di un minuto scarso, cinquantasette secondi, e un messaggio.

Ho risposto troppo tardi. Ora vedo mentre lo uccide.

Sfiorò appena lo schermo e il video partì.

L'ambientazione era sempre la stessa, un po' buia, assi di legno, Saverio che dormiva. Il sangue era sparito dalla narice, gli occhi non erano tumefatti, aveva la bocca aperta. Sotto il collo c'era il bordo di qualcosa, forse una coperta, a nascondere le spalle. La camera ondulava mentre lo riprendeva, come se la persona che la teneva in mano facesse fatica a rimanere in equilibrio. Poi un'ombra a entrare in campo, di nuovo uno scossone e poi un oggetto, a colpirlo in faccia. Saverio non aveva realmente reagito, ma dalla sua bocca era uscito un suono, e quel suono era tutto, era la vita. Il video finiva così. Lena lo riavviò, ascoltò ancora il gemito lieve di Saverio e scoppiò a ridere e a piangere insieme. Poi lo vide una terza volta, poi una quarta. E solo alla quinta si accorse che l'oggetto che colpiva il viso del ragazzo era la Pallattiva di Argo.

Il messaggio sotto diceva:

TI ASPETTO.

10

Era scappata, senza chiedere permessi, senza avvisare, aveva afferrato l'impermeabile e la borsa e aveva lasciato lo stanzino davanti alla collega sbigottita che la chiamava e richiamava inutilmente. Mentre correva accanto all'Arno incolpevole, mentre pagava il parcheggio, mentre guidava spericolata la Clio verso casa, Lena cercava solo di ricordare dove avesse visto l'ultima volta la Pallattiva. L'aveva usata per proteggere il Samsung, l'aveva recuperata nel cespuglio, l'aveva aperta, ripulita, e poi? Poi probabilmente era rotolata in qualche angolo, accanto al divano, Argo aveva continuato a ignorarla e così aveva fatto lei. Potevano averla presa all'inizio del mese o due giorni prima, non avrebbe fatto alcuna differenza. Parcheggiò malamente davanti a casa, non ragionò sull'eventuale presenza di giornalisti residui, che comunque non c'erano, attraversò l'androne di corsa e si schiantò contro la porta. Chiusa. Aveva ancora nella tasca il mazzo di chiavi con cui aveva aperto il portoncino e infilò quella della porta blindata, pensando a come quel gesto non le fosse più familiare. La spinse e un brivido di paura la attraversò

Argo.

Ma il cane invece era lì, le veniva incontro scodinzolante, felice per il rientro anticipato. Il telefono nella borsa iniziò a squillare, probabilmente era l'albergo, Castellacci incazzato nero, pazienza. In casa tutto sembrava in ordine, ma aveva imparato a non farsi fregare. Iniziò dal soggiorno, sotto il divano, negli armadietti, dietro le tende, poi passò alla camera da letto, armadio e tutto, al bagno, allo sgabuzzino, quindi uscì in giardino, poi scese in garage e risalì nella zona condominiale, lucchetto, combinazione eppure niente. Rientrò in affanno e ricominciò da capo. Era certissima che avesse usato la Pallattiva per lanciarle un messaggio, usandola così come aveva fatto lei quel giorno

NASCONDI SUBITO IL TELEFONO!

e il solo posto che aveva trovato...

il solo posto...

Un velo si sollevò.

Come sa che ho nascosto il telefono lì dentro? Non sono mai uscita davanti con la Pallattiva in mano, anche quando l'ho recuperata sono passata dai garage.

Per prima l'idea idiota delle telecamere in casa.

"Roba da film" avrebbe detto Betta.

Sapeva che per una cosa simile ci volevano tempo e mezzi, eppure le sembrava possibile. Prese la scaletta e salì a controllare sopra i mobili della cucina.

Anche ammesso, tu come fai a riconoscerla una microcamera, o una cimice, o quello che è? Non ne hai mai vista una.

Molta polvere e uno strato di appiccicaticcio dovuto ai fumi della cucina, niente altro. Si voltò per vedere se da lì si notava qualcosa sugli altri mobili o sul lampadario e si rese conto, invece, che aveva una visione nuova del giardino condominiale delle case popolari.

Hitchcock non ti ha insegnato niente.

Scese e andò ad aprire la portafinestra. Attraverso la rete doppia e i piccoli rampicanti che ci avevano messo su casa non vedeva molto, il giardino era grande e silenzioso, c'erano pochi bambini in quegli appartamenti, abitati per lo più da anziani o persone sole.

Quando ho lanciato il gioco attraverso il giardino della Taselli qua fuori non c'era nessuno.

Da quella posizione, nello specchio della porta, contava

ventitré finestre visibili nei due palazzi di fronte, tra quelle grandi e quelle piccole.

Ma non ero qui quando ho messo dentro il telefono. Ero accanto al divano, svenuta. E lui lo sapeva. Lo sapeva perché mi ha telefonato per svegliarmi.

Fece qualche passo indietro e si accucciò a terra. Ora le finestre che vedeva si erano ridotte a quindici. Solo tre erano illuminate e otto con le tapparelle abbassate. I casermoni non erano tra i più brutti mai visti a Firenze, avevano cercato di dare loro una qualche grazia, ma pur sempre di piccoli formicai si trattava.

Deve avere un posto là dentro da cui guardarmi.

L'uovo di Colombo, la cosa più logica, ci aveva pensato il primo giorno, quando aveva trovato il Samsung nella cassetta delle lettere, e poi più.

Perché? Perché la mente si chiude così?

Eppure era talmente logico, la gallina era stata appesa dal lato del giardino condominiale, Argo era stato chiuso fuori e lei era dovuta passare di lì.

Proprio sotto i suoi occhi.

Pensò di alzare una mano e fare ciao, ma se era vero che a ogni azione corrispondeva una reazione uguale e contraria... Rientrò, chiuse la portafinestra, per un attimo si chiese se tirare le tende, cosa che non faceva mai perché Argo le preferiva aperte a farsi baciare dal sole, e decise che era meglio di no.

APRI, MARIA!

Camminò a ritroso fino a uscire dalla portata delle finestre più basse, le ci volle moltissimo, era quasi con le spalle alla porta, sarebbe potuta giusto strisciare lungo la parete ed entrare in corridoio senza...

Sobbalzò sentendo il campanello.

Mi ha vista. È già qui.

Ma alla porta non c'era nessuno, e al citofono le chiesero «Bacarelli? Consegna espresso».

Non ebbe bisogno nemmeno di aprire, andare al portone,

firmare, scartare il pacco, lo sapeva già: dentro la piccola scatola di cartone c'era la Pallattiva.

Dentro la Pallattiva una chiave, senza segni, senza fronzoli.

Ecco il significato dell'ultimo messaggio.

TI ASPETTO.

L'hotel aveva chiamato, sua madre aveva chiamato e anche Alex aveva chiamato, così spense il telefono, non intendeva rispondere a nessuno, ci sarebbe stato tempo. Uscì di casa per tornare al lavoro portando il Samsung con sé. Aveva fatto una nuova foto a Saverio, da un fermoimmagine dell'ultimo video, e quando sentiva che le forze la stavano abbandonando la guardava. La barba gli era cresciuta a chiazze, come succedeva già prima, solo che le sue guance ora erano incavate e i piccoli spunzoni sembravano riempirle di più. Era invecchiato, più dei due anni trascorsi.

Non deve stare più lì, deve tornare da me.

"Lì" era un luogo completamente indefinito, un posto fatto di legno, poteva essere una baita o un casotto di caccia.

Nei video dorme sempre, dormiva anche dopo il colpo della Pallattiva. Forse viene narcotizzato.

Le venne in mente quel film dove un uomo era stato tenuto in vita artificialmente per un anno, ma cose del genere non potevano accadere nella realtà, giusto?

Eppure. Ricorda il tizio congelato.

Invece Saverio non era congelato, era vivo, e se era vivo significava che era una merce di scambio, e se di scambio si trattava allora l'altra merce ce l'aveva lei.

Oppure l'altra merce sono io.

A questo punto le ipotesi su quello che poteva fare si erano spente man mano come lumini funerari. Lei e Gianluca avevano finalmente comunicato, gli aveva chiesto una prova in vita di Saverio e l'aveva ottenuta, quindi stava a lei, adesso, fare quello che lui le chiedeva. Le aveva mandato una chiave, non c'era molto da interpretare, senza dubbio non era della casa dei suoi genitori.

È del suo appartamento.

Se vado faccio la fine di Betta.

Se voleva farmi fare la fine di Betta era già successo.

Era rientrata in hotel poco prima del cambio turno, Ilaria nel panico, quasi sull'orlo delle lacrime, che le chiedeva cosa fosse successo, Katia appena arrivata con l'aria di chi quell'esperienza l'ha già vissuta. Lena disse che avrebbe recuperato l'ora e mezza persa, chiese scusa e si rimise a lavorare. Castellacci non si fece vedere, anche se dovevano certo averlo avvisato, e Katia l'aveva osservata di sottecchi, prima di buttare lì che aveva sentito che Gianluca aveva lasciato la casa dei suoi, poveretti, ed era rientrato nel suo appartamento. La cosa le sembrava sospetta, la ragazza era meno possibilista rispetto a Mattia e Astrid, secondo lei Gianluca era un colpevole fatto e finito.

«Tutto perfettino, mi ha sempre squadrata dall'alto in basso, cercava di farmi sentire a disagio. È uno che sa benissimo come fare del male alle persone. Io ce lo vedo eccome a uccidere.»

Lena non espresse fino a che punto fosse d'accordo.

Tornata a casa si era concentrata per mettere insieme qualcosa che assomigliasse a un piano, aveva dato da mangiare ad Argo e aveva caricato entrambi i telefoni. Mentre si guardava allo specchio immaginava che Betta avesse fatto qualcosa del genere, prima di essere uccisa, gesti ordinari, casuali.

Ti guardi e non sai che è l'ultima volta.

Ma poi Saverio e la Pallattiva ripresero il sopravvento.

Ci vado, fosse l'ultima cosa che faccio.

Alle sei era passata in auto davanti al palazzo in cui viveva Gianluca, per verificare quanti giornalisti galleggiassero ancora lì intorno. Ce n'erano, ne contò quattro, una troupe sfigata aveva un furgoncino poco lontano.

Ha ammazzato Betta nemmeno un mese fa.

Non vedeva poliziotti o auto civetta, poteva sperare che verificassero solo che non uscisse e badassero meno a chi entrava. «Forse lui non esce, ma altri entrano» aveva detto

Alex, che della colpevolezza di Gianluca era sempre stata certa quanto Katia.

Aveva ragione, altri entrano, per esempio io.

Aveva parcheggiato l'auto in una traversa laterale, tanto nella zona non c'erano telecamere, i giornali lo avevano sottolineato fino alla nausea, e aveva aspettato. All'imbrunire i giornalisti avevano mollato il colpo, l'ultimo le era passato accanto con l'auto dopo le nove e le aveva buttato un'occhiata, ma non doveva averla riconosciuta. Voleva essere certa che non ci fosse nessuno prima di entrare.

Per non mettere in pericolo degli innocenti.

Katia aveva ragione, se Gianluca voleva far sentire una persona scomoda era capacissimo di farlo, ma era stato molto più bravo a nascondere il suo lato più diabolico, riuscendo ad apparire innocuo. La chiave era un invito a raggiungerlo in casa sua, ma doveva farlo nella maniera più sicura possibile.

Per Saverio.

Se la polizia aveva piazzato qualche telecamera dovevano essere sul portone e sull'ingresso dei garage. Lena in quel palazzo non era stata mai, ma non poteva essere diverso dalla maggior parte dei condomini che aveva frequentato in vita sua: non c'era mai un ingresso solo. Lasciò l'auto e passeggiò qualche minuto sulla via di fronte. La cancellata intorno all'edificio era un semplice tubolare ad S degli anni '70, delimitava la proprietà e basta. Scavalcarlo non sarebbe stato minimamente un problema, ma doveva farlo nel punto più lontano possibile dai due cancelli. Appoggiò le mani al tubolare, guardò a destra e poi a sinistra, un attimo dopo era dentro. Camminò lungo il muro laterale e incontrò una prima porta di metallo che conduceva al locale caldaie. Passò oltre, sfiorava il granulato che ricopriva la parte bassa del palazzo come caviale secco. Arrivò a una seconda porta, chiusa anch'essa. Provò la chiave ma non entrava. Girò l'angolo e la luce dei lampioni la investì, era vicino alla rampa dei garage. Tornò indietro, rifece il giro, dal lato del portoncino l'illuminazione era più tenue.

Se vado lì davanti e ci sono le telecamere, mi inquadrano, mi vedono, mi registrano.

E quindi? Sarebbe passata per squilibrata, cosa di cui in molti erano già convinti, forse sarebbe stata attaccata perché alla fine lo vedi che era lei a dargli speranze, ma nei fatti era solo una donna libera che andava a casa di un uomo libero. Sospetta sì, colpevole no.

Faccio solo quello che mi ha chiesto.

Sollevò il cappuccio il più possibile e si avvicinò al portoncino con la testa incassata tra le spalle, la chiave già in mano, così la si poteva scambiare per una persona che veniva dai garage, anche se facendo il giro sbagliato. Provò la chiave e quella scivolò dentro come nel burro, lo scrocco scattò subito e non ci fu nemmeno bisogno di spingere. Lena appoggiò il portoncino, non voleva che si chiudesse, non sapeva dove fosse l'interruttore per aprirlo e al buio avrebbe fatto fatica a infilare di nuovo la chiave. Aveva deciso di non accendere la luce né di usare la torcia del cellulare, da meno persone rischiava di farsi vedere e meglio era. Gianluca abitava al terzo piano, aveva visto foto a iosa.

Non prendo l'ascensore, meglio le scale.

Aveva paura. Una di quelle paure primordiali e senza nome, fare le scale al buio, andare a casa di un assassino. La prima rampa aveva il favore della luce del portoncino, ma la seconda era completamente buia. Si attaccò al corrimano tendendo l'orecchio verso i rumori che arrivavano dagli altri appartamenti, borbottii di televisori per lo più. Al primo piano sentì il suono di un telefono, non riusciva a capire da dove arrivasse, se dal piano superiore o ancora più su. Un'altra rampa, il telefono che taceva. Poi ancora il suono, stavolta più vicino. E rumore di chiavi che girano, e nel buio una porta che si apre al terzo piano, la luce di sbieco sulle scale.

Lo ha avvisato. Il complice. Sa che sono qui.

Silenzio, sembrava che anche i televisori tacessero, l'unico rumore era il suo cuore nelle orecchie, rapidissimo. Strinse ancor di più il corrimano.

Sali, Lena. Sali per Saverio.

Di colpo la luce. Il portoncino in fondo alle scale che si chiudeva sbattendo. I passi di corsa.

Arriva. L'altro arriva.

Istintivamente cercò qualcosa con cui difendersi, ma non aveva la borsa, niente da spruzzare negli occhi, niente più strozzo di Argo, era lì come un agnello pronto al sacrificio, ma no, pronta no, non lo era. I passi a due a due, poi la voce e le mani addosso nello stesso momento

«Lena!»

e Alex che le piombava addosso, truccata e con i tacchi, trafelatissima, il respiro risucchiato in un sibilo!

«Sei matta?» l'aria tirata dentro a forza «Cosa fai qui? Vieni via!»

«Lasciami» le disse, debole, senza convinzione.

«Col cazzo che ti lascio!»

Alex iniziò a strattonarla verso il basso, e nel mentre guardava su, nella tromba delle scale, e anche Lena alzò gli occhi. Solo per un istante incrociò quelli di Gianluca, immobile sul pianerottolo, poi l'amica riuscì a trascinarla giù di una rampa e poi di due.

«Non mi dovevo fidare.» Ancora un sibilo: «Non mi dovevo fidare di te e nemmeno di Lucio. Di nessuno mi devo fidare, mai, solo di me. Se non mi avvisavano eri bella e che spacciata!».

Arrivata al portoncino cominciò a prenderlo a pacche perché era chiuso, la luce si spense e Alex pestò tutto quello che trovava fino a riaccenderla. Trovò il bottone e uscì insieme a lei, come una madre che ha beccato la figlia a fumare spinelli in discoteca. Lena la lasciava fare, annichilita, la tensione accumulata tutta tesa verso la resa dei conti con l'assassino di Betta e impreparata a quella specie di salvataggio. Doveva liberarsi di lei, non poteva parlare con Gianluca davanti a testimoni, Alex aveva fatto un guaio enorme. Eppure voleva uscire, scappare, ma voleva anche rientrare. All'aria aperta Alex cominciò a calmarsi e a frugare nella borsa in cerca dell'inalatore. Di fronte alla casa c'era l'Astra con Lucio al posto di guida.

«Mi hai fatta ancora seguire da lui» disse Lena con voce atona.

«No.» Alex aspirò una boccata del farmaco e si prese del tempo per far aprire le vie aeree. «Lui si cagava sotto, cazzo!» Si voltò verso di lei, la prese per un braccio. «Ma cosa cercavi di fare? È un modo raffinato per suicidarti?»

«Non sono fatti tuoi.»

«Oh sì, che sono fatti miei, io non sono una che se ne frega, che si volta dall'altra parte! Ti abbiamo raccolta con il cucchiaino, quando è morto Saverio, e ora non lascio che ti getti tra le braccia di un mezzo psicopatico.»

«Ma perché sei qui? Dovevi essere ad Arezzo! Se non ti ha avvisata Lucio perché sei tornata?»

«Perché ho chiesto a qualcun altro di fare il lavoro di Lucio e di prendersi la briga di sorvegliarti. Perché lo sapevo, lo sentivo che mi avevi raccontato un mare di cazzate e che quella merda» indicò il palazzo «ti avrebbe convinta ad andare da lui. E infatti eccoti qui!»

Lena non seguì la direzione del suo dito, era certa che Gianluca le stesse guardando.

Devo dimostrargli che non ero d'accordo, che non è colpa mia, che non sapevo che sarebbe arrivata.

Devo mandarla via.

Doveva dire qualcosa, in fretta, per sganciarla, qualcosa di definitivo che la allontanasse, almeno per un po' e le consentisse di rientrare.

«Non ti devo spiegazioni, chi cazzo sei per volerle?»

Alex si addolcì, di nuovo madre con una bambina testarda.

«Ero amica di Saverio, e adesso sono amica tua.»

Devo respingerla, dirle qualcosa che la offenda.

«Saverio non ti considerava un'amica. Eri solo una delle tante animaliste isteriche di cui rideva con gli amici. Tu, quelli del Mombello, per lui non eravate un cazzo. Quella sera era strafatto e ubriaco, è venuto con voi perché voleva spaccare tutto, perché lui voleva SEMPRE spaccare tutto. Tutta questa fratellanza che tu senti è una cosa solo tua. Tua, non sua! E quindi nemmeno mia!»

Alex la ascoltava, ma non lasciava trasparire niente.

«Ora sali in macchina e torna a casa da Argo. Anche se lo so che non gli vuoi davvero bene e che lo tieni solo in memoria di Saverio, ma è una tua responsabilità e devi vivere anche per lui. Vai a casa, ti dai una calmata e cerchi di rimettere insieme i pezzi.»

«No.»

L'altra rimase calma.

«Se non lo fai avviso qualcuno che sei qui e faccio scoppiare un casino.»

«Chi, il tuo amico giornalista?»

«Il mio amico giornalista, visto che lo sa già, che sei qui.»

Mi ha fatta seguire da un giornalista!

Si guardavano, nessuna delle due mollava per prima.

«Piuttosto che farti morire ti faccio arrestare.»

A Lena restava una carta sola.

«Sei una povera, triste, patetica donna brutta che se la fa con un ragazzino semideficiente. Tutta vestita in tiro perché fai i corsi agli agenti di commercio, oh, tu sì che sei di livello. Ti ridono dietro tutti, e secondo me anche Lucio alle tue spalle se la spassa. Non sei mia amica. Non ti voglio intorno, tornatene ad Arezzo e non rompermi più il cazzo.» Un ultimo sforzo. «Io mi suicido come mi pare.»

Alex sempre ferma, granitica. Alle loro spalle un rumore, qualcuno che apriva una finestra nel palazzo, forse per via delle urla.

Merda.

«Torna a casa.»

«Solo se tu torni ad Arezzo.»

La donna fece di sì, e in quello spostamento, nel cambiamento di luce sul suo viso, Lena vide quanto a fondo aveva colpito, quanto fosse riuscita a ferirla.

Ho fatto male ad Alex perché mi voleva salvare.

Si voltò per tornare all'auto, la chiave del portoncino ancora stretta in mano, e la faccia cominciò a tremarle tutta perché aveva appena commesso il primo gesto di deliberata crudeltà verso un altro essere vivente. Ma Saverio era prigioniero e lei doveva fare qualcosa, oh Dio, Alex scusa, non le pensavo quelle cose, hai fatto un guaio e ora devo rimediare, ma come rimedio? Partì, superò l'Astra in velocità e nel retrovisore la vide finalmente salire, una donna troppo alta per portare i tacchi che era arrivata correndo da lei. L'unica amica che le era rimasta.

Le telecamere c'erano, sì, e avevano ripreso tutto. L'arrivo di Lena, lo scavalcamento, il goffo tentativo di trovare una porta sul retro, l'ingresso dal portoncino, l'irruzione di Alex, la loro uscita, la discussione, la separazione. Ma nessuno controllava quelle registrazioni, non senza motivo, venivano stivate ore e ore di immagini su cui fare verifiche nel caso in cui. Ma senza caso nessuno verificava niente. Così le immagini di quella notte finirono in un hard disk, destinate a essere dimenticate.

Il messaggio arrivò alle 22.17 sul suo cellulare.

SEI LIBERA DI FARTI DEL MALE DA SOLA. DA ADESSO IO ME NE LAVO LE MANI, HO DONATO SEMPRE TUTTA ME STESSA ALLE PERSONE SBAGLIATE. QUESTA SERA LA VITA MI HA DATO UN SEGNALE. ARRANGIATEVI.

Il filmato invece arrivò all'1.20 sul Samsung.

Niente assi di legno, niente Pallattiva, niente Saverio.

Firenze Santa Maria Novella, poca gente, qualche poliziotto. Tra loro una donna alta con un cappottino rosso che correva in direzione del Regionale delle 22.08 per Arezzo. L'inquadratura in movimento la vedeva salire sul treno, poi la telecamera si avvicinava ai gradini, li saliva, entrava nel vagone, buio.

A seguire un messaggio.

PROBLEMA RISOLTO.

E fu tutto.

La denuncia per scomparsa non fu accolta subito.

Lucio si era presentato al commissariato San Giovanni il 1° maggio per dire che la fidanzata era scomparsa, che all'hotel di Arezzo non era rientrata e in camera sua gli avevano detto che non c'erano più i bagagli. Mostrò anche una specie di sms d'addio che aveva ricevuto la sera prima, dopo che lei era salita sul treno. Loro per poco non gli avevano riso in faccia, poi gli avevano spiegato che, salvo circostanze eccezionali dovute per esempio a problemi di salute, dovevano trascorrere settantadue ore per formalizzare la denuncia. Lucio aveva preso l'auto ed era andato ad Arezzo, prima in hotel e poi nel centro dove si teneva il corso di aggiornamento. Gli confermarono che quel giorno Alex non si era vista, ma tutti sembravano non capire il perché della sua agitazione, la signora Gatteschi aveva inviato una mail per avvisare della sua assenza. Lucio si affannava inutilmente a spiegare a tutti che Alex non faceva cose simili, non spariva, non lo avrebbe fatto preoccupare per niente. Tornò alla polizia il giorno dopo, e loro con santa pazienza presero nota di tutto, così avrebbero avuto i dati per l'indomani, quando sarebbero trascorsi i tre giorni necessari. Ma gli fecero notare che una persona che manda una mail per dire che non si recherà al lavoro e che invia anche un messaggio interpretabile come un addio al fidanzato non è scomparsa, si sta allontanando volontariamente. Lucio si era preso ferie dal lavoro, nessuno aveva protestato perché lo stato di prostrazione in cui si era presentato all'ospedale era evidente, sapevano quanto dipendesse da quella donna imbarazzante. Il terzo giorno finalmente la denuncia era stata accolta, Lucio aveva raccontato tutto, delle discussioni con Alex di quei giorni, della sua preoccupazione per Lena, del giornalista con cui si scriveva per avere notizie di Gianluca Savelli e del suo ritorno precipitoso da Arezzo per impedire all'amica di incontrarlo. I nomi Savelli e Bacarelli fecero la magia, era il caso più importante che la questura stesse seguendo e gli agenti del commissariato di San Giovanni avevano finalmente l'occasione di metterci un piede dentro. Un poliziotto si offrì di accompagnare Lucio da Lena perché era troppo sconvolto e temeva commettesse qualche sciocchezza.

In quei tre giorni Lena non aveva fatto niente.

Non aveva finto di chiamare Lucio, non aveva finto di dover andare da Marta con Argo per sentirsi dire che era preoccupata per Alex, non aveva finto di provare a contattarla sul cellulare o in albergo.

Ufficialmente non so che è morta, sono obbligata a recitare.

Ma non ci riesco.

All'arrivo di Lucio e del poliziotto aveva invece reagito esattamente come ci si aspettava che accadesse, era sbiancata, aveva avuto bisogno di sedersi, le era perfino venuto da piangere. Era sincera, sentire ciò che già sapeva dalle labbra del poliziotto e vedere gli occhi di Lucio, pieni di ansia e riprovazione, aveva reso concreto ciò che prima era astratto, la realtà sgranata dello schermo di un cellulare. Aveva accettato di accompagnarli in questura e le ultime ventiquattr'ore di vita di Alessandra Gatteschi, consulente esterna e trainer per l'azienda CO.LI.SAN, prima della sua scomparsa erano state ricostruite anche grazie a lei. Con i dati forniti da Lena si rinforzava l'ipotesi che si trattasse di allontanamento volontario, anche in virtù del video di sorveglianza sull'ingresso del palazzo di Gianluca che era stato infine visionato (anche se non ne venne fatta menzione perché si trattava di riprese secretate). Questo quanto emerso: al termine della sessione pomeridiana del corso ad Arezzo la Gatteschi era improvvisamente partita per tornare a Firenze con l'Intercity delle 18.55, era stata verificata la scansione del biglietto. Poi una brutta lite con un'amica, parole grosse che volano, poi un'altra lite con il fidanzato tanto più giovane. Era ripartita con il treno delle 22.08, il controllore aveva scansionato il biglietto. Appena partita aveva inviato un sms pieno di amarezza al fidanzato, accusandolo di non averla sostenuta quanto si aspettasse e di averla delusa. In quel messaggio, come anche in quello inviato all'amica, dichiarava di voler staccare un po' la spina da tutto. Era stato anche confermato che la direzione dell'azienda per cui lavorava aveva ricevuto una sua mail, inviata dal cellulare alle 22.21, nella quale si scusava e spiegava che per gravi motivi personali non avrebbe concluso l'ultima giornata di corso. Il cellulare della donna, agganciato a una cella di Sieci, era stato spento alle 22.29. Poiché all'hotel di Arezzo, nella stanza a suo nome, non avevano trovato niente, né valigie né indumenti o oggetti personali, per la direzione la signora doveva averli portati con sé quando era partita precipitosamente il giorno prima, magari lasciandoli in un deposito. Controllarono l'estratto conto e nella settimana precedente la scomparsa risultava che avesse prelevato un migliaio di euro.

«Dovevamo comprare le scorte di cibo per un gruppo di volontari in Serbia, c'è un canile con cui lei collabora, lo facciamo ogni sei mesi, quei soldi li avevamo messi via apposta» aveva cercato di giustificarsi Lucio.

Un poliziotto più gentile degli altri gli aveva spiegato, lanciando occhiate a Lena come per chiederle di dargli manforte, che poteva darsi che gli avesse nascosto le sue intenzioni, forse era da un po' che aveva deciso di andarsene e non trovava il coraggio di dirglielo. Alla fine li avevano congedati, promettendo di tenerli al corrente su eventuali novità.

Lena sapeva che Alex era morta.

PROBLEMA RISOLTO.

Lo sapeva dalla sera della scomparsa e adesso il Samsung le bruciava dentro la tasca del cappotto, per tutto il tempo una parte di lei aveva sperato che qualcuno le dicesse: "Ehi, signora, cos'è quel secondo cellulare nella sua tasca?", che glielo strappassero a forza e scoprissero tutto. Sarebbe stato un sollievo. Ma se toccava a lei consegnarlo allora no, non ne era capace.

Sono una persona orribile.

Le ultime parole che aveva detto ad Alex erano un peso che si sarebbe portata dietro per sempre, insieme allo sguardo di Lucio. L'odio che Lucio le mostrava era quello di un bambino a cui hanno ammazzato la madre, un odio che non aveva nulla di razionale, nessun margine di consolazione. Lo ascoltava affannarsi nel tentativo di esporre le proprie ragioni, affermando che Alex non lo avrebbe lasciato mai, mai, proprio mai, sapeva che lui aveva bisogno di lei, e a quel messaggio non aveva creduto nemmeno per un secondo, doveva averlo scritto qualcun altro, che le aveva rubato il telefono e poi aveva mandato la mail e gli sms per farla sparire e vi prego, cercatela, controllate le telecamere della stazione. Lena sapeva che se non fosse stato per il video nel Samsung nemmeno lei gli avrebbe creduto. Era questa sua mollezza, questo eterno stentare nell'imporsi, l'aria di aver bisogno di essere salvato, anche la bellezza infantile remava contro di lui. Aspettò che si fossero allontanati dal commissariato San Giovanni e poi provò a parlargli.

«È colpa tua» le disse lui, gli occhi gonfi di un pianto rabbioso. «Alex è tornata di corsa da Arezzo per proteggerti da lui, perché aveva paura per te. Io le dicevo di lasciar perdere e lei insisteva.»

«Non mi perdono di averle detto quelle cose, ma ero così arrabbiata...»

«Ci è stata malissimo, durante il viaggio fino alla stazione non ha detto neanche una parola. Dovevi andartene, come ti aveva detto lei. E adesso non me la restituiranno più.»

Questo atteggiamento Lucio lo aveva avuto anche in commissariato, aveva denunciato la scomparsa di Alex come se fosse stata costretta ad allontanarsi e Lena non capiva fino in fondo da cosa nascessero i suoi timori. Lei sì, lei aveva visto il video, ma perché lui credeva che qualcuno le avesse fatto qualcosa?

«La conosco, Alex non spegne mai il telefono. E non manca a una conferenza nemmeno se è in punto di morte.»

Lena camminava a testa bassa.

«Forse è stata male, la sua asma...»

Lucio si fermò e le conficcò gli occhi in faccia.

«Mi prendi in giro? Vuoi raccontarmi anche tu che è scappata? Così, da sola, nel bel mezzo della notte?»

Lena tremava, il senso di colpa che l'uccideva.

«E allora cosa credi?»

«Che qualcuno me l'ha portata via.»

E allora lei capì che il ragazzo

Non è un ragazzo, è un uomo.

si riferiva a qualcun altro, forse un amante.

«Ma qualcuno chi, Lucio?»

«Qualcuno che le ha fatto il lavaggio del cervello. Quel giornalista, quello che ha contattato per occuparsi di te. È lui che l'ha chiamata ieri sera, gli aveva chiesto un "favore"» mimò le virgolette con le dita «perché io gliel'avevo detto che sorvegliarti era una stronzata, che non c'era ragione. Ma lei insisteva, mi diceva che ero un vigliacco. E lui invece no, lui era un eroe.»

«E pensi che l'abbia convinta a lasciarti?»

Lucio strinse le labbra, era arrivato all'Opel Astra tutta ammaccata, l'ultimo posto dove era stato con Alex.

«Qualcosa le ha raccontato. Parlavano molto al telefono. Non so di cosa, non me lo voleva dire. Avevano i segreti.»

Il paradosso di vedere Lucio geloso di Alex era quasi sorprendente e per un attimo Lena perse di vista l'intera situazione.

«Parlavano di me?»

«Sì, di te. Di Savelli. Ma anche di altre cose, lei non me le diceva ma so che c'erano. Le era scattata quella luce negli occhi...» si perse un attimo «... quando credeva di poter salvare il mondo.»

Un dubbio, un guizzo caldo nella testa.

«Come si chiama questo giornalista, Lucio?»

Lui non ebbe nessuna esitazione.

«Marco Sartori.»

11

Ogni tanto in rete Saverio leggeva notizie di ragazzotti che si divertivano a giocare a palla con animali vivi. Era una cosa che lo ripugnava al punto da farlo chiudere in un assoluto mutismo per le ore seguenti. In quelle occasioni ci volevano manovre delicatissime, da parte di Lena, per riuscire ad avvicinarlo e a farlo aprire.

«Non voglio più appartenere a questa specie» diceva lui. «Meglio i gatti, che giocano con le prede ma dopo almeno se le mangiano.»

Lei gli passava la mano in mezzo ai capelli sottili e soffici e gli diceva

«Per ognuno di loro ce n'è uno come te»

ma il ragazzo scuoteva la testa e diceva

«Non bastiamo. Non basteremo mai».

Oggi Lena si sentiva la palla vivente calciata da una parte all'altra e percepiva tutta la frustrazione che all'epoca colpiva Saverio.

Non basterò, non basterò mai.

Marco Sartori era stato la causa della morte di Betta e poi si era portato via Alex. Che il nome fosse vero o falso non importava, lui esisteva, Alex lo aveva incontrato, si era fidata e affidata, gli aveva chiesto di tenerla d'occhio e lui l'aveva seguita su quel maledetto treno.

Ne valeva la pena?

La vita di Saverio valeva la vita di altre due persone? Valeva la disperazione della famiglia di Betta, valeva quella di Lucio? Valeva la sua?

Castellacci l'aveva convocata nel suo ufficio e le aveva detto chiaro e tondo in faccia che non la licenziava per quella sera che era scappata dal lavoro senza dire una parola a nessuno solo perché non si poteva permettere di perdere un altro addetto alla reception. E perché non aveva bisogno di ulteriore chiasso intorno al suo hotel, di giornalisti e pubblicità negativa. Ma che se sgarrava un'altra volta avrebbe avuto in mano ben tre violazioni al regolamento e a quel punto tanti saluti, laurea o non laurea. Lena aveva promesso che non sarebbe successo più, chiese scusa, imputando tutto allo stress, al trauma della morte di Betta e delle accuse a Gianluca. Il proprietario non aveva fatto una piega e l'aveva tenuta d'occhio da vicino, spuntando più volte durante i suoi turni. Lena non aveva sgarrato, teneva una routine militare, faceva sempre le stesse cose, alla stessa ora, con le stesse persone. Era venuto il suo turno di portare zuppe di farro a Lucio, chiuso in casa dopo aver chiesto un'aspettativa dal lavoro e aver cercato Alex ovunque fosse riuscito a spingersi. Era stato a Bologna, a Modena, nella sede principale della CO.LI.SAN, aveva parlato con i colleghi e i partecipanti al corso di aggiornamento, aveva fatto un lungo pellegrinaggio presso i veterinari, i rifugi, i volontari con cui Alex collaborava, aveva chiamato i pochi parenti lontani e perfino una sua amica che viveva all'estero. Era stato trattato con gentilezza ma anche con una certa sufficienza, perché Lena non aveva mentito, Alex era una donna alle cui spalle si rideva spesso e volentieri, ma che tutti consideravano inattaccabile dal punto di vista morale. Il solo punto debole che tutti le riconoscevano era quel pupattolo bello e scemo che la seguiva come un cane e che come un cane era stato, finalmente, abbandonato. Terminato l'ultimo giro Lucio era tornato a casa, si era seduto e per ventiquattr'ore non era stato in grado di rialzarsi. Poi aveva preso un appuntamento con il direttore del reparto e aveva chiesto l'aspettativa. I colleghi in ospedale gli avevano dato una pacca sulla spalla con un misto di sollievo e intimo godimento, finalmente un argomento da evitare in meno, perché di quella sua donna davvero, secondo loro, non c'era niente di buono da dire. Agli occhi delle infermiere era invece un'occasione ghiotta, Lucio forse non era sposabile, inetto com'era, ma scopabile sì, eccome. Nell'appartamento caotico zeppo di oggetti buffi e stucchevoli Lucio era rimasto solo con il suo dolore e con la certezza che la sua donna, madre, maestra, roccia, fosse stata circuita da qualcuno. Lena andava a trovarlo, e così facevano anche Marta e alcune volontarie, irriducibili ammiratrici di Alex. Davanti a loro lei non poteva dire niente, si scusava solo a ripetizione per non averla ascoltata, per aver dato in escandescenze, e nel frattempo raccoglieva la biancheria del suo uomo da terra, lavava i piatti pieni di resti carbonizzati, gli metteva impacchi di camomilla sugli occhi gonfi.

«Non sono capace. Senza di lei non sono capace» bisbigliava Lucio, e Lena non doveva chiedere per sapere che di fatto non era capace di vivere. Alex le aveva raccontato della fatica enorme per levargli di dosso quella passività, per fargli scordare il padre padrone e farlo rimanere in piedi sulle sue gambe.

«L'ho trovato che era un uccellino rachitico, me lo sono cresciuto, gli ho fatto da padre e da madre e quant'è vero iddio lo farò volare» diceva tutta fiera.

Sarebbe rimasta terribilmente delusa, se lo avesse visto ora.

Aveva riguardato tante volte il filmato, il cappottino rosso troppo corto, i tacchi rumorosi, quei tre gradini del treno. Poi aveva mandato un altro sms dal Samsung al Samsung

COSA LE HAI FATTO?

e non aveva ricevuto risposta.

Non potevo sapere che mi avrebbe seguita da Gianluca, non potevo immaginarlo, era ad Arezzo.

Ma la colpa non si lasciava scalzare dalla logica. Poteva evitare la morte di Alex andando alla polizia. Poteva evitare la morte di Betta andando alla polizia. Poteva scegliere di salvare tutti, compresa se stessa, invece di salvare Saverio, solo andando alla polizia. Ma la piramide non mentiva.

"È una cosa malata" avrebbe detto Betta.

E avrebbe avuto ragione.

Alex non aveva più nessuno, del padre non si sapeva nulla, aveva mollato gli ormeggi quando lei aveva tre anni, la madre se l'era mangiata il cancro. Gli unici parenti prossimi erano degli zii e Lucio era riuscito a convincerli a rivolgersi a una trasmissione tv. Era un caso zoppicante, lo avevano relegato a fine serata e aveva chiamato una sola persona dicendo che forse l'aveva vista alla periferia di Roma, zona di transessuali. Lucio era stato intervistato e si era dimostrato inaspettatamente bravo, lucido, credibile. Poi, dietro le quinte, si era vomitato addosso. Aveva scritto a un paio di giornali locali e messo un appello su Facebook, che però non girava. Tempo un mese nessuno ne avrebbe parlato più e le indagini avrebbero seguito il loro pigro corso. Lui era tornato al lavoro, non poteva permettersi di sopravvivere con quello che aveva in banca, non senza lo stipendio di Alex a puntellarlo, ma dopo qualche giorno gli avevano fatto un richiamo per questioni di igiene personale, che con il lavoro che faceva non erano accettabili. Lena lo aveva accompagnato a una lavanderia automatica, insegnandogli a smistare i capi, suggerendogli di indossare sempre gli stessi a rotazione. Lucio la ascoltava con metà orecchio, gli occhi persi dietro a biancheria non sua che girava dentro agli oblò, smunto, imbruttito, un fiato acre che non gli si poteva stare accanto. Lena se lo imponeva lo stesso, gli sedeva vicino e se ne fregava degli appunti che avrebbero preso i poliziotti che di nuovo la seguivano tutto il santo giorno.

Lo so che mi seguono, anche se non li vedo.

Ora capiva come si era sentita Alex nei suoi confronti quando Saverio era scomparso, l'aveva vista come lei ora vedeva Lucio, una creatura inerme, incapace di badare a se stessa su cui aveva il dovere di vegliare. Oggi quel ruolo era suo. Lucio accettava l'aiuto di tutte quelle donne che gli sfarfallavano intorno, ma niente spegneva il dolore dentro di lui. Dal ragazzino che sembrava fino a qualche settimana prima ora si era trasformato in un vecchio, non faceva che recriminare, lagnarsi, piangersi addosso e Lena non sapeva trovare in sé lo stesso istinto materno di Alex, non ne aveva la vocazione. Il Samsung taceva da giorni, ogni sera lo metteva in carica e rimaneva a fissarlo. Non scriveva niente, aspettava.

Avevo scelta?

Ripercorreva con la mente tutte le cose che erano successe dal 21 marzo, ogni bivio che si era trovata davanti. Poteva fare tutto diversamente, poteva, certo. Ma aveva scelto, e a mente fredda ogni scelta era sua, fino in fondo.

Anche quelle sbagliate.

Il dolore per la perdita di Alex, dopo Betta, e quello per la colpa che le si era cucita addosso erano andati gradualmente attutendosi, l'ansia per la sorte di Saverio, invece, aveva pascolato ed era cresciuta. Una settimana dopo la visita a casa di Gianluca aveva mandato un altro messaggio.

IO SONO VENUTA, MI HAI VISTA. ANCHE SE ALEX MI HA FERMATA IO SONO VENUTA. HO FATTO LA MIA PARTE, TI PREGO, DAMMI NOTIZIE.

Anche a questo non era seguita risposta. E allora

VOGLIO VEDERLO. VOGLIO LA CERTEZZA CHE È VIVO. VOGLIO VEDERLO SVEGLIARSI E MUOVERSI. VOGLIO VEDERE DOVE LO TIENI. DOPO PUOI CHIEDERMI QUELLO CHE VUOI.

Ma niente, ancora. Le giornate tutte uguali, le notti tutte uguali, il tempo che non passava mai e veniva scandito dalle ricariche alla batteria del Samsung. Dormiva a tratti, un po' per il caldo di un maggio intenso, un po' per il senso di solitudine e impotenza e schifo per se stessa. Una notte la vibrazione la fece finalmente sollevare dal cuscino. Una, poi due, poi tre. Poi a raffica tutte le altre. Prese il telefono con la delicatezza con cui avrebbe maneggiato della dinamite e aprì i quattordici messaggi. Dodici foto mandate in serie, una dopo l'altra.

Mattia. Sara. Mometto. Katia. Serena. Lucio. Alessio. Astrid. Sergio. Marta. Suo padre. Sua madre.

Ciascuno di loro era stato fotografato da vicino, in luoghi comuni, il supermercato, il posto di lavoro, il giardino di casa, mentre mangiavano, telefonavano, salivano in macchina. A tre metri di distanza, forse due, forse uno. Il messaggio che seguiva non aveva bisogno di interpretazioni.

TU NON VUOI UN CAZZO.

E poi l'ultima foto. Legno, un drappo a coprirgli le spalle, steso di fianco, il collo all'indietro, la bocca aperta.

Saverio.

Lo spettacolo era finito, tutte le carte buttate sul tavolo.

Lena si premette il cuscino contro la bocca e urlò, urlò, urlò.

Il 15 maggio la questura l'aveva convocata di nuovo, Ridenti, con la sua aria lugubre. Pensava volessero parlarle di Alex, e invece.

«Il nome di Fermo Berselli le dice niente?»

Era rimasta spiazzata, aveva esitato.

Di' tutta la verità che puoi dire, ricordatelo.

«Gli ho lasciato il cane, una volta. In pensione, per una giornata. Me lo aveva consigliato la mia amica Alessandra Gatteschi, quella che è scomparsa.»

Ridenti consultò una carta.

«Si è presa un permesso dal lavoro, ha prelevato mille euro e ha lasciato il fidanzato con un messaggio, corretto? Due settimane fa?»

«Sì. Ma non si è più fatta viva con nessuno.»

Lui annuì e subito archiviò.

«Berselli lo ha incontrato ancora, dopo quella volta che gli ha lasciato il cane?»

«Sì, qualche giorno dopo sono tornata per informarmi un po' sulle tariffe, pensavo di lasciargli Argo quando vado in vacanza.»

Prima bugia.

«E poi?»

«Poi niente, ho saputo dai giornali che gli avevano sequestrato il rifugio. E basta.»

Seconda bugia.

Ridenti sembrava distratto come se non l'ascoltasse davvero o avesse cose più importanti a cui pensare.

«E la sua amica Elisabetta? L'avvocato Valacchi? Lo conosceva?»

Per la seconda volta Lena rimase spiazzata.

«Betta? No. No, perché avrebbe dovuto?»

Ridenti si era preso qualche secondo, poi aveva sganciato la bomba.

«Verrà reso noto a breve, abbiamo trovato le impronte di Berselli sulla maniglia della sua porta.»

Lena rimase senza fiato.

L'impronta che ha scagionato Gianluca.

«Quella principale è un'impronta che si sovrappone a quella della signora Valacchi, quindi è lecito pensare che Berselli abbia toccato la maniglia dopo di lei. Ci sono state altre ricerche e il suo dna è stato isolato in casa. Dunque Berselli era lì, presumibilmente la sera del delitto. La cosa bizzarra è che Berselli era latitante, aveva fatto perdere le proprie tracce dopo il sequestro del suo rifugio. Perché ha corso il rischio di tornare a Firenze e di entrare nell'appartamento della signora Valacchi proprio il 4 aprile?» Abbassò la voce. «Il punto di contatto tra Berselli e la signora Valacchi è lei, signorina Bacarelli. Lei e i suoi amici, certamente, ma in sostanza lei.»

Lena annuì.

Fermo. Gianluca. Betta, Alex, il Samsung. Saverio.

Era tutto di nuovo insieme.

«Io vorrei poterle dire qualcosa, ma non so cosa.»

«Signorina, vorrei essere chiaro, non la sto accusando di nulla, e se lei vorrà rivolgersi a un legale lo capirò, ma sarebbe utile che collaborasse spontaneamente con noi.»

«Io sono qui.»

«Intendo dire che se ci autorizzasse a verificare ulteriormente i suoi dati, i movimenti bancari, il cellulare, il Telepass, qualunque cosa possa aiutarci a capire se, come già avvenuto con il signor Savelli, lei abbia in qualche maniera acceso qualche fantasia anche nel Berselli, ci sarebbe di grande aiuto.» Sembrò avere un qualche scrupolo. «Se anche fosse, sia chiaro, non gliene farei una colpa, esistono da sempre persone che accendono la fantasia di altre, non è una questione di volontà o di responsabilità.»

«Io sono qui» si limitò a rispondere di nuovo Lena.

Convinta che Ridenti avesse torto marcio.

Aveva nascosto il Samsung. Era stata attentissima nel farlo, ormai immaginava ci fossero telecamere ovunque, e la porta aperta e le tende chiuse. Aveva tirato fuori la custodia in legno di un orologio, tolto la spugna con la forma e provato a infilarci dentro il cellulare. Ci stava. La sera prima aveva avvisato spedendosi un nuovo messaggio

HO ADDOSSO LA POLIZIA, NASCONDO IL TELEFONO E LO ACCENDO SOLO LA SERA DALLE 20 ALLE 8 DEL MATTINO.

Nessuna risposta.

Lo aveva lasciato attaccato alla spina per tutta la notte e il mattino dopo lo aveva spento e messo nella custodia. Era andata a ritirare la posta, aveva aperto lo sportello di vetro smerigliato e l'aveva fatta scivolare sul fondo. Legno su legno, un centimetro e mezzo di spessore, da fuori non si notava nulla, la cassetta sembrava vuota. Su quasi tutti i quotidiani presenti in hotel era uscita la notizia del ritrovamento delle impronte di Fermo Berselli a casa di Elisabetta Valacchi e il circo mediatico era subito ricominciato. Non ci sarebbe voluto molto prima che lo riconducessero a lei, erano già arrivati da Astrid, che l'aveva chiamata per dirle in pompa magna che finalmente la verità era emersa, lei lo aveva sempre detto che era un delinquente, vero? Sperava che lo beccassero, quel figlio di puttana! Aveva titubato per tutto il giorno, poi la sera era passata da Lucio per vedere se la notizia gli aveva fatto un qualche effetto e ci aveva trovato Marta, la veterinaria, molto tesa. Lei con Berselli aveva collaborato per anni.

«Aspettiamo a esprimere giudizi» si era limitata a dire, rivolgendosi a Lucio. Lui aveva continuato a guardare fuori dalla finestra un panorama che non c'era. A casa Lena era ripassata davanti alla cassetta delle lettere sperando ci fosse dentro il depliant di pubblicità quotidiano, e venne accontentata. Alle otto di sera portò fuori il cane e rientrò, finse di accorgersi casualmente del pieghevole, aprì la cassetta e ritirò il telefono insieme agli sconti speciali. Rientrò e lo accese, rimettendolo in carica.

È come un'arma. Ogni volta che lo accendo rischio di fare del male a qualcuno.

Invece quella sera il Samsung le regalò una carezza e poi una fiocina nel cuore. Prima un messaggio

BRAVA, MARIA.

per come aveva gestito l'emergenza della polizia e il nascondiglio del cellulare, e poi un video. Non era stato girato con il telefono, era sgranato, di un bianco e nero che virava al verdastro, sembrava una ripresa notturna, e forse lo era. In essa Saverio, si alzava con indolenza mostrando il fisico prosciugato, quasi scheletrico, mentre tutto nudo andava a fare pipì in un angolo.

Era vivo, sì, stava in piedi, camminava, il rapitore aveva accolto le sue suppliche e le aveva tirato un osso per gratificarla.

Ma non era questo.

Saverio era in una gabbia.

Chiuso in un'enorme gabbia da circo per animali.

"Circo" aveva digitato sul computer dell'hotel. Poi "carrozzoni". Poi "esposizione di gabbie da circo", "circhi storici italiani", "nomadi", "zoo". Scaricava e salvava su una chiavetta tutti i risultati, poi riprendeva la ricerca, febbrile. Non faceva altro da giorni, a casa non si fidava a usare il portatile, nel dubbio che lui, una delle mille volte che era entrato, le avesse installato un virus o roba del genere. Sarebbe servito?

No.

Ma era qualcosa su cui fissare la mente, una traccia, una pista da seguire.

E come la seguo, da dove parto? Del carrozzone non si vede niente, non il colore, non le dimensioni complete, le decorazioni, è solo un grumo di macchie scure.

Ma era l'unica alternativa al non fare niente o a fissarsi sul vero punto: Saverio viveva chiuso in un carrozzone da circo su ruote, di quelli itineranti del secolo scorso. In gabbia come un animale, nudo come un animale, magro scheletrico come troppe bestie prigioniere.

Chi fa una cosa del genere? Chi chiude una persona in gabbia?

Le erano passati nella mente i box di Fermo, avrebbe voluto disperatamente andare in quella direzione, ma la realtà era che Saverio era in gabbia perché odiava le gabbie, ne aveva aperte a dozzine, forse a centinaia, insieme ai gruppi animalisti più estremi.

È un contrappasso. L'incarnazione del suo incubo peggiore, lui che era uno spirito libero, sempre in movimento.

Comunque si trattava di una follia.

Dove se l'è procurato, Gianluca, un carrozzone? Lo ha aiutato Fermo?

Secondo Astrid, Berselli importava illegalmente cani dall'Est, e molte delle sue ricerche la portavano proprio nell'Est, in tanti paesi ex qualcosa, ex Jugoslavia, ex Cecoslovacchia, ex URSS. Allora cercava di incrociare le ricerche, contrabbando di animali e gabbie da circo, in italiano, inglese, tedesco, ma i risultati erano deludenti. Dopo il video sul Samsung non era arrivato più nulla, salvo l'ennesima promozione da parte del gestore, che le aveva fatto saltare un battito del cuore.

Sta osservando l'effetto del suo piano. Si compiace.

Del resto non poteva che aspettare, non avrebbe commesso di nuovo l'errore di incalzarlo, procedevano schematicamente, lei aveva formulato una richiesta ed era stata accontentata, di nuovo, ora la palla passava a lui.

Sempre che funzioni così.

La questura l'aveva contattata un'altra volta, aveva parlato di nuovo brevemente con Ridenti che le aveva chiesto altre conferme su Fermo Berselli, argomento ancora gettonatissimo. Sicurissima che Betta non glielo avesse mai nominato, che non avesse accennato a un cliente simile a lui?

Non era un cliente.

Naturalmente aveva risposto che ne era sicura, e Ridenti aveva ribattuto che un testimone invece li aveva visti insieme, in un bar, pochi giorni prima dell'omicidio. Non era strano?

Betta e Fermo?

Si conoscevano?

Forse l'amica era andata più lontano di quanto non avesse creduto. Ma ormai non faceva alcuna differenza. Maggio stava regalando ondate di caldo, a mezzogiorno Ilaria, la ragazza nuova, le aveva chiesto se volesse andare a mangiare per prima al bar, e Lena aveva rinunciato a uscire, chiedendole di portarle una fetta di torta salata. Rimasta sola, quando la hall si era svuotata grazie al sole e all'annuncio che il primo turno al ristorante era iniziato, si era immersa di nuovo in quelle ricerche non autorizzate. Castellacci era stato chiaro, il computer si doveva utilizzare soltanto per uso interno, ma quel giorno era arrivato in hotel con l'aria di chi ha tantissimo da fare e si era chiuso nel suo ufficio dalle nove. Mentre si immergeva nell'ennesima inutile ricerca che portava ai carrozzoni tradizionali della Moldavia decise che quella sera avrebbe tolto il Samsung dall'ostracismo della cassetta delle lettere e lo avrebbe riportato in casa, e mentre questa decisione cercava di farla sentire di nuovo in grado di gestire la situazione le porte a vetri si aprirono e Gianluca entrò. Era uguale all'ultima volta che l'aveva visto, i capelli a caschetto in ordine, dei pantaloni di lino ben stirati, la camicia con il primo bottone aperto e la giacca sul braccio. Un po' troppo lezioso, Hollywood, Casablanca.

Gianluca che strangolava Betta e veniva avanti, verso di lei, senza che nessun poliziotto

o Alex

lo fermasse.

«Ah, Savelli, buongiorno. Venga, venga.»

La voce di Castellacci arrivò dalla sua destra. Forse era già lì quando era entrato, forse era stato avvisato che stava arrivando. Gianluca le passò accanto senza nemmeno sfiorarla con gli occhi. Lena rimaneva immobile, un meteorite a pochi centimetri dal viso, il fiato di un drago, la scarica di una mitragliatrice.

Così vicino.

Pochi metri. Accanto a sua madre nel supermercato. In fila alle poste dietro a suo padre. Oltre il desk della reception dove un tempo lavoravano insieme. Era un messaggio? Era quello il prossimo passo? Rivedersi all'hotel, su terreno neutro? La ragazza nuova rientrò con la torta salata e un caffè al ginseng, Katia le aveva detto che le piaceva tanto. Ma non aveva preso lo zucchero. Lo voleva, lo zucchero?

Il tremito delle mani le impediva di infilare la chiavetta nella cassetta delle lettere. Gianluca non era mai uscito dall'hotel, non dall'ingresso principale e non durante il suo turno. Qualunque fosse la ragione per cui si incontrava con Castellacci, nessuno doveva aver fatto obiezioni. Niente polizia e neanche una telefonata per avvisarla.

Credono che per me non sia un pericolo.

Ma questo era un dettaglio. A terrorizzarla maggiormente era stata la calma dell'uomo, la sicurezza con cui era entrato nell'hotel da cui era stato licenziato perché accusato di omicidio, il posto dove l'aveva baciata e fotografata mentre dormiva. Le aveva guardato attraverso come un fantasma, nessuna sorpresa o esitazione, nessuna emozione. Perché proprio quel giorno? Era rientrata immediatamente a turno finito, rischiando due incidenti di fila, il bisogno spasmodico di controllare il telefono, pur sapendo che prelevare la custodia di giorno era rischioso. Era entrata in casa e le era preso il panico, aveva guardato da tutte le parti, cercando Argo che non c'era, e l'aveva chiamato

«Argo! ARGO!»

immaginandolo avvelenato in un angolo. Solo dopo si era ricordata di averlo affidato a Mattia, o a Mometto, in quel momento non riusciva a mettere a fuoco, e ora era lì ad armeggiare con la chiavetta che non si infilava, la cassetta delle lettere che minacciava di rimanere chiusa per sempre. Appoggiò la fronte al vetro, respirò, chiuse gli occhi, trovò la serratura con le mani, fece tutto senza guardare e finalmente prese la custodia. Il Samsung si accese e per un minuto buono non successe niente. Poi il primo messaggio:

QUANTA PAURA HAI, MARIA?

E le foto. Due fucili e una doppietta. Proiettili di grosso calibro. Un taser per animali. Una frusta arrotolata. Un cappio da accalappiacani. Lo sfondo era sempre lo stesso, l'interno di una gabbia. Quindi il secondo messaggio.

ADESSO GIOCHIAMO.

12

Era il 4 giugno e aveva comprato una bottiglia di vodka al limone, in cerca di lucidità. Le ultime foto l'avevano fatta stare male, malissimo, sprofondandola in uno stato di shock così forte da non poter uscire di casa. Castellacci le aveva chiesto il certificato medico e il dottore chiamato da suo padre non aveva avuto problemi a scriverlo, mentre l'uomo restava impettito in soggiorno tenendo Argo al guinzaglio.

«La pressione è molto bassa, deve essere un virus che circola in questi giorni, beva molto e si riposi.»

Poi i due uomini si erano appartati e Lena aveva sentito bisbigliare le parole "esaurimento nervoso" e "adulta e vaccinata", senza nessuna difficoltà ad attribuire le due frasi. Sdraiata nel letto, tremante e madida di sudore, aveva metabolizzato la nuova forma di minaccia arrivata col Samsung. Non più Saverio vivo o morto ma Saverio torturato se lei non avesse giocato.

Questa cosa è più grande di me.

Non ci riesco, Saverio, non ci riesco.

Come faccio a giocare se non conosco le regole?

Ma la regola era una sola: lui comandava e lei ubbidiva. La sua intera esistenza si era ridotta come le *tsantsa*, le teste rimpicciolite, un mondo piccolo chiuso in una palla di vetro, casa, lavoro, parco, supermercato, visita ai genitori.

Sto soffocando.

I gesti ripetuti, sempre gli stessi. Intorno l'ombra delle persone che non vedeva ma c'erano, Fermo, Marco Sartori, i poliziotti.

Possibile che non li vedano? Possibile che non li vedano mai? Eppure sono sempre con me.

Inerte sul letto aveva riflettuto sull'incontro tra Gianluca e Castellacci e aveva capito di che genere di cose avessero urgenza di discutere. Il licenziamento senza giusta causa, la responsabilità per aver gettato una luce sinistra sull'hotel non imputabile al receptionist, un avvocato che fa due telefonate e il reintegro parziale, a coprire l'unico turno socialmente accettabile, quello di notte. Gianluca era tornato al lavoro. Finché non ne avesse avuto la conferma ufficiale non poteva esserne certa, ma era più che plausibile.

Castellacci aspetterà che il rumore intorno al caso di Betta si sia spento.

E stava già accadendo. Trafiletti striminziti sui giornali locali, qualche blanda citazione in trasmissioni tv, la rete che resisteva stoica in una lavatrice di dettagli pruriginosi. Però l'omicidio dell'avvocatessa di Firenze era ormai una notizia vecchia.

Gianluca scagionato dalle impronte di Fermo. E probabilmente erano lì insieme.

La voce della sua presunta malattia era circolata e si erano fatti vivi in tanti, Astrid per chiedere chi si occupasse di Argo, Mometto che si offriva di farlo lui, Marta che la tranquillizzava su Lucio, perfino Katia a cui erano giunte notizie inquietanti sul reintegro del collega presunto omicida, ma siamo impazziti, non sappiamo perché sia stato scagionato, non ha alibi, pensano di poterci mettere tutti in pericolo così? Sua madre non era passata, chiusa in quella remora incomprensibile di chi non vuole sconfinare, è già venuto il babbo, non vorrei stancarti, sai che Sara si sposa, vedessi la partecipazione che carina, ce n'è una anche per te, quando sei guarita te la vieni a prendere? L'unico che era venuto a casa, oltre a suo padre, era stato Mattia, seguendo quell'onda crescente di premura che Lena aveva attribuito alla vicinanza dell'anniversario. Lei si era alzata e gli aveva preparato un tè freddo, lo avevano sorseggiato insieme mentre lui accarezzava distrattamente il cane.

«Che caldo, vero?»

«Ormai è giugno.»

Lena aspettava il momento in cui si sarebbe stufato di fare il migliore amico premuroso, voleva solo tornare a letto e cercare di dormire. Mise i bicchieri nell'acquaio e restò in piedi accanto al fornello, anche se le girava la testa. Mattia sembrava stranamente teso.

«Vedo che sei stanca, ora vado. È solo che volevo dirti una cosa.»

Girava, girava, andava dalla finestra alla porta del corridoio, vicino al divano quasi sfiorando Argo e poi verso di lei. Lena lo capì alla metà dell'ultimo giro, si era passato la mano dietro alla nuca e poi l'aveva lasciata andare giù, ciondolante lungo il fianco. Gli aveva già visto fare quel gesto, ne aveva tre o quattro di scorta, Saverio la chiamava "la noncuranza prima dell'affondo", e rideva.

Mi sto sbagliando. Ma figurati.

Invece Mattia le arrivò a cinquanta centimetri dalle scarpe e le disse.

«Saverio ti manca ancora molto?»

Tutto troppo improvviso, inatteso, come faceva ad affrontare una cosa simile proprio in quel momento? Il migliore amico di Saverio che ci provava con lei, dopo le foto di fucili e fruste e gabbie, su che piano poteva afferrare un fatto così alieno?

«Certo che mi manca» disse a mezza voce.

«Manca anche a me» si affrettò ad aggiungere lui. «Però boh, io non credo che Saverio vorrebbe che rimanessimo fermi, noi due.»

Lena era allibita, sembrava uno scherzo recitato bene.

Ma quando è successo? Quando ha cominciato a vedermi in quel modo?

Le occasioni le sarebbero venute in mente dopo, a mazzi, ma lei era stata distratta, troppo distratta, non ci aveva badato perché naturalmente non lo considerava concepibile.

Gli alberi troppo dritti finiscono dentro alle aiuole.

Stai zitto, Saverio!

I migliori amici non corteggiano la tua ragazza nemmeno quando sei

sequestrato

quattro metri sottoterra, lei non l'avrebbe mai fatto, e nemmeno Betta

Come ho potuto credere che Betta e Saverio?

figurarsi se poteva accettarlo da Mattia.

«Io non sono ferma, solo che sono percorsi lunghi.»

«Se vai da sola sì, ma potremmo fare un pezzo di strada insieme.»

Si era avvicinato ancora e le aveva preso la mano. Istintivamente Lena avrebbe voluto fare un passo indietro, poi l'occhio le scappò alla finestra.

Lui ci sta osservando.

Non poteva esserne sicura, come non poteva esserlo della polizia, però le file di finestre affacciate sul soggiorno, da quell'angolazione, erano tre e mezzo.

Se pensa che Mattia mi stia facendo qualcosa...

La fotografia sul cellulare, Mattia appoggiato sulla porta del negozio che si controlla qualcosa nell'incavo della mano, forse monetine.

Gli è passato davanti. A distanza di braccio. Così vicino.

Si appoggiò al mobile, facendo leva sui gomiti per non inarcarsi indietro.

«Mattia, eri il migliore amico di Saverio...»

«Lo sono anche adesso.»

Sapeva che c'era del ridicolo in tutta quella scena, fossero stati altrove e in un altro momento gli avrebbe chiesto solo se era pazzo, cosa gli veniva in mente, ma che razza di amico era, e invece ora voleva che uscisse di scena, il più presto possibile. Ce l'aveva quasi addosso e si rendeva conto di tremila cose tutte insieme, cose che aveva forse fatto precedentemente, le aveva già preso la mano così, le si era già appoggiato col petto sul braccio, le aveva sistemato i capelli, ma lei dov'era in quei momenti, a cosa aveva appeso la testa, perché non gli aveva mandato segnali netti?

«Mattia, ti prego, mi sento a disagio.»

«Forse è un buon segno, sai? Io lo so che qui» le mise una mano sul petto, leggera ma ferma «c'è ancora un cuore che batte.»

Certo che batte, sono viva, brutto deficiente! E sto cercando di far rimanere vivo anche te!

«Io lo capisco perché hai fatto impazzire quello. Lo capisco» le sussurrò, il naso contro la guancia, e Lena sentì il suo fiato, così simile a quello di Fermo, e il dopobarba, così simile a quello di Gianluca, e la situazione le sembrò orribile e ripugnante.

Ma se reagisco male...

Allora prese una decisione da donna piccola, una di quelle decisioni che si prendono mille volte al giorno pensando che non importa, un piccolo sacrificio, un disgusto che passerà, una violazione che si può far passare, cosa sarà mai, è solo il mio corpo. Lasciò che

Fermo

Gianluca

Mattia la baciasse, un gusto dolciastro, la lingua fredda

Di nuovo.

e spugnosa che sembrava le si sfaldasse in bocca, e approfittando del bacio riuscì a sgusciare di fianco, arretrare, togliersi dalla visuale di una fila di finestre e appena possibile staccarsi, via la seconda fila, allungandosi verso la porta, punto cieco, testa bassa

«Scusa, non credo sia giusto. Non sono ancora pronta».

E lui invece trionfante, l'aria di aver piantato una bandierina.

«Non ho mica fretta, aspetto.» Le aveva fatto una carezza. «Mi fai sapere come stai?»

«Certo.»

E finalmente la porta si era chiusa. Lena si era stretta tra le braccia, sentiva freddo e faceva un caldo tremendo. Andò alla portafinestra, guardò le case di fronte. Restò a lungo in attesa di qualcosa, un movimento.

"Cosa devo fare?" disse senza emettere un suono.

Le finestre non risposero. Allora andò al frigo e aprì la bottiglia di vodka.

Una settimana, dieci giorni. Questo era il lasso di tempo che trascorreva inesorabilmente tra un contatto e l'altro con il rapitore di Saverio. Se n'era accorta la sera prima di rientrare al lavoro, mentre si sforzava di non impazzire.

Mi manda dei messaggi, foto, video, poi scompare, qualunque cosa io dica o faccia.

Era stato sempre così, tranne che nelle prime tre settimane. Allora i contatti erano stati frequenti, convulsi, come una frana inarrestabile. Poi la morte di Betta e da lì erano iniziati i periodi di silenzio.

L'omicidio potrebbe essere stato un incidente. Da allora è diventato cauto, forse trascorre quella settimana osservandomi. Sa sempre tutto quello che ho fatto.

Eppure di Gianluca conosceva gli orari, c'erano parti del giorno in cui era impossibile che la stesse sorvegliando. L'idea delle telecamere e dei microfoni tornò, poi ripensò alle case popolari, infine la conclusione più logica: Gianluca conduceva il gioco ma non era da solo, erano in tre, lui, Fermo e Marco Sartori.

Ma che importa chi lo fa?

Le era stato assegnato il turno pomeridiano ed era passata da Lucio, prima di andare in albergo. Non lo aveva trovato e allora aveva provato in ospedale. Era lì, appena rientrato dalla mensa, abbastanza in ordine, le guance che avevano iniziato a incavarsi in una maniera che le infermiere trovavano sexy.

«Scusa se non sono venuta, sono stata malata.»

Lucio aveva guardato altrove, oltre la sua spalla, le mani in tasca, addosso lo stesso fastidio per le sue premure che aveva provato lei per Mattia.

«Sì, me lo hanno detto. Devi prendere un po' di propoli. Alex lo faceva e non si ammalava mai.»

Ne aveva parlato al passato, ed era la prima volta. Lena si sentì piccola.

Se gli dicessi che è morta soffrirebbe una volta sola, non così, non questo stillicidio che conosco tanto bene.

Lucio rappresentava la se stessa di qualche mese prima, lei rappresentava tutte le cose schifose che le erano successe nel frattempo. Le venne da piangere e non si trattenne. Erano lì, in mezzo a un corridoio, lui intento a non guardarla, lei che si svuotava di tanta vergogna.

«Fai bene» aveva detto Lucio. «Fai bene a sentirti in colpa.»

«Scusa» gli aveva detto sfiorandogli una mano. «Scusa, è tutto così orribile.»

Ma lui si era ritratto e non sembrava più un ragazzino, ma nemmeno sembrava un uomo. Era un vecchio.

Castellacci le aveva chiesto se fosse guarita perfettamente, perché ora che stava per iniziare l'alta stagione dovevano essere tutti in forma. Lena gli aveva allungato il certificato, gli occhi al bancone dove ad attenderla c'era Gianluca. Evidentemente l'ostracismo dei turni di notte era terminato.

Alla fine l'appuntamento era qui.

Gli si era messa di fianco senza dire una parola e aveva iniziato a lavorare. Era un buon orario, gran parte dei clienti usciva per andare a visitare la città ed erano previsti cinque arrivi prima di sera. Andavano verificate le stanze lasciate al mattino e date in cucina le indicazioni per i clienti allergici o intolleranti o che seguivano diete specifiche. Rispondevano agli ospiti, ai facchini, alle cameriere, prendevano a turno le telefonate, usavano il computer come se si trovassero in due bolle distinte, due mondi che si ignoravano. Lena non lo guardava, eppure vedeva ogni dettaglio, le mani, il naso dritto, i capelli perfettamente composti.

Sono le stesse mani che hanno rinchiuso Saverio nella gabbia.

Avvertiva un formicolio costante nelle dita, sulle guance, e sotto sotto quella sensazione antica che aveva provato i primi tempi, una nota sottotraccia, indefinibile. Alla fine la hall si era svuotata e i telefoni avevano taciuto e tutti i documenti erano stati registrati. Restavano solo loro. Lena si era mossa sempre più lentamente, fino a spegnersi, appoggiata al bancone. Gianluca aveva fatto altrettanto. Lei aveva parlato per prima.

«Cosa devo fare?»

e dopo qualche secondo lui aveva risposto

«Lavora».

Le porte si erano aperte e due anziane turiste inglesi erano entrate con al seguito un tassista carico di valigie.

«Good afternoon, we booked a double room with two beds.»

"Lavora."

La scatolina era al suo posto nella cassetta delle lettere. Sopra c'era un volantino del discount e sopra il volantino del discount un cartoncino nero con un disegno in rilievo di un viola intenso. Il nome del locale DOOMUS era scritto in lucido, nero su nero. Dietro, sempre in viola: INGRESSO DONNA, PRIMA CONSUMAZIONE GRATIS. Lena aveva ritirato tutto nella solita manovra serale, incapace di pensare più a un errore. Erano trascorse due settimane da quando aveva ricevuto le fotografie.

È entrato uno di loro? Con la polizia qui intorno?

Forse non era tanto intorno quanto aveva creduto, o forse quello che aveva fatto la consegna aveva avuto un travestimento, poteva essere arrivato carico di volantini, facevano sempre così, suonavano a caso, dicevano «Pubblicità» e qualcuno gli apriva, a lei era capitato dozzine di volte.

«Devono mangiare anche loro, poveretti»

aveva spiegato una volta a Betta.

«Se non riesci a trovare un lavoro migliore del volantinaggio non meriti di mangiare»

aveva replicato l'altra, un po' scherzando e un po' no. Prima di fare congetture aveva acceso il Samsung, aspettando di ricevere un messaggio. Nel frattempo era andata su internet a cercare informazioni sul biglietto. Il Doomus era effettivamente un locale di Firenze, non particolarmente alla moda, piuttosto intimo. Si facevano serate a tema, tutte con ammiccamento al sesso.

È un nuovo appuntamento? All'hotel è troppo rischioso?

Il cellulare rispose quasi subito alla domanda.

STASERA FATTI CARINA.

Rimase lì per un po' a osservare lo schermo che si spegneva e poi a specchiarsi nel nero. Era il terzo appuntamento che le dava, al primo non si era presentato, il secondo era stato rovinato dall'irruzione di Alex, ed era finita com'era finita.

Questa volta non verrà nessuno. Non c'è più nessuno che si preoccupi per me.

Betta le avrebbe fatto passare l'autocommiserazione a calci nel culo e Alex a suon di frecciatine, Argo si limitò a sospirare voltandole le spalle.

«Questa sera resti solo. Prometti di non abbaiare» gli disse facendogli una carezza.

E se non torno?

Ma il punto non era cosa sarebbe successo se non fosse tornata, ma cosa sarebbe successo se non fosse andata. Aprì l'armadio

L'ultima volta è stato per Assisi.

e dentro non c'era assolutamente niente che potesse esserle utile per andare in un locale, niente più "robine", solo i vestiti che piacevano a Saverio. Controllò l'ora e chiamò sua madre.

«Mamma, i miei tubini sono ancora nel tuo armadio? Quelli che mettevo alle riunioni degli insegnanti?»

Si truccò, fece il possibile con i capelli perché i dreadlock non fossero troppo evidenti, ripescò un vecchissimo paio di orecchini con le clip. Non sembrava una donna che stava uscendo per una serata.

Non lo sono.

I vestiti le stavano appesi addosso, non si era resa conto di avere perso tanto peso. Ma nell'insieme era abbastanza elegante, fuori moda, pazienza. Si era presentata all'ingresso del Doomus armata solo del biglietto, a tracolla una borsetta Chanel di sua madre che conteneva il documento d'identità, un po' di soldi e i due cellulari. Gli uomini della sicurezza, enormi, l'avevano fatta entrare senza nemmeno guardarla. Non era un periodo da discoteche, quello, in estate gli eventi sono tutti all'aperto, l'aria dentro era spessa, soffocante. Eppure il locale non era vuoto. C'erano qui e là dei piccoli palchi, cugini alla lontana dei classici cubi, su cui delle ragazze ballavano indolentemente. La musica era sorda, inintelliggibile.

Sono io che non ascolto più niente, non esco mai.

Aveva girato tutto il locale, studiato la distanza dalle uscite, individuato i bagni e le salette private. Per calmarsi, poi, aveva ordinato un cocktail ed era rimasta al bancone a guardarsi intorno. Luci bassissime, gruppetti di persone sedute, pochi in piedi a ballare, un ragazzo esaltatissimo, gli altri che seguivano la musica e basta. Controllava il Samsung con frequenza, preoccupata che lì dentro non prendesse.

Dovrei vederlo, quando entra, dovrei riconoscerlo.

Valeva per Gianluca e valeva per Fermo, Marco Sartori sarebbe stata la vera sorpresa. Immaginava che sarebbero entrati, si sarebbero messi lontani, seduti a uno dei tavoli più appartati. L'avrebbero fissata per incuterle timore. E poi le avrebbero chiesto di mettersi a ballare su uno dei palchetti. O di spogliarsi. O di andare in uno dei bagni con un uomo a caso. O di farsi legare e seviziare nel bagagliaio di una macchina. O avrebbero tirato fuori un sacco con dentro la testa di Saverio. La fantasia le snocciolava ipotesi man mano che l'alcol entrava in circolo e non ne esisteva una che per Lena fosse impossibile.

A me possono fare tutto, basta che lo liberino.

Ripensava al carrozzone, al suo ragazzo che si alzava e andava a fare pipì in un angolo.

Come se fosse normale, come se ci fosse abituato.

Aveva la nausea.

Gabbie, fruste, corde.

A Saverio era toccata la gabbia, a Betta le corde, sperava che per Alex non ci fosse stata la frusta.

La conservano per me.

Era trascorsa mezz'ora, stava andando in paranoia e nel frattempo il locale si riempiva un po' di più. Ordinò un secondo cocktail e vide passare un ragazzo alto, mezzo nudo, i muscoli lucidi e privi di peli. Decise di seguirlo e fare un altro giro, per calmarsi. Tutti i palchetti erano rimasti vuoti e aveva idea che stesse per iniziare uno spettacolo. Fu solo allora che la vide, circondata da sei o sette amiche, un pesce fuor d'acqua ma con l'eccitazione del proibito dipinta sul viso. Lei e Sara non si erano più incontrate, dopo il funerale di Betta. Sua madre le aveva accennato al fatto che stava per sposarsi e la cosa non l'aveva colpita, Sara stava per sposarsi dalla fine del liceo, aveva rimandato soltanto per questioni anagrafiche, poi lavorative, poi finanziarie, poi la casa che non era pronta, fingendo di non essere in attesa di qualcosa di meglio. Ma alla fine le offerte della vita non dovevano essere state molto esaltanti e il momento del grande passo era arrivato. Non aveva invitato Lena alle nozze, e questo era in linea con il loro allontanamento, la morte di Betta, la faccenda di Gianluca, le foto sul giornale, tutto l'aveva resa un'ospite indesiderabile, perché avrebbe messo a disagio tutti gli altri. E se quella sera era lì, in un locale ambiguo insieme alle amiche per bene, quelle che non si mettevano con i tossici, ovviamente era per l'addio al nubilato.

La sua foto è sul cellulare. Non deve vedermi. Non ci saranno altre Betta, non ci saranno altre Alex.

Lena si era ritratta molto prima di poter entrare nel radar del gruppetto, che aveva un tavolo riservato davanti a uno dei palchetti. Avevano ordinato un bottiglione di qualcosa, forse spumante, magari addirittura champagne, e ridacchiavano, già su di giri. Lena tornò verso il bancone e si scelse un punto seminascosto da cui avrebbe potuto defilarsi se qualcuna di loro si fosse avvicinata.

Ma non lo faranno, le conosco, ricordo com'è, si muovono sempre in branco. Non sono ragazzine e questo non è il loro ambiente.

A mezzanotte lo spettacolo iniziò. Ragazzi e ragazze salirono sui palchetti per uno strip dedicato ai divanetti davanti a loro, spettacolo prenotato, evidentemente. Niente di troppo spinto, sospensorio e topless, mossette, ammiccamenti. Sara e le sue amiche vociavano fingendosi scandalizzate, Lena non le vedeva ma le sentiva e quasi le veniva da sorridere.

Che mondo lontano.

Allora, nella borsa stretta al petto, sentì il Samsung vibrare. Si aspettava di leggere un ordine perentorio, ma credeva che avrebbe riguardato lei. Invece il messaggio diceva:

SEGUILA.

Seguila chi?

Lena aveva rivolto lo sguardo in direzione del tavolino di Sara e delle sue amiche, che non poteva vedere perché nascosto da una delle colonne.

Non può riferirsi a lei.

Si spostò con cautela e in effetti sì, Sara non era più seduta con le altre che ridevano ancora, una che si era aperta la camicetta così tanto da rimanere in reggiseno. Anche lo stripper non c'era più. Non erano da nessuna parte alla sua sinistra e Lena si mosse lungo il bancone, andando a destra. Li vide mentre lui si portava dietro per mano la futura sposina che fingeva reticenza.

Cazzo, com'è ubriaca.

Lena la conosceva bene, Sara era piena da scoppiare, e non solo di alcol ma di esaltazione e senso del proibito.

Nella sua testa è l'ultima sera di libertà.

Il ragazzo era davvero bello, sembrava scolpito, le amiche dovevano avergli pagato un piccolo extra per un bonus. La stava portando in una delle salette private.

Non potrà succedere molto.

E in quel momento, esattamente nell'istante in cui lo aveva pensato, capì quello che Gianluca stava per chiederle.

No. No, ma perché?

Perché ho detto che avrei fatto qualunque cosa.

Questa è qualunque cosa.

Il Samsung aveva vibrato, il messaggio era ovvio.

SAI COSA FARE.

Il cervello di Lena aveva provato a opporsi

Non si vedrà niente, le salette sono buie.

ma la mano non aveva messo via il telefono.

Due che si strusciano, la luce stentata, cosa vuoi che sia? Anche se qualcuno lo vedesse non ci saranno conseguenze, solo un po' di imbarazzo.

Balle.

Betta glielo avrebbe detto, balle, balle, balle, cazzo! Sara non era un'avvocatessa rampante che scopava con la stessa disinvoltura con cui si cambiava le scarpe, Sara era figlia di un imprenditore dell'alta borghesia fiorentina, gente legata a doppio filo con la Chiesa e con la destra moderata, schiavi dell'apparenza e del buon nome.

Aveva selezionato la telecamera quando era già a ridosso della tenda.

Non posso fare una cosa del genere.

La sto già facendo.

Aveva sperato che Sara, Sara, Sara qualcosa, qualunque cosa, che il ragazzo non le piacesse, che gli avesse chiesto di fare finta, solo per le amiche, ma non avrebbero fatto niente, tra pochi giorni mi sposo.

Io faccio partire il filmato, poi entro e magari lei mi vede e finisce tutto subito.

Aveva spostato la tenda e invece non c'era niente da interpretare, il perizoma tra le chiappe che toccavano quasi terra, la testa del ragazzo in mezzo alle gambe di Sara, il vestitino griffato salito fino all'ombelico, la testa tirata indietro, gli occhi chiusi. Era così rumorosa che si sentiva sopra la musica, una delle luci blu della saletta che la illuminava da sotto in su.

Ora abbasso il telefono, ora spengo tutto e vado via.

Frusta. Taser. Fucile.

Era rimasta lì, ferma, la registrazione che andava avanti lenta. Poi aveva abbassato lo schermo ed era uscita. Il Samsung continuava a filmare il pavimento e lei non aveva il coraggio di spegnerlo.

Se non lo spengo non può riceverlo subito, prima deve fare il backup, ci deve essere la linea. Posso ripensarci, posso buttarlo, cancellarlo, faccio in tempo.

Si era spostata per allontanarsi sia dalla saletta che dai tavoli dove le amiche di Sara la aspettavano tra risolini e dubbi pruriginosi. Voleva avvicinarsi all'uscita perché se avesse preso una boccata d'aria sicuramente sarebbe riuscita a ragionare, ora si sentiva la testa gonfia.

Sara mi ha mollata quando avevo bisogno di lei.

Ma non ha colpa di essere fatta così.

Eppure non vale la vita di Saverio.

L'adrenalina le aveva fatto passare l'effetto dei cocktail, aveva ricominciato ad andare in paranoia. Si era ritrovata in un punto del locale da cui non riusciva a spostarsi, le sembrava che tutte le vie verso l'uscita fossero troppo esposte, qualcuno l'avrebbe vista, riconosciuta, le avrebbero strappato il cellulare di mano. Non avrebbe saputo dire da che direzione fosse arrivato quell'uomo, un attimo ed era lì, vicino. Alto, belloccio, odore fortissimo di alcol, aria sicura. Le aveva preso la mano e gentilmente l'aveva portata con sé. Lena stringeva il telefono, incapace di reagire mentre passavano tra le coppie che ballavano e poi oltre.

È Marco Sartori.

Vuole prendere il Samsung con il video.

La mano umidiccia e calda, un'altra tenda, buio, odore come di incenso, e lei lì, il cellulare che continuava a filmare mentre la schiena incontrava un muro e il tizio le si metteva addosso, l'erezione che le premeva sotto l'ombelico, la bocca bagnata, qualcosa di incomprensibile detto all'orecchio.

«Cosa? Non ho capito, dimmi, cosa?»

E poi mani ovunque, ed era grosso, aveva provato a spostarlo, a spingerlo via, ma non capiva o non voleva capire o era troppo ubriaco.

E se non è lui?

Se non è lui me lo merito. Succede quello che deve succedermi. È il contrappasso.

Invece no, improvvisamente il tizio si era spostato, o lo avevano spostato, fatto sta che non c'era più e nel buio una voce che si confondeva con le frequenze più basse della musica le aveva detto

«Vai via»

e Lena aveva ubbidito, cercando la tenda, trovando le indicazioni per l'uscita, correndo in strada verso la macchina, fermandosi appesa a un lampione per vomitare e poi finalmente l'accensione, la strada che si muoveva. E solo allora aveva spento la registrazione.

La memoria del Samsung era quasi piena, l'interminabile video del Doomus si era mangiato tutto lo spazio possibile. Lena lo aveva scaricato per intero mettendoci mezz'ora e poi aveva fatto fatica a tagliarlo sul Samsung.

Se lo taglio mi dichiaro colpevole.

E lo era. Non c'erano decisioni da prendere, non c'erano opzioni.

L'ha fatto da sola, io non l'ho costretta.

Era un appiglio vigliacco, indegno, e lo sapeva. Pensò di mandare un messaggio, di chiedere clemenza per Sara, ma poi perché? Se era stata disposta a filmarla forse non le voleva così bene come aveva creduto.

Se le avessi voluto bene l'avrei fermata.

Se le sue amiche le avessero voluto bene non l'avrebbero lasciata andare.

Unghie sugli specchi. E allora ripensò alla voce bassa che nel buio le aveva detto "Vai via" levandole di dosso quel bisonte. Non l'aveva mai sentita prima, ma sapeva che il possessore di quella voce aveva impedito che le capitasse qualcosa di brutto, come avrebbe fatto un amico. O un padrone.

Marco Sartori.

Attaccò il telefono alla corrente, fece uscire il cane in giardino, poi si lavò la faccia e si chiuse con lui in camera. Alle quattro arrivò un messaggio

ERA UNA CATTIVA AMICA.

quindi lo schermo illuminò il soffitto della stanza mentre dal cloud si effettuava il backup.

Il video non era stato inviato al fidanzato di Sara ma ad alcuni dipendenti della ditta del padre. Dopo un'ora era stato condiviso 574 volte. La polizia era intervenuta ma non aveva potuto farci niente. Nemmeno ventiquattr'ore dopo il matrimonio era stato annullato. Due giorni e l'avevano caricato su YouPorn, poi era stato rimosso e l'avevano ricaricato su Pornhub. La madre di Lena l'aveva chiamata per esprimere la sua costernazione, prima incolpando Sara, poi la sua famiglia che non era riuscita ad arginare la cosa.

«Tuo padre avrebbe agito diversamente» aveva detto.

Se ne parlò ovunque, su Facebook e dal parrucchiere, nel consiglio comunale di cui faceva parte la madre di Sara, come a suo tempo aveva fatto quella di Saverio, e nei bar. Tutte le vecchie amiche di Lena, comprese quelle che erano state presenti nel locale, l'avevano chiamata per parlargliene, in cerca di qualcuno che aveva fatto di peggio e la giustificasse.

Vogliono che le autorizzi a mollarla come prima hanno mollato me.

Per diversi giorni si era baloccata con l'idea di farsi viva lei stessa con Sara, avrebbe preferito di no, ma se non l'avesse fatto sarebbe sembrata crudele e vendicativa. Sentendo la sua voce l'altra era scoppiata a piangere e l'aveva supplicata di andare da lei. Rientrata a casa dei suoi, chiusa in quella cameretta dove da ragazzine erano state tanti pomeriggi insieme a parlare di sciocchezze, Sara l'aveva abbracciata, aveva pianto, le aveva detto di avere bisogno di persone pulite e cose pulite, come era sempre stata la loro amicizia. Lena aveva ricambiato l'abbraccio e le aveva detto frasi sensate, che era solo una bufera, alla fine si trattava di una piccola cosa, era ubriaca, mica ci aveva scopato, era un ragazzo a pagamento, vedrai che Matteo ci ripensa. Sapeva che sarebbe stata rieletta amica del cuore per tutto il periodo peggiore e poi, tornata la normalità, Sara si sarebbe ritratta di nuovo, come era nella sua natura. L'aveva lasciata pallida e struccata, i capelli sconvolti e indosso una tuta da ginnastica, l'ombra dell'adolescente che era stata.

Quanto avrebbe riso, Betta.

Lei invece non rideva. Lei faceva la sola cosa di cui ormai era capace.

Aspettava.

13

Gli alberi troppo dritti finiscono dentro alle aiuole.

Non era più vero. Betta diceva che era trasparente. Saverio diceva che era troppo onesta. Se avessero chiesto a chiunque la conoscesse un aggettivo per descriverla era certa che quasi tutti avrebbero usato "buona" o "brava". Lena non aveva mai fatto del male a una mosca, se appena poteva sceglieva la strada zen dell'indifferenza, facendosi scorrere tutto addosso. Nell'estate del 2017, invece, aveva fatto a pezzi la vita della sua migliore amica del liceo, con totale consapevolezza.

Tutti hanno un prezzo, c'è sempre qualcosa per cui sei disposto a vendere l'anima.

Aveva dovuto attendere a lungo la propria ricompensa, sapeva che sarebbe arrivata ma prima era trascorsa la settimana del silenzio. Infine, nel penultimo venerdì libero di giugno, le era arrivato un nuovo filmato, nessuna frase a corredo. Era diverso, non era stato girato dalla stessa telecamera notturna della volta precedente, adesso l'inquadratura era dall'alto. Si vedeva il bordo della gabbia di Saverio, ma la telecamera era in una posizione angolata, la ripresa sbieca, perfino una traccia di sonoro. Subito oltre le sbarre erano stati messi, sul legno nudo, un panino e una manciata di patatine. Saverio non era visibile da quel punto, si era fatto avanti d'improvviso, a gattoni, uscendo dall'ombra, e aveva esclamato

«Oh, cazzo!»

poi aveva allungato la mano sul panino, si era voltato verso sinistra e lì il filmato terminava.

No, non era così.

Lena lo aveva fatto ripartire. La gabbia, la decorazione in alto, forse di gesso, forse intagliata, non si capiva bene, la mano di Saverio che esce dall'ombra, il corpo nudo che la raggiunge, prende il panino, grida e appena percettibile, tagliato nella coda del filmato, un suono. Un altro suono.

C'è qualcuno con lui.

Aveva un guardiano? Un complice che se ne occupava, qualcuno che potesse vedere in faccia?

Se è così allora è impossibile che lo rilascino, non se li ha visti.

Aveva confrontato i due filmati, non aveva alcun riferimento di orari e date, non si vedeva lo sfondo, avrebbe potuto trovarsi ovunque.

Ma in quello nuovo è giorno, c'è luce, è un posto con delle finestre. Com'è possibile non vedere un carrozzone con dentro un uomo in un posto con delle finestre?

Il panino era stato una ricompensa perché Lena aveva girato il video di Sara e dello stripper. Aveva avuto senso colpire Sara? Era una vittoria? Il rapitore conosceva anche lei?

È la terza donna con cui se la prende.

Non poteva riguardare Saverio, lui e Sara si erano visti una volta, massimo due, nessuno screzio, lui le aveva detto subito l'impressione che ne aveva avuto

«Quella ha una quercia piantata nel culo»

ma non c'era nemmeno paragone con l'astio che aveva provato per Betta. E allora perché?

ERA UNA CATTIVA AMICA.

Non farti domande, Lena, ubbidisci e basta. Ormai l'hai fatto e Saverio ha avuto il suo panino. È così che funziona.

Si era fatta prescrivere degli ansiolitici e qualcosa per dormire da un medico fin troppo entusiasta di accontentarla.

«Dovrebbe staccare un po' da tutto, signorina Bacarelli, suo padre è preoccupato.»

Sì, come no.

Aggiungendo l'infallibile ricetta elimina-pensieri di Saverio, Lena si ritrovava molte volte addormentata sul divano o a letto vestita, senza ricordare quando fosse successo. Allora correva a verificare il Samsung, preda dell'angoscia, e regolarmente trovava invece chiamate sull'altro cellulare, di sua madre, di Astrid, di Mattia, di Marta che le ricordava i controlli del cane, ma non si era segnata la data? Non esistevano più date per Lena, i punti fissi, la routine, tutto stava andando in malora, a partire dalla casa.

Non posso pensare troppo, se penso troppo impazzisco, e non me lo posso permettere.

Teneva tutto in piedi come poteva, provando a salvare il mondo intero

Come faceva Alex.

salvando una persona sola.

Lo scandalo di Sara Mascelli era diventato uno degli argomenti di conversazione principali all'interno dell'ipocrita vita sociale di Lena. Katia adorava parlarne, era il suo tema di alleggerimento preferito – quando non parlava di Gianluca – e rendeva i turni di Lena all'hotel interminabili. Chi aveva mostrato straordinario interesse per tutta la faccenda del video era stato Mattia, che l'aveva presa come una buona occasione per tentare di nuovo un avvicinamento. Lena era andata a trovarlo con Argo e gli aveva fatto un discorso, aveva detto che era tutto prematuro, che lui aveva ragione e lei doveva tornare a vivere, ma dopo la tragedia di Betta e altre cazzate. Mattia si era mostrato comprensivo ma non aveva perso quell'atteggiamento di chi ha una prelazione garantita, e la cosa non era sfuggita a Mometto, che l'aveva accompagnata fino all'auto.

«Non gli sarebbe garbato, a Saverio» aveva detto, facendo scattare indietro il collo.

«Non garba nemmeno a me» aveva risposto Lena. «Ma non sempre si può scegliere.»

Mometto aveva grattato Argo sotto il mento.

«Saverio magari ha scelto.»

Lena lo aveva guardato fisso.

«Magari no.»

Il giorno dopo Castellacci aveva avvisato che dal 1° luglio gli orari sarebbero diventati flessibili, perché aveva firmato una convenzione con un suo amico, tour operator in un'agenzia viaggi, e avrebbero iniziato ad arrivare pullman di turisti per i weekend organizzati, due giorni tutto compreso. Si preparassero a essere in tre al desk negli orari di arrivo e partenza. E dunque si sarebbe ritrovata Gianluca vicino, come ai vecchi tempi.

Non gli piacerà.

Il gioco non poteva essere eterno, alla fine da qualche parte sarebbero andati.

Pensa di costringermi per sempre a fare cose che non voglio fare? Di tenere Saverio prigioniero, tirargli un panino quando obbedisco, prenderlo a frustate se fallisco? Fino a quando?

Ma non cambiava niente, la palla di vetro era claustrofobica, le vie di uscita inesistenti.

Purché Saverio viva, purché torni da me.

Non succederà mai.

Finché non trovò una matrioska sul tavolo.

Era rientrata da un mezzo turno di giovedì che Castellacci aveva programmato per andare in pari, poi, con le ore straordinarie del primo pullman che sarebbe arrivato quel weekend. Argo sembrava tranquillo, chiunque fosse entrato aveva lasciato la matrioska, era uscito e il cane non si era minimamente innervosito.

Lo stesso con la benda.

Era andato volentieri con Fermo, no?

L'attenzione della polizia nei suoi confronti doveva per forza essere scemata, se il suo persecutore ritornava in casa.

Lena si era seduta al tavolo, si era servita della vodka ghiacciata e aveva guardato la bambola russa.

Devo aprirla? Non ho ricevuto ordini.

Le sembrava la cosa più ovvia. L'aveva aperta, facendola girare lentamente. Dentro c'erano un pacchetto e un biglietto da visita. Il pacchetto era avvoltolato nel cellophane e chiuso con del nastro adesivo da pacco. Era morbido, al tatto. Il biglietto da visita, invece, lo conosceva, se n'era trovati ovunque, con sopra fatti dei disegnini, segnati appunti, li aveva conservati uno dopo l'altro, scrupolosamente, e fino a che il Samsung non era entrato nella sua vita se li era riletti con regolarità, a volte piangendo, a volte sorridendo.

Era il biglietto da visita del negozio di Mattia.

Aveva avuto tutto il giorno libero per bere e per pensare. Gianluca le chiedeva di piazzare un pacchetto di droga nel negozio di Mattia. Quanta ce ne sarà stata nella matrioska? Mezzo chilo? Un chilo? E che droga era? Eroina? Cocaina? Cosa poteva succedere, se la trovavano? Cosa sarebbe successo al migliore amico di Saverio?

Non me lo perdonerebbe mai. Dopo Argo quello che amava di più era Mattia.

Pensava che avrebbe potuto ridurre la dose, lei non era esperta di droga, ma pensava si potesse fare.

Derubricarlo a uso personale?

Un dito in più nel bicchiere per convincersi di avere un margine di manovra. Aveva avanzato delle richieste, in passato, ed era stata accontentata, perché doveva sempre partire dal presupposto di dover ubbidire e basta?

E se non lo faccio? Che succede?

Le cose erano sempre cambiate quando lei, inaspettatamente, si era rifiutata di subire.

Forse dovrei oppormi. Forse se lo aspetta, forse potremmo passare a un livello avanzato del gioco.

L'idea la faceva sorridere, ma iniziava ad avere pure sonno. Le sembrava di aver ottenuto qualcosa tutte le volte che aveva preso un'iniziativa o che si era mostrata determinata. Perché in questo caso avrebbe dovuto essere diverso? Forse la stava mettendo alla prova, forse voleva solo vedere fino a dove poteva arrivare, fino a che punto poteva tirare la corda. Si sentì spavalda, quasi euforica. Si alzò in piedi, andò alla portafinestra, chiuse le persiane. Fece scattare la serratura due volte e tirò le tende. Poi andò alla porta, infilò la chiave e la girò fino a bloccarla. Prese il Samsung, armeggiò un po' con i comandi, trovò quello che cercava, premette start e disse:

«E se non lo faccio?».

Si riascoltò, trovandosi grandiosa. Poi si inviò il messaggio vocale e andò a letto con un senso di trionfo.

La bottiglia di vodka era piena solo a metà.

Il mattino dopo il messaggio era lì.

E la settimana del silenzio?

Un pensiero stupido, sentiva la testa pesante. Cercò di avviarlo senza riuscirci e man mano che i secondi passavano recuperava i ricordi della sera prima e non si sentiva più così certa e grandiosa. Si sarebbe resa conto dopo che il messaggio non si caricava per un problema di peso, il file vocale allegato era troppo grande, lento.

Un grumo di secondi eterni perché si caricasse.

Poi un clangore, la parola era proprio quella, metallo colpito da qualcosa, forse da altro metallo, due lance che si scontrano, una pala contro una ringhiera, il riverbero del suono. E oltre il clangore l'esplosione della voce di Saverio che gridava:

«Non farmi male! Non farmi male! NON FARMI MALE!»

E poi urla acutissime, da bambino, non lo aveva mai sentito urlare, mai, e insieme alle urla ancora il clangore, forte, forte, forte.

Mattia l'aveva accolta con un sorriso. Era particolarmente carina quella mattina, si era truccata bene e le era passata quell'aura di malattia. Nel fiato le aveva sentito un vago odore di alcol, ma non erano certo cose che lui stigmatizzasse, figurarsi. Il commesso li aveva guardati annoiato e, come era successo tutte le ultime volte che Lena era entrata in negozio, Mattia lo aveva invitato a prendersi una pausa, anche lunga, andasse a prendersi un caffè con la brioche.

«Posso stare poco, oggi inizia un nuovo turno massacrante all'albergo, arrivano quelli dei pullman.»

«No, che sfiga, potevamo andare a farci un giro, è una bellissima giornata.»

Lei gli aveva sorriso, quanto bastava perché la speranza gli suonasse come certezza.

«Ascolta, me lo fai un caffè schifoso? In onore dei vecchi tempi da lasciar andare.»

«Masochista, eh?»

ma lo fece, aprì la porta dietro al bancone e si infilò nella stanza dove Saverio aveva vissuto. Il caffè schifoso era una piccola leggenda, la macchinetta nel magazzino produceva una brodaglia immonda e tutti ne volevano un po' solo per dire quanto facesse schifo, inventandosi definizioni davvero originali.

Saverio si divertiva un sacco con cose come quella.

E poi la scusa di andare sul retro per un caffè era perfetta per un certo tipo di clientela. Lena aveva fatto un solo gesto fluido, aveva preso dalla borsa uno straccetto, aveva estratto la sua matrioska e l'aveva sostituita a quella in vetrina. Ce n'erano parecchie uguali, non erano proprio originalissime, una tizia ucraina ne faceva arrivare una cassa al mese e Mattia con calma le smerciava. A casa l'aveva pulita con grande attenzione perché non rimanessero impronte sue sia sulla bambola di legno che sul pacchetto di plastica.

E se non le ho cancellate tutte?

Mi catturano ed è finita.

Mattia tornò col caffè schifoso, lei lo bevve inventandosi varianti sul sapore e risero, e sembrava tutto vero, anche quando lui la baciò sulla guancia e lei abbassò gli occhi, sapendo solo allora come dovesse essersi sentito Giuda. In hotel Gianluca era dietro al bancone con Katia, oltremodo felice di vederla arrivare.

«Pensavo non venissi più e ci lasciassi nella merda!» aveva strillato con falsa allegria.

«Sono andata a trovare Mattia, in questi giorni è stato così carino con me...» aveva risposto altrettanto forte, e allora Katia aveva detto: «Gatta ci cova» e Lena aveva finto di ridere. Gianluca era lì, aveva sentito, era tutto a posto. Katia le aveva passato un foglio smunto

«Questo è il fax che hanno mandato.»

«Ma ancora i fax? Che bisogno c'era, non si poteva fare tutto via mail?»

«Castellacci e il suo amico preferiscono i fax.»

«Ma non si legge niente, i nomi sono tutti smangiati, dobbiamo farceli ripetere tutti e settantasei?»

«Settantacinque.»

La voce di Gianluca era arrivata a tradimento, bassa, poco più di un sussurro. Lena avvertì un sollievo profondo.

Mi ha parlato, vuol dire che è soddisfatto.

Ricontrollò il foglio.

«Sì, sono settantacinque, hai ragione. Il cinque sembra un sei.»

«I nomi li abbiamo comunque nella mail, anche quello dell'autista e della guida. Hanno ricevuto la cedola da compilare e consegnare con il documento, se lo hanno fatto sarà una cosa veloce» aveva concluso lui.

Non era stata una cosa veloce. Il pullman aveva parcheggiato davanti all'hotel ed erano scesi tutti insieme, come un'orda, riempiendo la hall e lamentandosi perché i bagagli erano tutti mescolati. Metà di loro erano anziani, l'altra metà invece era costituita da purissimi cagacazzo che volevano solo alzare la voce e dire "io ho pagato". Lena e Katia facevano andare le mani più veloce che potevano, Gianluca scansionava i documenti, Castellacci chiamava impaziente perché il suo amico gli aveva riferito dei malumori dei clienti, la guida non riusciva a organizzare le persone in gruppi sensati, ordine alfabetico o familiarità, per esempio e il computer andava più lento del solito. Mentre un signore di Casalserugo si lamentava perché lui non aveva chiesto una doppia ma una stanza con due letti, un uomo in borghese entrava nel negozio di Mattia con un cane, facendo storcere il naso al commesso hipster, già incazzato di suo. Poi il cane si era seduto e l'uomo aveva tirato fuori un distintivo. Il commesso si era innervosito solo un po', in negozio non c'erano mai stati problemi, la roba si trovava nel retro, non era tanta, anche l'avessero trovata si poteva parlare di consumo personale per quattro persone. Invece quel tipo indicò le matrioske in vetrina e lui pensò che il cane era scemo. Il cane non era scemo e quello dentro le bambole non era fumo. Mattia era già partito per un concerto con gli amici e la telefonata lo raggiunse poco prima di scendere dall'auto. Sul momento mise insieme una risata, col cavolo che tornava per una cazzata simile. Ma all'ingresso del palazzetto gli avevano chiesto i documenti e poi lo avevano pregato di attendere, mentre gli altri entravano. Poco dopo arrivò una volante. Non lo portarono in questura ma a San Giovanni, lo interrogò un tipo più giovane di lui con l'aria del poliziotto rampante. Mattia spiegò che quella roba non era sua, lui aveva poche cose a uso personale, magari qualche amico capitava che venisse a fumare nel retro del negozio, mica era un crimine, no? Il guaio, invece, era che nel retro era stata trovata altra roba, nascosta nelle borse peruviane, e dal modo in cui era impacchettata non c'erano dubbi che lo scopo fosse lo smercio. Mattia aveva chiamato Mometto al concerto, chiedendogli il nome di un avvocato e anche di informarsi dal suo amico dell'Antidroga. La risposta era stata che aveva le mani legate, aveva detto che era arrivata una soffiata così precisa che non avevano potuto ignorarla, pesci piccoli o non pesci piccoli. Al commissariato gli dissero che lo trattenevano per pericolo di fuga e contaminazione delle prove, e per Mattia non c'era di peggio, lui mica era come Germano o Mometto o Saverio stesso, che un paio di notti dentro se le erano fatte, lui aveva il buon nome della famiglia alle spalle, era sempre uscito candido da tutto, al massimo era l'uomo nella sala dei bottoni, non quello che va in strada a sparare. A Mattia la prigione, fossero anche solo delle celle detentive provvisorie, faceva paura. Chiese di pagare la cauzione e il poliziotto giovane rise, mica erano in America, aveva visto troppi film. Gli presero il telefono e gli oggetti personali, fecero preparare il trasporto, gli spiegarono che fino a quando non avesse fornito un nominativo gli sarebbe stato assegnato un avvocato d'ufficio. Mattia pianse come un bambino dal momento in cui lo ammanettarono a quando vennero a chiamarlo perché il furgone era arrivato, e per tutto il tempo cercò uno sguardo, un gesto, qualcosa che gli desse la speranza di cavarsela anche quella volta così come era sempre successo in passato, ma non li trovò. Il commissariato si era trasformato nell'anticamera dell'inferno, e nell'anticamera dell'inferno lui era solo.

Quando lo portarono via, a pochi chilometri, in un piccolo appartamento a piano terra un Samsung si illuminava. Il messaggio diceva:

ERA UN CATTIVO AMICO.

«Grazie per essere passata» le avevano detto.

Occhi bassi, spalle tese, il biglietto appiccicato alla porta del negozio di Mattia: LOCALE POSTO SOTTO SEQUESTRO.

Il commesso hipster era stato sentito per ore e ore e probabilmente era crollato subito, tirando fuori tutti i dettagli possibili. La polizia aveva convocato, come persone informate dei fatti, Mometto, Germano, molti amici del vecchio giro di Saverio, gli stessi che due anni prima avevano rilasciato fiumi di dichiarazioni spontanee su quelle sue abitudini idiote di fare l'equilibrista.

«Gliel'ho insegnato io» mormorava a volte Mometto, con un senso di colpa arrugginito che non teneva conto che se non fossero stati i tetti sarebbe stato qualcos'altro.

Ora Mometto sembrava invecchiato tutt'insieme, non tanto per il dispiacere di avere un amico in più in galera, ma perché il mondo in cui viveva era drasticamente cambiato e ne perdeva un pezzo alla volta.

«Non s'è mai fatto nulla di drammatico, con Mattia, era sempre robetta per noi, per il gruppo.»

Non era vero e Lena lo sapeva, quando c'era Saverio nel retro del negozio girava anche cocaina e non solo erba, recentemente le cose sembravano essere cambiate, Mattia si era fatto prudente.

«Non era una cosa d'arrestarlo. Bastava una multa, denunciarlo a piede libero, che bisogno c'era di giocare ai Narcos?»

Lena sedeva con lui a un bar all'aperto, lo stesso che frequentavano con tutto il gruppo, qualche vita prima. Gli aveva portato Argo e Mometto lo grattava sulla testa e sotto il mento.

«Non siamo criminali, non ce lo meritiamo.»

Era riuscito a far avere il nome di un buon avvocato a Mattia, poi sarebbe subentrata la famiglia che avrebbe tirato fuori dal cappello un principe del foro. Peccato, quello sarebbe stato pane perfetto per Betta, avrebbe fatto fuochi e fiamme e sarebbe riuscita a tirarlo fuori in men che non si dica. Mometto lo aveva anche incontrato, una cosa di due minuti prima che l'avvocato rimanesse solo con lui, e aveva raccontato di quegli occhi terribili, gli occhi del terrore, quasi chiusi da quanto eran gonfi per il pianto, perché non era stato messo ancora con nessuno, lo avrebbero trasferito quel pomeriggio.

«Mi ci muore, là dentro, non c'ha la pasta» aveva mormorato.

Lena cercava di provare pena per Mattia, ma non ci riusciva, come non era riuscita a provare pena per Sara. Sapeva che era dentro per colpa sua, ma in fondo era solo galera.

C'è chi vive in gabbia.

Aveva fatto visita anche agli altri amici di Saverio, i tre

teppisti che con Mattia ci parlavano più volentieri che con lei ma comunque lo consideravano un miserabile raccattasoldi. Sergio aveva ascoltato senza proferire parola, Serena si era accesa una sigaretta e aveva detto, ripetutamente

«Che merde»

mentre Alessio aveva avuto la reazione più forte, prendendo a calci uno sgabello in giro per il magazzino in cui trascorrevano le giornate insieme ad altri della loro frangia. Lena aveva tenuto ben saldo il guinzaglio di Argo, teso per quel rumore metallico così forte, aspettando di sentire cosa avevano da dire. Ma, come sempre, se c'erano delle parole la depositaria non sarebbe stata lei. Ora che Mattia non faceva più da ponte il solo ricordo di Saverio non sarebbe bastato a farla accogliere da loro, quello era una specie di addio.

Ma io non potrò mollarli, perché ci sono anche le loro foto su quel cellulare.

Una parte di lei avrebbe voluto avvisare il gruppo, state attenti, c'è un matto che si è preso Saverio, ma quei tre non erano legati a lei, non lo erano mai stati, rappresentavano solo qualcosa che derivava proprio da lui. Lena non avrebbe sofferto se fosse successo loro qualcosa, così come non soffriva ora per l'arresto di Mattia.

Di tutte le fotografie rimaste, tra quelle che mi ha mandato, potrebbe colpirmi direttamente solo attraverso i miei genitori. Tutti gli altri sono legami di Saverio, farebbero soffrire lui e io soffrirei di rimbalzo. Forse mi dispiacerebbe un po' per Lucio e Marta. E per Mometto.

Argo socchiudeva gli occhi godendosi le grattatine e la barba dell'uomo, chino su di lui, gli solleticava il naso, facendolo starnutire. Lena cercò di immaginarselo in ospedale, sulla barella accanto a quella di Saverio.

Ha condiviso con lui più che con chiunque altro.

«Riccardo.» Mometto alzò subito gli occhi, stupito per il fatto che lei lo chiamasse con il suo vero nome, non lo faceva nessuno. «Perché non te ne vai via per un po'? Via dalle cose brutte che stanno succedendo.»

Era quello che le aveva detto Alex, e lei non le aveva dato retta. Si aspettava che le chiedesse come mai, a cosa si riferisse, ma Mometto aveva le difese abbassate e guardò la tazzina del suo caffè, arricciando la bocca in uno dei suoi tic e battendo veloce le palpebre.

«Le cose brutte capitano. Non mi piace, ma cosa ci posso fare?»

Lena scosse la testa, non ci poteva fare niente, nessuno lo sapeva meglio di lei. *Sto giocando con le loro vite. Con tutte le loro vite.*

Lo aveva salutato con un abbraccio, la sensazione opposta rispetto a quella provata con gli altri tre, che il loro rapporto ne fosse uscito rinsaldato.

«Stai attento»

gli aveva detto, una frase che poteva voler dire tutto e niente. Si era avviata lungo il fiume, Argo stanco che trascinava le zampe, il rumore dell'acqua nelle orecchie, la colpa addosso.

14

Notizie di Sara, notizie di Mattia, notizie di Lucio, notizie di Betta. La conta delle colpe aveva cadenza quotidiana, tutti contribuivano a farle ricordare quanto male avesse fatto in meno di quattro mesi. La settimana del silenzio si era allungata, dopo l'arresto di Mattia, e il Samsung restava inerte da diciannove giorni. Era uscito di prigione, ora era in custodia cautelare, ma il processo ci sarebbe stato. Non le era stato concesso di andare a trovarlo, in una telefonata Ridenti le aveva detto:

«Signorina Bacarelli, lei è come il prezzemolo, a ogni caso nuovo che si apre la ritrovo sempre»

e lei non aveva trovato una frase sagace con cui ribattere. Mometto le aveva raccontato, tra scatti della testa e labbra tirate, che i pochi giorni di prigione lo avevano segnato terribilmente, lui giurava che non gli avevano fatto nulla, ma non ci credeva.

«Lì dentro è tutta una mafia, se parli ti vengono a trovare fuori.»

Si offriva spesso di tenerle Argo, per lui era un modo per distrarsi, non pensare, e poi il cane gli piaceva, si facevano compagnia. Come previsto, invece, Sara aveva cominciato a ritrarsi. Le si era aggrappata per più di un mese, poi il fidanzato aveva accettato di parlarle di nuovo e lei era disposta a trasformarsi nel più piatto degli zerbini, purché se la riprendesse. Questo comportava il reintegro degli standard, ovvero l'eliminazione di tutto ciò che non era decoroso, compresa lei. A Lena non dispiaceva liberarsi di Sara, era stata la sola a notare che spesso aveva il fiato pesante e sembrava assente, meglio non riferisse nulla ai suoi, che la vedevano sempre e solo a pranzo la domenica. Di Alex non si parlava più. Lucio ogni tanto partiva, andava e veniva in giornata senza spiegare a nessuno dove andasse, spesso prendeva il treno e quando tornava aveva gli occhi gonfi e rossi. Una piccola corte dei miracoli si era riunita intorno a lui, Marta andava a trovarlo regolarmente e così un paio di altre volontarie dell'ala talebana a cui era appartenuta Alex. Lucio veniva percepito sempre più "sulla piazza", del resto ormai erano passati già due mesi e mezzo, volevano davvero credere che quella megera ritornasse? Ma Lena sapeva che per Lucio le cose stavano diversamente. Lui non si rendeva conto fino in fondo.

«È tutto tempo perso» diceva. «Se vogliamo avere un bambino non possiamo buttare le settimane così.»

Lena non sapeva che ci stessero provando, ma vista l'età di Alex aveva decisamente senso.

«Alex dice sempre che chi ha avuto un padre di merda ha l'obbligo di fare figli ed essere un padre eccezionale, è il karma.»

Invece l'unico bambino della loro relazione sembrava essere destinato a rimanere lui. Non si rassegnava, non ammetteva alcuna ipotesi che non fosse la coercizione, l'allontanamento per sobillazione, la setta, l'uomo misterioso che gliel'aveva manipolata e rubata, il buon senso non attecchiva. Sul suo tablet, unico contatto con il mondo, pieno di ditate, Lena aveva visto la cartella "MS" e aveva atteso un momento di distrazione di Lucio per aprirla. Foto di tanti Marco Sartori quanti internet ne forniva, screenshot, numeri di telefono, indirizzi. Lucio si segnava tutto, erano quelli i viaggi che faceva, ma solo rintracciando quelli più vicini, e se lei fosse tornata proprio quando lui partiva? La mollezza della sua volontà l'aveva sempre vinta anche sulla disperazione. Lena non credeva che ci avesse mai parlato, con questi uomini.

Ma non vuole rimanere immobile ad aspettare.

Lo capisco.

Il caso di Betta non andava meglio, con l'aggravante che la sua famiglia, soprattutto la madre, non voleva avere più nulla a che fare con Lena. La incolpavano, a ragione eppure a torto, per il motivo sbagliato. Betta non andava granché d'accordo con i suoi e non avrebbe gradito. Ormai non faceva più notizia, l'appartamento era stato liberato da quelli della Scientifica, ogni cosa prelevabile era stata prelevata, ne facessero quel che volevano. Lena avrebbe voluto andarci, dicevano non ci fosse sangue, lo strangolamento è strangolamento, ma non era stato possibile. Non sapeva perché, aveva quella sensazione onnipotente che se ci fosse andata lei avrebbe capito tutto, che si sarebbe immaginata i movimenti, le parole, i capelli di Betta che volavano nell'aria, mentre Gianluca la prendeva da dietro. Al compimento del quarto mese da quel 21 marzo l'alba stava per affacciarsi sull'ennesimo giorno libero e il messaggio arrivò. Lena sobbalzò sul letto, Argo si alzò dal suo angolo, ne sentiva le unghie ticchettare al buio mentre veniva lì da lei. Non accese la luce, si limitò a premere l'icona.

IL PROSSIMO TE LO LASCIO SCEGLIERE.

Doveva decidere a chi fare del male.

Perché? Cosa mi promette in cambio? Di lasciare libero Saverio? Di farmici parlare? Qual è la posta questa volta?

Qualunque fosse stata, fino a solo qualche anno prima l'avrebbe considerata troppo alta, anche quando già stava con Saverio. Forse solo in questa cosa lei e Alex

Oddio, Alex, scusa, Alex.

erano state simili, entrambe moralmente irreprensibili. Ora non era più così, non per entrambe. La scelta di proteggere Saverio a ogni costo era stata egoista e aveva portato a far soffrire persone che le erano state care.

E a ucciderne due.

Lei era libera di decidere il destino di qualcun altro. In quei giorni aveva fatto tutto come sempre, si era vestita, aveva dato la pappa al cane, aveva parcheggiato, consegnato moduli e dispensato sorrisi di plastica. E minuto dopo minuto nella sua mente i volti e i nomi si sgranavano come un rosario.

Come lo scelgo? Con che parametri?

Escluse i suoi genitori, escluse Mometto, escluse Astrid per l'ammirazione che Saverio le portava, escluse Lucio perché lo doveva ad Alex, restavano Katia, Serena, Alessio, Sergio, Marta. Ma Marta che c'entrava? Era la veterinaria di Argo, lo era da prima che diventasse suo, forse aveva avuto un debole per Saverio, forse ci aveva flirtato, forse ci aveva scopato, ma anche se fosse non meritava di finire in quel tritacarne. Sergio, Alessio e Serena erano persone che vivevano ai margini di una società che disprezzavano, e di loro sapeva tutto sommato poco. Avevano coinvolto Saverio in molte manifestazioni, vivevano una vita fatta ancora di ciclostile e riunioni in penombra, di slogan e gesti vandalici contro cose o persone che rappresentavano ai loro occhi il male. Era gente in guerra, perennemente. Nella loro, però. Non avevano mai preteso che lei la condividesse, che prendesse posizione, e in realtà non era successo nemmeno con Saverio. Una sera lo aveva visto uscire con una sciarpa attorno al collo, gli aveva chiesto di non andare, che tirava una brutta aria, che i suoi amici se la sarebbero cavata benissimo senza di lui.

«Ci vado perché voglio, non perché me lo chiedono»

le aveva risposto, ed era tornato il mattino dopo con la testa spaccata e le pupille quasi scomparse, pieno di vita come raramente lo aveva visto. Perché quando era con loro Saverio CREDEVA, e quella era una fede che non temeva le botte e nemmeno la morte. A Lena, che ne sentiva da sempre la mancanza, faceva orrore l'idea di uccidere gli uomini di fede, anche quelli che predicano con le mani. Restava Katia.

Katia non le piaceva, non più, perché lei sì era entrata nella sua vita a gamba tesa, seppur su richiesta di Betta, aveva spettegolato, aveva istigato Gianluca, aveva frugato nella sua borsa, si era fatta cambiare turno quando guardarla in faccia era diventato troppo difficile. Bastava questo? Bastava la sgangheratezza della sua struttura morale per mandarla sul patibolo? Bastava l'offerta di una torta salata in cambio di una sbirciatina al telefono? Katia era solo una povera ragazzotta, e questa non era una colpa.

Dammi la forza, Saverio. Dammi la forza di scegliere.

Aveva portato Argo in un parco lontano da casa, quello con l'area cani recintata che le aveva consigliato Astrid e in cui l'avevano fotografata tempo prima. Era quasi buio e non c'era dentro nessuno, lo aveva lasciato andare.

Mometto. Katia. Serena. Lucio. Alessio. Astrid. Sergio. Marta.

Mometto doveva escluderlo, dopo quello che aveva fatto a Mattia, Saverio non le avrebbe mai perdonato di sacrificare un altro amico per lui, gli aveva dato la fedeltà di quelle amicizie semplici tra uomini, che esistono senza tanti perché.

Non posso far succedere niente a Lucio, nemmeno se Alex non è più qui per vederlo, nemmeno se lui mi odia, nemmeno se non mi è mai piaciuto, perché adesso lui è me e so che è abbastanza. E ovviamente i miei genitori sono fuori questione.

Aveva cominciato a ragionare bene sulle amicizie più pericolose di Saverio, Sergio, Alessio e Serena. Lei era una bella ragazza, aveva un animo da artista, inventava slogan efficaci, simboli forti, era una writer, come anche Alessio, più portata di lui per le immagini. Non avrebbe mai nominato Banksy, che secondo lei era dall'altro lato della barricata, visto che la barricata era un cerchio stretto intorno a loro, ma in qualche modo si ispirava a lui. Era giovane, molto più di lei. Non sapeva se stesse con qualcuno, si erano a malapena parlate in quegli anni, Serena la guardava con aria severa, non giudicante ma attenta, in perenne valutazione. Sembrava una bambina davanti a una scatola chiusa, che non si fida ad aprire ma a cui non toglie gli occhi di dosso.

Anche lei per me è una scatola chiusa. In nome di cosa la mando sul patibolo?

Alessio era un candidato migliore. Quando due discutevano, da qualche parte di punto in bianco se ne usciva con una risata a sbuffo e nessuno dei due sapeva di chi ridesse. Magari gli era solo venuto in mente qualcosa di divertente, ma quella risata improvvisa spezzava il ritmo della lite tanto che i due non sapevano da che parte riprenderla. Alessio aveva sempre l'aria di sapere qualcosa che gli altri ignoravano, si era fatto crescere le basette e aveva il naso storto perché se l'era rotto tre volte, interveniva poco nelle riunioni e quando lo faceva alzava sempre la mano senza guardare gli interlocutori. Era inquietante, silenzioso in maniera diversa, rispetto a Sergio, e Lena era certa che non l'avesse davvero guardata più di una dozzina di volte. Quando rispondeva alle sue domande si fissava le scarpe, o le unghie, o la punta della sigaretta, ma non lei. La disprezzava apertamente, non meritava risposte serie ma solo battutine, sbuffi di risate a ripetizione e nemmeno un nome. La chiamava "la donna di Saverio", forse per ricordarsi sempre perché la ammettesse alla propria presenza.

Alessio è una bomba inesplosa, prima o poi farà davvero del male a qualcuno, Saverio me lo diceva, con Alessio è meglio non litigarci. Meglio lui di Serena. Meglio lui di Sergio.

Argo caracollava in giro annusando odori nuovi e interessantissimi a ciascuno dei quali elargiva due gocce di pipì. Sergio se l'era preso con sé un po' di volte, non tante da sentirsi debitrice ma nemmeno troppo poche da sentirsi ignorata. La faceva stare a disagio, meno di Alessio ma quanto bastava. Parlava pochissimo, lo faceva anche con Saverio, stavano un sacco di tempo in silenzio a sentire musica, a leggere libri e a fumare canne. Insieme a volte dipingevano, poi non ne parlavano mai. Aveva insegnato a Saverio qualche trucchetto di giocoleria che aveva imparato in Danimarca, un'estate che aveva vissuto per strada. Lena non lo aveva mai visto far roteare quattro arance, ma Saverio diceva che era bravo.

Non è una ragione sufficiente per toglierlo dal mazzo.

Ma Saverio quando era con lui era felice.

Non posso saperlo.

Invece lo so.

Era completamente assorta, la scosse un rumore lontano, un cigolio. Si guardò intorno ma non vide niente.

Era il rumore del cancelletto? Qualcuno è entrato nell'area cani?

L'ingresso era a una dozzina di metri e in mezzo c'era una pedana per l'agility, non vedeva bene. Cercò con gli occhi il cane e lo vide, immobile in mezzo all'area.

Puntava.

Quaranta chili tesi verso un fulcro che lei non riusciva a vedere, con una rincorsa tale da seminarla in due sgroppate. Era a circa cinque metri da lei.

Se scatta non riuscirò a raggiungerlo. E se ce la faccio non riuscirò a trattenerlo.

Ma doveva provare. Si mosse piano, passo dopo passo.

«Argo?»

Era una massa nera, le sembrava enorme, la coda dritta, sapeva cosa significava.

«Un attimo, ho il cane senza guinzaglio!» disse a voce alta.

In risposta un rumore che conosceva bene, un brontolio di tuono che proveniva dal fondo della gola del molosso. Gli vide arricciare il labbro.

«Argo, no!»

E scattò mentre scattava anche lui, mancandolo dell'intero braccio, vedendolo lanciarsi in avanti a valanga, sentendo il ringhio diventare un abbaio forsennato, feroce, gutturale, iniziando a correre anche lei mentre infilava la mano nella borsa alla ricerca dello strozzo, ma no, Astrid l'aveva costretta a metterlo via, allora cercando la tasca interna, l'iniezione che le aveva dato Alex, raggiungendolo mentre si buttava su qualcosa, afferrandolo per il collare, tirando indietro con tutte le sue forze e poi il braccio aveva perso tensione, uno strattone lo aveva abbassato di colpo, quindi il dolore improvviso poco sotto il gomito, acuto, caldo, il fiotto di paura, il guaito. E in un attimo tutto era finito. Restava con il collare in mano e il sangue che usciva dalla carne poco sopra, con un piccolo zampillo. Nell'altra mano la siringa ancora con il cappuccio infilato. Argo a pochi metri camminava a zig zag perché sapeva cosa aveva fatto, sapeva di aver morso la padrona e che era una cosa brutta, non osava tornare eppure avrebbe voluto, ma era ancora eccitato e sentiva l'odore del sangue, così non si decideva e andava e veniva. Lena rimise la siringa nella borsa e prese un fazzoletto di carta. Non riusciva a vedere la cosa a terra contro cui si era accanito il cane. La prese con la mano che reggeva il collare, mentre con l'altra stringeva forte il fazzoletto che si bagnava. Era una sciarpa, di colore scuro, annodata più volte. Non l'aveva notata entrando, avrebbe giurato che non c'era e che qualcuno l'avesse buttata dentro adesso, quando il cancelletto si era aperto. Ma non c'era nessuno nei paraggi. Una sciarpa d'estate. La aprì slegando uno a uno i nodi, aspettandosi che da un momento all'altro. E invece dentro non c'era niente.

Il liquido trasparente bruciava e Lena si mordicchiava il labbro per non lamentarsi. Marta aveva ripulito la ferita e l'aveva disinfettata.

«Non ho prodotti a uso umano, questi bruciano un po'. Scusa.»

Le era sembrata una buona idea provare a passare da lei, invece di andare al pronto soccorso o alla guardia medica. Sapeva che la veterinaria si faceva trovare in studio tutte le sere, visto che non aveva una famiglia da cui tornare, erano lavoretti extra, in nero, per i vari rifugi e per i volontari. Prezzi bassi, non fatturava, aiutava chi stava messo peggio e pure se stessa.

«Devo fare l'antirabbica?»

«Argo è vaccinato, Saverio ci teneva che fosse coperto anche per quella, lo portava in aperta campagna e lì poteva trovare di tutto. Una volta ha quasi ammazzato una volpe, poveretta.»

Marta aveva iniziato a fasciarle il braccio, che si era gonfiato.

«La ferita non è bella e ti resterà il segno. Dovrai prendere degli antibiotici e quelli non te li posso prescrivere io, però ho due compresse, le prendi stasera e domattina, poi vai dal medico. Dovrai trovare una scusa, però se andavi al pronto soccorso sarebbero usciti quelli della ASL e rischiavi di far mettere Argo in quarantena. Hai fatto bene a venire da me.»

Lena la guardava, pensava alla fotografia di lei che conservava nascosta nel Samsung, scattata in un parcheggio mentre chiudeva la macchina. Marta era più vecchia di lei di cinque anni e ne dimostrava dieci in meno. Bionda, i capelli ricci poco sotto le orecchie, gli occhi chiari, un'eterna ragazzina. Il tipo che solleticava la fantasia di Saverio, che la chiamava Martina, Tina, Marty, aveva infiniti soprannomi, e le sorrideva a trentadue denti, facendola arrossire. Forse lo faceva per ingelosirla, forse era solo un gioco, forse c'era stato dell'altro, come lei aveva sempre sospettato. Si ripeteva che non era importante. Marta non aveva detto una parola ad Argo, che restava seduto nella posizione del cane penitente, immobile e colpevole al punto da non ritenersi autorizzato a sdraiarsi, età o non età.

«Magari è entrato un gatto» aveva ipotizzato la veterinaria.

«Ho sentito il cancelletto aprirsi, avevo paura che ci fosse un altro cane.»

«Probabilmente il padrone lo ha visto e se n'è uscito subito.»

Restarono in silenzio, un po'.

«Eri lontana da casa.»

«Sì. Mi devo cercare zone tranquille, quel posto me l'aveva consigliato Astrid.»

Marta annuì, senza guardarla.

«Mattia come sta?»

«Non bene, mi dicono. Ora aspettiamo il processo.»

«E della tua amica morta? Si sa niente?»

Lena evitò di guardarla, il nome di Fermo Berselli era sospeso su di loro.

«No.»

«Io l'ho vista, lei. È venuta a parlarmi di te qualche giorno prima di... lo sai.»

Sì, Lena lo sapeva, ma una tensione innaturale iniziò a permeare la stanza, mentre Marta continuava a lavorare sull'avambraccio.

«Non mi era piaciuto il modo in cui mi aveva messo le cose, si riferiva a te come a una stupida. Voleva sapere se qualcuno di noi ti avesse spinta ad abbracciare la causa animalista o cretinate simili.»

Marta non diceva mai vere parolacce, Lena lo notava solo adesso.

«Mi aveva fatto delle domande anche su Fermo. Non sul fatto che ci aiutasse o cose così, ma su che rapporti avesse con te. Io figurati se potevo risponderle, per me era solo un volontario che ci era di aiuto, un aiuto vero, concreto, non teorico. Ora che non c'è più è tutto molto complicato.»

«Adesso non c'è più nemmeno Alex.»

La frase le era uscita nel momento in cui l'aveva pensata. Marta le voltò le spalle e andò a buttare il cotone sporco nel bidone.

«Neppure Alex era una santa, e non è che ti considerasse molto nemmeno lei. Diceva che non capiva che cosa Saverio avesse trovato in te. Secondo me le piaceva parecchio, prima di incontrare Lucio. Capiamoci, Lucio è un bel ragazzo, ma Saverio aveva una personalità dirompente, eravamo tutte affascinate da lui.» Tornò a voltarsi. «Lei, io, Astrid.»

Lena aggrottò la fronte.

«Ad Astrid piacciono le ragazze.»

«Ad Astrid piacciono molte cose.» Fece una pausa che suonò come una rincorsa. «Lei c'era alla cerimonia sul ponte, quel giorno che hanno ucciso la tua amica.»

Lena le cercò gli occhi e li trovò.

«Uno degli amici di Saverio, quello con la barba, ha fatto delle riprese, mentre buttavano la ghirlanda.»

«Mometto?»

La veterinaria annuì.

«Fossi in te darei un'occhiata a quel video. Per farmi un'idea.» La benda aveva coperto la ferita. «Non sai mai chi sono davvero quelli che chiami amici.» E poi, d'un fiato: «Mi dispiace per tutto quello che sta capitando. Mattia è sempre stato un trafficone, prima o poi lo avrebbero beccato, ma quella tua amica, anche se era una donna sgradevole, non si meritava quello che le è successo. C'è in giro ben di peggio».

E solo allora rivolse lo sguardo al cane e l'espressione le si addolcì.

«Brutto monello, ti sembran cose da fare?»

Argo batté due volte la coda e finalmente si sdraiò.

Faceva caldo, in via Solferino, quella sera.

Lena era stata molto attenta a scendere nel parcheggio coperto, cambiarsi la maglietta, mettersi un berretto di cotone e uscire dalla parte più lontana dall'ingresso, dopo aver atteso in auto mezz'ora. Aveva preso vie laterali e se l'era fatta tutta a piedi, cambiando spesso strada, fermandosi ad aspettare un rumore di passi che non veniva. Era entrata in un pub e aveva chiesto un cocktail fruttato, dopo la mezzanotte aveva iniziato la lunga passeggiata sull'Arno. Era sbucata in quella stessa via in cui mesi prima era corsa per comprare un cavo per il Samsung, l'aveva percorsa fino all'hotel e a distanza aveva spiato Gianluca là dietro il desk a mettere in ordine le carte, la divisa addosso, impeccabile, come niente fosse. Un paio di volte alla settimana copriva ancora i turni di notte. Era tornata indietro, fino a Ponte Vecchio, straordinariamente vuoto, e aveva riguardato il video che le aveva mandato Mometto, che aveva creduto alla scusa di voler partecipare almeno da lontano a quell'appuntamento che si era persa a causa della morte di Betta. Erano tre minuti in cui si vedeva sostanzialmente Mattia estrarre da un sacchetto la corona intrecciata e poi tutti gli amici andare a infilarci dentro qualcosa di simbolico che ricordasse loro Saverio. Mometto aveva mostrato una canna a video, tutti avevano riso sottovoce, Mattia aveva detto

«Non gli sarebbe piaciuto mica che andasse sprecata»

ma poi lo aveva aiutato a infilarla in mezzo ai giunchi. C'erano tutti alla cerimonia, volti noti, prevalentemente. Germano, Alina dei servizi sociali, Stefano, il barista che aveva servito l'ultimo bicchiere a Saverio prima di lasciarlo andare. Poi Mattia, Mometto, Sergio, Alessio, Serena, Alex con Lucio,

Loro hanno messo un nodino di pelle di bufalo, di quelli che dava sempre ad Argo.

Marta e naturalmente Astrid. Astrid non aveva voluto mettere niente nella corona, dissociandosi dal gesto. Era da lei, non c'era nulla di strano. Mattia aveva detto

«Aspettiamo Lena ancora due minuti?»

ma dopo un silenzio eloquente era andato verso il parapetto del ponte, aveva dato un bacio alla corona

da lui non me lo sarei aspettato

e l'aveva gettata nell'Arno. Mometto aveva ripreso la commozione generale e proprio allora, in un'inquadratura casuale, Lena aveva visto Astrid, con un telefono in mano. Guardava e rideva. Il video coglieva lo sguardo di riprovazione che le lanciava Marta, già sciolta in lacrime, ma Mometto aveva proceduto con la carrellata. Lena invece aveva fermato ed era tornata indietro. Il telefono in mano ad Astrid – e su questo non aveva nessun dubbio – era un Samsung identico a quello di Saverio. Cosa strana, perché da sempre Astrid si vantava di avere ancora un vecchio Nokia che telefonava e basta, niente stronzate come Whatsapp, niente rotture. Stesso atteggiamento che cercava di ostentare Saverio, ma quando gli capitava tra le mani uno smartphone lui non disprezzava affatto di usarlo. Astrid con uno smartphone, non era strano? Astrid che ride guardando uno smartphone durante la cerimonia di commemorazione di Saverio. Astrid che ride guardando uno smartphone quando le agenzie danno l'annuncio della morte di Betta. Astrid che ride. Le bastava.

Gianluca aveva sempre parcheggiato l'auto in via Solferino, in hotel lo sapevano tutti, preferiva farsi un pezzo a piedi ma non pagare né il parcheggio né una multa.

«Son due passi, che ci vuole? Lì trovo sempre posto.»

Svoltò nella via alle sei e dieci del mattino, dopo aver ricevuto il cambio. Camminava a passo cadenzato, come sempre faceva, eretto, impeccabile. Lena lo vide dall'altro lato della via. Sapeva dov'era l'auto e si era messa a dieci metri di distanza, così da avere il tempo di vederlo e di prendere il coraggio di andargli incontro

o di scappare.

Strinse forte il Samsung che teneva nella tasca e si mosse, prima rimanendo sul marciapiede e poi attraversando.

Ora mi vede.

Ma sembrava che no, non succedesse, Gianluca tirava dritto verso la macchina, lo sguardo davanti a sé, fisso, immobile. Gli entrò nel campo visivo, frontale, e non cambiò niente.

Guardami e facciamola finita.

Ma nulla ancora. Si levò il cappello, liberando i dreadlock, un gesto simbolico di svelamento. Gianluca era vicinissimo e lei non esisteva. Mancavano venti passi, poi dieci, poi cinque.

Ora si ferma, tira fuori un coltello e mi apre in due.

Ma Gianluca le passò accanto senza accelerare o decelerare, e lei fece appena in tempo a sentire quel profumo dolciastro, lo svolazzo della giacca alla Bogart, quasi non sentì la propria voce dire

«Astrid».

E poi lui era oltre e allora disse ancora

«Astrid»

rivolta alla sua schiena. Gianluca si allontanava e alzò la voce:

«ASTRID»

ma lui superò la propria macchina e continuò a camminare.

Era arrivata a casa con il cielo chiaro, aveva chiuso la porta, tirato fuori il Samsung e digitato

ASTRID

in caratteri maiuscoli. Poi si era inviata il messaggio, aveva spento il telefono, lo aveva infilato nella custodia e l'aveva messa nella cassetta delle lettere con la scusa di ritirare un rendiconto dell'assicurazione. Aveva dato da mangiare ad Argo e si era controllata la benda intorno al morso. Lo aveva fatto uscire in giardino e aveva di nuovo chiuso tutto, del resto quello era il suo giorno libero, poteva dormire fino a tardi.

Poi se ne era andata a letto come se non avesse appena firmato una condanna.

15

“Tu non eri così” le diceva Betta in sogno.

Solo che era sveglia.

Aveva atteso una chiamata per tutto il giorno, qualcuno che le dicesse che era capitata una cosa brutta ad Astrid.

Non è detto che lo faccia subito, non è scritto.

Poi aveva pensato ai boschi pieni di valigie contenenti cadaveri. E di alberi un tempo creduti dritti.

Cosa sto diventando?

Ma la chiamata non era giunta. Aveva trascorso un’ora nella sala d’attesa del suo medico e quando era entrata aveva raccontato di essersi fatta un taglio con un ramo del giardino, mentre sistemava le piante. Lui le aveva chiesto di vederlo e gli aveva detto di no, che non voleva levare la benda. Lui era rimasto perplesso, ma la posizione era tale che pensò non dovesse esserci nulla di strano, forse il taglio se l’era procurato da sola, ma lui era un medico, non uno psicologo, quella donna ne stava passando tante e un antibiotico generico non si nega a nessuno. Lo stomaco le aveva bruciato terribilmente ma le era sembrato un prezzo minimo. Martedì mattina l’avambraccio era sgonfio, coperto dalla camicetta, invisibile come tanti altri malesseri. Mercoledì l’ispettore Ridenti le aveva telefonato senza ragione apparente, solo per tenerla informata, diceva, cosa bizzarra se si calcolava che non stavano facendo nessun progresso. Lena aveva pensato che improvvisamente avrebbe tirato fuori Astrid, invece l'aveva ringraziata per la disponibilità. Non aveva creduto a una parola, così come non credeva che avessero smesso di controllarla.

Sono bravi a nascondersi, è il loro mestiere.

Ridenti saggiava un terreno che sapeva solo lui, forse in fondo la sospettavano di qualcosa.

Devo stare attenta. Reagire in maniera corretta quando mi daranno la notizia.

Sarebbe stata colpa sua, su questo non c'era dubbio. Qualunque cosa fosse accaduta ad Astrid sarebbe stata colpa sua. I suoi l'avevano voluta a cena, senza cane, e lei c'era andata. Suo padre le teneva ancora il muso per molteplici cose, sua madre si doleva di vederla così magra, tutti gli argomenti spinosi vennero evitati e si parlò di Sara che forse si sarebbe sposata lo stesso il prossimo autunno. Tornò a casa e non era successo niente, arrivò giovedì e non era successo niente. L'attesa di qualcosa che avrebbe compromesso ogni possibilità di recuperare la persona che era stata prima era della stessa pasta del silenzio, velenosa. Lasciò che le paranoie pascolassero in lei, comprò altra vodka, stavolta al melone, ma non le portò nessuna lucidità.

Dovrei fare qualcosa.

L'ho fatto.

Astrid la chiamò venerdì mattina, era di fretta perché aveva mille impegni ma voleva essere certa che Argo stesse bene.

«Mi ha detto Marta che vi ha incontrati e le sembrava in forma.»

«Sta bene, è molto attivo.»

«Non lo porti in campagna o in posti dove possa infilarsi altre spighe nell'orecchio, vero?»

«No, certo.»

Poi due convenevoli, aveva fatto adottare un altro cane con riserva, voleva fare alcune visite di controllo a sorpresa per vedere come si comportavano i proprietari, lei stava bene? Certo che sì, e allora magari passo settimana prossima per un tè insieme, ci vediamo, ciao.

Settimana prossima.

Le era salita una forte nausea, credeva fosse solo tensione ma poi era dovuta correre in bagno a vomitare anche l'anima.

Dovevo avvisarla.

Dovevo dirle addio.

Venerdì era finito, sabato era iniziato, era stata a casa di Lucio, intrisa di odore di sudore e minestra riscaldata, lui sempre più sciupato, con la barba lunga che non cresceva dappertutto ma solo sul contorno del viso

Come Saverio, anche lui aveva la barba a chiazze, il pelo matto dei bambini.

e gli occhi vuoti.

«Almeno mi dicessero dov'è, solo quello.»

Poi per la prima volta le aveva stretto la mano, perché lei conosceva il suo strazio. Lena si era vergognata, il destino le aveva restituito le immagini di un uomo vivo, non aveva più nulla da condividere con Lucio. Il Samsung nel frattempo taceva e Astrid, per quanto ne sapeva, stava meglio di lei. Era rientrata alla sera, una pipì nell'angolo, il cane portato fuori, il Samsung portato dentro, una porzione di carne scongelata e spadellata veloce, la benda tolta perché ormai quello del morso era solo un segno, l'antibiotico da prendere ancora fino al giorno dopo.

Poi il suono improvviso del Samsung, il cane che abbaiava.

Niente video, niente messaggi vocali, niente foto.

Ma una raccomandazione:

METTI I GUANTI.

Si era guardata intorno smarrita. Era andata a cercare nell'armadio dove teneva quelli di lana con la roba dell'inverno, poi nel ripostiglio dove c'erano quelli di gomma monouso che si infilava per pulire le orecchie ad Argo. Tenne in mano un paio di entrambi e si sentì stupida, perché non riusciva a collegare.

Cosa c'entrano i guanti con Astrid?

Magari non avevano a che fare con lei.

Sì che hanno a che fare con lei.

Qualcosa le era sfuggito. Lasciò i guanti sul tavolo, si voltò verso la portafinestra e il casermone di fronte al suo. Alcune finestre accese, la maggioranza ancora spente.

Dimmi cosa devo fare.

Poi si vergognò, sempre a dipendere dagli altri, nel bene e nel male, sempre a chiedere aiuto. Evidentemente quella frase bastava, doveva bastare. Setacciò la casa, i cassetti, gli armadi, gli sportelli della cucina, arrivò al frigo.

C'era un vassoio di polistirolo ad attenderla sul ripiano centrale, pieno di carne macinata. A lato un sacchetto che conteneva della polvere bianca. Nessun biglietto, nessun'altra istruzione.

Era rimasta lì, nella luce fredda della lampadina, a mettere insieme i tre pezzi.

Carne, guanti, polvere.

No, Astrid non sarebbe morta.

Sarebbero morti tutti i suoi cani.

E li avrebbe uccisi lei.

Non era brava a intessere piani, non aveva avuto mai alcuna intuizione diabolica, anzi, Saverio diceva che era ingenua in maniera imbarazzante.

«Pronto, Astrid? Sono Marilena.»

Non avrebbe saputo escogitare nulla, non aveva scuse, non riusciva a inventarsi storie.

«Vorrei passare da te con Argo. Tranquilla, no, non per lasciartelo.»

Era riuscita a ragionare solo in linea retta, andare da A a B, dove A erano la carne macinata e la polvere bianca e B erano i cani di Astrid.

«In realtà non ti ho spiegato perché sono passata da Marta, una ragione c'era e vorrei avere un consiglio.»

Per riuscire ad avvelenarli senza finire in galera era necessario andare al rifugio quando lei non c'era.

«Domani sera va benissimo, a che ora? Posso uscire in anticipo dal lavoro, se serve.»

Tenendo conto che si sarebbe spostata solo per il tempo strettamente necessario, perciò non ci sarebbe stato margine per ripensamenti.

«Un po' prima? Non ci sei? Ah, okay. Allora va bene, farò in modo di liberarmi.»

Al mattino Astrid sarebbe uscita per recuperare una gabbia-trappola, se fosse stata vuota l'avrebbe spostata, se avesse preso il randagio a cui puntava da giorni sarebbe passata dal veterinario. Poi si doveva occupare di due cani vecchi che avevano bisogno di assistenza, due visite di controllo, affidatari di cui non si fidava e una situazione poco chiara con la proprietaria di un carlino. Ma dopo sì, dopo avrebbe trovato il tempo per ascoltare i suoi problemi con Argo e per dare una bella occhiata al cane, che sentiva pur sempre sotto la sua responsabilità morale. Lena aveva chiuso le polpette avvelenate in un frigo portatile e prima di uscire per andare all'hotel aveva preso la lista di Astrid, quella dei rifugi e dei possessori di molti animali da tenere d'occhio. Aveva segnato due nomi papabili, le sembrava di essere andata a far visita loro con la foto di Saverio anni prima, invece erano passati quasi quattro mesi. Si sentiva rintronata, la testa piena di vespe, la vodka che premeva sullo stomaco.

Lucida? Lucida chi?

Aveva avuto Elvio come compagno di turno, e la loro confidenza era così scarsa che lui non si accorse affatto di quanto fosse assente e angosciata. Durante la pausa per il pranzo era uscita e aveva acquistato nel negozio cinese una piccola gabbia per animali, una via di mezzo tra un trasportino e una cuccia per conigli, chissà a che bestia era stata destinata. L'aveva messa in macchina vicino al frigo ed era rientrata senza mangiare niente. La nausea era forte, l'ossigeno che immetteva le sembrava scarsissimo, il senso di gonfiore al viso, la testa che pulsava.

Cosa sto per fare?

Ma ogni volta che tentava la via del ripensamento le urla di Saverio le esplodevano nella mente e allora si diceva ma sì, che crepino tutti i cani, che crepi Astrid, purché lui resti vivo, purché smetta di soffrire. Era uscita alle quattro, aveva due ore davanti prima dell'appuntamento al rifugio. Aveva scelto la casa, il procedimento era semplice, comportava qualche rischio ma se fosse riuscito le avrebbe regalato almeno un'ora in più di tempo. Se fosse andato tutto male allora avrebbe fatto in fretta e basta. Era andata nella zona di Arcetri, aveva percorso la strada strettissima, uscendo dal centro abitato, parcheggiando la macchina accanto a un uliveto. La casa era poco indietro, l'avrebbe raggiunta in due minuti. Prese la gabbia e uscì, inoltrandosi per un viottolo di campagna. In tasca aveva una scatoletta di tonno, la sola cosa appetibile che le rimanesse in casa. Arrivò sul retro della cascina, e come previsto c'era una recinzione ben curata. Il cortile era pieno di gatti, la proprietaria li teneva separati dai cani, glielo aveva spiegato il giorno in cui si era presentata da lei per cercare il suo ragazzo. Aprì la scatoletta di tonno e la mise sul muretto, all'esterno, tenendo d'occhio l'abitazione, nel caso la donna si fosse affacciata. Non era vecchissima, avrà avuto sessantacinque anni, e un tempo doveva essere stata molto bella, ma era finita come gran parte delle gattare, sfatta ma felice. Le bestie, tutte grassotte, annusarono il tonno attraverso la rete, ma solo in tre saltarono sul muretto.

Avanti, so che se volete ce la fate.

Uno dei gatti si arrampicò sulla rete. Lena afferrò la scatoletta e la mise a terra, dietro al muretto. Il gatto scese e si avvicinò, mentre un secondo gatto tentava di emulare l'impresa. Mentre il micio mangiava lo accarezzò a lungo.

A te non faccio niente, stai tranquillo.

Poi lo prese e lo mise nella gabbietta. Si allontanò guardandosi indietro, ma nessuno si era fatto vivo, nessuno era uscito.

Magari non è in casa. Se non è in casa non è servito a niente.

Tornò all'auto, mise il gatto con la gabbia vicino al sentiero, così che fosse visibile dalla strada ma al riparo, controllò la lista di Astrid, digitò sul cellulare il codice per non far vedere il numero e chiamò.

«Signora Parrini? Senta, non è che le manca uno dei suoi gatti? Uno bianco con le macchie nere e rosse? Perché guardi, ne hanno investito uno qui vicino al cimitero, è ancora vivo ma sta parecchio male.»

Non c'era stato bisogno di altro, il cimitero era dall'altra parte del paesino, la donna ci sarebbe andata a piedi, di corsa. Rimase chiusa in auto, non vide niente, fece solo un breve calcolo mentale, poi scese e si diresse alla casa. Non passavano auto, non c'era anima viva. La porta era aperta, non era scontato ma prevedibile. La spalancò, senza toccarla con le mani

Come gli assassini veri.

ed entrò nel frastuono

Eco di abbai.

dei cani. Bastò aprir loro la porta, uscirono tutti insieme, sette o otto cani, tutti grossi, tutti vecchi. Cercò il telefono, aveva chiamato su una linea fissa, sapeva che c'era. Lo trovò e lo sollevò con un lembo della giacca, componendo il numero con le nocche.

«Sì buongiorno, vorrei denunciare una muta di cani scappata da un rifugio, in località Arcetri, credo siano scappati dalla proprietà di un'anziana, Antonia Parrini. Guardate, sono ovunque in mezzo alla strada, rischiano di essere investiti e magari sono pure pericolosi. No, non ve lo dico il mio nome, non ci voglio litigare, con la vecchia.»

Riappese, uscì e i cani erano in effetti ovunque per la strada. Tornò all'auto, partì buttando un'ultima occhiata al gatto.

Ho pulito la gabbia dalle impronte?

"Tu non eri così" le sussurrava Betta.

«Ma ci sono diventata» rispose a voce alta.

La chiamata di Astrid le era arrivata mezz'ora dopo.

«Ciccia, dobbiamo fare un altro giorno, è successo un mezzo casino e ovviamente hanno chiamato me.»

Aveva detto che non faceva niente, si sarebbero sentite l'indomani, ciao, tanti baci. Ora era certa che non sarebbe tornata per un tempo sufficiente. Era già vicina al rifugio, non lo avrebbe raggiunto dal viottolo perché non le era mai parso che Astrid avesse montato telecamere ma non si sapeva mai.

Lo sto per fare. Sto per uccidere tutti i suoi cani.

Man mano che si avvicinava, passando in mezzo agli alberi del boschetto stringendo la pila, il buio che scendeva ma ancora non si era mangiato niente, sentiva le gambe tremare, i denti battere, le lacrime scenderle.

Lo faccio per Saverio.

Che Saverio una volta in passato aveva investito un cane, ed era stata colpa del cane e del padrone, ma da quel giorno aveva preso la patente e l'aveva chiusa in un cassetto, non avrebbe guidato mai più, nemmeno le auto degli altri, nemmeno quella di lei.

«Se la tua mano è motivo di scandalo, tagliala» aveva detto.

E ora le mani di Lena reggevano il piccolo frigo, pesante come un macigno, in realtà pochi chili di peso, ma era sul punto di trascinarlo. Vide la sagoma del muro perimetrale, basso ma con la rete ben fissata, Astrid voleva essere sicurissima che niente, niente al mondo potesse accadere ai suoi cani.

Non aveva previsto me.

Non aveva previsto che la scialba, sciocca, piccola borghese Marilena avesse la capacità di valutare come farla stare a lungo lontana dal rifugio, che si fosse chiesta per cosa i suoi amici vigili l'avrebbero chiamata senza fallo. Problemi legali con le licenze? Problemi sanitari? Recupero animali? E che naturalmente questa fosse l'unica voce che le desse una qualche garanzia. Come avrebbe trovato il nome più vulnerabile proprio sulla lista che le aveva dato lei, come sarebbe riuscita a creare un diversivo, come si sarebbe garantita la più totale autonomia per commettere qualcosa di orribile. Arrivò alla recinzione.

Saranno tutti chiusi dentro.

Ma no, Astrid aveva contato di stare via un'oretta, aveva lasciato la porta aperta così che da dentro potessero uscire. Paura dei ladri? E che paura doveva avere con una trentina di cani pronti ad azzannarli? E fu così che i cani uscirono, e fu così che aprì il piccolo frigo, infilò i guanti, prese le polpette che aveva preparato a casa. Le dita tremavano peggio delle gambe, i singhiozzi si trasformarono in conati, prendeva in mano le polpette e si piegava in due, e i cani la riconoscevano e si avvicinavano alla rete scodinzolando, e quelli che non la riconoscevano

I cani che ha sequestrato a Fermo, il motivo per cui sono qui.

abbassavano le orecchie e si allontanavano incerti, pronti a tornare per una buona ragione.

«Dio...» mormorò.

Poi crollò sulle ginocchia e

«Non ce la faccio, non ce la faccio, non ce la faccio»

ripeteva, ma il Samsung era di nuovo nella sua tasca e le grida, le grida di

Saverio nella testa, a correre in ogni ansa del cervello. Allora si rimise in piedi, prese una manciata di polpette e la lanciò. Due rimasero impigliate e semispappolate nella rete, una cadde a terra fuori e tre finirono nel cortile.

Un incrocio di setter, un bastardotto e un mezzo lupo furono i più veloci.

La voce esplose.

Esplose con un urlo mai sentito, mai ricordato, mai saputo.

Esplose così forte che spazzò via le urla registrate, annullando ogni cosa.

Era la voce di Saverio che urlava in lei, il vertice della piramide, vivo e vivido, che la riportava indietro, al retro del negozio, alle scorribande per prendere a sassate gli allevatori-nazi, all'acqua e sale versati a forza nella gola di Argo quando aveva masticato qualcosa di innocuo nel parco.

Saverio non vorrebbe.

Lo aveva sempre saputo, ma ora lo sentiva.

Sentiva l'orrore che lui avrebbe provato davanti a quella scena, sentiva la disperazione di fronte allo strazio dei cani, sentiva l'odio per lei. Il puro e assoluto odio per lei.

E si odiò altrettanto.

Saltò sul muretto, si aggrappò alla rete. Non c'erano appigli per le scarpe ma li trovò lo stesso, sentendo il metallo che premeva nella carne delle dita, accorgendosi che stava urlando, e che scuotendo la recinzione un altro pezzo di polpetta era finito dentro e un nuovo cagnetto, bruttarello e sghembo, si serviva. Arrivò dentro strappandosi un pezzo di giacca, filamenti di stoffa che rimanevano appesi là sopra. Vedendola entrare i cani si spaventarono a morte, corsero dentro, lei li seguì, afferrando per primo il bastardotto, trascinandolo nella cucina di Astrid, cercando nei pensili, rovesciando roba, trovando il sale grosso e

Come devo fare? COME DEVO FARE, CAZZO, DIMMELO, SAVERIO!

"Va bene anche il sale grosso dritto in gola" le rispose con sussiego Alex.

Ne prese una manciata e cercò di aprire la bocca al cane, ma quello era terrorizzato, faceva pipì, il sale finì ovunque, allora gli montò cavalcioni, lo costrinse ad aprirla

È molto più piccola di quella di Argo.

infilò un pugno di sale e gliela richiuse. Poi non aspettò e corse dietro al mezzo lupo, prese anche lui, lo trascinò in cucina per il collare e ripeté l'operazione. Non trovava il setter, che era uscito dall'altra parte, davanti.

Dove forse ci sono le telecamere.

Ma a quel punto non importava, si buttò fuori, prese anche lui, non riusciva a trascinarlo e lo prese abbracciandolo sotto le zampe, senza pensare mai che gli esponeva il collo, che poteva morderla in qualunque momento. Lo portò dentro e mentre gli metteva in bocca il sale sentì il rumore dei conati, il mezzo lupo stava vomitando e a terra c'erano anche i resti di quel che aveva buttato fuori il bastardotto. Il setter tenne duro, gliene diede una seconda dose, poi una terza e alla fine anche quello vomitò.

Purché abbia fatto in tempo, purché il veleno non sia già in circolo.

E allora si ricordò del quarto cagnetto, passò di stanza in stanza in mezzo agli altri per cercarlo, lo scovò dietro una poltrona, tremante, che non si reggeva in piedi.

Nemmeno uno, non ne deve morire nemmeno uno.

Lo portò in cucina, cercò di dare il sale anche a lui, ma aveva la bocca piccola, era molto più difficile, non ci riusciva, metteva dentro due grani che quello sputava mordendole le dita. Lo tenne stretto, buttò a terra degli strofinacci e coprì il vomito perché gli altri cani non se lo mangiassero, li spinse fuori, si aprì il cancelletto principale e uscì con il cane sottobraccio. Andò a prendere il frigo, lo chiuse e lo portò con sé, nemmeno una briciola di carne doveva uscire.

Scusa Saverio.

Era stata pazza, aveva perso ogni senso della realtà, salvare Saverio in quel modo era come ucciderlo avvelenandolo a sua volta.

scusasaverioscusascusascusa

Il cane emetteva uno strano gorgoglio, Lena arrivò alla macchina, lo mise sul sedile davanti buttò il frigo dietro e partì.

«Non morire. Ti prego, non morire.»

E lo massaggiava guidando, calcolando quanto tempo le ci sarebbe voluto, prendendo il telefono, chiamando.

«Marta, dimmi che sei in studio! Ti prego torna indietro, torna indietro, ti sto portando un cane avvelenato, devi salvarlo, non riesco a farlo vomitare, aiutami, Marta!»

Ci aveva messo meno di venti minuti. Marta l'aspettava sulla porta, aveva preso il cane senza una parola, era corsa dentro.

«Sai cos'ha mangiato?»

«Una polpetta avvelenata.»

«L'ha mangiata tutta? Non sei riuscita a prenderne un pezzo?»

Lena mollò tutto e corse fuori, prese una polpetta dal frigo e rientrò.

«È carne macinata con una sostanza bianca.»

Marta la guardò, esaminò i suoi vestiti, la giacca strappata, i segni di morsi, le escoriazioni, gli occhi gonfi di pianto. E le passarono sul viso insieme disprezzo e pietà, furia e incredulità.

«Cos'è la sostanza bianca?»

«Non lo so.»

«Quanto tempo è passato?»

«Mezz'ora.»

Marta scuoteva la testa.

«È vecchio, in stato di shock. Non ce la fa.»

E Lena si piegò sulle ginocchia, il pianto che la scuoteva.

«È uno dei cani di Astrid» disse.

«No» aveva detto la veterinaria con molta calma. «È uno dei cani di Fermo, lo conosco bene, si chiama Sparky.»

Correva.

Correva, aveva superato i 90 e i 100.

Correva via dallo studio di Marta dove aveva lasciato la polpetta avvelenata e Sparky ancora vivo.

Correva lontano da Firenze e da tutti quelli che amava e che l'amavano.

Correva per non fare più male a nessuno.

Correva con il Samsung in mano, i comandi pigiati a caso, il video fatto partire per errore, ma che importava? Non aveva girato lo schermo, aveva girato il cellulare, inquadrandosi in qualche modo nel buio della notte, i lampioni che sporadicamente le illuminavano il viso tumefatto.

«NON CE LA FACCIO!» aveva urlato. «NON CE LA FACCIO! AMMAZZA ME! AMMAZZA ME O MI AMMAZZO IO!»

Poi in qualche modo l'aveva inviato, non si caricava, partiva, non partiva, infine era andato, spedito e ricevuto, aveva buttato il cellulare sul sedile e aveva continuato a guidare piangendo e urlando e chiamando Saverio. Si era ritrovata su una statale dove non c'era quasi nessuno e solo allora si era accorta dei fari dietro di lei. Aveva preso per Pontassieve e i fari l'avevano seguita. Aveva girato per Molinuzzo ed era finita su una strada tutta curve e alberi, i fari sempre dietro. E non se ne sarebbero andati, perché non c'era nessun altro, non aveva senso che qualcuno facesse quella strada a quell'ora, perché era una strada per pochi, una strada per chi sa che deve andare proprio lì, non era di transito, non era per caso, non era per sbaglio, non a quell'ora, non quando ci stava viaggiando lei. E allora aveva pensato che vaffanculo, non c'era Argo, e aveva salvato l'anima di Saverio da un dolore insostenibile, che succedesse quel che doveva succedere. Aveva accelerato, prendendo le curve come poteva, la Clio che teneva la strada con uno stridore di gomme, e da dietro le avevano acceso e spento gli abbaglianti, ma a Lena non importava più, aveva deciso di non sottostare, di non arrendersi, non si sarebbe fermata. Poi una curva più stretta, le gomme che slittano, la strada che si muoveva in maniera strana, scorrendole davanti invece di venirle incontro. E i sobbalzi, una macchia di bianco a soffocarla improvvisamente e silenzio, immobilità.

Sono morta.

No, e non era svenuta, non davvero, accusava solo il colpo, il respiro che faticava a tornare. Tirò il fiato come poteva e le orecchie presero a ronzarle. L'airbag iniziò a sgonfiarsi e la testa le cadde di lato.

Mi sono rotta il collo?

No, di nuovo. Pensò alla borsa, al telefono, poi il ronzio prese il sopravvento e non pensò a niente, ma nemmeno svenne, rimase lì a non essere nulla, ad aspettare

Ora viene.

che succedesse qualcosa. E successe. Sentì aprirsi la portiera, due mani che armeggiavano con la cintura e poi la tiravano fuori di forza. Non solo per modo di dire, l'auto era inclinata e lei era un peso morto, eppure venne sfilata fuori come un'acciuga da un barattolo. Il naso le si premette su una stoffa ruvida mentre

Il Mostro L'Orco Il Gigante

se la caricava in spalla per portarla via.

Ce l'hai fatta. Alla fine ce l'hai fatta. Bravo. Mi hai presa. Complimenti. Vaffanculo.

Qual era l'odore del mostro? Il mostro non aveva nessun odore. Né di fumo né di alcol né di sapone o deodorante. Non sapeva di niente, sapeva di pelle umana e di lievito, di malto, di quella pellicola di unto che i pori espellono per proteggersi.

Freddo.

Poi caldo, caldissimo, troppo, un caldo che si mise a vibrare e si mosse veloce. La ruvidezza di un sedile posteriore.

Non sono nel bagagliaio.

Perché?

Perché non sono nel bagagliaio?

Fu un viaggio molto breve, questione di minuti. Poi la luce si accese, poi si spense, poi si accese di nuovo e le arrivò uno schiaffo d'aria, quindi di nuovo fu presa di peso e messa dritta mentre una massa enorme le si sistemava accanto. Buio. Nessun odore, nessun rumore. Lena teneva gli occhi chiusi.

«Ora tu mi devi dire qualcosa, a me» venne fuori in un brontolio basso da tuono estivo. La voce grossa come il corpo, bassa, ruvida, stranamente familiare.

Ammazzami e basta.

«Hai capito? Oh!»

Una specie di morsa enorme le prese la faccia sotto il mento e la scosse piano, con delicatezza, quasi cullandola.

«Ammazzami e basta» stavolta lo disse.

«No, non sono io che ti ammazzo. T'ammazza quello se tu non mi dici quello che mi devi dire.»

E allora la curiosità la vinse e aprì gli occhi, e fu peggio di quanto credeva, perché era davvero un orco, ed era davvero enorme e non c'era che carne ovunque, la testa, il collo, il corpo, era una montagna di carne senza odore che la fissava con due occhi piccolissimi.

L'ho già visto.

Dove? C'erano mille luoghi, uno così non si dimentica, eppure non riusciva a ricordare. Quando lo aveva visto, un simile bestione, doveva essere così concentrata su qualcos'altro da metterlo in secondo piano, perciò doveva avere avuto tantissima paura, e quindi era stato

L'hotel.

Il rifugio di Fermo.

Casa di Gianluca.

No, nessuno di questi. Poi ebbe un'illuminazione e il ricordo arrivò chiaro, vivido. Il rullo della macchina da scrivere, i telefoni che squillano, il Samsung che le dimostra che Saverio è ancora vivo. L'orco che le chiede le sue generalità.

«Sei un poliziotto.»

«Sì.»

«Ti ho visto al commissariato quando volevo sporgere denuncia.»

«Sì.»

«Eri tu che mi seguivi?»

«Sì.»

«Perché?»

«Perché io ti ho creduto, quel giorno. Io so cosa ti capita.»

Nel buio gli occhi minuscoli della Bestia quasi non si vedevano. Ma a loro insaputa scintillavano.

«Io so chi sei.»

16

Francesco perché così si chiamava il fratello di suo nonno, Maria la maggiore, Antonio e Carlo gli altri due. Lui era l'ultimo, il più piccolo, nato non voluto come non voluti erano tutti, in quella famiglia. Dal padre, in paese, ci si guardava, anche se aveva un nome mite, Martino, ma per tutti era solo Caparzo, un cognome ostico che richiamava il concetto di testa dura, a voler essere eleganti. Cresciuto in un grappolo di case al crocevia tra Lazio, Campania e Molise, capace di esprimersi solo in dialetto stretto, ignorante e violento, campava di rivendita di rottami. C'erano altre cose che faceva per arrotondare, e di quelle in casa non era permesso parlare, ma si sapevano. Francesco non aveva paura del padre, quanto della madre, enorme, pressoché muta, che si esprimeva a grugniti e sberle. Maria gli aveva fatto da figura protettiva finché ce l'aveva fatta, poi era stata troppo impegnata a proteggere se stessa. Francesco aveva lavorato da sempre, da quando aveva memoria, che si trattasse dei due campi di famiglia o di badare alle bestie o di essere dato in prestito ai vicini per grattare la ruggine dagli attrezzi. Ubbidiva, la testa bassa, gli occhi ai piedi, meno parlava e meglio era. Se le cose andavano male suo padre dava loro una ripassata ogni sera, se andavano peggio lui e la moglie finivano in un bagno di sangue, una volta lei gli aveva infilato un uncino nella testa e c'era voluto del bello e del buono per levarglielo.

Francesco aveva avuto la fortuna di essere il più piccolo, basso, bruttarello, così suo padre non si era interessato a lui nella maniera speciale in cui si interessava a fratelli e sorella, ma gli sarebbe toccato, prima o poi, se non fosse stato per l'incidente. Cosa fosse successo non era chiaro, non c'erano stati ospedali a occuparsi della gamba, solo tanto sangue in casa, l'odore familiare di quando scannavano una delle bestie per le occasioni importanti. La madre aveva bruciato la ferita col fuoco e poi l'aveva ricucita, al padre era venuta la febbre alta e per due giorni avevano pensato al peggio, anche se un cugino aveva portato delle medicine da Venafro.

«Se pigliava meglio la mira ci faceva un favore» aveva detto suo fratello Carlo in quella lingua incomprensibile che parlavano solo loro, e si riferiva alla persona cui Martino Caparzo aveva fatto uno sgarro e che gli aveva sparato. Dopo qualche giorno l'uomo si era ripreso, ma avrebbe zoppicato per il resto della vita e, fatto non trascurabile, era rimasto impotente. Il bisogno assoluto di affermare la propria virilità trovò sfogo in un'unica direzione, ormai ciascuno a turno si immolava, sperando sempre che usasse solo le mani e mai il bastone o, a dio non piacesse, il coltello.

L'estate del 1986 aveva portato un regalo a Francesco e ai suoi dodici anni, ovvero circa dieci centimetri in altezza. Non era mai stato grasso, ma era tracagnotto e la massa del suo corpo iniziò a distribuirsi. A tredici anni aveva visto un film alla televisione che diceva che per farsi i muscoli bisognava mangiare uova crude, e così cominciò a rubarle al vicinato, una qui e una lì. Qualcuno se ne accorse e andò a riferirlo a sua madre, che prese la scopa e iniziò a dargliele fino a spezzargli il manico sulla schiena. Lui aveva pensato che sì, gli aveva fatto male, ma non quanto avrebbe creduto. Significava che era forte e che sarebbe potuto crescere ancora.

Lo avevano bocciato in terza media e al termine dell'anno ripetuto disse che voleva frequentare il biennio di una scuola secondaria, solo il biennio. Suo padre urlò che doveva lavorare, lo afferrò per i capelli così forte da strappargli eli, e Francesco semplicemente gli prese il polso e allontanò la mano. Suo padre lo guardava incredulo, nessuno di loro, a parte la moglie, si era mai ribellato. Poi negli occhi del figlio vide qualcosa, e l'incredulità divenne timore, perché gli fu chiaro che il piccolo, mite e sottomesso, gli avrebbe spezzato il collo, se non la piantava. Da quel giorno Martino Caparzo si era limitato a insultare il figlio Francesco, che cresceva e superava gli altri in altezza e peso, il cibo rubato ai compagni di scuola, nei negozi, nelle case dei parenti. Quando rientrava al pomeriggio dall'istituto tecnico, in cui portava avanti un miserabile percorso scolastico, pretendeva di fare i lavori più pesanti, e se mancavano portava legna fino a tardi. A diciassette anni appena compiuti aveva raggiunto un metro e novanta di altezza per centodieci chili e con il minimo dei voti si era portato a casa un pezzo di carta che per lui era fondamentale.

Il giorno in cui aveva compiuto diciotto anni si era presentato in polizia.

Sapeva che la famiglia lo avrebbe ripudiato per questo ed era ciò in cui sperava, di essere respinto al lato opposto dello spettro, qualunque fosse, sarebbe comunque cascato meglio. Gli avevano spiegato la faccenda del concorso, aveva trascorso alcuni mesi in città restando da parenti, facendo lavori di fatica, sempre zitto come sua madre, sempre occhi bassi. Nessuno gli aveva mai dato fastidio, poteva non essere una cima ma di certo era grosso. Un paio di volte gli offrirono dei lavoretti remunerativi, sarebbe bastato farsi vedere, dire certe cose, non gli costava nulla, ma aveva detto di no.

Aveva passato l'esame scritto per il rotto della cuffia, quelli pratici invece lisci come l'olio. Una volta entrato aveva iniziato a rasarsi a zero per avere la certezza di essere sempre in ordine, impeccabile. Il primo incarico l'aveva avuto vicino a casa, a Marzanello. Poi lo avevano mandato a Caserta e infine a Napoli, perché aveva chiesto di far parte della Celere. Lì era entrato a ventidue anni e ne era uscito a trentanove. Erano stati i celerini ad affibbiargli quel soprannome così banale e stantio, la Bestia, un po' perché era un campagnolo che a malapena riusciva a esprimersi in italiano, un po' perché era grosso e un po' perché lo avevano visto durante le cariche e sapeva dio se in quei momenti ci fosse più nulla di umano in lui.

Gli incidenti erano iniziati presto.

Niente di disciplinare, Francesco Caparzo era un poliziotto modello, puntuale, preciso, sempre in ordine nonostante gli avessero dovuto far fare una divisa su misura, perché era enorme. Rispondeva a tono e questo era tutto quel che diceva, perché anche nelle docce con i compagni non gli usciva mai una battuta, una considerazione, una risata. E poi aveva quegli occhi, piccoli piccoli e azzurri, a volte così chiari da sembrare trasparenti. Ti guardava come se ti vedesse attraverso, per lui erano tutti fantasmi. Non c'era cameratismo a sostenere i rapporti con i colleghi, di cui sapeva il nome ma con cui condivideva unicamente gli spazi. Uno di loro, una volta, era andato a casa sua per consegnargli un documento e aveva riferito ai colleghi che era vuota, ma proprio vuota, c'era un materasso a terra e la cucina, niente altro, nemmeno il televisore.

Francesco metteva via i soldi per il futuro, solo che non sapeva quale. Veniva dal fondo più basso e nero e arido che la terra avesse mai partorito e voleva riuscire a staccarsene, trasformarsi, diventare qualcosa d'altro, qualcosa di alto. Non conosceva la parola, ma ciò che cercava era un'aspirazione, o, come dice meravigliosamente un verbo tedesco, *streben*, l'anelare, il protendersi verso qualcosa di migliore. Lasciare il vecchio se stesso, crisalide secca, e trasformarsi, diventare qualcuno che anche lui avrebbe ammirato. Un Uomo Retto. Un Uomo Pulito. Un Uomo Giusto. Ma il suo carapace era solido e ben ancorato all'anima, da solo non sarebbe riuscito a staccarlo. Dunque era in cerca di chi lo avrebbe aiutato a liberarsene, un angelo redentore che il mondo, finora, non gli aveva rivelato.

Non aveva amicizie o legami affettivi, le risate si sprecavano immaginando la poveretta che gli doveva sopravvivere sotto, e invece le ragazze nigeriane di via Carbonara avrebbero testimoniato che era educato, molto pulito, pagava bene e se la sbrigava con poco. Il problema arrivava insieme alle chiamate. Quando il furgone si fermava e tutti scendevano lui era l'ultimo. Il casco gli dava un'aria da giocatore di rugby, il manganello stretto in quella manona era solo una lunga bacchetta. Ma gli occhi, gli occhi cambiavano completamente, si accendevano, pieni di vita. E al momento della carica staccava tutti, 123 kg che volavano in avanti, uno schiacciasassi. A molti di loro piaceva menare, era un fatto. Ma lui andava oltre. C'erano state ossa rotte. Poi c'erano stati traumi cranici. Poi uno era volato fuori da un portone, lanciato come una bambola. Nell'aprile del 2002 un ragazzo era finito in coma. I colleghi avevano detto di non aver visto bene, c'erano i fumogeni, e comunque quelli se la stavano cercando. Caparzo era rimasto fermo per un mese, poi era tornato. Nessun altro incidente per un anno, poi di nuovo un uomo in ospedale, le ferite dimostravano che era stato colpito anche dopo aver perso conoscenza e che a causa di quelle botte non avrebbe camminato più. Fu difficile ricondurre la responsabilità a lui, che a tutte le domande rispondeva con poche sillabe.

«Ho eseguito gli ordini.» Come i nazisti.

Lo mandarono da una psicologa che dopo due incontri ritirò la disponibilità perché riteneva che ci fosse dell'ostilità verso di lei, in quanto donna. Lo prese in carico un secondo professionista che dopo vari colloqui attestò che era una persona equilibrata, forse aveva patito un po' di stress ma, se impiegato solo in azioni contenitive, non avrebbe arrecato danno alle forze dell'ordine. Poi, in separata sede, aveva riferito al sovrintendente:

«Sembra vuoto, è come se dentro di lui non ci fosse niente».

E invece c'era. C'era così tanta roba dentro Francesco Caparzo che si era sentito costretto a limitare ogni elemento esterno per poterla compensare, controbilanciare. Ma la maggior parte di ciò che si muoveva in lui, un magma, un brodo primordiale, non aveva nulla a che fare con la sua aspirazione, ed era quindi un nemico da combattere. Una furia senza nome. Il male. La Bestia. Ne sapeva quanto necessario, aveva provato tutto ciò che sarebbe stato bene un essere umano non provasse mai. Si conosceva, sapeva chi era, cosa era. Era un flagello. Un morbo silente chiuso nelle carni di un uomo. Non voleva essere un criminale come suo padre, e non agli occhi della legge, ma agli occhi di Dio onnipotente, se aveva mai guardato dentro la loro casa. Però sapeva di avere dentro di sé violenza e odio e una furia incontenibile che teneva a bada con l'immobilità, statti fermo Francesco, statti fermo che continui a campare. Ma se solo avesse potuto li avrebbe uccisi tutti, il tabaccaio che gli dava il resto sbagliato, il collega col difetto di pronuncia, la signora che apriva i detersivi per annusarli, l'autista dell'autobus che si fermava sempre dopo la pensilina. Odiava ogni aspetto della vita stessa e odiava l'umanità, un odio sincero e primordiale, assoluto e democratico, che comprendeva tutti, anche le ragazze che si scopava in macchina alla luce dei lampioni, lasciando che fossero loro a muoversi, perché se l'avesse fatto lui, se una sola mano si fosse avvicinata al loro collo, e non doveva succedere e non succedeva. Poiché Francesco Caparzo aveva una propria morale, benché esclusivamente teorica. Si comportava bene perché aveva scelto, deciso che dovesse essere così, ma aveva dentro tutti i demoni del mondo. E quando il suo corpo, quel corpo così forte che aveva coltivato con cura, prendeva l'avvio, e l'adrenalina pompava, e l'istinto saliva a sbranarsi la ragione, quando perdeva il controllo allora la sua vera natura usciva e lui pensava solo a fare male, male, più male possibile.

Quando esagerava e lo mettevano in panchina, seduto, a cuccia, rilassati, frequentava i corsi interni che si tenevano la sera, e imparava cose che nessuno avrebbe sospettato, seduto là in fondo senza scrivere una riga, con quegli occhi vacui. Imparava cose sugli appostamenti, sugli assassini, sullo spaccio, sulla sorveglianza, sulle armi. Metteva via e stivava per il futuro, per il giorno in cui avrebbe trovato una ragione e una direzione, qualcosa di eletto da alimentare col boato che gli risuonava dentro.

Poi nel 2012 ci era scappato il morto.

Non ricordava quasi nulla, solo che a un certo punto lo tiravano indietro in tre, senza riuscirci. Il ragazzo a terra aveva in mano un accendino e una bomboletta che usava come lanciafiamme. Fu questo a salvarlo, la divisa bruciacchiata, legittima difesa, aveva sferrato un colpo nel punto sbagliato, nemmeno ci vedeva, le fiamme sul viso, lo ha salvato il casco. Ma lo avevano sospeso ed era partita la trafila interna, i compagni che non potevano deporre in suo favore, a costo di passare per infami, ma ci fa paura, signore, fa paura a noi, nessuno vuole affiancarlo perché certe volte sembra che non ci riconosca nemmeno. E attutendo ogni rumore, scivolando con estrema delicatezza, lo avevano spostato dalla Celere agli uffici. L'ambiente era intossicato di sospetto, a ogni suo movimento si accompagnava lo spegnimento dei brusii, la tensione degli sguardi, nessuno lo voleva, a fare cosa, e se sbrocca, ma avete visto che mani ha, ve lo tenete voi, dove lo mettiamo, attenti che arriva la Bestia. Così gli avevano fatto un discorso, avrebbe accettato un trasferimento? In un posto lontano dalle sue origini e da quei meccanismi consolidati, si sa, l'ambiente, i colleghi, il tipo di vita, ogni posto ha un suo tipo di vita, no? Magari sempre vicino all'acqua, dolce, non salata, un fiume grande e meraviglioso, uno dei maggiori d'Italia, una straordinaria città d'arte, bella, ci mancherebbe, mai come Napoli, ma che ne diceva di Firenze, eh? Firenze, un piccolo commissariato, non la questura, che c'è troppo viavai, San Giovanni? Che gliene pareva?

Francesco Caparzo, detto la Bestia, aveva accettato.

Il soprannome lo aveva preceduto e si era insediato prima che il treno arrivasse a Santa Maria Novella. Lo avevano aiutato a trovare un appartamento, non vuoto, per carità, via le vecchie abitudini, in questo c'era pure la tv. E lui ci era entrato buono buono e ogni giorno si era messo la divisa ed era andato a sedersi in ufficio, battendo a macchina, archiviando documenti, passando telefonate. Per quanto tutti lì sapessero cosa aveva fatto nessuno aveva assistito con i propri occhi, e gradualmente iniziarono a vederlo come una Bestia, sì, ma uno di quei placidi bovini enormi, lenti e innocui, come gli gnu. Chi mai ha paura di uno gnu? Francesco immagazzinava, comprimeva, tratteneva tutto e si sentiva come una bomba nucleare, un potere distruttivo enorme chiuso in un piccolo contenitore di metallo. Aveva iniziato a uscire con le volanti, solo in casi di poco rilievo, poi qualche servizio di sicurezza, infine si era ritagliato uno spazio negli appostamenti. Nonostante il suo aspetto, era bravissimo a non farsi vedere né riconoscere, una sorpresa per i superiori. Era preciso, flemmatico, riferiva ogni cosa con un buon occhio per i dettagli. Si era beccato un paio di "bravo, Caparzo" e qualche pacca sulla spalla. La Bestia dentro di lui aspettava che le briglie si allentassero, che lo mandassero in missione a prendere qualche pazzo fuggiasco, qualche estremista, arrivava ad augurarsi che il terrore si insediasse in città per potersi rimettere un casco e fare irruzione da qualche parte.

Buttare giù la porta. Fare a pezzi i mobili. Scovare qualcuno. Fargli male.

Invece non era successo nulla, gli anni erano trascorsi e i casi grossi erano sempre in mani meno capaci. Lui si appostava, prendeva nota e poi passava tutto a qualcun altro. Si stava occupando con i colleghi di un traffico di droga legato a un rifugio per cani quando era arrivata una chiamata, il corpo di una donna trovato legato in un letto, forse una prostituta, ma pareva di no, e tutti erano usciti perché l'abitazione era lì vicino e toccava a loro, non a quei tromboni della questura. Lui era rimasto in ufficio a raccogliere le denunce di borse rubate e garage occupati abusivamente.

Ed era arrivata lei.

Prima le aveva notato solo i capelli, tutti ingarbugliati. I vestiti non erano meglio, ne aveva visti a dozzine, sapeva di cosa si trattava prima ancora che si sedesse, le aveva avute davanti mille volte, femmine come quella, le labbra arricciate, la molotov o il sampietrino in mano. Ma quando era salito agli occhi le cose erano cambiate. Li conosceva quegli occhi, li aveva visti tutte le volte che era entrato nella baracca con il coltello prima delle feste comandate, perché sua madre non voleva sporcarsi. Aveva tirato il collo a tante come lei, tagliato la gola a tante come lei, per una volta non era lui la Bestia. Quella donna era una creatura senza vie di uscita. Aveva preso quest'informazione e l'aveva messa via, non lo riguardava. Stalking, aveva detto. Nome, cognome, tremava tutta. Poi le era arrivata una chiamata e *bum*. Cambiata, sgozzata in diretta lì, davanti a lui, eppure ancora viva. Aveva ritirato tutto ed era scappata via. Lei, i suoi occhi, la corsa senza scampo verso un eterno mattatoio. E Francesco aveva provato una sensazione strana che subito non era riuscito a definire e collocare. Empatia. Anche senza nome la mise da parte insieme a tutte le altre cose.

Magari dopo controllo.

E invece dopo c'era stato baccano, la donna uccisa era un avvocato, il caso passava alla questura, altro tempo buttato, carte sprecate. Qualche giorno dopo il sovrintendente lo aveva chiamato

«Caparzo, ti ricordi l'altro giorno una giovane donna che si è presentata in commissariato? Ha preso una multa qua davanti e c'era il suo nome su una delle nostre schede, incompleta. Marilena Bacarelli, ti mostro una foto».

Aveva confermato, se la ricordava, molto nervosa, spaventata, sull'orlo del collasso, avrebbe detto. Parlò con l'ispettore della questura, Ridenti, e gli ripeté tutto, anche l'orario che aveva fatto in tempo a scrivere. La sospettavano? Pareva di no, ma era amica della vittima e il principale indiziato era un suo collega con la fissa per lei. Aveva fatto una breve ricerca a tempo perso, qualcuno dalla questura lo teneva informato, non c'era ragione per non dirgli quello che si sapeva. Caparzo aveva messo insieme un po' di cose e le aveva messe via, di nuovo. Poi, sempre per ingannare il tempo, aveva fatto un giro nei dintorni della casa di questa Marilena Bacarelli, detta Lena. Aveva un cane e uno strano giro di gente, era laureata ma vestita e pettinata come una mentecatta, un trauma in passato, fidanzato morto suicida o per incidente giù dal Ponte alla Carraia, ricordava quella storia, un idiota ubriaco e strafatto con precedenti, era finito come meritava. Non gli quadrava, però, non gli quadravano l'amica avvocato e poi tutta una corte dei miracoli di frequentazioni, era una situazione strana. La Bacarelli era stata interrogata, più di una volta, le avevano controllato il telefono e l'auto, aveva consegnato tutto senza remore. Allora Caparzo aveva notato una cosa, che il telefono di questa signorina era uno di quelli con la mela, azzurro. Azzurro. Azzurro. Ma lei non aveva in mano un telefono azzurro, il giorno che era venuta. Lo ricordava bene, il telefono squillava e lei non rispondeva e lo guardava continuamente, lo teneva stretto in mano. Era argentato, di metallo, grosso, non un iPhone. Dunque aveva due telefoni? Chi ha due telefoni?

Chi ha un segreto

si era detto.

Così nel tempo libero si era dedicato un po' a lei. Niente di che, andava a vedere posti e persone, guardandoli da lontano, verificando. Non gli piaceva nessuno, nemmeno la ragazza, eppure quella sensazione permaneva. Gli sembrava una stupida, incredibilmente nervosa, stressata, faceva cose strane con le tende del soggiorno e non chiudeva la porta a chiave. Era entrato in casa, una volta, aveva aspettato che portasse via il cane per affidarlo a qualcuno mentre andava al lavoro. Si era fatto un giro accurato, aveva scattato qualche foto, soprattutto a un biglietto ben nascosto, scritto su un pezzo di carta lurida, nemmeno da avvolgerci il pesce.

FARÒ IL BRAVO.

E chi cazzo sei, che fai il bravo?

A un certo punto intorno a lei si erano serrati i ranghi, i suoi amici debosciati le stavano particolarmente addosso e lei sembrava voler sfuggire al loro controllo, ma per andare dove, da chi? L'aveva vista scavalcare una cancellata per salire in casa di Gianluca Savelli, ma quelli l'avevano intercettata, ripigliata, portata via. Che aveva da dire a Savelli, che era stato scagionato? Ci pensava spesso, adesso, ci pensava tanto, perché da tutto quello che aveva visto quella lì, quella Marilena, era davvero in trappola, era davvero in un mattatoio e stava cercando di uscirne ma non trovava la strada.

È prigioniera della sua vita.

E allora qualcosa era scattato, perché pure lui era prigioniero della propria e forse lei sì, forse lei era il suo angelo redentore, forse se la salvava poteva salvare anche se stesso e spegnere il fuoco della furia ed ergersi a eroe e salvatore e Uomo Retto, Pulito, Giusto. Non ne era certo, si dibatteva, e poi nostro Signore benedetto gli aveva mandato un segno enorme, come un faro nella notte, la convocazione dal sovrintendente e

«Caparzo, tu sei forse il più bravo in queste cose, dovresti seguire una persona per un caso di Ridenti, ma è una situazione delicatissima, Caparzo, capisci? Delicatissima. Qui c'è la possibilità di risolvere un delitto che ci sta sfuggendo di mano. E bada, non seguirai la persona sospettata, ma abbiamo ragione di credere che questa sia collegata con l'assassino»

gli avevano dato una foto che conosceva già e un indirizzo che aveva già e una serie di incartamenti e ricerche che aveva superato da un pezzo, carta bianca, autorizzazioni di ogni genere per sorvegliare Marilena Bacarelli.

«Ma cautela, Caparzo, nessuno deve farsi male»

mentre lui pensava che sì, sì, qualcuno doveva farsi male.

Finalmente male.

17

Lena tremava e batteva i denti, il corpo ancora in stato di shock. Dal buio l'ombra enorme le parlava.

«Non c'abbiamo tempo. Ho spento i fari ma può essere che se passano la macchina si vede e chiamano aiuto.»

Lei cercava di rispondere, almeno di annuire, ma non ci riusciva, il fremito risaliva a scosse e la prendeva dappertutto.

È il corpo che crolla, sto crollando.

Razionalmente aveva registrato che l'uomo in auto con lei era un poliziotto, e questo avrebbe dovuto rincuorarla, ma non c'era niente di rincuorante in quella situazione, a partire da quell'ammasso di carne che la fissava. Che razza di poliziotto tira fuori dall'auto una persona che ha avuto un incidente senza chiamare i soccorsi? Perché l'aveva portata via senza dirle dove sarebbero andati? E soprattutto come mai la stava seguendo?

«A me dispiace che dobbiamo parlare così per la prima volta, ma tu stasera sei uscita pazza, prima il gatto, poi i cani, poi le polpette, poi ti schianti per strada, non mi hai fatto le cose facili.»

Scoperta. Tutto finito. Sollievo. Disperazione.

«Dove siamo?» la frase le uscì sbavata, quasi incomprensibile, ma lui capì.

«Vicino.» Pausa. «Non hai da avere paura di me. Io sto co' tte.»

Lena impresse tutta la forza che riusciva nei tendini del collo e alzò e abbassò il mento, in segno di buona volontà.

«Ora però mi devi sentire. Tu tra dieci minuti devi essere nell'auto tua che chiami un carro attrezzi. Altrimenti lui capisce che c'è qualcosa che non va e capace che ti viene a cercare, e questo non lo vogliamo, no?»

Lui. Sa di lui.

Scosse la testa come riusciva, i denti che battevano.

«Allora. Ti stanno a succedere cose brutte. E sono cose che arrivano col telefono. È giusto, sì?»

Qualcosa le si sciolse dentro, la tensione che scemava. Annuì di nuovo.

«Questo telefono non è il tuo solito. Lo tieni nascosto perché lì sopra ti arriva questa merda.»

Le si esaurì il respiro, cercò di confermare ma le uscivano solo piccoli singhiozzi da coniglio. Una lacrima scivolò giù come una bandiera ammainata. Era la resa. Annuì ancora.

«Buono. Come te lo hanno fatto avere?»

«Nella cassetta delle lettere» riuscì a sussurrare.

«In quella scatolina di legno dove lo nascondi?»

Le tremarono le labbra e lui chinò la testa, comprensivo, a dire che doveva andare avanti.

«No, la scatolina ce l'ho messa io.»

«È una buona idea, con quella quasi non si vede.»

Sembrò riflettere su qualcosa e Lena si strappò quel poco coraggio che le rimaneva.

«Per favore non lo dica a nessuno.»

«Se dovevo dirlo l'avevo già detto e non stavo a parlare con te.» E poi: «Che c'è nel telefono? Che arriva?».

Non trovava il coraggio, lo fissava, gli occhi sbarrati nel buio, i denti che battevano. Lui respirava pesante.

«Ho paura» disse, ma lui inclinò la testa di lato, certo, era ovvio che ce l'avesse, ma doveva parlare lo stesso. «Il mio fidanzato non è morto.»

Una specie di sorriso si dipinse sul viso del bestione.

«Saverio Bartolomei? È lui lo stronzo che ti manda lammerda?»

«No» si affrettò a dire Lena, di nuovo l'istinto di difendere Saverio che vinceva su tutto. «Pensavo di sì, all'inizio, ma non è lui, il telefono è il suo ma non è lui.»

«E come lo sai che non è lui?»

«Perché» la voce le si fece in mille pezzi «mi mandano i suoi filmati. È chiuso in una gabbia. È magro, ha perso i capelli e sta male. Sono due anni che lo tengono rinchiuso.»

Il poliziotto non reagì, si limitò a guardarla come se quest'informazione gli fosse passata nel cervello lasciandolo indifferente.

«Vabbuò.» Nessuna domanda. «E poi? Oltre ai filmati?»

«Foto, messaggi, anche uno vocale dove lui urla.»

«E cosa gli porta? Cosa gli fa guadagnare, a questo, di mandarti 'sta roba?»

«Minaccia di fargli del male, mi spaventa, mi ordina di fare cose.»

«Filmare l'amica tua al locale, mettere la droga al negozio e avvelenare i cani della ricciolina?»

Un giramento di testa

ora svengo

e poi il ricordo della voce, bassa, che le arrivava nella saletta privata dopo che era stata molestata

"Vai via."

Era lui.

«Sì» rispose.

L'orco annuì ancora, compiaciuto. Guardò davanti, oltre il parabrezza, per raccogliere le idee. Lena seguì il suo sguardo e vide che al di là del vetro non sembrava esserci assolutamente nulla, solo un muro di notte. Dopo una manciata di secondi si voltò di nuovo verso di lei.

«Allora adesso senti tu a me. Torni in macchina, ti fai venire a prendere e poi vai a casa e fai come niente, che ti sei fatta una gita per calmarti. E non chiudi la porta e la finestra come hai fatto prima, capito?»

Mi ha vista, ha visto tutto quello che ho fatto.

«Da quanto mi segue?» istintivamente aveva iniziato a dargli del lei.

«D'ufficio m'hanno dato la sorveglianza tua due mesi fa. Fuori ufficio me l'ho data da solo.»

Due mesi. In due mesi ha visto tutto.

Improvvisamente il poliziotto si fece avanti, incombendole addosso.

«Ma tu non mi hai visto, manco adesso. Tu non mi hai incontrato mai dopo quella volta al commissariato. Io per te sono un fantasma, pure se mi vedi, pure se mi incontri, io sono trasparente. Sei capace di fare questa cosa?»

Non ne era sicura, finse di sì.

«Hai capito le istruzioni? Vai a casa come se è tutto normale, non è successo niente.»

«Io credo che mi spii. Credo mi abbia messo qualcosa, cimici o microcamere in casa.»

«La casa è pulita.»

«Sa troppe cose.»

«No.» La voce dell'uomo era ferma. «La casa è pulita.»

Se ne è sicuro ci è entrato pure lui.

«E se qualcuno scopre quello che ho fatto ai cani di Astrid?»

«Forse non capita, solo se la dottoressa parla. Mo' vediamo.»

«Io non gli ho ubbidito, i cani li ho fatti vomitare. E gli ho detto che non ce la faccio, quindi adesso» ancora la voce in pezzi «farà del male a Saverio.»

L'uomo era lì, a tre dita dal suo naso, gli occhi che sembravano buchi pieni di niente, eppure scintillavano.

«No.»

No?

«Non tanto. Il fidanzato tuo è tutto quello che ha per pigliarsi te. Fidati che non gli torce un capello.»

Aprì la portiera, una ventata ed era di nuovo sola. La luce si riaccese, la macchina ripartì facendo inversione. Lena restava immobile, il corpo ancora ammutinato, una specie di mostro alla guida e la realtà che si era ribaltata di nuovo. Accostarono al marciapiede.

«Scendi, vai in auto e chiama. Di' che sei svenuta per un po' ma che non ti serve l'ambulanza.» Poi quasi uno scrupolo: «Ti serve?».

«No.»

«Buono. Passami la carne.»

Lena se n'era scordata, scese incerta nell'erba alta, recuperò il frigo dal sedile posteriore e glielo consegnò.

«Cosa c'è dentro?»

«Non lo so, una polvere bianca, mi ha fatto trovare tutto in frigo. Ho dovuto usare i guanti.»

«Controllo io. Adesso chiama, poi vai a casa e fai come ti ho detto.» Poi, con un tono che non ammetteva repliche: «Basta bere. Basta pillole. Devi fare con la testa».

Un fiotto di lucidità la fece aggrappare alla portiera.

«Come faccio a contattarla? Come si chiama?»

Nella luce tenue del cruscotto l'uomo le sorrise cupo.

«Agente Francesco Caparzo. So gli orari tuoi. Ti trovo io.»

Una promessa che suonava come una minaccia.

Il carro attrezzi l'aveva riportata in carreggiata e a quanto pareva la Clio si era solo ammaccata il parafango. Il meccanico le aveva fatto la morale sulla guida pericolosa e lei lo aveva pagato senza ribattere. Era tornata a casa e Argo aveva pisciato ovunque, offeso a morte per essere rimasto rinchiuso così tanto tempo. Era caduta in ginocchio sul pavimento e aveva pianto, e pianto, e pianto fuori tutto il proprio terrore. Quando i muscoli addominali avevano iniziato a farle male si era tirata in piedi e aveva portato fuori il cane. Sul suo cellulare un messaggio di Marta che diceva solo STABILE., una telefonata persa di sua madre e una di Astrid. Le aveva richiamate entrambe, la prima assolutamente da perdere, come mai rientrava così tardi? Era uscita con le amiche? Oh, bene, le faceva piacere che avesse ripreso a divertirsi. Poi aveva telefonato ad Astrid, aspettandosi l'accusa e l'immediata visita della polizia. Invece le aveva risposto sì agitatissima, a strepitare, urlare al complotto, ma non contro di lei. Qualcuno era entrato nel rifugio e l'aveva messo a soqquadro, aveva rovesciato il sale, i cani lo avevano mangiato e avevano vomitato, ma la cosa più grave era che ne aveva rubato uno e lei aveva paura che fosse una ritorsione, perché quel pomeriggio avevano rubato anche un gatto a un'altra volontaria e forse aveva pure idea di chi fossero quei figli di puttana. Non aveva fatto cenno alle polpette, i cani che avevano vomitato stavano benissimo. Terminata la chiamata Lena aveva chiuso la porta senza girare la chiave e poi aveva accostato le persiane, messo la sedia con la valigia, obbligato Argo a seguirla in camera. Si era barricata col cane e mentre si infilava nel letto, mentre Saverio moriva, e sua madre moriva, e suo padre moriva e tutte le persone innocenti che la circondavano morivano, avvertì da qualche parte nel subconscio che non era più sola.

Nessun messaggio, nessuna foto, batteria carica, il Samsung aveva deriso il suo risveglio. Stava immobile nel letto, avvolta in un silenzio irreale, in attesa che scoppiasse la bomba.

Lo sta torturando e filmando. Lo frusta. Gli scarica addosso l'elettricità. Gli spara.

La ritorsione per non aver avvelenato i cani di Astrid sarebbe arrivata, l'avrebbe fatta cuocere a fuoco lento e poi l'avrebbe colpita, ne era certa.

Saverio ti prego, sii forte, resisti, perdonami.

Eppure.

"Il fidanzato tuo è tutto quello che ha per pigliarsi te."

Si aggrappava alle parole del poliziotto, di Caparzo, pregando che avesse ragione.

E se ci avessero visti insieme?

Pensava e ripensava al loro incontro, dal momento dell'incidente a quando aveva chiamato il carro attrezzi erano trascorsi circa dodici minuti, li aveva calcolati sulla base del messaggio vocale che si era inviata poco prima.

Sono bastati? Mi stavano dietro anche loro?

Lo avrebbe scoperto presto. Sul suo cellulare era arrivato invece un messaggio laconico di Marta.

STA BENE, RESTITUITO.

Si era sentita moralmente costretta a richiamare Astrid. Se possibile l'aveva sentita più inviperita del giorno prima, diceva che aveva incaricato una ditta di rifare la recinzione, avrebbe avviato una raccolta fondi, perché lei certo non se la poteva permettere (e non era vero), ma non finiva lì, li avrebbe trovati e gli avrebbe strappato le palle uno a uno. Lena aveva chiesto notizie del cane e l'altra aveva liquidato la cosa con un «Sì, lo hanno ritrovato, lo avevano mollato subito, è decrepito» e alla richiesta di notizie sul gatto della signora Parrini si era limitata a un «Recuperato anche lui». Tutto è bene quel che finisce bene, non ti offendere ma è meglio che tu non venga con Argo in questo casino, ti chiamo io, fai per bene, ciao ciao.

Lena si era seduta sul letto e si era resa conto di essere prigioniera in casa sua, una, due, tre volte. Tenuta sotto controllo dagli amici e dai parenti, perseguitata da chi aveva rapito Saverio e sorvegliata a vista da quel poliziotto enorme che diceva di volerla aiutare.

"La casa è pulita."

Non c'erano margini per i dubbi o per le interpretazioni, quell'uomo era stato nell'appartamento mentre lei e Argo erano via. Quante volte era entrato? E se lo aveva fatto lui, quanti altri, oltre al suo persecutore, erano stati lì dentro in sua assenza? Entrare in casa d'altri non era un reato?

Ma lui non è entrato per farmi del male.

Si era detto sicuro della sua innocenza, le aveva creduto, quel giorno in cui era andata a denunciare Betta

Dio, Betta, scusa Betta.

per stalking. Eppure non aveva detto niente ai suoi colleghi, quando aveva parlato con Ridenti la sua versione era stata presa per buona, nessuna obiezione, nessun accenno a un secondo telefono. Un particolare inquietante. Lei aveva delle buone ragioni per non parlarne con nessuno, ma lui? Cosa lo spingeva a seguire un'indagine privata accanto a una ufficiale?

E perché lo hanno incaricato di seguirmi? Per Betta? Per Gianluca? Per Fermo?

Domande, sempre e solo domande, e non aveva più nessuna formula per sgombrare la mente, niente vodka, niente gocce, niente sonno. Aveva spento il Samsung tenendogli gli occhi addosso fino all'ultimo secondo e si era preparata per andare all'hotel come avrebbe fatto in una giornata normale, lasciando Argo con la porta aperta, pregando di ritrovarlo al suo ritorno. Ogni tanto le passavano davanti agli occhi i tre cani che vomitavano e Sparky tremante dietro a una poltrona.

Marta lo ha restituito, ho fatto in tempo, sono riuscita a riparare.

Ho condannato Saverio.

e il senso di colpa la schiacciava di nuovo.

Cosa ho fatto? Cosa non ho fatto?

E se all'hotel avesse incrociato Gianluca, pronto a regolare i conti? Solo il giorno prima sarebbe ammattita di terrore all'idea, adesso invece le sembrava tollerabile.

Perché adesso c'è l'agente Caparzo.

Guidava e guardava nel retrovisore cercando di riconoscere l'auto grigia (era grigia?) del suo nuovo angelo custode.

Ne ho avuto una brutta impressione solo perché ero spaventata.

Non era così enorme.

Non era così terribile.

Cominciava a percepire una sfumatura di conforto nel fatto di essere seguita da lui.

Aveva bisogno di qualcosa in cui credere, e in quel momento un poliziotto andava benissimo. Gianluca invece non c'era e la mattinata si era svolta pigramente, prenotazioni, una disdetta, una coppia che si fermava un giorno in più ma doveva cambiare stanza, una signora a cui non funzionava la presa del bagno.

Forse mi sta inviando un video adesso, mentre io sono bloccata qui.

Forse invece deciderà di rivalersi su qualcun altro, uno della lista.

Pensò di chiamare sua madre, per precauzione, dirle che non uscisse, quel giorno, che rimanessero a casa lei e il babbo, ma poi come gliel'avrebbe spiegato? E suo padre non avrebbe mai fatto quel che gli chiedeva, anzi, sarebbe andato apposta da qualche parte, pur di farle dispetto. Mancavano venti minuti alle quattro, la ragazza nuova rispondeva al telefono al posto suo, le piaceva dire "Hotel Grand'Arno buongiorno, in cosa posso aiutarla?" e Lena avvertiva la sua voce come acuta e stridula, forse non lo era ma tutto le dava fastidio. Katia era appena arrivata per il cambio turno, si stava preparando per andarsene quando Ilaria la fermò

«Lena, alla 214 la presa del phon non va.»

«Sì, l'ho fatta controllare stamattina, deve venire l'elettricista.»

«Però salta la corrente quando lo attaccano, non va bene. Han chiesto di te, vogliono che tu salga in stanza.»

Fece il passaggio di consegne al desk con Katia lasciando la borsa nello stanzino, cinque minuti e sarebbe andata via. Salì al secondo piano, bussò alla porta e il poliziotto enorme le aprì.

Era rimasta impietrita.

«Quanto tempo puoi restare senza che sembra strano?» le chiese lui.

«Il tempo di verificare, dieci minuti. Ma ho finito il turno, potrei anche essere scesa in cucina a prendere un tè, qualche volta lo faccio» balbettò Lena.

«Dentro.»

La stanza era come al mattino, gli oggetti della signora, la sua valigia, perfino il profumo Chanel nell'aria.

«La collega torna dopo, solo oggi ci vediamo qui, che ieri sera non era abbastanza» le disse la Bestia, e quindi ecco la sorveglianza, ecco che erano davvero ovunque, e non in divisa ma con un tailleur, il profumo buono, il sorriso dietro al rossetto. Mentre respirava questa ennesima nuova realtà, lui le si era messo davanti, e non era stata la sua fantasia, era davvero enorme, gli arrivava a malapena alla spalla. L'aveva squadrata per una manciata di secondi.

«Quando che ho tolto il foglio dal rullo, quel giorno, ho pensato che siete tante, venite, denunciate, poi ci ripensate e loro vi ammazzano. Pensavo ecco, vedi, questa la rivedo tra un po' su una foto del medico legale. E allora mi son fatto curioso, ho cercato un po' e ho trovato l'uomo tuo, bella fedina, e poi il ponte e tutto il resto. Pensavo che ti aveva fatto entrare in un giro brutto. E poi muore l'amica tua e allora le cose cambiano, mi hanno chiesto di guardarti, e io ti ho guardata. A metterti i berretti per nascondere i capelli, a fare dentro e fuori dai parcheggi, a cercare che nessuno ti vedeva, e un po' mi facevi ammirazione, eri brava, anche se me non mi hai fregato. Stavi sempre dietro a Savelli, e io mi chiedevo perché. Savelli, chi cazzo è Savelli? Che c'era il sospetto, ma io mi ridevo, Savelli, ma lo avevano visto? A strangolare qualcuno non c'aveva le mani.»

«Ma è stato lui» le era uscito d'impeto.

E Caparzo aveva sorriso come si fa davanti a un bambino scemo.

«No.»

«Sì, lui. Insieme a Fermo Berselli e a un uomo che si chiama Marco Sartori.»

«No, a Savelli non ci devi pensare proprio.»

«Lei non capisce, io lo so che c'è lui dietro a tutto.»

«No.»

Il tono del poliziotto era lo stesso di quando le aveva

detto che in casa non c'erano telecamere, pacato, quasi distante. E d'improvviso il dubbio.

«Ma come fate a escluderlo? Cosa lo scagionerebbe? Diceva di essere in casa, quella sera, da solo, e lui e Betta si erano visti quel pomeriggio...»

L'uomo aveva scrollato le spalle.

«Gli hanno attaccato un virus scemo da un canale sconcio. 'Na piccola cosa, che il computer lo filmava ogni volta che lo usava e i filmini restavano lì dentro. La sera che l'amica tua è morta ha navigato, ha guardato cose sue, Facebook, due stupidaggini di signorine che si leccano e poi ha spento, e in tutto quel tempo il computer lo ha filmato con l'orario, e anche volendo immaginare che usciva subito dopo, non era compatibile con l'omicidio.»

Lena immobile, la sensazione di starsi gradualmente svuotando.

«Mi sta dicendo che ha un alibi?»

«Lui non lo sapeva, ma ha un alibi.»

«Potrebbe essere comunque il mandante.»

«Il mandante che si fa beccare con le impronte dappertutto e pure i filmati mentre scopa? E poi cosa mandava? A lui l'amica tua mica dava fastidio, non c'era un processo o una carta, niente.»

«Betta stava lavorando a una cosa su di me, e io non lo sapevo. Magari lui aveva pensato...»

«No, quello non pensa. Quello non ha i coglioni per pensare. Quello ci ho parlato io, te l'ho detto, quello sono io che me l'ho lavorato e non pensa. Quindi te lo devi dimenticare.»

«Ma» Lena non si arrendeva «la sera che sono andata a casa sua? Lei c'era, mi ha vista? E l'altro giorno che l'ho incontrato in hotel, e poi l'ho aspettato per strada? Lui fa finta di non vedermi!»

«Signori', ce lo siamo passati in tanti, Savelli. E quando m'è toccato a me sono io che gliel'ho detto, a lui, che a te doveva proprio fare finta di non conoscerti. Che con quelle foto nel suo computer, se lo denunciavi un po' di galera se la faceva, pochina ma dentro. Che poi noi sappiamo che non è vero, ma lui si è cagato sotto e ci giuro che nemmeno con una pistola alla testa con te ci parla più.»

Lena chiuse gli occhi. I pezzi andavano a posto, uno dopo l'altro.

Non è stato Gianluca?

Non è stato Gianluca.

Allora non so niente.

«Vedi che io ci ho pensato, a quello che mi hai detto. In questi mesi m'ero fatto idee, ma pensavo più a una cosa di ricatti, foto sconce, filmini come l'amica tua, che le hai fatto quella cosa del video. Pensavo che anche a te ti piacevano le corde e la lingua in discoteca e che qualcuno minacciava di farli girare. Aveva senso anche con la porta e le tende aperte. Ma tu mi hai detto che invece c'entrava l'uomo tuo, e allora poteva essere tutta un'altra storia.»

Il vuoto di Gianluca andava riempiendosi di vergogna. Annuì. Poi un piccolo fiotto di gratitudine.

«Quando ho ripreso Sara, lei era lì.»

«Mi hai fatto fare l'azzardo, non va bene, devi stare accorta, io non posso arrivare sempre. Quello ti guarda, tu hai ragione. Quello ti guarda ed è furbo e bravo, perché io non l'ho mai visto. Ma è che stavo dalla parte sbagliata, pensavo altre cose.»

«Ho fatto tutto perché avevo paura. E se adesso per rivalersi fanno del male a qualcuno? Loro hanno minacciato anche i miei genitori...»

«Ci penso io, ho detto. E basta dire "loro". È uno solo.»

«No, sono tre. O due, senza Gianluca .»

«Si è fatto aiutare, ma è uno. Conosco il lavoro mio.»

Lena sentiva il bisogno di sedersi, invece si appoggiò all'angolo tra il bagno e l'ingresso. Caparzo tirò dritto.

«Non c'era veleno nella carne.»

Le parole ormai le si erano spente tra la lingua e i denti.

«Ho fatto analizzare tutto, non c'era veleno. E sai che c'era?»

Lena non riusciva nemmeno a scuotere la testa.

«Bicarbonato. L'ha fatti digerire, i cani.»

Bicarbonato.

Era quasi morta di dolore per del bicarbonato. Lui si sporse in avanti.

«Il veleno stava qua.»

Le toccò la fronte, piano, eppure la spinse indietro.

«Eri te che dovevi crederci, al veleno. Voleva vedere se lo facevi. Ma se non era importante, il veleno te lo dava davvero, e invece no. Non voleva colpire la ricciolina e non voleva far male ai cani. A te voleva fare male, a farti fare una cosa che ti faceva schifo, ma per finta, che ci credevi solo tu. Quindi dei cani gli importa. E attenta, che dico solo che gli importa. Che se il gioco era più importante di tutto allora te li faceva uccidere veri, ma il gioco è importante ma non la cosa più importante. Capito?»

«Okay.» Lena aveva appena mosso le labbra.

«E adesso tu mi devi dire che gli hai fatto.»

Lena trasecolò.

«Ma non so nemmeno chi è.»

«E lui invece ti conosce. È con te che ce l'ha, no con lui, no con l'uomo tuo. Tu a questo lo hai fatto incazzare. Tu a questo gli hai fatto qualcosa. Per questo la cattiva sei tu, e sei tu che devi pagare, no lui. Hai capito?»

Lena era stordita, eppure sì, il discorso filava.

«Nessuno si piglia tanto disturbo per niente. Nessuno fa tanta fatica se non c'è un motivo. A questo non gliene frega un cazzo del ragazzo tuo, hai capito? Pure se se l'è preso davvero da due anni, e facciamo finta che è così, a lui importi tu. Questo» ruotò il dito indice a indicare la stanza, il mondo, l'universo «è solo per te. E allora, me lo devi dire quello che hai fatto.»

«Io non ho fatto niente.»

«Sì, invece. E no una, ne hai fatte tante. Magari per te no, ma per lui sì, e non puoi non saperlo. Tu devi tirare fuori tutta lammerda che hai fatto nella vita tua, ma tutta, da quando eri ragazzina con le croste alle ginocchia a oggi. Tutte me le devi dire, le cose.»

Ma Lena non lo sapeva, era stremata, non riusciva più a ragionare, cercava con la mente, frugava, però non emergeva nulla.

«Io non lo so. Non lo so cosa ho fatto, se l'ho fatto, non lo so.»

Caparzo restava fisso, le scandagliava ogni solco del viso e doveva aver deciso che sì, in quel momento probabilmente stava dicendo la verità.

«Facciamo che ci pensi.»

Si infilò la mano nella tasca dei pantaloni e ne estrasse un Nokia 3210. Lena non ne vedeva uno dai tempi del liceo.

«Come si dice? Non c'è due senza il tre. Questo non lo intercettano. Lo metti in bagno, in quel coso di spugna gialla vicino al cesso.»

«Il portarotoli di scorta?»

«Quello. Compra una marca col tubo di cartone largo, mettilo dentro e poi infilalo con gli altri. Lo controlli solo dal bagno e mi rispondi solo dal bagno. Ti do io gli appuntamenti per parlare. Adesso tu torni a casa e metti tutt'e cose del telefono quello grigio su una chiavetta. E poi mi scrivi come un diario di tutto quello che è successo dall'inizio, perché le prime settimane io non c'ero. E lui lì ha fatto il lavoro grosso.»

«E poi come faccio a fargliela avere?»

Caparzo strizzò gli occhi, sembrava un gatto gigantesco che faceva le fusa, dal piacere che traeva dalle proprie parole.

«La scala che scende ai garage ha uno zoccoletto che si stacca dietro il terzultimo gradino, la metti lì.»

La scala che scende ai garage. Non mi ricordo nemmeno com'è fatta la scala che scende ai garage e lui sa quale zoccoletto si stacca.

«Brava. Adesso torni a casa e fai come ti ho detto, che è tutto normale.»

«Cosa faccio col lavoro?»
«Ci vai.»
«E col cane?»
«Il cane è bravo, tientelo vicino, lui ne sa. Vedi che gli ho buttato la sciarpa e lui ti ha difesa. Colpa tua che ti sei fatta morsicare, il cane non si tira mai dal collo.»
E altri pezzi andarono a posto, e altre cose si misero a fuoco.
«Hai da mettergli l'incrocio, quello sul petto.»
«Ma sul collare c'è la medaglietta satellitare.»
«Quella è una strunzata, mica la piglia il satellite, funziona solo se c'ha un cellulare vicino col bluetooth, se il cane ti va nel bosco non lo vedi più. Gli metti l'incrocio e il collare lo tieni in borsa, che vale lo stesso. Venerdì hai giornata libera?»
«Sì.»
«Allora vai via, te e il cane. Via, ma lontani. No da quella del rifugio, che sta facendo casino, vai a trovare qualche amico.»
«E mi porto il telefono?»
«Solo il tuo, l'altro lo lasci nella cassetta e il muletto che t'ho dato io, quello resta sempre a casa. Hai una copia della chiave?»
«Ce l'ha mio padre.»
«Allora gliela prendi e poi me la dai, come la chiavetta.»
Una copia. Copie di chiavi. Di nuovo.
Va in casa mia. Va in casa mia mentre non ci sono.
«Ora scendi, ricorda che venerdì devi andare via. Ma via, lontano.»
«E lei mi segue?»
«No, per questo devi stare con gente. Chiudi la porta con la chiave e le ante fuori e le tende, quando esci. Fai l'eccezione. Credo che ti guarda dalla finestra. Credo che uno dei posti che ha sono le case di fronte.»
Le si inumidirono gli occhi, forse era speranza. Annuì.
«C'avevi pensato, brava.»

«Ma lui adesso farà del male a Saverio.»
«E perché? che deve fare? la soddisfazione l'ha avuta.»
«Ma io le polpette ai cani non le ho date. Solo poche, poi li ho fatti vomitare.»
«Che gli frega? Tanto non c'era veleno. Lo hai fatto. Hai sofferto. Questo voleva. Ora è i giorni di riposo. Non fa più niente per un po'.»
Lena spalancò la bocca.
L'uomo non sorrise, ma fu come se.
«Io lo so come ragiona. Io lo capisco perché sono fatto uguale. I giorni di riposo, ci vogliono.»
La spinse verso la porta.
«Vai prima che sembra strano.»
Sembrava strano. Era strano. Per lei era una situazione folle. Si voltò.
«Perché mi aiuta?»
Lui si prese un attimo, come se dovesse mettere a fuoco il concetto.
«Non sto aiutando a te. Sto aiutando a me.»
«E se quando vado via dà di matto? Se cerca di entrare in casa quando c'è lei? Se trova la porta chiusa?»
«E perché deve dare di matto?»
«Perché se me ne vado senza il telefono non può controllarmi.»
«Ma no che ti controlla uguale, lo faceva da prima che ti dava il cellulare, fidati.»
«Cosa vuol dire?»
Caparzo emise uno sbuffo che voleva essere una risata.
«Signori', il telefono che controlla mica è il Samsung. Il telefono che controlla è il tuo.»

18

Idiota.

Idiota idiota idiota.

Rovesciava la vodka nel lavandino, buttava le compresse nel water e le gocce nei rifiuti, sedeva a terra, piangeva, tremava, si rialzava seguita dallo sguardo indifferente di Argo. Ogni tanto buttava un'occhiata al suo iPhone azzurro senza però toccarlo, non più.

Mentre trattavo il Samsung come una bomba a orologeria loro sapevano dov'ero, cosa facevo, scaricavano i miei messaggi, le chiamate, le foto, tutto da qui.

No, non "loro".

"È uno solo."

Non doveva aver fatto nessuna fatica, quando era entrato in casa gli era bastato aprire il portatile e leggere la sua posta, username e password per il cloud, ecco fatto.

Non posso cambiarle adesso, non posso fare niente.

Tutti i tentativi per trovare il numero della SIM, la chiamata di Betta al gestore che le era costata la vita, il nome di Marco Sartori mentre l'inganno si consumava in un oggetto che credeva innocuo.

«Se lo è lavorato da prima, son programmetti scemi, lo metti sul telefono, lo nascondi e basta» aveva detto il poliziotto. «Capace che pure il computer tuo lo controlla, meglio che stai attenta a quello che ci fai.»

Ed era ovvio, così ovvio che lei non ci aveva mai pensato. Improvvisamente il Samsung, spento e chiuso nella sua scatolina nella cassetta delle lettere, non le sembrava più minaccioso, mentre il suo vecchio iPhone gridava tradimento e minaccia. E dire che aveva pensato di cambiarlo, l'anno precedente, ma c'erano dentro tutte le foto di lei e Saverio, la gita a Monteriggioni, i messaggi, le mail, e anche se sapeva che era stato scaricato e salvato tutto in più posti, compreso il cloud

Quella a cui accedono anche loro, cioè lui.

che ne stivava i contenuti, non aveva avuto il coraggio. Il sentimentalismo era stato la sua condanna, insieme all'incapacità di assumersi responsabilità.

Sanno sempre dove sono.

Avevano ucciso così una ragazza, l'anno precedente, controllandole il telefono a sua insaputa. Poteva fare la stessa fine. Adesso a decidere per lei erano tre telefoni, uno nascosto nell'anima di un rotolo della carta igienica, in bagno, uno nella cassetta delle lettere e uno lì, davanti a lei.

Sarebbe ridicolo, se la vita di tante persone non dipendesse da loro.

Aveva seguito alla lettera le istruzioni di Caparzo, il mattino dopo era andata a fare una visita a sorpresa ai suoi genitori, aveva accettato l'ennesimo caffè che non voleva bere e con una scusa era riuscita ad allontanarsi e a prendere la chiave di riserva della sua porta blindata. Al lavoro tutti avevano finto di non notare gli occhi cerchiati di nero per il sonno mancato, all'ora di pranzo invece di andare a mangiare era andata in cerca di un caricabatteria per il Nokia, sempre che ne esistessero ancora. Camminava fintamente libera, addosso più occhi di quanti non riuscisse a vedere.

E se si sbaglia? E se si vendicano?

Uno, è uno solo.

Doveva cercare di disintossicarsi meglio che potesse dal veleno che i messaggi del Samsung le avevano inoculato nella mente, isolando i fatti dalle congetture, ma era difficile.

Mi ha chiesto cosa ho fatto di male.

Cosa ho fatto di male?

Le aveva ordinato di ricordare, di andare indietro con la mente e spulciare tutti i torti fatti in vita sua, a partire dal più grande. Ma lei non ci riusciva. Era stata una bambina buona, una brava ragazza, una studentessa modello, forse una figlia deludente, ma per scelte sue, non per altro.

L'unico che ce l'ha sempre con me è mio padre.

Arrivò nel negozio dei cinesi, ritrovò i caricabatteria e mentre ne sceglieva uno spulciò mentalmente tutti i ragazzi con cui era stata, così pochi da poter essere contati sulla punta delle dita.

Dario era sollevato che ci lasciassimo, non ci eravamo mai davvero amati. Con Fabrizio ormai eravamo amici e basta. Michele mi ha tradita e mi ha lasciata lui. Emanuele no, eravamo ragazzini, sarà durata un mese.

Storie senza grandi traumi, strascichi, remore. Solo con Saverio poteva dire di essersi sentita davvero innamorata, di aver sofferto, dio, quanto aveva sofferto, e di aver immaginato un futuro. Forse era lì che doveva cercare, nella vita di Saverio, nelle ragazze che potevano essere state gelose di lei, ragazze di cui magari ignorava l'esistenza e che l'avevano vista come una ladra.

Lui ha sempre fatto quello che voleva, anche quando stava con me.

La sua scomparsa, allora. Qualcuno avrebbe potuto attribuirle la colpa? Non era stata in grado di gestirlo, di aiutarlo, di correggerlo? Non aveva saputo badare a lui, non era stata una buona compagna?

E nemmeno una buona padrona per Argo?

Non le sembravano motivazioni forti, rimaneva solo il lavoro. Era entrata dritta al Grand'Arno senza fare fatica, aveva sostenuto un regolare colloquio dopo aver lasciato un curriculum post laurea. Le avevano detto di fare così con i principali alberghi e semplicemente era successo, Castellacci l'aveva chiamata e il posto era stato suo.

C'erano altri candidati? Qualcuno che aveva più bisogno di me?

Le risposte non arrivavano nemmeno da lì. Ma sapeva che avrebbe dovuto darle, al poliziotto, quando l'avesse chiamata. Lui non aveva messo in dubbio questa cosa, era certo che Lena dovesse avere una dose di colpa per quello che stava succedendo.

La mia più grande colpa è di non avere colpe.

La parte più difficile era stata trasferire tutto il materiale ricevuto sul Samsung dal portatile a una chiavetta USB comprata sempre dai cinesi e scrivere un memoriale dettagliato di ogni cosa che era successa da quando lo aveva trovato. Rivedere tutto, ascoltare tutto, trascrivere tutto, sempre con addosso l'angoscia di affidare la vita di Saverio a mani altrui.

Non gliela affido, se l'è presa e basta.

Aveva nascosto la chiavetta USB insieme alla chiave dietro lo zoccoletto della scala.

Perché non si è scaricato i dati da solo? Erano sul portatile, poteva scaricarseli mentre non c'ero.

Perché è un uomo di legge, deve avere la mia autorizzazione.

Ma per entrare in casa non me l'ha chiesta.

Nel memoriale della sua vita dal 21 marzo fino a quel giorno aveva scritto tutte le cose che le erano sembrate importanti, tralasciando forse i dettagli più intimi e dolorosi, tanto a lui non sarebbero serviti. Vedere nero su bianco le tappe di quell'incubo non l'avrebbe aiutata a dormire. Aveva avuto la tentazione di chiudersi dentro, poi non si era fatta illusioni.

La chiave ce l'hanno in due, se vogliono entrano e mi fanno a pezzi.

O peggio.

La telefonata di Ridenti era attesa, l'ultima volta che lei e l'ispettore si erano sentiti le aveva detto

«A venerdì»

e così era stato. Ci era andata a piedi, nemmeno pensarci

di spostare l'auto, le strade rigurgitavano di gente. Fu una chiacchierata amichevole, di routine, Lena si aspettava che da un momento all'altro Caparzo entrasse dalla porta, anche se sapeva che non lavorava lì, ma non successe. Ridenti le confermò che tutti i sospetti si stavano concentrando su Fermo Berselli, era emerso che lui e l'avvocato Valacchi si erano incontrati almeno una volta, c'era un testimone. Lei era sempre certa di non esserne stata messa al corrente? Lena non aveva avuto la prontezza nemmeno di scuotere la testa, le pareva ancora una follia.

«Vede, questa cosa mi lascia sempre un senso, come dire, di incredulità. Lei della vita della sua migliore amica non sapeva nulla, signorina Bacarelli, ma com'è possibile? Aveva una relazione e non lo sapeva, incontrava suoi conoscenti e non lo sapeva, stava scrivendo una denuncia a nome suo e non lo sapeva.»

Lena si vergognava ma era esattamente così.

«Ero molto concentrata su me stessa. Stavo male. L'egoismo del dolore... ma lei ha ragione, ero una cattiva amica.»

ERA UNA CATTIVA AMICA

ERA UN CATTIVO AMICO

Ridenti non aveva detto nulla per consolarla e dopo un po' l'aveva lasciata andare, rimandando a una prossima chiacchierata eventuali considerazioni. Questo significava che l'attenzione su di lei non era calata, la vedevano come una dama nera, una mantide che ammaliava gli uomini, li faceva impazzire e poi a farne le spese erano le persone a lei vicine. Mentre usciva dalla questura chiamò Mometto, che l'aspettava con Argo dentro a un furgoncino Volkswagen

«Come quello della Dharma, ma 'un c'è paragone, il mio l'è più bono!»

che si era risistemato da solo. La gita fuori porta per consentire a Caparzo di riempirle la casa di telecamere e microfoni era stata organizzata insieme a Germano e altri ragazzi del gruppo di Saverio. Mattia gliel'aveva sempre buttata lì, perché non vieni con noi, ci facciamo un giro in campagna, è estate, non era certa che fosse un invito vero, forse tutti davano per scontato che non ci sarebbe andata mai. E invece, oggi che Mattia non poteva nemmeno uscire di casa, eccola lì. Quando il furgoncino accostò per tirarla su rimase a bocca aperta, perché dentro c'erano anche Sergio e Serena e, evento straordinario, Lucio e Marta. Mometto era stato bravissimo, aveva organizzato tutto perché sperava sul serio di poterla rimettere in sesto raccogliendo un gruppo di semisconosciuti in nome di un amico ufficialmente morto. Gli altri avevano apprezzato lo sforzo, per questo si trovavano lì. Era stata la gita delle colpe, quelle non dette, quelle insinuate, quelle evidenti. Erano andati nell'agriturismo del cugino di qualcuno, dove si mangiava così così ma c'era una bella vista. Lena aveva chiacchierato, incassando tutti gli "Oh, finalmente ti si vede sorridere", "Mangia un po' di più, che si vedono le ossa", "E quel faccia di merda lo hanno licenziato? Che assassino no, ma faccia di merda sicuro" e le battute e gli scherzi e le canne passate ma no, grazie, lei restava sulla sua linea. E ogni istante pensava al telefono che teneva in tasca e a quello chiuso nella cassetta delle lettere, alla porta aperta e le persiane chiuse, a quell'uomo estraneo in casa sua. Era tutto falso, posticcio, ma visto che i ragazzi recitavano bene e anche lei se l'era cavata. Aveva notato quanto Marta stesse appiccicata a Lucio. Lui aveva un aspetto migliore dell'ultima volta che lo aveva visto, ben rasato, in ordine, i vestiti sembravano addirittura stirati. Aveva il viso meno tirato e le era parso strano, credeva che niente al mondo lo avrebbe fatto riprendere.

Oggi è qui con Marta.

Una piccola fitta, non di gelosia ma di delusione. Lei aveva respinto Mattia e lui invece si stava consolando. Aveva sempre vissuto Lucio come un'appendice di Alex e non se lo sarebbe aspettato. In fondo però aveva senso, anche Marta era molto più vecchia di lui e tendeva ad accudirlo, con la differenza che era molto avvenente.

Se non lo deve ad Alex figurati se lo deve a me.

Aveva aspettato che la veterinaria si distraesse e si era avvicinata per parlargli da solo.

«Come ti senti?»

si era stretto nelle spalle, indifferente a tutto, la nuova magrezza che gli dava un'aria più adulta. Argo gli si era steso di fianco e lui aveva iniziato ad accarezzarlo.

«Mio padre diceva che quella umana è la specie peggiore. Che ci meritiamo solo di soffrire.»

«Lo diceva anche Saverio» rispose lei.

«Amava gli animali e odiava le gente. Quando ero piccolo cercava di insegnarmi a distinguere le poche persone buone da quelle cattive, lui le capiva al volo, diceva. Invece io faccio ancora fatica.»

«Per mio padre non esistono brave persone, secondo lui tutti vogliono imbrogliarlo, me compresa.»

«Forse quella che stava meglio era Alex, che il papà non l'ha avuto.»

«Lo diceva anche lei.»

Un brivido lo aveva scosso e Lena aveva buttato un'occhiata a Marta.

«Lucio, ma stai

prendendo le tue medicine?

bene?»

«Aspetto che torni» aveva bisbigliato.

Non tornerà.

Lena controllò di nuovo Marta e poi, un po' di nascosto, gli prese la mano. Lucio la guardò stupito. Si sorrisero, ed era la prima volta da mesi, forse la prima volta sincera in assoluto.

Argo aveva ringhiato. Immediatamente, nell'istante in cui avevano rimesso piede in casa. Aveva puntato le zampe, non voleva rientrare. Mometto era stato oltremodo carino, aveva voluto accompagnarli fino lì, forse si sarebbe aspettato l'invito a entrare, ma lei aveva detto che Argo era stanco, si è fatto delle belle sgroppate, ci vediamo presto, sono stata proprio bene, grazie di tutto, ciao, ciao. E ora, sulla soglia, non riusciva a convincere il cane a entrare.

Sente il suo odore.

Strano, perché lei gli era stata vicino e di odori non ne aveva sentiti.

«La fregatura è questa, abbiamo perso ogni istinto» sentenziava sempre Saverio. «Un tempo se una persona era malata noi lo avremmo saputo dall'odore, invece adesso niente, con gli occhi bendati non riconosceremmo le nostre mutande da quelle di un altro.»

Lena l'odore di Saverio se lo ricordava, aveva dei suoi maglioni che dopo due anni, nonostante tutto, odoravano ancora flebilmente di lui.

Riuscì a far entrare il cane e a chiudere la porta. A quel punto il molosso piazzò il naso a terra e seguì vari percorsi, cucina-soggiorno-camera, camera-bagno-sgabuzzino, sgabuzzino-soggiorno-bagno, avanti e indietro, snasando ogni tanto e fermandosi a ringhiare ai mobili. Ce l'aveva particolarmente con l'armadio di Lena.

Ora apro le ante e lui è lì dentro.

Lui poliziotto, lui assassino, c'era poca differenza. L'aveva fatto, aveva aperto tutto e naturalmente c'erano solo vestiti. Controllò il biglietto, il Samsung, la scatola con le foto di Saverio, era tutto lì. Eppure sapeva che quell'uomo era stato lì dentro. Il letto era rifatto. Al mattino lei buttava indietro le coperte e come restavano restavano, invece adesso era a posto. Anche in bagno gli oggetti che aveva lasciato sul lavandino, i trucchi, tutto era nel pensile.

Avrà anche spazzato, lavato i pavimenti?

Ma l'ironia non attecchiva. Le faceva paura. E quelle parole le risuonavano nella testa.

"La casa è pulita."

Ora non lo è più.

Aveva cercato, guardando in alto, nei punti nascosti, ma non aveva visto niente.

Eppure ci sono, so che le ha piazzate.

Allora si era messa in corridoio, tra l'ingresso del soggiorno e quello della camera, aveva abbassato la testa e aveva detto

«Mi ascolta?»

Come doveva chiamarlo? Agente? Signore?

«Signor Caparzo, mi ascolta? Mi sente?»

Silenzio, niente di fatto. Pensò di riprovare dal soggiorno ma dal bagno arrivò un suono buffo, come un verso di grilli. Andò al portarotoli di riserva, sfilò con delicatezza il Nokia. C'era un messaggio. Il testo diceva solo:

Sì.

Si era comunque chiusa a chiave in camera con Argo e al momento di andare a letto, quando aveva posato la testa sul cuscino, con il cane che sbuffava a terra, allora e solo allora lo aveva sentito, ovunque, tra le lenzuola, sulla federa.

L'odore del poliziotto.

19

Dormiva.

S'era addormentata con fatica, rigirandosi più volte.

Colpa delle telecamere, sicuro, e delle abitudini da cambiare.

Il cane invece s'era messo giù buono, bellissima bestia, peccato che era vecchio, ad addestrarlo un po' veniva fuori un buon cane da guardia.

Francesco Caparzo, detto la Bestia, sistemò il portatile con le immagini della casa di Marilena Bacarelli da un lato e si mise a lavorare su un altro. Entrambi li aveva presi tra il materiale in disuso, nel magazzino della questura, facevano sempre tutti così, prendevano una cosa che non funzionava bene e non cercavano di ripararla, piuttosto strepitavano per avere i fondi e comprarne una nuova. A lui non seccava che i computer ci mettessero un po' di più, sapeva sempre come occupare i tempi morti, anche se apparentemente, visto da fuori, sembrava avere lo sguardo perso nel vuoto. Invece macinava le informazioni come un enorme frantoio, la pietra che girava e premeva e impastava tutto.

Aveva deciso che Marilena Bacarelli era la sua pulzella da salvare, il suo angelo redentore.

Non avrebbe saputo dirlo, esprimere le cose a parole gli riusciva sempre difficile, ma la sensazione era invece precisa, definita, e gli bastava essere il solo a recepirla. Quella era la strada, quella la direzione al cui servizio metteva ciò che aveva accumulato in quarantatré anni. Era stato un azzardo andare a trovarla subito in hotel, ma non aveva saputo trattenersi.

La sera prima era successo tutto in maniera non programmata, l'aveva seguita tutto il giorno a vista o col GPS tracker che le avevano messo sull'auto in questura e si era fatto certo che le fosse successo qualcosa. Quando l'auto era volata fuori, su un pendio, l'aveva presa in braccio e si era reso conto di quanto fosse leggera, non arrivava a cinquanta chili, le ossa della mandibola erano diventate evidenti, brutto segno. Aveva l'odore della paura addosso, nel respiro, nei capelli, sulla pelle, ed era un odore onesto, quasi buono, preferibile a tanti falsi odori che erano puzze camuffate. Se l'era portata via e in quel breve tratto di strada, prima di infilarsi in un sentiero di sterpaglie, aveva vissuto un senso di trionfo. Ecco come si sentono gli eroi, i cavalieri, i salvatori.

L'aveva guardata mentre le parlava, dieci minuti, e forse non era davvero bella, forse non era così pulita come emergeva dalle carte ma lui la gente la vedeva da tanto tempo, e da una posizione privilegiata, perché nessuno ti legge dentro come chi ti incute timore, i peccati emergono sul tuo viso come le cicatrici dell'acne, e quella donna lì era incolpevole. Lui lo sapeva, poteva essere che si sbagliasse, ma no, lo sapeva. Aveva continuato a pensarci e gli era venuta fame di altri minuti, soprattutto quando aveva saputo la cosa del bicarbonato. Dalla sera prima lui sapeva di poter fare da solo, andare avanti senza il suo aiuto, del resto il salvatore non ha bisogno mai del salvato. Ma come il predatore si eccita sentendo l'odore della paura della sua preda così lui, per essere l'uomo buono di cui aveva deciso di vestire i panni, voleva risentire quello di lei. Una tigre che si era messa in testa di proteggere un capretto.

Allora era andato nella stanza d'albergo mentre la collega si preparava al turno di sorveglianza di Savelli (mai mollato da nessuno, Savelli, benché innocente, dio salvi i virus dei canali porno; ma certo era stato fatto in modo che venisse attribuita a lui la morte dell'avvocatessa puttana, e se lo avevano scelto un perché ci doveva essere). Così l'aveva fatta salire con la stessa scusa usata dalla collega al mattino, e lei era venuta, e lo aveva ascoltato e aveva avuto paura ancora, della situazione e anche di lui. Perché non era stupida. Forse fragile, sì, forse smarrita ma stupida no, e questo gli piaceva. Mentre usciva Francesco aveva annusato l'aria intorno a lei e aveva pensato che sapeva di buono.

Si era segnato una lista di 27 nomi su cui fare ricerche, ma gli importava davvero solo di 16 tra quelli che erano comparsi sul Samsung che la Bacarelli teneva nascosto in casa sua e altri cinque, i rimanenti erano scrupolo del bravo professionista.

Il primo, ovviamente, era Saverio Bartolomei, dato per morto nella notte del 4 aprile 2015. Bartolomei non aveva la fedina penale pulita, era conosciuto come tossico, violento, attivista animalista e vandalo generico, visto che si attaccava a qualunque scusa per spaccare i beni dello stato. Aveva terminato gli studi con voti generalmente bassi, richiami scolastici, due sospensioni. Pessimi rapporti con la famiglia, conosciuta in città, il padre dirigente d'azienda, la madre per diversi anni consigliera comunale. Arrestato più volte per ubriachezza molesta e sempre rilasciato, nessuna condanna. Un ricovero per overdose. Tutto portava alla conclusione che fosse un parassita, un pezzo di merda che viveva a spese della società. Durante il servizio civile aveva conosciuto Mattia Danti, figlio di ricchi, nel cui negozio avrebbe poi lavorato, senza contratto regolare, e avrebbe dimorato fino al giorno della scomparsa.

Il rapporto con la Bacarelli iniziava intorno ad aprile/maggio 2013, non sarebbero andati mai a vivere insieme anche se lui aveva le chiavi di casa e la faceva da padrone. I vicini ne conservavano un pessimo ricordo, esempio di maleducazione e tracotanza. Bartolomei diventava proprietario del cane nel 2009, era l'unico atto di legalità che compiva spontaneamente, lo aveva registrato, se lo era intestato, gli aveva messo il microchip. A detta di tutti impazziva per quel cane, erano inseparabili, avevano viaggiato per l'Europa e quando era finito in ospedale il cane era stata la sola ragione per cui aveva chiesto di fare una telefonata. Dopo il ricovero nel 2011 aveva riportato un lieve danno cerebrale che si manifestava con la difficoltà nell'articolare alcune parole (note da cartella clinica). Nel 2014 aveva riportato un trauma cranico, era stata la Bacarelli a portarlo in ospedale, lui aveva raccontato di essere caduto dalla scala mentre cambiava una lampadina, diversi testimoni lo collocavano invece al centro di una manifestazione a Padova in cui erano stati commessi atti vandalici, lanciate molotov ed era stato dato fuoco ad alcune vetture. La sua presenza non era stata dimostrabile perché molti manifestanti erano a volto coperto, i vigliacchi.

L'ultima immagine nota di Bartolomei era la ripresa di una telecamera di sorveglianza nella tarda serata del 4 aprile 2015. La prima immagine entra in possesso della fidanzata il 4 aprile 2017, esattamente due anni dopo, poche ore dopo l'uccisione di Elisabetta Valacchi, amica intima della Bacarelli.

La Bestia si fermò un istante e guardò lo schermo dell'altro computer.

Lena si agitava nel sonno, la testa che si girava e tirava in alto come a evitare qualcosa.

«Dormi bella, che ci penso io a te» le mormorò.

E in effetti il sonno della donna riprese.

Tornò a fissare l'altro schermo, immobile nella luce azzurra.

Saverio Bartolomei.

A chi poteva fottergliene di rapire Saverio Bartolomei?

Ci si poteva scomodare ad ammazzarlo, ma il rapimento richiedeva tante accortezze, rischi, pure spese, se lo tenevano in vita. A qualcuno poteva fregare di tenere in vita un simile residuo umano?

«No» disse alla luce azzurra.

No. Bartolomei non valeva questa fatica.

I video che lo mostravano nudo col suo ridicolo cazzetto

rattrappito non significavano niente. Bartolomei era un tossico, sempre stato, il fisico dei tossici si asciuga man mano che la droga se lo mangia e quella poteva essere la spiegazione del dimagrimento. Poteva pure essersi preso il morbo che si meritava, e allora aveva più senso anche che avesse perso i capelli e tutto. Chi glielo diceva, a lui, che Bartolomei nella gabbia non ci si fosse messo da solo? Aveva finito i soldi e sapeva che la fidanzata ne aveva un po', e se non lei la famiglia. Quindi era tornato a mungere la vecchia vacca con la storiellina del rapimento. E poi la situazione gli era sfuggita di mano, perché con certi rifiuti finiva sempre così. Ma una pensata così grande non poteva comunque averla fatta da solo, se si era consumato via vena o naso o bocca alla fine era ridotto com'era ridotto. Per cui si aprivano vari scenari, aveva avuto l'idea, faceva il teatro ma a condurre il gioco era un altro, più furbo, oppure aveva avuto un'idea e un altro gliel'aveva rubata e l'aveva chiuso sul serio. Allora forse se l'erano preso, forse si era preso da solo, forse era d'accordo, forse aveva cambiato idea troppo tardi. Comunque fosse, ora era diventato un'arma contro la Bacarelli, e questo gli faceva assumere un'importanza che altrimenti nella vita non avrebbe avuto mai.

Segnò una croce rossa accanto al nome di Saverio Bartolomei.

Non si credesse di averla fatta franca solo perché non era morto.

Era tornato quando la Valacchi se n'era andata.

Bartolomei, Bacarelli, Valacchi.

Il video della Valacchi scopata da dietro, che la Bacarelli aveva ricevuto, era parziale, il video completo era nel cellulare dell'avvocatessa, girato da Gianluca Savelli, che si inquadrava spesso e volentieri il misero pisello. La Valacchi era una troia, e fin qui non c'era dubbio, Savelli era un povero stronzo, e anche questo si sapeva. Come c'entravano con i messaggi che riceveva la Bacarelli? Perché loro due? Perché loro due che scopavano, poi? Quel video era stato girato nel pomeriggio e la sera stessa ne era stata fatta una copia tagliata, questa copia era stata scaricata, perché nel remoto del cellulare della Valacchi non risultava nessun invio ad altro cellulare. Quindi lo avevano fatto di proposito, volevano usarlo, lo sapevano, lo avevano tagliato apposta, e quando lo avevano tagliato forse la Valacchi era già morta o giù di lì.

L'avevano ammazzata per avere il video? No, non si ammazza per un culo.

Quei due non erano ricattabili, scopavano alla luce del sole, erano liberi, che gliene fregava a loro? Dunque avevano ammazzato lei, avevano preso il cellulare, tagliato il video, lo avevano scaricato su qualcosa che avevano con sé, un portatile, oppure avevano usato il pc della Valacchi come ponte. Su quello non ci aveva potuto mettere le mani, sapeva che aveva degli hard disk con tutte le sue porcherie, ma se c'era questo video tagliato non era chiaro, magari l'avevano cancellato e nessuno si era preso la briga di ripescarlo, finché non ci giocava lui, col computer, non si poteva sapere. Insomma, avevano trasferito il video e se l'erano messo sul cellulare, poi dal cellulare lo avevano mandato a lei.

All'anima della fatica, e perché?

A cosa serviva, se la Valacchi era già morta? C'entrava quella denuncia che stava preparando? Di stalking? Sapeva del telefono? Sì che lo sapeva, la Bacarelli gli aveva scritto di sì. E allora il video arrivava a lei, alla Bacarelli, e la spingeva a tornare di corsa da Assisi, dove le telecamere l'avevano inquadrata davanti alla basilica per ore, per denunciare la persecuzione. Si credeva che a scopare l'amica era Bartolomei. Era stata stupida a pensare questo. Ma era stata stupida a pensare tante cose, i fatti la parlavano, questa stupidità, e ma era anche nervosa, pensava di incontrarlo là, ad Assisi, lui le aveva dato appuntamento, c'era scritto nel messaggio. E invece succede uno schifo e al commissariato era arrivato il secondo video che lo mostrava vivo. Di corsa, dopo messaggi di minacce.

Perché era l'ultima carta da giocarsi, e come no.

Quindi loro lo sapevano che lei era lì a fare la denuncia.

Ma non potevano essere a Firenze e anche ad Assisi, a meno di non essere in tre, e tre erano troppi. Uno è quello che fa tutto, l'altro aiuta ma non esiste che due abbiano la stessa motivazione, il motore è uno, è sempre solo uno, o lavora da solo o anche nelle coppie diaboliche spinge l'altro a fare cose che da solo altrimenti non ci riuscirebbe.

La Valacchi era morta, l'avvocatessa dei delinquenti, frodi fiscali, truffe, tutti lei se li pigliava e quasi sempre la scampavano, come faceva a essere amica sua, che lei era una ragazza così pulita? Moriva, e a meno di non essere morta per sbaglio non si poteva considerarla membro del gruppo.

Savelli lo sapevano, Savelli era solo un guardone di merda, uno snob che sputava sulla famiglia, un cacasotto piagnucoloso che s'era quasi pisciato addosso mentre lo interrogavano. A Savelli era bastato guardarlo storto e dirgli due parole, però i giornali ne avevano fatto un mostro e allora c'era da chiedersi se il piano non fosse questo sin dall'inizio. Si erano distratti in molti a tirare in mezzo lui, e chi aveva ammazzato la Valacchi aveva avuto modo di far perdere le tracce. Sempre che la Valacchi non c'entrasse, che da morta non poteva confermare, ma questo non faceva di lei un'innocente, che pure avesse aperto meno le gambe non le avrebbe fatto male.

Cerchiò il nome di Elisabetta Valacchi.

Allora Savelli andava levato dal mazzo?

No, Savelli restava.

Non era la mente, non aveva le risorse per fare una pensata così grande, lui che era una cacatina di mosca. Però poteva avere aiutato. Non aveva il cellulare da cui partivano i messaggi, gli avevano sorvegliato anche il buco del culo, però aveva la faccia e la bocca per parlare. Non aveva partecipato all'omicidio della troia, ma l'aveva pur sempre legata lui, al pomeriggio. E se non le avesse sciolto le corde? E se l'aveva lasciata lì, legata come un salame, il telefono inutilizzabile, a contorcersi sul letto? Sarebbe stato un buon inizio. Al cellulare ci avevano attaccato un magnete, un magnete forte, poteva esserselo procurato lui al negozio del padre, il padre aveva una specie di ferramenta, niente di più facile. Leghi la troia promettendole di scoparla col tuo cazzetto minuscolo e te ne vai lasciandola in pasto ai cani veri, da pecora che sei. Sì, lui forse c'entrava con il delitto, e se c'entrava con il delitto allora c'entrava anche con chi l'aveva commesso.

Mise la croce anche accanto a Gianluca Savelli.

Che però non era stato l'autore materiale, e su quello aveva un alibi a prova di bomba, il povero stronzo fortunato. In casa c'era pieno di impronte sue e peli pubici e pure un tocco di sperma, ma quello su cui tutti stavano a pensare era un'impronta parziale e dell'altro dna, e qui si passava a Fermo Berselli.

Tanto fumo negli occhi, Berselli.

La denuncia che aveva fatto irrompere i colleghi nel suo rifugio era stata tempestiva, naturalmente anonima, ma lui navigava in una merda talmente alta che se non scappava quel giorno scappava quello dopo. Aveva debiti, molti di droga, e la pelle gliela volevano fare in tanti. Ci girava parecchia roba da lui, anche farmaci, e ci faceva la cresta ma poi se ne erano accorti. Dicevano tutti che era scappato ma poteva benissimo essere dentro a un pilone del prossimo centro commerciale che avrebbero costruito.

Berselli non aveva mai chiamato la Valacchi, non le aveva scritto, inizialmente era parso che non ci fosse stato nessun contatto tra di loro, e invece no. Perché si erano incontrati, l'appuntamento c'era stato, lo ZTL confermava, il barista del locale pure. Domenica 26 marzo, in un luogo pubblico, avevano preso un caffè e parlato. Il proprietario che li aveva serviti aveva chiamato qualche giorno dopo l'omicidio, si ricordava bene di lei, una tipa appariscente, meno di lui, poi lo aveva riconosciuto quando gli avevano mostrato una foto, ma dopo, giusto due settimane fa. Berselli voleva assumerla? Forse. E forse è da lì che era venuta l'impronta sulla porta, era andato a casa sua e lei lo aveva fatto entrare, lui aveva lasciato tre capelli in giro per casa, tutti lontani dal letto, ma niente impronte. Capelli sì, impronte no. Poteva essere che quel giorno al bar le avesse pianto sulla spalla e i capelli si fossero attaccati al cappotto e poi lei avesse scosso il cappotto in casa, succede.

Eppure.

Berselli era un altro senza palle, un servo della gleba che sa dire solo di sì e quando lo beccano piange come una bambina. Si era fatto tanti amici, tutti della cerchia di Bartolomei, ma Bartolomei no, pareva che con lui non si fosse mai incontrato.

Strano.

Proprio Bartolomei, il centro di tutta questa tragedia, e mai lo aveva visto e conosciuto? Improbabile. La foto del cane nella gabbia, fatta per pararsi il culo, era una barzelletta. Nessuna foto passa da un cellulare a un altro per sbaglio, soprattutto se non si conoscono i numeri. No, Berselli la foto l'aveva passata a qualcuno, e lo sapeva che la passava per usarla contro di lei. Mai conosciuto Bartolomei? Stronzate. Forse morto pure lui, ma prima di morire la sua parte l'aveva fatta.

Croce accanto a Fermo Berselli.

Caso vuole che Berselli conoscesse la veterinaria del cane di Bartolomei, Marta Sacchetti. Una che forse non sarebbe mai entrata nel suo elenco, se la Bacarelli non avesse ricevuto anche la sua foto. Una brava donna, qualche guadagno in nero ma pure parecchi farmaci regalati ai bisognosi. Una santa. Sola, niente compagno, marito, figli. Non era lesbica, del suo passato si sapeva poco, molto discreta, dicevano. Non un'animalista militante ma gli animalisti della sua lista li conosceva tutti, Saverio Bartolomei, Astrid Pernice, Fermo Berselli, Alessandra Gatteschi, Lucio Donadio. E aveva fatto favori a tutti, c'era un rapporto che andava oltre la professione, si direbbe di amicizia, sulla sua pagina Facebook era stata taggata sia dalla Pernice che da Donadio, ma ci scriveva poco e di foto ne aveva pubblicate sì e no dieci. La riservatezza non gli dispiaceva, ma i tempi moderni insegnavano che non c'era motivo di entrare nei social se poi non volevi parlare di te, era una contraddizione che chiamava altre contraddizioni. Tutti questi farmaci che smerciava a metà prezzo chi è che glieli procurava? Lei e Berselli si sentivano spesso, più che spesso, lui laido da far schifo, lei maestrina con i riccioli d'oro, quanto era vero che la gente vedeva solo quello che le mostravano. Dunque qualche guadagno extra per i lavoretti in nero dopo le sei, extra da comprarsi un paio di scarpe o extra da comprarsi un'auto? La foto sul Samsung ci era arrivata, la Sacchetti gli sembrava pulita come il suo culo.

Croce sul nome.

E vediamo da che parte arrivavano questi farmaci. Berselli? Probabile. Ma Berselli da dove li prendeva? C'era una ditta, la CO.LI.SAN, che produceva, tra le altre cose, prodotti farmacologici a basso dosaggio per animali. E guarda caso un'altra persona che la Sacchetti vedeva tutti i giorni era Alessandra Gatteschi, la donna brutta che era scomparsa. Questo era un passaggio rognoso. In apparenza anche lei era pulita, aveva fatto fatica a trovare il marcio, perché era sepolto e ben dissimulato. Si occupava della formazione degli agenti di vendita. Serissima, professionale, efficiente e affidabile, tutti aggettivi presenti sulla sua scheda. Per le sue mani passavano i campioni, quelli che poi andavano distribuiti agli agenti di vendita che li presentavano ai veterinari. Campioni innocui, presi singolarmente, ma che, se isolati e trattati in maniera adeguata, erano una discreta base per la produzione di droghe chimiche a buon mercato. Forse questo era il legame tra la Gatteschi e Berselli e forse anche con Bartolomei, che frequentava soltanto in occasione di raid a spese degli allevamenti.

Spulciando negli archivi storici Caparzo aveva trovato il suo nome in una lista di sospettati per l'attacco vandalico all'allevamento Mombello, nel 2012. Incrociando i nomi di arrestati e sospettati aveva trovato la foto di un gruppo scattata quella notte mentre festeggiavano, i passamontagna alzati, le bottiglie in mano. C'era Bartolomei e c'era la Gatteschi. Il fil rouge era sempre la droga, del resto lei conosceva l'avvocatessa e ci si incornava pure, magari non si fidava che si occupasse di Berselli, magari aveva paura di venire beccata anche lei. La Bacarelli diceva che si era impicciata e infatti la sera che era andata a casa di Savelli per riprenderla poi l'avevano filmata che saliva sul treno, vestita che faceva schifo, e non l'avevano fatta più scendere. Quindi proteggeva la Bacarelli o si proteggeva lei? Aveva solo rotto il cazzo o qualcosa sapeva?

Cerchiò Alessandra Gatteschi.

C'erano state una denuncia e un'indagine, il primo sospettato, il fidanzato Lucio Donadio, era stato scagionato da tante telecamere che potevano farci un film. Era più giovane, ventisette anni, lavorava in ospedale occupandosi di sterilizzazione degli strumenti, una persona tranquilla, i colleghi ne parlavano bene. Stava insieme a lei da quattro anni e a detta di tutti era lei che portava i pantaloni in casa. Entrambi non avevano più famiglia, entrambi venivano da situazioni disagiate con figure maschili dominanti, solo che per reazione lei si era trasformata in un uomo e lui era rimasto un bambino.

La Bestia aveva scavato un po' nel suo passato e aveva visto le fatiche scolastiche, i risultati portati a casa con enorme sforzo, la richiesta della scuola di farlo parlare con uno psicologo. Il padre di Donadio assomigliava al suo, la differenza erano i figli che si alzano in piedi o quelli che restano lì sotto a pagare per essere nati. Lucio Donadio era di questa pasta. Era finito ricoverato per esaurimento, gli avevano dato qualcosa che lo tenesse a galla e lui aveva preso una brutta piega, troppo facile buttarsi in una dipendenza che ti salvi dalla tua vita.

Era uscito di casa solo quando il padre se n'era andato, alla fine del 2012, e subito era andato in cerca di una figura forte che potesse sostituirlo, trovando la Gatteschi. Lei lo aveva ripulito, o almeno così diceva, probabilmente per lui era difficile tenersi un lavoro in ospedale se sulla carta non era pienamente lucido, meglio che apparisse disintossicato dai farmaci con una donna che glieli passava sottobanco, in altra forma, ma del resto non era vero che stava per uscire un Valium per cani? Cosa gli aveva detto quella sera? Che lo mollava o che gli tagliava le pillole? E lui cosa potrebbe aver fatto, per ripicca? Magari ha avvisato qualcuno di dove trovarla? Del resto stava diventando scomoda.

Cerchiò Lucio Donadio.

Però lui ha tirato fuori quel nome, Marco Sartori. C'era nella denuncia di scomparsa, l'uomo misterioso che aveva rapito la sua bella, brutta come la fame. Marco Sartori, che non esisteva, nessun giornalista si chiamava così. Si era segnato il nome di lato, rispetto agli altri, perché i nomi finti non sono mai finti del tutto. Era a nome suo che era stata attivata la scheda del Samsung, no? Quindi c'era un documento che riportava quel nome e una foto, una faccia. La Gatteschi forse aveva fatto la stessa fine di Berselli, nel momento in cui aveva smesso di procurare roba? Le sue tracce si perdevano tra Firenze e Arezzo. Il treno era arrivato alla stazione Centrale su uno dei binari secondari e le telecamere avevano ripreso tutte le persone che scendevano, tra il binario e il corridoio centrale, poi nella zona con i negozi. Alessandra Gatteschi non c'era. Ma sul treno non l'avevano trovata, quindi o era scesa a una fermata intermedia, tra Campo di Marte, Rovezzano, Compiobbi e Sieci o l'avevano buttata fuori. Non era così improbabile, se era rimasta da sola nel vagone, quelli son treni vecchi, hanno i finestrini che si aprono a ghigliottina, se l'avevano drogata o ammazzata era possibile buttarla fuori. Ma l'uomo doveva essere robusto, lei era alta. Comunque non era improbabile.

Il cellulare era stato spento dopo Sieci, fino a quel momento la donna era viva e sul treno. Se era successo quanto detto dal fidanzato, se quel Marco Sartori l'aveva seguita e filmata per poi mandare il video alla Bacarelli, allora voleva dire che lei aveva capito qualcosa, detto, sentito, magari non ne era consapevole, magari era stata nel posto sbagliato al momento sbagliato, come anche la Valacchi. Stessa mano per due delitti.

Cerchiò Marco Sartori e mise una croce accanto. Poteva avere avuto tutti i ruoli.

Farmaci, droga, animali.

A seguire la pista della droga si finiva agli altri amici del Bartolomei, Mattia Danti, Riccardo Quintavalle, Germano Ciofini, Sergio Marzi, Alessio Centi e Serena Chellini. Qui si apriva un capitolo a parte, perché nessuno di loro si mescolava con il gruppo degli animalisti, c'erano stati incontri sporadici ma una sostanziale indifferenza reciproca. Bartolomei teneva ben separate le sue due vite, quella di finto impegno e quella di vera violenza. Con le amiche femmine, le due animaliste, la veterinaria, si mostrava premuroso e pieno di attenzioni per le bestie, poi bestia ci era diventato lui e con gli altri solo sballo e violenza.

A Caparzo iniziò a montare dentro qualcosa che conosceva molto bene.

A Bartolomei piaceva sprangare in giro con i tre teppisti, Sergio Marzi, Alessio Centi e la Chellini, che li conoscevano bene tutti alla polizia, loro li tenevano d'occhio sempre, tanto qualcosa di illegale lo facevano comunque, ce l'avevano sotto la pelle lo schifo per le regole e la società. Li avevano fermati spesso, a volte c'era pure scappata una lezioncina, ma tanto quelli non si raddrizzavano, erano capaci solo di spaccare tutto e non riuscivano a capire nemmeno le mani. Se ne erano rimasti a margine di quella storia, erano gli amici del morto, non avevano bisogno di altri ruoli, tanto tutti sapevano cosa succedeva in quel retrobottega, ma il quieto vivere, e poi erano pesci piccoli, lasciali andare, dicevano i colleghi.

Lui gli aveva spaccato la testa, una volta, a uno di quei pesci piccoli, e mai aveva fatto cosa migliore.

Erano il male, erano il cancro, bocche piene di parole non loro e nessun rispetto per la gente per bene. Segnò croci furiose accanto ai nomi dei tre teppisti e poi levò gli occhi dallo schermo, dalle foto che aveva archiviato in lunghe serate come quella, foto dei ragazzi e della ragazza, alcune di repertorio, altre fresche fresche scattate da lui, perché non diceva balle quando raccontava di quanto si sentisse vicino al persecutore di Lena, era capace di lavorare anche meglio di lui.

Lasciò decantare la rabbia, era una vecchia amica.

Quando tornò allo schermo cambiò foto e rimase a guardarla un po', perché nella foto c'era anche lei, Marilena Bacarelli, col suo sorriso abbassato e gli occhi altrove. Con lei il peggiore di tutti. Mattia Danti, un lombrico, una biscia che cambia pelle, figlio di papà padrone di un'attività criminale che di anno in anno cambiava destinazione, "imprenditore di me stesso", diceva, migliore amico di Bartolomei, così imbecille da non capire i mille modi in cui lo sfruttava, i favori che erano elemosina con furto, l'attività di spaccio fatta gestire all'amico nel retro del negozio così da poter dire "oh, ma io non sapevo nulla, ha fatto tutto da solo", e lavarsene le mani, finché non si era fatto incastrare come il cazzone che era.

Mattia Danti era amico di Saverio Bartolomei come Francesco Caparzo era il capo del coro della chiesa.

E lei non se n'era accorta che le girava intorno più del dovuto, che lo aveva visto dozzine di volte a passare davanti all'hotel, altro che l'amico del fidanzato, quando lei non guardava lui gli vedeva gli occhi, vedeva dove andavano e dove si fermavano. Nessuno è innocuo come chi si traveste da amico e getta corone nel fiume pensando a dove infilare il cazzo. Ma lui non ci era mai cascato, lui lo sapeva che c'era dell'altro, perché lo aveva visto entrare in casa quando lei era via, e fotteva niente che non corrispondesse a nulla sugli appunti, quello era entrato in casa che lei non c'era, e lui l'aveva visto. Stava pagando, e non abbastanza, come pagare dovevano i suoi amici. Non avevano niente con la Valacchi, non avevano niente con Savelli o Donadio e la Gatteschi, con la Sacchetti e Berselli, ma potevano essere tutti Marco Sartori, pure la femmina, che con Bartolomei ci scopava, e lui lo sapeva, pure la vecchia amica che si era fatta il manzo in discoteca e piagnucolava perché il video le aveva rovinato il matrimonio.

«A tutti vi spazzo via» mormorò a bassa voce.

La matita segnò il nome di Mattia Danti.

In fondo alla lista, prima dei colpevoli minori, perché ai suoi occhi tutti erano colpevoli, solo più o meno gravi, più o meno punibili, restavano tre nomi.

«È ovvio, hanno mandato le foto del papà e della mamma.»

Forse l'avrebbero fatto anche con lui.

Sbagliando.

Due cerchi.

E infine il nome che si era pregustato, Astrid Pernice. Di lei era facile sapere tutto, famiglia dell'alta borghesia fiorentina, soldi a palate e lei, la figlia bizzosa che vuole fare la fricchettona; quanto erano simili con Danti e Bartolomei. Era immanicata con i canili, i vigili e aveva amicizie alte in Regione, grazie alle quali chiedeva continui oboli. I soldi le arrivavano tramite canali sotterranei, rigagnoli che si confondevano tra donazioni più o meno lecite. Lontano da occhi indiscreti quei rigagnoli si univano e diventavano un ruscello, poi un torrente. La Pernice non aveva mai avuto bisogno di Berselli o della Gatteschi, lei viaggiava su una corsia preferenziale.

E quindi?

Era coinvolta, non era coinvolta, c'entrava con il Samsung, aveva avuto un ruolo nell'irruzione da Berselli, si era compiaciuta della morte della Valacchi?

Alla Bestia non gliene fregava niente.

Guardò lo schermo dell'altro computer e lo sfiorò con le dita.

Quella donna la Bacarelli la odiava.

La odiava al punto che era stata disposta ad avvelenarle i cani.

Questo era tutto ciò che gli serviva.

Potendo scegliere tra dodici persone aveva scelto lei, la Pernice.

«Mo' ti scelgo anche io» sussurrò.

E tirò una riga sul nome.

20

Sabato 13 agosto faceva così caldo che Castellacci aveva consentito di indossare le camicie a manica corta senza la giacca. Ilaria si era innervosita all'idea di gestire i nuovi gruppi e si era fatta cambiare orario, prendendo il pomeridiano. Lena aveva sperato che Elvio facesse il turno con lei, ma per il settimo weekend con settantacinque arrivi e partenze in contemporanea erano previsti lei, Katia e Gianluca. Non aveva più avuto il coraggio di parlargli, di cercarlo, avrebbe voluto trovare una maniera per spiegargli tutte le stranezze, i messaggi in codice, la visita a casa sua la notte in cui Alex era sparita, l'incontro per strada per fare il nome di Astrid. Soprattutto avrebbe voluto chiedergli scusa. Non gliene fregava niente delle foto scattate nello stanzino, lui le aveva guardato le tette, lei lo aveva considerato un assassino. Ma non c'era modo, e lei non aveva cuore, fegato, forse nemmeno il cervello. Caparzo non lo aveva più incontrato nella stanza 214, la collega che l'occupava se n'era andata via in un orario in cui lei non era di turno e ora non sapeva se fosse venuto qualcun altro e da che stanza li spiasse. Aveva ricevuto un paio di messaggi laconici in cui il poliziotto le raccomandava di stare calma, che tutto procedeva bene, e lei non sapeva immaginare come, se non per il fatto che dal Samsung non era arrivato nulla e doveva credere nel "niente nuove buone nuove".

È vivo, deve essere ancora vivo, Caparzo ha ragione, senza di lui non c'è più niente.

Si sentiva i suoi occhi addosso, giorno e notte, cercava di convincersi che andasse bene, era un poliziotto, aveva l'incarico di controllarla, ma la polizia non sapeva nulla dell'altra sorveglianza, quella fuori dagli orari di lavoro, così come non aveva saputo nulla della sua persecuzione e del rapimento di Saverio.

Se avessi parlato subito.

Ma non l'aveva fatto, due persone erano morte, una era in galera e una aveva la reputazione rovinata. Gianluca si era preparato all'arrivo imminente del pullman, Lena gli aveva sorriso ma lui aveva continuato a fissare lo schermo. Era l'ennesima orda male organizzata, questa volta c'erano anche degli stranieri ed era stata fatta molta confusione nelle prenotazioni. I facchini erano ancora troppo pochi, così Lena e Katia iniziarono ad accompagnare anche loro, a turno, gli ospiti nelle stanze, a lei era toccata una coppia relativamente giovane – lei incinta, di un'odiosità rara – che ci aveva tenuto a dirle che loro avevano frequentato ben altri hotel e che se avessero saputo che era così male organizzato non sarebbero venuti mai. Tutte le operazioni erano comunque state terminate entro le quattro, compreso il parcheggio del pullman che non era stato previsto. Lena e Gianluca non si erano più rivolti la parola, travolti dal marasma, e a malapena si fecero un cenno al momento di andarsene. Ci vollero venti metri dall'hotel perché Lena si accorgesse che non serviva frugare, nella borsa il suo cellulare non c'era. Aveva lasciato la sua roba nello stanzino per tutto il giorno, il telefono senza suoneria. In effetti lo stanzino non si trovava in una posizione protetta, alcuni dei clienti si erano avvicinati alla pedana del desk così tanto da metterci un piede dentro, sarebbe bastata una distrazione perché qualcuno lo prendesse. Tornò indietro di corsa a cercarlo, Gianluca era ancora lì, Katia stava parlando con Ilaria, che era arrivata a darle il cambio. Cercarono tutti nello spazio dietro al desk ma non c'era. Provarono a chiamarlo dal telefono dell'hotel e squillava, ma non si sentiva nessun rumore.

«Non hai una app per ritrovarlo?» chiese Gianluca, e Lena fu sul punto di dire che sì, certo, bastava entrare nel profilo, cercarlo da lì, ma poi

poi

pensò che c'era già qualcun altro che entrava in quel profilo o sul suo cloud, qualcuno che si scaricava i contenuti e i movimenti, qualcuno che una piccola app ce l'aveva installata chissà quando, una delle tante volte che era entrato in casa sua, da marzo in poi, o forse prima.

Qualcuno che non sapeva che lei avesse scoperto che era da lì che la controllava.

Se ora entro nella app potrebbe pensare che...

Ma se me l'hanno rubato?

Chi ti dice che te l'abbiano rubato?

Allora declinò, disse che forse l'aveva lasciato in auto, non era sicura di averlo in borsa, ma sì, si era sicuramente confusa, ora andava a cercarlo, ed era scappata fuori.

Non sapeva cosa fare.

Vado a casa e scrivo a Caparzo.

Lui le aveva detto di non farlo, che doveva usare il Nokia solo per rispondergli, ma quella era un'emergenza. Era rientrata, la chiave che girava normalmente, si era chiusa dentro con Argo, irrequieto, che doveva fare la pipì, lo aveva fatto uscire in giardino e si era messa in corridoio a fare cenni a caso alle pareti, ai battiscopa, alla lampada, era andata in camera, aveva scritto su un foglio MI HANNO RUBATO IL CELLULARE ed era girata per casa con il foglio in mano, perché a dirlo ad alta voce le sembrava

pericoloso

strano. Poi era andata a controllare il telefono nel bagno e niente, non c'era nulla, solo la batteria bassa, che attaccò per paura che la chiamasse.

Forse è al commissariato, non può contattarmi dal commissariato.

Perché fosse convinta di una cosa simile non era chiaro, le sembrava logico, stava facendo tutto di nascosto, come avrebbe giustificato le cimici, le telecamere, la sorveglianza, tutto? Ma Caparzo non rispondeva e Lena era sempre più agitata. Si sentiva sguarnita, priva di difese, non vedeva nell'assenza di ogni telefono, il suo, il Samsung, il Nokia, una liberazione, sapeva solo che non potevano contattarla e questo metteva in pericolo

Saverio

lei stessa e coloro che amava.

Devo avvisare mia madre. Se mi cerca e non mi trova si spaventa.

Un'angoscia lugubre, profonda, preludio di paure che sarebbero dovute arrivare molto più in là. Uscì col cane, tornò dentro precipitosamente per controllare il Nokia, come quegli adolescenti ossessivi che se non sono online sentono di non esistere. Meditò di usarlo per chiamare sua madre, ma poi le sarebbe rimasto il numero ed era un guaio. Arrivò perfino a pensare di comprare un telefono nuovo, e poi le salì una vergogna strisciante, perché non era capace di reagire, nemmeno in un frangente così semplice, smarrisci il telefono e denunci il fatto, fine. Ma era ingabbiata dai "se". "Se" il rapitore di Saverio.

"Se" Caparzo.

"Se" il ladro.

Il campanello la portò via da questa palude. Era Lucio, agitatissimo, non veniva a casa sua da quella volta che Alex aveva preparato il tè per tutti.

«Ma perché non mi rispondi? Ti ho scritto un messaggio, ti ho chiamata.»

Menti, Lena, ti viene così bene.

«Ho lasciato il telefono in hotel, in una delle camere, ero andata a sistemare una cosa, non ha la suoneria, lo recupero domani. Ma perché, cosa è successo?»

«È arrivato un messaggio circolare da Marta, nel gruppo dove ci siamo anche io e Alex. C'è un'emergenza, dobbiamo raggiungerla con tutte le auto adibite al trasporto di cani.»

Lena avrebbe voluto levarsi subito da quell'impiccio, lei non era Alex e nemmeno era Saverio, e sulla Clio ci stava giusto un cane come Argo o due piccoli, non era grande come la Opel Astra. Ma Lucio era davvero sconvolto, non si occupava lui di quelle cose, era sempre Alex a prendere in mano le situazioni, lui era un soldatino, la seguiva, ubbidiva, ma iniziative non ne sapeva prendere. E glielo doveva, a Marta, che ormai gli faceva il bucato tutte le settimane.

«Ti prego, vieni con me, perché io non so che cosa fare.»

«Ascolta, Lucio, non è detto che debba toccare a noi, sai in quanti avranno risposto?»

E lui l'aveva guardata con quegli occhi un po' severi, da bambino che crede in Babbo Natale e pensa che tu ti stia comportando male.

«Alex non mi perdonerebbe, se non andassi.»

Nemmeno Saverio.

L'aveva sorpresa una ventata di epifania, di quei tempi in cui lei mai e poi mai avrebbe fatto qualcosa di contrario alla volontà dell'uomo che amava. Così aveva ceduto, nonostante l'angoscia per il telefono, aveva preso le chiavi, chiuso il cane, lasciato il Nokia a casa e aveva seguito l'Astra rossa, con Lucio che si era attaccato a un navigatore non aggiornato e sbagliava strada, sempre più fuori dalla città, seguendo un percorso che man mano le si faceva più familiare, poi diventava conosciuto, poi era QUEL percorso, verso Vacciano, e allora superava Lucio, e accelerava, e svoltava senza segnalare, infilandosi tra gli alberi, buttando ghiaia in giro, superando l'asta a terra, vedendo le auto davanti al rifugio di Astrid, saltando giù senza nemmeno levare la chiave, correndo intorno perché il suono, quel suono orribile di bestia ferita, arrivava dal retro, là dove aveva tirato le polpette prima di scavalcare la rete, sul cortile posteriore, e lì, gettata a terra, circondata da persone che correvano avanti e indietro, c'era Astrid che urlava vicino ai corpi di tutti i suoi cani.

Ne aveva trasportati tre, Marta li aveva scelti sulla base delle dimensioni della sua auto. Venivano smistati in tutte le cliniche veterinarie della città che avevano dato disponibilità ad accoglierli, con la segreta consapevolezza che il denaro per pagarli c'era. C'era stato un lungo momento in cui non era riuscita a fare niente, sdoppiata, la se stessa immobile a fissare la scena e la sé che lanciava le polpette piangendo, due settimane prima. Immobile, impietrita, l'urlo di Saverio che si ripeteva, assomigliando sempre più a un lamento ossessivo, e poi si era resa conto che quel lamento era il suo, che lei era lì in piedi, dietro la rete, a dondolare tenendosi stretta, gli altri che quasi non la notavano mentre lì a pochi metri da lei Lucio la osservava sconcertato e le chiedeva

«Ma perché sei venuta qui dietro? L'ingresso è dall'altra parte»

e poi cercava goffamente di farla tornare davanti, senza sapere come toccarla, se abbracciarla, impregnato di sudore e senso di inadeguatezza. Dentro nessuno si occupava di Astrid, tutti erano concentrati sui cani. A dirigere le operazioni era Marta, controllata come sempre, focalizzata sul "cosa", al "chi" si sarebbe pensato dopo. Lena le si era avvicinata aspettandosi il peggio, Marta aveva intuito qualcosa, quando le aveva portato Sparky. Ma la veterinaria non aveva battuto ciglio, quasi non la riconoscesse nemmeno.

«Quanto spazio hai?»

«Quello che occupa Argo, più il bagagliaio.»

«Butta giù i sedili e prendi questi tre.»

Era tornata all'auto correndo per tre volte, un fagotto in braccio a ogni giro, poi era ripartita seguendo le indicazioni per la clinica. Li aveva lasciati ed era tornata indietro, ma non c'era più bisogno di lei, i cani erano tutti andati e Astrid era stata portata via, presumibilmente in ospedale, aveva bisogno di cure per lo shock. Al rifugio rimanevano due volontarie che aveva intravisto negli anni, una era grande amica di Marta e forse anche di Saverio. La salutarono con un cenno indifferente e ascoltò brandelli di discorsi, se lo sarebbe dovuto aspettare, così imparava a fare la stronza, magari era stata lei per riscuotere un'assicurazione, avere un indennizzo, la sindrome di Münchhausen. Lena girava per il rifugio vuoto, passava oltre la barriera per i cani, sfiorava il tavolo dove si era seduta a bere il tè, guardava i punti dove due settimane prima c'era vomito ovunque perché aveva dato ai cani il sale. Cercò istintivamente il barattolo e lo vide, ancora intatto, pensava di averlo gettato a terra, a furia di colpi. Sopra il barattolo, placida e familiare, la Pallattiva di Argo. La sua, non c'era dubbio. Allungò una mano, la prese, la aprì. Dentro c'era il suo cellulare, spento.

Aveva chiamato sua madre, inventando la balla della batteria scarica.

Aveva letto i messaggi di tutti, quello di Lucio, quello di Marta che chiamava a raccolta gli amici e i volontari, quello di Astrid che recitava un VNITE QUI TUTTI1 inviato a ogni numero della sua rubrica. Poi molte chiamate perse, tra cui quelle dell'albergo, sempre Lucio, sua madre, Mometto. Mometto aveva lasciato un messaggio, gli era giunta voce che fosse successo qualcosa ai cani di Astrid e voleva sapere se lei stava bene. Rientrò in casa e la chiave fece una leggera resistenza prima di girare.

Sono entrati.

Chi dei due?

Fa differenza?

Avrebbe dovuto. Aprì la porta lentamente, già con la consapevolezza che l'avrebbe pagata, avrebbe pagato lei per quello che era successo ai cani di Astrid, solo perché lei aveva accettato per prima di farlo, e d'accordo, ci stava, che la punissero pure.

Poi vide Argo.

E non lo amava come Saverio, non lo conosceva come Saverio ma vide subito che non era normale la sua posizione, che non stava sdraiato così, che era buttato a terra, buttato come se lo avessero scaricato da un camion, una bestia da macello, una carcassa.

Ma non fece in tempo a urlare.

«Il cane sta bene, chiudi la porta.»

La voce veniva da dentro, oltre il corridoio, dal bagno.

Lena non si mosse.

«Dorme, tranquilla. Dormono tutti.»

Lasciò cadere la borsa a terra e si accoccolò accanto al cane. Argo dormiva, sì, gli occhi rovesciati.

«Il guaio del cane tuo è che mangia qualsiasi cosa. Quando noi si addestra i cani la prima cosa che gli facciamo imparare è che solo dalle mani nostre prendono il cibo, e basta. Ma poi fa tanto la razza.»

Lena si rialzò e si mosse verso il bagno come un condannato a morte. Caparzo era seduto sul bordo della vasca, al buio. Visto così era ancora più spaventoso di quanto non lo ricordasse, una montagna d'uomo. Era in borghese, il bordo dei pantaloni ancora con qualche ago di pino attaccato.

«Avevo pensato, per primo, che questo si meritava che li uccidessi tutti, come aveva fatto credere a te. Che poi bicarbonato, non bicarbonato, quella non era la differenza. Lui si meritava di vedere cosa succedeva. Ma poi ho pensato: "A questo non lo vogliamo fare incazzare, lo dobbiamo spaventare, invece". E allora penso che questa sera si è spaventato.»

«È stato lei ad avvelenare i cani di Astrid?»

«Non è veleno, è tranquillante per cani. Si fanno una dormita e poi tornano come nuovi.»

«Ma Astrid questo non lo sa, Astrid ha pensato che fossero stati avvelenati, che sarebbero morti.»

«E l'ha pensato pure lui.»

Lena iniziò a sentire caldo.

«Lo ha preso lei il mio telefono?»

«L'ho fatto prendere.»

«Da chi?»

Lui non rispose, forse sorrideva, non riusciva a vedere.

«Allora il mio telefono è andato dall'hotel al rifugio di Astrid e poi lo ha spento. Così lui vedrà che sono andata lì e penserà che sono stata io.»

La Bestia mosse appena una mano.

«E cosa crede di ottenere?»

«Ho pensato. Tre cose t'ha chiesto di fare. Rovinare l'amica tua, che ti faceva infame ma lei se l'era cercata, e l'hai fatto. Mandare in galera il compare del tuo uomo, che pure se lo meritava e tu lo sapevi, ma pure quello tradimento era, e lo hai fatto. E poi far finta di avvelenare i cani della ricciolina, e non ti è riuscito.» Scosse la testa. «Non suona.»

Lena non capiva.

«Ha colpito a Sara e a te, lei sputtanata, tu infame. Ha colpito a Mattia e a te, lui dritto al gabbio, tu traditora. Ma non voleva colpire alla ricciolina e ai cani, solo a te, perché era una finta. Se gli tiravi le polpette nessuno si accorgeva di niente e tu ti mangiavi il cuore, perché c'avevi creduto, e questo era il piano. Io dico che a lei non le vede colpa. A te, all'amica tua, al compare, a voi sì, a lei no.»

Lena aggrottò la fronte.

«Quindi era un bluff? Voleva solo vedere se ero disposta a farlo?»

Caparzo annuì.

«E poi sei corsa dalla dottoressa e hai fatto il messaggio che piangevi e sei pure finita fuori strada. Vedi che lo hai soddisfatto? Quello che voleva lo ha avuto.»

Finalmente iniziava a capire.

«Vuole che soffra. Vuole che faccia cose che altrimenti non avrei fatto mai.»

«Eccola. Allora mi sono pensato che questo gioco è durato perché lui ha giocato a te. Come una bambola, lui diceva e tu facevi. E così non va. Tu dovevi fare la tua parte nel gioco. Oggi l'hai fatta.»

«Quindi ora penserà che ho trovato il coraggio di avvelenare i cani e che gli ho ubbidito, ma non era davvero quello che voleva.»

«Giusto. E adesso che ti deve fare? Dirti cattiva che hai ubbidito? Dirti brava, che hai fatto quello che non voleva? Oggi lui me l'ho giocato io.»

«Quindi cosa succede adesso?»

«Aspettiamo che fa. Ma senza paura, che a te non ti fa niente.»

«Cosa dice? Ma se mi sta massacrando!»

Caparzo scosse l'indice, lentamente.

«Finora, che ha fatto questo di male? Ventisei messaggi ti ha mandato. Poi venti foto, nove video, un messaggio vocale. Poca roba per quasi cinque mesi. Nient'altro, sciocchezze di stalking.»

«Ha rapito il mio fidanzato. Lo tiene in una gabbia, nudo. Lo tortura!» aveva alzato la voce, con indignazione.

Caparzo aveva arricciato il naso, poi:

«No, co' tte. Cos'ha fatto di male co' tte? Ti ha fatto una foto. Ti ha telefonato, quante, cinque volte? Cinque telefonate. E poi? Ti ha rubato una chiave e poi te l'ha ridata. È entrato in casa, ha chiuso fuori il cane, ti ha messo in frigo la carne col bicarbonato.»

Aveva caldissimo, le riusciva difficile respirare.

«Ha ucciso Betta» aveva detto senza alcun tono. «E Alex.»

«Va bene

Va bene?

ma vedi che a te, a te non ti ha fatto niente.» L'aveva osservata come se fosse stata una strana specie di animale. «Tu sei importante. Ti odia e però fa contenta. Gli hai scritto che ti faceva paura, ed ecco, il biglietto. Poi gli hai detto che volevi vedere l'uomo tuo vivo, ed ecco, te lo ha fatto vedere. Pure la palla del cane ti ha ridato, e la chiave era in un pacchetto. Vedi che è pure gentile.»

«Ha minacciato tutti, mia madre, i miei amici...»

«Ma questo è il gioco. È il gioco suo. Pensati a quanto ci ha messo su 'sto gioco. Pensalo dalla parte sua. La vita dietro a te, a vedere cosa fai, dove vai, con chi stai, e poi a seguire pure loro e a imparare le case e i posti, a fare la chiave dell'ingresso di Savelli, e quella me la so' pigliata io adesso, che in casa non la devi avere, ma dell'ingresso del palazzo, no di casa, alla chiave di casa non ci è arrivato. Pensa a quanto tempo, tutta la sua vita lì. E magari c'ha un lavoro e c'ha una famiglia e poi deve occuparsi del ragazzo tuo, perché se è vivo lo deve dare da mangiare e controllare che non si ammala, è un lavoro grande, è tanta roba.»

Fece una pausa, e quello che disse dopo lo disse solo a sé.

«Magari all'inizio pensava che nemmeno ci cascavi. Magari ti ha messo il cellulare e pensava cinquanta e cinquanta, cinquanta va alla polizia e cinquanta invece le viene curiosità, e gli è andata bene. E dopo un po' ha improvvisato, un po' si è inventato, un po' lo hai aiutato tu.»

Tornò a vederla.

«È stato qui prima del 21 marzo, forse pure tanto prima, ha fatto tutto in quei giorni là. Conosce il cane o sa fare con i cani, diverso da me. Ti ha lavorato il computer e pure il cellulare.» Aveva riflettuto un attimo. «Ti sei mai svegliata con la testa pesante? Che ti sembrava di non avere dormito ma anche di avere dormito troppo?»

Lena fece cenno di sì.

«Sono quei gas dei topi d'appartamenti, li trovi anche abbastanza facile, se hai i contatti buoni. Tu avevi tanta paura di quando entrava che tu non c'eri, e invece non avevi abbastanza paura di quando entrava che c'eri.»

Un silenzio carico di intenzione.

«Potrebbe avere fatto qualunque cosa mentre tu dormivi.» Pausa. «Adesso non succede più.»

Lena sentì che stava per scivolare a terra accanto alla porta, resisteva solo perché il suo salvatore le faceva paura quasi più del suo persecutore, le evocava orrori da film e sentito dire, articoli sui tg online e denunce su Facebook. Le avrebbe fatto delle cose terribili, non importava che fosse un poliziotto, era un orco con la faccia da orco e gli orchi fanno solo gli orchi.

Lui non ha Saverio.

È come se lo avesse.

«Quindi devo solo aspettare che mi ordini di fare qualcos'altro di orribile?»

Caparzo si strinse nelle spalle.

«Adesso alza il tiro, è così che fanno. Adesso deve chiedere di più e deve offrire di più.»

Lena scosse la testa.

«E Saverio?»

«A lui non gli fa niente, finché vale qualcosa. Perché ti deve dare, se vuole il gioco. E anche tu gli devi dare, però non come chiede, sempre come oggi.»

«No, io non ci riesco, è troppo rischioso» tentò di interromperlo, ma la Bestia alzò la mano.

«Faccio io. Basta che sembra che sei tu. E lui si avvicina, perché deve vedere che fai come dice. E più chiede più si avvicina.» Di colpo gli si accesero gli occhi. «E io lo prendo.»

Devo fare da esca.

Questo mi chiede, per questo vuole che lasci la porta aperta e le tende tirate.

Vuole che lui mi venga il più vicino possibile.

Non importa a che prezzo.

Si lasciò andare e sedette sul pavimento, Caparzo se ne rimaneva lì, sul bordo della vasca, come se tutto andasse benissimo, mentre annuiva alla stanza.

«Hai pensato a quella cosa? A quello che puoi avergli fatto?»

Sì.

«Pensaci ancora. Sta tutto lì.»

Era rimasta con la schiena contro la porta, la vergogna di non trovarsi una colpa che le riempiva la gola. Il poliziotto si era alzato lentamente e lei era arretrata d'istinto.

«Ricorda che ti ho ascoltato, che ero l'unico. Nessun altro ci ha creduto, a te, e nessuno indagherà, per te. Solo io. Sono l'unica cosa che c'hai. O hai me o hai lui.»

Le era passato accanto leggero, senza toccarla, muovendosi verso la porta così lieve che sembrava non sfiorare il terreno.

Aveva aspettato.

A furia di scuoterlo, a mezzanotte Argo aveva aperto un occhio ed era riuscita a metterlo in piedi per farlo uscire almeno nel giardinetto. Lui era così stordito da non essere in grado di alzare la zampa, l'aveva fatta mezzo seduto, come un cucciolo, e appena rientrato era di nuovo crollato a terra.

Aveva aspettato ancora.

Online c'erano poche righe scritte su Facebook da una collega di Astrid, un tasso di empatia abbastanza basso per lei ma urla altissime in difesa dei cani. Si parlava solo di effrazione, di tentato furto, non di avvelenamento.

Si devono essere già ripresi. Avranno pensato che li avessero addormentati per entrare e rubare qualcosa.

Aveva aspettato, perché anche volendo non sarebbe riuscita a dormire, sapeva che la risposta del rapitore sarebbe dovuta arrivare subito, come per Sara o per Mattia. In caso contrario

non ci voglio pensare.

Ma ci era voluto di più, il sole si era quasi guadagnato l'affaccio sul mondo quando il Samsung aveva vibrato. Lena si era seduta sul letto, aveva acceso la luce e l'aveva preso in mano. Poi si era voltata a guardare gli angoli della stanza, le pareti, la luce. Era rimasta lì finché il suono dei grilli l'aveva richiamata dal bagno. La porta aperta, il Nokia recuperato dal rotolo della carta igienica, la porta ancora chiusa perché poteva pioverle addosso qualunque cosa.

Potrebbe aver scoperto tutto.

Potrebbe essere furioso.

Potrebbe essere compiaciuto.

Potrebbe aver ucciso Saverio.

Il messaggio sul Nokia diceva: APRILO. Caparzo la guardava, anche alle cinque del mattino. Premette il pulsante. Cinque parole.

SAPPIAMO COME TRATTARE GLI AMICI.

Non aveva significato, lo trascrisse su un foglio, a caratteri grandi e lo mostrò alla stanza, senza dire una parola. I grilli si fecero sentire di nuovo

AGGANCIATO DORMI

e senza farsi domande ubbidì.

21

Contava quante volte aveva infranto la legge. Gliene risultavano sei, sette se teneva conto che stava utilizzando dei vecchi computer della polizia senza permesso. Non che alla Bestia desse fastidio, lo considerava un male necessario per un bene superiore, il concetto gli era molto chiaro. Aveva dovuto visitare il palazzo che si affacciava sul retro della casa di Marilena Bacarelli, e lo aveva dovuto fare quando non la stava sorvegliando ufficialmente né ufficiosamente, in una fascia oraria in cui non avrebbe dato nell'occhio, quindi di notte. Chiedere le chiavi, anche solo del portone d'ingresso, avrebbe attirato inutilmente l'attenzione, e ne fece a meno, aveva dalla sua l'esperienza. Gli risultava che da quel lato si affacciassero sette appartamenti con la vista ottimale sul soggiorno di lei, non troppo laterali e nemmeno troppo in alto. Di questi sette cinque erano abitati, era bastata una ricerca di base per escludere momentaneamente gli inquilini dalla lista dei sospettati. I rimanenti due erano uno vuoto per decesso del proprietario, e gli eredi ancora non lo avevano messo in vendita, l'altro in attesa di assegnazione del Comune, c'era un contenzioso in atto. Se avesse dovuto scegliere un posto da cui spiare la Bacarelli lui non avrebbe preferito quello in cui una qualsiasi figura amministrativa poteva palesarsi a ogni ora del giorno, meglio quello più tranquillo, le anime dei morti davano poco fastidio. La serratura era ancora degli anni '80, lì non ebbe bisogno di ferretti, gli bastò provare una delle tante chiavi che aveva tenuto da parte, trucchetto da scassinatore, al quarto tentativo scattò. In casa era rimasto poco, il letto col materasso arrotolato, di quelli vecchi, di lana, qualche mobile, pochi oggetti personali.

Forse uno dei pochi vecchi che gli han voluto bene.

Aveva riflettuto che nella sua carriera ne aveva visti di figli che si precipitano a vendere tutto quello che gli han lasciato i genitori, a liberarsi anche solo del ricordo. La tapparella del bagno era l'unica alzata, si trattava di una finestrella stretta, forse un tempo di vetro smerigliato, adesso normale. C'era una tendina, tutto qui. La posizione non era la migliore possibile, era angolata da sinistra, del soggiorno di Lena non si vedevano il divano e l'ingresso verso il corridoio, ma il resto era ben visibile. Aveva infilato i guanti e preso un vecchio kit per le impronte, almeno quello era suo. Non aveva partecipato a corsi della Scientifica, non ne aveva i titoli, però a Napoli c'era un collega, Peppe Vitale, a cui piaceva chiacchierare, e quando era di sorveglianza mentre faceva i rilievi gli aveva spiegato un sacco di cose. Il solo dubbio era cosa ci avrebbe potuto fare, con delle impronte. Era possibile inserirle nel database, pur con la certezza che la persona che cercava non fosse un criminale seriale ma che si fosse occupato solo della Bacarelli, ma con quale giustificazione? Non esistevano ricerche private, c'era un iter ben preciso da seguire e tentare di aggirarlo era pericoloso. Gli rimaneva l'ipotesi di far fare un confronto, chiedere un favore a un collega, forse proprio a Vitale. Ma ci sarebbe voluto del tempo, e soprattutto ci sarebbero volute altre impronte. Ad ogni modo meglio farlo che non farlo, a giustificarlo avrebbe pensato poi.

Tanto io a questo mica voglio consegnarlo.

Usò una delle lampade speciali, sperando che da sotto, dal giardino, il riflesso non si vedesse molto. Non cercò in punti illogici, non sulla maniglia, non sul vetro, pure i cretini sanno che non si toccano i vetri a mani nude. E nemmeno sulla porta o sugli interruttori. Provò a immaginarsi lì dentro, nascosto per ore, quando lei era a casa, quindi non di notte e non in orario di lavoro. Fermo lì vicino alla finestra, nemmeno uno sgabello su cui sedersi, quindi per forza sul bordo del water, a guardare, a fotografare, a mandare messaggi.

I messaggi con i guanti sullo schermo non ci vengono.

Lì in bagno doveva esserseli tolti, per forza. Si mise seduto sul water, sporto verso la finestra. Se si fosse voluto alzare rapidamente d'istinto si sarebbe appoggiato con la mano sinistra sul marmo della finestrella. Spennellò lì, in quel punto. Non c'era niente. Poi ci ripensò e guardò sotto, spennellando la parte più grezza del marmo. E lì qualcosa c'era. Un'impronta non nitidissima di un pollice. La raccolse con calma e perizia e la mise via. Certo, poteva essere del vecchio che era morto, ma il marmo della finestra non aveva quasi polvere, mentre il resto del bagno era sporco, questo faceva pensare che fosse stato ripulito a ragion veduta.

Non tutto, però.

Caparzo si chinò sul bidet e annusò. L'odore era blando ma c'era.

Se gli è scappata mentre stava appostato l'ha fatta qui, mai più tirava l'acqua.

Guardò ai lati del bidet e vide una seconda impronta, questa volta bella evidente. I gesti automatici che si fanno senza accorgersene, appoggiarsi al bordo mentre ci si rialza. L'aveva prelevata e messa con l'altra, strofinando poi un tampone intorno allo scarico, nel caso in un secondo momento fosse stato necessario un confronto di dna. Anche se a malincuore aveva lasciato in quell'appartamento una piccola telecamera in cima a un mobile accanto alla porta. Era un fondo di magazzino, un vecchissimo modello, collegato a una memoria esterna che avrebbe stivato dodici ore di video, ma la batteria non avrebbe retto a lungo, pazienza, sarebbe tornato a cambiarla. Tutto questo l'aveva fatto la notte prima di sistemarle la casa, piccolo reato anche quello, pur se lei era consenziente, perché aveva usato prevalentemente attrezzature delle forze armate. Mentre lavorava, le mani occupate e la testa libera, tornava sui messaggi che la Bacarelli aveva ricevuto dal 21 marzo. Prima le frasi che la prendevano in giro, che le facevano credere che Bartolomei fosse ancora vivo, poi le minacce velate, poi quelle serie vere. Qualche giorno dopo aveva messo in piedi il teatro dei cani. Non aveva preso lui il telefono della Bacarelli dall'hotel, era bravo a nascondersi, ma alla luce del sole la sua ombra era grande il doppio di quella degli altri. Al commissariato avevano i nomi di alcuni ragazzi che ogni tanto facevano di questi lavoretti, ragazzi sulla cui testa pendeva la minaccia di una denuncia e quando serviva si mettevano a disposizione, così loro li lasciavano stare. Era prassi, non si trattava di pericoli pubblici, due mani sporche in più a volte possono fare comodo. Quelle a cui si rivolgeva lui erano di una prostituta ucraina, giovane d'aspetto, meno sui documenti, carina ma non troppo, l'aria da perenne turista. L'aveva usata in passato per incastrare un tizio e poi più recentemente l'aveva mandata a comprare della roba in un giro nuovo che avevano stroncato sul nascere. Le aveva allungato cento euro per prendere il telefono. Aveva aspettato l'arrivo del pullman, un'attività nuova dell'hotel che era stata parecchio pubblicizzata. La ragazza si era comportata bene e Caparzo aveva fatto il resto. Sapeva poco della ketamina, aveva preso dall'ambulatorio dell'unità cinofila due boccette e le aveva versate completamente nel macinato per i cani. Aveva fatto polpette di dimensioni regolari, si era premurato di verificare quando Astrid Pernice aveva un appuntamento con i vigili urbani per quella cosa dell'affido dei cani di Fermo Berselli e se n'era andato con grande calma al rifugio, sicuro come l'oro che non c'era nessuno, quella donna aveva manie di onnipotenza e pensava di poter gestire tutto da sola. I cani avevano mangiato ed era entrato con calma, così come aveva fatto Marilena Bacarelli due settimane prima. Il suo cellulare era carico ancora a metà e se l'era portato dietro così da lasciare una traccia evidente. La doveva credere responsabile, il bastardo, altrimenti non avrebbe funzionato. Gliel'aveva lasciato lì, certo che l'avrebbe trovato, era fragile ma sveglia.

Scasso, effrazione, sottrazione e falsificazione di prove, abuso di beni della polizia, intossicazione. Ma ne era valsa la pena, perché il figlio di puttana s'era rosicato tutta la notte e al mattino le aveva scritto a chiudere la questione, e lui era lì a guardare e aspettarlo perché lo sapeva, sapeva di aver piazzato un punto. Quello che non aveva detto al suo angelo redentore era che il tono dell'ultimo messaggio non era rassicurante come i primi due. ERA UNA CATTIVA AMICA e ERA UN CATTIVO AMICO erano chiari messaggi di approvazione, questo invece no, c'era una venatura sottile, sottilissima di biasimo, un "te la faccio vedere io" sotteso, implicito.

Non t'ha fatto contento, eh, merda?

E ora s'aveva da stare attenti perché il gioco diventava più fino. Ma se lui seguiva le regole adesso spariva per un po', e due erano le cose di cui si doveva occupare nel frattempo. La prima era complicata e richiedeva una dose di rischio abbastanza alta, trattandosi di sottrarre per qualche ora e poi restituire il computer della compianta Elisabetta Valacchi. Aveva pensato di portarselo a casa, poi gli era sembrato più sensato fare il lavoro direttamente lì, in commissariato. Aveva lavorato tre notti di fila, rinunciando parzialmente ai suoi turni di sorveglianza diurni, e i colleghi erano stati ben felici di propinarglieli. Ma sarebbero stati nel fine settimana, quindi avrebbe anticipato l'altra cosa urgente da fare, cioè recuperare tutte le informazioni su Marco Sartori. Premesso che non era un giornalista e che a Firenze non risiedeva nessuno con quel nome, di lui ancora non sapeva nulla. La scheda del Samsung era a nome suo, di lui aveva parlato anche Lucio Donadio e questa non poteva essere una coincidenza. Di Marco Sartori in Italia ce n'erano a dozzine, era un nome del Nord, ma non bastava per scremare, e lui aveva fretta di muoversi. La strada più breve era rivolgersi al gestore, ma lui non aveva nessuna carta da esibire, nessun permesso, e non aveva intenzione di chiederlo. Doveva fare leva sulla variabile umana. Si era informato bene su tutti i negozi al di fuori di Firenze, puntando quelli di paese, non troppo piccoli, meglio se inseriti nei centri commerciali. Quello che gli sembrava più promettente si trovava a una ventina di chilometri dalla città. Scelse il mercoledì all'ora di pranzo, quando la Bacarelli era in hotel sotto gli occhi di un collega, prevedendo che ci sarebbe stata poca gente, ed era così. Si presentò in divisa completa a una commessa sovrappeso che avrebbe voluto immediatamente essere da qualche altra parte, mostrò il distintivo e le disse che aveva l'esigenza immediata di verificare il numero di telefono di un sospettato sul suo terminale. La donna era sbiancata, perché aveva firmato una carta sull'etica del lavoro e la trasparenza e la privacy, ma davanti a sé aveva un energumeno armato in divisa. Caparzo le aveva allungato il numero di telefono, il nome di Marco Sartori e i dati che la Bacarelli e la Valacchi avevano trascritto dopo la loro telefonata al centro assistenza. Chiedeva soltanto di poter verificare tutto, vedere da quanto tempo la scheda era stata attivata, in che posto e quale copia del documento la persona indagata avesse presentato, visto che era sospettato di trasgredire la legge. Tesa allo spasmo la commessa accettò di mostrargli tutto a video, ma niente stampate, che guardasse senza metterla nei guai.

E Caparzo aveva guardato.

Marco Sartori era un uomo di trentanove anni, biondo, occhi azzurri, il documento era una patente di guida rilasciata a Udine, lui era originario di Gemona e viveva a Sedegliano. Sotto al documento c'erano le specifiche della scheda, ricaricabile, e la mail a cui inviare le comunicazioni, y1kahar@gmail.com.

Gli bastava.

Tornò in commissariato, avrebbe dovuto verificare tutto finché aveva la mente fresca. Lì aveva controllato la patente, i dati anagrafici, le foto sui social. La fedina penale di Marco

Sartori era pulitissima. Era un piccolo commerciante, aveva un negozio di abbigliamento, era sposato, possedeva una Mégane del 2011.

Non era niente, non era nessuno.

Su Facebook scriveva solo di faccende calcistiche e pubblicava selfie con la moglie.

Può essere che è bravo con i travestimenti.

Ma Sedegliano era lontanissimo da Firenze, come faceva ad andare e venire? Controllò le multe, niente, controllò se avesse una linea fissa a casa o in negozio ma niente nemmeno lì. Con qualche magheggio riuscì a controllare l'attività del POS, violazione della privacy, già che c'era – e sì, c'era ed era continua.

Forse al negozio ci sta la moglie o una commessa.

Ma la moglie lavorava in anagrafe, non poteva occuparsi anche di quello.

Vado là e vedo come stanno le cose.

Una giornata di viaggio, tempo speso per sorvegliarlo, avvicinarlo senza insospettirlo, scoprire qualcosa.

Pericoloso, quello è un paese piccolo.

Il rischio era che Sartori capisse che lo cercava per via della scheda e gli venisse in mente di disattivarla. Chiamò i colleghi di Udine e spiegò che era stato fatto il nome di Sartori durante un'indagine, ma c'erano dei dubbi sulla testimonianza. Era possibile contattare qualcuno del comune di Sedegliano, una persona riservata, per un paio di domande informali? Gli diedero il numero dei vigili urbani, indicandogli il nome del comandante. Gli parlò che erano quasi le sei di sera, tutti gli altri poliziotti locali erano tornati a casa. Marco Sartori? Certo che lo conosceva, persona rispettabilissima. Aveva un'attività in paese, tutto in regola, sposato da sette anni, niente figli, del negozio si occupava solo lui, niente commessi, aperto tutto l'anno tranne le feste comandate. Non gli risultava andasse spesso via dal paese, era molto coinvolto nelle attività locali, anche in parrocchia. Don Gianni, era piuttosto attivo sul territorio, anche lì avevano situazioni difficili, perfino qualche migrante. Accoglievano le famiglie di passaggio, poveretti, facevano la raccolta di vestiti, beni di prima necessità. Sì sì, era capitato anche di donare i vecchi telefoni, sono persone che non hanno modo di comunicare, anche lui aveva dato il suo vecchio LG, crepato ma che funzionava benissimo. Le schede se c'erano bene, altrimenti le avevano comprate e donate nei telefoni, come il resto, tanto una scheda cosa vuoi che ti costi, son pochi euro. Caparzo aveva ringraziato, confidando nella discrezione, aveva capito subito che il nome di Sartori era fumo negli occhi, tante care cose.

Dunque Marco Sartori esisteva ma non esisteva.

Escluso che fosse lui a venire a Firenze, garantito che chi aveva messo la scheda nel Samsung sapesse il suo nome. Aveva trascorso il tempo rimanente del turno portandosi avanti con il lavoro, preparandosi il terreno per le tre nottate seguenti. Lo impensieriva il fatto che non avrebbe potuto guardare i video delle telecamere in casa della Bacarelli, ma era un buon momento per prendere il computer, forse il migliore possibile. Il sovrintendente era uscito da un'ora, il suo ufficio era vicino al bagno, nessuno aveva suonato al campanello e due colleghi erano andati a controllare uno ubriaco. Lui non aveva accesso alle carte delle indagini della questura, poteva chiedere come stessero grossomodo le cose, ma c'era tutta quella faccenda del protocollo di mezzo che non si poteva evitare. Il sovrintendente invece poteva dare un'occhiata, e il suo computer era sempre acceso. Provò a vedere nella posta, poi nelle varie cartelle, non c'era niente, anche cercando "Ridenti" dal computer uscivano poche cose. Trovò comunque il codice del caso di Elisabetta Valacchi, se lo segnò e finse di tornare dal bagno, ma il collega era impegnato con un giochino sul cellulare e si sa come vanno queste cose, io non vedo te, tu non vedi me. Caparzo provò un vecchio trucco.

«Ronchi, a te funziona la stampante?»

«Boh.»

«Allora provo a usare quella dell'ispettore.»

Sedette semplicemente a una scrivania che non era la sua e provò a inserire il codice nella ricerca all'interno dell'hard disk. Qualcosa c'era, l'ispettore era un tipo rampante, gli piaceva sentirsi informato su tutto. Sulla Valacchi la sola cosa interessante erano le due pagine della denuncia che stava preparando. Denuncia a danno di Marilena Bacarelli, c'erano un sacco di stronzate legali, si parlava di circonvenzione di incapace, persecuzione, vessazione. Non si diceva "stalking", molte parti erano state lasciate in sospeso, al posto dei nomi c'erano delle XXX. Non era contro ignoti, la Valacchi i nomi non li aveva messi, ma lo avrebbe fatto.

C'aveva dei sospetti.

Troia era troia, ma non era scema e andava ammesso. Nella denuncia faceva cenno al cellulare, niente marca, modello, solo tante X, però era chiaro che intendeva citarlo, tutti avevano preso la cosa sottogamba, si erano creduti che parlasse del cellulare vero della Bacarelli, invece la Valacchi voleva far scoppiare la bomba, dettagli e tutto. Se fosse vissuta ancora un paio di giorni lo fotteva lei il bastardo, o almeno gli metteva il pepe al culo. Si stampò il documento e se lo studiò con calma il giorno dopo, a casa, premurandosi di bruciarlo prima di tornare in commissariato. Uscì dopo un'ultima occhiata alla Bacarelli che in soggiorno guardava la tv col cane, tranquilla finalmente, grazie a lui.

L'omm'emmerda che se l'era giocata non aveva fatto più niente.

Ma lui non ci credeva che aveva smesso.

Aspettava.

Come lui.

A vedere chi è più bravo, ad aspettare.

Era andato a portare un computer di quelli del magazzino prove del commissariato fino alla questura, aveva chiesto di entrare nel loro magazzino perché gli mancava un pezzo, e non ebbe bisogno di specificare quale, forse era rimasto lì con una doppia etichettatura. Non fregò niente a nessuno, lasciò un vecchio Toshiba nero e uscì con l'Asus della Valacchi, che era di metallo, ma non se ne accorsero. L'avrebbe riportato il giorno dopo, il Toshiba potevano pure tenerselo. Chiese al collega se gli seccava che andasse a lavorare nell'altro ufficio, quello piccolo delle scartoffie, aveva mal di testa e preferiva la luce bassa. Quello scrollò le spalle, il solito Caparzo, grande, grosso e frescone, chi ci badava? L'Asus chiedeva una password, ma l'avevano scritta su un post-it attaccato allo schermo. La Bestia si immaginava qualcosa come "mi piace la fava" e invece la parola era "estrudere", che nemmeno sapeva cosa significava. C'era un sacco di roba, in quel portatile, tantissima, avrebbe dovuto trasferirla tutta su una memoria esterna e non ci aveva pensato, si era portato solo una USB da 32 gigabyte. Cercò tutti i nomi dei sospettati, trovò "Marilena", trovò "Bacarelli", trovò "Saverio Bartolomei", trovò un appunto che diceva solo "Mattia sottoscala", c'erano diverse cose su Sara Mascelli, la compagna di scuola sua e della Bacarelli, niente sulla veterinaria e sull'altra animalista, niente su Savelli, niente porno. Era entrato e uscito dalla mail dieci volte, anche quella della PEC, girava e rigirava e non trovava niente, mentre lo sapeva che lì dentro c'era qualcosa. Sentì un rumore alla finestra e si distrasse, cosa poteva averla urtata? Un pipistrello? E così, semplicemente, aveva associato due cose pensando ad altro. Aveva controllato una mail e non un'altra mail. Si cercò nella tasca gli appunti presi due giorni prima al negozio di telefonia. Aveva meditato a lungo sul modo di entrare nella mail associata alla SIM di Marco Sartori, ma lui non era un hacker, una volta gli avevano spiegato un metodo, ma quella non era cosa sua e non poteva chiedere aiuto, si sarebbe dovuto rivolgere a un esterno e non gli andava. Così rientrò nella mail privata della Valacchi e digitò nello spazio della ricerca quella della SIM, y1kahar@gmail.com.

C'era.

Una sola mail, nella posta inviata, spedita sette ore prima

dell'ora presunta della morte di Elisabetta Valacchi. Nessun oggetto. Il testo era:

POTRESTI METTERCI DUE GOCCE D'OLIO.

E basta.

Gli ha scritto. Prima di morire gli ha scritto a lui.

Elisabetta Valacchi, la troia, era arrivata là dove la Bestia non era riuscito ad arrivare. Aveva scoperto chi perseguitava Marilena Bacarelli.

E per questo era stata uccisa.

22

Il mattino dopo l'intossicazione dei cani di Astrid, Argo non le era sembrato del tutto a posto.

È anziano, se la dose che gli ha dato Caparzo era troppo alta potrebbe averne risentito.

Ma non c'era modo di farlo visitare senza spiegare la faccenda dell'anestetico. Avrebbe potuto inventarsi di avergli iniettato il calmante che le aveva dato Alex, raccontare di una tentata aggressione a un altro cane, ma era troppo rischioso da qualunque parte la prendesse.

Potrebbero arrivare a togliermelo.

Saverio non mi perdonerebbe mai.

Gli aveva lasciato molta pappa e acqua extra, si era mossa come uno zombie verso l'hotel, la faccia di chi non dorme da almeno due anni.

È più o meno così.

Nessuno le aveva fatto domande, nessuno le aveva telefonato, non come la prima volta che era successo, quasi che un attentato ai danni di Astrid fosse diventato storia vecchia. Terminato il turno aveva deciso di andare in ambulatorio da Marta portandosi Argo, con la scusa di voler essere aggiornata su quanto successo la sera prima. La porta era chiusa, un foglio spiegava che per quel giorno la veterinaria non avrebbe visitato e riportava un numero per le emergenze. Ma Lena conosceva Marta e bussò comunque, sapeva che era in studio a occuparsi dei cani intossicati la sera prima da chissà che pazzo. La vide muoversi all'interno, spiarla dalla tenda, poi aprire senza una parola e tornare di là, dove c'era ancora da fare. Lena entrò con Argo e chiuse girando la chiave. Nell'ambulatorio c'erano alcune gabbie e in ciascuna stava un cane di Astrid.

«Come stanno?» le chiese.

«In ripresa» rispose la veterinaria con voce atona.

Sembrava assente, forse era solo stanca, probabile che non avesse staccato dalla sera prima, ma Lena continuava a pensare alla non-reazione di Marta quando l'aveva vista arrivare al rifugio, al fatto che non le avesse detto niente, che non l'avesse accusata, che nemmeno avesse fatto accenno a quello che era successo solo qualche giorno prima con Sparky. Non che non si fosse comportata bene, anzi, era stata bravissima, si era mossa con sicurezza, probabilmente aveva salvato almeno un paio dei cani più anziani, ma non c'era stata partecipazione, come se in fondo tutto quello non la riguardasse.

Il veleno, Lena. Attenta al veleno nella testa.

Non c'è una cospirazione, non sono tutti coinvolti.

«Hai notizie degli altri?» le aveva chiesto.

«Per ora si stanno riprendendo tutti. Era solo un narcotico.»

«So che sei presa, ma mi daresti un'occhiata ad Argo? Oggi mi sembra faccia più fatica del solito.»

«Cos'è, hanno narcotizzato anche lui?»

Voleva essere una battuta, ma Lena non riuscì a sorridere. Marta aveva controllato il molosso, occhi, orecchie, gengive, e lui aveva lasciato fare.

«È solo il caldo» aveva concluso. «Portalo fuori la sera tardi e il mattino presto, di giorno tienilo in casa con tanta acqua.»

Eppure era strana. Non sorrideva, non accarezzava Argo, a malapena la guardava. Poi, a bruciapelo.

«Come mai sei arrivata con Lucio, ieri?»

Lena era rimasta spiazzata, non si aspettava una domanda del genere.

«Ha ricevuto il messaggio ed è andato nel panico. Allora mi ha chiesto di andare insieme. Lucio senza Alex è un po' smarrito.»

Lei aveva annuito.

«Ma si riprenderà.»

Da tempo non faceva più nessuna congettura su dove fosse Alex, sul perché fosse sparita. Sembravano così amiche, e invece.

«Non so nemmeno come se la sia cavata con i cani che ha portato in clinica, non l'ho sentito, avevo il telefono

nella Pallattiva

scarico. Magari dopo passo a trovarlo.»

«Se l'è cavata benone, stai tranquilla.»

E Lena si era ricordata la storia del cuculo, che va a deporre le uova nei nidi degli altri uccelli. Marta era una bella donna, avrà avuto circa l'età di Alex e si dedicava con tutta se stessa agli animali. Non aveva un marito, un compagno, nemmeno un fidanzato, della sua vita privata si sapeva poco o nulla e quando se ne era chiesta la ragione il suo pensiero era deviato subito in direzione di Saverio, Saverio e Marta avevano scopato? Marta la odiava per via di Saverio? Ma forse si era sbagliata, forse Saverio non c'entrava niente, nell'ambulatorio ci passava molto più tempo Lucio, Lucio con Alex, ovviamente, e non per animali loro, che non avevano, ma a servizio di vari rifugi, canili, volontari. Per loro Marta c'era sempre. Forse non per Alex, però.

«Mi fa piacere dargli una mano» buttò lì. «Se fosse per lui il pavimento sarebbe ricoperto di vestiti e nel lavandino ci sarebbero le ere geologiche di piatti.»

«E i muschi e i licheni del bagno non li conti?» aveva aggiunto Marta, e aveva sorriso.

In quel sorriso Lena aveva visto più di quanto non avrebbe voluto vedere. Ripensò a quella volta che aveva detto ad Alex che Lucio non le piaceva, il suo sollievo sincero, la paura che c'era dietro a quel sollievo. Ecco, Marta era come Mattia

ERA UN CATTIVO AMICO

e Lucio era come lei. Sentì l'indignazione montarle dentro di nuovo, non ci si approfitta del dolore delle persone, non si tradiscono gli amici morti, non ci si infila nei nidi degli altri. Aveva ripreso il guinzaglio, stava per andarsene, ma poi

«Perché non hai detto niente al rifugio?» aveva buttato lì veloce, e altrettanto rapida aveva aggiunto «Non sono stata io, non ieri».

Marta aveva scrollato le spalle.

«Avevo fatto analizzare la carne che mi avevi dato quando mi hai portato Sparky, e non c'era niente. Non so cosa volessi dimostrare ma alla fine non hai fatto nulla di male. Anche ieri non è successo molto, solo un po' di spavento. E Astrid se l'è meritato tutto. Ha tirato talmente la corda che alla fine da qualche parte le doveva arrivare una sassata.»

«Ma perché? Lei crede di far bene. È manipolatrice e vorrebbe avere il monopolio dei randagi, in città, però...»

«Ha fatto portar via i cani a un sacco di gente. Cani che stavano bene, che erano a casa loro, al sicuro. Ha intralciato il lavoro di tutti quei volontari che non erano d'accordo con la sua linea. Ha creato problemi a tutti, guarda cos'ha fatto a Fermo.»

«Be', ma Fermo aveva quella storia di droga dietro.»

«La storia di droga era una storia, e anche se fosse stata vera i cani cosa c'entravano? I cani suoi, quelli che teneva nella sua proprietà? Lui li trattava bene e lei se li è portati via tutti solo per fargli un dispetto, per farlo soffrire, non ha fatto niente di diverso da quello che è successo ieri nel suo rifugio, non è migliore.»

C'era un'acredine profonda nelle sue parole. E Lena pensò che non si sarebbe mai concentrata così tanto su Astrid al punto da fare il suo nome, se non fosse stato per Marta che le aveva detto di andarsi a vedere il filmato di Mometto. Marta che era stata la sola a cogliere la risata di Astrid, sfuggita a tutti, perfino ad Alex, perché loro quel giorno pensavano a Saverio.

«Lei non ha ucciso nessuno» obiettò Lena.

Marta aveva tirato le labbra, non era un sorriso, non era un sogghigno, sembrava una smorfia.

«Pensala come vuoi, stai dalla sua parte. Per me potete fare come volete, basta che non ci fate andare di mezzo i cani.»

Lena aveva tirato Argo, Argo non si era voluto alzare, lei aveva provato di nuovo, poi gli aveva messo una mano sotto la pancia e lo aveva tirato su. Marta non l'aveva aiutata. Arrivata alla porta Lena aveva detto:

«Non so se Alex sarebbe contenta che tu andassi da Lucio tanto spesso».

«E chi cazzo se ne frega di quello che vorrebbe Alex?»

Era stata la prima parolaccia che le aveva sentito dire in tanto tempo.

L'appartamento aveva gli stucchi sul soffitto, molto ricchi negli angoli. C'era un forte odore di polvere perché di aria lì dentro non ne circolava mai e i tappeti non aiutavano. Lena sedeva composta su una delle poltrone di velluto, in mano una tazza omaggio di una fiera di Padova. Astrid era rannicchiata sul divano davanti a lei, e sembrava avere cento anni.

«Nemmeno uno me ne hanno lasciato.»

Non era vero, il suo era vittimismo, i cani erano per la maggior parte ancora ricoverati, anche se si erano completamente ripresi quasi tutti. Un paio di anziani avevano patito la ketamina nella carne, a fare le dosi non era stato un esperto. Quindi il Comune le aveva revocato l'affido delle bestie di Fermo Berselli, cani sottoposti a sequestro che avevano rischiato di restarci secchi, era più prudente metterli in canile. I suoi sarebbero stati riportati al rifugio entro un giorno o due, ma Astrid non sembrava intenzionata a tornarci.

«Quel posto mi fa orrore, fosse per me non ce li riporterei nemmeno se intorno ci costruissero delle mura con il fossato e i coccodrilli.»

Lena sapeva che invece erano iniziate le grandi manovre, che al rifugio c'erano i muratori che stavano rinforzando il recinto e un elettricista a mettere un impianto di sorveglianza. I soldi, Astrid, li aveva fatti saltar fuori, anche se adesso negava l'evidenza, ma non era per discutere di questo che era andata a trovarla nel suo lussuosissimo e rinnegato appartamento in città. Continuava a ripensare a quando era arrivata al rifugio tre sere prima, alle urla di Astrid accartocciata per terra, al viavai di volontari. Nessuno sembrava stupito da quanto era successo, tutti si davano da fare ma in un clima di predestinazione.

«Sai quando dovevo venirti a trovare e poi tu mi hai detto di non farlo perché il gatto di una tua amica era scappato?»

«Non il gatto, tutti i suoi cani sono stati fatti scappare. Il gatto era scomparso, lo hanno ritrovato in una gabbietta, poco distante» rispose l'altra meccanicamente, disinteressata alla conversazione.

«Sì, giusto.» Conosceva il gatto, conosceva la gabbietta. «Mi hai detto che vi aspettavate qualcosa del genere. Non solo tu ma anche lei.»

«Era nell'aria. Era nell'aria ma non pensavo che sarebbe successo. Non così.»

Le tremavano le labbra e si avvicinò una tazza che era lì da prima che Lena arrivasse.

«Ma forse» cominciò lentamente «è stato un caso. Uno scherzo riuscito male. Qualcuno a cui sei antipatica. I vostri metodi, lo sai. Non sono tutti d'accordo.»

«Tu l'hai visto, quello che mi han fatto. Due volte di fila.»

Due volte di fila, sì. Ed era sempre colpa mia.

«Li hai visti girare tra i corpi dei miei cani, guardarmi senza vedermi, tutti felici, compiaciuti che mi fosse successa una cosa del genere.»

«Li hai chiamati tu. Sono venuti tutti per aiutarti.»

Astrid scosse la testa e sorseggiò il contenuto della sua tazza, quale che fosse.

Il veleno.

«L'ho sempre saputo, che mi odiavano, mi odiate tutti, voi.»

«Io non ti odio» disse Lena. «Perché dovrei?»

Astrid la infilzò con gli occhi.

«Lo sai perché.»

Il veleno.

«Astrid.» non trovò un modo migliore di chiederglielo «Tu hai un altro telefono?»

La donna si bloccò, scosse appena la testa come se l'avesse punta una zanzara.

«Ma cosa dici? Non vedi che sto male, che domande fai?»

«Perché ridevi alla cerimonia di Saverio?»

«Sei diventata completamente scema, Marilena?»

Il veleno stava qua.

«Tu hai un altro telefono. Perché la tua è una posa, ti fa gioco fare quella che se ne frega, ma lo smartphone è utile, e poi con tutti i tuoi traffici ti serve e basta. E te lo puoi permettere, lo sappiamo, non c'è niente di male. Sei andata alla cerimonia per Saverio e non ci credevi, per te era una pantomima, ma non andare ti avrebbe messa in cattiva luce e perciò eccoti lì. Gli altri erano distratti, tutti pensavano a quella cazzo di ghirlanda e allora hai tirato fuori l'altro telefono, hai visto una cosa divertente e hai sorriso.»

Astrid la guardava come se fosse pazza. Invece Lena aveva appena iniziato a ragionare.

Il veleno stava qua, nella mia testa. E ce l'aveva messo Marta.

«Tutto lì, non c'era niente di più.»

«Giuro che non capisco nemmeno...»

Lena appoggiò la tazza e si alzò.

«I cani ti torneranno indietro, almeno i tuoi. Vedrai che non ti daranno più fastidio, hanno fatto quello che volevano, ti sei spaventata, saranno soddisfatti.»

«Se questo è il tuo modo di confortarmi...»

«Non volevo confortarti. Volevo chiederti scusa.»

Astrid curvò ancora un po' le spalle, per ostentare quanto fosse offesa e distaccata e quanto nulla di ciò che aveva detto Lena avesse fatto presa su di lei. E andava bene.

Devo smettere di vedere ciò che mi vogliono mostrare e vedere solo quello che c'è.

Astrid non c'è.

Dopo il messaggio il poliziotto non si era più fatto vivo, nemmeno per darle indicazioni su cosa fare con porta e finestre. Lei girava per casa sempre con gli occhi bassi, evitava di farsi la doccia, andava da sua madre dicendo che doveva far sostituire la cipolla perché si era otturata e il modello giusto sarebbe arrivato solo dopo qualche giorno. Non poteva durare, era una scusa utilizzabile giusto un paio di volte, prima che suo padre si insospettisse, si facesse venire in mente di pensarci lui e scoprisse che la chiave di scorta era sparita. Ma non era certa che in bagno non ci fossero telecamere e già era a disagio a vestirsi e svestirsi ogni mattina e sera, capitava che lo facesse sotto le coperte, addosso la sensazione di rendersi ridicola agli occhi dell'uomo. Aveva provato a chiamare Lucio, era passata da casa sua ma tutte le volte aveva trovato l'auto di Marta lì davanti. Forse gli stava raccontando della carne avvelenata, di Sparky, della sua giacca strappata, dei bei tempi prima che lei arrivasse a rovinare la vita di Saverio.

Il mondo al contrario.

Ricordava il modo in cui Lucio l'aveva guardata quando invece di entrare nel rifugio era corsa sul retro e non voleva in alcuna maniera che la credesse colpevole, perché era come se l'avesse creduto Alex per interposta persona

Alex, scusa Alex.

Ma la stava evitando, e questo era un fatto.

Il sabato successivo all'hotel c'era un muro di gente, ma Castellacci si era deciso a chiamare due facchini in più – solo per le due ore al mattino in cui sarebbe arrivato il pullman –

e le cose stavano andando più lisce del solito. La guida questa volta era un ragazzo occhialuto fresco di laurea che non sapeva da che parte voltarsi, i clienti quasi tutti sopra i sessant'anni, più ben disposti ma anche più confusionari. Lena era nel bel mezzo della registrazione dei documenti di padre, madre e figlia di Forlì, quando la seconda parolaccia in ordine di arrivo la investì attraverso la folla.

«Sei proprio una stronza!»

Marta veniva verso di lei spostando di peso vecchiette e signori panciuti. Katia le aveva scoccato un'occhiataccia e Lena aveva cercato di tamponare.

«Marta, scusa, possiamo parlare dopo? Se ripassi tra un'oretta...»

«No, quello che dovevo dirti te l'ho detto, e ti dico anche di non disturbarti a portarmi ancora il cane, trovati un altro veterinario.»

Lena aveva posato i documenti e aveva detto alla collega

«Puoi fare tu qui?»

uscendo da dietro il bancone.

«Mi dici cosa è successo?»

«Lo sai cos'è successo! Me lo hai messo contro!»

«Ma chi?»

«Io lo sapevo che eri una gattamorta, l'ho sempre detto, cosa ci fa Saverio con una come questa? Ma pensavo fossi tutta lì. Invece no, eri peggio.»

Lena cercò di prenderla per le spalle, ma quella sgusciava indietro.

«Dici per la cosa del rifugio?» aveva abbassato la voce.

«Dico per Lucio, stronza.»

Lucio. Non tengo mai conto di Lucio.

«Non vedo Lucio da quella sera da Astrid, non sono più andata a trovarlo, come mi avevi chiesto tu.»

«Stronzate.»

«Domandalo a lui.»

«Ha detto che non devo più andare a casa sua. Ha detto che non vuole più vedermi, che gli fa schifo che io ci provi con lui dopo essere stata tanto amica di Alex, proprio come hai detto tu. Ma Alex è morta da quattro mesi!»

«Alex non è morta! È solo scomparsa, ed è stato tre mesi e mezzo fa.»

La faccia di Marta si trasfigurò, come deformandosi, divenne brutta, bruttissima, mille volte peggio di quella di Alex.

«Ma in che mondo vivi? Ma non li leggi i giornali? Quando mai una donna scompare per più di una settimana e torna viva e vegeta? La troveranno a pezzi in una valigia o sparpagliata in un bosco!»

Anche lei la pensava così.

Ce la vide, i capelli rosso fuoco in un mare di aghi di pino.

I capelli di Alex.

I capelli di Betta.

Di colpo si calmò, tutt'insieme.

«Mi sa che Lucio ha ragione. Io non gli ho parlato ma la penso come lui.»

«Ah, davvero? Quindi fa bene ad aspettare la sua fidanzata che non tornerà più? Ma lo hai visto com'è ridotto? Sembra che sia morto anche lui, straparla, oggi sembrava completamente pazzo, mi ha anche urlato dietro, e Lucio non urla mai.»

«Anche tu non urlavi mai, prima.»

Lena si sentiva tranquillissima, Marta non era cosa sua, non lo era mai stata.

«Ti meriteresti che gli dicessi quello che so» le sibilò l'altra.

«E cosa sai? Non sai niente.»

La faccia di Marta tornò normale, non sembrava più nemmeno arrabbiata.

«Anche tu non sai niente.»

Poi andò via com'era arrivata e Lena pensò ecco, questo è un altro addio.

Ma si sbagliava.

Rientrando nel suo appartamento si era aspettata di trovare un messaggio di Caparzo, se non lui stesso seduto in bagno, invece niente.

Non ha visto Marta entrare nell'albergo? Non vuole sapere cosa mi ha detto?

Aveva provato a chiamare Lucio

Devo telefonare il meno possibile, ogni volta che lo faccio lui lo sa.

ma era partita la segreteria e gli aveva lasciato un messaggio generico, è un po' che non ti sento, volevo sapere come stai. La domenica tutti gli ospiti del pullman erano ripartiti, questa volta molto soddisfatti dell'ospitalità, una signora che sembrava ultracentenaria le aveva stretto la mano promettendole che sarebbe tornata.

«Vai via col tuo amico?» le aveva buttato lì Katia mentre Lena si rimetteva la borsa in spalla.

«Quale amico?» Mattia era l'unico che veniva in albergo, e non poteva più andare a prendere nessuno da un mese.

«Quello che c'era qui prima, il fidanzato di quella tizia alta.»

Lena era andata subito alla porta a vetri.

«Lucio? Era qui? Non l'ho visto.»

Katia si era stretta nelle spalle.

«Mi è sembrato di vederlo anche stamattina. Ma forse mi confondo, non lo conosco molto bene.»

Lena aveva sorriso

Spero non tocchi anche a lei.

l'aveva salutata, era tornata all'auto e si era diretta a casa di Lucio e Alex.

Sono giustificata, è venuto lui a cercarmi.

Si faceva degli scrupoli, non voleva che la considerasse un'altra Marta, però sentiva davvero il bisogno di parlargli. Lucio non c'era, l'auto non era lì e le finestre dell'appartamento le erano sembrate lugubri, senza vita. Gli aveva mandato un altro messaggio ma non era stato visualizzato. Ci aveva riprovato nei giorni seguenti, sia al telefono che a casa. Niente auto e nessuna risposta. Aveva pensato che forse avesse dormito da Marta, poi le era sembrata una sciocchezza, a quell'ora Lucio era in ospedale. Controllò l'orologio, aveva ancora il margine di tre quarti d'ora prima di attaccare con il turno alla reception, girò l'auto e andò verso il Careggi. Ricordava il piano in cui si effettuava la sterilizzazione degli strumenti, una volta ci aveva accompagnato Alex che era rimasta senz'auto. Ma la stanza del decontaminante era chiusa e non c'era nessuno. Fermò un'infermiera in corridoio e le chiese dove potesse trovarlo.

«Donadio non c'è, è in malattia.» Poi un sorriso che non voleva essere maligno. «È la seconda che lo viene a cercare.»

E Lena aveva provato quella sensazione orribile allo stomaco, che non era preoccupazione per Lucio e nemmeno una forma di gelosia verso Marta, ma era il senso del dovere che sentiva verso Alex, Alex a cui aveva detto delle ultime parole orribili, Alex che quello stolido giovanotto lo amava profondamente.

Devo capire cosa gli succede. Marta ha detto che aveva dato in escandescenze, che l'aveva cacciata. Forse sta davvero male, forse è andato da qualche parente a farsi aiutare.

Sapeva che la famiglia di Lucio era assente dalla sua vita e la sua ansia aumentava proprio perché non aveva un posto dove cercarlo, se non all'ospedale o in casa sua. Era rientrata, Argo aveva pisciato ovunque e aveva sbranato uno dei cuscini del divano, i Varano le suonarono al campanello e si lamentarono che il cane aveva abbaiato, quel pomeriggio, non poteva lasciarlo sempre da solo, e lei a dire sì, va bene, scusate, non succederà più, ma ormai non aveva quasi più a chi darlo, se non a Mometto che doveva pur lavorare, Alex andata, Astrid andata, Mattia andato, Sergio non era più disponibile, e ora anche Lucio. Si era messa a pulire casa cercando di levare almeno l'odore e d'improvviso Argo aveva cominciato ad abbaiare. Esasperata aveva mollato tutto ed era corsa a prenderlo

"Il cane non si tira mai dal collo."

per il busto, ma lui non si schiodava, accanendosi contro il vetro della portafinestra, e allora lei aveva guardato fuori e aveva visto una figura, di spalle, una felpa con il cappuccio alzato, andare via a passo veloce, le mani nelle tasche, le spalle chiuse in avanti. Poteva essere chiunque.

Il veleno, di nuovo.

Chi era? Perché mi guardava dal giardino dei vicini?

Le tornò in mente la gallina. Un brivido, lungo abbastanza da farle schioccare i denti, su per la schiena. Poi la consolazione improvvisa: Caparzo doveva averlo visto. La sorvegliava, sicuramente l'avrebbe chiamata subito per dirle di chiudere tutto, o di aprire, per darle istruzioni, per proteggerla. Tornò in bagno, sfilò il Nokia dal rotolo. Rimase in attesa cinque minuti, poi dieci, l'odore di ammoniaca soffocante, dappertutto in casa.

Non successe niente.

Lo squillo l'aveva strappata dall'ennesimo sonno faticoso.

«Signorina Bacarelli?»

La voce di Ridenti per la prima volta assomigliava al suo cognome.

«Ispettore?» aveva chiesto con la voce impastata.

«Volevo essere il primo a dirglielo, immaginando quanto per lei questi mesi possano essere stati difficili.»

Una piccola sospensione a effetto.

«È finita, lo abbiamo trovato.»

23

La Bestia l'aveva persa di vista.

Da quando aveva trovato la mail che Elisabetta Valacchi aveva spedito al suo assassino era stato preso da una frenesia che aveva assorbito gran parte della sua attenzione. Aveva chiesto di poter procedere con la vecchia indagine sui traffici di droga di Fermo Berselli, di cui si era già occupato prima che venisse trovata la sua impronta sulla porta di Elisabetta Valacchi. Quando era scoppiato il caso, Berselli era diventato il sospettato principale, ma non per quella faccenda dei cani e dei farmaci, lì c'era poco da indagare, secondo le alte sfere, mentre per la Bestia era lì che si annidava la merda. Tutti sapevano che Caparzo ambiva a tornare in azione e si sarebbe creata dell'inquietudine, se avesse fatto domande sul caso della Valacchi, compreso il materiale che riguardava Gianluca Savelli, un povero stronzo a cui aveva fatto qualche domanda nei vari avvicendamenti tra poliziotti buoni e cattivi. Ma se si fosse interessato al Berselli e ai suoi traffici di piccola merda nessuno ci avrebbe visto qualcosa di male.

«Vorresti indagare ancora sullo smercio nel rifugio? Bisogna chiedere all'ispettore.»

«Mi piacerebbe da' una mano, piccole cose, a verificare gli spostamenti, i dati.»

Non erano volate risatine, nonostante tutto i colleghi lo

consideravano un elemento valido, dopo qualche parola con i superiori gli avevano dato in mano la misera cartella che riguardava i traffici nel rifugio.

«Mi date anche le telefonate sue? E se non fa problemi pure quelle di Elisabetta Valacchi, che provo a incrociarle, così vi escludo cose.»

Questo aveva fatto storcere qualche naso, ma nonostante tutto sembrava una richiesta lecita, si vedeva che alla Bestia avanzava tempo, del resto fuori da lì cosa poteva fare uno come lui? E Caparzo se n'era tornato a San Giovanni con la lista di tutte le chiamate che Elisabetta Valacchi aveva fatto nelle ultime settimane. Da quel che gli aveva detto Marilena Bacarelli lei e la Valacchi avevano chiamato il gestore telefonico del Samsung il 31 marzo, da quella telefonata avevano ottenuto il numero. Poi il 3 aprile lei aveva inviato una mail all'indirizzo associato alla scheda, e lo aveva fatto senza paura, lo aveva sfidato, quindi non pensava fosse davvero pericoloso. Quella mail l'aveva scoperta tra il 31 e il 3, e lui doveva capire come. La Valacchi non era un genio del crimine, quelle sono cose che impara chi ci lavora sopra, nei corsi serali gliel'avevano sempre detto, che se uno diceva di essere entrato lui in un sistema non era quasi mai vero, c'era dietro un hacker. E allora si era messo a cercare nei numeri che lei aveva chiamato in quei tre giorni, ma non c'era niente, tutte cose di colleghi e amici della Bacarelli e manco una volta che avesse chiamato a sua madre. Allora ci aveva pensato su, che forse la Valacchi si era mossa prima, perché che si trattava di un telefono lo sapeva, non lo scopriva il 31. E allora aveva cercato prima e in effetti c'era una chiamata del 26, domenica, a uno che le faceva consulenza informatica, c'era scritto così vicino al numero. Non era uno che lavorava in un negozio, stava a casa sua ed era disponibile pure i festivi, lo avevano già controllato ma non aveva modo di vedere le sue dichiarazioni.

E allora andiamo a parlarci.

Aveva aspettato che la Bacarelli fosse in hotel, era un sabato e c'era di nuovo quel bordello di gente che arrivava col pullman, la sapeva circondata, poteva anche mangiar via un'oretta di servizio. S'era presentato a casa di quello e a sorpresa non era un ragazzino ma uno più vecchio di lui, pelato con i baffi. S'era innervosito subito, ma io ho già detto tutto quello che so, l'avvocato era una mia cliente, e lui che lo aveva tranquillizzato, ma sì, ma sì, lei deve stare tranquillo, io devo solo verificare una cosa. Ci sono due modi in cui reagiscono quelli che hanno paura di essere scoperti, o fanno chiamare l'avvocato o stanno zitti e fanno tutto quello che dici tu. Lui era del secondo gruppo, si erano seduti, Caparzo aveva detto della telefonata e l'altro aveva risposto sì, certo. Poi la Bestia si era detto vaffanculo, è già cotto, glielo vedo in faccia, e aveva chiesto

«Lei lo sa che entrare in un sistema di telefonia è reato, sì? E che scovare la mail associata a un telefono è violazione della privacy? Pure se glielo fa fare una cliente?»

e quell'altro si era pisciato sotto, non letteralmente ma quasi. Caparzo si era mostrato bonario, la cosa poteva essere lasciata stare, c'era talmente tanta roba grave in quel caso che questi erano dettagli, bastava che collaborasse e non avrebbe avuto guai. L'altro non ammetteva, stava zitto, non sapeva cosa fare, allora il poliziotto gli aveva allungato un foglietto con su scritto y1kahar@gmail.com e quello si era fatto bianco bianco.

«Allora, me lo dice anche a me come è andata questa cosa che le ha chiesto l'avvocato?»

Il tizio pelato aveva detto che la Valacchi gli aveva chiesto se, partendo da un numero di telefono, si poteva risalire a chi scaricava i dati e lui le aveva spiegato che sì, c'era sempre una mail collegata al cloud, e lei gli aveva chiesto di trovarla. Tutto qui, basta, non aveva fatto altro. Caparzo ci aveva riflettuto un po' su e poi aveva deciso che sì, invece, altro era stato fatto.

«Non è che poi ci siete entrati, in questa mail?»

Ci era voluta qualche parolina in più, una dolce spinta,

ma alla fine certo che ci erano entrati, ma in quella mail non c'era niente, davvero, niente, solo l'iscrizione, le mail del gestore, le notifiche del cloud, qualche pubblicità e basta, nessuna posta in uscita, niente di personale, niente nel cestino, non era nemmeno attivo il filtro antispam.

«E vediamolo questo filtro.»

Ci era voluto quasi niente, un vero schifo alla faccia della privacy. Ma non gli aveva raccontato balle, nella mail non c'era niente, o meglio, c'era solo il messaggio che la Valacchi aveva mandato il 3 aprile sera. E quel messaggio era stato aperto.

E allora è andata come credevo, se l'è chiamato in casa.

Due righe sopra c'era la richiesta di valutazione del servizio clienti per l'assistenza fornita il 31 marzo.

«Perché gliela chiedono qui e no sul telefono?»

«Può essere stata una richiesta specifica, si può chiedere di ricevere tutti i contatti via mail.»

«E dove si chiede?»

«Al servizio clienti, direttamente dal telefono.»

Caparzo fece scorrere le date, il primo messaggio del gestore risaliva al 7 agosto 2012, quindi quella scheda stava in giro da allora, dal giorno in cui l'incauto Marco Sartori l'aveva attivata per donarla alla parrocchia, e da lì se n'era andata in giro chissà dove e chissà con chi, finché non se l'era presa il loro uomo.

«Come faccio a sapere tutto quello che fa questo numero?»

«Ci sono delle app che può scaricare sul telefono.»

«E se le scarico me lo segnala qui?»

«Con un po' di accortezze no.»

«E tu? Non lo puoi sapere tu cosa fa?»

«Be', no, legalmente no.»

«Tu lascia stare che è legalmente, lo puoi fare?»

L'uomo era stato sul punto di obiettare, poi aveva fatto un mezzo cenno con la testa.

«Ecco, tu guardami quello che ha fatto indietro finché trovi.»

Aveva messo una mano sulla spalla del tizio pelato, che puzzava di paura da un chilometro, e gli aveva detto che per il momento era abbastanza, questo era il suo numero, si facesse vivo se aveva qualcosa da dire. L'uomo gli aveva dato il suo malvolentieri, del resto aveva detto che pure la Valacchi quando aveva da commissionargli qualcosa preferiva parlare di persona, la santa donna che sapeva come andava il mondo. Ma Caparzo tutto questo tempo per fargli visita non ce l'aveva, lui doveva seguire la Bacarelli, oggi era stata un'eccezione, ma il fulcro di tutta la sua indagine stava lì, sfiancare quell'altro, farlo scontento, con lei sempre chiusa da qualche parte o in mezzo a una folla, che si pigliasse un azzardo qualsiasi, lui era pronto a beccarlo. Non che lei facesse da esca, finché c'era lui a guardarla non correva nessun rischio, e lui la guardava. Aveva fatto il secondo turno di notte, lei bella chiusa in casa come le aveva ordinato, brava e obbediente, anche se inquieta, telefonava ma non parlava, era nervosa. Non si occupava lui del suo telefono, c'era tutto un reparto apposta, ma era pur sempre il suo sorvegliante, così ogni tanto gli piaceva fare all'americana, che lei telefonava a qualcuno e un paio di ore dopo lui chiamava a quelli e gli chiedeva che numero avesse fatto e cosa si erano detti. Loro dipendeva molto da chi c'era, se era di turno il più giovane gli faceva un sacco di storie dicendo che non era di sua competenza, ma Caparzo lentamente andava a spiegargli che invece lo era, aveva lui la sorveglianza, doveva sapersi regolare, metti che lei fosse uscita, se sapeva con chi aveva chiamato l'avrebbe seguita più facile, no? Invece se c'era quello più anziano gli diceva le cose come gliele chiedeva e basta. Aveva chiamato Lucio Donadio, parecchie volte, ma non era riuscita a parlarci. Caparzo a fine turno era passato di fronte a casa sua e aveva visto la vecchia auto rossa parcheggiata davanti, il che significava poco. Donadio non gli piaceva, lo avrebbe infastidito se la Bacarelli si pigliava capriccio per lui, già Mattia Danti aveva dato fastidio in questo senso, non c'era bisogno di altro. Lo squietava quando altre cose si mettevano in mezzo, lui sapeva di avere scelto la strada giusta, aveva messo in difficoltà il figlio di puttana e non voleva farsi distrarre. Per questo si era incontrato con lei solo tre volte, la distanza faceva metà del lavoro, lui era un binario, il figlio di puttana quell'altro, non si dovevano incrociare mai, una volta sola che sarebbe stata definitiva. E dai binari si doveva levare il resto, gli avrebbe tolto le dieci dita una a una e l'avrebbe stanato per la via corta, oppure avrebbe continuato la sua indagine e l'avrebbe stanato per la via lunga. Aveva mandato le impronte a Vitale, come favore personale, e gliel'avrebbe fatto. Il confronto per ora era con gli schedati, Gianluca Savelli, Mattia Danti e Fermo Berselli, poi, se questi tre fossero stati esclusi, gliene avrebbe mandate altre. Lui non aveva fretta, aveva più pazienza di un ragno. Il giorno dopo era lunedì, turno normale, e il sovrintendente lo aveva mandato a chiamare prima che montasse il turno.

«So che l'avevi presa molto sul serio, mi hanno detto che verificavi anche le telefonate, molto bene, bravo Caparzo.»

Ma i fondi erano quelli che erano e il caso stagnava.

«Ora ci muoviamo nell'ambiente lavorativo della Valacchi, da quello privato non sta emergendo niente.»

La Bestia lo ascoltava col viso immobile.

«Togliamo la sorveglianza a Marilena Bacarelli.»

Non era emerso niente dal telefono, niente dai sopralluoghi, niente dai pedinamenti, niente, non c'entrava, era solo una ragazza un po' sbandata. Lui non aveva commentato, non era suo ruolo commentare, si eseguivano gli ordini e basta. Il sovrintendente aveva apprezzato.

«Mi hanno detto che ti piacerebbe un ruolo maggiormente investigativo, diciamo così. C'è qualcosa che ti interessa in particolare?»

«Sto verificando i traffici del Berselli, signore.»

Quello aveva annuito, compiaciuto, la Bestia era scattato sull'attenti e poi era uscito. Gli avevano tolto la sorveglianza. E lui non aveva niente da rimproverarsi, aveva riferito esattamente le cose che loro gli avevano detto di riferire, quelle che si era tenute per sé non erano informazioni necessarie e le altre cose non erano di lavoro ma di tempo libero, non riguardavano nessuno tranne che lui. Questo complicava le cose ma non tanto, bastava che la Bacarelli non muovesse un passo senza che lo sapesse. La macchina la controllava e per il telefono avrebbe fatto qualcosa, poteva metterci dentro un trucchetto, facendo attenzione che non venisse rilevato. Doveva riorganizzarsi. Era tornato nell'appartamento di fronte a quello della donna, la batteria della telecamera si era scaricata, l'aveva cambiata, sostituito la memoria e riaccesa. Si era avvicinato alla finestra del bagno quanto bastava per vederla. Era lì che puliva il pavimento, gli faceva quasi tenerezza a vederla lì, che gli pareva piccolissima. Ma poi con la coda dell'occhio aveva intuito un movimento. Si era messo più attaccato alla finestra. C'era uno che si avvicinava alla rete, uno con un cappuccio, e questo non gli piaceva. Il cane della Bacarelli aveva cominciato ad abbaiare, era lontano, chiuso, e lo sentiva attraverso il vetro, brava bestia. Il tizio con la felpa si era voltato subito per andarsene e Caparzo non aveva avuto un attimo di dubbio o esitazione nel riconoscere Lucio Donadio. Aveva raggiunto la porta prima di pensarlo, l'aveva chiusa senza un rumore, contando lentamente fino a venti era arrivato alla fine delle scale ragionando sulla direzione che aveva preso l'altro mentre scappava come un ratto. Usciva all'aria e vedeva Donadio poco lontano, trenta metri al massimo, lo seguiva con calma perché l'auto era visibilissima, rossa e bottata. Era andato verso la propria senza mai voltarsi, partendo con la mente lucida, limpida, quasi non vedesse altro nel traffico che quella Opel Astra che si staccava dal marciapiede, si immetteva, poi svoltava a destra e lui dietro a tre auto di distanza, la mente che veloce costruiva ipotesi, le scambiava, ne teneva una e ne scartava un'altra. Donadio era una delle foto del Samsung, Donadio aveva una donna che era scomparsa su un treno, Donadio era immanicato in quella storia dei cani tanto che era andato pure lui al rifugio della letterina, Donadio aveva un'accertata dipendenza da farmaci e, soprattutto, Donadio si era fermato davanti a casa della Bacarelli nel punto esatto in cui pure il figlio di puttana era andato almeno una volta. Elementi che non facevano una prova ma facevano di certo un sospetto bello grosso. Lo aveva seguito fino a casa, non gli piaceva come guidava, era distratto, tendeva a stare a sinistra, scavalcando la linea spartitraffico, alternava momenti in cui andava pianissimo a momenti in cui si metteva a correre. Lo aveva guardato rientrare e si era messo in attesa. Poteva essere pure un balletto amoroso, lei che chiama lui, lui che non risponde ma poi va a guardarla da fuori, ma lui non ci credeva a queste stronzate.

È un debole.

Solo questo gli faceva vedere in Lucio Donadio un pericolo. Quelli come lui si piegano come giunchi, si manovrano, si manipolano e nemmeno se ne rendono conto. Poteva essere coinvolto? Certo che poteva, ogni ipotesi era buona, ogni pista andava bruciata con l'acido prima di lasciarla andare. Donadio gli sembrava un mulo da far correre di qui e di là, troppo goffo per nascondersi, visto con che facilità lo aveva individuato, ridicolo alla guida. Ma era un fatto che quel pomeriggio era andato a spiare la Bacarelli.

Ma se c'entra perché non è salito a spiarla dalla casa del morto?

C'erano tre possibilità. La prima, che non sapesse dell'esistenza dell'appartamento e fosse davvero andato lì solo per guardare la Bacarelli da lontano. La seconda, che sapesse che nell'appartamento c'era lui, o che aveva piazzato le telecamere. E questo non lo calcolava, perché l'appartamento lo aveva controllato e ci era entrato due volte sole, come un'ombra. La terza era che si fosse messo lì apposta per farsi vedere da lei, per farsi scoprire mentre la spiava. Decise di partire da lì, si sarebbe occupato di quella faccetta scialba.

Meglio che ne esce, è uno che qualche settimana dopo che la bruttona è stata fatta a pezzi si fa sotto con un'altra. Male che ne esce lo inchiodo io.

Anche se non era il prossimo, sulla sua lista, aveva pensato prima di occuparsi di uno dei delinquenti, Sergio Marzi, arrestato per aver tirato una molotov sui colleghi durante una carica, odorava di bei tempi andati, ma Donadio veniva subito dopo.

Disinnescarli uno a uno a costo di farli a pezzi, finché non lo stano.

Era ora di rientrare in commissariato, l'orario era provvisorio, dopo le tre notti lo avevano usato come jolly e lo facevano andare un po' come capitava, tanto per lui cosa cambia, non ha famiglia, non ha amici, dove lo metti sta. Ma prima pensò di chiamare Vitale a Napoli per sapere se il confronto delle impronte aveva dato risultati. Il collega non era contento.

«Se tu mi chiedi di fare un confronto fuori protocollo sul database me lo devi dire se questo mi può inguaiare, France'. Io il favore te l'ho fatto, ma che non vada a intralciare niente, ci siamo capiti?»

«E che deve intralciare, Beppe? È una cosa mia, sto seguendo una pista secondaria, per non sta' fermo.»

«Ma intanto mi avevi detto che erano impronte non schedate e invece non è vero.»

Per la prima volta da tantissimo tempo Francesco Caparzo si era sentito spiazzato.

«Le impronte che ti ho spedito io hanno una corrispondenza?»

«Una sola. L'altra no, ma una è di un certo Fermo Berselli. E l'ho trovato schedato con nota di riferimento a un caso di omicidio ancora aperto.»

Fermo Berselli. Fermo Berselli nell'appartamento del vecchio. Caparzo aveva chiesto il confronto con lui, con Mattia Danti e Gianluca Savelli solo perché, a un riscontro negativo, Vitale accettasse di proseguire con un confronto diretto, con altre impronte che gli avrebbe fornito lui, di Donadio, per esempio.

E invece Berselli era stato in quella casa.

Quindi Berselli era davvero stato anche a casa di Elisabetta Valacchi.

E allora le cose cambiavano, perché Berselli conosceva la Gatteschi e Donadio, quindi poteva essere lui il fenomeno che aveva messo in piedi quella storia di merda, e la Gatteschi poteva essere finita triturata perché lo aveva scoperto, e Donadio era un povero scemo manipolabile, per questo non era salito all'appartamento del vecchio e tutti i pezzi iniziavano a convergere.

Però.

Statt' accuorto, France'. Statt' accuorto, che le cose troppo facili mozzicano.

Si sarebbe tenuto l'informazione per sé, pur con Vitale che mezza annusata gliel'aveva data, ma se non cercava rogne non s'immischiava, che di protocollo doveva capirne più di lui. Era entrato in commissariato pieno di pensieri segreti e Ronchi, il collega, gli era venuto incontro.

«Però, che fortuna che c'hai, Caparzo.»

Costanzo Ballarin era originario di Lonigo ma viveva a Marano sul Panaro da ventitré anni, perché quello era il paese d'origine di sua moglie. Ogni anno pregustava l'apertura della stagione di caccia, che viveva come un felice ritorno alla origini, quando usciva all'alba con suo padre e suo zio in cerca di uccelletti. Per quel momento allenava il proprio cane Pirì tutto l'anno, a seguire la piste, a puntare, a riportare. Pirì non era bravo a far tutto, però era un gran compagno di passeggiate, e quando Costanzo era certo di non essere ascoltato gli faceva un sacco di discorsi. Quel giorno erano usciti alla mattina prestissimo, perché già dalle nove si soffocava e se volevano sgambare quella era l'ora perfetta. Avevano deviato dal loro percorso usuale, troppa gente in giro per i campi a raccogliere il granturco, troppi trattori, baccano, cani sciolti che davano fastidio. Aveva lasciato la macchina in uno slargo, sotto alcuni alberi, si erano avventurati per i campi a maggese, poi avevano incontrato quelli incolti e infine i prati bruciati dal sole. Lo aveva visto lui prima di Pirì, e questo la diceva lunga sull'olfatto del cane, oltre che sulla vista. Il corpo era seminascosto da alcune frasche che gli avevano buttato sopra, ma la parte terminale delle gambe e i piedi spuntavano fuori. Le dita erano state becchettate dagli insetti e le ossa erano esposte. Costanzo Ballarin era convinto che stesse per venirgli un infarto, mentre frugava nelle tasche in cerca del telefono e Pirì iniziava ad abbaiare forsennatamente. Ma lì, in mezzo alla campagna, per un malaugurato gioco di parole non c'era campo, e dovette tornare indietro lasciando a terra dei segnali per far ritrovare la strada alla polizia, che lui nemmeno morto ci sarebbe tornato.

«Avevi ragione, Caparzo.»

«Grazie, signore.»

«Hai dimostrato un ottimo istinto, hai insistito a fare verifiche su Berselli e il suo caso prima ancora che si collegasse a quello di Elisabetta Valacchi, mentre tutti lo consideravano una faccenda minore.»

La Bestia era in posizione di riposo, lo sguardo inchiodato alla foto del presidente appesa dietro al suo superiore, che non fissava in volto in segno di rispetto. Il sovrintendente lo guardava con malcelata ammirazione, era proprio vero che i libri non si dovevano giudicare dalle copertine.

«Non posso assegnarti al caso, ovviamente, però, visto che ci stavi lavorando, entri a pieno diritto nel team investigativo. Anche solo come collaboratore, è una bella soddisfazione, no? Sempre meglio che battere a macchina.»

«Non mi lamentavo, signore.»

L'altro si alzò e gli diede una cameratesca pacca sulla spalla, congedandolo. Dalla questura accettarono la sua collaborazione con la bocca storta, più che altro perché non sempre correva buon sangue con quelli di San Giovanni, ma era un fatto che Francesco Caparzo, detto la Bestia, era un'enciclopedia vivente, quando si trattava di Fermo Berselli. L'ispettore Ridenti si fece consegnare tutto il materiale a cui aveva lavorato nell'ultimo mese e aveva annuito.

«Molta è roba che non ci servirà, ma è meglio averne troppa che troppo poca.»

Non gli venne consentito di vedere il corpo, non ce n'era ragione, ma poté leggere il referto del medico legale. Fermo Berselli era morto da dieci giorni, non di più. Il sole cocente e gli animali avevano causato un marcato deterioramento del cadavere, ma la datazione era abbastanza precisa. Su una cosa il medico legale si era detto assolutamente certo: la causa della morta era l'inedia, e nel campo in cui lo avevano trovato era stato portato solo dopo. Non c'era terra sotto le unghie, le piante dei piedi non presentavano tracce di camminamento da scalzo. I segni di patimento erano evidenti, se al momento della scomparsa pesava tra gli ottanta e i novanta kg adesso arrivava a malapena a settanta. A contrastare ulteriormente l'ipotesi che avesse trascorso gli ultimi tempi della sua latitanza vagando senza meta nei boschi c'era il fatto che era perfettamente rasato. Un po' di barba cresciuta post mortem, naturalmente, ma il giorno del decesso era stata tagliata di fresco. Era un fatto bizzarro, difficilmente spiegabile, forse Berselli si era auto inflitto un lungo digiuno che gli era stato fatale? Forse era malato? Forse il tutto era dovuto al senso di colpa per l'omicidio di Elisabetta Valacchi, di cui restava il principale indiziato? A Caparzo venne richiesto di controllare le poche telecamere che si trovavano lungo la provinciale da cui si sarebbe potuti arrivare, con un fuoristrada o un 4x4, fino al campo dove il corpo era stato lasciato.

«Non possono averlo trasportato a braccia per più di qualche centinaio di metri, devono essere arrivati il più vicino possibile con l'auto» era stata l'indicazione, una squadra stava facendo i rilievi per trovare tracce di gomme, mentre lui sarebbe rimasto fermo davanti a uno schermo a visionare filmati. In molti pensavano, sbagliando, che incatenarlo a una scrivania sarebbe servito a placarlo. Ma l'agente della stradale che era venuto a consegnargli i nastri da visionare, frame dopo frame, avrebbe giurato che mentre li prendeva la Bestia avesse sorriso.

24

I titoli dei giornali erano stati tutti per lui, Fermo Berselli aveva goduto da morto di una notorietà che da vivo non si sarebbe potuto mai immaginare. All'ingiustificato entusiasmo delle forze di polizia, che non avevano contribuito nemmeno a trovare il corpo, si affiancavano le iperboliche ipotesi dei giornalisti, che volevano a tutti i costi ricostruire una storia piena di buchi. Fermo Berselli, spacciatore noto alle forze dell'ordine, aveva capito di essere sul punto di farsi prendere per i suoi traffici di droga e aveva chiesto una consulenza all'avvocato Elisabetta Valacchi, forse per prepararsi un'eventuale difesa. La Valacchi probabilmente non gli aveva prospettato nulla di buono e lui, in preda alla disperazione, si era recato a casa sua, forse per pretendere che gli trovasse comunque una via d'uscita, e in un raptus l'aveva uccisa. Poi era fuggito, il peso della colpa più forte di lui, a schiacciarlo nel luogo dove si era nascosto, consumandolo anche fisicamente e portandolo alla morte. Chi gli aveva offerto protezione fino a quel momento si era precipitosamente liberato del corpo in aperta campagna. Due giorni dopo i suoi vestiti erano stati trovati in un fosso poco distante dal campo, un chilometro in linea d'aria. Dentro c'erano il suo portafogli con i documenti e il mazzo di chiavi di Elisabetta Valacchi. I genitori di Betta avevano rilasciato una dichiarazione davanti alle telecamere.

«Questo non ci restituisce nostra figlia, ma almeno avremo la serenità di sapere che quel mostro non ucciderà nessun altro.»

Chissà il sollievo per le persone coinvolte, per il povero Gianluca Savelli, amante della Valacchi, ingiustamente accusato del delitto, e per Marilena Bacarelli, migliore amica della vittima, creduta la cagione di un delitto passionale!

I giornalisti erano tornati davanti a casa e il telefono aveva ripreso a squillare, i suoi genitori, finalmente rasserenati, Astrid col trionfo rigurgitante in ogni parola che pronunciava

«L'avevo detto o non l'avevo detto? Tutto torna, a quel maledetto non l'ha ucciso il pentimento ma il karma. Son tornate giù tutte le anime dei cani che aveva sulla coscienza a mordergli il culo!»

e perfino Mattia, dalla custodia cautelare, in attesa dello stesso processo che Berselli aveva schivato pagandolo con la vita

«Sono molto contento per te, spero tu sia più serena, adesso. Perché non vieni a trovarmi?».

Lena continuava a vomitare dalla sera prima, dopo che aveva salutato l'ispettore Ridenti ringraziandolo per la bella notizia. La morte di Berselli non le portava nessun conforto, perché se davvero era stato lui a uccidere Betta e davvero aveva organizzato tutto allora adesso Saverio era solo, rinchiuso in una gabbia da qualche parte a morire di sete e fame. Niente più messaggi, niente più ricatti, niente più video e immagini a confortarla, stai calma, è vivo, è ancora vivo. Nessuna forma di razionalità le veniva in aiuto, Caparzo aveva detto che era uno solo, che lo avevano aiutato ma la mente era una, gli altri saranno scappati dopo aver abbandonato il corpo, quanto poteva resistere Saverio? Aveva lanciato infiniti messaggi a Caparzo, attraverso le telecamere sparse per casa, per iscritto, parlando rivolta a cimici che non aveva mai individuato.

«Signor Caparzo, la prego! La prego, venga qui, mi chiami,

non abbiamo tempo! Ora dobbiamo dirlo, alla polizia, ora che lui è morto non importa cosa è stato, dobbiamo trovare Saverio.»

Ma lui non si era fatto vivo, mentre il resto del mondo si complimentava con lei per la fine di un incubo che invece iniziava esattamente allora. Quando avevano suonato alla porta era corsa contro ogni logica ad aprire. Invece era soltanto Mometto che l'aveva sepolta in un abbraccio e le aveva detto

«Maremma maiala, l'han beccato, il merda!».

A quante fesserie credeva la gente, restava stupito ogni volta. In commissariato e in questura si respirava l'euforia delle grandi vittorie, tutti si facevano complimenti dandosi pacche sulle spalle e anche lui aveva raccolto la propria dose, visto che di Berselli si era sempre interessato, e aveva avuto ragione, cervello fino, Caparzo. La ragione era tutto quello che aveva guadagnato da quella faccenda, visto che i suoi controlli sulle telefonate e sui traffici – miseri, diciamocelo – di Berselli non avevano portato assolutamente a nulla, salvo confermare un avvenuto contatto con la Valacchi di cui già si sapeva. In realtà i due ispettori che si erano occupati del caso avevano moltissime riserve sul reale svolgimento dei fatti, ma tutti gli altri colleghi, più boccaloni, si erano bevuti la storia di Fermo Berselli pericolosissimo narcotrafficante e temuto serial killer. La Bestia continuava a considerarlo un povero senza palle finito in un meccanismo più grosso di lui, e non ci voleva tanto.

Una rotella che salta non ferma il meccanismo.

Erano state ventiquattr'ore molto lunghe, i giornalisti si erano scatenati e avevano assediato subito la casa della Bacarelli per avere un commento qualsiasi e lui aveva ritenuto prudente non far nulla, pur se la vedeva agitarsi, andare avanti e indietro, da una stanza all'altra, parlare, scrivere patetici messaggi.

Domani Ridenti la vuole sentire, pensa che magari con l'e-

mozione le scuce qualcosa, che lui non è convinto. E lei s'ha da calmarsi, così non va bene.

Aveva fatto scorrere tutti i filmati che gli avevano portato, solo una prima visualizzazione per farsi un'idea, e non aveva staccato fino a notte inoltrata. Su quelle strade non c'era un traffico intenso, sarebbe stato possibile catalogare ogni tipo di auto che transitava, modello, targa e orario. Il colleghi stavano setacciando ogni metro quadro lì intorno in cerca di segni di ruote, il cerchio si allargava e non emergeva nulla. Eppure lui non si faceva convinto.

Ma come c'arrivi in mezzo al nulla con la macchina? Lì intorno non c'è niente, solo prati e campi.

Ci era arrivato lentamente, con la saggezza di chi è campato a lungo sulle proprie mani.

Non era una macchina.

Lì giravano un sacco di mezzi agricoli, soprattutto carretti e trattori. Un'auto, di giorno o di notte, poteva essere notata, uno di quei bestioni lenti e con le ruote enormi no.

Non si sono fatti cento chilometri con il trattore. Possono essere stati prudenti finché vogliono, ma il posto in cui si trovava lo scemo di Berselli non può stare a più di un'ora di trattore, che è venti minuti di macchina.

Se le cose stavano come pensava lui allora anche Saverio Bartolomei si trovava entro un raggio di venti-trenta chilometri, tra i poli di Modena, Bologna, Carpineti e Fanano. Era un bel pezzo da setacciare, e lui ora come ora non poteva allontanarsi, non con l'indagine in cui l'avevano coinvolto, non con lei che stava per dare di matto, non con Lucio Donadio da sorvegliare. Aveva convinto Vitale a fare un nuovo confronto, giurava che stavolta non era coinvolto alcun nome eccellente, andavano solo escluse delle ipotesi, gli avrebbe mandato impronte di diversi elementi, tutti quelli della lista sul Samsung. Alcune erano facilissime da recuperare, quella di Donadio invece non era un'operazione semplice. Ne aveva prelevate alcune sull'auto rossa, ma ce n'erano troppe, quell'auto era un porto di mare, ci era salito chiunque, era difficile isolarle e doveva inviarne almeno una di provenienza certa. Sarebbe potuto entrare in casa ma preferiva qualcosa di più semplice. Donadio lavorava in ospedale, sicuramente si cambiava da qualche parte, beveva il caffè dalla macchinetta, usava guanti monouso, sarebbe bastata la sorveglianza di un paio di giorni per trovare un oggetto da prendere e portare via. Doveva aspettare che la bufera passasse e che tutti la smettessero di pensare a Fermo Berselli e alla sua ridicola morte. Chi cazzo muore di fame nel 2017?

Erano venuti a prenderla perché con i giornalisti lì davanti non voleva uscire, era stanca, non aveva nulla da dichiarare

Ho paura di mettermi a piangere

di mettermi a urlare

di dire tutto di Saverio davanti alle telecamere.

e voleva solo essere lasciata in pace. Per Ridenti invece era vitale incontrarla proprio allora e le aveva mandato una macchina, non una volante, non voleva sembrasse ciò che non era. Se possibile Lena era apparsa agli occhi dei poliziotti ancora più scossa delle volte precedenti, ma non era contenta? Finalmente l'omicida della sua migliore amica non era più là fuori a terrorizzare il mondo, non si sentiva sollevata?

«Sì sì» diceva lei, ma la faccia raccontava un'altra storia.

Ridenti aveva fatto uscire gli altri agenti e le si era seduto accanto, senza mettere la scrivania tra loro.

«Mi dica, che cos'è che la preoccupa?»

Non gli importa niente di cosa mi preoccupi, lui sospetta ancora di me, non ha mai smesso.

Gli devo dire di Saverio.

Se lo faccio Caparzo mi ammazza.

«Siete sicuri che non ce ne fossero altri? Che abbia fatto tutto da solo?» aveva buttato lì. L'ispettore si era subito sporto in avanti.

«Si riferisce al suo collega, a Gianluca Savelli?»

«No.» Doveva andare via, non avrebbe resistito a lungo, così aveva infilato la prima cosa che le era venuta in mente: «Perché aveva le chiavi di Betta? A cosa gli serviva chiuderla dentro, se ormai era morta?».

Ridenti non le aveva risposto subito, perché quella era una buona domanda, un'ottima domanda, e anche lui lo pensava, non c'era senso.

«Non lo sappiamo. Lei ha idee? Sono qui, la ascolto.»

Ora glielo dico, ora gli dico che con Fermo c'era anche Marco Sartori, chiunque sia, e che devono trovarlo perché se trovano lui trovano anche Saverio e...

la porta si aprì senza bussare.

«Signore mi scusi, forse hanno individuato l'auto. Due passaggi, compatibili con la data presunta di morte.»

Ridenti era uscito senza aggiungere nulla e Lena era rimasta lì a tenersi in bocca parole che volevano uscire. Dopo un quarto d'ora le avevano detto che poteva tornare a casa, l'ispettore aveva avuto un impegno improvviso. Dal cortile interno era salita su una volante e il poliziotto alla guida le aveva detto

«Tu ora respiri da qui a casa e io ti spiego tutti i problemi che non mi devi fare».

«Cosa ti avevo detto, io, a te? Che ci pensavo io.»

«Saverio è solo da qualche parte, Fermo non c'è più per occuparsi di lui, ed è morto da dieci giorni! Per quel che ne so anche Saverio...» e non riuscì a proseguire.

«Ah, è questo. Chissà che mi pensavo io. Credevo che stavi agitata perché ti volevano interrogare.»

L'auto attraversava Firenze nell'afa che se ne fregava di settembre.

«Non faccia finta che Fermo non avesse a che fare con Saverio.»

«No, lui c'entra, e come no. C'è un appartamento, dietro a casa tua, al terzo piano, che si vede benissimo il soggiorno tuo. Dentro c'erano un po' di impronte, una era di Berselli. Era uno di quelli che aiutavano, capace che te lo ha messo dietro per settimane.»

Lena non ci poteva credere.

«Da quanto lo sa? Perché non me lo ha detto?»

«Perché non serve che le sai tu queste cose, le devo sapere io. E Berselli non era quello che cerchiamo e in quella casa non ci entrava da mo', da quando deve avere sgarrato o non ci stava più al gioco, o ha chiesto cose che non doveva o non serviva più o si è preso paura dopo che l'amica tua avvocato è morta. Io dico che lo ha fatto allora.»

«Che cosa?»

Caparzo aveva guardato nel retrovisore.

«Di metterlo in una gabbia. Quella dell'uomo tuo, per dire. Io dico che lo ha tenuto lì dentro per un po'.»

Erano arrivati davanti a casa sua e la volante si era infilata tra i giornalisti per prendere la rampa, giù nei garage.

«E poi qualcosa è andato male. Perché questa stronzata del pentimento non esiste, quello prima stava bene, il medico legale ha detto che era sano come un pesce. E lo sai di che è morto?»

Erano all'ombra, adesso, il motore che si spegneva. Lena scosse la testa.

«Di fame.»

Lei ispirò, inspirò così a fondo che lui lo sapeva che avrebbe urlato, e si era voltato e le aveva premuto una mano sulla bocca, schiacciandola contro il sedile. Lena gli urlò nel palmo, si divincolò, provò a morderlo, ma aveva la testa inchiodata contro il tessuto, e lì rimase finché non smise di agitarsi. Respirava a singulti, se avesse vomitato in auto sarebbe stato un guaio. Il poliziotto scese e fece scendere anche lei. Si guardò intorno e poi la portò nello stanzino dei contatori.

«Tu mi devi aiutare, piccerè, e così non mi aiuti proprio.»

«A lei non frega niente di trovare Saverio.»

«Vero.» Non aveva avuto difficoltà a dirlo. «Ma voglio pigliare a quello che ti vuole fottere, e questo vuol dire che troverò pure a lui. Ma tu devi giocarmi il gioco o non ci riesco.»

«Non c'è più nessun gioco, Fermo è morto, in gabbia o non in gabbia è morto, e infatti sul telefono non arriva più niente.»

«Non è vero, è solo la pausa sua solita, una settimana o due, solo questa. Berselli era solo due mani, non è lui che guida.»

«Non riesco ad aspettare stando ferma a far niente. A vivere come se niente fosse. A far finta che tutto si aggiusterà. Non sono capace.»

Il buio dello stanzino le sembrava denso, come budino, sentiva l'aria comprimerle le guance e in quel buio Caparzo non emetteva alcun suono, sembrava fatto lui stesso di quell'oscurità.

«Adesso ti dico io te cosa sei capace.»

La voce vicinissima, gli sentiva il fiato acre di chi non mangia da troppe ore.

«Sei capace che trovi un telefono e non lo consegni. Sei capace che scopri che c'è qualcuno che ti entra in casa e non avvisi nessuno. Che non cambi la porta, che non vai via. Sei capace che ti chiudono il cane fuori e non chiedi aiuto, e quando ti ridanno la chiave quasi dici grazie. Sei capace che lasci che la gente ti fruga nella borsa e ti segue nei posti e tu zitta, sotto come una pecora. Sei capace che ti dicono di farti duecento chilometri di notte e ci vai. Che ti fanno vedere l'amica tua che scopa e ti dicono che lo fa con l'uomo tuo morto e tu ci credi. Che l'amica tua muore e tu non consegni tutto quello che hai perché così trovano chi è stato. Che l'altra amica tua viene buttata fuori da un treno e tu fai finta che è scappata con uno che non esiste. Che ti chiedono di fare un filmino porno alla tua amica di scuola e lo fai. Che ti chiedono di piazzare la droga a uno e lo fai. Che scegli il nome di una che non ti è simpatica che sai che le faranno del male. Che mescoli del veleno che non sai che è finto con la carne e provi ad avvelenare delle bestie. Che ti metti in mano a uno solo perché ti dice faccio io.»

Lena sentiva dietro la schiena il muro screpolato dello stanzino, era arretrata senza accorgersene, Caparzo sempre addosso, senza sfiorarla.

«Io non dico che sei cattiva. Io lo so come sono i cattivi. Ma non sei la bella anima, non sei innocente. Di quello che è successo hai colpa anche tu. Dell'avvocata, della volontaria, se parlavi non succedeva niente a loro. Ma a te di loro non fregava un cazzo, a te fregava solo dell'uomo tuo, e manco davvero di lui, ma della favola che ti racconti di lui. Perché quello che ti racconti non è esistito, ci credi solo tu, l'amici suoi erano più onesti. E poi non ti devi scordare la colpa.»

Le piazzò il dito indice in mezzo alla fronte e cominciò a ruotarlo, leggero, senza premere.

«Qual è la cosa più brutta che hai fatto a papà tuo? A mammà, che gli hai fatto?»

«Non ho fatto mai niente di male ai miei.»

«Tutti lo fanno. O con le parole, o con i fatti.»

«Mio padre non è stato contento che sia andata via di casa, voleva che lo facessi solo da sposata.» Era l'unica cosa che le era venuta in mente. «Mia mamma si preoccupa perché sono dimagrita, non era contenta quando sono diventata vegetariana, ma poi ho smesso.»

«E quando è successo?»

«Ma perché ha importanza?»

«Rispondi.»

«Tre, quattro anni fa.»

«E che succedeva quattro anni fa?»

Lena aveva esitato.

«Mi sono messa con Saverio.»

Silenzio.

«E mamma tua non era contenta.»

«No.»

«E all'amica tua? Quella del filmino? Prima che male gli hai fatto?»

«Sara? Non ho fatto niente a Sara.»

«Neanche a mamma. Sara non la vedi mai però stava tra le foto e le hai girato il filmino. Che le hai fatto?»

«Eravamo amiche, a scuola, anche dopo, ma poi ci siamo allontanate.»

«E quando?»

Lena aveva capito dove voleva arrivare.

«Lei vuol farmi dire che la mia colpa è stata Saverio? Innamorarmi di lui? Mettermi con lui?»

Caparzo restava immobile, ma sembrava sporgersi sempre di più.

«Chi era contento che stavate insieme?»

E Lena cercò, cercò disperatamente di pescare un nome, uno qualunque.

«Nessuno, solo io. Voglio dire, io e lui.»

«Sicura che lui era contento?»

Le prese in giro, i dreadlock, la canzone degli Articolo 31, la gita a Monteriggioni, gli equilibrismi, le serate in gruppo, i tradimenti, le storie raccontate dopo l'amore, la corsa in ospedale, i soldi pescati dal portafogli, le botte. Cercava di fare di sì con la testa, ma il collo non si muoveva.

Non gli ho mai fatto niente di male.

«Saverio mi voleva bene.» E infantilmente aveva aggiunto: «Mi ha lasciato il cane».

«Non ti ha lasciato niente. È cascato da un ponte.»

A Lena iniziò a tremare un labbro.

«Allora lei dice che quella persona mi sta facendo questo perché mi sono messa con Saverio?»

Lena sentiva il suo respiro, e nel respiro l'odore che c'era sul suo cuscino.

«L'odio nessuno lo regala. E se quella è l'unica cosa che hai sbagliato nella vita tua allora è lì che lui lo devi cercare, come ha fatto l'avvocata, che per te si è presa tutti i rischi che poi l'hanno strangolata. E sai perché? Perché lei aveva capito chi era questo.»

Al dito si sostituì tutta la mano, enorme, che le passò sulla fronte, sul naso, sulla bocca, scendendo al mento.

Ora strangola anche me, gli resta solo quello da fare.

«Ora ascoltami, piccerè, e ascoltami buono. Tu non hai fatto niente per salvare l'uomo tuo, niente. Io sto facendo qualcosa per salvarlo, e mi sto giocando tanto sulla salvezza tua e sua.»

La bocca sostituì la mano e Lena si chiese come avesse potuto credere che non avesse odore, quell'uomo era impregnato di mille sfumature di acido pungente e amaro. Le parlava sulla faccia, bisbigliando così piano che a malapena lo sentiva.

Mi divora.

«Tu da ora mi ubbidisci, sì? E ti calmi. E mi dici tutto quello che succede, ogni cazzata, ogni colpo di tosse me lo dici a me. Io lavoro per tutti e due ma devo sapere che se ti dico di stare sicura tu ci stai e che se ti dico che ti butti nel fuoco ti ci butti. Come se sono il tuo dio, devi avere fede cieca. Perché» bocca su bocca «io te lo trovo e gli mangio il cuore. E dopo, quando avremo finito, mi piglierò la mia ricompensa.»

L'indizio su quale fosse le premeva addosso.

«Hai solo me, piccerè. Hai solo me.»

Si era tirato indietro tutto insieme, il calore che spariva con il suo corpo, l'aria che tornava respirabile. E improvvisamente

«Perché a te ti chiamava Maria?».

Lei battè le palpebre, erano umide.

«Gli piacevano i soprannomi.»

«E a me come mi avrebbe chiamato?»

Era tutto surreale.

«Avrebbe usato un diminutivo. Qualcosa di tradizionale, Cesco, Cecco, Checco. Checco si usa più tra ragazzi, Cecco è della generazione dei nostri padri, Cesco non si usa praticamente più.»

«Sono tutti nomi 'emmerda.»

Aveva pensato a Saverio che gridava "O grullo!" per prendere in giro i suoi amici tutti yeah e termini americani.

“Non c’è niente di più innovativo di un termine vecchio” se n’era uscito una volta.

«Cecco» disse a bassa voce. «Avrebbe scelto Cecco.»

«Cecco. Allora tu da adesso non mi chiami più agente Caparzo ma mi chiami Cecco. E mi dai del tu. E da domani ti chiudi dentro e fai solo quello che ti dico io.»

«Va bene.»

Cecco allungò la mano e se avesse voluto le avrebbe afferrato di nuovo tutta la faccia. Ma si fermò poco prima.

«Io te lo prendo.»

E poi si prende me.

Gli era dispiaciuto che avesse pensato al sesso. Non c’entrava il sesso, gli era venuto duro perché sempre il potere gli faceva così, a ogni carica e a ogni manganellata gli veniva sempre più duro, quasi un fastidio. Ma andava bene, poteva essere una motivazione in più. Non era cattiva, no, ma la debolezza è sempre una forma di male, più nascosto, sotterraneo, ma fa marcire il raccolto. Certa debolezza non ce la si poteva permettere. Quella sera Ridenti avrebbe controllato l’auto che gli aveva segnalato sul filmato di sorveglianza, una Fiat Tipo station wagon che secondo lui in quella zona ci passava perché il proprietario abitava lì, a Vignola o a Bazzano. Ne avrebbero controllate comunque a decine, di auto, aveva solo anticipato i tempi. A margine di quel lavoro inutile nei giorni seguenti dovette studiarsi come recuperare le impronte di Donadio, che a questo punto era tanto quanto Bartolomei o Berselli, i tre deboli, in quella storia. E i deboli erano pericolosi. Donadio non sembrava più tanto affranto per la scomparsa della bruttona, qualche mese ed era tornato un fiore. Possibile che davvero volesse solo infilzarla, la Bacarelli, ma Caparzo non si era mai fermato alla prima ipotesi, pure se spesso era quella giusta. Figlio di genitori separati, per un periodo era stato con la madre e poi con il padre, guardia forestale, che gli aveva trasmesso l’amore per gli animali. Restava a carico del padre anche dopo i diciotto anni, una pensione in due, poi a ventuno entrava a lavorare in ospedale, aveva frequentato un corso di 90 ore e da allora si era occupato della sterilizzazione del materiale operatorio. Fine. Il resto si sapeva, il rapporto con la Gatteschi, la dipendenza da farmaci. Nessun incidente, nessuna frequentazione strana, se non si conta quella donna brutta di quattordici anni più vecchia di lui che si era sostituita alla madre.

Niente.

Quale uomo non lascia alcuna traccia?

Quale uomo riprende a vivere improvvisamente dopo una convivenza di anni, cinque per l'esattezza, finita sotto le rotaie di un treno?

"Uno che ha ammazzato la bruttona, per esempio."

Ma no, le telecamere lo scagionavano, per quella notte. La Bestia cercava di restare concentrato su Donadio, ma il collega, Ronchi, entrò nella saletta dove andavano a rullo i filmati delle strade e gli disse:

«Ci hanno passato una grana, Caparzo, una mano alla polfer dalla fine della settimana, stanno cercando di beccare un gruppetto che fa casino sui treni. Ci facciamo la settimana prossima in stazione e quella dopo sui regionali, se non li beccano prima».

La Bestia aveva annuito, pur se non gli piaceva, il treno lo portava via da Firenze e se c'era bisogno non sarebbe potuto tornare in tempo. Doveva far organizzare i turni della Bacarelli perché coincidessero con i suoi e lei fosse in albergo mentre lui era via.

«L'orari li abbiamo?» chiese, e Ronchi gli allungò un foglio.

Caparzo pensò che poteva andare peggio.

Castellacci era stato comprensivo, probabilmente c'era stata una telefonata di Ridenti, era possibile sollevare la signorina Bartolomei dai turni per un paio di giorni? Finché la buriana non cala? Il proprietario aveva modificato il calendario e lei era rientrata al lavoro una settimana prima dell'apertura delle scuole. I giornalisti davanti a casa avevano quasi tutti mollato, vedevano entrare un tizio barbuto che se ne usciva col cane e rientrava poco dopo, i genitori di lei e una volta sola una donna bella con i capelli neri ricci che gli aveva inveito contro, dandogli dei parassiti.

«Con tutto lo schifo che c'è nel mondo questi non trovano di meglio che stare addosso a te?»

Lena era talmente stritolata tra quelle quattro mura che era stata felice di preparare un tè ad Astrid, facendo finta che fossero i bei tempi andati. Tutte le banalità possibili su Fermo erano state dette, i lavori al rifugio erano andati avanti grazie alle donazioni di alcuni filantropi e adesso sembrava di stare in un bunker.

«Saranno pure a circuito chiuso ma mi sento addosso gli occhi di quelle telecamere, mi sembra di soffocare» si era lamentata Astrid.

Aveva trovato bene Argo, forse starsene tranquillo a casa gli aveva giovato, del resto con il caldo che faceva ancora, tutta colpa dell'inquinamento e dei maledetti americani.

«Hai saputo di Marta?»

«Cosa?»

«Niente, ha tagliato i ponti un po' con tutti, non vuole più collaborare con i rifugi e cazzate simili.» Astrid aveva strofinato pollice, indice e medio a intendere che fosse una questione di soldi. «Sarà in premenopausa» aveva aggiunto maligna.

Le settimane di silenzio erano diventate quattro, Lena aveva cercato così tante volte i dati per sapere quanto può resistere un corpo senza cibo né acqua, c'erano siti che dicevano dieci giorni, altri che dicevano che dipendeva dalla forma fisica, altri che si basavano sulla temperatura esterna e sulle attività dell'organismo. In ogni caso il limite era stato superato.

Se è morto lo è già da almeno una settimana.

Quando la temperatura era calata, il nove di settembre, Lena si era presentata al Grand'Arno puntuale per preparare tutto prima dell'arrivo dell'ultimo pullman di alta stagione. Non era riuscita ad attraversare le porte automatiche perché un tizio alto e magro era riuscito a intercettarla un attimo prima.

«Signorina Bacarelli, posso farle qualche domanda sul caso Valacchi-Berselli?»

Aveva chiuso gli occhi sperando che succedesse qualcosa, un fulmine, un'emorragia cerebrale che la stroncasse lì, sui gradini, e invece le porte si erano aperte, una voce aveva detto

«Le ho detto di andarsene! Chiamo la polizia!»

e si era sentita trascinare dentro, al fresco. Quando aveva avuto la forza di guardare si era ritrovata Gianluca lì, a osservarla per vedere se stesse bene, e così da vicino non le era sembrato perfetto e impeccabile, ma esausto e provato. D'istinto gli si era appoggiata contro, forse stanchezza, forse gratitudine, e aveva sentito il brivido che lo percorreva, e le braccia a cingerla e le parole tremanti

«Scusa, scusa cazzo. Scusa, quelle foto erano una merda, scusa».

Poi si era messo a piangere, per il sollievo, perché per lui era il momento di andare oltre. E anche Lena aveva pianto, ma per le ragioni opposte.

A Santa Maria Novella c'era il malumore diffuso delle vacanze finite, la gente aveva fatto le valigie perché la settimana dopo tutto ricominciava, la scuola, il lavoro, il tran tran, lo spauracchio dell'inverno dietro l'angolo. Caparzo aveva consegnato una lista di altre sette auto che erano andate e venute in un arco di tempo sospetto nelle giornate tra il 22 e il 24 agosto, il 21 era troppo presto, il 25 troppo tardi. Molto difficili i rilievi notturni, ma il traffico era ridottissimo e addirittura scompariva a tratti. Le ronde avanti e indietro sui binari lo aiutavano a pensare. Aveva spedito le impronte a Vitale quella mattina, recuperando un bicchierino da caffè in cui Donadio aveva bevuto, e prima ci aveva passato un tampone per prendere il dna, come aveva fatto sul bidet del vecchio. Aveva buttato lì se potesse fare anche un confronto con le impronte schedate di Saverio Bartolomei, piccolo tossico locale sparito dalla scena da un po'. Era in ritardo sulla tabella di marcia, aveva deciso di levare dal mazzo alcune carte, partendo dai tre teppisti amici di Bartolomei su cui poteva far improvvisare un'indagine. Di norma avrebbe piazzato della roba e poi l'avrebbe fatta trovare, ma questo lo aveva già ordinato lo stronzo alla Bacarelli e non voleva che pensasse che non sapeva avere idee migliori. Il fine settimana seguente c'era una manifestazione patriottica a Roma e i tre stronzi, sicuro come l'oro, si sarebbero organizzati per andare a fare casino, se si giocava le sue carte quella poteva essere un'occasione buona per beccarli a fare qualcosa.

In un modo o nell'altro via dal mazzo.

Mentre lui e Ronchi tornavano indietro dal binario 3 il telefono aveva cominciato a vibrare. La Bestia era in servizio, non avrebbe risposto, non prima di aver finito il turno, ma poteva essere elastico almeno sul buttare un occhio al numero. Non lo conosceva, evidentemente era un errore. Ma qualche minuto dopo arrivò una seconda telefonata, e fu dura far arrivare le undici per il cambio. Stava andando all'auto che aveva già composto le cifre.

«Pronto?»

«Agente Caparzo, ho provato a chiamarla tante volte.»

«Chi sei?»

Un'esitazione infinita, e da questo lo aveva riconosciuto.

«Ci siamo visti qualche giorno fa, si ricorda? Io ero un» scelse bene il termine «consulente esterno dell'avvocatessa Valacchi. Informatico. È venuto da me a chiedermi...»

«Ho capito. Dimmi.»

«Niente, mi aveva detto di avvisarla se capitava qualcosa su quel numero.»

«E allora?»

«Questa sera, alle 21, il telefono ha ricevuto un messaggio.»

Vicino alla sua auto aveva riconosciuto subito la sagoma familiare dell'Opel Astra, e appoggiato al cofano c'era Lucio.

«Ciao, Lena.»

«Ciao, ti ho cercato tantissimo, ti ho lasciato un sacco di messaggi.»

«Sì, li ho visti.»

«E perché non mi hai risposto?»

Lucio aveva subito distolto gli occhi, guardando altrove.

«Ho avuto... ci sono stati alcuni giorni difficili...»

«Sì, Marta mi ha detto che avete discusso.» Le orecchie del

ragazzo

l'uomo erano subito diventate rosse.

«Ho chiesto di te anche al lavoro, scusa ma mi ero preoccupata. Mi han detto che eri in malattia.»

«Sono rientrato, era appunto... così.»

Cercava di essere spiccio, ma non gli riusciva del tutto, si vedeva che era a disagio.

«Non sono bravo in queste cose. Io ti volevo dire che tu sei stata gentile, sei stata molto gentile con me e io l'ho apprezzato.» Fece una pausa, sembrava dovesse raccogliere le parole una per una e metterle in fila. «Però adesso preferirei che mi lasciaste tranquillo. So che volete aiutarmi, ma faccio da solo.»

Volete. Parla di me e Marta.

«Sì, d'accordo. Ad Argo mancherai un po'.»

Lucio strinse le labbra. Poi le tese la mano come un burattino, un gesto fuori luogo, ridicolo. Lena provò a mettergli la sua sulla spalla, ma lui scattò indietro, come temesse di essere toccato.

«Allora ciao. Stai bene.»

Era salito e l'Astra se n'era andata sgommando. Le dispiaceva, era stato strano, come aveva detto Marta, e pure per Marta le dispiaceva un po', ma erano dolori minimi, cosa potevano significare per lei in quel momento? Non c'era via d'uscita, le vie erano finite, non poteva fare niente, povera pedina inutile.

Non capisco perché vado avanti.

Finché non trovano il corpo.

I gesti meccanici, era arrivata a casa, aveva portato fuori il cane, solo in giardino, poi si era cambiata e aveva annaffiato sulla pipì perché così volevano i vicini, poi era andata alla cassetta delle lettere e aveva preso il Samsung senza più nascondersi, era una pantomima inutile ormai, poteva tenerlo in casa, ma Caparzo il Grande e Terribile le aveva detto di non cambiare nulla e lei non cambiava nulla, ubbidiva a testa bassa, perché lui aveva ragione, solo di questo era capace.

Dopo l'accensione il Samsung aveva bippato.

Un messaggio.

Non è vero, non crederci.

Numero sconosciuto.

È un bluff, è Caparzo che vuole farmi credere che il gioco prosegue ancora.

Ma erano parole terribilmente convincenti.

FERMINO È DURATO QUATTRO GIORNI. VEDIAMO QUANTO DURA SAVERIO.

E prima di nuovo l'oceano del sollievo a invaderla.

Poi il freddo.

Perché a quel messaggio non ne erano seguiti altri che le dicessero come salvarlo.

25

«Io te l'avevo detto che non sbaglio.»

«Questa volta lo ammazza.»

«No che non lo ammazza. Fa come avevo detto, s'è squietato, i cani della ricciolina non gli sono piaciuti.»

«Ma non ho ricevuto istruzioni.»

«Arrivano.»

«Ti prego, lascia che gli risponda.»

«No, deve credere che tu giochi vero. Che non è così facile. Io non sbaglio. Aspetta.»

Caparzo l'aveva chiamata sul Nokia e la loro conversazione si era consumata in pochi minuti, in cui con tono soddisfatto lui le aveva dato ordini precisi. Da quel momento avrebbe dovuto evitare ogni incontro al di fuori di quelli all'hotel, niente visite a casa, se qualcuno suonava lei non doveva rispondere, niente telefonate, teneva buoni i genitori rispondendo alle loro chiamate e andando a pranzo il sabato ma questo era tutto. Portava fuori lei il cane, e solo quando la autorizzava.

«Vedi che dovrai farti cambiare gli orari perché io da sabato avrò turni sui treni e quando ci sto sopra tu devi essere all'albergo. Se io non sto lì a guardarti che posso arrivare in un minuto tu respiri e basta, mi hai capito?»

Avrebbe stretto la sorveglianza, se non la vedeva in video doveva saperla in hotel o seguirla di persona, in quel cono d'ombra da cui non usciva mai e in cui lei non sapeva vederlo.

"Sono un fantasma."

Lena aveva ubbidito, aveva avvisato Castellacci della sua preferenza a fare le notti, naturalmente non durante i weekend con i pullman, che con la bassa stagione si sarebbero riempiti prevalentemente di stranieri, svizzeri, austriaci e tedeschi, gente per cui l'estate non moriva con il primo giorno di scuola. La promozione del tour operator era andata benissimo e sarebbe terminata alla fine di ottobre. Il nuovo orario sarebbe partito da subito, e tutto questo si sarebbe ripercosso sul cane, se i vicini protestavano lei non poteva chiedere aiuto a nessuno.

Del resto non mi è rimasto quasi nessuno.

La minaccia di far morire di fame Saverio faceva leva sul cadavere di Fermo, "l'ho fatto una volta e posso rifarlo", raccontava.

Da una parte il mostro minaccia il principe, dall'altra l'orco dice che il mostro mente.

Era talmente impastata di paura, corpo e mente, così fuori dalla realtà, che una decisione arbitraria, però, l'aveva presa, il Samsung non sarebbe rimasto più nella cassetta delle lettere, non c'erano poliziotti a cui nasconderlo, per loro quella faccenda era finita, morta con Berselli in quel campo a casa del diavolo.

Lo tengo vicino. Se lo tengo vicino Saverio vivrà. Se sarò pronta a rispondere lo salverò. Se lo guardo e non stacco gli occhi il mio desiderio si avvera.

Non c'era l'alcol, non c'erano le pillole, tutta la tossicità che le si stava accumulando nel cervello e che le rosicchiava il peso – qualche grammo al giorno, cosa vuoi che sia, e intanto i pantaloni calavano e le spalle cadevano – veniva da Caparzo.

Mi ucciderà lui prima che lo possa fare quell'altro.

La sua difesa era una Vergine di Norimberga, l'aveva chiusa dentro e trafitta, costretta a morire affogata nel proprio sangue. Adesso le aveva levato quel poco di ossigeno che era rimasto, quel poco di calore umano, bagliori simili a lucciole.

E se riuscisse a salvarmi, se salvasse me e Saverio allora finirebbe come nelle fiabe.

Quelle vere.

Quelle terribili in cui l'orco sposa la principessa.

La notte tra il 19 e il 20 settembre la trascorse da sola in un silenzio irreale, mentre controllava i nominativi sul fax del weekend seguente e smistava le singole e le doppie. Avevano sbagliato di nuovo il numero degli ospiti, trascrivendone 76 invece di 75, la stampata del fax era illeggibile, e lei aveva tenuto libera una camera in più. Stava per correggere l'errore, poi ci pensò.

Sarebbe una stanza tutta per me.

Una stanza vuota, senza telecamere, senza Caparzo. Una stanza segreta di cui nessuno sapeva niente, in cui sarebbe potuta andare a nascondersi e respirare, fosse anche solo per un'ora. Non l'avrebbe rubata, l'avrebbe pagata lei e al momento di fare il conto al gruppo avrebbe stampato una ricevuta a parte, in caso di controllo si sarebbe inventata che un cliente voleva tenerla per ricordo. Con le mani tremanti ne prese una all'ultimo piano, di quelle più piccole che si assegnano per ultime, la 302, e caricò la chiave elettronica per usarla a partire da sabato. Elvio arrivò alle sei, Lena tornò a casa, portò fuori Argo guardandosi intorno e rientrò subito. Si mise a letto in cerca di un sonno sfuggente, sospettoso.

Il messaggio arrivò che si era appena addormentata.

Gli orari lo favorivano, tutti i treni su cui avrebbe dovuto fare sorveglianza partivano la sera e questo gli lasciava molto tempo a disposizione. D'altro canto in quel tempo non avrebbe potuto sorvegliare sempre la Bacarelli, che si era fatta cambiare i turni per essere al lavoro quando anche lui lo era. Si era comportata bene, era stata ligia, aveva seguito le istruzioni, ma la Bestia era sicuro che sarebbe uscita pazza presto, perché l'aveva già visto succedere e i segni c'erano tutti.

E pazienza, ha tempo di star bene dopo.

Finché i turni sui treni non partivano si era occupato di tanti piccoli dettagli in attesa di affondare il colpo su Donadio prima e su Sergio Marzi poi. Aveva rintracciato il corriere espresso che aveva consegnato alla Bacarelli la Pallattiva con dentro la chiave del portoncino di Savelli, il figlio di puttana aveva scelto apposta una sede piccola a conduzione familiare, poco precisi, pasticcioni con le ricevute, avevano tirato fuori pacchi di carte in cui cercare e alla fine eccola, Marco Sartori per Marilena Bacarelli, figuriamoci se si ricordavano di qualcosa o qualcuno e i nastri di sorveglianza venivano cancellati e ci registravano sopra il giorno dopo. Gli era rimasta la fotocopia della ricevuta. La firma falsa e la calligrafia erano la prima cosa che possedesse attribuibile al finto Sartori. Poteva chiedere una perizia calligrafica ma non correva il rischio per un dettaglio così piccolo, aveva occhi abbastanza buoni da vedere che non era quella di Lucio Donadio.

Eppure Donadio c'entra, perché stava sotto casa del vecchio.

Le registrazioni dell'appartamento abbandonato avevano lo stesso difetto di quelle dei tizi del corriere espresso, a un certo punto la batteria finiva, troppo vecchia per reggere nemmeno ventiquattr'ore, e con essa finivano anche le immagini, che iniziavano tutte con Caparzo che accendeva la telecamera e poi niente, lui che usciva, la porta chiusa, la luce del giorno che andava e veniva. Aveva fatto i conti, di notte quello non veniva a guardarla dalla finestra, se mai lo faceva di giorno, quindi se le registrazioni partivano all'alba, che lui faceva il cambio di batteria e memoria a quell'ora, poteva coprire tutte le ore di luce. Ma nonostante questi accorgimenti i video non mostravano mai niente. Sentiva un solletico alla bocca dello stomaco, era la sensazione spiacevole di quando non riusciva ad avere tutto sotto controllo come voleva lui. Ma i mezzi erano quelli che aveva, non poteva montare a casa del vecchio la stessa attrezzatura di quella della Bacarelli. Aveva discusso con il tizio pelato con i baffi che aveva lavorato per la Valacchi di un modo per rintracciare il numero che scriveva al Samsung, ma non c'era.

«Dovrei lavorare direttamente sul telefono» aveva detto il pelato. «E accedere a più di un sistema senza autorizzazione, ma anche così non è garantito che ci riesca, i programmi di crittografia, se fatti bene, sono rogne. Potreste farlo voi, la polizia ne ha i mezzi.»

Caparzo lo aveva messo a tacere, che facesse solo quello che gli aveva chiesto. E in effetti il pelato alcuni dati glieli aveva forniti, ma poca roba. Prima di arrivare in mano alla Bacarelli da quella scheda erano partite pochissime telefonate, tutte in Italia, roba del 2015. Poi era stata ricaricata regolarmente, dieci euro alla volta ogni due mesi, ricariche da supermercato acquistate tutte nella zona di Firenze.

Ce l'ha da due anni. Due anni che se lo conserva.

e poi

Da quando è sparito Bartolomei.

Ci pensava. Bartolomei davvero non ci aveva a che fare? Davvero era la povera vittima o faceva parte della squadra, come Berselli e – lui ne era sicuro – Lucio Donadio?

Aspetta le impronte, France'. Aspetta. Sai che ridere se sono di Bartolomei?

Aveva due cose da fare ancora, prima di montare in servizio alla stazione, controllare il fabbricato dove bivaccavano Sergio Marzi e la sua cricca di sbandati e guardare l'ultimo video girato in casa del vecchio, metti che davvero lo stronzo ci era entrato nelle ore di luce. Ma poi lo aveva chiamato il pelato e i piani erano saltati.

Il messaggio le spiegava come mandare in sovraccarico l'impianto, lei aveva acceso la stufetta del bagno, il ferro da stiro e poi il microonde, la corrente era saltata, si era guardata intorno fingendo sorpresa, aveva provato il salvavita e poi, controllando i movimenti perché sembrasse tranquilla, era scesa di nuovo nella saletta dei contatori.

«Abbiamo massimo cinque minuti, prima che gli sembra strano. Dammelo.»

Lena aveva allungato a Caparzo il Samsung in silenzio.

La foto di Saverio Bartolomei era stata fatta di nuovo attraverso una telecamera notturna o qualcosa di simile. Il ragazzo era raggomitolato in un angolo della gabbia, dormiva. Il messaggio diceva:

PRIMO GIORNO DI DIGIUNO.

Caparzo aveva scosso le spalle.

«Potrebbe esse 'na strunzata. E comunque a stare senza mangiare un giorno non è mai morto nessuno.»

«Non è il cibo» rispose Lena. «È l'acqua. Guarda nella gabbia, nei filmati precedenti c'era una specie di ciotola in un angolo, qui non c'è.»

Caparzo aveva scorso l'immagine con calma. Poi le aveva restituito il telefono e tirato su il contatore generale.

«Vabbuò, aspettiamo.»

«No!» Lena gli si era aggrappata a un braccio che sembrava di pietra. «Saverio è debilitato, non sta bene, in condizioni normali il digiuno si può sopportare per qualche giorno, ma la sete no.»

«E chi lo dice che non lo fa bere? In questa foto non c'ha l'acqua, e che ci racconta? Magari gliel'ha tolta appena, oppure gliela ridà. È una foto, non sta a significare un cazzo.»

«Ti prego, lasciami rispondere.»

«No» le aveva risposto severo. «E se lo fai lo so.»

Ma l'hacker l'aveva chiamato ventitré ore dopo, un nuovo messaggio, e Caparzo le aveva chiesto cosa si vedesse, e mentre lo faceva la guardava attraverso il video che piangeva e diceva che lui era nella gabbia, l'inquadratura era stretta ed era seduto, testa appoggiata indietro, bocca aperta come se facesse fatica a respirare. Il messaggio diceva

SECONDO GIORNO DI DIGIUNO.

e lei lo pregava di farle mandare un messaggio, che avrebbe detto quello che voleva lui, ma lui si aspettava un segno, un cedimento, altrimenti...

«Ma noi non cediamo. Tu cedi se te lo dico io.»

Non gli piaceva vederla uscire pazza, ma lui aveva da essere rigido e seguire il piano, a quello gli doveva saltare il controllo, solo così sbagliava. E intanto stava preparando tutto per sabato, aveva chiamato un collega della Celere a Roma dandogli i nomi dei tre merdosi che sarebbero scesi a cercarsi rogne, e ne era sicuro perché avevano fatto una riunione in quel posto di dove tenevano tutte le cose di spray e cartelli e bottiglie vuote da riempire, chiaro che sarebbero scesi a cercare di menarsi con altri. Vitale ancora non gli aveva dato risultati, aveva cambiato batteria e memoria ma a casa del vecchio non succedeva un cazzo e così si era fatto venerdì, che lei stava a casa tutto il giorno, e il pelato l'aveva chiamato ancora, il diavolo se lo portasse. Aspettava che lei si facesse viva, la osservava sul portatile, chiuso in casa in attesa dell'ultimo turno in stazione, che la notte dopo si andava sui treni, e lei era lì a urlare al telefono, rischiava che i vicini la sentivano, ma non gli diceva cosa si vedeva nella terza foto e dai microfoni lui sentiva male, solo la solita litania, Saverio, Saverio.

Non gli ha fatto niente vero, non gli ha fatto niente, Bartolomei è tutto quello che ha.

E poi lei aveva alzato gli occhi verso la telecamera, e non era mai stato sicuro che avesse visto dove fosse, però guardava dritto, troppo dritto. Poi aveva premuto qualcosa sul Samsung. La Bestia aveva preso il cellulare e aveva chiamato il Nokia. Squillava. Lei lo doveva sentire, lo sentiva lui dal microfono in corridoio.

«Rispondi» aveva detto allo schermo.

E Lena, lentamente, aveva scosso la testa.

«Ubbidisci» aveva detto di nuovo Caparzo tra i denti.

Ma lei aveva scritto qualcosa sul cellulare.

Tre minuti dopo l'hacker lo richiamava.

Dopo il primo messaggio aveva pensato che sarebbe andata avanti così finché uno dei due non avrebbe vinto. Finché il rapitore di Saverio non l'avrebbe uccisa, o avrebbe ucciso lui, o entrambi. Finché Caparzo non avrebbe ucciso il rapitore e liberato Saverio, o ucciso il rapitore lasciando Saverio al suo destino, o ucciso entrambi, o tutti quanti, lei compresa. Perché non solo non gliene fregava nulla di liberarlo, ma sembrava che non gliene fregasse nulla nemmeno di proteggere lei.

E allora perché lo fa?

Non ne era certa, qualcosa che aveva a che fare col potere, con la vittoria, era vero, assomigliava al suo persecutore più di quanto non credesse possibile.

Cecco.

Non lo chiamerò mai così.

Non si fa amicizia con i mostri.

E se non le concedeva di comunicare, di rispondere, di prendere accordi con il rapitore?

Posso reagire, andare alla polizia, chiedere aiuto, raccontare tutto, denunciarlo.

Davvero? E per cosa? La chiave di casa gliel'aveva data lei e senza dubbio lui conservava dei filmati in cui parlava con le telecamere e lo chiamava, "Mi sente, agente Caparzo?".

Per l'intossicazione dei cani di Astrid.

Con il suo telefono che andava e veniva dal rifugio esattamente nel momento in cui le polpette imbottite di ketamina venivano lanciate dentro? Dopo che Marta l'aveva vista la settimana prima insieme a Sparky?

Non può avere controllato tutto, è venuto qui più volte mentre non c'ero, posso raccontare le cose che ha fatto, è la mia parola contro la sua.

La parola di una donna sospettata di essere implicata in un omicidio, considerata da tutti fragile e instabile, che era stata tenuta sotto sorveglianza per mesi proprio dalla stessa persona che adesso voleva denunciare, quante possibilità aveva che la sua parola valesse qualcosa contro quella di lui?

Ma così sto facendo proprio come mi ha detto, mi sto arrendendo.

Allora, anche ammesso che lo facesse, una volta denunciatolo cosa otteneva? La faccenda del Samsung sarebbe stata resa pubblica, la polizia glielo avrebbe sequestrato e il rapitore non le avrebbe mai più restituito Saverio.

Potrebbero prenderlo. Controllerebbero i suoi movimenti, i posti in cui andava, magari confesserebbe e basta.

E se lo avesse fatto troppo tardi? Fermo aveva resistito quattro giorni senza mangiare, ed era più robusto di Saverio. Quanto poteva sopravvivere?

Forse è già morto.

Dopo il secondo messaggio da qualunque parte la vedesse la via d'uscita non c'era. Se non rispondeva Saverio moriva, se rispondeva Caparzo

Cosa?

avrebbe potuto fare qualcosa per impedirle di salvarlo. Glielo diceva ogni santa volta, doveva fare solo quello che diceva lui, perché era la sua sola speranza. E non solo lei, anche tutte le persone della lista, a partire da Lucio per finire con i suoi genitori. Si era accoccolata in un angolo della stanza e aveva pianto tutte le lacrime che le erano rimaste. Piangeva per la corda che le si stringeva attorno al collo, per la cappa che le era calata addosso facendola sentire prigioniera, e soprattutto per il dubbio strisciante che Francesco Caparzo

Cecco

avesse ragione su tutto e che lei, adesso, non potesse fare più nulla.

Senza alzarsi aveva allungato la mano sul letto per strappare via le lenzuola, se avesse potuto avrebbe dato fuoco anche al materasso, pur di non sentire quell'odore, l'odore dell'orco, che era ovunque. Argo le si era avvicinato, attirato dal rumore, impedendole di continuare, e più lo mandava via più lui calpestava la stoffa e cercava di rubarla.

«Ti odio» gli aveva sibilato.

E poi aveva urlato e pianto ancora più forte, perché sapeva che era vero.

Il terzo messaggio l'aveva colta durante la giornata libera, annichilita in casa, incapace di bere, mangiare, muoversi tanto quanto stava avvenendo a Saverio. Non era una foto, era un video. Mostrava il suo viso, le occhiaie incavate, le labbra secche, spaccate, piene di pellicine morte.

È disidratato.

Ma la cosa spaventosa era il rumore, il rantolo che proveniva dalla sua gola, un rumore che aveva sentito una volta sola, in ospedale, proveniva da una stanza e dentro c'era gente che piangeva.

Non c'è più tempo.

E allora si era chiesta se valesse la pena andare oltre, quello era il punto di non ritorno, se accettava di vedere il suo ragazzo così senza fare niente

allora tanto vale che mi ammazzi, e subito.

Aveva guardato la telecamera in alto, ovunque si trovasse, scelse un punto a caso.

Fermami, se ci riesci, Cecco.

Il Nokia in bagno aveva iniziato a squillare, le unghie di Argo avevano ticchettato e Lena aveva scosso la testa, non poteva perdere tempo. Aveva scritto

FACCIO QUELLO CHE VUOI. SCUSAMI PER ASTRID.

e aveva inviato il messaggio. Il Nokia aveva smesso di squillare, il cane l'aveva fissata senza avvicinarsi, quasi avesse capito quello che gli aveva detto il giorno prima. Lena avrebbe voluto dire che non era vero. Ma il tempo delle bugie era finito.

Caparzo era rientrato nella casa del vecchio e aveva sostituito memoria e batteria. Avrebbe iniziato l'ultimo turno a Santa Maria Novella dopo che la Bacarelli fosse entrata all'hotel e l'avrebbe finito prima di lei. In sua assenza avrebbe comunque registrato tutto quello che avveniva in casa, se quello entrava a lasciarle qualcosa lo vedeva

Avanti, Donadio, caccia il muso.

e il resto della giornata le sarebbe rimasto addosso, nemmeno un passo doveva fare da sola. Gli aveva fatto saltare i piani, la maledetta stronza puttana dell'angelo redentore, lei che doveva portarlo da essere la Bestia a diventare Cecco il Salvatore col nome 'emmerda, e sarebbe bastato aspettasse un giorno, che lui levasse di mezzo Sergio Marzi e forse pure gli altri due, che recuperasse i risultati di Vitale e inchiodasse Donadio. Ma s'era fatto convinto che forse era pure colpa sua, che avrebbe dovuto usare altri metodi di persuasione. Non era arrivata risposta al messaggio, che il pelato gli aveva dettato con voce neutra, come faceva sempre, troppo spaventato per prendere posizione o per assumere un tono qualsiasi. La notte era trascorsa, lei aveva smontato con le guance solcate dall'angoscia ed era tornata a casa. Cassetta delle lettere pulita, automobile pulita, appartamento pulito. Caparzo controllava i video, niente si era mosso, anche a casa del vecchio non era successo nulla, quel suo viavai all'alba avrebbe potuto essere colto da qualche vicino, ogni giro in più aumentava i rischi, e però lei andava tenuta protetta. L'aveva seguita a pisciare il cane e a fare la spesa, aveva seguito tutti gli spostamenti dell'auto fino a casa dei suoi, mentre teneva d'occhio il cane lasciato solo. Poi dalla villetta lei era venuta fuori con cent'anni in più sulle spalle e una busta in mano. E la Bestia avrebbe voluto solo partire a massima velocità e investire il primo testa di cazzo che gli si metteva avanti e poi scendere e sparare in faccia a tutti quelli che passavano e poi mangiarsi gli occhi e frantumarsi il cranio contro le pietre del fiume, perché alla casa dei genitori di lei non aveva pensato, e lui doveva sempre pensare a tutto.

«Cosa c'è dentro?»

«Erba. Fumo. Veleno. Comunque l'ha corretta.»

Non avevano posti in cui trovarsi, lo sgabuzzino dei contatori non valeva, il garage nemmeno, l'appartamento era troppo pericoloso. Le aveva detto in che punto del corridoio mettersi e le aveva chiesto di salire su una scaletta. Lei mostrava i due oggetti estratti dal sacchetto mentre parlavano attraverso il Nokia. Le aveva detto di mettersi i guanti prima di aprire la busta imbottita che sua madre aveva trovato quella mattina nella cassetta del pane.

«Deve avertela lasciata qualcuno che non sa che ti sei trasferita» aveva commentato, e Lena aveva cercato di sorriderle.

«È colpa dei turni di notte, a casa non ci sono mai, ho detto io di lasciarmi qui le cose urgenti.»

Rientrata a casa lui l'aveva chiamata dandole le istruzioni, a riprova che era ovunque e vedeva tutto. Salita in cima alla scala Lena aveva aperto la busta gialla e aveva estratto il libro. Le si era torto lo stomaco perché lei lo conosceva benissimo, quante volte aveva visto Saverio rigirarselo tra le mani, la copertina gialla con tutti gli angoli smangiati e arricciati. *Al di là del bene e del male* di Friedrich Nietzsche, che definiva "il mio vangelo" e probabilmente non aveva mai letto per intero.

Questo non è il suo, però, non può essere, il suo è in camera mia, chiuso...

e poi si diede della stupida. Scese dalla scala, andò a controllare e risalì. Era quello di Saverio, in camera non c'era più. Lo aveva sollevato con cautela, dentro c'era qualcosa messo come un segnalibro. Ma era spesso, non una cartolina o una striscia plastificata. Era una sigaretta, infilata all'inizio del capitolo *Noi dotti*.

«Possiamo aprirla e controllare?» aveva chiesto.

«No. Già è fortuna che non si è schiacciata» aveva risposto il Nokia. «Che mi significa il libro?»

«Era di Saverio.»

«Ma che mi significa?»

«Non lo so, era un libro che amava, ne discuteva sempre con i suoi amici, con Mattia, Sergio, Mometto» e la voce le era morta lì. Conosceva una persona sola che usava una sigaretta come segnalibro.

No, non è così, se la prepara al mattino e la fuma la sera, lo fa come gesto scaramantico, è un rituale.

«Chi la deve fumare?»

«Mometto» disse.

«E perché?»

«Perché lui si è disintossicato, e se qui dentro c'è qualcosa allora lo fa ricominciare.»

«Tanto non smettono mai per vero. Smettono per finta.»

Lena lo odiò ancora di più per queste parole.

«E vabbuò.» La voce era un po' delusa, forse Mometto gli piaceva. «Diamogliela al ricchione.»

Seduta in cima alla scala Lena ascoltò gli ordini, ogni parola che nutriva Saverio e che condannava l'unico suo amico che le avesse mai voluto bene.

Inutile fare le cose di nascosto.

«Ciao, siamo venuti a trovarti, è un pezzo che non ci vediamo.»

Mometto li aveva fatti entrare, lei e Argo, con un sorriso che andava da un orecchio all'altro, non se la passava male, era solo un po' giù di umore, cosa voleva che fosse, era stato da Mattia, gli pareva si stesse riprendendo, l'avvocato aveva detto che c'era la possibilità di patteggiare. Lena aveva raccontato del turno di notte, finalmente riusciva a portare Argo fuori, ora che il caldo assassino era passato, anzi, facciamo due passi, che mi sta disarticolando la spalla, lo tieni tu? Stavano uscendo, con un piede fuori dalla porta lei aveva detto

«Scusa, posso fare pipì anche io?» e aveva aggiunto di corsa «Lui portalo fuori, mi sa che sta per accovacciarsi.»

Così Mometto era uscito, lei aveva raggiunto la sua stanza, aperto il libro sul comodino, tolto la sigaretta che teneva il segno, messo l'altra, era andata in bagno, aveva tirato l'acqua ed era uscita.

Facile, le ci erano voluti tre minuti in tutto.

E adesso?

Mometto avrebbe fumato la sigaretta, sarebbe andato in trip, il giorno dopo si sarebbe svegliato male, non comprendendo, con un senso di fallimento addosso e la voglia matta di farsi di nuovo.

Tutto qui?

Sperava di sì. Caparzo aveva seguito tutte le manovre, quando lei era uscita facendo i due gradini sotto al portone sulla punta dei piedi, addosso ancora la divisa estiva, gli era sembrata una ragazzina che esce da scuola. Era stata brava, si era comportata bene, aveva provato perfino una punta di orgoglio. Poi lei e il cane erano saliti sulla Clio e dopo tanti saluti se n'era andata, con i due cellulari in borsa, la traccia del suo passaggio ben netta.

Vai brava a casa a lasciare il cane e corri in albergo, che io aspetto un po' e poi vado a pigliare il treno.

Non gli suonava. Non gli era mai suonata, ma che cazzata, do la droga al tossico così ci ricasca, che razza di trucco 'emmerda era? Che punizione? Una cosa così per dare da mangiare al Bartolomei, una cagatina tanto piccola? Poteva essere che con i cani della ricciolina si era ridimensionato, ma lui non ci credeva. Però questo era, e adesso la bella sua era all'hotel e lui a controllare il ricchione per un'ora ancora, che il treno della notte partiva alle undici e Ronchi lo aspettava in Santa Maria Novella. Per un'ora non era successo niente, tranne che era sceso il buio e cominciato il traffico del sabato sera. Riccardo Quintavalle, detto Mometto, non dava segni di vita e la Bestia non sarebbe sceso dall'auto per...

la finestra si spalancò.

L'appartamento era al piano rialzato, meno di due metri da terra.

Quintavalle era saltato fuori, completamente nudo, e Caparzo aveva pensato

LSD, O DMT. Grossa dose.

La reazione la conosceva, erano le due droghe che più di tutte avevano effetti allucinatori. Mentre Riccardo Quintavalle cominciava a correre nudo per strada lui si era guardato intorno. Le finestre di fronte, le auto parcheggiate, dove era a godersi lo spettacolo? Perché sicuro aveva guardato l'arresto di Mattia Danti e sicuro si era pure goduto la scena al locale il Doomus, voleva che si perdesse l'ultima prodezza? Ma le auto correvano e l'uomo nudo correva al loro fianco come una belva nella savana, preda delle proprie allucinazioni.

Chissà che vede? Grandi cazzi che lo inseguono.

Aveva messo in moto, pura curiosità, seguirlo per un tratto mentre gli automobilisti si sporgevano dai finestrini a urlargli cose, forse qualcuno aveva già chiamato i colleghi, come era giusto, senso civico, e l'altro urlava e urlava che si sentiva da lì, mentre le auto frenavano, i clacson strombazzavano, i pedoni si spostavano di lato e lui, con un'agilità che non gli avrebbe attribuito, saltava oltre un parapetto.

E al di là, ma tu pensa, c'era il fiume.

Spettacolo triste assai, quelle chiappe di luna che correvano, il fastidio per il nulla a cui aveva portato quella serata gli bruciava ancora. Con un senso di incompiuto aveva seguito Ronchi sulla volante e insieme erano entrati in stazione, seguiti dagli occhi di tutti quelli che non erano lì per fare un viaggio. Erano saliti sul regionale delle 23.07 per Pisa Centrale, dalla parte della locomotiva, poi se lo sarebbero fatto tutto avanti e indietro tra una fermata e l'altra per beccare eventuali stronzi. Con una vibrazione il convoglio era partito e Caparzo ripercorreva mentalmente tutti i posti in cui aveva visto andare Donadio in quei giorni, non che si muovesse molto, era tutto un casa, ospedale, lavanderia. Poi i suoi occhi si fermarono. E di nuovo l'incredulità, così nuova ed estranea, a coglierlo fermo a fissare il finestrino. Oltre la stazione, su uno dei muri perimetrali pieni di schifezze scritte da imbecilli senza senso civico, Saverio Bartolomei lo fissava, enorme. Un ritratto di quelli stilizzati, fatti con le formine sui muri, ma ben riconoscibile pure per chi l'aveva visto solo in foto. Un murales dedicato a lui. E sotto la scritta:

AL DI LÀ DEL BENE E DEL MALE.

Si era sbagliata.

La Bacarelli si era sbagliata sul destinatario della sigaretta. Non era Quintavalle, che un'ambulanza aveva portato in ospedale dopo che un paio di turisti incoscienti si erano buttati per salvarlo dalle acque dell'Arno, no. Era chi aveva fatto quel murales. Un breve calcolo mentale, chi dei tre delinquenti che quel giorno erano andati giù a Roma per menarsi con i loro simili faceva i murales? Due erano, Serena Chellini e Alessio Centi. Ma quel lavoro così di fino doveva averlo fatto la Chellini. E ora il pezzo di merda si aspettava che Lena desse la sigaretta a lei

Perché a lei?

e invece la Bacarelli l'aveva data al ricchione e tutto andava in malora.

La Chellini è a Roma. Non sono ancora tornati.

Si era voltato verso Ronchi e aveva chiesto, nel tono più neutro possibile

«Possiamo cominciare tra due minuti?»

Ronchi aveva annuito, era meno entusiasta di lui per quelle ronde in treno. Caparzo aveva chiamato i colleghi di Roma.

«No, Caparzo, guarda c'è stata poca robetta, si son detti parole, più che altro, noi eravamo in pochi, giusto un cordone per i politici, i tuoi tre saran stati nel mucchio ma non c'erano gli estremi nemmeno per una carica. A che ora è finito tutto? Ma adesso, facciamo mezz'oretta fa.»

Caparzo aveva ringraziato e chiuso. Un'altra telefonata che lasciava traccia, non si usa l'apparecchio personale, doveva essere più prudente, ma si trovava su un cazzo di treno che andava a Pisa, e doveva decidere in fretta. La Chellini, Sergio Marzi e Alessio Centi sarebbero rientrati da Roma non prima delle sei del mattino, faceva in tempo prima che la Bacarelli smontasse. Ma da quel treno doveva scendere. E allora lui e Ronchi avevano iniziato il giro dei vagoni ma c'erano solo pendolari, qualche puttana, dei vecchi forse un po' ubriachi. Stavano tutti tranquilli, lui aveva bisogno di altro. Poi a Empoli lo schiamazzo si era sentito prima ancora che salissero e lui aveva pensato che la fortuna girava. Erano sette ragazzotti con i giubbini, tutti mezzi rasati pieni di borchie e anelli al naso, tutti bevuti e fumati, convinti che quel treno fosse il loro regno. Caparzo aveva fatto cenno a Ronchi di aspettare un po' per ricominciare il giro, e quello si era messo a fare un solitario sul telefono. La Bestia li guardava mentre prima facevano finta di niente, poi partivano a dare fastidio alle puttane e alla fine puntavano un nero che non si era fatto i cazzi suoi. Prima erano solo parole, e Caparzo aspettava. Poi era arrivato uno spintone.

«Stai qui che vado a vede' che fanno» aveva detto a mezza voce.

Era entrato nel vagone e i sette si erano voltati. Grosso era grosso, ma era uno solo.

«Che cazzo vuoi?» lo aveva apostrofato quello dello spintone.

Voglio tornare a Firenze prima di adesso.

Ma sapeva esattamente cosa dire per provocarli.

«Voglio che vi mettete seduti e state buoni fino all'arrivo.»

Avevano riso, Ronchi era comparso alle sue spalle

«Ci parlo io»

e ci aveva provato, a smorzare la tensione con le merde, ma quelli si erano creduti di essere in tanti e che alla fine gli sbirri abbaiano e basta. Uno dei ragazzotti aveva sputato per terra, vicino ai piedi di Ronchi, sul pavimento di un treno pubblico pagato con i soldi dei contribuenti. Caparzo non aveva avuto bisogno di altro.

Quaranta minuti dopo rientrava a Firenze con il resto della serata libera.

I teppisti stavano in questa specie di casermone, un ex colorificio senza abitabilità, che se ci metteva le mani un architetto lo faceva diventare residenza di lusso, ma così com'era era una merda. Una quota apparteneva ai parenti di Alessio Centi e lui ci aveva portato tutta la banda. Qualcuno ci dormiva anche, ma la maggior parte del gruppo viveva in famiglia o in affitto. Lì si ritrovavano la sera prima di una delle loro bravate e insieme dormivano la sera dopo, se tornavano tutti interi.

E ci scapperà l'ammucchiata, animali che sono.

Dai finestroni bassi Caparzo ebbe conferma che dentro non c'era nessuno, erano partiti tutti al mattino presto per andare a menarsi con quegli altri. Mise i guanti, usò due grimaldelli sottili e aprì il portello di metallo, la maniglia era vecchia e incrostata. Dentro l'unica luce era quella dei lampioni intorno, e a lui bastava, avrebbe usato la torcia solo se strettamente necessario. Era come se l'aspettava, un casermone pieno di merda, volantini, cartelli, poster, tutto dipinto con gli spray e zeppo di roba fricchettona che faceva intellettuale. C'era odore di erba ovunque, e non solo, ma non era lì per quello. A terra c'erano alcuni bancali con sopra stesi dei materassi, niente lana, tutto sintetico. Libri un po' ovunque. Poi la roba interessante, le birre, qualche superalcolico, vino da due soldi. E le vernici, bombolette di vernici che quella troia di Serena Chellini aveva usato insieme ad altri per fare il murales vicino alla stazione. Poca roba, si erano portati via tutto il materiale da guerriglia a Roma. Ma bastava. Pensò che la cosa più adatta fosse manomettere una presa elettrica vicino a qualcosa di combustibile. Quelli accendevano la luce, avviavano qualcosa, uno stereo scassato che stava su un mobile, una delle lampade a terra, la presa saltava e via, tutta una fiammata. Si sarebbero spaventati, forse si sarebbero fatti male, ma sarebbe servito a distogliere dalla sigaretta, e non sarebbe stata colpa della Bacarelli. Metteva in fila i pensieri, se Bartolomei non era stato rapito, se era tutta una messinscena allora sì, potevano averlo aiutato, nascosto, si erano pisciati di terrorizzare la Bacarelli. Ma se invece era vero ci voleva testa per una cosa grossa come quella, e i tre che avevano la foto sul Samsung tutta quella testa nemmeno messi insieme la tiravano fuori. Però l'assist l'avevano creato, il murales, la frase, avevano aiutato, consapevoli o no. E questo lo aveva fatto incazzare. Lo spazio dentro era stato suddiviso con delle pareti in cartongesso, fatte pure male. I pochi muri erano in cemento, l'impianto vecchio di almeno cinquant'anni. C'erano solo due grandi muri divisori e le prese erano distribuite da un lato e dall'altro, un lavoro solo per due buchi, al risparmio. Poi intorno questi ci avevano costruito finte stanze, ma erano, appunto, finte. L'angolo della pittura era lungo una di queste pareti, in una specie di sgabuzzino, c'erano le bombolette, barattoli di vernice, acquaragia e benzina per smacchiare. Caparzo si accoccolò a terra accanto a una delle prese e pensò che manometterla senza staccare la luce sarebbe stato ragionevolmente pericoloso, ma non voleva che poi per sbaglio si rendessero conto che la corrente era stata staccata e facessero pensate. Si sistemò a terra, usò gli stessi grimaldelli usati sulla porta e accese la piccola torcia. Lavorava da mezz'ora quando sentì un fruscio. Leggero, appena appena. Smise di respirare e si mise lentamente seduto. Ascoltava. Sembrava niente ma poi sì, poi di nuovo un rumore. Controllando ogni muscolo si rimise in piedi, guardandosi intorno. Non aveva una pistola, non la portava mai. Ma se lì dentro c'era qualcuno, se uno di loro alla fine non era andato e lo vedeva lì a fare quello che stava facendo non c'era molto da pensare.

Basta che lo becco di spalle, basta che non mi vede.

Si guardò intorno. Nello stanzino non c'era niente, solo latte di vernice, pennelli, bombolette. Ma poco fuori, invece, lungo la parete finestrata c'erano delle staffe in tondino di ferro, probabilmente usate per qualche basamento in cemento o tenute come armi di scorta. Rumorose, a prenderle da terra. Il rumore proseguiva, erano passi incerti che si muovevano oltre la parete. Caparzo pensò che poteva usare il vecchio trucco di lanciare un oggetto lontano per depistarlo, ma chi ci cascava, al giorno d'oggi? Uscì dallo sgabuzzino e percepì perfettamente che la persona era a pochi metri, bastava aggirasse la parete e se la sarebbe trovata davanti. Poteva dire

«Fermo! Polizia!»

poteva inventarsi una storia plausibile, spiegare come era entrato, perché, in che modo si stava rendendo utile per la pubblica sicurezza, ma poi pensò alla faccia del sovrintendente, "Che peccato" avrebbe detto, e si vergognò, e la vergogna lo fece arrabbiare ancora di più, e allora pazienza, sarebbe stato veloce, se l'altro era solo uno smidollato senza armi si sarebbe preso una botta e via, se era armato allora era legittima difesa. Ascoltò i passi, guardò le staffe, prese tutta la rincorsa possibile e poi scattò. Parallelamente il rumore aumentò, Caparzo afferrò la staffa imprimendole già velocità, ruotando il braccio mentre balzava verso l'angolo e

«Fermo!»

sentì tuonare un attimo prima che la pistola comparisse oltre il muro e il ferro calasse sulla testa del collega.

Pochi secondi per decidere.

Ambulanza, e va tutto a puttane.

Oppure.

Non era un poliziotto, solo un metronotte, e non era entrato in maniera regolare, l'addestramento diceva che prima si chiamano i rinforzi e poi si entra, se si entra da soli bisogna annunciare la propria presenza, era così, non si sbagliava, ricordava che era così.

Ha chiamato i rinforzi?

E perché? Forse faceva solo un pigro giro della vecchia zona industriale, a lasciare bigliettini, sapeva chi ci stava in quel posto e aveva pensato di dare un'occhiata. Poi dentro aveva sentito un rumore e chissà. Magari cercava qualcuno, aveva un appuntamento, diversi pasticciavano con la droga, chi per arrotondare, chi per sostenere la fatica, lo stress, gli orari.

«Non sei stato alle regole» mormorò al corpo a terra.

Lo aveva visto? Gli pareva di no. Aveva la sua età, non un ragazzino, male, peggio.

Dunque, ambulanza?

Guardò oltre il corpo a terra, oltre il muro, verso un sottoscala pieno di scatoloni. Lì, sulla parete, erano accatastati quegli affari che si mettono contro i muri per spruzzarci le vernici, come quelli dei bambini, ma molto più grandi. Ne prese uno, non si capiva di che materiale era fatto. Cercò sotto e sotto ancora, finché ne trovò un pezzo. Era solo un occhio e la sagoma del viso, però Saverio Bartolomei si riconosceva tutto.

«Fai bene a essere rapito e torturato. Fai bene perché se no ti tocco io.»

Sospirò, avrebbe preferito fare le cose come aveva previsto. Tornò nella stanza più grande, quella che faceva da sala, soggiorno, tutto, e si avvicinò a una cucina economica da due soldi, attaccata a una bombola. Tirò su la bombola ed era piena. Provò la valvola ed era aperta, il tubo abbastanza nuovo, molto piegato in un punto, la fiamma non doveva venire bene. Se lo lavorava poco poco si sarebbe creata una piccola feritoia, quanto bastava perché il gas uscisse e stagnasse verso il basso. L'ambiente era troppo grande, ma avrebbe aiutato. Controllò l'ora, erano quasi le tre. Prese dalla tasca del metronotte le chiavi e uscì per spostargli la macchina in un punto dove non si vedesse. Spense anche la radio.

Ambulanza?

Rientrò e cominciò a lavorare sul tubo.

«Lascia il cellulare a terra» aveva detto la voce di Caparzo da un punto sconosciuto. «Non voltarti» aveva aggiunto.

Il turno di Lena era finito da cinque minuti, il sole stava sorgendo, il parcheggio era deserto. Non si era spaventata, non aveva cercato in giro, aveva estratto l'iPhone dalla borsa e lo aveva messo sul bordo dell'aiuola.

«Vai a casa» era stata l'ultima frase.

E lei era salita sulla Clio ed era ripartita. Il telefono da lì era andato fino alla zona industriale, quando il sole stava sorgendo. Era rimasto fermo per circa mezz'ora e poi si era spento, così come era già successo al rifugio di Astrid Pernice.

Lo aveva ritrovato ore dopo dietro allo zoccoletto della scala che andava in cantina, al secondo suono di grilli del Nokia in bagno.

Non si era chiesta se Mometto.

Non si era chiesta se Saverio.

Non si chiedeva più niente.

Erano entrati in sette che la luce era ancora a mezza via, tutti bevuti e fumati, l'adrenalina in corpo per le botte date e prese. Avevano acceso la prima luce e Serena Chellini aveva detto

«Il letto sotto la scala è mio» si era avvicinata alla lampada, aveva tirato la catenella e si era lamentata «Oh, ma che puzza c'è?».

La lampada si era accesa e spenta con un rumore di schioppo. La presa manomessa aveva emesso scintille che si erano mangiate la grappa che ci era stata versata sopra e avevano dato fuoco a una pila di volantini sparpagliati. Due ragazzi erano corsi subito lì spaventati, Alessio e un certo Gianmarco, si erano levati le magliette per sbatterle contro le fiamme. E mentre facevano così, dall'altra parte della parete la presa gemella a quella che stavano spegnendo bruciava che era una bellezza, mangiando giornali, vernice e acquaragia. Arrivò alle bombolette, scoppiò la prima e fu il panico. Il gruppo prese le coperte, le buttò sopra il fuoco che sembrava ancora basso, ma non si spegneva, poi Sergio Marzi gridò

«La bombola! Attenti alla bombola!» e fece appena in tempo a spostarsi, mentre Serena Chellini si voltava a guardare e l'esplosione la investiva. In tre corsero alla porta, Alessio Centi afferrò la maniglia con forza e quella gli rimase in mano. Provarono ad afferrare il ferro che sporgeva, ma ci sarebbe voluta una tenaglia e non riuscirono nemmeno a pensarci, perché la paura si stava prendendo tutto. I materassi avevano iniziato a bruciare, c'era fumo, le finestre si aprivano a ribalta e nessuno sarebbe riuscito a passarci. Non era colpa dell'alcol o del fumo, anche da lucidi non avrebbero saputo affrontare la situazione. Una ragazza, Alice, fu la prima a capire che la loro sola speranza erano le scale, e pure se in mezzo tutto bruciava corse da quella parte, i capelli le presero fuoco ma lo spense battendoci sopra le mani. Andò meno bene a Gianmarco, a lui si accesero i vestiti e per quanto li battesse le gambe fecero in tempo a ustionarsi. Sergio provò ad andare a prendere Serena, ma le bombolette spray saltavano una dopo l'altra, le vernici alimentavano un fumo nerissimo e il cartongesso crepitava. Nessuno entrò mai nello sgabuzzino per accorgersi dell'uomo a terra, lo vennero a sapere solo il giorno dopo. Il 115 venne chiamato dopo il 113, perché prima avevano fatto il 118, sbagliando. La sirena si fece sentire sette lunghissimi minuti dopo la telefonata.

Da fuori, l'auto parcheggiata in un punto cieco poco lontano, Francesco Caparzo guardava le fiamme che lambivano le finestre all'interno.

E non provava niente.

Mometto era in ospedale, messo male, le aveva riferito al telefono Mattia, allertato da Germano. Non si sa cosa gli fosse successo, era impazzito, si era buttato tutto nudo in Arno. Per fortuna lo avevano preso in tempo, ma non si svegliava, forse lo shock, il trauma, forse aveva preso qualcosa, ma lui aveva smesso, lo diceva sempre che aveva smesso, nemmeno una canna, nemmeno una birra. E poi era successo un casino dall'altra parte della città, era andato a fuoco quel posto dove si ritrovavano Sergio, Alessio e Serena, che per fortuna non dovevano esserci, perché la sera prima erano andati a Roma a dare una lezione a degli stronzi. Nessuno riusciva a parlarci, facile che fossero a casa di qualche amico sfatti e strafatti.

«Li avevi più sentiti? Ma non ti tenevano Argo? Mamma mia, sta succedendo tutto insieme, è come una maledizione. E tu, come stai?»

Dalla portafinestra sul giardinetto, una tazza di tè in mano e il Samsung con l'immagine di Saverio chino a bere in una ciotola nell'altra, Lena osservava la cortina di fumo nera che si levava oltre le case popolari.

E anche lei non provava niente.

26

Era stato l'ennesimo boato mediatico, due morti in un incendio, poi non più due, uno era stato assassinato, no, era omicidio colposo, arso vivo come una delle ragazze mentre era privo di conoscenza, un metronotte che faceva il suo lavoro, forse colto a verificare la zona da quel gruppo di sballati che era andato in cerca di rogne nella capitale ed era tornato con addosso l'insoddisfazione adrenalinica di chi non aveva menato abbastanza. L'incendio non aveva avuto origini dolose, forse nella colluttazione con l'uomo qualcuno aveva urtato qualcosa, forse era colpa dell'impianto, quel posto non doveva assolutamente essere abitato, nessuno aveva fatto i dovuti controlli? Quattro intossicati, due ustionati, due morti il bilancio definitivo, e ancora fiumi di inchiostro da versare. I movimenti dei sette da Roma a Firenze erano stati meticolosamente ricostruiti grazie alle telecamere, a un controllore e ai loro cellulari che si erano agganciati alle celle giuste. Il metronotte invece era arrivato in quella zona a fare il giro verso le due, si era passato gran parte degli edifici e poi probabilmente aveva trovato qualcosa nel loro e si era fermato a controllare, fino a quando il gruppo non era rientrato. Dopo il fermo dei sei superstiti in ospedale, i "loro" e i "noi" si sprecarono, diventò una questione politica, partirono invettive da Roma, il metronotte venne santificato, su Facebook venne aperta una pagina che inneggiava alla morte di Serena Chellini, perita nell'incendio, intitolata *Le nuove streghe*, chiusa poche ore dopo. Ridenti sapeva che quel gruppetto aveva un blando legame con la Bacarelli, ma considerò che era davvero un arrampicarsi sugli specchi voler connettere l'incendio a tutta la faccenda Berselli/Valacchi, si vede che quella donna non era portatrice di positività, mettiamola così. Gli interrogatori erano iniziati in ospedale, tutti avevano dato la stessa versione, erano tornati da Roma, erano entrati nell'ex colorificio, avevano acceso la luce e c'era stato un cortocircuito, poi il fuoco, tanta carta e cartongesso, era stato un attimo, poi era scoppiata la bombola. E il metronotte? Nessuno lo aveva visto, forse si era nascosto pensando di beccarli a fare qualcosa di illegale, o forse aveva manomesso lui l'impianto, non ne avevano idea. Ma il metronotte aveva una ferita profonda nel cranio e non era in grado di manomettere alcunché. E dunque forse gli era crollato qualcosa in testa durante l'incendio? Ma no, allora si ricominciava da capo, avevano assunto sostanze stupefacenti? Ma no, niente di che, avevano bevuto birra, si erano fatti qualche canna, forse qualcuno si era calato un acido. Per esempio poteva essere stata la Chellini? No, lei no, solo birra ed erba, aveva un problema al cuore, se si fosse fatta di qualcosa ci sarebbe rimasta secca, anche per questo era sempre incazzata, non aveva mai potuto fare certe esperienze, insomma, ci siamo capiti, no? E allora si sfogava dipingendo, sì, si sfogava dipingendo.

Ho ucciso qualcuno.

Io ho ucciso qualcuno.

Serena era morta. Serena scopava con Saverio. Serena aveva solo ventisei anni.

Mometto era in coma. Mometto e Saverio erano andati in overdose insieme. Mometto le teneva sempre il cane.

Ma Saverio aveva avuto la sua ciotola e allora andava tutto bene.

Sarà per sempre così. Sopravvivrà finché ci sarà gente che muore. E quando la lista sarà finita ne faremo una nuova, e una nuova ancora, e avanti così in eterno.

Non aveva avuto conferma che Caparzo avesse a che fare con l'incendio fino a quando, su un sito online, non aveva visto il murales che Serena aveva fatto in memoria del suo ragazzo.

Mi ero sbagliata, scusa Mometto, e scusa Betta, scusa Alex, scusa Sara, scusa Mattia, scusa Astrid, non avrò abbastanza vita per scusarmi.

Era andata oltre un limite che non credeva concepibile, probabilmente stava perdendo il senno, chiusa in quella casa insieme al cane, senza più una vita al di fuori. Ridacchiava da sola davanti allo schermo pensando a quanto fosse meglio il veleno che aveva avuto nella testa prima, al posto di una simile realtà, e subito dopo piangeva perché non c'era più una direzione verso cui tornare indietro.

Il rapitore non ha fatto granché, ho fatto quasi tutto io.

Mattia si era fatto vivo, la sua posizione sembrava essere stata definita e aveva avuto qualche concessione in più, tra cui il permesso di fare visita a Mometto in ospedale.

«Vieni con me?» le aveva chiesto, e lei era andata.

La sostanza che aveva stroncato quell'uomo grande e grosso era il DMT, una dose da cavalli. Lo aveva assunto fumandolo, cristalli mescolati a tabacco, forse. La reazione era stata così forte anche in virtù delle trascorse dipendenze dell'organismo, poi i medici erano stati anche più specifici, ma Lena e Mattia non ci avevano capito niente. Non sarebbe morto, era forte, ma non c'era garanzia che si svegliasse più. Lo guardavano attraverso il vetro della rianimazione, avevano riferito loro che la famiglia non veniva spesso, forse credevano fosse inutile, forse si vergognavano.

«Sto perdendo tutti» aveva detto Mattia in modo lagnoso, e aveva cercato di prenderle la mano, ma Lena si era ritratta.

«Anche io.»

Erano tornati all'auto dove il padre di Mattia lo aspettava, avvolti da un silenzio gelido.

«Mometto voleva organizzarti una festa a sorpresa per il tuo compleanno» le aveva detto con tono di accusa.

«Non mi sembra il caso di festeggiare, e di sorprese ne ho avute abbastanza.»

«Allora non butto un permesso per niente.»

«Bravo.»

Nessun rimpianto che fosse finita così, restava convinta che si fosse comportato male nei confronti di Saverio

Io invece sono stata un angelo.

provandoci con lei, così come aveva fatto male Marta a provarci con Lucio. Aveva rispettato la sua richiesta, non lo aveva cercato e si era stupita di vederlo al funerale di Serena, lontano dagli altri ma pur sempre lì, probabilmente perché Alex gli avrebbe detto che era giusto farlo, non è che se una è una testa di cazzo devi essere contento che muoia! E seguendo la bara di quel bel legno chiaro, che a ben pensarci era della stessa sfumatura della bara di Saverio, solo che questa non era vuota, Lena si era resa conto di quanto sia Alex che Betta avrebbero provato schifo per lei, che andava a braccetto con un assassino e questo la rendeva assassina quanto lui. Allora, non appena la cerimonia era terminata, era andata in cerca. Sapeva dov'era la tomba di Betta, la famiglia gliel'aveva fatta fare bianca, a evocare un candore che non aveva, e ci aveva messo sopra una foto da educanda, si sarebbe sbellicata da matti, o forse si sarebbe incazzata, o entrambe le cose. Del resto anche sulla tomba di Saverio, grigia e severa come lui non era mai stato, c'era una foto che non gli somigliava. Forse una rivalsa, forse solo da morti possiamo non disattendere le aspettative di chi ci ama. Non sapeva esattamente cosa volesse chiedere a Betta, se di domanda si trattava. Ma rimase lì un po' a cercare le parole che spiegassero il perché si fosse ridotta a essere un tale schifo di persona.

Lo faccio per Saverio.

Sicura che Saverio lo vorrebbe, scema?

Lena scosse la testa. Quello che avrebbe voluto Saverio,

o Betta, o lei non aveva più importanza. Ora decideva Caparzo, quello non era più il regno della ragione, era il regno della Bestia.

«Che peccato. Stavi andando così bene, Caparzo.»

Il sovrintendente sembrava sinceramente sconfortato. La Bestia era in piedi davanti a lui, in posizione di riposo, non si era voluto sedere perché sapeva di non meritarselo, così come faceva Argo. Uno dei ragazzotti rasati che davano fastidio alla gente sul treno si era fatto male, colpa sua che si era messo di traverso a Caparzo nel momento sbagliato, quando era arrabbiato e sentiva che la Bestia prendeva il sopravvento, affamata, e anche se voleva più di ogni cosa diventare Cecco l'Eroe ecco, lei era stata più veloce. Quando quello aveva sputato a terra Caparzo si era mosso, che Ronchi nemmeno l'aveva visto arrivare, e il sangue che sgorgava a fiotti dal naso e dalla bocca di quello, e gli altri che prima avevano accennato una protesta, poi le botte li avevano messi zitti, uno si era pisciato sotto e altri avevano frignato, mammolette senza palle, forti a dare fastidio ai poveracci di notte, facile se poi non becchi quello sbagliato, e lui era sbagliato, sbagliato, sbagliatissimo. Ronchi era riuscito a calmarlo, c'era stato anche un tentativo di mettere a tacere la cosa ma c'erano anche gli altri passeggeri e non si poteva. Quello col naso rotto Caparzo lo aveva trascinato giù dal treno e si era fatto comunque la notte dentro per una fantomatica resistenza a pubblico ufficiale che giustificasse le manganellate, ma il collega aveva dovuto fare rapporto, che era cosa giusta e Caparzo lo rispettava per questo. C'era stato un richiamo ufficiale, Caparzo non si era giustificato, i racconti di tutti avevano testimoniato che la reazione era stata eccessiva ma l'avevano comunque provocato. Niente più uscite per lui, almeno per un po'. Il sovrintendente aveva scosso la testa, Ronchi si era scusato, Caparzo aveva preso una sedia e si era rimesso davanti alla macchina da scrivere. Alla fine per lui andava bene così. Adesso aveva tutto il tempo del mondo per fare pulizia. Era in vantaggio, ne era sicuro, per due volte aveva fatto di più di quello che lammerda aveva chiesto alla Bacarelli, ne voleva colpire una e ne avevano fatti fuori due, eccesso di zelo, errore, chi se ne fotteva, lo avevano di nuovo superato. E lui aveva mandato la foto di Bartolomei che mangiava, sempre che non era Bartolomei stesso che si fotografava, e adesso non aveva un altro passo da fare perché gli sembrava chiaro che la Bacarelli era più forte di lui a fare cose sconce.

Si starà zitto per un po' tanto, questa volta. E poi si avvicinerà perché la vorrà vedere, che dal ricchione non c'era e non l'ho visto neanche dai tre schifosi, lui sta addosso a lei, ma se la perde non sa che fare.

La prossima volta era quella definitiva, la prossima volta lo avrebbe trovato preparato. Non sapeva ancora quando era stato fatto il murales e chi lo aveva visto, a parte le migliaia di persone che facevano avanti e indietro da Santa Maria Novella. Era stato fatto dopo la morte di Bartolomei, questo era evidente, ma la Bacarelli gli aveva detto che la Chellini doveva averlo realizzato la notte dell'anniversario, mentre qualcuno strangolava Elisabetta Valacchi. A saperlo prima si organizzavano le cose meglio. Il piano restava sempre quello di levare carte dal mazzo, e stavolta nessuno lo avrebbe distratto dal levare Donadio.

Dammi solo una ragione e non ti levo solo dal mazzo.

Ma adesso che lo avevano rimesso in ufficio e aveva di nuovo orari normali a Donadio lo poteva controllare meglio, anche l'auto, sempre con un tracker piccolo che si mette e si leva.

Donadio era andato al funerale della puttana estremista ma non si era avvicinato al suo angelo redentore, e solo grazie a questo aveva ancora le palle attaccate al culo. Senza la bruttona non si dava più nemmeno da fare per gli animali, non lo vedeva nemmeno con la veterinaria, che chiaramente se lo sarebbe ripassato con le ultime cartucce che poteva sparare. E più lui non faceva niente più la Bestia sussurrava a Cecco che le acque chete sotto hanno i vulcani, non abbassare la guardia, non darlo per scontato, era dietro al giardino, lui c'entra, France', lui c'entra. Qualche volta si era avvicinato con l'auto alla zona dell'hotel, ma era sempre rimasto a una distanza ragionevole, abbastanza da vedere la Bacarelli andare e venire ma non così vicino da poterla salutare. Non gli piaceva, ma era cosa troppo piccola per costruirci sopra. E poi Vitale gli aveva dato il colpo di grazia. Sì, il confronto l'aveva fatto e ringraziasse, Caparzo, di non essersi fatto la fantasia di entrare nella Scientifica perché le impronte di merda come le prendeva lui davvero nessuno, solo quella sul bicchierino era buona, e comunque non corrispondeva, per tutte quelle altre avrebbe fatto con comodo, che non poteva passare la vita a fare lavori sottobanco solo perché uno era amico, tanti saluti a casa. Comunque l'impronta non corrispondeva, Donadio non era stato nell'appartamento del vecchio.

Magari aveva i guanti.

Ma il suo era accanimento, e Caparzo non se la raccontava. Doveva verificare tutto di nuovo, a partire dai video della casa, uno a uno, veloce, per ore, e si vedevano sempre le stesse cose, lui che accendeva e poi usciva fino alla fine della batteria e poi di nuovo lui che accendeva e poi usciva, e giorno fino a consumarsi e poi buio, e ancora lui e ancora. Non si sa se gli era rimasto qualcosa sulla retina o che, ma aveva una sensazione, così aveva preso il video delle prime 12 ore che aveva registrato e poi l'ultimo e li aveva visti uno dietro l'altro, e solo allora se ne era accorto. Nell'ingresso della casa del vecchio, vicino alla porta, dall'altro lato rispetto al mobile c'era una cassa. Era una cassa di quelle che ci metti dentro cianfrusaglie, di legno spesso, lui ci era salito la prima volta che aveva fissato la telecamera. La cassa, tra il primo e l'ultimo giorno, era stata spostata. Non tanto, mezza spanna, come se ci erano inciampati e poi l'avevano rimessa a posto. Controllò la posizione in tutte le riprese e vide che era stata spostata tra il video del 2 e quello del 3 settembre.

Quando hanno trovato il cadavere di Berselli. È stato qui a vedere lei come reagiva.

Dunque ci entrava ancora e non si era accorto della telecamera.

E questo poteva voler dire tutto.

La settimana del silenzio erano diventate due settimane e poi tre settimane, come aveva previsto Caparzo. Il suo compleanno era arrivato, gli anni di Cristo, e lo aveva festeggiato davanti a un'orda di nuovi ospiti che si era abbattuta sul desk alle 11.30 esatte. A smistarli in gruppi era l'interprete, un po' più sveglia del solito, Lena ed Elvio assegnavano le stanze e li affidavano ai facchini, Gianluca si occupava dei documenti. Nessuno aveva fatto accenno ad auguri, il clima non lo consentiva. Ma Lena aveva deciso che un regalo di compleanno se lo sarebbe fatto comunque, pur aspettandosi che la sola telefonata sarebbe arrivata da sua madre.

Posso salire nella stanza 302 per mezz'ora dopo l'orario, è già capitato che rimanessi di più e il cellulare risulterà comunque in albergo.

Si sentiva eccitata come una ragazzina al primo appuntamento, avrebbe lasciato la borsa da qualche parte a piano terra, sarebbe salita lassù e sarebbe rimasta sola. Sola. Davvero sola. Sei mesi prima viveva la solitudine come una condanna e oggi era tutto diverso. Aspettò che Elvio staccasse e stava per andare, ma poi le venne un pensiero, un pensiero lieve che forse aveva a che fare con il compleanno, forse no.

«Mi racconti com'era?» aveva chiesto a Gianluca.

«Com'era chi?»

«Betta. Prima di morire. Quel giorno com'era?»

Lui era rimasto zitto un po' e Lena aveva pensato che non le avrebbe risposto. Invece

«Direi euforica. Su di giri. Almeno alla fine della giornata. Ma io non la conoscevo bene, a me era sembrata così».

«Alla fine della giornata? Cioè dopo che avevate...?»

«Dopo.»

Si era chiuso in sé ancora un attimo, forse non gli piaceva ricordare o forse voleva solo essere certo di quel che diceva.

«Scopava rabbiosa, secondo me lo faceva in quel modo per sfogarsi, anche la cosa delle corde era un po' come se volesse essere certa di trattenersi, di... non lo so. Dopo era tranquilla, mi aveva detto che dovevo andarmene, non potevo dormire lì, forse aspettava qualcuno.»

Fermo.

«Però sorrideva, stava bene.» L'aveva guardata con gli occhi umidi. «Stava bene, quando l'ho lasciata stava bene.»

Lena annuì.

«Mi dispiace aver pensato che fossi stato tu. Ma c'erano così tante cose contro di te, e anche quel giorno in cui sono venuta a casa tua per parlarti eri così strano, fermo in cima alle scale...»

«Non sapevo che fossi lì. Mi arrivavano in continuazione telefonate anonime, anche quella sera. Ho sentito i rumori sulle scale e ho pensato che stessero venendo per me.»

«Chi?»

«Non lo so.» Si era stretto nelle spalle. «Ho sempre pensato che prima o poi sarebbero venuti per me.»

So come ci si sente.

Lena andò a prendere la borsa nello stanzino.

«Io avrei finito, magari mi faccio un giro in cucina, così evito di prepararmi la cena.»

Stava per andare, sarebbe salita alla stanza 302.

«Diceva che c'era un rumore.»

La voce di Gianluca la strappò dai progetti che aveva per i prossimi trenta minuti.

«Come?»

«Betta diceva che c'era un rumore.»

Lena si era sentita strattonare giù, schiantata al suolo. Gianluca parlava scartabellando le ricevute.

«L'ho riferito alla polizia, però non te l'ho potuto raccontare.» Si era schiarito la voce. «Hanno detto che con te non dovevo parlare, per quella faccenda delle foto.»

Caparzo che interroga Gianluca, com'era facile per Lena immaginarselo.

«Che rumore era? Quando l'ha detto?»

«Quella sera, dopo che eravamo stati insieme.» Si era di nuovo schiarito la voce, era pallido. «Stavamo parlando del più e del meno, prima che me ne andassi, le avevo proposto di andare fuori a mangiare, già che aveva smesso di piovere, e lei è saltata su e ha detto "Ecco cos'era quel rumore!", e poi è andata al computer e quando le ho chiesto di cosa parlasse mi ha detto che era una cosa che riguardava te. Poi mi ha chiesto di andare via, senza tanti giri. Era sempre diretta, fin troppo.» Aveva abbassato la voce. «Mi piaceva molto.» Poi l'aveva abbassata ancora. «Ma mi piaci di più tu.»

Lena non lo ascoltava da qualche secondo.

Rumore? Quale rumore?

Il telefono squillò, Gianluca rispose e Lena disse che doveva andare. Salì alla 302.

Caparzo ha detto che Betta aveva capito chi era.

Rumore. C'era un rumore. Ma dove, quando?

E poi tutto insieme. Lei e Betta nel bar. Il telefono che squilla, lei che esce, chiama Saverio, urla e piange, Betta che cerca di strapparle il telefono, Argo in mezzo alla strada. Dall'apparecchio l'abbaiare di cani, la pioggia e un rumore stridente che andava e veniva.

Ottobre scorreva con una lentezza esasperante, ogni tanto Sergio, Alessio e i suoi venivano rinviati a giudizio per l'omicidio colposo di Serena e del metronotte, ogni tanto il caso di Elisabetta Valacchi veniva dichiarato chiuso, risolto, ogni tanto Mometto dava segni di ripresa, c'era attività cerebrale ma ancora non si svegliava. Lena scorreva in mezzo agli eventi come un fiume pigro, tutto le passava attraverso senza lasciare traccia perché aveva un'unica direzione in cui andare.

«Ti prego, fai qualcosa per i miei genitori, mettili al sicuro, ci deve essere una maniera» aveva pregato inutilmente

Caparzo, ma lui le rispondeva sempre che non correvano pericolo, che ci avrebbe pensato lui,

Magari per pensarci intende che li ammazza, che ammazza anche loro.

e non aveva insistito. Se la chiamata serale di sua madre tardava veniva presa dal panico, il Samsung stretto in mano e lo schifo che le stringeva la gola.

Nemmeno per loro sei disposta a lasciar andare questa follia.

Il suo solo appiglio era la stanza 302, una bolla di ossigeno senza telefoni, telecamere, poliziotti e cani, la attribuiva da settimane a gruppi diversi e la pagava sottobanco. In quella stanza poteva piangere. In quella stanza poteva gridare nei cuscini. In quella stanza poteva vomitare in bagno e nessuno avrebbe protestato, perché aveva dato indicazioni precise a Mariolina, la cameriera, che non la toccasse. Aveva smesso di dimagrire, il suo corpo aveva raggiunto uno standard di tolleranza della tossicità, ancorché dell'anima, e ci si era abituato.

Ci si abitua a tutto, lo diceva sempre anche Saverio.

Sette mesi dopo aver ricevuto il Samsung non era rimasto quasi niente di lei e della sua vita precedente, solo frammenti contro cui andava a sbattere, il rumore di Betta, le valigie di Alex, il murales di Serena, il rumore di un corpo che cade in Arno.

C'era qualcosa che non andava in Caparzo, pensavano i colleghi. Era distratto, poco puntuale, un giorno era arrivato al commissariato con quasi un'ora di ritardo. Faceva bene il suo lavoro ma era come assente. Il sovrintendente aveva pensato che fosse dovuto al suo rimprovero per quella faccenda del treno, aveva trasceso, era vero, ma in fondo casi simili erano frequenti, non andavano demonizzati. Probabilmente si sentiva demotivato, il caso Berselli/Valacchi era stato archiviato, si cercavano ancora i complici che avevano nascosto lo spacciatore durante quei mesi di latitanza, ma era un'indagine marginale e lui aveva già esaurito le frecce al proprio arco. Immaginava che quel bravo agente con un soprannome ingiusto sentisse forte il bisogno di riscatto. Aveva pensato di coinvolgerlo in quella brutta storia dell'incendio, ma la questura si era presa di nuovo l'intero pacchetto e non era rimasto spazio per inserire nessuno. Lui non si lamentava, accettava ogni incarico senza commentare, preferendo i turni di notte, ma certo c'era una bella differenza tra pedinare una donna implicata in un omicidio e raccogliere le rimostranze di un negoziante a cui parcheggiano davanti alla vetrina. Gli aveva proposto di uscire con le volanti, magari in turni tranquilli, di routine, ma aveva detto no, grazie, forse il lavoro d'ufficio è più giusto per me, che sono una testa calda, e quindi era rimasto lì, sempre attaccato al computer, immobile, lo sguardo fisso, come se stesse guardando qualcosa che poteva vedere solo lui.

«Come che ti contatta io lo so, ma tu me lo devi dire subito. Che io ti vedo sempre, hai capito? Sempre ti vedo. E vengo e ci penso io.»

Questo era stato il mantra che Caparzo le aveva ripetuto dal giorno dell'incendio. Non si erano più visti, solo sentiti al telefono, solo quando lo voleva lui, per il resto lei lo sapeva di averlo addosso, tranne che durante la notte

«Ma ti vedo uguale, picceré, anzi, non ti vedo mai bene come allora»

quando era di turno al commissariato. Non sapeva in che modo pensasse di difenderla, non le diceva niente. Lena si sentiva una specie di interruttore, lo premi e viene la luce, lo premi ancora e viene il buio. La pressione era il rapitore, Caparzo era la luce e anche il buio. Dalla morte di Serena e l'intossicazione di Mometto era trascorso un mese e tre giorni, era venerdì pomeriggio, lei era in casa con Argo, fuori c'erano 13 °C. Non succedeva niente da talmente tanto tempo che quasi non riconobbe il trillo del Samsung. Lo teneva in camera, quasi sempre attaccato alla presa.

Me lo sono sognata.

E invece no, dopo tutto quel tempo, dopo tanto silenzio, c'era un nuovo messaggio.

VAI DAVANTI ALLA FINESTRA. ORA.

Lena era rimasta stordita, così spenta dentro da non riuscire a far andare in circolo l'adrenalina. Aveva stretto il Samsung in mano

Cosa vuole? Sa che sono in casa, e quindi?

e si era messa in piedi. Aveva alzato gli occhi verso l'armadio, il lampadario, il punto in cui ci doveva essere la telecamera.

Caparzo mi sta guardando?

«Cecco, è qui.»

Ma non poteva temporeggiare, lui aveva scritto "ora". Era arrivata alla finestra del soggiorno, aspettandosi di vedere qualcuno al di là della rete, nel giardino delle case popolari, invece non c'era nessuno. I casermoni incombevano su di lei, dietro a una di quelle finestre, probabilmente lui

Mi guarda.

Mi punta addosso un'arma.

stava preparando qualcosa.

Sto facendo da bersaglio, e Caparzo non c'è.

«Cecco» aveva detto di nuovo alla stanza, cercando di muovere il meno possibile le labbra. Il Samsung aveva vibrato ancora, si era sollevata lo schermo davanti al viso e aveva letto

SPOGLIATI.

Bene, alla fine ci sei arrivato.

Una parte del cervello registrava la notizia che forse Caparzo stava vedendo tutto, che non stava intervenendo apposta, che lasciava accadere ciò che era funzionale alla cattura di quel maledetto, e poco importava se lei ci fosse andata di mezzo. Come si diceva? Le perdite collaterali.

Purché poi liberi Saverio.

Chiuse gli occhi, posò il cellulare a terra, iniziò con i pantaloni larghi, poi la maglia blu, le calze, il reggiseno, gli slip.

Aveva ripreso il Samsung e si era messa in piedi, completamente nuda, davanti a un giardino d'ottobre, chiunque sarebbe potuto passare, da qualunque finestra era possibile vederla.

L'ho fatto, mi vedi? Ora tocca a te.

Aspettò. Uno, tre, cinque minuti.

Era lì, spalle all'ingresso, gli occhi verso i casermoni di fronte, il respiro a strappi, quando sentì il rumore del portoncino nell'androne che scattava, poi i passi lenti verso la porta, la maniglia che si abbassava.

È entrato.

Argo si era alzato in piedi e l'aveva superata scodinzolando, mentre alle sue spalle arrivava la voce.

«Ciao, Maria.»

Lo sentiva avvicinarsi e non si voleva voltare.

«Non avere paura. Vedrai che non è niente.»

Lucio le era arrivato di fianco e le aveva sfiorato la guancia con la mano gelida. Si era voltata a guardarlo, era cinereo, la fronte imperlata di sudore, in una mano il mazzo di chiavi con Jack Skeletron che era appartenuto a Saverio.

Ecco. Così è andata. Lucio l'insospettabile. Ha ucciso Betta. Ha ucciso Alex. Uccide me.

«Ma perché?» gli aveva chiesto, muovendo appena le labbra.

«Non ti faccio male, faccio piano.» E si era messo le chiavi in tasca.

La mano fredda era scesa dalla guancia al polso, glielo aveva stretto con gentilezza e istintivamente Lena aveva cercato di tirarlo indietro.

«No, Lena, no, dai, che poi è peggio» l'aveva pregata, e allora si era scossa definitivamente, un'occhiata ai casermoni, una a lui. Lucio le aveva afferrato l'altra spalla, senza mollare il polso, e ci aveva messo un po' più di forza.

«Argo» aveva detto lei.

«Buono, Argo» aveva detto lui.

Non sembravano due che lottavano, lo facevano nel massimo silenzio, lei a cercare di spingerlo via con le braccia e le gambe, lui a parare colpi e non mollarla e spingerla con tutto il peso perché si piegasse fino a raggiungere terra. Poi si era buttato sul suo petto di traverso e le aveva infilato una mano tra le cosce per cercare di aprirle.

«Smettila di resistere» le bisbigliava. «Smettila, non serve.»

Ma lei gli afferrava i capelli e cercava di morderlo, spingendolo col gomito, ma sentiva che le ginocchia cedevano e lui infilava una gamba in mezzo e poi due e iniziava ad armeggiare con i pantaloni continuando a dire

«Faccio subito. Faccio subito, se stai ferma»

ma non era pronto, e lei lo sentiva, non era assolutamente pronto, sembrava sofferente, aveva un fiato terribile, canceroso, mentre si sistemava in mezzo e poi

sì

si voltava a guardare attraverso la finestra, verso le case popolari di fronte e quindi tornava ai suoi occhi con la disperazione di chi non sa se ci riuscirà eppure non ha scelta e a fior di labbra le bisbigliava

«Lasciamelo fare, Lena, lasciamelo fare, ti prego» e poi quasi in un soffio «Dice che se lo faccio me la ridà. Me la ridà viva».

Alex.

Solo il tempo di capire.

Poi la porta aveva sbattuto verso l'interno e una valanga era piombata su Lucio, sollevandolo come un fuscello, sbattendolo contro la parete accanto alla finestra, riprendendolo e buttandolo a terra e poi il primo colpo, il rumore del naso in frantumi, il secondo contro la tempia, il terzo all'orbita e Lena a mettersi in mezzo e urlare

«CECCO! CECCO, FERMATI! NON È LUI! NON È LUI!»

ma la Bestia non si fermava, non sapeva fermarsi, non poteva, e allora la mente le era scattata, aveva ragionato con la rapidità persa in quei sette mesi, aveva trovato una via di uscita e gli aveva urlato con tutte le sue forze

«NON C'ENTRA! HA SOLO CAPITO MALE! LUI È NELLA CASA DI FRONTE! MI STAVA GUARDANDO DALLA CASA DI FRONTE!»

e finalmente lui l'aveva sentita, si era fermato, le nocche rosse di sangue, aveva guardato verso la portafinestra con due consapevolezze insieme

lui era vicino

e lo aveva visto.

Era scattato fuori, aveva scavalcato alla brutta la separazione con il giardino della Tasselli, era passato nell'altra proprietà, buttandosi con tutta la potenza del suo peso verso l'accesso alle scale, che era chiuso, e non aveva con sé grimaldelli o chiavi, così aveva fatto un passo indietro e dato un calcio al portoncino, che aveva ceduto subito, i gradini due a due, poi una voce dall'alto

«Chi è?»

ma non aveva fiato per rispondere, tratteneva tutto per l'appartamento del vecchio, e ci era arrivato, aveva abbassato la maniglia, era aperto, dentro era corso da una stanza all'altra, verso il bagno vuoto. Ma era stato lì, la porta era aperta, quindi fuori, la corsa giù per le scale e poi di nuovo su mentre le porte si socchiudevano

«Ma cosa succede?»

e

«DENTRO!»

aveva gridato, senza aggiungere "Polizia!", perché finalmente la nebbia si spostava, la Bestia si ritraeva e Cecco tornava a farsi vivo.

Statt'accuorto, France', non hai autorizzazione e non hai i guanti.

Non c'era. Non c'era, era riuscito a scappare, forse era andato al piano di sopra mentre lui correva nell'appartamento e poi era ridisceso quando era dentro, e poi i garage, e poi via, non lo avrebbe più ripreso. Tornò alla casa del vecchio, pulì la maniglia col giubbino, spostò la cassa vicino alla porta, ci salì, prese la telecamera, la strappò via, tanto quel posto era bruciato, per lui e per il figlio di puttana, doveva solo andarsene prima che qualcuno uscisse davvero dagli altri appartamenti. Arrivò giù, per strada, senza voltarsi perché due spalle si riconoscono meno di una faccia, fece il giro largo per tornare all'auto, i conti mentali sui tempi, le angolazioni, chi poteva aver visto cosa, da dove, se era grave e che scusa avrebbe potuto trovare se gli avessero chiesto qualcosa in commissariato. Per ultimo pensò a Donadio. Aveva chiamato il Nokia e lei gli aveva risposto.

«Che fa?»

«Niente, è svenuto.»

«Non chiama' nessuno, portalo in ospedale, di' che è tentata rapina nei garage, non hai visto bene perché era buio, erano due.»

«Ma lui racconterà una storia diversa.»

«Lui è tentato stupro, vedi che non racconta nessuna storia.»

Lei era stata zitta.

«Lo hai quasi ammazzato.»

«Ringrazia che è quasi. Che cazzo ci faceva da te?»

«Gliel'avevo detto io di passare. Mi ha vista nuda e ha pensato male.»

«E quello? Quello ti ha scritto ancora?»

«No. Non mi ha scritto più.»

Non si salutarono.

Aveva mentito a Caparzo. Non ci aveva pensato, lo aveva fatto e basta. Guardava Lucio, la faccia gonfia di Lucio incrostata di sangue.

Anche lui.

C'è dentro anche lui, come me.

Gli aveva frugato in tasca e aveva trovato le chiavi di Saverio. Poi aveva cercato nelle altre e aveva sfilato un cellulare.

Non è il suo.

Il cellulare era rosa, con una cover con i fenicotteri

«Le uniche bestie che mi assomigliano» aveva detto un giorno Alex, e non c'era stata traccia di amarezza nella sua voce, perché lei era ironica e sapeva prendersi in giro. Avrebbe riconosciuto ovunque il suo cellulare. Aveva toccato lo schermo e non c'era sblocco, niente PIN, si era subito acceso. Poche icone, niente sfondo.

È uguale al Samsung.

Aveva cliccato i messaggi. Erano tredici. Il primo diceva:

TORNO PRESTO, LUMINO.

l'ultimo

STUPRA QUELLA TROIA!

in mezzo un abisso profondo come il suo.

In ospedale avevano ovviamente chiamato le forze dell'ordine, ma fortuna volle che fossero i carabinieri. Lena aveva scelto di andare al Santa Maria Nuova e non al Careggi, dove Lucio lavorava, aveva raccontato una storia molto fumosa, erano scesi in garage e due uomini avevano cercato di prenderle la borsa, allora il suo amico era intervenuto e loro lo avevano picchiato per poi scappare. Lei lo aveva fatto entrare in casa per medicarlo, ma lui era svenuto, quindi lo aveva risvegliato, caricato in macchina e portato lì. Lucio parlava a malapena, loro si erano presi il documento, lo avevano ricoverato, il naso era da sistemare, forse ci volevano dei punti sullo zigomo. Lena si era resa disponibile a firmare tutte le carte, aveva rilasciato la propria testimonianza al carabiniere, aveva confermato che non le mancava nulla, per fortuna ci è andata bene. Poi era tornata all'auto e aveva letto e guardato tutto quello che c'era sul cellulare di Alex. Era andata più o meno come per lei, anche Lucio all'inizio aveva creduto che i messaggi fossero della fidanzata e c'erano stati diversi tentativi di risposta da parte sua che venivano bloccati perché il destinatario era sconosciuto. Il primo era arrivato a Ferragosto, i toni festosi di chi se l'è spassata e ora vuole tornare a casa. Presto erano cambiati in richieste perentorie, di allontanare Marta prima, di seguire

Lena poi. Quindi erano arrivati una foto e un video. Nella foto Alex era sdraiata, completamente nuda, in una gabbia identica a quella di Saverio. No, non identica, era diversa per profondità e spessore delle sbarre. Era addormentata, la bocca aperta che aveva qualcosa di indefinibilmente strano, sbagliato. I capelli le erano cresciuti e ora il grigio staccava il rosso di quasi cinque centimetri. Il video invece era stato girato di notte e Alex semplicemente piangeva in maniera desolante, rannicchiata da un lato, il respiro stentato, come se facesse fatica a immettere aria.

La sua asma. Non le dà la medicina.

L'inquadratura era più larga, si vedeva la parte alta della gabbia, decorata in un'altra maniera rispetto a quella di Saverio. Il resto erano false promesse

PUOI RIAVERLA, DIPENDE DA COSA SEI DISPOSTO A FARE.

minacce velate

CERTO CHE HA UNA BRUTTA ASMA.

e frasi sibilline, come

SE FAI IL BRAVO TI DO ANCHE IL RESTO.

Il resto?

Il resto di cosa?

Si era messa a pensare, o forse non aveva mai smesso da quando aveva impedito a Caparzo di uccidere Lucio. Nella borsa aveva il contenuto delle sue tasche, tra cui la chiave dell'auto, che doveva essere vicino a casa sua. In auto avrebbe trovato quelle di casa, ne era sicura. Ma il punto era un altro: come nascondeva tutte quelle cose a Caparzo? Se avesse portato in casa il telefono di Alex e le chiavi di Saverio lui li avrebbe trovati, non c'era dubbio. Ma non poteva lasciarli in ospedale, non finché Lucio fosse stato incapace di nasconderli.

Sono sicura che lo segue attraverso il telefono di Alex, e anche attraverso il suo, come fa con me.

Dunque doveva proteggerli dal poliziotto e anche dal rapitore.

Che adesso sa. Sa di Caparzo.

Girò nelle vie intorno a casa fino a quando non individuò

l'Opel Astra. L'aprì e nel cruscotto trovò le chiavi di casa di Lucio insieme al suo cellulare.

Adesso devo decidere cosa fare.

Era la prima volta da un tempo infinito che stava a lei. Spense entrambi i telefoni e li mise in borsa, poi spense i propri.

Mi spiace, Cecco, ma questa cosa la faccio senza di te.

Era andata al Grand'Arno, entrando da un ingresso di servizio, salendo alla stanza 302. Lì aveva chiuso i telefoni nella cassetta di sicurezza insieme alle chiavi di Saverio, poi era tornata all'auto, diretta all'appartamento di Lucio e Alex. Aveva pronta la scusa per i vicini, era andata a prendere della biancheria per l'ospedale, e in effetti sì, lo avrebbe fatto davvero, ma dopo aver cercato altre prove della persecuzione. La casa era pulitissima, il soggiorno messo in un ordine maniacale come l'unica camera, quella da letto, il bagno e lo sgabuzzino che Alex definiva "il magazzino degli scarti". Era tutto a posto, il letto fatto, l'accappatoio di Alex appeso sulla porta della doccia, i suoi vestiti nell'armadio e il pigiama piegato sul letto. Lena era tornata in soggiorno, sul tavolo c'erano le tazzine da caffè LEI e LUI ben sistemate. La casa sembrava pronta a riaccoglierla da un momento all'altro.

Lucio ci ha creduto, ci ha creduto davvero.

Più di me.

Cercò nei cassetti, tra la biancheria, in mezzo alle fotografie di coppia. Il nascondiglio di Lucio, però, era stato più infantile, tutto stava sotto il cuscino di lei. Un biglietto scritto con un pastello a cera su un pezzo di carta da macelleria.

SCUSA PER TUTTO, diceva.

E la protesi con i denti frontali di Alex, quelli che le mancavano nella foto, rendendo la sua bocca strana.

SE FAI IL BRAVO TI DO ANCHE IL RESTO.

E Lucio ci aveva provato.

Lo aveva giocato. Aveva giocato a lui. Per due volte Caparzo aveva fatto punto, una volta con la ricciolina dei cani e poi con i tre delinquenti, dopo che la Bacarelli si era confusa mandando in coma il ricchione. Pazienza che una era morta, pazienza che era toccata anche al metronotte, ci era riuscito, lo aveva mandato in confusione, aveva avuto bisogno di più tempo, di fare lo stronzo, di minacciare aperto, che lei ci aveva creduto, ma lui no. E aveva funzionato, si era avvicinato per vederla vera, vederla vicina, lì, dalla casa del vecchio. Lo aveva fatto improvvisare e aveva avuto poco tempo per mettere in piedi una rete tesa come il ragno, ma ci sarebbe riuscito, lo avrebbe preso se non fosse arrivato a rompere i coglioni Donadio.

Ti inchiodo, Donadio.

Non gli importava più che fosse o meno uno della banda, non gli importava che le sue impronte non c'erano in casa del vecchio e che si era fatto le fantasie sulla Bacarelli per colpa di lei, che gli aveva detto cose di cui se ne fregava. Lo aveva visto entrare in casa con lei nuda, lì, davanti alla finestra, mentre lui era già per strada, stava arrivando, era poco fuori, il pelato lo aveva avvisato dal primo messaggio e aveva deciso che avrebbe aspettato fuori, pronto a entrare, perché voleva vedere cosa succedeva, che quello le chiedeva di fare cose, ma poi lei si era spogliata che lui ancora non era lì e quando Donadio era entrato, quando aveva visto la sua faccetta smunta avvicinarsi a lei, metterle le mani addosso dicendole delle cazzate a voce sempre più bassa finché non si capiva più niente, spingerla per terra mentre lei aveva detto Cecco, il suo nuovo nome, due volte, chiedendogli aiuto come si fa agli eroi, allora, allora la Bestia si era mangiato tutto.

Mi ha giocato che non lo sapeva, però mi ha giocato uguale.

Adesso cambiava tutto, perché non c'era più copertura o storia da raccontare, un tizio mai visto era piombato in casa della Bacarelli a spaccare la faccia a Donadio e poi aveva guardato verso di lui ed era venuto a stanarlo. Era finita, andava cambiato tutto, si doveva far bastare quello che aveva per mettere insieme i pezzi, e non aveva molto.

Il messaggio della Valacchi, l'impronta sconosciuta in casa del vecchio, il posto dove hanno lasciato Berselli, il Samsung.

Della lista di foto mandate alla Bacarelli erano rimasti fuori solo in cinque, i suoi genitori, la ragazza della reception, la veterinaria e Donadio, che adesso stava in ospedale.

Ma uscirà. Prima o poi uscirà.

Aveva aperto gli occhi pesti, piano piano. L'aveva vista e aveva detto

«Telefono».

«L'ho nascosto, stai tranquillo. È al sicuro.»

Un lampo di panico negli occhi e lei gli aveva preso la mano.

«Lo so. Non preoccuparti. Lo so.» E a voce bassissima: «Ha anche Saverio».

Le ciglia di Lucio avevano tremato e Lena si era chinata ancor di più su di lui.

«Adesso lo affrontiamo insieme.»

Le aveva annuito e dentro le era salita una sensazione di trionfo che non avrebbe saputo riconoscere, perché per la prima volta era lei a condurre il gioco, era lei a prendere decisioni, era lei a occuparsi di qualcuno di più debole.

Aveva il potere.

27

«Non mi ricordo» diceva Lucio con voce incerta, gli occhi pieni di spavento che passavano da un carabiniere all'altro «Sono andato a trovare Lena e... e niente, mi fermo lì.»

I medici avevano detto che era normale, era stato colpito alla testa, oltre che buttato contro un muro con tanta violenza da incrinarsi due costole.

«Erano due, non li abbiamo visti in faccia ma non mi sembravano italiani» aveva testimoniato Lena, e come sempre non c'era stato bisogno di altro.

Lucio era uscito dall'ospedale dopo sei giorni, le preoccupazioni maggiori erano per il naso e per l'orbita, si temeva che l'occhio potesse essere stato danneggiato, e invece no. Lena andava a trovarlo due volte al giorno, parlavano molto poco, ogni tanto lui le chiedeva ancora

«Il telefono?»

e lei gli rispondeva

«È al sicuro».

Si guardavano ma ogni volta che Lucio accennava a una domanda Lena si metteva il dito sulle labbra e scuoteva la testa.

Non qui. Non dove qualcuno potrebbe sentirci. Non in un posto dove Caparzo potrebbe aver piazzato delle spie.

Era veleno, forse, ma era anche buon senso. Gli aveva riportato il suo smartphone, attraverso cui lui aveva parlato con il caporeparto del Careggi, che naturalmente sapeva già tutto e aveva provveduto ad avviare l'iter per la malattia, non doveva pensare a niente, con quello che gli era capitato. Fatta quella telefonata Lucio era rimasto a guardare lo schermo senza risolversi.

«Vuoi avvisare qualcun altro?» gli aveva chiesto lei.

«Non ho nessuno.» Aveva sorriso. «Mi viene di continuo da chiamare Alex. Mi dimentico, inizio a scriverle un messaggio, premo la chiamata rapida, non ci penso.»

«Lei sta bene» gli aveva detto Lena, poi, a voce bassa: «Loro sono tutto quello che ha».

Lo sguardo di Lucio era al solito merdoso, supplichevole, da cucciolo smarrito, ma aveva deciso di sopportarlo, di abituarsi, perché ora in quella cosa erano insieme. Il giorno delle dimissioni era andata a prenderlo in un orario ben preciso, alle sei del pomeriggio.

«Per nessuna ragione devi uscire dall'ospedale prima. L'orario deve essere quello.»

Alle sette Caparzo iniziava il turno al commissariato e a ruota lei doveva andare in albergo. Lo aveva prelevato alle sei spaccate, avevano caricato la sua borsa in macchina, salutato i medici e gli infermieri, erano saliti in auto ed erano andati a casa di lui. Lì lei gli aveva preparato qualcosa per cena chiacchierando del più e del meno e Lucio era sempre più smarrito, si muoveva per casa nervoso, aveva cercato sotto il cuscino e non trovando niente si era allarmato, ma Lena era intervenuta subito

«Il pigiama te l'ho preparato nel primo cassetto. Ora vado, mettitelo e dormi. Ciao.»

Nel cassetto Lucio aveva invece trovato un biglietto che diceva: NON SO SE LA CASA È SORVEGLIATA, STAI ATTENTO A QUELLO CHE DICI E CHE FAI. RAGGIUNGIMI IN HOTEL. NON USARE L'AUTO. Lucio era arrivato alle nove e Lena lo aveva accolto con un sorriso e una chiave

«Stanza 302»

e lui ci era andato.

Aveva avuto un'ora per spiegargli tutto, Elvio l'avrebbe coperta dalle undici a mezzanotte, Castellacci non l'avrebbe saputo e lei lo avrebbe ricambiato facendosi il doppio turno domenica per lasciarlo andare alla partita.

«Chi era?» era stata la prima domanda di Lucio.

«Un poliziotto, si chiama Francesco Caparzo, mi ha riempito la casa di telecamere e cimici, segue la mia macchina e il mio cellulare. Potrebbe aver messo qualcosa anche sulla tua, per quel che so, è il motivo per cui ti ho chiesto di non usarla stasera.»

Lui la guardava con lo stupore infantile di chi sta sentendo un racconto di fantascienza.

«Ma da quando ti segue?»

«Da quando è morta Betta. Prima lo ha incaricato la polizia e poi ha deciso di continuare da solo. Gli è venuta una specie di ossessione per me, se non lo fermavo ti ammazzava.» Lo aveva detto a voce alta, si era ascoltata e questa verità se n'era tirata dietro subito un'altra. «Io credo che abbia ucciso qualcuno.»

Si erano seduti sul bordo del letto e avevano iniziato a parlare a turno, quando era iniziata per lei e quando per lui

«Alex mi chiamava sempre Lumino, quando eravamo soli. Non davanti agli altri, perché sarebbe sembrata una presa in giro, ma quando eravamo noi due diceva che ero allegro come un lumino funerario. Sai, Lucio, Lumino. E allora dal primo messaggio ho pensato che fosse lei, ne ero così sicuro, sono stato tanto felice»

cos'avevano creduto all'inizio

«Pensavo fosse stata una punizione per la mia vigliaccheria. Mi ha detto proprio così quella sera, che ero un vigliacco. E io c'ero rimasto male, però lo pensavo sul serio che fosse sbagliato starti così addosso, con quel tizio, quel Gianluca che sembrava pericoloso, e lei invece no, lei doveva a tutti i costi aiutarti, perché Saverio di qui e Saverio di là e diceva che la nostra specie la possiamo salvare solo così, aiutandoci. Ma a me non piaceva, e non mi piaceva quel giornalista con cui lei parlava, e non mi piacevano quelle telefonate nascoste, mi dava fastidio tutto, ero stato noioso e pedante, me lo diceva sempre, sei pedante, Lumino. Quindi se fosse stata una punizione me la sarei meritata, l'accettavo, mi andava bene, purché tornasse a casa. E ho cominciato a pulire tutto e a farmi da mangiare, e il bucato, sono diventato bravissimo così sarebbe stata fiera di me e avrebbe visto che non ero più un bambino»

quanto era durata la speranza

«Il giorno che sono rientrato a casa e ho trovato il biglietto è stato uno dei più belli della mia vita. Era sul tavolo, e se era sul tavolo voleva dire che lei era entrata e ce lo aveva lasciato, un biglietto su un pezzo di carta scura, diceva solo SCUSA PER TUTTO e la scrittura era la sua e ho pensato ecco, è tornata, stasera viene e mi fa una sorpresa, è finita, tutto questo dolore ne è valsa la pena, se portava a questo momento. Te lo giuro, ci ho creduto davvero»

quando era arrivata la consapevolezza

«Un giorno mi arriva questo messaggio: TI HA FATTO UN TOAST?. Era appena andata via Marta, e Alex mi faceva sempre un toast dopo che avevamo fatto... insomma, era una cosa carina, me lo faceva sempre. E mi sembrava assurdo che pensasse che fossi andato con Marta, Marta poi, che è così diversa da lei, così... non lo so, dura, aspra. Ma non potevo risponderle, provavo a mandare i messaggi ma non partivano e allora ho cercato di non vederla più, Marta, l'ho anche trattata male. E lei si è arrabbiata, ma non volevo che Alex pensasse... non volevo»

e poi la caduta

«Mi ha chiesto di dirle cosa facessi tu. Lo ha fatto chiamandoti "stronza". DIMMI TUTTO QUELLO CHE FA QUELLA STRONZA DI LENA. Scritto maiuscolo, e lei non scriveva così, e anche se non le piaceva tutto di te non era il suo modo di fare. Però l'ho fatto, ho scritto nei messaggi dove andavi, ti venivo a vedere, guardavo cosa facevi e lo scrivevo, quelli non partivano ma era come se li leggesse, perché poi mi chiedeva sempre una cosa nuova. E poi mi è arrivato quel messaggio: FAGLIELA PAGARE. E ho cominciato a insospettirmi, che cosa intendeva? Fartela pagare perché era andata via? Così non ho fatto niente. Perché ho pensato che poteva essere che se ne fosse andata con quello là e che lui fosse ancora lì, che magari le faceva scrivere i messaggi che voleva, insomma, il telefono era il suo, ma non c'era la sua scheda, il numero era sconosciuto, era tutto un po' strano. E allora mi è arrivata la prima fotografia. E ho capito che non era vero niente».

Poi erano arrivati i denti,

SE FAI IL BRAVO TI DO ANCHE IL RESTO

un mazzo di chiavi con Jack Skeletron, il video e la paura grande, immensa, di tutto il male che avrebbe potuto farle. Quindi una richiesta sola:

STUPRA QUELLA TROIA.

«Ci ho provato. Mi ha mandato il giorno e l'ora, mi aveva scritto di stare davanti alla finestra e di chiamarti Maria, sono arrivato lì e tu eri nuda, pensavo fossi d'accordo e ci ho provato, magari se avessi capito che lo facevo per lei non ti saresti opposta. Però non credo che ci sarei riuscito, ma volevo provare.»

Dopo tante parole il cellulare di Alex era lì, tra loro, ancora spento.

«Questo è il nostro posto segreto» gli aveva detto. «Accendilo solo qui, lui vedrà che sei all'hotel ma non saprà dove. Immaginerà che adesso sappiamo l'uno dell'altra, non è uno stupido, purtroppo. Ma di questa camera non deve sapere mai, come non lo deve sapere Caparzo.»

Gli occhi di Lucio la guardavano grandi, immensi, smarriti.

«E quando lo accendo? Se lui è arrabbiato?»

«Ha visto cos'è successo. Ha visto Caparzo, è andato anche a cercare di stanarlo in un appartamento di fronte a casa mia da cui mi spia, ma non lo ha preso. Sa che mi sta addosso e che sta addosso a lui. Non darà la colpa a te, ma nemmeno rinuncerà a questo gioco. E se noi ci mettiamo insieme, se noi continuiamo a giocare con lui senza che Caparzo si intrometta allora forse potremmo ottenere qualcosa.»

L'altro aveva scosso la testa.

«Io voglio solo Alex. Voglio indietro Alex. Ci vado io, nella gabbia.»

Lena aveva annuito e gli aveva preso le mani.

«Ci andiamo tutti e due.»

E avevano premuto il tasto dell'accensione.

Cecco aveva ragione.

Il telefono di Alex era rimasto muto, così come il Samsung. Uno giaceva esiliato da qualunque forma di campo, nella cassaforte della stanza 302, l'altro era tornato nella scatoletta dell'orologio.

«E se cerca di contattarci?» aveva chiesto Lucio tremebondo.

«Non lo farà, non finché non avrà capito chi è Caparzo, cosa è successo a casa mia e che rischi corre. Questa è la settimana del silenzio»

e lo aveva fatto tornare a casa a piedi, passando per le cucine. Quello che Lena non aveva detto a Lucio era che si era trascritta tutti i messaggi ricevuti e quelli che aveva tentato di inviare (naturalmente poi scaricati dal cloud), studiando bene tutte le date a partire dalla prima, il giorno di Ferragosto. Non era stata una scelta casuale, erano trascorsi due giorni da quando Caparzo aveva intossicato i cani di Astrid. Secondo lei il rapitore si era accorto che qualcosa non tornava, che quel gesto, quell'atto dimostrativo non era da lei, e per questo aveva deciso di spostarsi su Lucio.

Non era nei piani, o forse era una cosa che avrebbe fatto molto tempo dopo. Due anni, per esempio.

A conferma di questa sua teoria c'era che le uniche richieste che il ragazzo

Non è un ragazzo, è un uomo.

aveva ricevuto, in concreto, erano state di allontanare Marta, cosa che lui aveva fatto, e di colpire lei. Nessuna lista di foto, nessuna minaccia agli affetti, nessun colpo di sponda, l'obiettivo era stato uno solo.

Prima gli ha chiesto di sorvegliarmi e basta, poi, dopo che ha abbandonato il corpo di Fermo, ha cercato di alimentare il suo rancore verso di me. E quando ha visto che non funzionava gli ha mandato la foto di Alex, il biglietto, i denti.

Caparzo diceva sempre che il suo piano serviva a spiazzarlo, costringerlo a muoversi diversamente, ed ecco, era successo, il rapitore si era accorto che c'era qualcosa che non andava e si era procurato occhi nuovi per vederla e mani nuove per farle del male.

È la prima volta che cerca di attaccare me, direttamente. Pensavo che da quella finestra volesse spararmi, e invece la sua arma era Lucio.

Ci sarebbe riuscito, se non fosse arrivato Caparzo, e questo le aveva dato improvvisamente la possibilità di una via di fuga. Perché il piano del poliziotto forse avrebbe funzionato, alla lunga, ma lasciandosi dietro una scia di sangue che comprendeva il suo e quello di Saverio. Adesso, se fosse riuscita a estrometterlo e a proporre al rapitore una via sicura di comunicazione, avrebbe potuto trattare, trattare davvero.

Io gli tolgo dai piedi Caparzo e lui mi ridà Saverio.

Certo, ora c'era in ballo pure Alex, ed era stata felice di saperla viva, anche se nelle stesse condizioni del suo ragazzo, però lui contro Alex non aveva nulla, era stata un ostacolo da levare di mezzo, era lei quella che voleva colpire, e voleva colpirla a causa di Saverio.

Caparzo aveva ragione. Caparzo
Cecco
ha sempre ragione.

Aveva giurato a se stessa di non usare mai quel nome e invece suo malgrado sentiva che in qualche maniera distorta il poliziotto aveva ragione. Ma avere ragione in certi casi non bastava, in certi casi l'unica via era fare la cosa sbagliata.

Non era arrivato niente sul telefono, forse non sarebbe successo più niente per un po'. Il pelato lo teneva controllato, anche se la chiusura del caso della Valacchi gli aveva fatto acquistare un po' di baldanza e chiedeva perché quell'indagine procedesse. Caparzo gli aveva fatto presente l'illegalità di metà dei suoi traffici e quello aveva abbassato le orecchie, però restava una pendenza da risolvere.

A essere certo che mi sta zitto.

Dunque si trovavano in stallo, adesso, a vedere chi faceva la prima mossa. Finalmente aveva in mano qualcosa di concreto che il figlio di puttana forse ignorava. Aveva controllato il video a casa del vecchio e finalmente c'era qualcosa di più di una cassa che viene spostata, si vedeva lo stronzo sia entrare che uscire, pur se la posizione della telecamera era in alto e questo sfalsava un po' l'immagine, che era comunque abbastanza nitida.

È uno scherzo.

aveva pensato subito la Bestia.

L'uomo era abbastanza alto, sul metro e ottanta, indossava un giubbotto scuro imbottito, scarponi pesanti da lavoro, guanti, occhiali da sole e passamontagna.

Il passamontagna a ottobre, che se lo vedevano chiamavano l'antiterrorismo.

La risposta logica a quell'imbecillità era che si fosse accorto della telecamera, con tutta l'attenzione con cui l'aveva nascosta, poi però ci aveva ripensato. C'era anche la registrazione della fuga e mentre correva alla porta, il giubbotto aperto, senza armi o altri oggetti in mano, si premeva gli occhiali sul passamontagna infilato storto.

Si è rivestito di corsa che sarebbe bastato mettersi il giubbotto in testa, se era per la telecamera, e invece si è messo tutto perché ha paura che lo riconoscono. In quel palazzo sanno chi è.

Dunque era entrato e si era messo lì a guardarla, le scriveva man mano che lei faceva, forse si era pure tirato fuori l'uccello mentre la spiava, finché non era arrivato l'altro coglione. E poi era entrato in scena lui ed era scappato. Su questo non aveva dubbi, quella vista in video era una fuga bella e buona. Non s'era portato niente, non aveva armi, solo il cellulare, guardava e basta.

Forse che le voleva fare foto e filmini, come all'amica della Bacarelli?

Non riusciva a farsi convinto e continuava a pensare al tempismo di Donadio, che era entrato proprio in quel momento, proprio quando lei stava nuda alla finestra. Però non aveva chiuso la porta a chiave e non le era propriamente saltato addosso, ci era andato lentamente, aveva controllato la ripresa delle telecamere in casa e anche se era sgranato si vedeva e sentiva bene che prima entrava, poi le parlava e le faceva una carezza e lei non lo respingeva, non reagiva.

Le piace. Lo schifoso a lei le piace.

Poi però si era ricordata dell'altro alla finestra ed era andata come era andata.

Donadio ha fatto un guaio pure a quell'altro. Potrebbe incazzarsi pure con lui.

Ma perché prendersela con uno che hai già punito ammazzandogli la fidanzata, quando hai un nemico nuovo di zecca?

Non sa chi sono. Ma aveva un telefono, se stava fotografando o filmando a lei ha filmato anche a me.

Non si faceva illusioni, quello si era procurato chiavi e fotografie, matrioske e biglietti omaggio, sapeva fare. Sarebbe arrivato a sapere quello che gli serviva, ma non avrebbe saputo quello che invece serviva a lui.

Ho la sua impronta, ho il messaggio della Valacchi, ho il posto dove ha lasciato Berselli, ho il filmato di lui che scappa.

E, soprattutto, aveva Marilena Bacarelli.

Non aveva mai avuto un piano in vita sua, figurarsi farne uno. Terminato l'ennesimo weekend aveva emesso le fatture per gli ospiti più una per la stanza 302. Aveva detto a Mariuccia di pulirla e metterla subito a disposizione, che probabilmente il prossimo ospite sarebbe arrivato la sera stessa. Non aveva sbloccato la cassaforte, restava valido il vecchio codice, la data di compleanno di Saverio. Le sembrava importante tenersi quello spazio, un terreno neutro in cui lei e Lucio non potessero essere trovati.

Un covo.

E adesso, chiusa lì dentro al termine dell'orario notturno, cercava di mettere insieme un progetto che portasse alla liberazione di Saverio.

E di Alex, certo, anche di Alex.

La prima mossa, quella cruciale, era tagliar fuori Caparzo. A lui premeva più di ogni altra cosa

uccidere

catturare il rapitore e vincere quella che era diventata una sfida personale

il cui premio sono io.

Lei invece voleva fare una cosa completamente diversa, ovvero trattare la liberazione del fidanzato.

Ci deve essere un prezzo, un prezzo c'è sempre, io stessa potrei essere il prezzo.

Era disposta a consegnarsi? Sì, senza alcun dubbio. Sarebbe finita in gabbia, nuda a mangiare in una ciotola? Pazienza, non le sembrava di vivere un'esistenza migliore. Ma il rapitore adesso era sulla difensiva a causa di Caparzo e aveva dimostrato di non essere disponibile al dialogo, pur accontentandola quando gli chiedeva qualcosa. Se la trattativa l'avesse condotta lei sarebbe fallita

TU NON VUOI UN CAZZO!

di nuovo. Ma se a condurla fosse stato Lucio?

Non ne è capace.

Vero. Ma adesso lui sa di Caparzo, sa che la polizia gli sta addosso, sa che il gioco non è più quello di prima, che è pericoloso, può giocare solo se noi due lo rendiamo possibile, altrimenti finisce tutto.

Metteva se stessa, il rapitore, Lucio e Caparzo sullo stesso piano, e non lo erano, così come non lo erano Saverio e Alex, ma non era in grado di vederlo. Credeva ci fosse una strada da battere, lo credeva davvero, e credeva che ce l'avrebbe fatta da sola. Se solo Caparzo l'avesse reputata in grado di concepire una simile assurdità sarebbe stato tutto diverso, ma per Caparzo lei era in grado di essere salvata e basta. Perché era una donna.

«Ma perché non posso riavere il telefono? Anche solo per vedere se mi ha scritto?»

Lucio era teso, si tormentava le mani, e Lena lo teneva a bada rassettando la casa.

«È meglio così, dopo che gli avremo mandato il messaggio vedrai che le cose cambieranno» gli diceva.

Andavano avanti da una settimana, il piano aveva posto le sue basi su un punto fondamentale: Caparzo doveva credere che lei e Lucio avessero una relazione, o un innamoramento, o un principio di entrambi.

«Dobbiamo stare insieme il più possibile» gli aveva spiegato Lena. «Così non si stupirà se verrò a casa tua o tu a casa mia o in albergo. Deve pensare che sia sempre tutto uguale, che io sia perfettamente sotto controllo. Gli dico quando vengo qui da te, e lo sa comunque perché controlla la mia macchina e il mio telefono, però non credo ci siano cimici qui in casa, tu hai controllato la tua auto e non ci hai trovato niente, giusto? Perciò è probabile che ci osservi da fuori, dalle finestre del soggiorno.»

Lucio si voltava in quella direzione, smarrito, e subito lei si avvicinava per abbracciarlo, così da riportargli lo sguardo nella direzione giusta.

«Devi stare attento a non farti accorgere, Lucio, è importante.»

«Io non sono bravo in queste cose» balbettava piano lui, e Lena si chiedeva di nuovo che pazienza da santa dovesse avere avuto Alex con un tizio così moscio.

«Allora, ricorda bene, dopo che ti ha picchiato io mi sono

resa conto di tenerci molto, a te. Sono venuta in ospedale e non ci siamo più separati. Stiamo cercando di lasciarci alle spalle il passato eccetera, ci facciamo forza a vicenda, stiamo vivendo esperienze simili, insomma, hai capito, no?»

Lui la guardava con quegli occhi liquidi e severi.

«Ad Alex non piacerebbe.»

«Io credo che Alex voglia vivere.»

Aveva raccontato quella favoletta a Caparzo, e lui aveva risposto solo

«Vabbuò»

dicendole che doveva comunque riferirgli di ogni spostamento. Nessuna domanda, nessun commento, le telecamere rimanevano in casa, lei controllava regolarmente il Samsung, a tenerle Argo durante i turni di notte ci pensava Lucio, tutto sembrava sotto controllo. Lena aveva deciso che lei e Lucio avrebbero mandato un messaggio col cellulare di Alex.

«Ma deve prima passare un po' di tempo, due settimane.»

«E perché?»

Perché lo dice Caparzo.

«Perché l'ultima volta tra una richiesta e l'altra è trascorso quasi un mese e noi dobbiamo seguire i suoi tempi.»

«Ma che cos'è che ti ha chiesto di fare?» le domandava allora Lucio e lei non rispondeva, glissava, mentiva. Gli aveva detto solo di Mattia, perché in fondo quel gesto aveva un appiglio se non edificante quanto meno morale: Mattia era un piccolissimo spacciatore e stava pagando per quello.

«Ad Alex non piaceva per niente, e nemmeno a me» aveva concluso Lucio, e Lena aveva pensato

ringrazia di non sapere affatto quello che lui pensava di te.

Si erano ritrovati alle porte dell'inverno chiusi nella 302, il telefono di Alex acceso, il riquadro dei messaggi pronto e Lucio che trascriveva parola per parola quello che Lena aveva scritto su un foglietto:

Lui si chiama Francesco Caparzo, è un poliziotto che sorveglia Lena e i suoi telefoni. Non sa di me. Ora io e lei siamo insieme, puoi comunicare con tutti e due qui. Non abbiamo parlato. Vogliamo tutti qualcosa e possiamo trovare un accordo senza che nessuno si intrometta. Aspettiamo la tua proposta.

Ci aveva pensato tantissimo, per giorni, aveva fatto i conti sul tempo rispettoso che avrebbero dovuto far passare dopo il mancato stupro, sul modo di dipingere Caparzo, sull'ombra mafiosa del "non abbiamo parlato", sulle distanze da accorciare. Quando chiedeva un parere a Lucio le uniche cose che sapeva dire erano:

«Ma questo non lo farà arrabbiare? Non si rivarrà su Alex?».

Alla fine lo aveva convinto, gli aveva fatto scrivere il messaggio, e non avrebbe saputo dire perché non lo scriveva lei stessa, era anche quella una forma di potere, un gesto simbolico, faceva fare a lui qualcosa di rischioso con le sue piccole mani bianche, le guance incendiate dalla tensione, solo perché così aveva stabilito.

E in quella stanza d'albergo Lucio Donadio diventava Marilena Bacarelli.

E Marilena Bacarelli diventava Francesco Caparzo.

Non gli piaceva. Questa cosa della Bacarelli che giocava a fare la fidanzata con Donadio non gli piaceva per niente. Non ci credeva, lui era belloccio, forse aveva pure il cazzo grande, ma non era cosa per lei, non confrontato con Bartolomei. Bartolomei era un cane di quelli piccoletti e rognosi che abbaiano ma poi si nascondono dietro alle gambe del padrone, ma Donadio era un coniglio, incapace di spostarsi da in mezzo alla strada mentre l'auto arrivava. Però la Bacarelli si sforzava di stare sempre con lui, e la Bestia aveva pensato che era stato per quella volta che gli era venuto duro nello sgabuzzino, e Cecco aveva pensato che in quel modo poteva difenderlo perché lo esponeva e allo stesso tempo aveva così tanti occhi addosso che non gli avrebbero fatto del male. Entrambe erano cose infantili, ma gli faceva gioco, perché così li seguiva entrambi. In casa di Donadio era entrato quando lui era tornato al lavoro dopo tante lagne per due schiaffi, non aveva trovato niente, solo mille stronzatine della rossa bruttona che ancora facevano bella presenza lì. Aveva pensato di metterci la telecamera della casa del vecchio, ma poi il traffico di cambiarle batteria e memoria sarebbe stato eccessivo, allora era tornato in quella della Bacarelli e aveva preso una delle due del soggiorno, che tanto aveva capito quale fosse più utile, e aveva montato quella. Lei gli aveva detto una stronzata, ma a lui del perché stessero insieme non fregava nulla, si separavano solo quando lei era in albergo la notte e lui in ospedale al mattino. In quei momenti Caparzo andava a caccia. Aveva messo insieme i vari pezzi e si era fatto un quadro che tornava. Al rapitore non stava bene la relazione tra la Bacarelli e Bartolomei. Così si era preso lui e lo aveva messo in gabbia, e lei aveva continuato a guardarla. Lui da dentro, lei da fuori. Lui era stato certo che soffrisse, lei invece tutto sommato no, era sopravvissuta, si era tenuta il cane, era andata avanti in nome della coppia, e questo non gli andava bene. Allora aveva cercato di pungolarla, di svegliarle il dolore e la speranza e aveva avuto una reazione insperata. Era un giochetto, aveva coinvolto gli amici, guardate come schiuma la bestia indolente, punzoniamola come si conviene. Poi si era messa di mezzo l'avvocatessa, aveva ficcanasato in giro e lo aveva beccato. Lui era andato da lei con gli amici per convincerla a lasciar perdere ed era finita strangolata. Gli amici si erano cagati sotto e lì lui aveva iniziato a fare sul serio, se voleva tormentare la Bacarelli la tormentava, e chi si metteva di mezzo lo faceva fuori, come la bruttona che voleva fare l'eroina. E la Bacarelli aveva accettato, si era piegata, e allora le aveva chiesto di più e lei gliel'aveva dato e allora aveva chiesto di più ancora e lei non aveva ceduto e non si sapeva se era più il disprezzo o l'ammirazione per questa resistenza, questo abbruttirsi e diventare una persona mille volte peggiore di quello che era, ma non smetteva lui e non smetteva lei.

Come le coppie che fanno a gara a chi fa più male.

Lui era stato il terzo incomodo e adesso c'era pure Donadio a turbare quell'intimità perversa tra vittima e carnefice.

Starà via un po', ma poi torna.

E per allora lui doveva avere qualcosa in mano. Un trattore. Un rumore. Un'impronta. Una faccia. Partiva da quest'ultima e si assumeva un rischio molto grande, perché per ottenerla doveva mettere a rischio la propria. Si era fermato davanti al portoncino, aveva suonato all'ultimo campanello in alto e aveva detto:

«Polizia, devo farle un paio di domande».

Era salito all'ultimo piano, due appartamenti sopra a quello del vecchio e si era presentato a una donna sui cinquanta.

«Buonasera, signo', sono l'agente Francesco Caparzo. Ci hanno segnalato dei movimenti sospetti nel palazzo. Posso entrare?»

Due minuti dopo le chiedeva se avesse mai sentito parlare di Marilena Bacarelli.

E lo avrebbe ripetuto per tutti i quarantaquattro appartamenti.

Lucio non veniva sempre da lei in albergo e Lena lo preferiva perché così poteva essere l'unica ad avere il controllo della stanza 302 e i suoi segreti. Le piaceva salire di sopra ed entrarvi anche solo cinque minuti, in quell'arco di tempo notturno in cui i clienti dormono e nessuno si è attardato nella hall dopo aver fatto serata in un locale. Rileggeva i messaggi così simili ai suoi ma non guardava la foto e il video, non le piaceva vedere Alex in quello stato, perché la costringeva a ripensare che fosse colpa sua. Quella sera aveva tirato fuori dalla cassaforte il cellulare, che quando aveva finalmente trovato campo aveva trillato. Era un trillo allegro, ad Alex piacevano le musichette vivaci. Era un messaggio, inviato nelle ultime ventiquattr'ore, mittente sconosciuto.

Dovrei avvisare Lucio.

Posso farlo anche dopo.

Sperò che avesse funzionato.

NE LIBERO UNO SE FATE COME DICO. NE UCCIDO UNO SE NON LO FATE.

Lo aveva riletto più volte. "Uno"? Che significava "uno"? Era uno, era sempre stato uno.

Ora c'è Alex.

E c'era anche Lucio, ma Lena considerava che lui avrebbe fatto quello che gli diceva lei, e lei aveva deciso di accettare qualunque offerta. Così aveva risposto

VA BENE.

aspettandosi subito la replica con un fondo di euforia, e per questo aveva lasciato il telefono sul letto ed era ridiscesa al desk e poi risalita cinque volte fino alla fine del turno, ma non c'era stata risposta. Lasciando l'albergo aveva avvisato Lucio della novità e lui si era subito ritratto

«Ma cosa significa? Cosa dovremmo fare? Non accettare finché non ce lo dice»

così non gli aveva detto di avere già accettato e per altri cinque giorni aveva fatto avanti e indietro dalla stanza senza ottenere risposta. Lui la raggiungeva tutte le notti da mezzanotte alle tre, qualche volta si addormentava e lei arrivava in camera a scrollarlo come una madre impaziente. Era stato durante il primo temporale forte della brutta stagione, quando già le luminarie erano state appese nelle vie principali e in giro si sospirava per l'arrivo di un po' di neve, che i due fenicotteri avevano vibrato e lo schermo si era acceso.

TERZO GIARDINO. DOMANI NOTTE ALLE 3. SE VEDO IL POLIZIOTTO MUOIONO ENTRAMBI.

Lucio aveva cominciato a tremare, poi era corso in bagno. Lena pensava soltanto a come organizzarsi, quella notte era di turno, se lo avesse cambiato Caparzo se ne sarebbe accorto e non poteva permetterselo.

Se faccio venire qui Elvio alle tre e poi succede qualcosa li avrò tutti addosso.

Ma non posso andarmene senza dire niente a nessuno.

E quindi

Perché no?

prese un'altra decisione, per sé, per Lucio, per tutti. Un albero definitivamente storto.

Non aveva smesso di piovere tutto il giorno seguente, Argo era uscito malvolentieri, soffriva il freddo quanto il caldo, Lucio aveva finito presto in ospedale e Lena lo aveva raggiunto col cane in casa sua.

«Se succede qualcosa è meglio che sia qui rispetto a casa mia, almeno qui Caparzo non lo vede.»

Avevano parlato a lungo di quello che sarebbe potuto succedere quella sera.

«Potrebbe venire da solo oppure no, il giardino potrebbe essere soltanto un punto di partenza, non è detto che sia quello il posto. Noi dobbiamo fare la nostra parte, andremo e poi affronteremo quello che ci sarà da affrontare.»

Era euforica, come se quella potesse essere una straordinaria avventura teorica e non un fatto che si sarebbe verificato dopo poche ore. Avvertiva un sapore dolciastro in fondo alla gola e la sensazione di essere invincibile.

Alex, Betta, guardatemi! Guardate cosa faccio!

Come una bambina che si mostra alla mamma mentre fa la ruota.

«E se ci sbagliamo?» Lucio era tesissimo, i tendini del collo evidenti sotto la pelle pallida. «E se andiamo nel posto sbagliato?»

«Non ci sbaglieremo.»

Avrebbero aspettato insieme fino a un quarto alle tre, Lucio sarebbe rimasto nella hall, non c'era niente di male se un fidanzato faceva visita alla fidanzata durante l'orario di lavoro, no? Che loro due si frequentassero lo sapevano tutti, ed erano sorrisetti da parte di Katia, sguardi sghembi da Gianluca, indifferenza per Elvio, sorrisi posticci per Ilaria e naturalmente sospetto da parte di Castellacci, che dalla Bacarelli si aspettava solo guai. La pioggia non si placava, in giro si iniziava a borbottare che sarebbe successo come l'anno prima sul Lungarno Torrigiani, Lena aveva calcolato che a piedi ci avrebbero messo troppo, avrebbero preso l'auto di lui e in dieci minuti sarebbero stati di là, tanto di notte non passava nessuno. Lucio teneva in tasca il telefono di Alex, avvolto in una busta di cellophane per timore dell'umidità. Non si era visto nessuno, non c'erano state chiamate, da fuori il rumore della pioggia testimoniava che la città si era svuotata. Partirono all'ora esatta, Lena guidava, Lucio batteva i denti

«È per il freddo»

ma non era vero. Arrivarono al bordo del giardino che era già un acquitrino e i campanili suonarono le tre. Non si vedeva nulla, in sottofondo il rombo cupo dell'Arno che si ingrossava ogni giorno di più.

«Dove andiamo? Cosa facciamo?» chiese Lucio.

«Aspettiamo» disse Lena.

Erano su uno dei sentieri principali, l'acqua li aveva già inzuppati fino alle ginocchia, le due cerate dell'hotel non li proteggevano abbastanza. Il cellulare si illuminò, dieci parole:

DALLE PARTI DEL COCCODRILLO. PER AMORE SI PERDE LA FACCIA.

«Dio Cristo, gli indovinelli no.»

Ma non era un indovinello, quell'estate c'erano state delle installazioni nel Terzo Giardino, delle statue fatte di rami, giunchi, materiali di risulta, Lena ci era andata una volta, forse con Mometto

Che poi ha voluto vedere l'Arno da vicino.

Dio!

e tra queste ce n'era una a forma di coccodrillo. Il giardino era grande e Lena non era sicura di ricordarsi dove fosse

Ma lui è certo che me lo ricordi, perché quando sono venuta qui era qui anche lui.

e fece uno sforzo per orientarsi, avanzando con la torcia dell'iPhone accesa a illuminare il sentiero. Il coccodrillo era insieme a un unicorno, molto vicino alla riva, adesso quella zona era allagata, ma doveva essere lì intorno e mentre andava, stringendo la mano di Lucio che chiedeva insistentemente

«Sai dov'è? Sei sicura che sia di qui?»

vide a terra un sacchetto chiuso con un nodo, lo raggiunse e lo aprì.

«Cos'è?» chiedeva Lucio sporgendosi. «Cos'è?»

Una bottiglia scura, sarebbe potuta sembrare una birra, ma era troppo grossa. L'etichetta rossa risaltava sul vetro marrone.

Il telefono di Alex si illuminò ancora. Era una fotografia. L'ospedale, l'ingresso principale, Marta che usciva, in mano un mazzo di fiori tenuto penzoloni e un'espressione tra la furia e il pianto.

«Era venuta a trovarti?» aveva chiesto Lena con voce atona.

«No, non è mai venuta, io non l'ho vista.»

«Perché c'ero io con te.»

PER AMORE SI PERDE LA FACCIA.

«Lena, ma cosa vuol dire?» piagnucolava Lucio.

«È acido muriatico. Dobbiamo sfregiare Marta.»

Da lontano Caparzo osservava tutta la scena.

Prendeva nota.

E aspettava.

28

Verde.

Linea nera.

Scintilla.

Niente era andato come doveva andare.

Lucio si era opposto, aveva strepitato, aveva pianto. Lena era stata prima ragionevole, poi brutale.

«Se ci riusciamo Marta vivrà comunque, non dobbiamo rovesciarle tutto il contenuto in faccia, basta uno schizzo. Se invece non ci riusciamo lui ammazzerà Saverio o Alex. E non sarà misericordioso come noi.»

Ma non credeva alle proprie parole, sapeva che al rapitore di Alex non importava, e che se le cose fossero andate male avrebbe ucciso lei, non Saverio, perché non poteva permettersi di perdere il gioco. Ma Lucio non si rassegnava.

«È una cosa mostruosa da fare, deturpare una donna, la sua vita cambierà per sempre.»

«Quindi stuprarla è meno grave perché non le lascia segni?» aveva chiesto Lena, e lui aveva abbassato la testa.

Quella volta aveva pianificato tutto da sola, avrebbe dovuto verificare gli orari di Caparzo, accertarsi che non sospettasse di nulla, trovare una copertura all'hotel che le garantisse di andarsene senza che la sua assenza venisse registrata, come era accaduto la notte al Terzo Giardino. Al suo rientro, bagnata fradicia, non c'era stata una rimostranza, non una nota di biasimo da parte dei clienti, era stata via poco meno di un'ora e nessuno se ne era accorto.

Ma non posso arrischiarmi a rifarlo, anche perché da Marta dovremo andare molto prima, dopo che avrà chiuso l'ambulatorio.

La veterinaria rientrava a casa tra le otto e le nove, Lucio gliel'aveva confermato perché era andata da lui tante volte a quell'ora.

«Niente automobili, portiamo con noi i telefoni ma dobbiamo spostarci a piedi, non dobbiamo mai sottovalutare Caparzo. E procurati dei guanti, che siano spessi, non si sa mai che una goccia possa caderti sulla mano.»

Aveva avuto bisogno di una giornata intera per verificare dove si trovasse e come fosse fatto il palazzo in cui abitava Marta, si era inventata una lunga passeggiata con Argo per questo, cercando zone verdi nelle vicinanze. Aveva scelto il martedì perché gli orari suoi e di Lucio si incastravano bene e non era il giorno di visita di Marta al canile, che quando capitava poteva protrarsi a lungo in caso di emergenze. Il piano era semplice: Marta rientrava a casa, loro aspettavano una decina di minuti e poi le staccavano l'interruttore generale della luce, quello che stava chiuso nel sottoscala. Marta avrebbe prima provato ad alzare il salvavita, poi sarebbe uscita al buio dall'appartamento e lì loro l'avrebbero spinta di nuovo dentro e schizzata con l'acido.

«Fatto, due minuti e saremo fuori, lei griderà, qualche vicino accorrerà ad aiutarla e noi saremo già andati via.»

«Come ti è venuta in mente questa cosa della luce?» aveva chiesto Lucio quasi ammirato.

«Ho avuto un buon maestro» aveva risposto Lena.

Lui si era subito rabbuiato.

«Come facciamo a scappare senza auto?»

«Non scappiamo, usciamo e camminiamo, dà molto meno nell'occhio.»

Si sentiva arguta, intelligente, non era forse vero che la semplicità era sempre la via migliore?

«E se invece lei non grida? Se sviene? Se l'acido le va sulla gola invece che in faccia?»

«Tu mira bene e non succederà.»

Aveva stabilito anche questo, sarebbe stato Lucio a lanciare l'acido, non lei. C'era una doppia motivazione, la prima, quella palese, era che lui avrebbe avuto la sua ricompensa, e Lena di questo non aveva alcun dubbio, la seconda, più sottile, sotterranea, era che se le cose fossero andate storte lui aveva delle ragioni molto più solide di lei di volersi vendicare di Marta, agli occhi del mondo, in fondo si era dimostrata una traditrice, nei confronti di Alex soprattutto.

Se finiamo alla polizia addosserò tutte le colpe a lui.

Gli aveva dato appuntamento per quella sera indicandogli anche il percorso da fare a piedi, dopo aver parcheggiato l'auto nel posto che aveva scelto lei. Non c'era dubbio che se le cose fossero andate come dovevano, Alex sarebbe stata una fonte di informazioni incredibile, per lei e, in caso estremo, anche per Caparzo. Gli aveva chiesto di parlargli, era girata per casa sventolando un foglietto che diceva PUOI CHIAMARMI?

e lui si era fatto molto desiderare. Poi il Nokia aveva finalmente squillato.

«Guarda che sto lavorando pe' tte, che vuoi?»

«Questa sera copro due ore in più, entro in hotel alle sette invece che alle nove. Vorrei parlarti, qui non sta succedendo più niente, puoi venire da me, nei garage?»

«No, stasera sto di turno. Tu devi stare buona, che ci penso io a quello che succede e a quello che non succede.»

«Porto Argo da Lucio, va bene? Non lo voglio lasciare solo a casa.»

«Fa' come vuoi, sicuro che non ti torna più intelligente.»

E si era illusa bastasse. Perché credeva che l'ossessione di Caparzo per lei gli impedisse di vedere quanto improbabile fosse la sua premura, il suo mostrarsi pecorella da difendere, e per lo stesso principio aveva chiesto a Gianluca di sostituirla, pensando che lui dovesse sentirsi ancora in debito.

«Non dirlo a Castellacci, già mi guarda sempre come un cane rabbioso, ma ho bisogno di questa serata.»

«Stai con lui?» aveva chiesto Gianluca con un tono che non aveva bisogno di interpretazioni.

«Sì, è un momento particolare per entrambi e abbiamo bisogno di un po' di ossigeno. Ma ti prometto che coprirò qualunque altro turno tu voglia.»

Non aveva pensato a quanto sarebbe risultata sospetta la sua assenza proprio la sera di un'aggressione, non aveva pensato che Gianluca non era suo amico, che potevano essersi trovati sulla stessa barca ma quelle foto gliele aveva fatte e con Betta ci aveva scopato "ma mi piaci di più tu", non aveva pensato che forse non tutto quello che faceva rimaneva nascosto soltanto perché lei voleva fosse così. Aveva fatto tutto male ed era andato tutto male per questa ragione, il senno di poi le avrebbe detto.

La realtà è che tutto sarebbe andato male comunque.

Caparzo si stava preparando con calma. Nello schermo i due discutevano, inquadrati dall'unica telecamera piazzata in casa di Donadio. Non li sentiva, ma non ne aveva bisogno. Lui stava seduto, una mano che passava avanti e indietro tra i capelli, e poi sul viso, sul mento senza barba che lo faceva parere una femmina. Lei invece camminava in giro, spostava le cose, si avvicinava, si allontanava, non lo toccava mai. Avevano preso un sacchetto bianco, là in mezzo a quell'acquitrino di merda attaccato al fiume, e quel sacchetto non era più ricomparso, non era a casa di lei e nemmeno in quella di lui o dentro alle automobili.

E brava che un nascondiglio lo hai trovato.

La Bacarelli aveva contattato il rapitore, nessun dubbio. Forse si era mandata un sms sul telefono suo, che la polizia non controllava più e nemmeno lui poteva, forse si era spedita una mail, che il figlio di puttana sicuro le guardava nella posta, non aveva usato il Samsung e questa era la sola cosa che sapeva. Il Samsung stava quieto, perché chi era dall'altra parte non si fidava, e faceva bene. Aveva trovato un modo, la Bacarelli, sì, e aveva coinvolto il cazzo moscio di Donadio.

Ma non gli hai detto che sapevi cosa era successo alla bruttona sua, eh Marilè? Non glielo hai detto perché avevi troppo da perdere e capace che lui non ti veniva dietro come un cane, che è la cosa sola che sa fare.

Ci erano riusciti, pensavano di averlo agganciato, e invece Caparzo lo sapeva come andavano quelle cose, lui glielo aveva ripetuto, aspetta che è lui a fare la prima mossa, non avere tu l'urgenza, perché l'urgenza è debolezza. E la realtà vera era che era stato il figlio di puttana ad agganciare loro. Nella lista di quelli che potevano morire erano rimasti quattro nomi, lei non avrebbe mai toccato i suoi, della collega all'albergo fregava un cazzo a nessuno, c'era un'unica persona che faceva parte della vita di entrambi. E caso voleva che avesse appena scoperto che era la stessa persona che seguiva il cane della vecchia dell'appartamento al primo piano nel palazzo di fronte a casa della Bacarelli

Sì, la dottoressa Sacchetti, che brava che è, sapesse, il mio Jack lo tratta come un bambino.

e pure i due gatti della famiglia dell'unità di fianco, quella dall'altro lato del giardino, e ci stavano ancora tre animali da verificare in seconda battuta, ma non era poi necessario. Marta Sacchetti era molto conosciuta nelle case popolari, quelle dove il suo omm' emmerda si copriva la faccia perché non lo riconoscessero.

Che non la possiamo chiamare coincidenza.

Perché queste non erano mai casualità, e che c'entrasse o non c'entrasse la Sacchetti per lui non era il punto. Questa volta non si sarebbe sbagliato, avrebbe dato retta solo al suo istinto e avrebbe mollato Donadio e la Bacarelli per seguire sola la veterinaria, aspettando che fossero loro a venire da lui, e forse non solo. Avrebbe anche portato la pistola di servizio.

Non pioveva più. Lena era andata all'albergo entrando dall'ingresso principale così che Caparzo potesse vederla.

Aveva salutato Ilaria, che aspettava il cambio, spiegandole che lei e Gianluca si erano scambiati il turno e che Castellacci ne era stato messo al corrente. Era salita nella stanza 302 e si era cambiata la divisa con una tuta e scarpe comode, poi era scesa nelle cucine ed era uscita dall'ingresso di servizio. Aveva preso i mezzi pubblici per avvicinarsi alla casa di Marta, si era innervosita ad aspettare Lucio, l'appuntamento era in una piccola area verde a cinque minuti dalla casa della veterinaria, se ci aveva ripensato lo avrebbe scritto, al rapitore, Lucio non è voluto venire, *gne gne gne*, e per lei non avrebbe fatto tutta questa differenza, perché la bottiglia dell'acido

e la responsabilità

ce l'aveva lei, in uno zaino che era rimasto ad attenderla nella 302. Poi lo aveva visto, forse era addirittura arrivato prima di lei ma era così in paranoia che non l'aveva notata e restava lì a dondolarsi tra una panchina e un faggio. Era andata a mettergli una sciarpa intorno al collo da alzarsi sul viso al momento giusto, lei avrebbe fatto altrettanto. Insieme si erano mossi per avvicinarsi a cerchi concentrici alla palazzina di Marta, che aveva un grande portone spalancato su un cortile che conduceva a tre scale. Non c'era portineria ma era meglio entrare prima delle nove, nel caso qualche inquilino decidesse che era ora di chiuderlo. C'era un bed and breakfast, al terzo piano della scala C ed era normale vedere gente andare e venire, si misero lì, appena dentro le scale, pronti a individuarla quando fosse entrata.

«Sei sicura che non ci sono telecamere?»

«Sì, sono sicura.»

Ma non era vero, non aveva controllato affatto, si basava sull'esperienza che palazzoni così vecchi e con così tante unità non mettono mai nessuno d'accordo per mettere su un impianto costoso a beneficio della comunità, non c'erano abbastanza soldi nelle tasche e piuttosto se uno non si sentiva tranquillo le telecamere se le piazzava in casa. Lena aveva messo il cellulare silenzioso e aveva fatto fare lo stesso a Lucio.

Meglio non spegnerli, così lui può sapere per certo che siamo qui.

Anche se deve essere poco lontano, a controllare quello che facciamo.

Era un pensiero blando, distante, Lena si era abituata all'idea di essere spiata e di volta in volta pescava dal mazzo soltanto a chi toccasse quella volta. Alle otto e un quarto Marta aveva attraversato il cortile ed era entrata nella scala. Nel momento in cui l'aveva vista Lucio aveva trattenuto il fiato, ma Lena gli aveva stretto il braccio, forte. Nei dieci minuti seguenti non era passato più nessuno e i due avevano lasciato il nascondiglio per andare nel sottoscala di fronte. Lena aveva tolto dallo zaino la bottiglia di acido e l'aveva passata a Lucio. Erano andati davanti ai contatori, che ronzavano dietro due portelle di metallo, e Lena aveva trovato subito quello giusto. Fuori era ormai completamente buio, eccezion fatta per un lampioncino nel cortile, il portone che vi si affacciava era stato accostato, la luce automatica delle scale si era spenta.

L'ultima volta che mi sono trovata in una situazione simile Alex correva a salvarmi.

E io la vedevo per l'ultima volta.

Presto ci incontreremo di nuovo.

Tirò giù la leva, prese Lucio per la mano gelida e sudata e lo portò su per le scale. Si fermarono accanto alla porta, in attesa, nascosti in modo che se lei fosse uscita con una luce non li avrebbe potuti vedere, pur con la sciarpa sul viso. Aveva sentito dei rumori dietro alla porta e aveva svitato la bottiglia in mano a Lucio

Ora scopriamo che c'è dentro dell'acqua.

e l'odore dell'acido le arrivò subito alle narici.

È tutto vero.

Ma non si torna indietro.

La porta si aprì, Marta aveva in mano il cellulare con la torcia accesa, una luce modesta, quasi solo un

lumino

brillio. Poi successe tutto alla svelta, Lucio si mosse, il cellulare di Marta finì a terra, il brillio soffocato dallo zerbino, Lena udì un tonfo e un verso lieve, di sorpresa, ma subito dopo ancora un altro rumore e il verso le era sembrato più forte, e ancora colpi, colpi, colpi, e la cosa che registrò subito era che l'odore dell'acido non era affatto aumentato, restava lì ad aleggiare nell'aria.

Lucio, cosa cazzo fai?

ma lo aveva solo pensato, perché non poteva parlare e non poteva scoprirsi il volto, la sola cosa che poteva fare era mettersi giù a tastare per terra fino a recuperare il cellulare e la sua misera luce, rivolgerlo intorno dove non c'era nessuno. A terra, accanto alle scale, la bottiglia di acido intonsa, e i rumori venivano da dentro, dalla casa. Aveva afferrato la bottiglia, era entrata e aveva chiuso la porta, ma non vedeva niente, sentiva solo altri colpi e dei gemiti lievi che però non venivano da Marta ma da Lucio. Alzò il telefono e nella flebile luce azzurrina lo vide chino sul corpo di Marta che menava colpi sempre più deboli, quasi tutti al viso. La faccia di Marta era una maschera di sangue, il naso era storto, la bocca aperta. E Lucio la picchiava e non si fermava e Lena vedeva bene che aveva cominciato a piangere, con il rischio che le lacrime e il muco cadessero su di lei, e questo voleva dire dna. Aveva cercato di tirarlo indietro, ma era inutile.

«Smettila!» aveva urlato sottovoce.

I colpi erano rallentati sempre di più fino a fermarsi, Marta era a terra svenuta e il suo respiro gorgogliava, probabilmente un po' di sangue le era finito in gola.

«Ma perché lo hai fatto? Volevi essere sicuro che non gridasse?» aveva insistito, e Lucio non rispondeva. Allora gli aveva allungato la bottiglia

«Dai»

ma lui non l'aveva presa.

«Lo faccio io?» e aveva appena accennato al movimento, perché comunque non sarebbe stata una cosa facile da fare,

Marta era sdraiata, non poteva versarglielo in faccia, significava ucciderla e lei non era arrivata

ancora

a questo punto. Per schizzarlo sarebbe stato meglio metterla seduta, così avrebbe anche respirato meglio, almeno dalla bocca, perché il naso non

«No»

aveva detto Lucio, e le aveva afferrato il polso, forte, con una forza che lei non credeva

Non è vero, anche quando mi ha messa a terra in casa mia era forte.

impedendole di muovere la bottiglia.

«Che cazzo fai?»

«Basta così, l'ho sfigurata abbastanza, per mesi se ne andrà in giro con la faccia ridotta male e dovranno rifarle il naso, come a me. È sufficiente.»

«Non è quello che ci ha chiesto!» urlò di rimando con un filo di voce.

«È quello che sono disposto a fare.» Lucio piangeva, ma la sua voce era ferma.

«Lo faccio io» ripeté Lena, e di nuovo Lucio le afferrò il polso, questa volta con una seconda mano, entrambi avevano i guanti, la bottiglia non poteva scivolare, ma ondeggiò, uno schizzo cadde davvero sul guanto di Lena, e lei fece un piccolo grido, perché aveva sentito caldo e passò la bottiglia nell'altra mano per toglierlo, e Lucio ne approfittò per prendere la bottiglia e lanciarla. Si sentì solo il suono del vetro, poi l'odore fortissimo dell'acido che permeava la casa.

«Ma sei impazzito?!» disse strappandosi il guanto bucato.

Parlavano alla microscopica luce del cellulare di Marta che era di nuovo a terra.

«Alex è nata sfregiata, e anche dopo le operazioni la sua cicatrice e i denti che le mancano sono la prima cosa che la gente guarda. Lei ci soffre tantissimo, fa finta di no, ma...»

«Alex morirà chiusa in una gabbia grazie a questa stronzata che hai appena fatto!»

«Va bene. Lei preferirebbe così. Da questo Marta può guarire.»

Lucio era davvero calmo, adesso, i singhiozzi che si dominavano man mano. Si voltò a prendere Marta e la mise seduta contro un mobile.

«Sei un vigliacco senza palle, Alex aveva ragione.»

Lucio scrollò le spalle.

«Almeno non sono un mostro.»

Si voltò verso di lei e allungò la mano.

«Mi dai la chiave della camera d'albergo? Vado a prendere le mie cose, aspetto da casa.»

Senza una parola gli diede la scheda. Già alla porta Lucio si voltò.

«E la combinazione della cassaforte?»

«È la data di nascita di Saverio.»

«Non la conosco.»

«Arrangiati.»

Lucio uscì sulla scala togliendosi la sciarpa e scese lentamente senza sentire alcun rumore mentre una pistola veniva lentamente abbassata e un orco gigantesco lo lasciava andare via.

Lena rimaneva nel buio a respirare l'odore dell'acido.

Era andata male, era andata malissimo.

Ma glielo avrebbe detto, gli avrebbe detto che era responsabilità di Lucio, che lei era andata lì con le migliori...

«Fai buono a uscire, piccerè.»

Il cuore le perse un battito.

«Qua pulisco io.»

Non ci sarebbe stata nessuna denuncia, non c'erano gli estremi, al massimo si sarebbe potuto parlare di frode, perché le regole sono uguali per tutti e pagare non basta. Castellacci le aveva allungato un foglio su cui apporre la firma per le dimissioni spontanee, la finivano così, pulita, e amici come prima. Gianluca non si era presentato, al cambio turno, e Ilaria non aveva saputo che fare, così prima aveva chiamato Katia e poi Elvio, ed entrambi non si erano voluti prendere nessuna responsabilità, così non le era rimasto che chiamare Castellacci. C'era stata una sorta di riunione nella hall dell'albergo, quella sera, il proprietario che sbraitava, tre receptionist che non sapevano cosa dire, gli altri due irrintracciabili.

«Ma se ne sono andati insieme?» aveva sbraitato lui, e loro avevano scrollato le spalle, che ne sapevano? Quanto ne avevano abbastanza di quei due e di tutti i guai che avevano portato sul lavoro. Verso le undici Castellacci aveva deciso che per quella sera bastava, assegnò il turno a Elvio e si riservò di decidere il da farsi il giorno dopo. Al mattino, al momento di smontare, Elvio aveva parlato con Mariuccia, che gli aveva riferito di una stanza in particolare sulla quale Marilena Bacarelli faceva un po' la misteriosa. Allora Elvio, invelenito per l'inattesa nottata in bianco, aveva chiamato Castellacci e al suo arrivo si erano messi sul computer, per scoprire che da settimane la 302 risultava occupata senza che ci fosse un ospite al suo interno, salvo essere registrata a nome di tale Marco Sartori di cui non esisteva documento. La stanza era stata regolarmente pagata, a volte inserendola nelle fatture dei gruppi dei pullman, a volte singolarmente. Erano entrati ed effettivamente la stanza era stata utilizzata, il letto era in disordine, c'erano impronte di scarpe bagnate, la cassaforte era spalancata, su una sedia c'era una delle divise da receptionist e non ci volle molto per capire a chi appartenesse.

«Si è fatta il pied-à-terre» aveva ringhiato Castellacci, quando gli avevano confermato dalle cucine che sì, la Bacarelli entrava e usciva da lì e qualche volta lo faceva anche il suo nuovo fidanzato, quel ragazzo bello, moro con i capelli mossi. Castellacci si era preso la briga anche di guardare i filmati di sorveglianza delle ultime serate e aveva visto che c'era stata un'occasione in precedenza in cui la Bacarelli e il suo ragazzo erano usciti dall'hotel insieme per rientrare quasi un'ora dopo. Ce n'era abbastanza da impedirle di lavorare in qualunque altro albergo per il resto della vita, ma tra poco sarebbe stato Natale, la Bacarelli aveva avuto i suoi guai e adesso si stava consolando con il nuovo fidanzato, era comprensibile. Con questo che si consolasse lontano dal suo hotel e possibilmente senza fare altro baccano, che ne avevano avuta abbastanza, di pubblicità. Quando finalmente era riuscito a parlarle lei non aveva negato nulla, non aveva obiettato, aveva ascoltato con sguardo assente, annuendo ogni tanto. E poi aveva firmato. Quando era uscita Castellacci si era furtivamente toccato i coglioni, perché cominciava a farsi convinto che quella donna portasse sfiga. Sarebbe stato felicissimo se si fosse trasferita altrove, lontana dalla sua Firenze, tanto bella quanto intossicata da fattacci di cronaca quotidiani, solo la sera prima l'ennesima rapina in appartamento e quasi la proprietaria ci restava secca. Sospirò, ora sarebbe toccato a Savelli, un altro che portava solo grane, ma almeno lui si era limitato a scambiare il turno senza avvisarlo e poi non presentarsi. Peccato il suo telefono risultasse spento ormai da quindici ore.

Sedeva al tavolo del soggiorno, il cane sdraiato a terra, le tende spalancate sulla prima neve di quell'inverno che si era quasi completamente sciolta anche negli angoli in ombra. Aveva vinto il rigurgito d'odio contro Lucio ed era andata a casa sua ogni giorno da quella sera chiedendogli se c'erano novità. Lucio, le occhiaie livide e il viso smunto, le diceva di no e le mostrava il telefono di Alex. Aveva mandato la sera stessa un messaggio al rapitore, rispondendo a vuoto all'ultimo che aveva ricevuto.

NON POSSO FARLO. SE HAI UN CUORE DILLE QUANTO LA AMO.

E Lena quasi era scoppiata a ridere

Sei hai un cuore condividi.

aveva pensato, a dimostrazione di quanto miserabile fosse quel ragazzino

Che non è un uomo.

a cui aveva affidato la cosa più importante della sua vita. Aspettava da un momento all'altro una chiamata di Ridenti, o di Astrid, o di sua madre che annunciassero che il corpo di una donna scheletrica con i capelli rossi era stato trovato, mangiato dagli uccelli, in qualche altra campagna.

Non è stata colpa mia, Alex, è stata colpa di Lucio, lui non ti ama quanto io amo Saverio.

Eppure, quando aveva dovuto avvelenare i cani di Astrid, anche lei aveva sentito le urla di Saverio e aveva saputo quanto quella salvezza non sarebbe stato disposto a tollerarla.

È stato lo stesso per Lucio.

Scacciava via il pensiero e quello ritornava. Il suono arrivò dalla camera da letto, e non lo sentiva da così tanto tempo che le servì Argo che alzava la testa per capire. Andò a sedersi sul letto e recuperò il Samsung dal comodino. L'icona dei messaggi mostrava il numero 1.

Sarà il gestore.

Ma non lo era.

Perché a me?

Perché lo manda a me e non a Lucio?

Forse lo ha mandato a entrambi.

Lo aprì e vide che era un video, resistette qualche secondo prima di premerlo, non era pronta a veder morire Alex. E infatti non avvenne.

Verde.

Lo schermo era di quel colore, l'ennesima visione notturna, però diversa, perché era un verde uniforme che inquadrava qualcosa di compatto, liscio, una parete, o forse una porta, e infatti quella si aprì, e la telecamera inquadrò un pezzo di campagna, abbastanza brullo, uno spiazzo, o uno sterrato, degli alberi di un boschetto sulla sinistra, sterpaglie sulla destra, in mezzo un sentiero, sul sentiero qualcosa che si muoveva, un corpo, un corpo di spalle. Da fuori campo si sollevò una lunga linea nera. A vederla così sembrava una bacchetta da mago, e infatti dalla punta di quella bacchetta partì una scintilla. Il corpo che correva cadde a terra.

Il filmato era tutto lì.

Verde.

Linea nera.

Scintilla.

Questo fu quello che Lena vide per tanti, lunghissimi secondi, prima che il suo cervello accettasse di elaborare che aveva appena visto uccidere Saverio con una fucilata alla schiena.

29

Era entrato dalla porta, senza bussare. Argo aveva cominciato subito ad abbaiare come un forsennato, ma lui non aveva battuto ciglio ed era venuto comunque avanti. Lena era sempre lì, seduta al tavolo, non si muoveva da ore, non piangeva, non parlava, il Samsung ancora in mano. Caparzo era andato fino alle tende e le aveva tirate, non tanto per le case popolari di fronte quanto perché era un gesto simbolico, come il sipario di un teatro che si chiude a spettacolo finito. Argo gli si metteva davanti di continuo, schiumando e mostrando i denti più che poteva. Caparzo lo guardava con un sorriso.

«Che bestia intelligente. Lo sai chi sono.»

Poi con calma era andato nello sgabuzzino, aveva preso lo strozzo, lo aveva agganciato al guinzaglio ed era tornato di là, tenendolo aperto con due dita, come un cappio. Gli ci erano volute un po' di manovre, poi era riuscito a prenderlo, e da lì era stato soltanto uno scontro di forze, il cui vincitore era ovvio. Chiuso in bagno il cane aveva abbaiato ancora per un paio di minuti, poi offeso si era limitato a un latrato ogni tanto, perché si capisse che la sua non era una resa. La Bestia si era seduto al tavolo con Lena. Non c'era bisogno di dire molto.

«Avevi promesso che l'avresti preso.»

La voce di Lena quasi non si sentiva, ma lui aveva le orecchie buone, oltre che dieci decimi di vista.

«Lo prendevo se tu non facevi la cazzata che hai fatto.»

La testa di Lena andava su e giù, ma forse non annuiva, forse era il movimento di chi galleggia un attimo prima di affogare.

«L'ho ucciso io?»

«No. Io dico che aveva sempre deciso che lo faceva. A vedere quando.»

Questa volta lei aveva annuito davvero, e la tenerezza era riuscita a tracimare nella Bestia e a spingerlo a mentire.

«Capace che negli ultimi tempi lo ha fatto stare meglio. Che lo ha fatto mangiare pe' fallo vedere a tte. Capace che ha avuto speranza.»

La prima lacrima debordò dall'occhio di Lena.

«Tu hai la febbre, picceré. È lo shock ma ti dovresti mettere a letto.»

Si infilò la mano in tasca e ne uscì con una bustina che conteneva due compresse.

«Sono delle medicine tue che pigliavi prima. Solo due, per dormire.»

«Io non voglio dormire.» Alzò gli occhi. «Io voglio morire.»

«E non puoi. Non adesso. Prima devi aspettare che lo trovano e salutarlo. E poi devi aspettare che muore il cane, perché questo è il dovere tuo. E dopo, se vuoi, muori.»

Una seconda lacrima, sempre dallo stesso occhio. Poi aveva allungato la mano con il Samsung verso di lui.

«Non lo voglio» aveva detto, e lui lo aveva preso, l'aveva guardata e lentamente l'aveva spento.

«Me lo prendo quando trovano il cadavere. Te lo metto insieme al biglietto.»

Poi era rimasto in attesa di sentirsi dire qualcosa, perché qualcosa andava detto. Ma tutto quello che le uscì fu

«Puoi levare tutto?»

e Caparzo non fece finta di non capire. Andò a prendere una scaletta e cominciò a smontare le luci, le prese elettriche, gli oggetti di casa, e man mano che estraeva microfoni e telecamere Lena lasciava uscire dal suo corpo una percentuale infinita di quei liquidi che avrebbe perso a fiumi nei mesi seguenti. Ci vollero un paio d'ore di lavoro silenzioso, nelle quali ogni tanto il cellulare di Lena squillava e lei non rispondeva. Quando ebbe finito Caparzo mise tutto in una sportina di plastica, andò in bagno a recuperare il Nokia, annunciato dagli abbai di Argo, e tornò da lei.

«Se mi vuoi sai che mi trovi, piccerè.»

Fu solo un soffio, ma aveva detto

«Grazie, Cecco».

Lui le mise una mano sulla testa e poi uscì, raccomandandole

«Guarda che la bestia ha fatto cose, fallo uscire in giardino prima di dormire».

Lena rimase ancora un po' seduta, nel buio che avanzava sempre di più. Poi aveva aperto un cassetto della cucina, aveva cercato dentro senza accendere la luce, non trovando quello che voleva. Allora ne aveva aperto un secondo e aveva tirato fuori un coltello da carne, con la lama e il manico giallo.

«Non è un'arma seria, come fai ad accoltellare uno con un coltello giallo?» aveva riso Saverio in un tempo indefinitamente antico. Era rimasta un po' a girarselo in mano. Poi aveva tirato una ciocca e aveva iniziato a tagliarsi i dreadlock.

«Caparzo, pensavo di farti andare di pattuglia fino a dopo l'Epifana.»

«Va bene, signore.»

«Leggo che tu non vai in vacanza, non hai parenti da visitare durante le feste?»

«No, signore, sto bene qui.»

«Allora ti faccio i miei auguri adesso, ci vediamo mercoledì mattina.»

«Signore, le posso chiedere un'autorizzazione?»

«Dimmi pure.»

«Posso fare delle ricerche sugli edifici delle campagne tra Bologna e la Garfagnana? Solo edifici non abitativi.»

«Ancora con questa faccenda di Berselli, Caparzo? È un caso chiuso, ormai.»

«Lo so, ma io non mi faccio convinto, dico che da qualche parte in quella zona lo tenevano nascosto.»

«Ma potrebbe essere lontanissimo dal punto in cui lo hanno lasciato. E sai quante centinaia di edifici potresti trovare? Non abbiamo rinvenuto tracce di pneumatici, ma potrebbero averlo portato a spalla anche per diversi chilometri, se erano in tre o quattro.»

«Lo so, signore, lei ha ragione, ma io sono uno che poi con i tarli non ci dorme bene.»

«A me dispiace solo che butti del tempo. Comunque, hai ragione, una verifica in più non fa mai male, fai le ricerche che devi, hai la domanda scritta?»

«Eccola.»

«Bene. Allora buona ricerca, buone feste, sono felice di vederti sorridere una volta ogni tanto, l'hai preso proprio a cuore questo caso, eh, Caparzo?»

«In fondo al cuore mio sta, signore.»

Dopo qualche giorno che non era tornata a trovarlo Lucio era andato a cercarla. E lei non aveva aperto bocca e lui aveva scosso la testa e si era portato le mani alle labbra, e aveva fatto per andare ma poi non si decideva e alla fine glielo aveva chiesto

«E lei? Si vedeva lei?».

Lena aveva fatto di no, no, non si vedeva lei, senza odiarlo più perché a ruoli invertiti lo avrebbe chiesto anche lei, passando sopra il cadavere di Alex. Lucio aveva tirato fuori il cellulare con i fenicotteri ma Lena aveva allungato la mano per tenerlo lontano, lei era fuori da quell'inferno, sarebbe presto finita in un altro, ma da quello era fuori.

«Sei solo, adesso»

aveva detto, e Lucio si era fatto forte dell'egoismo di tutti i bambini, le aveva detto che non poteva abbandonarlo così, che lei sapeva come funzionava quella cosa e doveva aiutarlo, dirgli cosa fare. Ma Lena si era sfiorata i capelli corti, poi aveva messo il guinzaglio ad Argo e si era alzata. Lucio l'aveva seguita e a metà strada aveva preso lui il guinzaglio, perché come Argo aveva bisogno di qualcuno da seguire. Da Astrid Lena aveva avuto notizie di Marta dopo la brutta rapina a casa sua, sono davvero degli schifosi, approfittano delle feste, che la gente è distratta, comunque la dimettono, però andrà a vivere dai suoi, a casa da sola non ci vuole più stare, questi nemmeno li ha visti arrivare, le han levato la luce, un trucchetto vecchio come il mondo, a momenti la ammazzano, avevano dell'acido, si vede che erano convinti che lei avesse una cassaforte, e Argo come sta, lo porti fuori abbastanza, ora che hai tanto tempo? Anche Mometto aveva fatto progressi e si era svegliato, ma non era lo stesso, non riusciva a parlare e aveva dei problemi anche con i movimenti più semplici. Mattia ci aveva riprovato, l'aveva chiamata e le aveva proposto di andarlo a trovare, ma lei aveva detto di no, che non se la sentiva. Tutti credevano che fosse depressa per via del licenziamento, invece Lena si era lentamente involuta, aveva fatto un downgrade, era tornata quella di prima del 21 marzo, quando il suo ragazzo era caduto da un ponte e lei lo piangeva da due anni di vita spenta. Saverio era caduto di nuovo da quel ponte, o forse era stata una fucilata, ma il dolore era sempre lo stesso, così simile e familiare che era stato facile tornarci dentro, come in un nido di spine. Si era aspettata di essere richiamata da Ridenti per via dell'aggressione a Marta, aveva certamente calcolato male, c'erano delle telecamere, la luce del cellulare era stata sufficiente perché lei li vedesse, non era mai stata svenuta, aveva finto e aveva sentito le loro voci, ma la storia della rapina era stata credibilissima perché dalla casa mancavano tutte le cose di valore, che probabilmente Caparzo aveva gettato da qualche parte in fondo all'Arno. Ridenti invece l'aveva chiamata con l'anno nuovo, solo una telefonata per parlare di Gianluca Savelli, sparito il giorno stesso in cui lei era stata licenziata, auto e tutto. Non era stato fatto molto rumore sulla faccenda perché pareva che Savelli non si fosse ripreso poi così bene dalla faccenda Berselli/Valacchi, era in cura da uno psicologo, aveva avuto un piccolo esaurimento, problemi con i genitori che non sapevano come gestire la situazione, insomma ci si era andati cauti. Però alla fine era comunque il caso di chiederglielo, lei ne sapeva niente?

«Gli ho chiesto di sostituirmi una sera perché volevo stare con Lucio. Ci è rimasto male. Non so altro.»

Era tutto vero.

«E adesso non si vede più col signor Donadio?»

«Non nello stesso modo.»

Lucio veniva da lei tutti i giorni e portavano fuori Argo. Non avevano niente da dirsi, non parlavano di nulla, lui che aspettava, lei che non aspettava più. Gli aveva vietato di accennarle cosa accadesse sul telefono, non parlavano di Alex o di Saverio, gli unici argomenti erano il molosso e la polizia.

«Sei sicura che non ti seguono più? Magari a Marta sono venuti dei sospetti.» Aveva abbassato gli occhi, levandole di dosso quello sguardo intrappolato. «Sono stato a trovarla. Sembrava contenta.»

Lena scrollava le spalle, che la facessero pure seguire, non importava, Gianluca era stato fatto sparire da Caparzo, o dal rapitore, o da entrambi insieme, o forse era andato sul Ponte alla Carraia per buttarsi giù e farle vedere che non valeva meno di Saverio. Non le importava, come non le importava di Marta o di Mometto, di Serena, di Mattia, di Sara. Di Betta. Di Alex. Doveva solo far passare del tempo, aspettare che Argo, che aveva compiuto quindici anni il 1° gennaio, arrivasse alla fine di quell'estenuante longevità.

E poi, forse, sul Ponte alla Carraia ci sarebbe salita anche lei.

Gli edifici destinati al bestiame e alla conservazione dei prodotti agricoli erano molto diversi da quelli a destinazione industriale. Negli ultimi due mesi Caparzo non si era fatto una vera e propria cultura, ma una buona infarinatura l'aveva acquisita. Nel video dove Bartolomei veniva sparato c'erano stati molti elementi preziosi. Il primo: era una visione notturna e in movimento, ma sufficiente a mostrare che intorno alla struttura in cui era stato rinchiuso non c'erano campi coltivati praticabili, sembrava a tutti gli effetti aperta campagna, e questo aveva senso, perché chi tiene una gabbia con dentro una persona chiusa in un garage o in un magazzino in città? Doveva essere estrema periferia, e non lo credeva, oppure una zona disabitata e non coltivata, e questo lo convinceva sì, portava all'ipotesi che fosse una cascina, ma il filmato invece questa ipotesi la smentiva. Non si vedeva benissimo, ma la struttura sembrava essere solo in cemento. A rafforzare quest'idea erano i precedenti filmati, quelli girati sempre di notte lì dentro, dallo scorcio sopra il tetto della gabbia di Bartolomei si intravedeva una colonna d'angolo, lontana, giusto la parte terminale, ed era geometricamente perfetta, liscia. Secondo la Bestia la gabbia era chiusa in un capannone industriale, che aveva porte in ferro tagliafuoco che si aprivano come quella inquadrata all'inizio dell'ultimo filmato. Il sovrintendente aveva avuto ragione, gli edifici agricoli in quella zona erano una cifra spaventosa, non sarebbe stato possibile visitarli tutti da solo, se non dedicandosi soltanto a quello per un paio di mesi ventiquattr'ore al giorno. Invece, se si trattava di edifici industriali, il discorso cambiava, perché nelle zone extraurbane erano molti di meno. Aveva escluso quelli utilizzati e quelli di proprietà di aziende attive, difficile che potessero nascondervi qualcosa, doveva trattarsi di una struttura in disuso o al centro di qualche contenzioso. Facendo un ragionamento sulle distanze dal corpo di Fermo Berselli, ne aveva individuate undici papabili. Aveva contattato il catasto urbano delle varie regioni e si era scontrato con la burocrazia, ma ben sei erano sotto la provincia di Reggio Emilia, su quelle avrebbe avuto una sola risposta, quando si fossero degnati di chiamare.

«Dipende dall'anno di costruzione, dalla destinazione, da eventuali passaggi di proprietà»

gli avevano detto, per giustificare anticipatamente i tempi biblici. Del resto Caparzo non aveva gli strumenti per far loro pressione, il caso era chiuso e lui aveva sostanzialmente chiesto un favore. Ora che era solo lui, completamente lui, senza alcun sostegno da parte dei colleghi, a seguire un caso che era tutto fuorché chiuso, le cose si erano fatte complicate. Vitale gli aveva risposto circa un mese dopo, aveva confrontato l'impronta in casa del vecchio anche con tutte quelle che gli aveva mandato e il risultato era stato negativo su tutta la linea, compreso Bartolomei.

«Per quanto sarebbe stato strano che un morto avesse lasciato un'impronta, eh, Caparzo?»

Questo lo costringeva a eliminare una delle poche piste che aveva e ad accanirsi su quello che restava. Seguiva l'auto della Bacarelli con un tracker e quella di Donadio con un altro, aveva attivato il tracciamento del cellulare di lei con lo stesso trucco del rapitore, passando dal suo cloud con l'aiuto del pelato, che era sempre più reticente ma ormai gli toccava, li sorvegliava quando possibile e si stava occupando anche del capannone. Non ammetteva di essere stanco, stressato e in debito di sonno, di vivere nel territorio della Bestia mentre Cecco si faceva sempre più lontano. La telefonata era arrivata del tutto inattesa, al punto che quando aveva visto il nome VITALE sullo schermo era stato tentato di non rispondere per non deconcentrarsi.

«Come va la vita lì al nord, France'?»

Ha sbagliato qualcosa.

aveva pensato. Quando un collega si fa vivo dopo un po' di tempo i casi sono due, o ha bisogno di qualcosa, e Beppe Vitale difficile che volesse qualcosa da lui, oppure aveva fatto una cazzata e stava cercando di metterci una pezza. Caparzo propendeva per la seconda.

Ha confrontato male le impronte, quelle di Donadio sono in casa del vecchio.

E invece no.

«Ti dirò, France', io lo so che sono stato un po' brusco, per quella faccenda delle impronte, perché c'era di mezzo un caso e pensavo che mi avresti inguaiato, e invece poi no, non era niente, avevi ragione tu. E allora ho pensato che potevo pure fare qualche confronto in più, perché tu ci tenevi parecchio, mi pare. Sai che me ne avevi mandate tante, prese in posti diversi, il bicchierino, una macchina, un registro di un albergo, tazze, maniglie, giusto? Tante, te l'avevo detto, erano pasticciate, o parziali o sovrapposte, quindi non le potevo usare per fare un confronto. Però poi me le sono riprese, che avevo un poco di tempo da dedicarci.»

Caparzo aveva chiuso gli occhi, sperando che le tracce portassero a Donadio. Donadio che non aveva denunciato il pestaggio e si era nascosto dietro ai "non ricordo" perché non poteva dire che stava per infilarglielo alla Bacarelli senza che lei era d'accordo. Donadio che era tornato alla vita di sempre, dopo la bravata dell'acido, quasi non fosse stato niente, e lui ogni sera lo guardava rientrare a casa e mangiare e guardare la tv come se andasse tutto bene. Andava al lavoro e poi andava a portar fuori il cane della Bacarelli insieme con lei, sempre lui a farle domande, lei a parlar poco, forse sperava in un'avventura nuova, sempre con quell'espressione da cane bastonato che Caparzo gli avrebbe tanto volentieri tolto ancora a suon di schiaffi. Eppure, mentre lo osservava lì, chino a sganciare il guinzaglio al cane dall'unica telecamera che si era guardato bene dal togliere dal soggiorno della Bacarelli, quella sopra il reggitenda della portafinestra, pensava che un po' lo ammirava. Aveva seguito da vicino l'aggressione alla dottoressa, aveva visto tutto e aveva ascoltato tutto. Donadio aveva detto una grande verità sul fatto che le ferite dell'anima erano reversibili, mentre quelle del corpo no, che uno sfregio è definitivo, è per sempre. Filosofia compatibile con quello che il figlio di puttana aveva sempre puntato a fare, cioè ferire l'anima e lasciar stare il corpo. Se la Chellini avesse fumato la sigaretta corretta sarebbe morta, era abbastanza un fatto, ma il suo corpo sarebbe rimasto intatto. E invece era arrivato l'incendio a mandare tutto a puttane, e ora la Chellini era un cartoccio di briciole e lui non voleva questo.

I corpi gli piacciono belli e interi.

Dunque perché l'acido? Per dimostrare fino a che punto la Bacarelli era marcia, ma aveva fatto reagire Donadio. Perché Donadio stava con una sfregiata e quindi una sensibilità su 'sta cosa doveva averla per forza. A mettergli un'arma in mano Donadio forse sparava, ma a mettergli l'acido no, era andato in tilt, e lui questo non se l'aspettava, così Donadio non aveva fatto quello che la Bacarelli gli aveva chiesto e lei era stata punita.

Donadio c'è dentro. Ora Vitale me lo dice.

«C'è una parziale corrispondenza» aveva detto Vitale.

«Con l'impronta a casa del vecchio?»

«Sì, con il primo esemplare di confronto, quello che hai rilevato su del marmo, se non sbaglio.»

«Ed è di Donadio?»

«No, che Donadio? Ma mi stai ascoltando? L'impronta che corrisponde è un'impronta parziale, che sta sotto una di Donadio. Insomma, la sua è sopra, quella che corrisponde sta sotto. E guarda che non ti dico che c'è una corrispondenza completa, perché davvero è parziale, però tre punti corrispondono, e tre punti sono qualcosa.»

«Quindi le due impronte sono sullo stesso oggetto.»

«Stesso oggetto.»

Parlarono ancora un po'. Caparzo gli disse che avrebbe cercato di procurarsi un'altra impronta nitida per il confronto. Poi andò in archivio e chiese di recuperargli tutti i filmati dell'ingresso della palazzina di Gianluca Savelli. Quindi chiamò la sede del catasto di Reggio Emilia, e disse loro di fare presto.

«Senti?»

«Cosa?»

Lucio annusò l'aria.
«Non sento, cosa è?»
«Fiori. Di già.»
«Questo è stato un inverno strano.»
Erano a quello che Lena aveva ribattezzato "il parco di Astrid", Argo caracollava indolente nell'area per cani mentre Lena e Lucio sedevano sulla panchina vicino al cancelletto.
«Sono stato di nuovo a trovare Marta. Sta molto meglio.»
Lena aveva annuito, la notizia le aveva fatto lo stesso effetto che sapere che tempo faceva in Guatemala. Per associazione disse:
«Sta per piovere»
e Lucio rispose
«Ho una siringa nella tasca».
Lena lo guardò, lui guardò lei. Tra i due sguardi c'era l'inferno che avevano condiviso, e loro stavano ai due estremi.
«Però non vorrei usarla, io non sono bravo in queste cose.»
Lena sollevò le sopracciglia, guardandolo da sotto in su.
«Vuoi stuprarmi di nuovo? Ti ha chiesto di farlo?»
Le era uscita così, come se stessero chiacchierando del più e del meno. Lucio aveva sorriso, e lo aveva visto, che era bellissimo, ma aveva visto anche lo stesso sudore sulla fronte di quella volta a casa sua.
«No.» Si era mordicchiato il labbro. «Ma mi ha detto che posso scambiarti.»
C'era stato un lungo silenzio, le era sembrato che stesse scherzando, poi che non stesse scherzando affatto. Poi le sembrò normale che andasse così.
«La siringa te l'ha data Marta?»
Lucio aveva annuito.
«La siringa me l'ha data Marta.»
Lena si era guardata le mani.
«Marta.»
«Ma lei non lo sa. Non le ho detto per cosa è.»
Scambiata con Alex. Finire in gabbia, magari nella gab-

bia di Saverio. Morire di fame. Lì per lì non le sembrò un cattivo progetto.

«E come funzionerebbe?» chiese.

«Saliamo in auto e dopo che siamo partiti mi dà le indicazioni su dove portarti.»

Lena aveva annuito. Poi aveva scosso la testa. Poi aveva riso.

«Tu lo sai che non te la ridarà mai, vero?»

«Sì, invece, ci sarà uno scambio, lei per te.»

«No.»

«Sì.»

«No, Lucio, lui è armato.»

«Forse. Però magari tu potresti fare qualcosa per distrarlo, e noi potremmo scappare.»

Era di un'ingenuità quasi imbarazzante.

«E perché dovrei farlo?»

Lucio si fece serio.

«Perché Alex è migliore di te. Meriti più tu di lei di stare in quella gabbia.»

E aveva ragione, aveva così ragione, il ragazzo debole che non si era fatto piegare sulla sola cosa che la sua donna non avrebbe sopportato, che Lena si alzò.

«E Argo?»

«Lo lasciamo qui, è in un'area cani, non scappa e qualcuno chiamerà aiuto.»

«Finirà in canile» obiettò Lena senza provare alcun dolore al pensiero.

«Ma figurati! Astrid farà il diavolo a quattro per prenderselo, era nelle sue mire fin dall'inizio.»

Sorrisero.

«Lucio, tu lo sai che mi stai mandando a morire, vero?»

Di nuovo lui si mordicchiò il labbro.

«Magari no.»

Aprirono il cancelletto e uscirono lasciando Argo lì dentro. Lena camminava come se nemmeno toccasse il terreno, ma non era una sensazione che si doveva provare quando si era felici?

Forse sono felice perché so che presto morirò.

Arrivarono all'auto che iniziava a piovere, sentirono da lontano Argo che abbaiava.

«Chiama i vigili e di' che c'è un cane chiuso nel recinto del parco, vedrai che fanno uscire subito qualcuno» le suggerì Lucio accoccolandosi di fianco alla ruota posteriore dell'auto.

«Cosa fai?»

«Arrivo subito.»

È il momento perfetto, dovrei scappare ora.

Invece aprì la portiera, sedette, mise la cintura e chiamò i vigili.

Caparzo aveva portato il lavoro a casa, per quanto sarebbe stato passibile di denuncia, trattandosi di materiale riservato eccetera eccetera, ma non aveva più tempo da perdere dietro alle formalità. Il catasto gli aveva dato una mezza risposta e per ora se la faceva bastare, mentre cercava febbrilmente il filmato giusto della sera in cui la Bacarelli, Savelli, Donadio e la Gatteschi si erano trovati tutti nello stesso posto, anche se non insieme. I colleghi non li avevano catalogati correttamente, niente date, solo numeri, bisognava arrivarci. Controllava la Bacarelli e Donadio sull'altro computer, lui attraverso l'auto, lei attraverso il cellulare. Faceva controlli random, erano al parco col cane, non poteva concentrarsi su quello, non finché non avesse trovato la sequenza giusta. Aveva aperto l'applicazione al volo e aveva visto che dal parco lei era ripartita, probabilmente diretta a casa, si preparava a collegarsi con la telecamera e poi sullo schermo le era comparsa sempre lei, il 30 aprile, quando ancora non lo conosceva, la sera in cui era entrata a casa di Savelli. L'inquadratura prendeva il portone, il cancello e un pezzo di strada. La Bacarelli infilava le chiavi ed entrava al buio. Un minuto dopo, forse due, l'auto rossa accostava e si vedeva la bruttona che correva fuori, ridicola sui suoi tacchi, faceva qualche passo sul marciapiede, cercando di guardare in tutte le direzioni, poi prendeva il vialetto e correva al portoncino. Entrava, si accendeva la luce, passava del tempo e poi uscivano tutte e due. Caparzo fece andare indietro il filmato e si avvicinò allo schermo. Era sicurissimo che ci fosse in quel passaggio qualcosa che doveva vedere.

Sicurissimo.

I vigili avevano detto che sarebbero passati a controllare, le avevano chiesto i dati, lei aveva risposto la verità. Del resto, perché mentire? Una donna che sarebbe stata ritrovata morta qualche giorno dopo aveva voluto lasciare il proprio cane in buone mani, aveva senso.

Edificante. Peccato che non sia vero.

Lucio guidava in direzione di Sesto Fiorentino, le mani strette al volante, i fenicotteri sulle ginocchia. Aveva mandato un messaggio al numero sconosciuto, che il telefono aveva subito bloccato:

È CON ME.

e aspettava risposta.

«Non credevo che avresti accettato» aveva detto.

«Non ho più niente da perdere» aveva risposto Lena, per poi aggiungere: «Sono una brutta persona.»

«Tutti lo siamo, la nostra è una brutta specie.»

Pioveva, i tergicristalli andavano e venivano ma il vetro non si puliva mai, perché le spazzole erano consumate e stridevano andando avanti e indietro.

Stridevano.

Il ricordo, come un rimbombo. Pioveva, quel giorno, Betta era ancora viva e lei era sul marciapiede a urlare nel cellulare, in sottofondo c'era un'eco di abbai e un rumore

uno stridio

ritmico, cadenzato. Stridio e poi pausa. Stridio e poi pausa.

Guardava il parabrezza senza vederlo. Lo ascoltava. Lo ricordava.

La Bestia esaminava frame dopo frame la scena. Auto che arrivava, bruttona che scendeva, poi si spostava e l'auto era parcheggiata lì, se ne vedeva solo metà parabrezza. Donadio non era sceso fino a quando le due donne non erano venute fuori insieme. Era lì in macchina e non c'era modo di stringere o di mettere a fuoco, quella era la realtà, non un film. Però non tutti i fotogrammi erano uguali. Nei primi l'auto era completamente nera, sembrava vuota, poi si vedeva Donadio, poi più niente. Buio. Donadio. Buio.

Perché non è sceso a dare manforte alla fidanzata?

Buio. Donadio. Buio.

Cosa lo illumina? Cosa fa?

Sta al cellulare.

E che fa al cellulare mentre la fidanzata va a prendere un'altra pazza in casa di un sospetto assassino?

Si sentì stupido. Donadio stava telefonando.

E a chi telefonava?

Cos'aveva detto, Savelli?

Che era uscito sulle scale perché continuava a ricevere chiamate anonime.

Chiamate anonime.

A quel punto controllò il tracker.

E vide che l'auto di Donadio non si era mossa dal parco.

Guardava Lucio mentre guidava nervoso, il labbro rosso ancora tra i denti.

«Lucio?»

«Sì?»

«Lo sai che la mia amica Betta non guidava?»

Nessuna risposta, nemmeno un gesto.

«Non aveva la patente, Alex la prendeva in giro, mi diceva che voleva fare la donna emancipata ma poi era schiava dei tassisti. Quando è venuta da voi pioveva, vero? Perché me li ricordo, i giorni prima che morisse, pioveva sempre.»

Silenzio ancora.

«Alex non l'avrebbe fatta tornare a casa in taxi, non era

il tipo. Ma nemmeno ce l'avrebbe portata lei, perché avrebbero litigato tutto il tempo. Secondo me ha chiesto a te di portarcela. E tu ce l'hai portata.»

«Sai qual è stato l'insegnamento più importante di mio padre?» rispose tranquillo, come se volesse solo cambiare argomento. «Che gli esseri umani dovrebbero estinguersi. Tutti, indistintamente. Solo che non è possibile, siamo in troppi. Però possiamo iniziare dal basso, eliminando gli elementi peggiori. Non dico ucciderli, dico toglierli dalla società, evitare che possano diffondere il loro modo di essere. Se è sbagliato, naturalmente.»

«E chi lo stabilisce che è sbagliato? Tuo padre?» la voce aveva iniziato a tremarle, ma non voleva, non doveva dargli questa soddisfazione.

«Definire mio padre "drastico" è un eufemismo. Ma a fare per quarant'anni la guardia forestale si diventa estremi, è inevitabile. Io non ho visto le cose che ha visto lui, e lui ne ha viste! Cacciatori che scuoiano le prede ancora vive, teppisti che impiccano i cani per divertirsi, barboni che appestano le strade, pazzi che tirano la propria merda addosso alla gente e perfino collezionisti di carrozzoni da circo, immagina la perversione, collezionare i simboli della brutalità umana.»

Ecco.

Ecco.

Lena aveva guardato fuori dal finestrino, avevano superato il casello Calenzano-Sesto Fiorentino e presto sarebbero usciti dal centro abitato. Tornò a osservare lui, che guidava con una mano sola, come un dandy in vacanza.

«E secondo lui sai cosa ci andava in quei carrozzoni? Ti do un indizio: non sono animali.»

Sorrideva, era un ghigno spettrale, non sembrava affatto un folle che rapisce la gente.

«Le brutte persone» aveva detto a bassa voce Lena.

Lui aveva annuito, il ciuffo morbido, la pelle chiara, le labbra rosse, sembrava un ragazzino.

Non è un ragazzino.

È un mostro.

Lo sguardo le scivolò verso il cellulare con i fenicotteri in equilibrio instabile sulle ginocchia di Lucio, vicino alla mano che restava nascosta tra le gambe.

Sta impugnando qualcosa.

«Il cellulare di Alex non è collegato a una fonte di energia, quindi non può fare backup» osservò piano. «Non deve arrivare nessun messaggio, vero?»

«Oh sì, invece.»

E prima che potesse tentare qualunque cosa aveva visto la siringa arrivare.

30

Le ombre si rincorrevano, grigie, verdi, nere.

Era convinta di aver gridato, di continuare a gridare ininterrottamente, e invece il solo suono che emetteva era un lamento lungo e strascicato, il vagito di una vecchia.

Mi ha drogata. Come Caparzo ha drogato Argo e i cani di Astrid.

Eppure non aveva perso conoscenza, era ancora seduta al suo posto, la cintura allacciata, a un'occhiata disattenta sarebbe sembrata solo una viaggiatrice assonnata. Non poteva girare la testa, le sembrava pesantissima, ma sentiva la voce tesa di Lucio mentre guidava e parlava al telefono.

«Sono io, l'ho presa. Ho tolto il tracciatore dall'auto, sono per strada, devo sapere se dormono e se la sua è pronta. Richiamami o mandami un messaggio.»

Non è uno. Visto, Cecco? Non è uno solo.

Avevano rallentato e, anche se tutto sfocato, riusciva a vedere davanti a sé. Erano quasi a Prato. Poi Lucio aveva gridato

«Oh cazzo! Oh cazzo, cazzo, cazzo!»

e Lena si stupì, perché lei Lucio non lo aveva mai sentito gridare. La sua mano le entrò nel campo visivo, si sentì toccare sulle gambe, poi l'auto svoltò, accelerando, cercando di uscire dal centro abitato e di salire su per la collina. Alle ombre di prima se ne erano sostituite di verdi, poi lunghe file grigiognole

Sono muretti di pietra.

nella luce che iniziava a scarseggiare, quindi l'auto si era fermata accanto a quello che le sembrava un campo, un bel campo in discesa

D'estate deve essere proprio un bel posto

non riesco più a pensare lucidamente

ho sonno.

Lucio era sceso ed era passato dietro all'auto, aveva aperto il bagagliaio e aveva spostato delle cose. Poi era andato da lei, aveva spalancato la portiera e l'aveva presa in braccio.

È forte.

Non è un ragazzo, è un uomo.

La sensazione di galleggiare, sobbalzare, poi le mani contro una cosa ruvida e quel che Caparzo non aveva fatto sulle colline dietro casa infine lo aveva fatto Lucio. Lena si era ritrovata nel bagagliaio mentre lui le frugava dappertutto, nelle tasche, nel giubbino

«Dov'è? Dove cazzo è?»

poi le rovesciava addosso la borsa e finalmente trovava il cellulare, l'iPhone, quello che gli aveva consentito di seguirla fino a quel giorno, lo spegneva e poi spariva dal suo campo visivo. Lena restava immobile, anche volendo non sarebbe stata in grado di fare altro, si sentiva debolissima. Sentì un tonfo lontano

Lo ha buttato via

la gita a Monteriggioni

Saverio.

poi Lucio tornò, la guardò per un istante

«Ora ti porto da mio padre»

e chiuse il portellone del bagagliaio dell'Astra con lei dentro. L'auto ripartì, le vibrazioni erano quasi confortanti

Almeno morissi soffocata.

e piano piano quello che le aveva iniettato l'ebbe vinta.

Il segnale funzionava ancora, la app che ti diceva dove si trovava il cellulare indicava che l'auto era a Prato. Non era andato al parco per vedere che fine avesse fatto il tracker, era ovvio che Donadio lo avesse staccato, gettato e se ne fosse andato con la Bacarelli.

Magari lei era d'accordo.

Col cazzo.

Avevano un vantaggio su di lui di una ventina di minuti, ridotti poi a quindici e adesso quasi a dieci. Era pronto a mettere il lampeggiante sull'auto e a superare i limiti di velocità, se necessario.

L'ho sempre detto che era Donadio, l'ho sempre detto, io non mi sbaglio.

Non era più tempo per i se e per i ma, Donadio era uno dei due, l'altro, Marco Sartori o chi cazzo fosse, stava là dove c'era la gabbia di Bartolomei, nel capannone, facevano a turno, uno dentro e uno fuori, tutto dipendeva da quanto lontano era quel capannone da Firenze. Le due impronte erano state rilevate insieme, una sopra l'altra, Vitale non aveva dubbi che Donadio e l'uomo che aveva lasciato un'impronta a casa del vecchio avessero toccato lo stesso oggetto.

La sta portando da lui.

Aveva deciso che li avrebbe ripigliati, una volta vista l'Opel Astra si sarebbe messo dietro buono buono fino a che non sarebbe...

e il segnale si spense.

La Bestia aveva guardato lo schermo, lo aveva pure toccato per esserne certo, ma sì, il segnale del cellulare di Marilena Bacarelli si era spento a Prato, poco a lato di via Firenze, vicino a via degli Ori, ma in che punto, quanto distava da lui?

Intorno è tutto stradette, una ragnatela, se scappa da lì non lo piglio più.

Doveva decidere che fare. Andare lassù

C'è andato a buttare il telefono.

o proseguire verso nord, verso la zona dove si trovava il capannone, là tra Reggio Emilia, Modena e Bologna.

Ci vuole troppo. E tengo sei posti in cui forse devono andare, ma può essere che invece è uno degli altri. È troppo rischio.

Guidava e pensava, dritto oltre Prato, verso Pistoia, quando gli venne in mente una cosa.

Può essere. Da disperato ma può essere. Devo avere una storia buona.

Aveva preso il telefono e aveva chiamato il suo collega Ronchi, chiedendogli il favore della vita.

Non si era proprio svegliata, la percezione del suo corpo era arrivata gradualmente. Un orecchio aveva caldissimo, l'altro orecchio aveva freddissimo. Un piede le formicolava e la schiena le faceva male in un punto perché picchiava contro qualcosa di duro.

È una zampa di Argo, Argo è salito sopra il letto.

Ma Argo non c'era, Argo era

Da Astrid?

in un parco sotto la pioggia e Saverio l'avrebbe ammazzata, se solo lo avesse saputo

Saverio è morto.

La consapevolezza l'aveva svegliata un po' di più. Era ancora nel bagagliaio dell'Opel Astra e stava ancora viaggiando. Da quanto tempo era lì? Non portava l'orologio, non aveva modo di saperlo. Cercò di spostarsi per far sparire il dolore alla schiena, provò a piegare un braccio per arrivare in quel punto con la mano ma non era possibile. Si spinse come poteva in avanti, toccò con la faccia la plastica del bagagliaio e piegò ancor di più il braccio. La cosa che le premeva sulla schiena era una specie di triangolo duro, liscio, gli angoli smussati. Cercò di spostarlo ma niente da fare. Lo seguì con la punta delle dita, scese fino a un certo punto, poi non ci arrivava più. Girò il braccio nell'altra posizione e provò a risalire ma non sentiva niente. Tastò più in basso, lungo la schiena e toccò una cosa fredda, le fece scorrere sopra le dita, poi si spinse in su con i piedi, tornò alla vecchia posizione del braccio, ecco il triangolo, a scendere, scendere e di nuovo la cosa lunga, fredda e liscia.

È un fucile.

Sono sdraiata di fianco a un fucile.

Si vide in ginocchio a terra, la canna contro la nuca.

Magari.

Ma no, non ci credeva, dopo tanta fatica non sarebbe finita con così poco. Era intorpidita, la bocca asciutta, un senso di vertigine, le sembrava di cadere avanti e indietro, eppure stava ferma.

Come ho fatto a essere così cretina? Come ho potuto pensare che Alex si facesse prendere da un tizio qualunque sul treno? È salita con Lucio, Lucio l'ha filmata, l'altro

suo padre?

ha pensato a far tornare indietro l'auto così che le telecamere la vedessero.

E quindi non ci sarebbe stato nessuno scambio, nessuna liberazione, lei era una brutta persona, giusto?

Giusto.

Così come Saverio, Fermo, Alex stessa, brutte persone da cui liberare il mondo. Però senza ucciderle, uno dei principi più cretini dell'universo, l'estremismo del politically correct.

Posso provare a prendere il fucile, lui apre il bagagliaio e glielo punto.

Non sarà carico.

E chi lo dice?

Si era allungata di nuovo, aveva toccato l'impugnatura e la base della canna, il grilletto non lo trovava, probabilmente aveva una percezione sbagliata della forma.

È fermo, agganciato a qualcosa, non si sposta.

Provò a spingere la canna con le gambe, ma niente. La macchina iniziò a sobbalzare, segno che non viaggiavano più sull'asfalto.

Saverio è morto in mezzo al nulla, alberi, sterpaglie un sentiero.

Siamo quasi arrivati.

Non credeva di avere più un istinto di sopravvivenza, pensava che ormai le si fosse spento dentro tutto, eppure qualcosa di primordiale ancora c'era, ed era lì, a spingerla a cercare un oggetto, il cric, quell'affare per svitare i bulloni, un ombrello, ma non c'era niente di simile, solo la sua borsa vuota e sparpagliati in giro il collirio, i fazzoletti di carta, le chiavi di casa, qualche golia, i sacchetti per la cacca di Argo, il suo collare...

Un attimo di lucidità mentre l'auto sobbalzava ancora ma cominciava a rallentare. Le mani frenetiche a cercare mentre il motore taceva e la portiera si apriva e i passi, quel rumore di ghiaia calpestata, lo scatto della serratura

Oh dio, Saverio, aiutami!

il portellone che si sollevava sul nero più completo, e in quel nero la sagoma di Lucio piegata in avanti, illuminata dalla lucina del portellone e Lena che, con tutte le forze che aveva, gli piantava nella coscia la siringa che Alex le aveva dato per sedare Argo se avesse attaccato un altro cane e poi spingeva lo stantuffo e buttava tutto dentro, purché non fosse scaduta, purché non fosse marcita, era lì nella borsa da più di un anno, e Lucio aveva urlato e l'aveva colpita ma non abbastanza forte e lei lo aveva spinto e si era buttata fuori dal bagagliaio franando a terra, perché le gambe non la tenevano su, poi si era aggrappata, mentre lui l'agguantava ma se la faceva sfuggire perché si doveva levare dalla coscia l'ago, e poi rovistava nel bagagliaio

Cerca il fucile.

e gridava

«Oh, cazzo! Oh dio, oh cazzo!!!»

non si sa per quale ragione, con un terrore nella voce che le fece pensare che ci fosse un animale velenoso, uno scorpione, una tarantola, aveva viaggiato con una tarantola e ora correva alla portiera, i fari spenti, il motore pure

Fa' che le chiavi siano nel quadro.

mentre da dietro arrivava lo scatto del fucile che veniva aperto

Lo carica
con quanti colpi?
quanti colpi ha un fucile?
mentre lei strisciava al posto di guida, girava le chiavi, tirava e premeva tutto quello che trovava finché i fari si erano accesi e aveva girato la chiave e dato gas e l'auto era balzata in avanti e l'aveva fatta sbattere contro il volante, il clacson aveva suonato, o forse era stata lei, brancolando per trovare il cambio, e Lucio di colpo era lì, accanto alla portiera aperta, il fucile che si alzava mentre Lena premeva tutto l'acceleratore e l'auto faceva un altro balzo in avanti, storta, e il colpo di fucile partiva, sì, ma non prendeva lei né l'auto, che andava a strappi
Non devo ingolfarla
non controllo le gambe.
con il rischio di uscire da una strada che non c'era, dov'era la strada, era erba e sassi e polvere ovunque, in qualunque momento poteva finire in una buca a infossarsi, e allora Lena si era voltata e nel bosco aveva visto qualcosa muoversi e disperata si era aggrappata al cambio, lo aveva spinto in prima e aveva premuto l'acceleratore a tavoletta e l'auto aveva ruggito ed era volata avanti, sollevando sassi ed erba, poi prendendo con una ruota quello che sembrava essere un sentiero e aveva cambiato, messo in seconda, spinto al massimo e di colpo lì davanti c'era una costruzione, saltata fuori dal nulla, e aveva frenato e l'auto era scivolata sulla ghiaia e la polvere e si era mossa di lato, poi si era girata e aveva sbattuto con il bagagliaio aperto contro il muro.

Ora il muso e le luci erano rivolte verso il sentiero da cui era venuta.

Guardava per vedere se Lucio arrivava.

Non lo aveva staccato di molto, duecento metri, forse.

Cercò di nuovo il movimento tra gli alberi, qualcosa, ma non c'era più nulla e allora scese, il fiato corto, la bocca asciutta, poco oltre la macchina c'era una porta semiaperta, e lei lo sapeva cosa avrebbe trovato dentro, ma non vide alternativa.

Almeno saprò dove ha vissuto in questi due anni.

Scese tenendosi in piedi come poteva, gli occhi al sentiero, spinse ed entrò.

«Fa' che non m'aggio sbagliato, fa' che non m'aggio sbagliato.»

La posizione la conosceva, se l'era segnata sul telefono e corrispondeva più o meno alla zona di uno dei capannoni. Ronchi all'inizio gli aveva detto di no, che non se ne parlava, ma poi come faceva? E Caparzo gli aveva detto:

«Ti spiego dopo, il sovrintendente mi aveva dato il permesso, Ronchi fallo o qui della gente muore!»

e forse qualcosa nella sua voce, non minaccia, piuttosto convinzione – e se un poliziotto è convinto è convinto – aveva spinto Ronchi a chiamare quelli delle intercettazioni.

«Avete ancora le coordinate della Bacarelli? No, non per tracciare il cellulare, non serve, ma dice Caparzo che sul suo telefono c'era un coso, un programma, uno di quelli per ritracciare il collare del cane, la medaglietta. No, non un satellitare, uno che se c'è un telefono vicino lo vede, col coso, il bluetooth. E non chiedetelo a me è Caparzo che dice che c'era. Ci sarebbe bisogno di rintracciare il collare.»

Avevano fatto storie e Ronchi era rimasto in bilico tra il quieto vivere e quella sensazione che gli aveva trasmesso il collega. Allora invece di chiamare il sovrintendente aveva cercato l'ispettore della questura, Ridenti.

«Signore, chiamo da parte di un collega, Francesco Caparzo.»

Ridenti si ricordava di lui, era quello che aveva fatto un lavoro molto meticoloso su Fermo Berselli. Aveva chiamato la Bestia mentre era in auto, e quello era stato il momento in cui Cecco si era fatto avanti a gomitate e aveva dato il meglio di sé.

«Io e la signorina Bacarelli abbiamo fatto conoscenza, signore, quel giorno che me l'ho riportata io dal colloquio con lei, si ricorda? Abbiamo parlato e mi ha fatto pena, porella, mi diceva che aveva paura e io mi chiedevo ma paura di che,

che è tutto finito? Allora il sovrintendente lo sa, che ho fatto qualche ricerca, sa quella cosa del posto dove hanno trovato Berselli, ecco, io mi sono creduto che lo hanno portato con un mezzo agricolo, e che quindi non potevano stare troppo lontano. E per farla breve, signore, oggi stavo libero e ho visto la signorina al parco con uno, che mi credevo il fidanzato, e lei ha visto me, ma mi ha fatto un cenno, con uno sguardo, che proprio mi sembrava una richiesta di aiuto. E allora li ho seguiti un po', però poi ho perso le tracce e ho provato a chiamarla ma il telefono è staccato e credo che sta capitando qualcosa di brutto, signore, sono serio. Brutto assai. E siccome lei ha nella borsa questo collare del cane, che me lo disse che lo teneva in borsa allora mi chiedevo se non era che si poteva trovarlo, questo collare. Magari lei e il fidanzato stanno facendo una gita, però per quello che ho visto io le dico di no. E cose brutte ne ho viste, signore, le riconosco, le cose brutte.»

Sarebbe finita in nulla, se Ridenti non avesse già saputo del cane abbandonato, glielo avevano riferito perché tutti sapevano chi fosse la Bacarelli, e i vigili dicevano che aveva chiamato lei per segnalare il cane, cosa per lo meno strana, chi abbandona il cane per segnalarlo? E quindi sì, l'autorizzazione era arrivata, bastava che il collare fosse nelle vicinanze di un bluetooth, a dieci metri, e che questo ricevesse il segnale e mandasse il riconoscimento al satellite, meglio ancora se era un cellulare con i fenicotteri abbandonato sul fondo di un'auto. La posizione era arrivata sul cellulare di Caparzo ed era straordinariamente vicina a uno dei sei capannoni in provincia di Reggio Emilia dove forse Saverio Bartolomei era rimasto prigioniero.

«Fa' che non m'aggio sbagliato» si ripeteva la Bestia, mentre le gomme della sua auto cominciavano a saltare là dove la strada spariva.

Quella dei fari era l'unica fonte di luce, ma era sufficiente. Il capannone da dentro le sembrava enorme, gigantesco, tutto di cemento e solo con due file di finestre in alto, sul lato da cui era entrata lei e su quello opposto, laggiù in fondo. Il primo carrozzone era subito lì, a tre metri dalla porta. Era un carrozzone da circo fatto e finito, circa cinque metri per due, di un colore bluastro, non si capiva bene. Aveva delle grosse ruote di legno tutte scrostate e una cornice intarsiata che non era messa meglio. Ce n'era un altro di fianco, diverso, meno alto e più corto, di un colore che non riusciva ad afferrare, forse giallo, e dopo ancora se ne intuiva un terzo. Si spostò di un paio di passi, incespicando. Sul lato più corto ne vedeva uno solo, ma oltre c'erano delle masse scure che sussurravano di essere ulteriori carrozzoni.

Non è una gabbia sola. È un intero circo.

Saverio stava qui.

È rimasto qui due anni.

Finché non l'ho fatto uccidere.

Era tornata sui suoi passi, lo sgomento così forte che le aveva tolto Lucio dalla mente. L'odore lì dentro era nauseabondo, un po' di stalla, un po' di porcile, un po' di cimitero. Avvicinandosi alla gabbia le era arrivata una zaffata di merda e piscio e qualcosa di dolciastro.

Fieno?

C'era anche un ulteriore odore, un odore nascosto, lo aveva sentito di già, non in ospedale ma in un ricovero per anziani

cancrena

dove era entrata ad accompagnare sua madre, una volta, e che poi era stato preso di mira dai NAS per maltrattamenti e incuria. Era ancora sotto l'effetto del narcotico, stava in piedi incerta e forse quello che vedeva era un'allucinazione, perché le sembrava che oltre le sbarre ci fosse un Buddha, un uomo enorme, gigantesco, addormentato.

Peserà duecento chili. È un fenomeno da circo, vero.

Era vivo perché il suo respiro ronzava, ma non era russare, somigliava di più a un rantolo. Non sembrava sonno, il suo, piuttosto catalessi. Sopra la gabbia c'era scritta una parola, come su un'insegna, era

СЛОН

Vicino al corpo c'erano due grossi secchi, non si vedeva cosa ci fosse dentro, e tutt'attorno fieno, o paglia, buttata sul corpo per scaldarlo.

Come le bestie.

Le bestie da punire.

Finalmente si ricordò di Lucio, voltandosi verso la porta, ma non c'era niente, solo la luce dei fari. Passò davanti alla gabbia, temendo che da un momento all'altro l'uomo obeso potesse aprire gli occhi e fissarla, come nei film dell'orrore.

Devo trovare quella di Saverio.

Perché? Saverio non è lì.

Voglio trovarla lo stesso.

Nella gabbia di fianco c'era una donna, piccola, rannicchiata in un angolo in mezzo alla paglia, si vedevano soltanto i capelli lunghi e biondi, o forse bianchi, che spuntavano oltre la testa.

È una collezione. Una collezione di persone. Lucio fa collezione di persone.

E lì urtò qualcosa a terra, rischiando di cadere. Lo guardò senza toccarlo, era uno stivale di gomma grande, da uomo, poco più avanti ce n'era un altro ma se lo avesse raggiunto sarebbe uscita dall'ultima lingua di luce e si sarebbe ritrovata al buio. E in quel momento il rumore di passi sulla ghiaia, la voce di Lucio, irriconoscibile perché piena di terrore e furia e follia, che attraversava la porta spalancata urlando

«DOBBIAMO ANDARE VIA! C'ERA IL COLLARE DI ARGO NEL BAGAGLIAIO! DOBBIAMO ANDARE VIA!».

L'ultimo segnale era a mezzo chilometro da lui. Aveva fermato l'auto quando si era reso conto che non si spostava più. Era a mezzo chilometro da dove, secondo le mappe catastali, si trovava uno dei capannoni in disuso. Nel bel mezzo del nulla, nessuna strada segnata, si chiedeva come diavolo avessero fatto le ruspe ad arrivare fin lì per costruirlo. Aveva lasciato l'auto con i fari spenti, aveva preso la pistola e si era mosso a piedi, illuminando soltanto il terreno davanti a sé con il cellulare. Non sentiva nessun rumore, nessun grido, eppure lei doveva avere reagito.

A meno che non le ha già fatto la festa.

Ma non ci voleva credere, non era coerente con il quadro.

Tutta questa fatica, tutta questa fatica buttata.

Era avanzato il più velocemente possibile, cercando di non fare rumore, ma da poco distante era arrivato uno scoppio

Fucile.

e un rombo di motore, quindi aveva abbandonato le remore, buttandosi in avanti verso il punto da cui proveniva il suono, ma poi un rumore, rami spezzati, una corsa, e si era chiesto se sparare subito, però

Magari è lei che scappa.

dopo aveva contato, uno, due, tre, quattro e di scatto aveva alzato la torcia del telefono e la pistola insieme.

La donna era nuda.

Completamente, e magra, magrissima, accecata dalla luce.

Per un attimo gli era sembrato

No, non è lei.

e allora aveva detto

«Che ti è successo, picceré?»

e quella si era messa a strillare come una pazza, le mani in faccia, e aveva cercato di scappare, così lui l'aveva presa e aveva fatto la voce grossa

«Ferma! Polizia! Agente Francesco Caparzo!».

Era cambiato tutto in un attimo. Lei lo aveva guardato. Oh, come lo aveva guardato

«Lei è un poliziotto? Veramente?»

ed era scivolata a terra. Caparzo le si era piegato addosso come una campana, l'avrebbe protetta sotto il proprio scudo, lui, il salvatore.

Ma non posso, c'è prima l'angelo redentore.

Aveva un odore incredibile addosso, odore di animale, e non ebbe bisogno di pensare altro.

«Dove stanno le gabbie?»

La donna era scoppiata a piangere, e a ridere, e aveva indicato un punto alle sue spalle, ma quando lui aveva mosso un passo si era aggrappata alle sue gambe.

«No! Non mi lasci sola!»

Allora Cecco si era levato il giubbino e gliel'aveva messo addosso e poi le aveva dato in mano il cellulare.

«I colleghi miei stanno arrivando, mi rintracciano con questo, tu tienilo che loro ti trovano.»

E se n'era andato fottendosene del freddo e del buio, lui non aveva bisogno di calore e luce, lui era calore e luce, perché era Cecco l'Eroe.

E un eroe solo la pistola deve tenere.

L'ombra di Lucio si era allungata sulla porta e Lena non aveva avuto altra scelta che entrare nel buio. Aveva superato il carrozzone della donna e il secondo stivale, era arrivata alla terza gabbia, così buia da sembrare vuota. Si era messa appena dietro e aveva visto Lucio entrare con il fucile in mano.

«LENA!»

aveva gridato, e la voce gli si era rotta sulla "e". Aveva fatto un passo ed era quasi inciampato.

Non era scaduto, il tranquillante sta facendo effetto.

«È qua dentro! È dentro, l'ho vista entrare! Mi ha iniettato... non so cosa...»

Si era spostata indietro nel buio, muovendosi a tentoni, aveva trovato dell'altro legno, il bordo di una nuova gabbia, e si era acquattata a terra per guardare da sotto le ruote. Vedeva i piedi di Lucio che si muovevano, che avanzavano dall'altro lato, parallelamente a lei.

Se aspetto abbastanza tempo crollerà, così come sono crollata io.

Ma il problema non era quello. Il problema era che Lucio stava gridando a gran voce, e non gridava a lei.

«La medaglietta... non l'avevo vista... dobbiamo andare, quelli arrivano...»

La voce gli si impastava, come se avesse la bocca riarsa.

Il complice

suo padre

è qui.

Lena guardava a terra, faceva scorrere gli occhi tra le ruote, oltre alcuni mobili accatastati in mezzo a quel cerchio di carrozzoni e non vedeva altre gambe tranne quelle di Lucio. Pensò agli stivali a terra.

Se li è levati quando siamo entrati. Forse è sul tetto di uno dei carrozzoni.

Quest'idea la terrorizzò, si rialzò velocemente e una mano la sfiorò, strappandole un urlo. Subito, di rimando:

«LENA!»

la voce di Lucio che cambiava direzione, che tornava verso la porta e veniva da lei. Lena brancolava, trovava ancora la mano, si ritraeva, ma quella era inerte, sporgeva solo da una gabbia, che era grande, grandissima, molto più di tutte le altre, e su quel lato, come sull'altro, c'era solo quella.

Perché non si svegliano? Perché non si sveglia nessuno?

«È stata un'idea del babbo, non mia!» gridava Lucio, come ubriaco. «A lui glielo ha detto un tizio che c'era questo posto. E lui è venuto a vedere, e gli è venuta questa idea, che queste gabbie erano perfette per le persone!»

Era arrivato alla gabbia dell'uomo grasso, Lena lo vedeva perché stava piegata in avanti e più lui avanzava più lei arretrava.

«E poi ha detto che se non mi svegliavo fuori metteva dentro anche me! E io mi sono...»

Un tonfo, alla fine Lucio era caduto davanti alla gabbia della donna con i capelli lunghi fuori dalla paglia. E da lì, da terra, l'aveva vista. Aveva riso, ma era un singulto.

«Tanto non scappi, Lena, da qui non scappa nessuno.»

E lei si era messa a correre dall'altra parte, sperando che il tranquillante gli avesse annebbiato la mente quanto bastava.

«Dobbiamo eliminare... le tracce...!»

Era arrivata sull'altro lato e ora vedeva delle finestre, in alto, riquadri blu scuro sul nero, e sotto appena ombre di cinque carrozzoni, due da un lato, tre dall'altro.

Quanta gente ha preso?

Non sentiva più niente. Si era abbassata e i piedi di Lucio erano spariti.

Dov'è?

Era rimasta immobile, le finestre in alto che l'abituavano a distinguere le sagome nel buio, alle sue spalle un odore terribile che veniva da un altro carrozzone, di fronte uno pieno di paglia e lì accanto

Non è possibile.

una gabbia aperta, le sbarre che erano scorse di lato.

È la gabbia di Saverio?

Qualcosa le dava l'idea che sì, poteva essere, si era avvicinata e forse le era sembrato di riconoscere la cornice, ma non c'era dentro nulla, nemmeno la paglia.

Sembra preparata per

«Hai trovato la tua gabbia?»

Si era voltata di scatto, barcollando indietro e Lucio era lì. Alla fine aveva fatto il giro dall'altra parte, il narcotico non era stato sufficiente, per quanto non riuscisse a stare dritto, dondolava continuamente, rimanendo aggrappato al fucile. Ondeggiava e Lena non era certa che la vedesse meglio di quanto faceva lei, forse sarebbe bastato voltarsi e scappare via verso la porta.

E l'altro? Dov'è l'altro?

«Non c'è via d'uscita. Lena. Né per te né per noi.» Improvvisamente la sua voce era triste, tristissima. «Saverio aveva ragione.»

Si era voltato verso la gabbia lunga e stretta alle sue spalle. Aveva fatto un passo in avanti, si era chinato a bisbigliare e Lena aveva sentito

«Ho fallito... anche stavolta... mi dispiace, papà...»

poi aveva puntato il fucile e sparato. Il boato le aveva fatto fischiare le orecchie e nel lampo di luce del fucile Lena aveva visto che Lucio piangeva.

È vicino. È più vicino di quel che mi sembrava.

Non riuscirò a scappare.

Si era voltato verso di lei.

«Tu e il tuo piano di merda.»

Aveva alzato il fucile.

Il secondo boato era stato meno spaventoso, ma il rimbombo era andato da un angolo all'altro del capannone, alla faccia del cemento che attutisce i suoni. La testa di Lucio era come esplosa, una macchia di nero nel nero. Lena si era voltata verso l'angolo alle sue spalle. Dalla porta aperta la luce dei fari creava un alone intorno alla figura di Francesco Caparzo, detto Cecco, l'Eroe.

«AGENTE FRANCESCO CAPARZO, I COLLEGHI SONO SULLA STRADA, STANNO PER ENTRARE! ABBIAMO NOI LA RAGAZZA CHE È SCAPPATA!»

Dopo il suono degli spari la voce della Bestia aveva riempito ogni angolo del capannone e Lena aveva pensato che stesse bluffando, chi poteva arrivare fin lì?

Lui ci è arrivato.

Poi le era piombato addosso, le aveva chiesto

«Stai bene, sì?»

e lei aveva alzato un braccio, indicando un punto che non voleva vedere.

«Era suo padre. Guardia forestale. Collezionavano persone.»

Caparzo aveva guardato verso quel punto, con un'espressione indefinibile. Poi, mentre in lontananza si iniziavano a sentire le sirene, si era chinato a bisbigliarle qualcosa. Quindi era tornato alla porta, in una mano la pistola, nell'altra il fucile di Lucio. Lena era rimasta raggomitolata a terra, incapace di muoversi in quella specie di cimitero di mostri addormentati. Poi le prime luci e le voci, rumore di passi, grida, un poliziotto era sbucato da dietro l'angolo, le si era avvicinato con una torcia e le aveva detto

«Venga».

Ma lei lo aveva prima guardato

«Per favore»

e poi supplicato di darle una luce o almeno accompagnarla, doveva guardare dentro i carrozzoni, tutti i carrozzoni, altrimenti non sarebbe sopravvissuta a quella notte. Lui aveva acconsentito e insieme si erano passati tutte le gabbie, una a una, le cinque intorno al cadavere di Lucio, un uomo di mezz'età, un tizio con i capelli lunghissimi che dormiva con la lingua di fuori, una gabbia vuota più piccola delle altre, con davanti una griglia al posto delle sbarre, un'altra gabbia vuota ma piena di paglia e quella bassa con dentro il cadavere a cui Lucio aveva appena fatto saltare la testa. Passato l'angolo, in una gabbia con due ciotole per cibo e acqua, una donna supina, la bocca aperta senza denti, i capelli di due colori. Lena aveva allungato la mano, le aveva toccato le unghie spezzate, la pelle ruvida delle braccia e aveva detto

«Alex»

piangendo e piangendo ancora, cadendo sulle ginocchia con il poliziotto che le chiedeva

«La conosce?»

e lei faceva di sì, poi si rialzava e tornava sull'altro lato, di nuovo dall'uomo obeso e la donna con i capelli lunghi e subito oltre, alla luce della torcia, un uomo sdraiato di spalle nella gabbia in fondo, e ancora la gabbia più grande di tutte con dentro due donne e un uomo, e di nuovo quella vuota e davanti il cadavere di Lucio.

Di Saverio restava solo la gabbia spalancata destinata a lei.

Undici carrozzoni da circo che sarebbero risultati appartenere, come il capannone stesso, a Eraldo Zavatta, deceduto otto anni prima, ed ereditati dal figlio, Vasco Zavatta, latitante, accusato di frode fiscale. Di questi due erano vuoti e dal terzo era scappata la ragazza nuda che per prima era stata incontrata dall'agente scelto Francesco Caparzo. Negli altri c'erano dieci persone, quattro donne e sei uomini, uno era stato ucciso da Lucio Donadio prima che venisse a sua volta freddato. Le chiavi dei lucchetti dei carrozzoni erano tutte insieme in quella che poi sarebbe stata definita la "postazione di controllo", ma il funzionamento di apertura delle gabbie non era stato immediato per tutte, alcuni avevano detto "spacchiamo", la Scientifica, ancora per strada, aveva ordinato di no. Il paramedico che era arrivato con la prima ambulanza e che aveva controllato lo stato dei prigionieri aveva detto che erano in coma farmacologico, probabilmente tutti intossicati da un potente narcotico. Erano stati trovati tre fucili caricati con fiale, tutti e tre in dotazione alla guardia forestale. Le ricariche per i fucili erano circa un centinaio, stivate in una cassa insieme agli effetti personali delle vittime. Difficile abbinare documenti e persone, al momento, anche perché i primi erano più delle seconde. Non era stato trovato nulla che potesse essere riferito a Saverio Bartolomei, c'era invece la patente di Domenico Donadio, ex guardia forestale e padre del giovane che aveva sequestrato Marilena Bacarelli.

«Folie à deux» aveva detto il primo ispettore arrivato sul posto.

Secondo il racconto della Bacarelli, Donadio aveva dichiarato che lui e il padre rinchiudevano lì le persone che ritenevano indegne di stare nella società. Entrambi animalisti convinti avevano imprigionato le loro vittime trattandole come animali, fornendo loro ciotole di cibo e acqua e paglia con cui coprirsi. Erano tutti, senza eccezione, nudi.

«La ragazza che è scappata è stata inseguita da Donadio padre, poi probabilmente lui ha sentito arrivare l'auto, è rientrato, si è spogliato e si è nascosto in una gabbia per fingersi una delle vittime. Abbiamo trovato a terra degli stivali di gomma misura 45 e una tuta verde da operaio.

Il figlio è stato drogato dalla Bacarelli, non si sa bene con cosa, faremo le analisi. Ha visto il collare del cane, grazie al quale lo abbiamo rintracciato, si è sentito braccato e ha ucciso il padre, forse con l'intenzione di commettere un omicidio-suicidio. Lo ha anticipato l'agente Caparzo, senza il quale non saremmo mai arrivati a scoprire questa specie di abominio.»

L'ispettore aveva parlato bene, e Caparzo lo aveva ascoltato da un angolo vicino alla porta mentre guardava Marilena Bacarelli salire su una volante insieme alla ragazza nuda, ancora coperta dal suo giubbino. Anche se c'era buio tra loro era passata la consapevolezza che una promessa è una promessa, la Bestia aveva fatto la sua parte e prima o poi sarebbe toccato all'angelo redentore.

Prima o poi, piccerè.

Per lui non era ancora tempo per la settimana di riposo.

La ragazza nuda con il giubbotto di Caparzo era salita con le sue gambe sulla volante. Le avevano chiesto se volesse tornare al capannone per aiutarli e aveva risposto

«Piuttosto ammazzatemi».

Lena era salita accanto a lei. Per qualche minuto avevano viaggiato in silenzio. Poi le aveva chiesto

«Sei davvero riuscita a scappare?».

L'altra non l'aveva guardata, aveva piegato gli angoli della bocca in giù, con stizza.

«Diciamo di sì» poi aveva sbuffato in una maniera così animalesca che a Lena era venuta la pelle d'oca. «Mi ha lasciata scappare. Mi ha lasciata scappare solo per darmi la caccia e spararmi. L'avevano già fatto con altri prigionieri. Ce l'avevo dietro, potevo correre quanto volevo ma ce l'avevo dietro. Ho sentito lo sparo e ho pensato che era fatta, invece non aveva sparato lui, aveva sparato qualcun altro, qualcuno che arrivava con la macchina. Per questo è rientrato e mi ha lasciata andare nel bosco, forse pensava di venire a riprendermi dopo, tanto dove andavo?» aveva abbassato la voce. «Piuttosto che farmi riprendere mi sgozzavo con un ramo secco.»

La macchina era quella di Lucio, lo sparo era rivolto verso di lei e quella ragazza era l'ombra che aveva visto muoversi nel bosco. Le era salita la nausea, avrebbe voluto dire qualcosa ma poi aveva preferito guardare fuori dal finestrino e aveva ripensato alle ultime parole che le aveva sussurrato Caparzo prima di andare alla porta per accogliere i colleghi.

«Non l'ha sparato, piccerè. Non te l'ho detto perché volevo che succedeva qualcosa, ma io ne so di spari, non l'ha sparato a lui, all'uomo tuo, ha sparato davanti ma no a lui. È caduto o s'è buttato a terra, ma aveva la schiena pulita. Guardatelo bene, il filmino, guardatelo, perché quel cadavere non lo trovano.»

E dunque la speranza, e dunque la disperazione, e dunque la vita, ancora.

«Hai conosciuto un ragazzo lì dentro? Che si chiamava Saverio Bartolomei?»

Non si era voltata a guardarla, forse non voleva davvero una risposta. Che invece arrivò.

«Lui lo diceva sempre. "Un giorno la mia Maria arriverà qui e ci salverà tutti. Perché lei è la mia Madonna".»

Lena era rimasta rivolta al finestrino.

«Hai fatto tardi» aveva aggiunto la ragazza.

Invece no.

Non si dissero più una parola fino a Firenze.

Non si resero mai conto di essersi già incontrate.

Le ambulanze erano arrivate a passo d'uomo, per primi andavano portati via i più disidratati. Non era stato possibile stabilire come sarebbe stato estratto l'uomo obeso dalla gabbia, erano in dubbio se l'ambulanza per pazienti bariatrici sarebbe riuscita a passare nel sentiero, si valutava l'ipotesi dell'elicottero. Le gabbie erano state tutte aperte e in due era stato trovato un doppio fondo in cui erano nascosti altri fucili, un taser, una frusta, un tablet, un cellulare e dei vestiti.

La Scientifica era arrivata tuonando di non toccare niente e avevano iniziato a delimitare il perimetro. Caparzo era rimasto a lungo al telefono, tutti volevano parlargli, il questore si era congratulato, Ridenti era in arrivo con l'intera squadra che stava ricollegando tutti i nomi di quell'indagine, compreso Gianluca Savelli, la cui scomparsa in quel momento aveva assunto tutt'altro significato. C'erano molti messaggi in segreteria e si sedette per ascoltarli. Uno era della madre della ragazza scappata, la figlia l'aveva chiamata poco prima che i soccorsi arrivassero, piangeva e voleva parlare ancora con lei. Uno era di Ronchi, che cercava la sua fetta di gloria, e gliel'avrebbe concessa, perché se quella sera non avesse superato la sua indole ignava quel posto sarebbe diventato un cimitero. Uno era di Vitale, da Napoli, che se la sentiva di sbilanciarsi a confermare che l'impronta sotto a quella di Donadio corrispondeva a quella rilevata nella casa del vecchio, suggerendogli di tentare il prelievo di altre impronte dallo stesso posto. Cecco godeva del suo momento, il suo grande momento atteso da molto tempo, e avrebbe rimandato la cosa, ma la Bestia invece si era alzato e aveva chiesto un favore a quelli della Scientifica, voleva rilevare un'impronta in una delle gabbie. Loro avevano storto il naso, ma l'agente scelto Caparzo era l'eroe del giorno, potevano accondiscendere a una variazione sulla tabella di marcia, avrebbero fatto la scansione dell'impronta, sempre che se ne trovasse una bella nitida, magari sulle sbarre. L'avevano trovata, l'avevano inviata al database, ma Caparzo aveva insistito, doveva andare a Napoli, da Giuseppe Vitale. E loro l'avevano fatta mandare, non si aspettasse i miracoli, magari Vitale nemmeno era raggiungibile a quell'ora, era notte fonda. E invece Vitale c'era. E l'aveva richiamato. E Caparzo lo aveva ascoltato con attenzione. Con grande attenzione. E poi aveva gridato:

«Fermate le ambulanze!».

L'avevano riportata a Firenze sulla volante insieme alla ragazza nuda. Avevano recuperato il suo telefono in quel campo di Prato, intatto e funzionante, grazie alle indicazioni di Caparzo, a cui avrebbero dato una medaglia o qualcosa del genere per la

sanguinaria

straordinaria prontezza di riflessi. Era rimasta in questura un'ora, giusto per le prime dichiarazioni in attesa del ritorno di Ridenti. Argo era stato preso sotto la sorveglianza di una persona fidatissima del Comune, Astrid Pernice, ci avrebbe pensato lei a lui, per quel che restava della notte Lena poteva tornarsene a casa, le avrebbero messo un uomo davanti alla porta.

Ne ho avuti abbastanza, di uomini davanti alla porta.

Ma non aveva protestato, perché era appena entrata nella sua sesta vita, prima di Saverio, con Saverio, dopo Saverio, con il cellulare, dopo il video dello sparo, ora. E rinascere ogni volta era molto faticoso. Aveva aspettato che tutto tacesse, l'alba si era appena affacciata, e aveva recuperato il Samsung da dove lo aveva riposto Caparzo.

"Guardatelo bene, il filmino."

Lo aveva acceso e aveva selezionato il video. Saverio correva, la scintilla del fucile e

sì

sì, Cecco aveva ragione, nessun segno sulla schiena, il lampo e la caduta avvenivano in contemporanea ma il corpo cadeva intatto.

Lui non ha mai torto.

Infatti lo ha preso, alla fine.

E adesso vorrà la sua ricompensa.

Ma le stava bene, se l'era guadagnata, qualunque fosse. Sentì il trillo dell'iPhone, finalmente innocuo, che annunciava un messaggio, forse di sua madre che aveva acceso la tv, quella mattina. Ma il mittente non era sua madre. L'icona diceva:

1 MESSAGGIO DA SAVERIO

Era un concetto così remoto che per qualche secondo non capì. Poi pensò

Non è vero. Il numero non l'ho mai cancellato, ma non è attivo.

Quasi un anno prima, quando aveva provato a chiamarlo, una voce registrata le aveva detto che non era raggiungibile.

Non inesistente, non raggiungibile.

Ci cliccò sopra.

Quattro parole, inviate due minuti prima.

VENGO A PRENDERTI, MARIA.

Ringraziamenti

Sono molte le persone che mi hanno aiutata nella stesura di questo romanzo, soprattutto per quel che riguarda le questioni tecniche. Ringrazio quindi per la parte veterinaria, sia di procedure che farmaceutica, la dottoressa Elisa Brunelli, la dottoressa Lucia Chieli e la dottoressa Monica Miglionico. Gli anestesisti Camilla Micalizzi, Elisiana Lovero, Paolo Mura e Mariangela Garofalo, insieme alle farmaciste Micol Brescia e Lucia Burrai e al farmacista ospedaliero Gabriele Savini, per l'approfondimento sull'uso umano e animale della ketamina. Annalisa Bagnati e Sara Giustini mi hanno fornito informazioni preziose sulle dotazioni delle guardie forestali. Elisa Bombelli è stata fondamentale per non cadere in errori su compiti e orari di una receptionist. Anna Andalib mi ha spiegato nel dettaglio le mansioni degli operai addetti alla sterilizzazione di ferri chirurgici. Il mio Zorro personale, Simone Bazzanella, mi ha aiutata nella complicatissima parte informatica e Mariangela Remondini mi ha dato una mano per quella sociale. Un ringraziamento particolare all'agente Enrico Costenaro per la pazienza infinita sulle procedure, i ruoli e i vari step di carriera in polizia. Grazie alla mia agente Laura Ceccacci che si getta sempre a capofitto in imprese assurde, tipo me. Grazie alla mia editor Francesca Lang, il cui entusiasmo è stato vitale per spingermi a fare il meglio possibile. Grazie come sempre a Mauro e Cristina che si sono immolati nella lettura critica di 500 pagine nel nome dell'amicizia che ci lega da anni. E sempre siano benedette le mie sei lettrici, Rosanna, Veronica, Monica, Natascha, Elena e Maddalena che hanno seguito la stesura del romanzo tenendo presente in parallelo l'opera a esso complementare per evitare omissioni o contraddizioni, per loro è stato un Golgota, e lo so.